元曲選（附外編）

第六册

〔明〕臧晋叔 編
隋樹森 補編

中華書局

尉遲恭三奪槊雜劇

尚仲賢 撰

第一折

〔疋先扮建成元吉上開〕咱兩個欲待篡位。爭柰秦王根底。有尉遲無人可敵。〔元吉道〕我有一計。將美良川圖子獻與官里。道的不是反臣那甚麽。教壞了尉遲。哥哥便能勾官里做也。〔駕云了〕〔呈圖科〕〔高祖云了大怒〕將尉遲拿下。〔末扮劉文静將榆窠園圖子上了〕

【仙吕點絳唇】想當日霸業圖王。豈知李氏。把江山掌。雖不是外國他邦。今日做僚宰爲卿相。

【混江龍】不着些寬洪海量。劃地信讒言佞語損忠良。誰不曾忘生捨死。誰不曾展土開疆。不枉了截髮搓繩穿斷甲。征旗作帶勒金瘡。我與你不避金瓜下喪。直言在寶殿。苦諫在昭陽。

【油葫蘆】陛下。想當日背暗投明歸大唐。却須是真棟樑。劃地斷斷隄防。比及武官砌壘個元戎將。文官掙揣個頭廳相。知他是幾個死。知他是幾處傷。今日太平也都指望請官賞。劃地胡羅惹斬在雲陽。

【天下樂】誰似俺出氣力功臣不氣長。想當時。反在晋陽。若不是唐元帥少年有紀綱。義伏了徐茂公。禮設了褚遂良。智降了蘇定方。

【醉扶歸】當日都是那不主事蕭丞相。更合着那没政事漢高皇。把韓元帥葫蘆提斬在未央。今日個人都講。若有舉鼎拔山的霸王。哎。漢高呀。你怎敢正眼兒把韓侯望。

【後庭花】陛下則將這美良川里冤恨想。却把那榆窠園裏英雄忘。更做道世事雲千變。敬德呵則消得功名紙半張。陛下試參詳。更做道貴人多忘。咱數年間有倚仗。

【金盞兒】那敬德自歸了唐。到咱行。把六十四處煙塵蕩。殺得敵軍膽喪。馬到處不能當。苦相持一萬陣。惡戰九千場。全憑着竹節鞭。生併了些草頭王。

【賞花時】元帥不合短箭輕弓觀他洛陽。怎想闊劍長槍埋在淺崗。映着秋草半蒼黄。初間那唐元帥怎想。腦背後不隄防。

【幺篇】呀。則見那骨剌剌征旗遮了太陽。赤力力征鼙振動上蒼。那單雄信恁高强。他猛覷了敵軍勢况。忙撥轉紫絲韁。

【勝葫蘆】打得疋不剌剌征駹走電光。藉不得衆兒郎。過澗沿坡尋路荒。過了些亂烘烘的荆棘。密稠稠榆柳。齊臻臻長成行。

【幺篇】是他氣撲撲荒攢入裏面藏。眼見的一身亡。將弓箭忙拈胡底當。呀呀寶雕弓拽滿。咊咊些金鈚連發。火火都閃在兩邊廂。

【金盞兒】元帥。却是那些兒慌。那些忙。〔帶云〕忙不忙。元帥也記得。把一領錦征袍扯裸得没頭當。單雄信先地趕上手撚着六沉槍。槍尖兒看看地着脊背。脊背透過胸堂。那時若不是胡敬德。陛下聖鑑。誰搭救小秦王。

【醉扶歸】索甚把自己千般獎。齊王呵不如教别人道一聲强。若共胡敬德草草的鞭鬬槍。分明立了執結並文狀。則他家自賣弄伶俐半晌。把一條虎眼鞭直攬頭直上。

【尾】這厮則除了鐵天靈。銅頞項。銅腦袋石鐫就的脊梁。那鞭上常有半紙血糊塗的人腦漿。則那鞭則是鐵頭中取命的閻王。若論高强。鞭着處便不死十分地也帶重傷。也是青天會對當。故教這尉遲恭磨障。磨障這弑君殺父的劣心腸。〔下〕

第二折

〔末扮上了〕

【南吕一枝花】箭空攢白鳳翎。弓閑掛烏龍角。土培損金鎖甲。塵昧了錦征袍。空喂得那疋戰馬咆哮。劈楞鐧生疎却。那些兒俺心越焦。我往常雄糾糾的陣面上相持。惡噷噷的沙場上戰討。

【梁州】這些時但做夢早和敵軍對壘。才合眼早不刺刺地戰馬相交。則聽的韻悠悠的耳畔吹寒角。一回價不鼕鼕的催軍鼓擂。響當當的助戰鑼敲。稀撒撒地朱簾篩日。滴溜溜的綉幙番風。只疑是古刺刺雜綵旗摇。那的是急煎煎心癢難揉。往常則許咱遇水疊橋。除了咱逢山開道。嗨。如今央别人跨海征遼。壯懷。怎消。近新來病體兒直然較。我自暗約也枉了醫療。被這秋氣重金瘡越發作。好教我痛苦難消。

【賀新郎】我欠起這病身軀出户急相邀。你知我迭不的相迎。不沙賊丑生你也合早些兒通報。見齊王元吉都來到。半晌不迭手脚。我强强地曲脊低腰。怪日來喜蛛兒的溜溜溜在簷外垂。靈鵲兒咋咋地頭直上噪。昨夜個銀臺上剥地燈花爆。他兩個是九重天上皇太子。來探俺這半殘不病舊臣僚。

【牧羊關】這些淹潛病。都是俺業上遭。也是俺殺人多一還一報折倒的黄甘甘的容顔。白絲絲地鬢脚。展不開猿猱臂。撑不起虎狼腰。好羞見程咬金知心友。尉遲恭老故交。

【隔尾】我從二十三上早驅軍校。經到四五千場惡戰討。怎想頭直上輪環老來到。我暗約。慢慢的想度。嗨刮馬似三十年過去了。

【牧羊關】當日我和胡敬德兩個初相見。正在美良川厮撞着。咱兩個比併一個好弱低高。他滴溜着虎眼鞭彪。我吉丁地着劈楞鐧架却。我得空便也難相從。我見破綻也怎擔饒。我不付能卒卒地兩鐧才彪去。他搜搜地三鞭却還報了。

【隔尾】那鞭却似一條玉蟒生鱗角。便是半截烏龍去了牙爪。那鞭着遠望了吸吸地腦門上跳。那鞭休道十分的正着。則若輕輕地抹着。敢教你睡夢裏驚急列地怕到曉。

【鬬鵪鶉】那將軍剗馬騎單鞭掿。論英雄半勇躍。他立下功勞。怎肯伏低做小。倚強壓弱。不用呂望六韜。黄公三略。但征敵處操抱。相持處嗽懆。那鞭若脊梁上抹着。忽地咽喉中血到。我道來我道來他煩煩惱惱。焦焦燥燥。滴溜拊那鞭着。教你悠悠地魄散魂消。你心自量度。匹頭上把他標寫在凌煙閣。論着雄心力劣牙爪。今日也合消。也合消封妻廕子。禄重官高。

【哭皇天】教我忍不住微微地笑。我迭不得把你慢慢地教。來日你若那鐵幞頭紅抹額。烏油甲皂羅袍。敢教你就鞍心里驚倒。若是來日到御園中。忽地門旗開處。脱地戰馬相交。哎。齊王呵。這一番要把捉那鞭不比衕鐧槍搠。雙眸劍鑿。

【烏夜啼】雖是没傷損難貼金瘡藥。敢二十年青腫難消。若不去脊梁上敢向鼻凹裏落。諕的怯怯喬喬。難畫難描。我則見的留的立不住腿脡搖。忔撲撲地把不住心頭跳。不如告休和。伏低弱。留得性命。落得軀殼。

【尾】可知道金風未動蟬先覺。那寶劍得來你怎消。不出君王行。厮般調。侵着眉楞。擦着眼角。則若是輕輕的虎眼鞭抹着。穩情取你那天靈蓋半截不見了。〔下〕

第三折

〔末扮敬德上〕

【雙調新水令】你今日太平也不用俺舊將軍。呀。來來把這厮豁惡氣建您娘一頓。可知道家貧顯孝子。直到國難用功臣。如今面南稱尊。便撇在三限里不偢問。

【駐馬聽】想我那撞陣衝軍。百戰功名百戰身。枉與你開疆展土。也合半由天子半由臣。俺沙場上經歲受辛勤。撇妻男數載無音信。㪷地信別人閑議論。將俺胡羅惹没淹潤。

【步步嬌】便折末爛㪷得我尸骸爲泥糞。折末金瓜打碎我天靈盡。既然俺不怨恨。問那厮損壞忠臣佞詞因。咱那亢金椅上聖明君。則但般着半句兒十分地信。

【攪箏琶】我便手段施呈盡。㪷地罪過不離身。俺那沙場上武藝僻合。他每枕頭邊關節兒更緊。他每親父子。俺雖然是舊忠臣。則是四海他人。比他是龍子龍孫。則軍師想度。元帥尋思。休休是他每親的到頭來也則是親。怎辨清渾。

【沉醉東風】我也曾箭射疊着面門。刀厮劈咬着牙根。也曾殺的槍桿上濕漉漉血未乾。馬頭前古鹿鹿人頭滚。滅了六十四處煙塵。劃地信佞語讒言損害人。因此上别了西府秦王處分。

【川撥棹】聽元帥説原因。心頭上一千團火塊滚。氣的肚裏生嗔。愁的似地慘天昏。恰便似心内火滚。好教人怎受忍。

【七弟兄】這的是聖恩。重臣。休看我發回村。他雖是金枝玉葉齊王印。我好煞則是堦下的小作軍。也是癡呆老子今年命。

【梅花酒】你看我發回村。惱犯魔君。撞着喪門。我想那榆窠園實是狠。他不若如單雄信。則我這鞭穩打死須定無論。

【收江南】水磨鞭來日再開葷。大王怎做聖明君。信讒言佞語損忠臣。好教我氣忿。元吉打死須並無論。

【尾】來日鬧垓垓列着軍卒陣。就着哭啼啼接送齊王殯。恨不得待摘膽剜心。剔髓挑筋。唱道待教這虎將難存忠信。向那龍床側近。調泛得君王一惺惺都隨順。咱則待剪草除根。直把這坑陷我的冤讎證了本。

第四折

〔末扮上了〕

【正宫端正好】如今罷了干戈。絶了征戰。扶持俺這唐世界。文武官員。那回是真個今番演。越顯得俺經熬煉。

【滚繡毬】却受着帝王宣。要施展。顯我那舊時英健。不索説在駿馬之前。我身上不曾掛鎧甲。腰間不曾帶弓箭。手中不曾將着六沉槍撚。我則是赤手空拳。我坐下剗騎着追風馬。腕上只彪着打將鞭。我與你出馬當先。

【倘秀才】這裏是競性命的沙場地面。且講不得君臣體面。則怕犯風流見罪愆。我呵塔地勒住征駝。立在這邊。

【滚繡毬】我則見御園。怎生送這戰場寬展。却煞强如那亂烘烘地荆棘侵天。我則見嫩茸茸緑莎軟。轉轉翠袖展。撒撒地馬蹄兒輕健。你便丹青巧筆也難傳。我則見皂羅袍都略濕宫花露。深烏馬衝開緑柳烟。殺氣盤旋。

【倘秀才】那廝門旗下把我容顔望見。則諕得那廝鞍心裏身軀倒偃。則看你再敢人前説大言。這廝爲甚麽則管里。廝俄延。不肯動轉。

【呆古朵】那廝管見我這單雄信屈死的寃魂現。嗏。你今日合教替他生天。這的又打不得關節。立不得證見。你也難把殘生免。你則照管着天靈片。你待變龜來難入水。化鶴來難上天。

【叨叨令】那廝槍尖兒武藝都呈遍。被我遮截架隔難施展。這廝輸羸勝敗登時現見。存亡死活分明見。嗏。論到打也末哥。論到打也末哥。這番交馬應無善。

【伴讀書】則見颯颯地陰風剪。將這昏澄澄塵埃踐。不剌剌征騌似紗燈般轉。都速速把不定渾身戰。看元吉將元吉天靈健。見元帥到跟前。

【笑和尚】您您您弟兄每廝顧戀。俺俺俺臣宰每實埋怨。休休休終久是他親眷。嗏。這鐵鞭。你你你合請奠。來來來俺且看俺西府秦王面。

【倘秀才】我接住槍待使些兒控便。是誰揪住手不能動轉。把這廝不打死呵朝中又弄權。他若哀告。意懸懸。赦免。

【滾繡毬】我煞不待言。不近前。你也不分良善。又不是不知我抱虎而眠。這廝不納賢。不可憐。不送俺一遍。教這廝落不的個尸首元全。這廝不彫拆脊梁也難消我這恨。把這不打碎天靈沙怎報我寃。怎不教我忿氣衝天。

【快活三】謝吾皇把罪僣免。打元吉喪黃泉。我這裏曲躬躬的朝拜怎敢訛言。再把天顔現。

【鮑老兒】我吃一萬金瓜也不怨天。則稱了我平生願。元吉那廝一靈兒正訴冤。敢論告他閻王殿。這廝那嚚浮詐僞。輕薄諂佞。那裏有納士招賢。那凶頑狠劣。奸滑僥倖。則待簒位奪權。

題目　齊元吉兩争鋒

正名　尉遲恭三奪槊

諸宮調風月紫雲庭雜劇

石君寶撰

楔子

〔卜兒上一折了〕〔旦末上了〕〔正末共外云住〕〔旦云〕〔共末把盞辭科〕〔云〕伯伯好去者呵。兀的是花發多人生是別離。

【仙呂賞花時】客舍青青楊柳新。驛路茸茸芳草茵。朝雨浥輕塵。一盃酒盡。歌罷渭城春。

【幺】西出陽關無故人。則見俺在這南國梁園依舊親。舍人呵誰不知俺娘劣㤼爺狠。伯伯兩陣狂風是緊。也不到得教吹散楚城雲。〔下〕

第一折

〔外末云〕〔老孤做住〕〔卜兒云〕〔正末做住〕〔卜兒叫住〕〔旦云〕娘呵。没錢事叫喚則甚。〔卜云了〕俺勾當呵。没一日曾淨。

【仙呂點絳唇】怎想俺這月館風亭。竹溪花徑。變得這般嘿光景。我每日撇嵌爲生。

俺娘向諸宫調裏尋争競。

【混江龍】他那裏問言多傷倖。絮得些家宅神長是不安寧。我勾欄裏把戲得四五迴鐵騎。到家來却有六七場刀兵。我唱的是三國志先饒十大曲。俺娘便五代史續添八陽經。你覷波。比及攛斷那唱叫。先索打拍那精神。起末得便熱鬧。團掿得更滑熟。並無那唇甜句美。一剗地崎嶮艱難。衠撲得些掂人髓敲人腦剥人皮釘腿得回頭硬。

〔卜云了〕娘呵。我看不的你這般粗枝大葉。聽不的你那裏野調山聲。

〔卜云了〕

【油葫蘆】我但有些卧枕着床腦袋疼。他委實却也心内驚。他急荒的請醫人診了脈却笑容生。他道是喜的女孩兒感得些風寒癥。慚愧呵謝天地不是相思病。你教俺盡世兒厮守着。娘呵你這般毒害心。狠劣情。但見對錦鴛鴦他水上才交頸。你早則着棒打過蓼花汀。

【天下樂】呵你肯教雙宿雙飛過一生。便則我子弟每行依平。休有情。教我打迭起那暖和出落着冷。滿臉兒半指霜。通身兒一塊冰。娘呵我到處也畫堂春自生。

〔末云〕

【醉中天】我唱道那雙漸臨川令。他便腦袋不嫌聽。提起那馮員外便望空裏助采聲。

把個蘇媽媽便是上古賢人般敬。我正唱到不肯上販茶船的小卿。向那岸邊相刁蹬。俺這虔婆道兀得不好拷末娘七代先靈。

〔卜云住〕

【金盞兒】娘呵爲甚這鷂子懶飛騰。我也是惜毛翎。委實怕這秋天萬里西風冷。誰似你把個嫩鵓兒丫定怎將擎。嘴尖𠹭脖子。爪快撮天靈。娘呵委實道搊錢的天上鷂。不如你個拏雁的海東青。

〔卜云了〕

【醉扶歸】這逗鏝的是咱些權柄。呵。色就事便是你得人情。那廝每拏着二分鈔便害疼。害疼咱每就呵便二十錠三十錠呵更磕着如今等。乾嗻唾相思得後生。那個不害這般千使鈔千嘿病。

〔末云住〕

【金盞兒】上俺門來的酒客每爲我這妙唱若雛鶯。引的他每豪飲似長鯨。我委實爲甚停盃聽曲教快成病。我安排桃花扇影他每便破香棖。尚自着瓦磁爲巨器。也則是陶瀉慶新聲。嗽若還更酒斟金瀲灩。大的好歌立玉娉婷。

〔末云〕〔卜云住〕

【後庭花】俺這老婆肚皮裏將六韜三略盛。面皮上把四時八節擎。未見錢羅呀冬雪嚴霜降。得了鈔羅應春風和氣生。俺這個很精伶。他那生時節决定。犯着甚愛錢巴鏝的星。

〔卜兒云〕

【賞花時】我知你這一片心分明衠志誠。則因咱二意諧和便若鬭争。俺這屋裏三句話不相應。便見世間泗洲大聖。教五岳動天兵。

【幺】也難奈何俺那六臂那吒般很柳青。我唱的那七國裏龐涓也没這短命。則是個八怪洞裏愛錢精。我若還更九番家厮併。他比的十惡罪尚猶輕。

【賺尾】郎君每我行有十遍雨雲期。除是害九伯風魔病。俺家裏七八下里窩弓陷坑。你便有七步才無錢也不許行。六藝全便休賣聰明。哎。爲甚恁這五陵人把俺這等嘌交易難成。你便是四付馬上馳來也索兩平。俺這裏别是個三街市井。另置下二連等秤。恰好的教恁一分銀買一分情。〔下〕

第二折

〔末云〕〔卜兒云〕〔唤旦了〕〔旦引侍婢上云住〕〔外旦云〕這妮子却整五日也却四日不來。則這五年裏呵。然這好事無間阻。幽歡却是尋常看。

【南吕一枝花】只教我立化做一塊望夫石。我便似病人冲太歲。他管也小鬼見鍾馗。俺才料風短命欠東。

【幺】百里里演收拾。嗏。早則不席前花影坐間移。恰便似鵰鶚分開鶯燕期。虎狼衝散鳳鸞棲。

〔孤末云了〕

【隔尾】嗨。比俺娘那熬煎争十倍。恰才這些崎嶮艱難好做一回。哎不做美的恩官干壞了他把戲。哎唱話的小一則好打恁兀那把門的老嘿。切不可放過這没錢雁看的。

〔末云住〕〔卜兒打撞了〕

【牧羊關】嚬。恁那很爹爹才趓過。呵。俺這善婆婆却來這裏。嗷我能藏波你也能覓。我則是個五歲兒精伶。他是幾年的老鬼。我那動脚經過的何方去。咱那舉意他早先知。我便日赴三千處。他也坐觀十萬里。

〔卜云住〕

【紅芍藥】兀的那般惡緣惡業鎮相隨。好教人難摘難離。也是某年某月不曾離。無是無非。妳妳你是老人家須知些道理。有的事便啀不到家裏。〔卜云住〕越道着越查聲破嗓越罵得精細。前面他老相公聽的。

【菩薩梁州】告母親咱疾歸恁孩兒也知罪。這里却是那里。則管里唇三口四。唱叫揚疾。不比咱那潑街衢妓館畫樓西。這的是好人家大院深宅内。我教人道尿盆兒刷煞終搔氣。直這般顯相貌騁威勢。他見一日三萬場魋焦到不得里。咱正查着他泛子消息。

〔卜云住〕

【三煞】教我這裏恨無地縫藏身體。這番早則難云床頭揭壁衣。嗺嗺亂下風雹的又没巴臂。更做你是開封府同知。却不取招平人無罪。却便硬監押莽迭配。你這般皂竅裏清廉怎立碑。那公廳上施爲。

【二煞】當日那梁公曾施行虎豹是真鋒利。哎。包龍圖呵。你這般拆散鴛鴦算甚正直。我也覷不得這光景掩不迭這淚。我這壁道防送早催逼。他那壁帶鐵鎖囚人監計。俺兩處各心碎。是有遭間阻的也不似俺不吉利。兀的是甚末娘别離。

【收尾】幾曾見遞流南浦人千里。怎飲這配役陽關酒一杯。到如今。説甚的。比别得。記相失。你情知。我心意。你知咱。我知你。歹處無。好處記。休想我。再出入。我寸腸中。似刀刺。恁尊居。忒情理。合舍了。怕甚的。哎。蓮子花官人願的你一

千歲。嗨。怎直恁般下得。〔卜云了〕咭。則是你了得。呲。都是你個吸人髓虔婆直壞到底。〔下〕

第三折

〔卜云了〕〔正末云〕〔外末云〕〔旦上了〕吁。靈春思量殺我也。一股鸞釵半邊鏡。世間多少斷腸人。

【中呂粉蝶兒】我本是個邪祟妖魔。他那俏魂靈倒將咱着末。阿大岡來意氣相合。今日把我情腸。他肺腹。都混成一個。雖隔着千里關河。不曾有半個時辰意中捱過。

【醉春風】人害兀那魔病有時潛。則這相思無處躲。直到再團圓被兒裏得些温存。恁地後便可。可。我想世上這一點情緣。百般纏繳。有幾人識破。

〔卜兒云外住〕

【迎仙客】姨姨我爲甚罷了雨雲。却也是避些風波。做這些淡生涯且熬那窮過活。這些時調不上鬏兒。却則是忙着俺老婆。都則爲我不肯張羅。以此上閑放着盤千斤磨。

〔卜云住〕

【紅繡鞋】我則想别後雲行地末。呵嘆人生會少離多。〔卜云住〕呵兀的是俺那心愛的龐兒舊哥哥。自從這人北渡。渾一似夢南柯。伯伯間别來安樂末。

〔外末云了〕

【石榴花】常記得玉鞭驕馬宴鳴珂。長安市少年他。似那鄰舟一聽惜蹉跎。聽一曲豔歌。細捲紅羅。呵我今日守空房也墮下千金貨。〔外末云〕却則是央及殺那象板銀鑼。況兼俺正廳兒雖是則些娘大。坐着俺那愛鈔的劣虔婆。

【鬬鵪鶉】縱有些燕友鶯朋。似望着龍樓鳳閣。〔外末云〕咱若是跎漢呵由他。提着那覓錢後在我。〔外云了〕俺那老婆衫。直見閻王也没柰何。伯伯你是想波。若是共别人並枕同床。他便不送得我披枷帶鎖。

〔外云〕

【上小樓】外相兒行户小可。就裏最胸襟洒落。我覷了這般世殺。不法閑病。决定風魔。既不阿。便恁末。人行趈剁。〔末云了〕取將個托兒來快疾赸過。

〔外云〕

【幺】你道你。少甚的。不剌你却是召甚末。俺這外路打扮。其實没這異錦輕羅。〔正末云住〕你若打死他。路上呵。你獨自難過。却教誰攞你那虎皮馱駞。

〔末云住做艱難了〕

【十二月】〔帶云〕不爭這厮提起那打毬踤柳。寫字吟詩。彈琴擘阮。攧竹分茶。教我兜地皮痛。乍地心酸。伯伯阿教我越思量俺俺完顔小哥。他端的所爲兒有誰過。豈止這模樣兒俊俏。則那些舉止兒忒謙和。哎不色你把阿那忽那身子兒㑳撮。你賣弄你且休波。

【堯民歌】你則是風流不在着衣多。你這般浪子何須自開阿。嗏這厮白日街上打呆歌。却怎生到晚人前逞僂儸。哎哥哥。你明日吃甚末。兀自忍不到那十分餓。

【快活三】無明火怎收撮。摑打會看如何。則教我烘地了半晌口難合。不覺我這身起是多來大。

【鮑老兒】從來撒欠颩風愛恁末。敲才兀自不改動些兒個。你這般忍冷躭飢覓着我。越引起我那色膽天來大。我每日千思萬想。行眠立盹。不是存活。這般山長水遠。天遥地闊。不想你直來阿。〔云住〕送的人赤手空拳難過。都是俺舌尖上一點砂糖唾。越精細的越着他怎出俺這打多情地網天羅。且説俺這小哥哥。爲俺躭驚受怕。波迸流移。冷落了讀書院一就把功名懶墮。自儘教萱堂有夢。並不想蘭省登科。幾時得兩扶紅日上青天。空望着一片白雲隔黄河。則共我這般攜手兒相將。舉步兒同行。他想所事滿心兒快活。

【耍孩兒】早是你不合將堂上雙親躲。你却待改換你家門小可。這李亞仙苦勸你個鄭元和。再休提那撒板鳴鑼。若還俺娘知咱這暗私奔到毒似那倒寨計。若還恁爺見你這諸宮調更狠如那唱挽歌。你頼項上新開鎖。俺娘難道那風雲氣少。恁爺却甚末兒女情多。

〔外云住〕

【四煞】楚蘭明道是做場養老小。俺娘則是個敲郎君置過活。他這幾年間衡饡下胡倫課。這條衝州撞府的紅塵路。是俺娘剪徑截商的白草坡。兩隻手衡勞摸。恁逢着的瓦解。俺到處是鳴珂。

【三】今後去了這駞漢子的小鬼頭。看怎結末那吃懃兒的老業魔。再怎施展那個打鴛鴦抖搜的精神兒大。則明日管舞旋旋空把個裙兒繫。勞穰穰乾將條柱杖兒拖。早則没着末。致仕了弟子。罷任波虔婆。

【二】這一件又得歇心。此一樁又得解脱。暫不見那官身祗候閑差撥。委實倦那月斜楊柳樓心舞。風軟桃花扇底歌。欲將這把戲都參破。怎肯盡陶元陽真炁。直變做了虚損沉疴。

【收尾】此行折末山村野店上藏。竹籬茅舍裏躲。能够得個桑榆景内安閑的過。也强如鑼板聲中斷送了我。〔下〕

第四折

〔卜云了〕〔孤云了〕〔樂探上云〕〔梅香將衫子鑼板上了〕

【雙調新水令】當日個爲多情一曲滿庭芳。曾貶得蘇東坡也趁波也趁波逐浪。何況這鶯花燕市客。更逢着雲雨楚山娘。我憑那想像高堂。怎强如俺滿意宿鴛鴦。

【駐馬聽】他爲我墮落文章。生纏得攜手同行不斷腸。直這般學成説唱。更則便受恩深處便爲鄉。則爲這情緣千尺藕絲長。悮盡禹門三月桃花浪。我若是不正當。枉了他那呆心腸一向在咱心上。

【落梅風】我恰猛可地向這亭堂中見。諕得我又待尋幔幙中藏。哎。狠阿公間别來無恙。〔做意了〕可知我恰輕敲着他那邊相越分外的響。相公呵。這的是那打香印使來的鑼棒。

【水仙子】相公那日正暴雷急雨怒在書房。幾曾這般和氣春風滿畫堂。〔孤云〕舍人也没那五陵豪氣三千丈。頼項上連鐵索兩托長。却雖是妾煩惱歡喜殺家堂。路岐人生死心難忘。謝相公賫發覷當。直把俺嗓配還鄉。

【雁兒落】相公把孩兒□腹内想。越教妾小鹿兒心頭撞。我如今引來這園圃中。莫不是賺到這筵席上。

【得勝令】却又休金殿鎖鴛鴦。一似書幃中折鸞凰。恁那秀才憑學藝。他却也男兒當自强。他如今難當。日寫在招兒上。相公試參詳。這的唤功名紙半張。

【川撥棹】不索你自誇揚。我可也知道你打了個好散場。休得行唐。火速疾忙。見咱個舊日個恩官使長。與咱多多的准備重賞。

【七弟兄】他也大岡。你行。也有些情腸。你那起初時敷演時曾聽你唱。轉街衢行至短垣墻。入花園盡步蒼苔上。

【梅花酒】厭地轉過東墻。攜手兒相將。輕踏踐殘芳。直望着廳堂。將蛾眉澁道登。到毬樓軟門外。你却則末得荒張房中舊名望。到今日怎遮藏。打扮的死床相。

【收江南】嚥。老官人分付取小學郎。〔孤云了〕則教你住構欄不教你坐監房。〔末云住〕相公呵。當日個你分開這沙上宿鴦鴦。怎生般對當。却教俺芰荷香裏再成雙。〔卜兒云〕〔下〕

〔鷓鴣天〕玉軟香嬌意更真。花攢柳寸是消魂。半生碌碌忘丹桂。千里侵侵覓彩雲。鸞鑑破。鳳釵分。世間多少斷腸人。風流公案風流傳。一度搬着一度新。

象板銀鑼可意娘。玉鞭嬌馬畫眉郎。兩情迷到忘形處。落絮隨風上下狂。

正名　靈春馬適意悮功名
韓楚蘭守志待前程
小秀才琴書青瑣幃
諸宫調風月紫雲庭

蘇子瞻風雪貶黄州雜劇

費唐臣撰

第一折

〔王安石上開〕助役青苗法令行。坐看足食更强兵。嗷嗷朝野多非己。獨仗君王自聖明。下官姓王名安石。字介甫。金陵人氏。自幼講明儒術。涉獵子史。叨舉進士。蒙聖人擡舉。官做到丞相之職。小官既蒙知遇。知無不言。言無不用。近見西北二邊用兵。財用匱乏。我有一策。要行青苗助役於民間。在朝諸官。多言不便。獨翰林學士蘇軾。十分與我不合。昨日上疏。説我奸邪。蠹政害民。我欲報復。况主上素重其才。難以輕去。且本官志大言浮。離經畔道。見新法之行。往往行諸吟咏。我已着御史李定等。劾他賦詩訕謗。必致主上震怒。置之死地。亦何難哉。計謀已定。且試看如何。〔駕上引一行人云〕勤政樓頭夜未央。五更殿陛有輕霜。欲教四海隆仁化。側席從容納諫章。某宋帝是也。自我祖公公太祖皇帝。陳橋推戴。奄有四海。傳太宗真宗仁宗英宗。以至朕躬。幸喜天下治平。獨西北二邊未寧。幾欲用兵。又恐財用匱乏。饋餉不繼。昨日宰相王安石。志欲富國强兵。意與朕合。立青苗助役之法。十分有見。但百官多喜因循。以爲不便。翰林學士蘇軾。尤深詆毁。朕欲加罪。憐惜其才。近聞又生怨謗。妄斥朝廷。未知真僞。左右。唤御史臺官來。朕問取則。〔左右云〕御史臺官安在。聖上宣唤。〔扮李定上云〕某御史李定是也。

自出身以來。深蒙時相王荆公擡舉。見任御史之職。近因新法未行。翰林學士蘇軾與荆公言論不合。今某劾其平日所爲詩章有干政化者。具爲一疏。劾其謗訕。本已寫定了。如今聖上又來宣喚。須索走一遭去。〔做到科〕〔拜跪云〕陛下宣小臣何用。〔駕云〕近聞學士蘇軾。托詩毁謗。言官何不論劾。〔李云〕臣已具本。正欲投進。〔遞本科〕〔駕云〕你説一偏朕聽。〔李跪云〕御史臣李定等言。今有翰林學士蘇軾。章句腐儒。驟登清要。志大言浮。離經畔道。論新法而短毁時相。托吟咏而謗訕朝廷。實有無君之罪。難逭欺上之誅。且如題古檜云。根到九泉無屈處。世間惟有蟄龍知。陛下飛龍在天。軾以爲不知己。而求地下之蟄龍。非不臣而何。陛下發錢本以業貧民。軾則曰。贏得兒童語音好。一年强半在城中。陛下明法以課羣吏。軾則曰。讀書萬卷不讀律。致君堯舜終無術。陛下興水利。軾則曰。造物若知明主意。應教斥鹵變桑田。陛下議鹽鐵。軾則曰。豈是聞韶解忘味。邇來三月食無鹽。如此之類尚多。伏望聖明早加顯戮。以息怨謗。伏候指揮。〔駕怒云〕蘇軾小臣訕上。着廷尉司拿問。〔内應〕〔下〕〔張丞相上云〕下官張方平是也。舊居丞相之職。告老家居。朝廷大事。常蒙主上垂訪。近者學士蘇軾。乃一代才子。止因與王安石言論不合。被其門客李定妄引詩篇。劾他謗訕。主上震怒。送廷尉治罪。要處之死地。我想來。人才難得。又使主上有殺近臣之名。只索救他一遭去。〔下〕〔駕上云〕前日着廷尉司勘問蘇軾。至今不見復旨。朕想來。本官清才重名。見重當世。其諸詩作。不過一時之興。豈有深意。待問的如何。朕自有區處。〔張丞相上云〕來到這朝門前。近臣通報咱。〔左右報云〕有張方平等宣。〔駕云〕宣來。〔張進拜云〕臣有短諫。伏取聖裁。臣見得學士蘇軾。忠信爲國。不避時相。吟詩遣興。豈在朝廷。况詩尚譎諫。言之者無罪。聞之者足戒。今言官李定。懷論己之私讎。結姦邪之黨類。風聞妄奏。不協人心。伏望聖明。收回成命。復本官之職。遂好生之德。臣不敢專擅。惟聖鑒不錯。〔駕云〕朕心正欲如此。近臣快宣的蘇軾來者。〔内應科〕〔正末上云〕小生姓蘇名軾。字子瞻。四川眉州人也。少舉進士。官授翰林學士承旨。極蒙主上眷顧。每召對便殿。或至深夜。嘗徹御前金蓮炬送歸。恩渥無比。但時相王安石。誤國害民。創立新法。四海怨望。而御史李定。不持生母仇氏服。下官嘗惡其爲人。下官前日具疏。論王安石之奸。不想李定黨比王安石。劾奏下官賦詩毁謗朝廷。主上聽信。將下于大理獄。要處以死。今日聖旨又來宣喚。不知爲何。想俺初登仕版。何等志氣。今日只如此也。〔唱〕

【仙吕點絳唇】萬頃瀟湘。九天星象。長江浪。吸入詩腸。都變做豪氣三千丈。

【混江龍】想着那綵綸閣上。常則是紫薇花對紫薇郎。步九重春色。拂兩袖天香。萬里雲烟揮翰墨。一天星斗焕文章。翰林風月。京洛山川。洞庭烟雨。金谷鶯花。怎能彀一輪皂蓋飛頭上。詩吟的神嚎鬼哭。文驚的地老天荒。〔云〕小官若無才學。怎居翰林之職。想當日夜對内殿。寵賜金蓮。際遇非淺也。〔唱〕

【油葫蘆】想月滿西樓夜未央。蒙君恩宿建章。不比長安三月荔枝香。翠鬟擁出芙蓉帳。又不是醉鞭悮入平康巷。笙歌幾處聞。净鞭三下響。没揣地半張鸞駕從天降。

舉首彷佛見君王。

【天下樂】恰便似一朵紅雲捧玉皇。官裏呵慌忙。回未央。則恐怕六宮中美人愁夜長。下珠簾處處涼。靸金蓮步步響。月明下吹簫引鳳凰。

〔云〕來到這朝門外。當駕官通報者。〔隨駕官報云〕宣的蘇軾來了。〔駕云〕着進來。〔末見科〕〔駕云〕蘇軾。你職居近侍。何故托詩諷怨。本當處以重罪。張丞相再三申救。朕亦惜爾之才。赦爾死罪。謫黃州團練副使。本州安置。〔末云〕謝吾皇不死之恩。陛下。臣蒙知遇。欲竭愚忠。見王安石一心變亂成法。臣上萬言書諫諍。今日反受謫貶。兀的不屈死忠臣義士呵。〔唱〕

【那吒令】我立一身紀綱。守簞瓢陋巷。顯一身氣象。步金馬玉堂。上一封諫章。入天羅地網。錦繡腸。江湖量。都分付水國江鄉。

【鵲踏枝】萬言策上君王。一騎馬度衡陽。索離了三島蓬萊。直走徧九曲滄浪。學不的李太白逍遥在醉鄉。參破了韓昌黎夕貶潮陽。

〔駕云〕卿既遭御史臺劾論。祖宗之法。朕不敢違。卿姑去。不久即詔還也。〔末云〕臣今辭了天顏。這一去擯斥海島。葬江魚之腹。再不能見陛下矣。〔唱〕

【寄生草】臣則待居蠻貊。再誰想立廟堂。今日有曾參難免投梭誑。今日有周公難免流言講。有仲尼難免狐裘謗。本是箇長門獻賦漢相如。怎做的東籬賞菊陶元亮。

〔駕云〕卿雖遠行。與在京何異。况四海之内。皆歸一統。卿不必怨朕。亦國法之不得已也。〔末云〕陛下法令嚴明。臣豈敢怨。〔唱〕

【幺篇】臣折麽流儋耳。臣折麽貶夜郎。一個因書賈誼長沙放。一個因詩杜甫江邊葬。一個因文李白波心喪。臣覷屈原千載汨羅江。便是禹門三月桃花浪。

〔張丞相云〕蘇學士。今主上寬宥。謫官南行。你不必引證古人。多言反取罪責。〔末云〕丞相錯矣。丈夫生世。忍垢何爲。丞相。你聽我說。〔唱〕

【金盞兒】不荒唐。不顛狂。折末雲陽梟首高竿上。也要將碧天風月兩平章。捹着夢魂游故國。想像赴高堂。則今日傷心游海島。攜手上河梁。

〔末云〕罷罷。則今日拜辭了聖駕。别了丞相。只索長行也。〔唱〕

【賺煞】則爲不入虎狼羣。躲離鯨鯢浪。直貶過淘淘大江。不信行人不斷腸。赤緊的接天隅烟水茫茫。助凄凉。衰草斜陽。休想我築起高臺望故鄉。這裏有當途虎狼。那裏有拍天風浪。我要過水雲鄉。則是跳出是非場。〔下〕

第二折

〔馬正卿引童上開〕下官馬正卿是也。黄州人氏。因王安石柄國。某在朝與他言論不合。致政來家。十分自在。近聞學士蘇子瞻。上書發王安石之奸。反被言官論劾。貶他來黃州安置。有人傳説將次來到。今日下着這等大雪。途路難行。我想忠臣烈士。多遭奸回之手。況蘇學士大名。遠近欽慕。我今領着家童。擔着酒果。迎接蘇學士。勸他飲一盃。稍敵寒威。這早晚敢待來也。只索等候咱。〔末引童子上云〕下官蘇軾。居翰苑數年。頗爲遭際。奈王安石虐害百姓。蒙蔽朝廷。我上萬言書諫主。反被奸黨論劾。貶我湖南。行了數日。將到黃州。今日下着這等一天風雪。瘦蹇顛仆。小童寒戰。怎生奈何。想忠臣義士。好難處世也呵。〔唱〕

【正宮端正好】道德五千言。禮樂三十卷。本待經綸就舜日堯天。只因兩角蝸蠻戰。貶得我日近長安遠。

【幺篇】瑶臺昨夜蛟龍戰。玉鱗甲飛滿山川。馮夷飲罷瓊林宴。醉把鮫綃剪。

〔云〕好大雪也呵。〔唱〕

【滚繡毬】潑墨雲垂四野。鑄銀河插半天。把人間番做了廣寒宮殿。有一千頃玉界瓊田。這其間騷客遷。朝士貶。五雲鄉杳然不見。止不過隔蓬萊弱水三千。不能彀風吹章表隨龍去。可做了雪擁藍關馬不前。哽咽無言。

〔童云〕老爹。下這等大雪。風又緊。兀的不凍殺我也。老爹連忙走動些。〔末唱〕

【倘秀才】早是水杳山長路遠。那更雪凍風寒雲捲。〔云〕你道我行的慢呵。可知可知。〔唱〕我可甚爲愛青山嬾贈鞭。呵凍手。聳雙肩。我只索向前。

〔童云〕老爹。人都説你好才學。却怎生遭貶。到不知老爹與上古賢人君子。那幾個相似。〔末云〕這小的雖小。倒也省事。你既問我。你聽我與你説。〔唱〕

【滚繡毬】我怕不文章似韓退之。史筆如司馬遷。英俊如仲宣子建。豪邁如居易宗元。風騷如杜少陵。疎狂如李謫仙。高潔如謝安李愿。德行如閔子顔淵。爲不學乘桴浮海鴟夷子。生扭做踏雪尋梅孟浩然。困煞英賢。

〔童云〕風寒雪大。我身上衣裳單薄。凍殺我也。老爹。你就不冷麽。〔末唱〕

【叨叨令】寒森森朔風先留疎刺串。舞飄飄瑞雪踢良禿欒旋。騎着疋慢騰騰瘦蹇必丢不答踐。凍的箇立欽欽稗子滴羞篤速戰。兀的不凍殺人也麽哥。兀的不凍殺人也麽哥。空教我瘦喦喦老夫迷留没亂倦。

〔童哭云〕這等寒冷。看看走不動。幾時到的黄州也。〔末云〕童子休煩惱咱。慢慢捱將去。〔唱〕

【倘秀才】脱離了長安市廛。須捱到黄州地面。更狠似夕貶潮陽路八千。往常師往聖。友前賢。到如今怎展。

〔童云〕老爹在翰林時。聲名滿天下。怎生一旦遠貶南荒。好苦也。〔末唱〕

【滚繡毬】我也曾寫珠璣一萬聯。判鶯花三百篇。掃千軍筆端鏖戰。但行處天子三宣。結平生詩酒緣。掌中天風月權。不是將帝王埋怨。爲甚把蘇軾似賈誼南遷。如今一牧童子隨驢後。可甚兩行朱衣到馬前。四野蕭然。

〔馬正卿云〕蘇大人。老夫等了多時也。〔末相見科〕〔馬云〕老夫馬正卿。聞知學士遠來。在此久等。如此大雪。寒氣逼人。請飲一杯。以敵嚴威。〔末云〕念蘇軾不才。朝廷斥逐。敢勞遠迓。多感厚意者。〔唱〕

【呆骨朵】見黄童白叟把香醪勸。怕不透徹了酒興詩顛。〔馬云〕老夫久聞大才。敢求佳作見教。〔末云〕大人飲酒則飲酒。再休言詩。〔馬云〕詩酒乃吾生分内事。大人此行。與詩酒何干。〔末唱〕我須不是爲酒忘家。見如今因詩受貶。酒債是尋常事。詩病是平生願。我爲甚遠流身萬里。因此上怕吟詩百篇。

〔馬云〕蘇大人高才重望。正宜居朝佐主。以治太平。豈宜放逐。〔末唱〕

【五煞】我情願閒居村落攻經典。誰想悶向秦樓列管絃。枕碧水千尋。對青山一帶。趁白雲萬頃。蓋茅屋三間。草舍蓬窗。苜蓿盤中。老瓦盆邊。樂於貧賤。燈火對床眠。

〔馬云〕大人此行。天下共知虧枉。青天可鑒。不久還朝重用也。〔末唱〕

【四煞】從教頭上青天鑒。不願腰間金印懸。受他冷冷清清。多多少少。避是是非非。萬萬千千。或向林皋聲裏。舴艋舟中。霍索溪邊。一壺村酒。白眼望青天。

〔馬云〕往常時紫羅襴白象簡。那等尊貴。今日葛巾野服。似覺快樂也呵。〔末唱〕

【三煞】紫袍金帶無心戀。雨笠烟蓑有意穿。或向新婦磯頭。鷗鷺鄉中。兒女浦口。鸚鵡洲邊。漲一竿春水。帶一抹寒烟。掉一隻漁舡。黑甜一枕睡。燈火對愁眠。

〔馬云〕學士大人攜家遠謫。朝中舊僚友。也要常常寄音回去。〔末唱〕

【二煞】佳音不托雲間犬。老計惟憑陽羨田。對橘綠橙黃。山高月小。聽南枝鷺鵲。衰柳鳴蟬。不愁遠害。不陷危機。不納高軒。那裏人離鄉賤。甚日是歸年。

〔馬云〕大人今遠處炎方。朝廷公道何在。後世史官。必有紀録。〔末唱〕

【煞尾】從教臣子一身貶。留得高名萬古傳。但使歌低酒淺。卧雨眠烟。席地幕天。一任長安路兒遠。〔下〕

第三折

〔馬正卿上開〕老夫馬正卿是也。自從子瞻學士貶來黃州。又早許久。我常常差人問候。他雖一時被讒。終無大害。况他受知朝廷。必有宣回之日。但本州楊太守度量狹隘。不能濟人。又兼是王安石門客。决無周給。我且看如何。再作處置。〔下〕〔王安石上開〕下官王安石是也。叵耐蘇軾毁我。已令臺官彈劾。貶謫黃州安置。我心還未得遂。如今黃州楊太守。舊是我舉用的。不如寫

一書與他。教他不要周濟他。窮鄉下邑。舉眼無親。不死那去。我已差人去了。試看如何。〔下〕

〔净扮楊太守上云〕無錢只圖名。回家没結果。我就不去撾。妻子肯饒我。某乃楊太守是也。自幼讀了幾句兒書。之乎者也。哄得一舉及第。也是祖宗積慶。又蒙王安石丞相擡舉。直做到黄州太守之職。此恩未報。近日丞相有書來。説蘇軾學士恃才欺慢。見今安置黄州。着我處置他。我想來。蘇軾是一代文人。豈可輕易壞他。只是在此窮鄉僻邑。薪水不給。又是嚴冬臘月。凍餓死了。等他來謁見。只是不理他便了。今日升衙無事。左右看着。有人來報我知道。〔末引老妻幼子上云〕某蘇軾是也。自來到黄州。舉眼無親。借得兩間破房住着。衣不蓋身。食不充口。無一個人來看顧。天那。蘇軾一身受苦。也不打緊。連累妻子如此受苦。我空有凌雲志氣。治世才猷。怎生施展也呵。〔唱〕

【越調鬭鵪鶉】湖海三年。家鄉萬里。志氣如神。形容似鬼。瘴氣纔收。蠻烟又起。空嘆息。人未歸。望不見落葉長安。西風渭水。

〔云〕自從離了京都。到得這裏。經了多少凄凉也呵。〔唱〕

【紫花兒序】見了些鷗行鷺聚。經了些鶴怨猿啼。盼了些鳳舞龍飛。往常間胸藏星斗。氣吐虹霓。依舊中原一布衣。揮劍長嘯。只被金谷石崇。傲殺陋巷顔回。

〔云〕我一會家想起來。在杭州作官時。行動前簇後擁。日逐游樂。甚是受用。到今日如一場大夢也。〔唱〕

【小桃紅】想西湖風月繞蘇隄。尚覺王孫貴。銀燭高燒照珠翠。如今百事成非。江山不管春憔悴。想金勒馬嘶。玉樓人醉。依舊畫橋西。

〔云〕前日如此快樂。今日這般生受。想造物好無定也。〔唱〕

【天净紗】住的是小窗茅屋疎籬。吃的是粗羹淡飯黄虀。穿的是破帽歪靴布衣。一身襤褸便休題。卧重裀列鼎而食。

〔倈云〕這早晚還没得早飯吃。兀的不餓殺我也。〔末云〕渾家。孩兒害飢哩。甑中還有米也没有。〔旦云〕從昨日没了米了。〔末云〕既没了米。我出去對付些錢米來。〔旦云〕你平生志氣昂昂。不肯屈于人。來到這裏。舉眼無親。你那裏對付去。你説錯了也。〔末唱〕

【鬼三台】怕不待閑争氣。赤緊的難存濟。我則索折腰爲米。更怕甚心急馬行遲。你只是婆娘家見識。陶元亮見此不見彼。公孫弘救寬不救急。便做他志若元龍。赤緊的才過子美。

【紫花兒序】本待昂昂而已。特地遠遠而來。怎教快快而回。世無君子。你家有賢妻。休提。拚著個撥盡寒爐一夜灰。但得些糲食粗衣。免得冬煖號寒。年稔啼飢。

〔云〕我去再謁楊太守。求些用度去。〔旦倈下〕〔末云〕黄州楊太守。他也是讀書人。我幾遍去謁他。他只推故不放参。不知主何意思。我欲不去。出于無奈。妻子忍不過飢寒。只索再求謁一番。行了多時。早到府衙門首。立着一個祇候。不免向前央一央。呀。祇候哥哥。拜揖。〔祇候云〕是那裏來的。〔末云〕大哥。你替我稟一聲。說前翰林蘇學士來見。〔祇候進報云〕稟老爹。門外有蘇翰林拜見。〔净云〕請進。請進。〔做見科〕〔末云〕楊大人拜揖。念蘇軾不才。遠謫此郡。窮途無倚。大人何不青目一二。〔净云〕我道是誰。原來是安置副使蘇軾。你毀謗朝廷。免死足矣。如何又來干謁公衙。我一廉如水。有甚麼與你。把門人也不察好歹來報。妨我公事。左右。打這廝二十板。〔左右上打祇候了〕〔祇候趕末下〕〔净下〕〔末云〕是我的不是了也。〔唱〕

【金蕉葉】恨唾手功名未遂。被衮衮兒曹見欺。似這等十謁朱門九閉。又不是一鶚西風萬里。

〔祇候云〕爲你打了我一頓。你還纏甚麼。快走快走。〔末唱〕

【聖藥王】你教我快疾回。莫疑遲。可甚踏花歸去馬如飛。没道理。不做美。我滿舡空載月明歸。猶自說兵機。

〔云〕哥哥。再與我說一聲。〔祇候云〕你好不曉事。爲你打了我。又敢稟哩。你快走走走。走的遲。我一頓好打。〔末唱〕

【鬼三台】他把賢門閉。英雄棄。莫那孟嘗君是你。暢好人面逐高低。今日羞歸去。呵思量可知。可知那經天緯地孔仲尼。遇着輕賢重色柳盜跖。不爭富貴驕人。小人喻利。

〔云〕這公人道把門閉了。我想這一場好羞也。家中妻子。却怎了也。〔唱〕

【紫花兒序】仰望死聖人賢相。思量起怪友狂朋。凄凉殺稺子山妻。胸中有物。肚裏無食。堪悲。虎病山前被犬欺。我覷楊太守這厮好管仲之器。覷我爲糞土之墻。你却是疥癬之疾。

〔云〕罷罷。我這等人。豈是終身窮困。有一日天子寬恩。必然再召用也。〔唱〕

【綿搭絮】憑着我文如游夏。有一日君勝唐堯。宣的我依舊抽毫待禁闈似禹門平地一聲雷。把蟄龍重振起。

〔云〕我若再得還朝呵。〔唱〕

【幺篇】對盤龍飛凰椅。賦裁冰剪霧詩。虎遁狼馳。魚躍鳶飛。那一日强如今日。沛作雲霓。宴罷瑶池。出入向宫闈。拜舞向丹墀。那其間强似你。

【尾聲】無端四海蒼生輩。都不識男兒未濟。我止望周人之急緊如金。君子之交淡如水。〔下〕

楔子

〔駕上云〕自從將學士蘇軾安置黄州。不覺又過數年。當初誤聽李定等論劾。是朕一時没主張。如今在朝官員。没一箇如他的學問。似此高才之士。豈可終身斥逐。朕已令使臣領敕。宣召他回京。這一來必重用也。〔下〕〔末上云〕下官蘇軾。自從遭貶到這裏。不知受了多多少少苦楚。時時虧馬正卿周濟。誰想主上垂念舊臣。來宣喚回朝。行李收拾已定。刻日起身。左右。門首看着有甚麽人來。〔左右云〕理會得。〔馬正卿楊太守領村人妓樂上云〕老夫馬正卿是也。聞得朝廷再宣蘇學士回朝。正要送他一送。不想楊太守來邀。説數年不曾看顧。不好相見。今同我送一送。行了一會。不覺早到蘇學士寓舍。左右通報咱。〔左右云〕報的老爹得知。有馬正卿楊太守來了。〔末云〕道有請。〔相見科〕〔馬云〕聞知大人朝京。老夫同太守大人。特具一酌奉餞。〔末云〕不敢不敢。〔浄云〕下官才力短淺。數年以來。多有欠恭之罪。又奉臺閣風旨。因此相見遠闊。大人海涵。恕罪恕罪。〔做遞酒科〕〔末云〕蘇軾今日得再入朝。如死而復生。太守大人。怎想有今日也呵。〔唱〕

【賞花時】再宣入瑞靄飄飄鳷鵲樓。却離了芳草凄凄鸚鵡洲。我去咱依舊乘肥馬衣輕裘。休罪波文章太守。我早則不風雪貶黄州。〔衆並下〕

第四折

〔駕上云〕前日使人宣喚學士蘇軾。許久不見到。今日退朝。在便殿閑坐。當駕官。朝門外看者。蘇軾敢待來也。〔天使上云〕某天朝使臣是也。蒙聖人命差往黄州。宣取蘇軾學士回朝。到得那裏。聞知蘇學士多虧馬正卿看顧是他恩人。只是被楊太守窘辱。他是仇人。我今一併帶來。在朝外等宣。理當復旨。〔做見科云〕陛下。臣宣蘇軾到來。〔駕云〕教他過來。〔正末披秉上云〕下官蘇軾。自被讒譖。遠貶遐荒。誰想得復見天日。我想升沉榮辱。好無定呵。〔唱〕

【雙調新水令】一身流落楚江濱。少年心等閑灰盡。愛君非愛己。憂道不憂貧。富貴浮雲。真堪笑又堪恨。

【駐馬聽】造化通神。鏡裏功名夢裏身。無常忽近。一分流水二分塵。名流蝸角幾時分。塵隨馬足何年盡。白髮鬢邊新。如其用我從先進。

〔云〕來到朝外。只索進見駕則。〔拜科〕〔駕云〕卿離朕數年。遠居南服。頗覺辛苦。可也想朕來不曾。你試說一徧則。〔末云〕陛下聽臣細訴苦楚。〔唱〕

【落梅花】陛下既從頭問。微臣怎敢隱。這數年間一言難盡。臣也曾望烟波渺然思至尊。恨天涯有家難奔。

〔駕云〕卿在黃州。有甚親識。用度如何。卿細說來。〔末唱〕

【水仙子】臣也曾遠無親戚近無鄰。臣也曾釜有蛛絲甑有塵。臣則爲歸家嬾覩妻兒問。到如今布袍上有淚痕。〔駕云〕聞知卿幾遍被州官窘辱。卿是達者。如何苦苦干求於人。〔末云〕陛下。臣非得已。實出于無奈也。〔唱〕臣放着急煎妻罵兒嗔。便做到達人知命。君子務本。也則索十謁朱門。

〔駕云〕卿才思淵源。詩作高古。前人詩窮而後工。卿詩作必勝於前。試賦一二篇朕聽。〔末云〕臣不敢承旨也。〔唱〕

【甜水令】折末樂府離騷。長篇短韻。陛下待重與細論文。免陛下丁寧。非臣不遜。其實難效殷勤。

〔駕云〕卿不肯對朕賦詩。卿在黃州。豈無吟咏。〔末唱〕

【折桂令】怕不待閑吟些白雪陽春。本是箇咏月嘲風。翻做了罔上欺君。〔駕云〕朕當初一時之誤。卿對此鶯花景物。正好陶情寫興也。〔末唱〕陛下教吟徹鶯花。這番敢走偏乾坤。〔駕云〕想當日卿夜對便殿。詔賜金蓮。宮嬪簇捧。卿也曾賦滿庭芳詞。今日對朕再做一篇。有何不可。〔末唱〕見如今御史臺威風凜凜。怎敢向翰林院文質彬彬。則一句誂殺微臣。則爲這綵女嬪妃。送了俺騷客詩人。

〔駕云〕卿在黃州。誰是恩人。誰是讎人。卿説來朕聽。〔末云〕臣在黃州。多虧致仕馬正卿周給。實被楊太守窘辱。〔駕云〕如今他二人在於何處。〔末云〕已蒙天使將帶入朝。見在朝外等宣。〔駕云〕宣過來。〔楊馬見駕拜舞科〕〔楊云〕非臣辱蘇軾。他是放臣逐客。口舌害物。臣遵國法。豈敢容他。〔駕云〕馬正卿爲國重賢。扶持公道。有恩于蘇軾。封京兆府尹。走馬到任者。〔馬謝恩了〕〔駕云〕楊太守懷奸結黨。妬賢戕善。削去官職。本家爲民者。〔末云〕楊太守雖與臣不合。如

今世情皆如此。炎凉趨避。亦時勢之自然。陛下察之。〔唱〕

【川撥棹】這世裹欠田文。都是些吃敲的石季倫。屋也似金銀。山也似珠珍。有一千箇爲富不仁。傲貧人諂富人。

【七弟兄】清濁不分。仁義不存。只理會得自推尊。飢寒壯士無人問。似昌黎重作送窮文。魯褒再作錢神論。

〔云〕陛下。他見臣貧窮。所以不看顧。〔唱〕

【梅花酒】這厮每世不聞。倚主欺賓。仗富欺貧。倚勢欺人。富而驕貧而諂。貧無義富無恩。富無恩。豈是人。豈是人。類飛禽。類飛禽。頗曾論。頗曾論。處人倫。處人倫。傲飢貧。傲飢貧。莫生嗔。莫生嗔。閉賢門。閉賢門。使牛人。

【收江南】使牛人怎做孟嘗君。似仲尼不遇嘆麒麟。對清風明月兩閑人。折末受窘。也强如騎馬傍人門。

〔駕云〕今日事定。蘇軾仍復學士。翰林供職者。〔末拜云〕感謝聖恩。但臣曠久。不能供職。不願爲官也。〔唱〕

【雁兒落】臣寧可閑居原憲貧。不受夢筆江淹悶。樂陶陶三杯元亮酒。黑婁婁一枕陳摶困。

【得勝令】則願做白髮老參軍。怎消得天子重儒臣。那裏顯騷客騷人俊。到不如農夫婦蠢。繞流水孤村。聽罷漁樵論。閉草户柴門。做一箇清閑自在人。

題目　王安石執拗行新法
　　　李御史舉劾報私仇
正名　楊太守奸邪攻逐客
　　　蘇子瞻風雪貶黄州

李太白貶夜郎雜劇

王伯成撰

第一折

〔駕上云了〕〔高力士云了〕〔太真云了〕〔禄山上了〕〔外末宣住了〕〔正末扮上開〕小生姓李名白。字太白。曾夢跨白鶴上昇。吾非箇中人也。

【仙吕點絳唇】鶴夢翱翔。坦然獨向。蓬山上。引九曲滄浪。助我杯中況。

【混江龍】忽地眼皮開放。似一竿風外酒旗忙。不向竹溪翠影。决戀着花市清香。我舞袖拂開三島路。醉魂飛上五雲鄉。甘心致仕。自願歸休。歐陽浩氣。澆灌吟懷。不求名不求利。雖不一簞食一瓢飲。我比顔回隱跡只争箇無深巷。嘆人生碌碌。羡塵世蒼蒼。

〔見駕了〕〔云了〕小生却則酒肆之中。飲了幾杯。

【油葫蘆】常是不記蒙恩出建章。身踉蹌。把一領錦宫袍常惹御爐香。臣覷得緑樽一點蒲萄釀。似禹門三月桃花浪。記當日設早朝。没揣的見帝王。覺來時都汗盡江湖量。急卒着甚的潤枯腸。

【天下樂】官裏御手親調醒酒湯。聞香。不待嘗。量這筋頭酸怎揉我心上癢。不能彀甕裏篘。斗内量。那一回浮生空自忙。

〔駕云了〕〔末云〕陛下休小覷這酒。有幾般好處。

【那吒令】這酒。曾散漫却雲烟浩蕩。這酒。曾眇小了風雷勢況。這酒。曾混沌了乾坤氣象。想爲人百歲中。得運則有十年旺。待有多少時光。

〔駕云了〕

【鵲踏枝】欲要臣不顛狂。不荒唐。咫尺舞破中原。禍起蕭墻。再整理乾坤紀綱。恁時節有箇商量。

〔駕云了〕〔末云〕陛下道微臣在長安市上。酒肆人家。土坑上便睡。沙。那的是學士每好處。〔做住了〕

【寄生草】休笑那通廳炕。闊矮牀。臣便似玉仙高卧仙人掌。錦橙嫩擘銷金帳。便似醉鞭誤入平康巷。則這一席好酒百十觴。抵多少五陵豪氣三千丈。

〔駕云了〕

【幺】舒開箋無皺。磨得墨有光。就霜豪寫出凌烟像。文場中立定中軍帳。就兵牀拜起元戎將。那裏是樽前誤草嚇蠻書。便是我醉中納了風魔狀。

〔駕云了〕〔末云〕陛下問微臣直到幾時不喫酒。

【六幺序】何時静。盡日狂。但行處酒債尋常。糶盡黄粱。典盡衣裳。和他在誰家裏也琴劍書箱。這酒似長江後浪。灑歌樓醉墨琳琅。筆尖兒鼓角聲悲壯。驅雷霆號令。焕星斗文章。

〔駕云了〕

【幺】直等鑾王。見了吾皇。恁時節酒態軒昂。詩興飄揚。割捨了金鑾殿上。微臣待醉一場。紫綬金章。法酒肥羊。幾時填還徹這臭肉皮囊。聖朝帝主合興旺。教這斯横枝兒燮理陰陽。肚嵐躭喫得惹來胖。没些君臣義分。只有子母情腸。

【金盞兒】繞一百二十行。三萬六千場。這酒似及時雨露從天降。寬洪海量勝汪洋。臣那裏燕鶯花月影。鷗鷺水雲鄉。□□□這里鳳凰歌舞地。龍虎戰争場。

〔駕央末寫詞了〕

【醉扶歸】見娘娘捧硯將人央。不如我看劍引杯長。生把箇菱花鏡裏粧。做了箇水墨觀音樣。這孩兒從懷抱裏看生見長。則一句道得他小鹿兒心頭撞。

【金盞兒】則管裏開宴出紅粧。咫尺想像賦高唐。瑞雲重繞金雞帳。麝烟濃噴洗兒腸。不争玉樓巢翡翠。便是錦屋閉鸞凰。如今宫墻圍野鹿。却是金殿鎖鴛鴦。

〔正末做脱靴科云〕力士。你休小覷此物。

【後庭花】這靴曾朝踏輦路霜。暮登天子堂。軟趁殘紅片。輕沾落絮香。我若沾危邦。這的是脱身小樣。不合將足下央。

〔末出朝科〕

【尾】那廝主置定亂宮心。醖釀着謾天謊。倚仗着强爺壯娘。全不顧白玉階頭納表章。則信着被窩兒裏頓首誠惶。我繞着利名場。佯做箇瘋狂。指點銀瓶索酒嘗。儘教讒臣每數量。至尊把我屈央。休想楚三閭肯跳汨羅江。〔下〕

第二折

〔駕云〕〔外末進寶了〕〔駕旦外一行了〕〔外做宣末科〕〔正末扮上了〕〔引僕童上了〕〔正末云〕嗨。對著此景。却不快活。〔做教小童斟酒了〕〔正末云〕小童。此處無事。你自回去。如是朝野裏官人每。你道我在這裏。〔僕童下〕〔末做住〕

【正宫端正好】滿長安。花無數。霎時間暮景桑榆。偏得你醉鄉中閉塞定賢門路。偏俺不合殢樽中物。

【滚繡毬】這酒尋芳踏雪沽。棄琴留劍與。便大教我眼睜睜死生無路。莫不仕途中買我胡突。對着山河壯帝居。乾坤一草廬。便是我畫堂深處。那嚇蠻舡似酒面上浮蛆。不戀着九間天子長朝殿。曾如三尺黄公舊酒壚。但行處挈榼提壺。

〔力士云了〕〔籠馬上了〕〔做尋末科〕〔見住了〕〔力士云了〕〔正末云〕你道是我在此處無好處。

【倘秀才】我直喫的芳草展花裀繡褥。直喫的明月長銀臺畫燭。自有春風醉後扶。怎和那兒女輩。潑無徒。做伴侣。

〔力士云了〕〔末云〕你朝野裏不如我這裏。

【滚繡毬】禁庭中受用處。止不過皓齒歌細腰舞。鬧炒炒物知其數。這其間衆公卿似有如無。奏梨園樂章曲。按廣寒羽衣譜。一聲聲不叶音律。倒不如小槽邊酒滴真珠。你那裏四時開宴充肥鹿。我這裏萬里摇船捉醉魚。胸捲江湖。

〔力士教末上馬了〕〔末云〕力士。我醉也。只怕去不的。〔上馬了〕

【脱布衫】花梢鶯燕子鶯雛。錦韉蕩蝶翅蜂鬚。玉轡迎桃蹊杏塢。金鐙挑落花飛絮。

【醉太平】不比趁雕輪繡轂。遊月巷雲衢。又不比荔枝千里赴皇都。止不過上天街御路。全不似數聲啼鳥留人住。他則是一鞭行色催人去。我怎肯滿身花影倩人扶。一言既出。

〔正末外末了〕〔駕旦上了〕〔末騎馬上了〕

【倘秀才】恰離了光燦燦花叢錦簇。又來到鬧炒炒車塵馬足。抵多少白日明窗過隙駒。勝急價。更疾如。狂風驟雨。

〔末跪馬了〕〔旦駕了〕〔駕怒了〕〔末見駕了云〕陛下。不干臣事。是陛下馬的不是。

【叨叨令】鳳城有似溪橋路。落紅亂點莎茵綠。淡烟深鎖垂楊樹。因此上玉驄錯認西湖路。委實勒不住也末哥。委實勒不住也末哥。便似跳龍門及第思鄉去。

〔等云了〕〔末飲酒科〕〔駕賜衣服了〕

【喜春來】又不是風流天寶新人物。則是箇落托長安舊酒徒。怎消得明聖主。賜一領濺酒護身符。

【堯民歌】也不宜幞頭象笏。玉帶金魚。金貂繡襖。真紫朝服。臣再洪飲天之美祿。倘或問少下青蚨。也强如鳳城春色典琴沽。白馬紅纓富之餘。披一襟瑞靄出天衢。攜兩袖天香下蓬壺。須臾。須臾。行過長安市上去。便是臣衣錦還鄉去。

〔末帶醉出朝科云〕古人尚然如此。

【四煞】想着劉伶數尺墳頭土。誰戀架上三封天子書。那酒更壓着救旱恩澤。洗沁甘露。止渴青梅。灌頂醍醐。怕我先嘗後買。散打零兜。高價寬沽。月明江浦。春醉酒□漉。

〔太真禄山送末了〕〔出朝科〕〔末云了〕
【三煞】娘娘甚酒中貞潔真賢婦。禄山甚才上分明大丈夫。止不過盞號温凉。布名火院。瓶置玻璃。樹長珊瑚。犀澄離水。裙織綾綃。簾捲蝦鬚。真珠琥珀。紅瑪瑙紫璘璪。
【二煞】這箇曾手扶萬丈擎天柱。這箇曾口吐千年照殿珠。只消的一管霜毫。數張白紙。寫萬古清風。不勾一醉工夫。怕我連真帶草。一剗數黑論黄。寫做描朱。從頭至尾。依本畫葫蘆。
【尾】那是安禄山義子台怒。則是楊貴妃賊兒膽底虚。似這般忒自由。没拘束。猛軒騰。但發路。交近南蠻。至北隅。接西邊。去東魯。一年多。半載餘。那裏景悽凉。地悽楚。嚲袖垂肩仕女圖。似秋草人情日日疎。待寄蕭娘一紙書。地北天南雁亦無。忽地興兵起士卒。大勢長驅入帝都。一戰功成四海枯。得手如還入宫宇。一就無毒不丈夫。玉殿珠樓盡交付。抵多少燭滅烟銷帝業亏。十萬里江山共寶物。和那花朵兒渾家做不得主。〔下〕

第三折

〔一行上〕〔禄山旦云了〕〔外宣末了〕〔正末扮帶酒上了〕

【中吕粉蝶兒】只被宿酒禁持。轟騰煞浩然之氣。幾曾明白見一箇烏兔西飛。今日醉鄉中。如混沌。初分天地。恰辨得箇南北東西。被子規聲喚回春睡。

【醉春風】一壁恰烘得錦袍乾。又酒淹得衫袖濕。半醒時猶透頂門香。不喫時怎由得你。你。你。躭閣得半世無成。非是我一心偏好。則爲你滿朝皆醉。

【迎仙客】比及沾雨露。恨不得吐虹霓。滄海倒傾和月吸。向翠紅鄉。圖畫裏。不設着舞筵席。枉辜負了遲日江山麗。

【醉高歌】脚列趄登輦路花基。神恍惚步瑶階玉砌。吐了口中涎。按捺定心頭氣。勉强山呼萬歲。

〔正末失驚了〕

【石榴花】疑怪翠樓人用錦重圍。不聽得月殿樂聲齊。往常恐東風吹與外人知。怎想這裏泄漏天機。知他那堝兒醉倒唐皇帝。空有聚温泉一派香池。又無落花輕泛波紋細。怎生悮走到武陵溪。

〔外末旦做住了〕〔外末同旦與正末禮了〕〔正末云〕不想如此。

【鬪鵪鶉】恰才箇倚翠偎紅。揣與箇論黄數黑。則他行怕行羞。和我也面紅面赤。誰大兩白日。細看春風玉一圍。却是甚所爲。更做箇抱子攜男。莫不忒回乾就濕。

〔力士云了〕〔一同與正末把酒了〕〔末笑科〕

【普天樂】不須你沈郎憂。蕭郎難易。就未央宫擺布樽罍。直喫的盡醉方歸。折末藏着劍鋒。承着機密。漢國公臣臻臻地。來來喫一回吕太后筵席。穩便波鸞交鳳友。休憂波鶯兒燕子。休忙波蝶使蜂媒。

〔正末云了〕〔外把盞了〕〔末云了〕

【乾荷葉】來的盞不曾推。有的話且休提。准備着明日。向君王行主意的緊支持。刁蹬的斷央及。被我連珠兒飲了三兩盃。則理會酒肉擅場喫。

【上小樓】這孩兒何曾夜啼。無些驚氣。嬌的不肯離懷。懶慵挪步。怕見獨立。三衙家。繞定著。親娘扒背。兀的後宫中養軍千日。

【幺】穿了好的。喫了好的。盛比别人。非理分外。費衣搭食。甚時曾。向人前。分明喘氣。他一身兒孝當竭力。

〔云〕力士。我只道官裏宣喚。誰想如此。〔旦云了〕

【滿庭芳】你心知腹知。宫中子母。村裏夫妻。覷得俺唐明皇顛倒如兒戲。我不來這其間敢錦被堆堆。得了買不語一官半職。做了箇六證三媒。枉了閑咷氣。又道我虎嚇你酒食。怕誤了你愛月夜眠遲。

〔正末做出殿科〕〔外扯住了〕〔外將荔枝上了〕〔外央正末喫科〕〔末取物籤科〕〔云〕我本待籤一箇來。却籤著你兩箇。

【快活三】沾拈着不摘離。厮胡突不伶俐。盡壓著玉枝漿白蓮釀錦棖醅。官裏更加上些忍辱波羅蜜。

【鮑老兒】若是忔摟定舌尖上度與喫。更壓著王母蟠桃會。更做果木叢中占了第一。量這厮有多少甜滋味。壓著商川甘蔗。鄱陽龍眼。杭地楊梅。吴江乳橘。福州橄欖。不如魏府鵝梨。

〔覷旦科〕

【哨遍】兩葉眉兒頻蹙蹙。鎖青嵐一帶驪山翠。香靄暗宫闈。則是子孫司裏酒病花醫。則爲箇肥肌體。把錦幃繡幄。幔幙垂簾。做了張蓋世界的鴛鴦被。這張紙於官不利。作雲屏斜掩。霧帳低垂。那裏是遮藏醜事護身符。則是張發露私情樂章集。看你執盞慇懃。捧硯驅馳。脱靴面皮。

〔云〕你問我那裏去。

【耍孩兒】一頭離了鶯花地。直赴俺蓬萊宴會。碧桃間拂面風吹。浩歌聲聒耳如雷。平驅風月粧詩興。倒捲江湖此酒盃。偃仰在銀河内。折末冠簪顛倒。衫袖淋漓。

〔云〕我知道。我知道。

【五煞】見没處發付咱。便颩一聲宣唤你。這場誤賺神仙罪。我閑來親去朝金闕。不記誰扶下玉梯。這唵噆輩。鬧中取静。醉後添愁。

【四煞】你親上親。我鬼中鬼。無用如碧澄澄緑湛湛清冷水。於民只解滌塵垢。潤國何曾洗是非。水共禄山渾相類。見了些浮花浪蕊。玉骨冰肌。

【三煞】大古裏家不和鄰里欺。人貧賤也親子離。不求金玉重重貴。你惟情之外别無想。除睡人間總不知。謊得來無把臂。不曾三年乳哺。一剗合肥。

〔外末共旦云了〕〔末做指禄山云了〕

【二煞】拈起紙筆。標是實。教千年萬古傳于世。看了書中有女顔如玉。路上行人口勝碑。兒曹悔之晚矣。歸去來兮。

【尾】没遭羅李翰林。忒昏沉楊貴妃。見如今鳳幃中摟抱着肥兒睡。更那裏别尋箇杜子美。〔下〕

第四折

【雙調新水令】謝你箇月中人不棄我酒中仙。向浪花中死而無怨。是清風連夜飲。幾曾漁火對愁眠。眇眼的湖水湖淵。豁達似翰林院。

【駐馬聽】想着天子三宣。翠袖雙扶不上船。不如素娥捧勸。巨甌一飲倒垂蓮。爲楊妃昧龍庭夫乃婦之天。釣風波口似鈎和線。雖然在海角邊。舉頭日近長安遠。

〔云〕我想此處。却不强如與他每鬧鬧吵吵地。

【沉醉東風】恰離了天子金鑾殿前。又來到儂家鸚鵡洲邊。自休官。從遭貶。早遞流了水地三千。待教我蓑笠綸竿守自然。我比姜太公多來近遠。

【沽美酒】他被窩兒裏獻利便。枕頭上納陳言。義子賊臣掌重權。那裏肯舉善薦賢。他當家兒自遷轉。

【太平令】大唐家朝治裏龍蛇不辨。禁幃中共猪狗同眠。河洛間途俗皆現。日月下清渾不辨。把謫仙。盛貶。一年半年。浪淘盡塵埃滿面。

〔云〕小生終日與酒爲念。

【殿前歡】酒如川。鷺鷗長聚武陵原。鴛鴦不鎖黄金殿。緑蓑衣帶雨和烟。酒裏坐酒裏眠。紅蓼岸黄蘆堰。更壓着金馬門瓊林宴。岸邊學淵明種柳。水面學太乙浮蓮。

【甜水令】鬧鬧吵吵。歡歡喜喜。張筵開宴。送到楊柳岸古隄邊。正稚子妻兒。痛哭號咷。牽衣留戀。早解纜如烟。

【折桂令】一時間趁篷箔順水推船。不比西出陽關。北侍居延。幾時得爲愛青山。住東風懶着吟鞭。流落似守汨羅獨醒屈原。飄零似泛浮槎没興張騫。納了一紙黄宣。撇下滿門良賤。對十五嬋娟。怎不凄然。他每向水底天心。兩下裏團圓。

〔末虚下〕〔水府龍王一齊上坐定了〕

【夜行船】畫戟門開見隊仙。聽龍神細説根元。向人鬼中間。輪迴裏面。又轉生一遍。

【川撥棹】赴科選。跳龍門奪狀元。命掩黄泉。魚跳深淵。不見九五數飛龍在天。望海門潮信遠。

【七弟兄】偶然。見面。恕生年。那裏取禹門浪急桃花片。玉溪月滿木蘭船。錦溪露濕芙蓉面。

【梅花酒】他雖無帝主宣。文武雙全。將相雙權。鸞駕齊肩。比侯門深似海。我怎敢酒量大如川。憶上元。芍藥圃牡丹園。梧桐院海棠軒。歌舞地綺羅筵。衫袖濕帽簷偏。相隔着水中原。無旅店少人烟。鼂大夫在旁邊。鱉相公守根前。猿先鋒可憐見。

衆水族盡皆全。擺列着一圓圈。【收江南】可甚玉簪珠履客三千。比長安市上酒家眠。兀的不氣喘。月明孤枕夢難全。【後庭花】翰林才顯耀徹。酒家邊還報徹。酬了鶯花志。補完了天地缺。尋常病無些。玉山低趄。不合保他短處劫。便將俺冤恨雪。君王行厮間迭。聽讒臣耳畔説。眨離了丹鳳闕。下江船不暫歇。採石渡逢令節。友人將筵會設。酒盃來一飲竭。正更闌人静也。波心中猛覷絶。見冰輪皎潔潔。手張狂脚列趄。探身軀將丹桂折。【柳葉兒】因此上醉魂如燈滅。中秋夜禄盡衣絶。再相逢水底撈明月。生冤業。死離别。今番去再那裏來也。〔下〕

老莊周一枕胡蝶夢雜劇

史九敬先撰

第一折

〔冲末扮蓬壺仙長上云〕莫瞞天地莫瞞心。心不瞞人禍不侵。十二時中行好事。災星變作福星臨。小聖乃蓬壺仙長是也。今有太白金星。傳玉帝敕命。爲因大羅神仙陞玉京上清南華至德真君。在玉帝前見金童玉女。執幢旛寶蓋。不覺失笑。玉帝怪怒。貶大羅神仙下方莊氏門中爲男。名爲莊周。游學將至杭州。此人深愛花酒。恐他迷失正道。差小聖領着風花雪月四仙女。先到杭州城内。化仙莊一所。賣酒爲生。着四仙女化爲四箇妓者。等候莊周來時。先迷住他。待太白金星到時。自有點化處。〔下〕〔生扮莊子上云〕窗前十載用殷勤。多少虛名枉悞人。只爲時乖心不遂。至今無路跳龍門。小生姓莊名周。字子休。祖貫山東曹州人氏。因天下大亂。跟先祖前來四川居住。我兄弟四人。父母俱亡。頗有些家貲。三箇哥哥收掌。我在學中讀書。晚上睡不着。便思想人有生死。不能逃的。小生前歲往嶺南探親。及至回家。與小生送别的朋友。一半死了。小生嘆惜爲人在世。會幾箇士大夫之人。死而無怨。小生但會朋友。便問那裏好散心。都説杭州魚米之地。小生因此一徑的來到杭州。去城不遠。小生平日愛的是花酒。不知怎麽説。若是有彈唱的送酒。小生也吃不醉。遠望見城邊酒店中坐着箇老者。試問他一聲。賣酒的有酒麽。〔蓬壺上云〕是誰叫。有酒。〔生云〕好酒取二百文錢的來。〔蓬壺云〕先生一位客。緣何用二百文錢的酒。敢吃不了。〔生云〕你不認的。我是四川莊子休。我若用心吃。一千錢的酒。我也喫了。〔蓬壺云〕既如此。任從尊意。先生。我這杭州城。有幾箇唱的。在這莊西邊。請他來同席。只費兩壺酒。可也不可。〔生云〕甚好。老者你就去。〔蓬壺下〕〔引四旦上〕〔見科〕〔生云〕你這四箇大姐。都是院裏的。會甚麼吹彈。〔四旦云〕所事都會。先生要甚雜劇。俺就扮來。〔生云〕好大話也。我說出來。你若不會。怎了。〔四旦云〕人會的。俺便會。人知道的。俺便知道。〔生云〕既如此。您將樂器各作四句詩。都要有出處的言語。〔一旦云〕蒼梧雲氣赤城霞。錦樂鈞天帝子家。醉裏忽逢王子晉。玉簫吹上碧桃花。〔生云〕婦人只知枕席之事。也曉的這等言語。〔又一旦云〕世人多慮我無憂。一片身心得自由。散誕清閑無箇事。臥吹鳳管月明秋。〔生云〕我學生會天下士大夫。止不過學而知之。似列位者。少有。〔又一旦云〕塵世飄飄萬丈坑。暮雲樓閣古今情。誰將羌管吹殘月。白玉樓頭第一聲。〔生云〕又妙又妙。〔又一旦云〕非希非易亦非奇。音律輕歌韻正宜。說與君家如得悟。無憂無慮亦無疑。〔生云〕酒保。把前後門都關了。不要放一人進來。俺五箇人直喫的盡醉方歸。〔做彈唱送酒科〕〔生連飲科云〕我醉了。〔做睡科〕〔末扮太白金星上云〕閬苑仙家白錦袍。海山銀闕宴蟠桃。三更月底鸞聲遠。萬里風頭鶴背高。小神乃太白金星是也。奉玉帝敕旨。下方點化大羅神仙。我先差蓬壺仙領四仙女。去杭州城南聚仙莊上迷住他。我來自有話說。

〔唱〕

【仙呂點絳唇】飛下天宮。將帝宣欽奉。因他宿緣重。但得相逢。是一枕胡蝶夢。

【混江龍】世俗迎送。都是些是非人我虎狼叢。流的緊黃河九曲。坐的穩華岳三峯。依舊春風人世所。黃河一去永無踪。生太素陰陽未判。辨清濁混沌初分。推物理三皇治世。定人倫五帝興隆。寵女色夏桀無道。自荒淫太甲居桐。廢殷祀紂辛失位。建周朝文武成功。爲宰臣職居相府。作公侯禄厚千鍾。名利似湯澆瑞雪。榮華如秉燭當風。度寒暑雁鴻南北。搬興廢烏兔西東。天地久消磨造化。黃塵老埋没英雄。人有限。事無窮。觀二氣。漸消鎔。一會家嘆干戈千載戰爭場。可憐人一枕南柯夢。恰開眼蜂衙蟻陣。轉回頭兔跡狐踪。

〔云〕早到聚仙莊也。蓬壺仙何在。〔蓬壺引四仙女跪科云〕上仙有何法旨。〔末云〕大羅仙在那裏。〔蓬壺云〕見在房中。酒醉睡着了。〔末云〕既做神仙。怎生醉了。我試看者。〔做看科云〕似此不如做神仙。〔唱〕

【油葫蘆】不如我跨鳳乘鸞朝玉京。仙家日月永。你只待浩歌一曲酒千鍾。見如今春秋七國刀兵動。不如我柳陰中一枕南柯夢。俺昆侖頂上人。比凌烟閣上臣。試看咸陽原上麒麟塚。都一般瀟洒月明中。

〔云〕自太極初分。到今春秋時。已經幾萬年了。日月好疾也。〔唱〕

【天下樂】轉首繁華掃地空。你看乾坤。造化功。笑凡夫與吾心不同。我欲待説是西。他却來道做東。想塵埃誰識神仙種。空教我嘻笑不言中。

〔生醒科〕〔末自云〕好儀表也。看他眉如秋月。目若朗星。真神仙也。我且躲在西檐房下。〔做躲科〕〔生云〕賣酒的老者。〔蓬壺云〕有。〔生云〕我教你前後門都閉了。俺五箇人喫的盡醉方歸。你如何放進人來。〔蓬壺云〕此人原是杭州城裏富户。十年前家貲鉅富。我多受他恩來。如今艱難了。來問我要酒喫。先生休怪。〔生云〕你説十年前富貴。今日艱難了。我想富貴貧窮。流轉不息。好傷感人也。老者。請他過來。這裏有酒。教他吃些。〔蓬壺請科〕〔末變艱難相貌見科〕〔生云〕老人家飲一盃酒者。〔四女跪下科〕〔生云〕請起。〔四旦云〕這老人家。是我杭州在城恩府。怎敢不跪。〔末向生云〕莊先生。看你趁這等標致身軀。眉眼動蕩。修行去罷。〔生云〕老人家。你若富貴。無這話説。如今窮了。有這異端之心。你自修行去。〔末云〕若先生功夫到了。便是神仙。似這等貪戀花酒。有甚麼好處。〔唱〕

【那吒令】你戀酒呵。多敗少成。你戀色呵。色即是空。你戀財呵。那財中隱凶。都只因氣送了人。到底成何用。誰知你有眼無瞳。

〔生云〕你道門中有甚麼好處。我甚麼有眼無瞳。〔末唱〕

【鵲踏枝】説起俺道門中。不與你世俗同。你愛的是雪月風花。我愛是惰懶偎慵。四件事無毛大蟲。再休與酒色財氣相逢。

〔生云〕你這老人家。我與你酒。全不曾喫。都澆奠在地下。我與你不相識。你出去外邊立去。〔末出外科〕〔生云〕你四箇女子。唱一箇曲兒。我喫一盃。〔末云〕他不認的我。教我出外邊來。他若認的時。頭也得他的。似此作歡。能得幾時受用也。〔唱〕

【寄生草】他只待兩行排着紅袖。二人捧着玉鍾。數朝不離香醪甕。我着你半霎搶入迷魂洞。猶兀自一盃未盡笙歌送。全不想無常迅速頃刻休。休倚仗三寸氣在千般用。

〔生云〕我又醉了。〔睡科〕〔胡蝶仙子上〕〔舞一折下〕〔生醒科云〕適夢中見胡蝶變化。好一箇大胡蝶也。〔末云〕十分胡蝶大。我有箇大胡蝶詞。〔生云〕你唱。〔末唱〕

【醉中天】撑破莊周夢。兩翅駕東風。五百處名園一掃一箇空。難道風流種。諕殺尋芳蜜蜂。輕輕飛動。把一箇賣花人扇過橋東。

〔生云〕誰想村莊上。遇此知音。老者。城中不知有多少賢士大夫。老者。請坐請坐。〔末云〕我小人有一件物。還是比先收下的。因無人買的起。出不上銀子。小人就不曾賣。〔生云〕值多少銀子。〔末云〕值銀一萬兩。〔生云〕甚麼物件。值這些。〔末云〕小人有一花盆能種花。頃刻結果。食用可充饑渴。〔生云〕情願看一看。〔末種花科〕〔結果科〕〔末云〕先生食果。〔莊食果科云〕好奇果也。甜如甘露。〔末云〕我再種一果。先生食用。〔六次科〕〔末收盆科〕〔末垂泪悲科〕〔生云〕老者爲何煩惱。〔末云〕我悲這花開六遭。如流年相似。〔唱〕

【金盞兒】恰春到百花紅。早夏至緑陰濃。秋來不落園林空。呀。早霜寒十月過。春夏與秋冬。今日是一箇青春年少子。明日做了白髮老仙翁。豈不聞百年隨手過。萬事轉頭空。

〔生云〕當的煩惱。光陰瞬息。不覺的老了也。〔末唱〕

【後庭花】想人生百歲翁。似花飛一陣風。人無有千日好。花無有百日紅。〔生云〕神仙有生死無有。〔末唱〕何必你論窮通。你如何如癡如諍。戀酒的有甚功。愛色的有甚寵。貪財的只是凶。使氣的不善終。若將我仙境通。豁開你心上蒙。飛身到太華峯。看白蓮開玉井。看白蓮開玉井。

【青哥兒】呀。學取那乘鸞跨鳳。傳與你伏虎降龍。呼吸風雲在掌中。俺那裏靈芝常種。蟠桃初紅。雲鶴翔空。白雲迎送。玉女金童。紫簫調弄。香靄澄澄。紫霧濛濛。瑞氣騰騰。罩着這五雲樓觀日華東。俺那裏有神仙洞。

〔生云〕一會困上來。我再睡些。〔睡科〕〔末云〕我欲留下這四箇女子。誠恐泄露天機。是我之過。你四人每人與我幹一件事。我在空中等你。〔唱〕

【賺煞】你與我只一片燕鶯心。做半世胡蝶夢。扇粉翅殷勤建功。一指迷人大道中。不要你燕懶鶯慵。不留停。歲月匆匆。都戀着柳緑花紅春意濃。玳筵開一終。把布

袍扇動。駕白雲飛上建章宫。〔下〕〔四仙女推莊生下澗科下〕

楔子

〔生上醒科云〕怎生我在這裏。兩日茶飯不得。如何是好。〔末扮道士閉眼上云〕貧道在這山修行多年。今日無事。閑游一回。〔唱〕

【仙吕賞花時】剩水殘雲四五塌。野杏夭桃無數花。淡隱隱卧殘霞。疎林直下。掩映着茅舍兩三家。

〔生向前云〕先生作揖。〔末云〕有鬼。〔生云〕小生是人。〔末云〕我在這山中數十年。無人至此。因此我無忌憚。胡唱閑耍。你既是人。你在那裏住。〔生云〕我住處遠哩。〔末云〕遠。不在天上。地下到天上。也只三萬餘程。能有多遠。〔生云〕小生四川成都府人氏。姓莊。名周。字子休。老先生睁眼看者。〔末開眼科云〕莊先生。作揖了。我幾番在各府州縣。見先生與士大夫相處。我不敢近前。今日在此山中相逢。也是我窮先生萬幸也。請問莊先生那裏去。〔生云〕小生迷在此山中。不知地界。煩你指引與我道路。異日相謝。〔末云〕你出來做甚麽。你若捨身。往萬丈山澗裏一跳下去。我尋着你。咱兩箇一處閑耍了罷。〔生云〕我學生出不的家。〔末云〕我着這朱頂鶴舞一會。你看。〔唱〕

【端正好】你做神仙。不能勾。出家人無慮無憂。跨黄鶴逕上虚空走。我把那世事都參透。

【滾繡毬】閑來時山背後。喂箇水牛。閑來時把師父道德求。待做神仙。怎生能彀。似這般無慮無憂。山中有火常沽酒。常言道一日無常萬事休。我自在優游。

〔云〕我也去。〔末騎鶴上升科〕〔生云〕那裏走這箇術士來哄人。我尋路出去。〔做行科〕〔下〕

第二折

〔生上云〕呀。這前面一座大宅舍。一座牌樓。上寫敕建李府尹宅。我素不認的李府尹。今在窮途。試叫門者。開門。開門。〔旦上云〕是誰叫門。〔生云〕大姐作揖。〔旦云〕這漢子好無禮。見俺女人。又不迴避。俺老爹在家倦出。好。揪進去打這廝。〔生云〕一箇女人。這等不賢。他家男子。又不知怎麼模樣哩。〔向旦云〕小生乃四川成都府人。姓莊名周。迷路至此。望大姐可憐見。開門放小生進去。〔旦慌出門跪下科云〕不知是莊子叔叔。俺老爺在家。常念叔叔。請叔叔進門來。我報去。〔旦下〕〔末扮李府尹上云〕塵夢覺。榮辱升沈堪笑。蝸角虛名何足道。不須閑計較。莫戀五花官誥。莫愛七賢朝帽。懼禍憂讒何日了。幾人能到老。小官李府尹是也。近新來故了妻室。我在房裏睡着。只見使女來報説。四川莊子在門首。我想來莊周是箇白衣人。楚威王將重表裏取他爲官。他不肯出仕。他遊徧天下。不知認的多少士大夫。我認的他。他不認的我。須索接見者。〔做見科〕〔末云〕莊先生請。請。〔生云〕學生不敢。〔做入科〕〔見科〕〔末云〕將酒來。〔生

云〕賜飯足矣。小人酒上不明。〔末云〕不喫酒不是斯文。豈不聞白日莫閑過。青春不再來。今人不飲酒。古人安在哉。〔唱〕

【南吕一枝花】且盡生前有限盃。莫思身外無窮事。窗外日光彈指過。席前花影坐間移。廣設尊席。休惜千金醉。倒玉山非自頹。儘君心走斝飛觥。快我意追歡共喜。

【梁州】我這裏小才思施强弄會。老精神燕約鶯期。〔末哭科〕〔生云〕大人這等大家當。緣何發悲煩惱。〔末云〕買不的生死。〔唱〕我哭這光陰急急如流水。青春纔至。白髮相催。百年身命。六道輪迴。疾箭般兔走烏飛。轉回頭虎倦龍疲。起初時鬧垓垓蝶急蜂忙。濃鬧裏笑欣欣鶯甜燕美。下場頭冷清清財散人離。怎知。就裏。本是箇神仙老子非凡體。待得來玉不琢不成器。保養心猿意馬肥。有甚驅馳。

〔生云〕老大人根前。小生不敢說。小生在杭州曾見一人。他會開頃刻花。小生曾喫花上果子。〔末笑云〕你不知。那花盆在我這山裏出。〔生云〕大人哄我哩。〔末云〕那女子。你開了那書房門。把那花盆都搬出來。與你莊叔叔看。〔生云〕若結一箇果子。我喫一鍾酒。〔末云〕莊先生。咱往書房中看去。〔做行到見科〕〔生云〕那裏討這些花果來。〔末云〕你若在我家住些時。我與你十數盆。到家送朋友。〔生云〕不敢不敢。〔末云〕你把家中女子。都叫出來。見你叔叔一見。明日好行走。〔女子應下〕〔生云〕我不曾將人事來。每位大姐贈一首詩。〔一旦攜琴上云〕一寸光陰一寸金。持將此物寄知音。先生識破浮生夢。渾似南風一操琴。〔生云〕大姐如何不操琴。〔旦云〕先生戒一件物。方去操琴。〔生云〕戒甚麽。〔旦云〕戒酒。傷人點水傍邊酉。玉液瓊漿不堅久。陷人風波萬丈坑。人人送死皆因酒。〔生云〕敢問大姐甚麽名字。〔旦云〕畫樓西畔雨初晴。度柳穿花過一生。既是叔叔問名姓。妾身小字是鶯鶯。〔末云〕你説一箇女子。送四句詩。〔生云〕將筆來。〔寫科〕〔念云〕擲柳遷喬太有情。交交時作弄機聲。洛陽三月春如錦。多少工夫織得成。〔末云〕這詩是舊的。〔生云〕再來做新的。〔末唱〕

【牧羊關】住在這深山内。如今遷在喬木裏。送行人幾度別離。出入在柳影花陰。宿卧在枝頭葉底。半生富在鳴珂巷。一聲巧在畫樓西。他也曾驚回玉鎖窗前夢。渾似緑楊枝上啼。

〔又一旦將棋子上云〕滿眼韶光似箭催。轉頭白髮故人稀。榮枯枕上三更夢。成敗尊前一局棋。〔生云〕又教我戒甚麽。〔旦云〕戒色。敗國亡家破吴越。蛾眉淡掃君王側。快人迷戀翠紅鄉。箇箇身亡皆爲色。〔生云〕敢問大姐甚麽名字。〔旦云〕穿簾入户居宫殿。飛入烏衣尋不見。先生既問妾身名。舊時王謝堂前燕。〔末云〕先生作詩。〔生云〕有了。曾向烏衣看落花。春風吹影傍天涯。茅簷亦有安巢地。何必王家與謝家。〔末唱〕

【幺篇】住畫樓。居蘭室。穿朱簾。入綉幃。聽花言巧語偏疾。家住在王謝堂前。祖居在烏衣巷裏。驚蟄罷三春至。秋社後一雙歸。休猜做沙煖鴛鴦睡。本是箇泥融燕子飛。

〔又一女子捧書上云〕浮利浮名總是虛。潑天富貴待何如。若能參透詩中意。盡在玄元一卷書。〔生云〕又着我學生戒甚麽。〔旦云〕戒財。白玉黄金是禍胎。錢多害己必爲災。勸君跳出風波險。丢了飄飄浮世財。〔生云〕敢問大姐甚麽名字。〔旦云〕殷勤釀蜜苦於農。深有於人濟世功。采蕊尋芳平日事。花間葉底小游蜂。〔末云〕先生作詩。〔生云〕蜜口暄春好信通。爲花評品嫁東風。香鬚惹得飛英去。疑是纏頭利市紅。〔末唱〕

【幺篇】妙體態人多美。細腰肢舞更宜。多少人趨赴嬌姿。他蜜又調成。花又得濟。有禮數知王法。甜口兒不虛脾。因爲我來於此。爲誰人忙甚的。

〔又一女子把畫上〕〔云〕秦晋交歡皆爲詐。榮華一筆都勾罷。龍争虎鬭是非場。圖成四幅丹青畫。〔生云〕又教我戒甚麽。〔旦云〕戒氣。德重施仁唐虞治。誰强誰弱不都濟。要入長生不死鄉。休争三寸元陽氣。〔生云〕敢問大姐甚麽名字。〔旦云〕牡丹盈檻花開徹。兩翅濃香慣風月。飛入君家夢裏來。妾身本是花間蝶。〔末云〕先生作白胡蝶詩。〔生云〕銀爲鬚翅玉爲衣。任意春風不解肥。桃李上林無分到。可憐只傍菜花飛。〔末唱〕

【幺篇】肌柔膩如粉施。體輕盈稱素衣。曲彎彎兩道蛾眉。一生好採蕊尋芳。半世愛偎紅倚翠。名雖擔着風月。心上戀着芳菲。繞定這尋芳客身上舞。不若在賣花人頭上飛。

〔云〕莊先生。你記的這四箇女子不記的。〔生云〕記的。他四箇是鶯燕蜂蝶。各人拿的是琴棋書畫。戒我學生的酒色財氣。〔末云〕這四件事戒的那幾件。〔生云〕學生戒不的酒色。戒不的財氣。〔末云〕將酒來。吾觀莊先生言論。如長江大河。一瀉千里。〔生云〕老大人談吐如劈竹相似。數節之後。迎刃而解。〔末起身云〕我今上洛陽做官。家中無人。兄弟怎生當一年半載家事。〔生云〕等我到家與哥哥説知。願來與大人當家。〔末云〕等你到家再來。悮了我的欽限。把這四箇女子。留住在此服事你。有一箇不用心的。休等我來。就打無論。〔生云〕這等。小生在此看家罷。〔末謝云〕既如此。我就赴任去罷。〔下〕〔生云〕您四箇女子。用心服事我。將酒來。〔做飲科〕〔生醉睡科〕〔末上云〕某那裏是李府尹。是太白金星一化。特來度脱大羅仙。這等醉生夢死。幾時得正果朝元也。〔唱〕

【罵玉郎】東君不管人憔悴。那裏也酒病賴花醫。頑涎尚有何時退。不帶酒。撒膩滯。佯推醉。

【感皇恩】你只管情蕩心迷。廢寢忘食。你只待弄輕盈。相嬉笑。放迷稀。貪戀着燕約鶯期。蝶使蜂媒。只待要興顛狂。花簇繞。酒淋漓。

〔四旦虚下〕〔生醒科〕〔哭云〕女子每都那裏去了。〔末自云〕他花情忒重也。〔唱〕

【採茶歌】他怎麼痛傷悲。怨別離。那裏也有情何怕隔年期。海誓山盟君莫喜。你明日花殘月缺悔時遲。

〔生復醉倒科〕〔末至前科云〕看這貪花戀酒的模樣。我欲將四箇女子留下。誠恐有別事情。就是

我之過。莊子。你做神仙做人。隨你。〔唱〕

【煞尾】罷名繮收利鎖觀兩輪日月搬興廢。我與你拴意馬繫心猿看一榻乾坤定是非。興還濃。睡正美。猜呆禪。打啞謎。能參透。其中意。不貪財。不圖利。作三生。過一世。惜花酒。戀財氣。似殘春。花亂飛。狂風飄。急雨催。塵中多。枝□稀。蜂倦游。蝶不戲。那時節。悔不及。直待的花殘鶯老春歸。這的一枕胡蝶家萬里。〔下〕

〔生醒云〕四女子那裏去了。我且後房歇息去者。〔下〕〔末扮太白金星上云〕金風未動蟬先覺。暗送無常死不知。某太白金星是也。奉上帝命度脱大羅仙。因他花酒情重。不得正果。奏知玉帝。又令金母殿前再差四箇仙女點化他去。教他酒中會得道。花裏遇神仙。〔下〕〔生上云〕某莊周是也。在這李府尹宅上。住了許久。有四箇女子。逐日相陪。近來不知那裏去了。無處找尋。今日在此閑坐。看有甚麽人來。〔四仙女扮旦上云〕妾乃金母殿前春夏秋冬四仙女。作爲桃柳竹石。着俺去下方。迷大羅神仙。可早來到他住所。咱過去見者。〔做見科云〕莊先生萬福。〔生云〕好東西也。是那裏來的。又不數那鶯燕蜂蝶了。敢問列位因何至此。〔一旦云〕奉師父傳法旨。差往西南山採藥。煉九轉仙丹。做不死之人。〔生云〕説這等大話。你是誰。〔旦云〕去年今日此門中。人面桃花相映紅。人面不知何處去。桃花依舊笑春風。〔生云〕你實説。你姓甚名誰。〔旦云〕武陵溪畔是吾家。妖豔春深綻錦霞。既是先生問名姓。妾身小字是桃花。〔生云〕將桃花來插在頭上。我飲酒三杯賞桃花。〔飲科〕〔又一旦上云〕試看柳色黃金嫩。勝似梨花白雪香。不向玉樓巢翡翠。故來金殿鏁鴛鴦。〔生云〕你是甚麼名字。〔旦云〕壓盡櫻桃樊素口。纖腰偏稱春葱手。先生既問妾身名。奴是一枝臨路柳。〔生云〕將柳來插在頭上。滿飲三盃賞柳。〔飲科〕〔又一旦上云〕千里好風清戛玉。一輪明月冷篩金。堅剛不屈中臣節。骨鯁還同列女心。〔生云〕老實說你名字。〔旦云〕湘江長就娥皇緑。洒淚成斑枝勝玉。歲寒三友有奴名。妾身是箇梅間竹。〔生云〕將竹插在身上。酌酒三盃賞竹。〔飲科〕〔又一旦上云〕清奇古怪世間稀。說與君家知不知。倚翠偎紅花竹畔。亭亭曾見雨雲期。〔生云〕你甚麼名字。〔旦云〕萬竅千穴花木主。玲瓏剔透人皆許。風流可喜太湖石。曾伴投江浣沙女。〔生云〕你是太湖石。放在頭上。敢使不的。我也喫三盃。〔飲科〕〔生云〕你四人聽我說。你師父有甚真訣妙語。你說來共修仙道。〔一旦唱〕

【南曲柳摇金】聽吾所告。仙丹匪遥。八卦布周遭。保守的嬰兒壯。相憐姹女嬌。請一箇黃婆媒合。離坎換中交。向西南採取。初生藥苗。須調火候。火候須調。火候須調。温養汞鉛丹竈。

〔又一旦唱〕

【前腔】汞鉛丹竈。能平善消。火候最難調。便誘的心猿順。怎防着意馬驕。奴不如金丹修煉。差悞在分毫把離爻換坎。乾坤怎交。須教採煉。採煉須教。採煉須教。說與洞房玄妙。

〔又一旦唱〕

【前腔】陰汞能飛走。陽鉛會伏調。緊收拾頑猿劣馬。休放半分毫。心如止水。情通九霄。堅牢温養。温養堅牢。温養堅牢。管取寶珠光耀。

〔生跪下科云〕你是神仙。地下無這等人。〔旦唱〕

【前腔】委的是神仙來到。修真的至高。千歲宴蟠桃。金漏須金補。泥神用土包。參的透這些消息。總是話虛囂。便存神運氣。身心枉勞。金鎖石爛。石爛金鎖。石爛金鎖。惹得衆仙譏笑。

〔生云〕你四人既是仙侶。又明大丹之道。可能傳授。〔四旦云〕若按子午。煉成還丹。自能了悟冲舉也。〔生云〕咱後宅煉丹去來。〔同下〕

第三折

〔末扮太白金星上云〕某令桃柳竹石四仙女。與大羅仙煉丹已成。當正果朝元。奏知玉帝。先差三曹官把四箇女子捉將來。問他漏泄天機罪犯。然後引大羅仙朝元玉京去。〔下〕〔末扮三曹官上云〕小聖三曹官是也。奉玉帝敕旨。太白金星差委下方。捉拿四仙女去。不覺早到下方也。〔唱〕

【正宫端正好】直向這採霞身。臨凡世來追究。展雙眸按落雲頭。到人間恰正黄昏後。

大踏步衝鴛甃。

（生引四仙女上云）大丹已成。你四人慢慢的遞幾盃酒我喫。（飲科）（生醉科）（末云）早到他宅中也。（唱）

【滚繡毬】親蒙上帝差。疾將妖魅勾。對清風月華如晝。（做看科）（唱）把花園做了謝館秦樓。只聽的品龍笛吹鳳笙。斟雲醪飲玉甌。列金釵不離了左右。天生就皓齒明眸。三重幔幙高燒燭。十二簾櫳不上鈎。受用也莊周。

【倘秀才】對寶砌磨拳擦手。挨緑窗將身退抽。怎禁他狐魅精靈潑鬼頭。挨亮槅。靠毬樓。少走。

（末云）疾。（風起科）（四旦云）好大風也。正然天色明朗。就昏暗了。諕殺人也。空中有神鬼之聲。咱且迴避者。（生醉睡科）（四旦下）（末云）小鬼頭那裏去。（唱）

【滚繡毬】銀臺上吹滅了燈。金杯中漾撒了酒。都藏在綉幃之後。我奉玉帝敕旨親勾。你大膽休。喫劍頭。都是你不君子的喬竹。太湖石那些兒玲瓏剔透温柔。顛狂柳絮隨風舞。輕薄桃花逐水流。自攬這一場閑愁。

（末拿住四女科）（四旦告云）上聖可憐見。俺初犯這遭。（末云）説甚麽初犯。你這桃柳竹石。罪犯多哩。你知也不知。桃精過來聽我説。（唱）

【倘秀才】第一徧天台山與劉晨配偶。第二徧謁漿處把崔護等候。如今和莊子惜玉憐香又不知甚日休。逐朝期會約。每日效綢繆。今日來强口。

〔云〕喚柳精過來。〔唱〕

【滚繡毬】灞陵橋任行人取次攀。章臺街弄腰肢狂蕩遊。楚王宮餓的些美人纖瘦。汴河傍斜纜龍舟。你頑涎不肯收。舊病實是有。把一雙訴離情翠眉顰皺。休只待絮沾泥燕侶鶯儔。春花秋月何時了。夜去明來早晚休。直等的葉落歸秋。

〔竹旦云〕上聖。我可是初犯。〔末云〕全是你的不是。〔唱〕

【呆骨朵】你虛心冷氣空僝僽。這罪犯怎肯干休。辱没殺竹林七賢。怎見的歲寒三友。娥皇淚君空洒。孟宗笋誰能勾。你無有化龍棲鳳的心。今日要生枝上接頭。

〔云〕石精過來。志誠的是石頭。今日也不好了。〔唱〕

【倘秀才】老石頭人難措手。喬孔竅玲瓏剔透。跟着他倚翠偎紅不識羞。三斧砍不就。一向去搊瘦。難容你陋醜。

〔生醒科〕〔跪云〕上聖。小生在此。不過修真。萬望可憐。〔末云〕你是讀書人。這等負心。〔生云〕那裹負心來。〔末唱〕

【滚繡毬】你把鶯鶯並不題。燕燕更不瞅。蜜蜂兒置之腦後。却不道戀胡蝶一夢莊周。

你有了桃共柳。更和這石與竹。做得箇迎新忘舊。〔生云〕他四箇不知那裏去了。干小生甚事。〔末唱〕他每躱是非及早歸休。是非只爲多開口。煩惱皆因强出頭。悔又何尤。

【煞尾】飽諳世事慵開口。會盡人情只點頭。陰騭綿綿若肯修。福禄重重無了休。四箇妖精盡皆有。莊子先生胞胎後。遥指白雲天際頭。望着那十二瑶臺路兒上走。〔下〕

〔生云〕不知甚麽神道。把四箇仙女捉將去了。我在這裏。好悶人也。李府尹不知幾時回來。怎生是好。只索寧奈則箇。〔下〕

第四折

〔末上云〕小聖太白金星是也。今有大羅仙。丹鼎已成。朝元有日。我今還爲李府尹。問他索要家下人口房屋。看他説甚麽。早來到也。試叫門者。〔叫云〕開門來。開門來。〔生上云〕誰叫。〔做相見科末云〕莊先生。還我家私房屋人口來。〔生云〕你做了幾年官了。〔末云〕我做官干你甚事。早知道做了三年官。你弄了我百年家當。我做甚麽官。〔唱〕

【雙調新水令】這是我爲虚名一去整三年。嘆光陰甚如疾箭。更做道酒腸寬似海。常言道色膽大如天。鬧起座宅院庭軒。把俺這佳人每厮撻戝。

【駐馬聽】美滿團圓。幾度通霄置酒筵。不見了蜂蝶鶯燕。一春常費買花錢。十年未了悟真篇。半生好看羲皇傳。不必言。將人門外疾推轉。

〔末云〕不必逼勒你。莊子休。你省悟了不曾。〔生跪下云〕我省悟了也。〔末云〕你認的我是誰。〔生云〕你是太白金星。〔末云〕你雖認的我。你不知你是誰。〔生云〕我是大羅神仙。後升玉京上清南華至德真君。因我笑執寶蓋幢旛仙女。貶在下方。〔末云〕你怎生再得到天上。〔生云〕告星君可憐。奏准玉帝。領我玉京上清牌來。我自然就到天上。〔末向空中云〕衆仙不來等甚。〔金童玉女旛蓋賫玉京牌上〕〔生跪受科〕〔東華仙上云〕大羅仙。你今日正果朝元。再有凡心。罰往下方。永失仙道。你回宫依舊管事。〔生謝太白金星云〕多謝上仙。〔末唱〕

【雁兒落】那裏取笙歌夜月筵。那裏取桃李春風面。這的是浮生夢一場。世態雲千變。

【得勝令】柳外絶人烟。花裏遇神仙。今日箇跨鳳游三島。乘鸞上九天。駕箇雲軒。參拜在金闕遼陽殿。益壽千年。受東華玉帝宣。

〔衆仙云〕都來與大羅仙慶喜者。大羅仙再不可思凡了。〔末云〕大羅仙。做仙好。下方爲人好。〔生云〕凡人怎比神仙。〔末云〕你也曉的。〔唱〕

【川撥棹】你與那太湖石結姻緣。他身上望心堅石也穿。趁着這小桃胡扇。翠柳枝邊。月暗星全。嚲袖垂肩。送了你癡呆的少年。今日箇怨甚麽天。

〔生云〕我在下方。住了五六十年。上方幾年了。〔末云〕上方三五箇時辰。〔生云〕正是洞中方七日。世上幾千年。四箇女子。與我在一處煉丹。被三曹官捉去。如今不知在那裏。〔末云〕你既無思凡的心。尋那四箇女子做甚麽。若上帝聞知。怎了。〔唱〕

【梅花酒】剗的你牽纏顧戀鬼狐涎。却不道春風桃李閙鶯燕。秦樓謝館酒家眠。齊聲唱徹陽關怨。

【七弟兄】今日箇列管絃。向席上尊前。柳影花邊。做了無事的神仙。宿緣人未圓。桃柳喪黄泉。石竹却還元。鶯燕怎留連。生拆散錦毛鴛。活分開並頭蓮。

【收江南】呀。今日是花裏遇神仙。快牢拴意馬與心猿。豈知道洞中别有一重天。風如介犬。這的是莊周一夢六十年。

〔云〕你本是大羅神仙。爲思凡謫下人間。今日箇功成行滿。衆神仙正果朝元。

題目　太白星三度燕鶯忙

正名　老莊周一枕胡蝶夢

晉文公火燒介子推雜劇

狄君厚撰

第一折

〔净旦一折〕〔駕上開住〕〔太子奏住〕〔旦譖奏了〕〔貶太子了〕〔貶正夫人入冷宮住〕〔正末扮介子推披秉上開〕自家介子推。晉朝職當諫議。晉獻公爲君。朝治里信皇妃驪姬國舅呂用公所譖。貶東君太子申生重耳於藿地爲民。更將正宮皇后齊姜下入冷宮。信驪姬與他兩個太子。大者奚齊。次者卓子。大者爲雲。次者愛月。奏官里蓋千尺雲月臺。臺上太極宮百二十間。動天下民夫幾日成功。朝中宰輔。緘口無言。没一個敢諫。官里似此這般。怎生奈何呵。

【仙吕點絳唇】我想今日人才。各居朝代。爲臣宰。怕不都立在舜殿堯階。一個個將古聖風俗壞。

【混江龍】當日個高辛氏舉八元八愷。慎徽五典五惇哉。今日父子無義慈情分。兄弟喪恭友心懷。則爲五教不明生仇恨。致令得四時失序降民災。今日父子無高低悦順。兄弟無上下和諧。臣宰與君王主事。君王信驪后支劃。大太子申生軟弱。小太子重耳囊揣。毒性子奚齊如蛇蝎。很心腸卓子似狼豺。愛的是爲雲長子。寵的是愛月嬰孩。却正是農忙耕種。百忙里官急科差。割捨了我當忠諫。取奏天裁。我這里整朝章秉象簡端居於相位中。我與你出班部上瑶階。赴丹墀直望着君□□皆因朝中肱股。托賴着□勝□□元首明哉。

〔做起末禮了〕〔駕云了〕〔云〕臣該萬死。□奏天顔。臣見貶正宫皇后。東宫太子。西府儲君。不知有何罪犯。〔駕云了〕陛下信讒臣之奏。待蓋雲月臺。不可興工。〔净旦云了〕〔駕云了〕言者錯矣。

【油葫蘆】三太子□□上□□將雲月摘。上青霄可無大才。娘娘啊便怎能够挽蟾宫攀折得桂枝來。〔云〕晋朝宫室蓋不得。〔駕云了〕〔云〕陛下不呵□□乘舡用車把磚石載。枉了梁山選木將園林採。石包成千尺□。磚砌就五丈街。爲甚咱晋朝中宫殿難修蓋。□□□□□□棟梁材。

【天下樂】今日待動土興工計利開。但用的民夫。將百姓差。題起來痛傷情老臣心内駭。不争宫殿上太極宫。不争臺修成雲月臺。臣則怕引得禍從天上來。

〔駕云了〕〔云〕臣敢説麽。〔駕云了〕〔云〕當日紂王無道。因寵妲己。蓋摘星樓。不明殿。長夜宫。敲陽人脛腿驗髓。剖婦人腹氣驗胎。如此不仁。有諫臣三人。微子箕子比干。此三人者。乃是紂之庶民。爲諫不從。微子去之。箕子爲奴。比干諫而死。自古至今。百姓諸侯史官。皆毁紂王無

道。〔駕云了〕

【那吒令】百姓每怒嫉能妬色。損臣僚重宰。力□三市諸侯恨荒淫好色。布八方四海。史官每罵輕賢重色。傳千年萬載。那其間正值着飢歲時。凶年代。普天下併役當差。

【鵲踏枝】比及壘起基堦。立起樑材。百姓每凍餓死的尸骸。成山握蓋。那座摘星樓興工了數載。不曾動分毫府庫資財。

〔云了〕

【寄生草】百姓每如何敢賣。官司也不敢買。〔駕云了〕揀人家高樑大厦渾成壞。問甚末聖壇佛堂從頭兒折。將他那皇宫内苑從新蓋。告大王恁時節龍樓鳳閣已成功。待怎麽到如今雕欄玉砌今何在。

〔云了〕

【六幺序】每日將生靈害。每日把筵宴開。微子箕子比干這三人諫在金階。諫不從也微子便走去西伯。箕子在宫苑塵埃。把那比干腹教刀刃分開。磣可可活把心肝摘。血濯濯的苦痛傷懷。驗三毛七孔真如在。妲己早懽娱滿面。紂王早喜笑盈腮。

〔駕云了〕

【幺篇】爲那嬌態。有些顔色。選入宫來。把那魚盆深埋。銅柱牢裁。酒池鐫開。肉林安排。損害人材。食啖嬰孩。引的四海兵來。戈戟無該。想着紂王興衰。我王裁劃。則爲摘星樓把山河敗壞。陛下。修臺麼望月臺。〔駕云了〕戊午日兵來。甲子日成災。皆因那姜太公妙策奇材。臨時間血浸朝歌壞。把座摘星樓變做塵埃。武王伐紂功勞大。一來是神天佑護。一來是天地栽排。

〔浄旦云〕〔駕云了〕〔謝駕云〕萬歲萬歲。〔出朝科〕〔云〕聖人道篤信好學。守死善道。危邦不入。亂邦不居。天下有道則見。無道則隱。今日退朝。是吾全身之樂哉。

【尾】跳出那興廢利名場。做一個用捨行藏客。孔子道。危行言遜免害。不得中行而與之。必也狂狷進退乎哉。〔浄旦云了〕見如今您晉朝中禍已成胎。少不得惹起場干戈橫禍災。〔云了〕我想這千尺月臺。恁時節撇在九霄雲外。〔浄云了〕我道來。去了這晉朝臣您可索隄備着楚兵來。〔下〕

第二折

〔駕一行下了〕〔浄旦説計了〕〔駕上云〕〔奏住〕〔駕云了〕〔申生重耳哭住〕〔駕一行上〕〔旦與申生祭食。藥死神獒了。重耳走下〕〔回奏了〕〔駕云了〕〔扮奄官托砌末上云〕自家大官大使王安。奉官里皇后。賫三般朝典將東宮太子賜死。想人生寃枉。何處伸訴。

【南呂一枝花】致令得申生遭罪囚。逼臨得重耳私奔走。雖然是驪皇后生嫉妬。哎你個晋天子也合問緣由。您肯分解個恩仇。賜朝典他甘心受。料東宫一命休。則是刎頸交傷身難不了這短劍白練藥酒。

【梁州】前家兒功番成罪累。後堯婆恩變爲仇。從古至今前家後繼從來有。似這驪后定計。國舅鋪謀。暗存着燕侣鶯儔。可持請佃他鳳閣龍樓。送的個前家兒惹罪遭殃。搬得個親夫主出乖弄醜。都是後堯婆私事公仇。國舅。太后。君王行兩三遍題名兒奏。着自家自等候。教武士金瓜列在我這腦背後。我如何不敢承頭。

〔天臣云了〕〔聽了〕〔太子云了〕

【牧羊關】將太子待放來如何放。教太子待走來如何走。臣若壞了太子呵教這潑宫奴萬載名留。若不教太子短劍下身亡。微臣便索金瓜下命休。太子今日青天上遭罪死。若到黄泉下不可結冤仇。〔太子云了〕那壁是□□難推怨。微臣這壁官差不自由。

〔做待着尋思了云〕自至宫中。誰會害人性命。

【四塊玉】我從來是個奉善人。那裏有殺人的手。竹節也似聖旨催怎敢遲留。至如東宫合死呵也不合教這明晃晃短劍下亡。〔砌末云〕若要個完全的尸首。則合教這長挽挽白練休。〔覷砌末云〕太子呵你能可眼睁睁服藥酒。

〔使臣上云〕〔云〕臣不知太子有何罪犯。官裏與皇后有這般冤恨。〔説關子上〕〔聽住〕

【罵玉郎】聽太子從頭兒説開無虚謬。元來是争社稷結冤仇。則是這三人定的計策臣也都參透。是君王傳的聖旨。驪后定的見識。是賊子施的機彀。

〔浄云了〕〔荒聽了〕

【感皇恩】呀。諕的我魂魄悠悠。不隄防有人隨後。嗨。太子命難逃。微臣也身難趓。那賊漢怒難收。〔太子云了〕都是賊子奏。奏得您繼母焦。焦得您父王愁。

〔太子云了〕

【採茶歌】你道他下場頭。怎干休。太子呵則除你一心分破帝王憂。古往今來雖是有。寃寃相報何時休。

〔使臣上云〕天臣言者差矣。

【牧羊關】他父親牽腸肚。咱兩個哥廢口。他子父每更歹殺呵痛關着骨肉。待將他摘膽剜心。怎做的不傷懷袖。觸突着皇后合依平論。冒突着天子合問緣由。傷毒着宫婢非爲罪。藥煞神獒直甚狗。

【尾】你今日道屠殺他這太子不怕難合口。〔帶云〕上天生我。上天死我。君王何不可。我怕甚伏侍君王不到頭。哎衆公卿。衆宰矦。别人有家私。不能勾。有妻男。不能守。

有功名。不能就。宰輔臣僚。冒支請受。臣道君昏。怎生不奏。驪后心毒。獻公出醜。殺的是玉葉金枝。有好榆柳。將鳳子龍孫。不如猪狗。你等蒼生。真乃禽獸。我已過三十。不爲夭壽。爲主忠心。死而甘受。我博一個萬載青名煞强如教萬民呪。〔帶云〕我如今棄了身。棄了命。便死身亡。問甚您鋼刀下爛朽。〔帶云〕割捨了訛言訛語。抗敕違宣。怕甚末金瓜下碎首。〔帶云〕既爲臣子。怎敢將主所殺。我將這行仁慈有道禮忒忠孝的申生我委實下不得手。

〔外云住〕〔申生自刎了〕〔駕一行上〕〔净奏住下〕

第三折

〔末素扮引外背劍上開〕自當日出朝。載老母歸於莊宅上。半載之間。倒大來悠哉。

【中吕粉蝶兒】活計生涯。遣僕男一犁兩壩。落得個任逍遥散誕行違。背一張琴。攜一壺酒。訪友在山間林下。今日還家。想着我出朝時那場驚怕。孔子云。邦有道則知。邦無道則愚。其知可及也。其愚不可及也。信有之也。

【醉春風】我如今耳净勝如聾。眼明渾似瞎。我便有那論邦辯國的巧舌頭。則不如粧做個啞。啞。啞。啞。將書劍收拾。素琴擡起。劍匣高掛。

〔見卜兒了〕〔介林拜了〕〔云〕介林於府學中攻書。已經半年之間。不知你做甚功課里。〔介林云了〕孩兒。你習文武科也學得是也。我想來。則不如不會倒好。〔介林云了〕聽我說。

【喜春來】你今日修文治國平天下。你如今待演武安邦定殺伐。兒呵你如今修文演武未通達。〔帶云〕罷罷。至如你便不成呵。〔唱〕似我也退朝。誰肯將你貨與帝王家。

〔林云了〕〔云〕孩兒。你說的言語有擎王保駕之意。安邦定國之心。豈不知孔子擊磬於衛者曰。有心哉。擊磬乎。子貢曰。有美玉於斯。韞匵而藏諸。求善價而沽諸。子曰。沽之哉。沽之哉。我待價者也。你今來入於至焉之就里。然後之輕重長短。我受過的辛苦。緣何不知。便憑才藝奪國家大柄貴者。只除是出朝將入朝相矣。〔林云了〕

【普天樂】出爲將便是鎮華夷。入爲相居朝鸞駕。鎮華夷呵便似挾太山以超北海。朝鸞駕呵便索待漏院久立東華。假若封加你官位高。至如昇遷得你功勞大。剗地索招罪招殃添驚怕。兒呵則不如無是無非且做莊家。〔外云了〕這的是送的你榮華富貴。〔外云〕兀的是還你魂的高車駟馬。〔云了〕那的是取你命的大纛高牙。

〔重耳上叫了〕〔做驚問了〕

【迎仙客】他道認得咱。不知是誰那。〔做見科了〕臣道是誰家個客人元來却是殿下。〔做講〕小太子若是但躬身。微臣便該萬剮。〔做起了〕東宮安在。〔云了〕〔打悲了〕〔唱〕東宮元來自刎昇遐。晉天子呵全不怕萬載人民罵。

〔浄上〕〔驚住〕〔浄背云了〕〔聽問〕〔做見卜兒旦太子〕〔介林〕太子。是泄非干微臣之過。皆因吕用公奉官里聖旨所逼。國舅仗着寶劍道。你家中有小太子重耳。好生將得項上頭來便休。若不將出頭來。教您全家兒賜死。老漢以此説太子在於宅内。太子勿慮。臣替太子死去。母親。將您孩兒項上首級腐爛。交與國舅。言稱是太子之首。我雖然盡其忠不能盡其孝。争柰有七十歲老母。如百年之後。無臨喪祭之子。休休休。既爲忠臣。何思孝以哉。〔歌曰〕别恨山妻淚滿腮。含悲孝母痛傷懷。忠心替代儲君死。孺子疾忙取劍來。〔介林自刎了〕〔做荒放〕

【上小樓】我則見扯劍出匣。他便揪住頭髪。吃察刀過處頭落地。苦痛天那。你好是下得呵。兒呵。好兒今日個。不尋思。就就死擎王保駕。〔太子云〕顯得臣也忠心伏你晉朝天下。

【幺篇】你没兒待怎生。我絶嗣待怎麽。孩兒今日救了儲君。替了親爺。他須是爲國於家。〔旦哭做住〕不争你學哀聲。敢把咱。全家誅殺。君王小可題起那驪姬怕那不怕。

〔怕做了〕〔浄云了下〕〔太子做望云了〕〔扮風雪上〕〔太子云了〕〔悲住〕

【醉高歌】行路途劫劫巴巴。躭悽楚消消洒洒。頭直上風雪紛紛下。咱兩個凍不煞多應餓殺。

【紅繡鞋】受了他五七日心驚膽怕。不似這兩三程行得人力盡身乏。〔云了〕望見兀那野烟起處有人家。〔帶云〕太子共我絶糧三日。我每日割着身上肉。推做山林内拾得野物肉。與太子覺餓。他有一日爲君呵。至如我心虧負我。我須是割股勸着他。〔太子云了〕〔到山中了〕深山裏絶餓殺。

〔眼花意了太子背靠坐定〕〔太子燒肉與末吃〕

【快活三】想我着十才來澗底下。割得來與他家。燒得來半熟荒用手來拿。早是我澁奈無收煞。

〔太子云了〕

【朝天子】百忙裏讓咱。猛然的見他。不由我吃忒忒心頭怕。〔太子云了〕太子問臣聲喚做甚那。有幾處熱癤瘰瘡發。〔云了〕微臣裏忍痛難禁。聲疼不罷。〔太子云住〕太子呵。臣這疼痛如刀刃扎。〔太子云了〕你又待損剮。損剮些肉咱。〔云了〕你直待咽咬煞微臣罷。

〔楚使上云住〕〔打認住〕〔太子云〕〔關子了〕〔云〕既然楚大夫肯將太子去楚。老夫家中有老母無人侍養。老夫還家。等太子雪冤時分。臣迎太子來。〔打悲了〕

【耍孩兒】哭啼啼訴不盡别離話。〔太子云了〕你與我疾忙上馬。你一程程乘騎去他邦。我則索慢慢的步碕還家。他那裏傷心去路何時盡。我這裏含恨歸程知他幾日是家。〔太子云了〕赤緊的您父子無投機話。可知道風雲氣少。那裏問兒女情多。

【三煞】今世裏父賢子不孝。子孝父不達。這的是父不父子不子傷了風化。我如今有兒無兒皆如此。〔太子云了〕你今日有爺無爺争甚那。謝楚大夫相提拔。太子爲晉唐枝葉。皆是你齊楚根芽。

【二】太子呵。想必那春申君擡舉你。〔云了〕你見那孟嘗君隨順他。若是君權向那客舍裏權安插。俺便似山川困虎生剛巨。〔太子云〕你便似淺水蛟龍奮爪牙。〔太子云了〕怎肯教驪姬賊子請了天下。太子呵。直等的先皇晏駕。那其間便起征伐。

【尾】太子呵。你若是報不得母雪不得兒你便空破了國。若是借不得母埋不得兒我便是自喪了家。你若是雪不得冤報不得恨則恁地空干罷。太子呵你便是治不得國我便是齊不得家。呲枉教人唾駡殺。〔一行下〕

楔子

〔浄旦開了〕〔駕上開了〕〔叔向奏了〕〔卜兒開了〕〔末上見卜云〕您孩兒去晉城。知得重耳爲君。號文公。即位將羣臣都封贈了。惟忘了您兒。兒作了一篇龍蛇歌。懸於晋朝宮門。晋文公若見。必宣您兒來。〔卜兒云〕〔不省了〕〔云〕上問母親。怎生是一世之榮不如萬載之名。〔卜兒云了〕〔做省得了〕母親言者善也。家中無妨礙。

【仙吕賞花時】母親道奉帝臨朝一世榮。背母歸山博個萬代名。家中萬事無牽掛則今日便登程。〔卜云了〕遥望着翠巍巍綿山峻嶺。〔卜兒云〕您孩兒鴉背着母親行。

第四折

〔駕上開〕〔駕提燒山了〕〔扮樵夫上〕〔荒放〕

【越調鬭鵪鶉】焰騰騰火起紅霞。黑洞洞煙飛墨雲。鬧垓垓火塊縱横。急穰穰烟煤亂滚。悄蹙蹙火巷外潛藏。古爽爽烟峽内側隱。我則見煩煩的烟氣燻。紛紛的火焰噴。急煎煎地火燎心焦。密匝匝烟屯合峪門。

【紫花兒序】紅紅的星飛迸散。騰騰的焰接林梢。烘烘的火閉了山門。炯驚了七魄。火諕了三魂。不付能這性命得安存。多謝了烟火神靈搭救了人。慚愧呵險些兒有家難奔。盡都是火嶺煙嵐。望不見水館山村。

〔駕云了〕有個老宰相共個老婆婆火燒了也。那個老宰相不肯躲那火。抱着黃蘆樹。現今燒死了

也。〔駕云了〕

【小桃紅】小人向虎狼叢裏過了三旬。每日負力擔柴薪。教□稚子山妻得安遁。〔駕云了〕我不知你笑那深山裏玉堂臣。他□那濃烟烈焰裏成灰燼。〔云了〕爲甚俺這樵夫得脱身無事。他□天有信。從來不負俺這苦辛人。

〔云〕那個老官人和我每日攀話。〔云了〕

【金蕉葉】小人怕不待信着口傾心告君。則恐怕觸突着當今至尊。〔云了〕小人雖是個莊家漢。也省的些個小勾當。止不過玉帛玄纁奉品。不似你晋國裏招賢廢人。

〔駕云〕

【調笑令】柴林下那個宰臣。教火燒了身。兀的不辛苦殺凌烟閣上人。〔云了〕我道來呵道他親孩兒替死向鋼刀下刎。他血瀝割股焚身。封官時宰相每若議論。則封個完體將軍。

〔駕云〕

【寨兒令】道他曾巴巴劫劫背着主公。破破碌碌踐紅塵。行到半路里絶糧也剮割濕肉烹。道大王當日從臣。道大王今日爲君。每日重裀而卧列鼎而食那其間路上有飢人。〔駕云了〕您向當心里□水瓮防身。您却四面火把燒焚。一投於水於水浪滚。一投放火把火光焚。〔云〕做皇帝一投放水一投放火。〔唱〕那的是您天子重賢臣。

【鬼三台】颼颼的的狂風撤。將密匝匝山圍盡。猛一陣煤撲人生烟熗人。風捲泄蕩起灰塵。火焰紅如絳雲。溷溷烟熏的兩輪日月昏。刮刮的火煉的一合天地地分。補氤氳兔走被烟迷。忒楞楞撲飛禽被那火淋。

〔駕云〕

【禿厮兒】您這火林外前後有軍。深山裏進退無門。他道是向火坑中自喪身。更休想。卧高塚麒麟。

〔云了〕

【聖藥王】那老兒過六旬。近七旬。他道是老而不死是何人。你道他性子很。意氣嗔。見如今抱黄蘆肢體做灰塵。可知知有甚吃火不燒身。

【收尾】不争你個晋文公烈火把功臣盡。枉惹得萬萬載朝廷議論。常想趙盾捧車輪。也不似你個當今帝王狠。

〔駕云了〕〔祭出〕〔散場〕

地藏王證東窗事犯雜劇

孔文卿撰

楔子

〔正末扮引二將上〕〔坐定開〕某姓岳名飛。字鵬舉。幼習武藝。隨高宗南渡於金陵。不經旬日。有大金國四太子追襲。到於浙西錢塘鎮。立名行在。即其帝位。某統軍在朱仙鎮拒敵。四太子閉門不出。某平生願待復奪東京。近新交上表。欲起軍去。不見聖旨到來。這幾日神思不安呵。不知有甚事。□□□不知朝治裏有甚事。張憲岳雲。在意看守邊塞。則今日便索上馬去。

【仙吕端正好】見一日。帝王宣十三次。多應擋迴俺百萬雄師。莫不朝廷中別有甚關機事。既不沙却怎竹節也似差天使。

【幺篇】多敢是聖明君犒賞特宣賜。怎肯信讒言節外生枝。只不過休兵罷戰還朝呵是。我暗暗地自尋思。莫不是封□□。聖恩慈。明宣賜。賞金資。添軍校。復還時。將□□展。六韜□。□□府。取京師。殺猛將。血横尸。奪了四京□□須要稱了俺平生志。〔下〕

第一折

〔正末帶枷上開〕自宣某到於闕下。不引見官裏。有秦檜將某送下大理寺問罪。陛下信奸臣賊子。將俺功臣虧損。太平不用舊將軍。信有之。

【仙呂點絳脣】立國安邦。列着虎賁狼將。沙場上卧雪眠霜。争與恁百二山河掌。

【混江龍】想挾人捉將。相持厮殺數千場。則落得披枷帶鎖。枉了俺展土開疆。信着個挾天子令諸侯紫綬臣。待損俺守邊塞破敵軍鐵衣郎。俺與你掃除妖氣。洗蕩妖氛。不能够名標簿上。剗地屈問廳前。想兒曹歹謀帝王前。不由英雄淚滴枷梢上。想着俺掌帥府將軍一令。到不出的坐都堂約法三章。

〔云〕非是岳飛造反。皇天可表。

【油葫蘆】想十三人舞袖登城臨汴梁。向青城虜了上皇。〔云〕諕得禁軍八百萬丟盔卸甲。〔唱〕那其間無一個匣中寶劍掣秋霜。楊戩是個幫閑攢懶元戎將。蔡京是個傳書獻簡頭廳相。一個治家亡了家。一個安邦的喪了邦。虜得些金枝玉葉離了鄉黨。若不是泥馬走康王。

【天下樂】到如今宋室江山都屬四國王。生併的。國破城荒。那一場我與你重安日月定了四方。戰沙場幾個死。破敵軍幾處傷。兀的是功名紙半張。

〔云〕既是我謀反。那裏積草屯糧。誰見來。

【那吒令】恁尋思試想。向殺場戰場。恁尋思試想。俺安邦定邦。恁尋思試想。立朝綱紀綱。我不合扶持的帝業興。我不合保護的山河壯。我不合整頓的地老天荒。

【鵲踏枝】我不合定存亡。列刀鎗。恁剗的定計鋪謀。損害賢良。試打入天羅地網。待教俺九族遭殃。

【寄生草】仰面將高天問。英雄氣怨上蒼。問天公不曾天垂象。治居民不曾教居民蕩。統三軍不曾教三軍喪。只落的滿身枷鎖跪廳前。却甚一輪皂蓋飛頭上。

【村里迓鼓】我不合扶立一人爲帝。教萬民失望。我不合於家爲國。無明夜。將烟塵掃蕩。我不合仗手策。憑英勇。佔得山河雄壯。鎮得四海寧。帝業昌。民心良。則兀的是我請官受賞。

【元和令】消不得上馬金下馬銀。也合教出朝將入朝相。我與恁奪旗扯鼓統兒郎。不能够列金釵十二行。教這個牧童村叟蠢芒郎。到能够暮登天子堂。

【上馬嬌】不索你狠。更怕我荒。你道是先打後商量。做了個耕牛爲主遭鞭杖。見外則荒内則相隔着漢陽江。陛下常久僱鎮蘇杭。

【遊四門】只怕不知禍起在蕭墻。你待興心亂朝綱。詐傳宣賺離我邊庭上。原來恁没世界有官方。暗暗將刀斧列在堦傍。

【勝葫蘆】却甚爛醉佳人錦瑟傍。今日和天也順時光。則那逆天的天不教命亡。順天的禍從天降。逆天的神靈不報。順天的受災殃。

【寄生草】你道我把朝廷亂。不合將社稷匡。我不合降戚方揭寨施心亮。我不合捉李成賊到中軍帳。我不合破金國扶立的高宗旺。待將我簽頭號令市曹中。却甚功勞寫在凌烟上。

〔云〕皇天可表。岳飛忠孝。

【賺煞】下我在十惡死囚牢。再不坐九鼎蓮花帳。則我這謀反事如何肯當。我死呵做個負屈啣冤忠孝鬼。見有侵境界小國偏邦。秦檜結勾起刀槍。陛下則怕你坐不久龍床。俺死呵落得個蓋世界居民衆衆講。岳飛子父每不合捨性命生併的南服北降。出氣力西除東蕩。〔云〕殺了岳飛岳雲張憲三人。〔唱〕陛下你便似砍折條擎天駕海紫金樑。〔下〕

第二折

〔正末扮呆行者拿火筒上念〕吾乃地藏神。化爲呆行者。在靈隱寺中。泄漏秦太師東窗事犯。〔詩曰〕損人自損自身已。我風我癡我便宜。人我場中恁試想。到底難逃死限催。

【中吕粉蝶兒】休笑我垢面風癡。恁參不透我本心主意。則爲世人愚不解禪機。鬅鬙着短頭髮。胯着個破執袋。就裏敢包羅天地。我將這吹火筒却離了香積。我泄天機故臨凡世。

【醉春風】又不曾禮經懺法堂中。俺則是打勤勞山寺裏。則爲你上瞞天子下欺臣。〔帶云〕你道我癡。我道你奸。縛虎則易。縱虎則難。〔唱〕太師這言語單道着你。你休笑我穢。我干净如你。你問我緣由。我對你説破。看怎生支對。有甚不知你來意。

【迎仙客】你來意我理會得。你未説我先知。知你個怕心也你那夢境惡故來動俺山寺裏。祝神祇。禮懺會。休只管央及俺菩提。道不得念彼觀音力。

〔等太師云了〕

【石榴花】太師一一問真實。你聽我説因依。當時不信大賢妻。他曾苦苦地勸你。你豈不自知。東窗下不解西來意。我葫蘆提你無支持。則爲您奸滑狡佞將心昧。你但舉意我早先知。

【鬭鵪鶉】知你結勾他邦。可甚於家爲國。咱人事要尋思。免勞後悔。豈不聞湛湛青天不可欺。據着你這所爲。來這里詭鬼瞞神。做的個藏頭露尾。

〔云〕太師。你休笑這火筒。

【紅繡鞋】他本是個君子人則待挾權倚勢。吹一吹登時教人烟滅灰飛。則爲他節外生枝教人落便宜。爲甚不厨中放。常向我手中携。〔帶云〕這其間不是我掌握着呵。〔唱〕敢起烟塵傾了社稷。

【十二月】笑你個朝中宰職。只管里懊惱闍梨。我這里明明取出。他那里暗暗掂提。不是瘋和尚直恁爲嘴。也强如干喫了堂食。

【堯民歌】你好坐兒不覺立兒饑。這的是兩頭白麪做來的。我重吃了兩個莫驚疑。你屈壞了三人待推誰。普天下明知。明知。其中造化機。百姓每恰似酸餡一般都一肚皮衠包着氣。

【滿庭芳】你則待亡家敗國。你幾曾奪旗扯鼓。斯殺相持。將別人邊塞功番成罪。你只會改是爲非。有神方難除你病疾。無妙藥將我難醫。你將那英雄輩。都向鋼刀下做鬼。雲陽内血沾衣。

【快活三】則爲你非來我這風越起。風過處日光輝。則爲你拿了雲握住雨不淋漓。便下雨呵則是替岳飛天垂淚。

【鮑老兒】替頭兒看看趲到你那裏。怕犯法没頭罪。我不念經强如人呪駡你。你仔細參詳八句詩中意。你心我知。一言既出。駟馬難追。

〔詩曰〕久聞丞相理乾坤。占斷官中第一人。都領羣臣朝帝闕。堂中欽伏老勳臣。有謀解使蠻夷退。塞閉奸邪禁衛寧。賢相一心忠報國。路上行人説太平。〔云〕俺這裏景致好。

【耍孩兒】這寺嵯峨秀麗山疊翠。這湖瀑布嵐光水碧。這山千層萬疊□□□。這玉湖清浩蕩盡蘇堤。青山只會磨今古。緑水何曾洗是非。枉了你修福利。送的教人亡家破。瓦解星飛。

【三煞】岳飛定家邦功已休。秦檜反朝廷事已知。你兩家冤讎有似簷間水。則爲奸讒宰相千般狠。送了慷慨將軍八面威。你所事違天理。休言神明不報。只争來早來遲。

【二煞】你看看業貫滿。漸漸死限催。那三人等候在陰司内。這話是金風未動蟬先覺。暗送無常死不知。那時你歸泉世。索受他十惡罪犯。休想打的出六道輪迴。

【收尾】便似啞謎般説與你猜。你索似悶事兒心上疑。有一日東窗事犯知我來意。只怕你手捌着胸脯恁時節悔。〔下〕

楔子

〔正末扮虞候上云〕自家姓何。何宗立的便是。秦太師鈞命。教西山靈隱寺勾捉呆行者去。誰想不見。惟留紙一張。上有八句詩。須索交太師看。〔做見太師等太師看詩科〕〔詩曰〕棄了袈裟別了參。不來塵世住心庵。二時齋粥無心戀。薄利虚名不意貪。性似白雲離嶺岫。心如孤月下寒潭。丞相問我歸何處。家住東南第一山。〔云〕秦太師鈞旨。教往東南第一山勾捉呆行者葉守一。須索走一遭去。〔閃下〕〔等賣卦先生上云住〕〔末便上云〕遠遠地見一個賣卦先生。第一問東南山去路。第二買一卦則個。〔等賣卦先生云了下〕〔做望了拜〕

【仙呂賞花時】這六爻内特將禍福看。指引迷人八卦間。〔等牧童吹笛科〕〔做聽住〕只聽的笛聲韻悠殘。這其間天昏日晚。直引鬼門關。〔閃下〕

〔等地藏王上云〕〔做見了科云〕我那裏不尋。你却在這裏。秦太師鈞旨有勾。

【幺】兀底明寫東南第一山。〔等押秦太師帶枷上云了〕則見鬼吏牛頭慘霧間。見太師閣着淚訴艱難。教傳示夫人只説道東窗事犯。大古是人馬報平安。〔下〕

第三折

〔等駕上云住睡了〕〔門神上了〕〔正末扮魂子引二將上開〕某三人自秦檜屈壞了俺。陽壽未終。奉天佛牒玉帝敕東岳聖帝教來高宗太上皇托夢去。

【越調鬬鵪鶉】但行處怨霧凄迷。悲風亂吼。恰離枉死城中。早轉到陰山背後。不能青史内標名。只落的鋼刀下斬首。每日秦不管。魏不收。送的俺酩子裏遭誅。更怕我葫蘆罷手。

【紫花兒序】三魂兒消消洒洒。七魄兒怨怨哀哀。一靈兒蕩蕩悠悠。俺不是降災邪祟。俺是出力公侯。你問緣由。我對聖主明言剮骨讎。俺説的並無虚謬。謝上聖將這屈死寃魂。放入這鳳閣龍樓。

【小桃紅】躬身叉手緊低頭。又不敢把龍床扣。拜舞山呼痛僝僽。見官里猛抬頭。驚回御寢把天顔奏。燈影下誠惶頓首。臣説着傷心感舊。尚古自眉鎖廟堂愁。

【鬼三臺】臣在生時多生受。馳甲胄。做先鋒帥首。向沙塞擁貔貅。臣説着呵自羞。想微臣挾人捉將一旦休。只落的披枷帶鎖遭重囚。臣想統三軍永遠長春。不想半路里拔着短籌。

【紫花兒序】臣性命不若如花梢滴露。風里楊花。水上浮漚。臣統三軍捨命。與四國王做敵頭。將四京九府平收。不想臣扶侍君王不到頭。提起來雨淚交流。想微臣蓋世功名。到今日一筆都勾。

臣等三人每。曾與國家出氣力來。

【金蕉葉】臣捨性命沙場上戰鬭。臣出氣力軍前陣後。剗地撇俺在三鬧里不偢。臣意社稷江山宇宙。

【調笑令】陛下索趁逐。替微臣報寃讎。臣須是一日無常萬事休。不能勾懸牌掛印將君恩受。只落的絣扒吊拷百事有。早難道衆臣千秋。

【禿厮兒】臣望寫皇閣千年□不朽。標青史萬代名留。臣做了個充飢畫餅風内燭。這寃讎。這寃讎。怎肯干休。

【聖藥王】臣這方頭。又不曾寫犯由。也合三思然後再追求。臣海外收伏了四百州。將凌烟閣番作抱官囚。久以後再誰想分破帝王憂。

【絡絲娘】臣捨性命出氣力請粗糧將邊庭鎮守。秦檜没功勞請俸干吃了堂食御酒。他待將咱宋室江山一筆勾。好金帛和大金家結勾。

【綿答絮】臣趁着悲風淅淅。怨氣哀哀天公不管。地府難收。相伴着野草閑花滿地愁。不能够敕賜官封萬户侯。想世事悠悠。嘆英雄逐水流。

【拙魯速】臣將抽頭不抽頭。向殺人處便攢頭。秦檜安排釣鈎。正着他機彀。怎生收救。臣當初只見食不見鈎。

【么】想微臣志未酬。除秦檜一命休。陛下逼逐記在心頭。將緣由苦苦遺留。明明説透。把那禽獸剮割肌肉。號令簽頭。豁不盡心上憂。

【收尾】忠臣難出賊臣彀。陛下宣的文武公卿講究。用刀斧將秦檜市曹中誅。喚俺這屈死冤魂奠盞酒。

第四折

〔正末扮何宗立上開〕自太師差自家東南第一山勾呆行者葉守一去。不想去惹多時節。

【正宫端正好】奉鈞命陷在酆都。别妻子離了鄉郡。則我便是個了事公人。鬼窟籠裏衣飯也能尋趁。一去二十載無音信。

【滚繡毬】去時節未四旬。回來經幾春。不覺染秋霜兩鬢。轉回頭高塚麒麟。改换的日月别。重安的社稷穩。每應舊功臣老盡。今日另巍巍别是個乾坤。果然道長江後浪催前浪。今日立起新君换舊君。歲月如奔。

【呆古朵】玉堦前聖主將臣來問。聽臣説太師原因。當日做好事回來。路逢着一人。施全心膽大將他壞。秦檜福氣大難侵近。本向靈隱寺祭福星。不想到宅上惹禍根。

【倘秀才】太師頓然省將詩句議論。道這個呆行者好言而有准。道那八個字自包天地自殺身。因此上差臣爲公吏。勾喚那僧人。因此上事緊。

【滾繡毬】想着秦太師情性狠。不由何宗立去心緊。正行里起撼天關大風一陣。無片時間早刮的地慘天昏。那風出山捲怪塵。那風入山推敗雲。險刮的那太華山一時崩損。□□崙希力力難以影。那風刮的六朝老樹和根倒。萬里長江□□□。進退無門。

【倘秀才】又無侵古道疎籬遠村。見一個卦□□□□□隱。他和那野草閑花作近鄰。要知山下路。須問往來人。□□□□。

微臣向前去問那先生。那先生道。你休問我。

【叨叨令】恰問罷早□祥雲瑞靄乘着風信。□□□□笛聲韻。我將那東南山去路將他問。他指一□□□□□。□去了也麽哥。□去了也麽哥。向前來扯住禪師問。

〔云〕□□□□□□□太師鈞命有勾。那和尚道不索你勾。□□□□□□這裏怕你不信。教你看咱。

【倘秀才】恰道罷見□□□□□在身。並無那玉女金童接引。則有一簇牛頭鬼吏狠。文秦□。□微臣。普碌碌推出獄門。

【滾繡毬】太師道從見了呆行者西山里作下文。不想東窗下事犯緊。道他則與謾君王幹家□心規運。只爲他虐黎民好金帛前後絶倫。他不合倉敖中□□糧。府庫中偷了銀。狠毒心一千般不依本分。更罷軍權屈殺了閫外將軍。當初禍臨岳飛今日災臨己。

抵多少遠在兒孫近在身。誂□謾神。
【倘秀才】夫人聽説了陰司下因。早不覺腮邊淚痕。古自想一夜夫妻百夜恩。説的夫人銜愁悶。爲太師受辛勤。要見太師呵則除是關山靠夢魂。
【滚繡毬】那陰司刑法别。比陽間官府狠。不想他苦懨懨痛遭危困。只因笑吟吟陷平人洗垢尋痕。參可可皮肉開。血力力骨肉分。痛殺殺怎捱那三推六問。監押都是惡鬼獰神。説太師千般淩虐若。則除你一上青山便化身。顯夫人九烈三貞。
【二煞】岳飛道秦檜不肯學漢蕭何追韓信。至潭溪賫發的交職掛三齊印。道陛下自離京兆泥馬走。似高祖滎陽一跳身。枉了他子父每捨死忘生。苦征惡戰。搻鼓奪旗。捉將挾人。漾人頭厮滚。噙熱血相噴。虧煞他枕盔腮印月。卧甲地生鱗。
【尾】投至奏的九重禁闕君王准。教燒與掌惡酆都地藏神。屈殺了岳飛岳雲張憲三人。已上昇三個全身。將身身秦檜賊臣不須論。想他誑上欺君。苦虐黎民。近有東岳靈文。交替了陳壽千年無字碑古自證不的本。
【後庭花】見一日十三次金字牌。差天臣將宣命開。宣微臣火速臨京闕。以此上無明夜離了寨栅。馳驛馬踐塵埃度過長江一派。臣到朝中怎掙揣。想秦檜無百劃。送微臣大理寺問罪責。將反朝廷名□揣。屈英雄淚滿腮。臣争戰了十數載。將功勞番做罪責。

【柳葉兒】今日都撇在九霄雲外。不能勾位三公日轉千堦。將秦檜三宗九族家族壞。每家寃讎大。將秦檜剖棺槨剉尸骸。恁的呵恩和讎報的明白。

（等地藏王隊子上）（斷出了）

題目　岳樞密爲宋國除患

秦太師暗結勾反諫

正名　何宗立勾西山行者

地藏王證東窗事犯

降桑椹蔡順奉母雜劇

劉唐卿 撰

第一折

〔冲末扮殿頭官領張千上云〕淡淡濛濛映曉星。海潮捧現日東升。九重閶闔開宮殿。文武班齊賀聖明。小官殿頭官是也。方今大漢。聖人在位。節儉寬洪。施恩布德。過堯舜之治化。邁湯武之寬仁。禮樂脩明。彝倫叙正。感應的天下咸寧。八方肅靖。東夷西戎仰化。南蠻北狄歸降。貢麟鳳獻瑞呈祥。産禾苗豐年稔歲。自大漢以來。立社稷之堅固。保家邦之永昌。俺漢國乃建都之地。錦繡山河。到春來賞韶華霽景。步緑野紅塵。往來車馬争馳。賞不盡花光柳色。到夏來翫江山明媚。宴水閣風亭。荷蓮香滿池塘。處處竹林松徑。到秋來凉生暑退。登雲嶺層樓。賞黄花四野鋪金。真乃是山明水秀。到冬來木凋松秀。賞雪尋梅。滌埸圃講武操兵。享富貴紅爐煖閣。端的是四時花爛熳。八節景稀奇。乃魚龍變化之鄉。錦繡繁華之地。文臣善治安民。武將施謀定亂。方今聖人任賢使能。崇儒重道。好禮尚文。乃仁德之君也。小官忝掌朝綱之事。乃職所當爲。今日早朝。奉聖人的命。爲因朝中缺少文武英才。着小官訪能幹官員。去天下府州縣驛。山間林下。但有文高武勝之人。薦舉於朝。必當擢用。小官領了聖命。今差使臣天下採訪去了。小官不敢久停久住。回聖人的話。走一遭也。聖人寬洪治萬邦。紛紛四海隱賢良。懷才抱德須當用。保舉於朝作棟梁。〔下〕〔外扮蔡員外同卜兒領家童上〕〔蔡員外云〕富貴榮華祖輩傳。常行方便自然安。家生一子行忠孝。寶鼎香焚答謝天。老夫姓蔡。名寧。字以静。本貫汝南人也。嫡親的四口兒家屬。婆婆延氏。所生一子。乃是蔡順。年二十歲也。孩兒幼習儒業。涉獵經史。講明聖人經書。飽諳古今事理。學成滿腹大才。爲因父母在堂。未肯求進。媳婦兒李氏潤蓮。他乃宦門之女。這孩兒三從四德爲先。貞烈賢達第一。針指女工。無不通曉。蔡順與潤蓮十分孝道。昏定晨省。問安視寢。侍奉親闈。無些須敢慢。老夫積祖以來。家中頗有貲財。老夫平素之間。多行善事。廣積陰功。發慈憫布德施恩。行仁義寬洪海量。愛交善友良朋。並無邪僻之事。人皆員外呼之。時遇盛冬天氣。朔風大凛。密布彤雲。紛紛揚揚。下着這國家祥瑞。老夫今日在映雪堂上。安排酒筵。請幾箇年高長者。賞雪飲酒。取一時之樂。婆婆。酒餚之類。安排的停當了不曾。〔卜兒云〕老員外。我早間分付下興兒。着他買些新鮮的按酒稀奇菓品。不知停當了不曾。下次小的每。與我喚的興兒來者。〔家童云〕理會的。〔净扮興兒上云〕自幼乖覺伶俐。不與兒童作戲。專以志誠爲本。所事合着人意。醉了時丢甎掠瓦。到晚來飛簷走壁。常着人摔翻踢打。酒醒時後悔不及。氣的我滿腹疼痛。嗤嗤的則放大屁。猛可裏一聲響喨。恰似我員外出氣。〔外呈答云〕得也麽。看這厮。〔興兒云〕小人是蔡員外家中興兒便是。時遇暮冬天氣。紛紛揚揚。下着國家祥瑞。老員外不惜資財。在映雪堂上安排酒餚。請他那一般富豪長者。賞雪飲酒。施展他那富貴奢華。早間夫人分付。着我買些新鮮的按酒。與了俺十兩銀子。着我買辦。我倒落下他七兩九錢八分半。酒餚都預備停當了。員外在映雪堂上呼唤。須索走一遭去。可早來到也。〔做見科云〕老員外唤興兒怎麽。〔員外云〕興兒。我今日要賞雪飲酒。果桌都安排下了麽。〔興兒云〕員外。今日早間。妳妳分付了我一聲。我打了箇料帳。去那街市上。不一時把那應用的按酒果品。都買將來。安排的水陸俱備。别的不打緊。我七錢銀子買了一隻肥鵝。您孩兒是孝順的心腸。着我自家宰了。退的乾乾净净的。煮在鍋裏。煮了兩三箇時辰。不想家裏跟馬的小褚兒走將來。把那鍋蓋一揭揭開。那鵝忒楞楞就飛的去了。〔外呈答云〕謅弟子孩兒。〔興兒云〕我不敢説慌。我要説慌。就是老鼠養的。〔外呈答云〕得也麽。潑説。〔蔡員外云〕這厮胡説。一壁厢預備果卓。家童門首覷者。若衆長者來時。報復我知道。〔家童云〕理會的。〔劉普能同周景和上〕〔劉普能云〕瑞雪飛揚滿太空。黎民深喜慶年豐。收成米麥盈倉廪。絃管笙歌樂盛冬。老夫姓劉。雙名普能。這一位長者。是周景和。老夫幼習儒業。頗看詩書。田園數處。家道豐盈。牛羊孳畜成羣。地方廣闊千頃。非干老夫之能。托賴祖宗之廕也。時遇揚風攪雪。下着國家祥瑞。本處蔡員外。安排酒殽。請衆位長者。在映雪堂上。賞雪飲酒。周景和。俺須索走一遭去。〔周景和云〕長者。時值嚴凝天氣。朔風凛洌。瑞雪紛紛。這雪似梨花亂落長空。如柳絮飄揚霄漢。長者乃豪富之家。正好賞雪飲酒。同席歡會。俺走一遭去。可早來到也。家童報復去。道有劉普能周景和來了也。〔家童云〕理會的。〔報科云〕報得員外得知。有劉普能周景和來了也。〔蔡員外云〕道有請。〔家童云〕理會的。有請。〔做見科〕〔劉普能云〕呀呀呀。老員外。量俺二人有何德能。着員外置酒張筵。俺難以克當也。

〔蔡員外云〕不敢不敢。二位長者。少待片時。等衆位長者來全了時飲酒。這早晚敢待來也。〔夏德閏仇彦達上〕〔夏德閏云〕盛世豐年宇宙清。萬民安樂盡康寧。天公幸際垂祥瑞。酒泛羊羔享太平。老夫姓夏。雙名德閏。這一位長者。是仇彦達。老夫幼習經曲。勤於學問。祖代留傳。家私廣盛。一年收十載餘糧。一倍增萬倍之利。方今聖人在位。治平天下。肅靖邊庭。感應的風調雨順。大收禾稼。此時歲稔年豐。老夫當享太平之世。時遇冬暮天道。紛紛揚揚。下着如此般大雪。有本處蔡員外。是吾故友。在映雪堂上。請衆位長者。賞雪飲酒。仇彦達。俺須索走一遭去。〔仇彦達云〕長者。這般大雪非常。方今太平盛世。此雪是國家之吉兆。單應來春天下青苗皆發。必然大收也。〔夏德閏云〕言者當也。俺一同賞去來。可早來到也。家童報復去。道有夏德閏仇彦達來了也。〔家童云〕理會的。〔報科云〕報的員外得知。有夏德閏仇彦達來了也。〔蔡員外云〕道有請。〔家童云〕理會的。有請。〔見科〕〔夏德閏云〕有勞長者設此華筵。俺二人不勝感戴也。〔蔡員外云〕不敢不敢。您二位長者。且待片時。等衆員外來全了時飲酒。這早晚敢待來也。〔二净扮王伴哥白厮賴上〕〔王伴哥云〕小子一生不受苦。外貌端莊内有福。我吹的龍笛品的簫。打的筋斗擂的鼓。我兩箇一生皮臉無羞恥。油嘴之中俺爲祖。人家擺酒未邀賓。我仗着村濁性兒魯。走到人家則管嚷。酒肉裝滿咱肚腹。我這箇兄弟。他把駱駝一口咬斷了筋。我在下把那癩象一口咽見了骨。這箇兄弟嘴饞起來似餓狼。我在下嘴饞起來如病虎。我逩門趄户二十年。俺兩箇喫倒泰山不謝土。〔外呈答云〕饞弟子孩兒。得也麽。〔王伴哥云〕自家姓王。雙名是伴哥。這箇兄弟姓白。雙名是斷賴。又喚着白喫白嚼白嚷。〔外呈答云〕得也麼。〔王伴哥云〕他新娶了箇媳婦。就喚做白蘿蔔兒。〔外呈答云〕得也麼。〔王伴哥云〕俺兩箇是至交的好弟兄。絶倫的光棍。平日之間。別無甚麼買賣。全憑着舌劍唇槍。説嘴兒哄人的錢使。我這兩兄弟。又比我能言快語。〔白斷賴云〕我説哥你少嘴舌罷。量你兄弟。不是賢兄掛齒。哥的那喉舌何人敢及。古者有隨何蒯通蘇秦。雖爲舌辯之士。若是見了哥。也拱手回容。他豈敢開口。量您兄弟拙口鈍腮。真乃蛆皮而已。我若虛言。哥就是我的孫子。〔外呈答云〕這廝要便宜。得也麼。〔王伴哥云〕兄弟。閑話休題。今日下着這般大雪。俺身上都單寒。肚裏骨碌碌的響遶動了。我心上要喫些茶飯。手裏又無錢。可怎麼好。〔白斷賴云〕哥。有了主兒了。我着你飽喫一頓。〔王伴哥云〕兄弟。你敢請我。〔白斷賴云〕哥。你也不知道。蔡員外家安排酒席。在映雪堂上。請他一般兒富貴長者。賞雪飲酒哩。〔王伴哥云〕兄弟。這箇是天假其便。也是俺兩箇甚口食分。撞席兒去。可早來到。俺自過去。〔見科〕〔王伴哥云〕衆位長者支揖。恕俺兩箇來遲。休要見怪。若是見怪。先拿酒來。罰我幾碗酒罷。〔外呈答云〕得也麼。你看這斷。〔白斷賴云〕哥。我不要罰酒。着他搗蒜蘸胖蹄。我們先喫一頓。〔蔡員外云〕你兩箇休要攪擾。家童擡過果卓來者。〔家童云〕理會的。〔擡果卓科〕〔蔡員外云〕將酒來。〔家童云〕理會的。〔蔡員外遞酒科云〕衆位長者。想聖人治世。普施洪恩。大行王道。見如今四夷咸伏。天下平定。君聖臣賢。萬民歡樂。時遇盛冬天氣。下着國家祥瑞。俺遇此豐稔之時。莫負眼前光景。老夫在此草舍。聊備小酌。敬請衆位長者。盤桓一會。共賞國家禎祥。方表交情。悉皆歡飲。勿勞推辭。這一杯酒。先從劉普能長者起。長者滿飲一杯。〔劉普能云〕老長者請。〔蔡員外云〕長者請。〔劉普能云〕不敢。老夫飲。〔做飲科〕〔蔡員外云〕再將酒來。這一杯酒。周長者滿飲此杯。〔周景和云〕不敢。老夫飲。〔做飲科〕〔蔡員外云〕再將酒來。夏長者滿飲一杯。〔夏德閏云〕不敢。老夫飲。〔做飲科〕〔蔡員外云。〕再將酒來。仇長者滿飲一杯。〔仇彥達云〕不敢。老夫飲。〔做飲科〕〔王伴哥云〕我說老蔡。你我們兩箇。也看不在眼裏。好酒好肉。則與別人喫。不睬我兩箇。你有手。我没手。你不與我遞酒。我自家不會喫。〔王伴哥拿酒壺科云〕衆位長者請酒了。罷罷罷。我嘴對嘴喫罷。〔外呈答云〕不像樣。得也麽。〔白厮賴云〕哥喫酒。我播菜兒。〔做拿下飯與王伴哥遞科〕〔王伴哥張口科〕〔白厮賴自喫科云〕香噴噴的米罕。〔外呈答云〕兩箇饞弟子孩兒。得也麽。〔蔡員外云〕酒且慢行。家童與我喚蔡順兩口兒來。與衆長者行一杯酒者。〔家童云〕理會的。〔正末扮蔡順同旦兒上〕〔正末云〕小生姓蔡。名順。字君仲。本貫汝南人也。嫡親的四口兒家屬。渾家李氏。一雙父母年高。小生幼習文墨。苦志於寒窗之下。學成滿腹文章。爲因父母在堂。未曾進取功名。小生每行孝道。侍奉雙親。想人子立身。莫大於孝。孝乃百行之源。萬善之本也。時遇暮冬天炁。紛紛揚揚。下着國家的祥瑞。有父親在映雪堂上。請衆長者賞雪飲酒。家童喚俺兩口兒。大嫂。須索走一遭去。當今聖人在位。是好豐稔之年也呵。〔唱〕

【仙呂點絳脣】見如今雨順風調。萬民安樂。年光好。聖德過堯。則他這文共武行忠孝。

〔旦兒云〕蔡順。是好雪也。恰便是銀粧成世界。粉填滿山川。這雪潤隴畝。滋禾稼。天下黎民皆喜也。〔正末唱〕

【混江龍】上合天道。常垂甘露潤田苗。這雪單注着多收五穀。廣𦳝倉廒。鄉下農民斟村酒。城中士户飲香醪。好收成端的民歡樂。托賴着一人有慶。因此上萬國來朝。

〔云〕可早來到也。不必報復。我自過去。〔正末同旦兒見科〕〔正末云〕父親。您孩兒來了也。〔蔡員外云〕蔡順。你來了。今日下着國家祥瑞。我安排酒殽。請衆位長者。賞雪飲酒。你同媳婦兒。與衆位長者厮見者。〔正末云〕您孩兒理會的。〔正末同旦兒見衆長者科〕〔正末施禮科云〕衆位尊長支揖。〔旦兒云〕萬福。〔衆云〕不敢不敢。〔蔡員外云〕衆位長者在此。非我自誇。此子蔡順。雖無大才。頗讀經典。孩兒行於孝道。不出仕於朝。那堪媳婦潤蓮。三從四德爲先。貞烈賢達第一。朝暮問安視寢。終始無移。老夫知之於心。感於肺腑。十分的見喜。因此上喚他兩口兒出來。與衆長者捧一盃酒。盡老夫之情也。〔劉普能云〕據長者仁純德厚。仗義疎財。富不侈其心。貴不驕其志。每行善事。多積陰功。爲子者盡孝。爲婦者大賢。皆是老長者脩積也。〔正末云〕衆位長者在上。凡人子侍其父母。當盡其孝敬之心。夫孝者。始於事親。終於事君。蓋事君則忠。事親則孝。想父母養育之恩。至重難報。今蔡順遵先王之道。讀孔聖之書。切思父母深恩。重若泰山。豈敢不行孝道也。〔衆云〕先生說的深有理。〔員外云〕孩兒。你與衆位長者。遞一盃酒者。〔正末云〕理會的。大嫂執着壺。我與衆位長者遞一盃酒。大嫂將酒來。〔旦兒云〕理會的。酒在此。〔正末云〕這杯酒。劉普能尊長。滿飲一盃。〔劉普能云〕蔡秀才請。〔正末云〕不敢。老尊長請。〔劉普能云〕蔡秀才。是好大雪也。頃刻雲迷四野。須臾雪蔽山林。這雪蜂認梨花。採之無香。鵲迷日色。飛之無影。遇此勝時。正好圍爐歡飲也。〔做飲科〕〔正末唱〕

【油葫蘆】你看瑞雪紛紛滿目飄。將山川粉填了。恰便似蜂蝶亂嚷舞虛囂。撏綿扯絮飛來到。恰便似楊花亂糝空中落。〔劉普能云〕蔡秀才。這場大雪。那田地上萬種草木。到來春都皆發生也。〔正末唱〕這場雪潤良田萬物生。壓瘴氣滋稼苗。端的是遍街衢蔽阻長安道。恰便似風內剪鵝毛。

〔云〕再將酒來。這盃酒可是周員外。滿飲一盃。〔周景和云〕好波。將來老夫飲。蔡秀才。幸際太平時世。歲稔年豐。感謝天公。降宜時瑞雪。俺正好開筵飲酒也。〔正末云〕老員外道的是也。〔唱〕

【天下樂】正值着豐稔年光瑞雪飄。正好飲香也波醪。將珍羞擺列着。樂醄醄宴賞直到曉。寶鼎內香篆焚。煖爐中獸炭燒。俺可也儘開懷無處討。

〔云〕興兒。將熱酒來。〔興兒云〕小哥。遞此促搯酒兒。衆位老員外。都是凍了。嘴頭子熱酒燙腫了。着他怎麼喫下飯。〔外呈答云〕得也麼。潑說。〔正末云〕這杯酒。夏員外滿飲一杯。〔夏德閆云〕秀才請。〔正末云〕不敢。老員外請。〔夏德閆云〕秀才。這場大雪。非比尋常。恰便是空中糝玉。雲外飛瓊。冷颼颼行人迷徑。白茫茫歸鳥失巢。似這等紅爐煖閣之中。理當賞雪飲酒也。

〔正末云〕這雪越下的大了也。〔唱〕

【醉中天】這雪更塞擁藍關道。盡蔽了几重霄。嶺畔寒梅恰便似舒玉梢。〔云〕將酒來。仇員外滿飲一盃。〔仇彥達云〕老夫飲。這雪真乃國家祥瑞也。〔正末唱〕**這雪普四海添吉兆。仰聖德黎民安樂。滿斟白醪。賀豐年萬姓歌謡。**

〔王伴哥云〕白廝賴。恰纔老蔡不與俺兩箇遞酒。你看小蔡兒。也輕慢俺兩箇。也不遞酒。他小覷俺兩箇。罷了。氣殺也。〔白廝賴云〕哥不要上氣。你若上氣。顯的就不是舊油嘴了。拿大碗來。倒着酒則管喫。灌的醉了。就打鋪在那家裏睡。哥。等他爺兒每若無禮。我把他鼻子都咬下他的來。〔外呈答云〕賊弟子孩兒。得也麽。〔蔡員外云〕酒且慢行。衆位長者。非老夫敢僭。則這般飲酒。也不能取其樂。列位長者。都是通文達理的人。幸遇冬寒雪降。指雪爲題。每人吟一首詩。有詩者不飲酒。無詩者罰一杯。〔仇彥達云〕老長者。先從誰起。〔蔡員外云〕先從劉普能長者起。〔白廝賴云〕我説老蔡遞酒也從他起。吟詩也從他起。他是那一箇。他無故則是劉普能。他就是普賢菩薩。我也不讓他。〔王伴哥云〕兄弟説的是。先從你起。你了是我。我了是你。兩箇油嘴胡説。到底喫的醉了。一齊調鬼。〔外呈答云〕潑説。〔劉普能云〕今蒙長者大設華筵。重意相待。老長者單指雪爲題。要俺俱各吟詩一首。無詩者罰酒一盃。衆位長者恕罪。老夫不才。强搜枯腸。作詩一首。衆位長者污目者。〔衆云〕不敢不敢。洗耳願聞。〔劉普能吟詩云〕碎剪瓊花滿太空。彤雲萬里布寒風。擁爐畫屋如春煖。詩酒高談樂盛冬。〔衆云〕高才高才。〔王伴哥云〕他便高才。喫了酒了。可不高才。〔外呈答云〕不高才喫打。得也麼。〔周景和云〕該老夫吟詩也。我詩就了。衆位長者恕罪。〔衆云〕不敢不敢。洗耳願聞。〔周景和吟詩云〕蝶翅飛揚落地輕。風翻柳絮舞零零。滋禾潤稼呈祥瑞。萬姓謳歌樂太平。〔衆云〕高才高才。〔白厮賴云〕高裁做的好衣服。〔外呈答云〕怎的。〔白厮賴云〕我説是高裁。〔外呈答云〕那箇高才。得也麼。〔夏德閏云〕該老夫吟詩。我詩就了也。衆長者恕罪。〔衆云〕不敢不敢。〔夏德閏吟詩云〕撲面穿簾拂粉墻。飛瓊糝玉六花揚。高堂暎雪宜歡飲。爛醉笙歌錦瑟傍。〔衆云〕高才高才。〔王伴哥云〕我可是他能飲的伯伯。〔外呈答云〕得也麼。這厮。〔仇彦達云〕該老夫吟詩。我詩就了也。衆位長者恕罪。〔衆云〕不敢不敢。〔仇彦達吟詩科云〕一色樓臺盡粉粧。隨風逐物弄輕狂。低垂簾幙陳佳宴。笑飲忘懷入醉鄉。〔衆云〕高才高才。〔白厮賴云〕我可其實的快嚷。〔外呈答云〕得也麼。這厮。〔蔡員外云〕衆位長者。高才大德。博學廣文。真乃古君子也。老夫疎於學問。草腹菜腸。對着衆位長者。也吟詩一首。萬望勿哂者。〔衆云〕不敢不敢。願聞。〔蔡員外云〕老夫吟詩也。〔做吟詩科云〕密布彤雲遍九霄。飛空四野剪鵝毛。羊羔酒泛歌金縷。共享豐年樂事饒。〔衆云〕高才高才。〔正末云〕衆位老尊長在上。小生無才。也吟詩一首。以盡人之歡也。詩中之意。倘有不週。望衆位長者教訓者。〔衆云〕不敢不敢。願聞。〔正末云〕小生吟詩也。〔做吟詩科云〕凜凜寒風透滿懷。

遥空頃刻凍雲埋。紛紛祥瑞天街落。四海消除黎庶災。〔衆云〕高才高才。〔王伴哥云〕他甚麼高才。老蔡。我把你箇老猢猻。我兩箇是客人。倒不讓俺吟詩。你爺兒兩箇是東主。你倒先吟了詩。你意思道他兩箇是愚魯之人。不知文義。小量俺兩箇。不是俺騙你那驢嘴。我把那五言詩八韻賦。長篇短文。我作了勿知其數。量這首雪詩。有何罕哉。拏酒來。我喫一椀。然後吟詩。若吟的不是。每人再罰我一椀。〔外呈答云〕得也麽。倒好了你也。〔王伴哥云〕我吟詩也。衆位長者勿罪。〔做吟詩科云〕紛紛瑞雪滿階基。有似楊花上下飛。一輪紅日當天照。管情化做一街泥。〔外呈答云〕可知是一街泥。得也麽。〔白厮賴云〕好。哥也不枉了吟的好詩。真乃是文章的魁首。油嘴的班頭。〔外呈答云〕得也麽。這厮。〔白厮賴云〕古人説。凡會酒席吟詩。不可太多。我學生不吟詩。我如今指雪爲題。唱箇小小的曲兒。曲子名是清江引。衆位長者污耳者。〔衆云〕你唱你唱。〔白厮賴云〕曲兒不打緊。聽我的歌聲宛轉。上古秦青善能歌唱。他若聽見我唱。他也拱手而伏。衆位長者。聽我唱賞雪的曲兒。〔唱〕

【清江引】這雪白來白似白厮賴。〔云〕這雪若還下在席子上。〔唱〕恰便似一床白綾被。鋪在熱炕上。蓋着和衣兒睡。醒來時化了一身水。

〔外呈答云〕謅弟子孩兒。不甚好。得也麽。〔夏德閏云〕衆長者。似這等寒冬雪降。那富豪之家。暖閣内籟氈簾。圍爐中燒獸炭。銀瓶内斟美酒。輕裘煖帽。駿馬雕鞍。富貴任其所願。有那等貧寒之家。身無遮體之衣。口無應饑之食。戰戰兢兢。無顔落色。凍剥剥的袖子低頭。蔡秀才。你

是讀書的人。想人生於世。有錢的可是怎生。無錢的可是何如。你試説。我試聽者。〔正末唱〕

【那吒令】有錢人最好。錦貂裘暖帽。無錢人困遭。穿補衣衲襖。繞人家乞討。忍饑寒凍倒。數九天怎過遣。大街上高聲叫。戰兢兢性命難逃。

〔夏德閏云〕人生在天地之間。貧富分其兩等。乃自然之理也。〔正末唱〕

【鵲踏枝】富家郎逞英豪。顯奢驕。他每便語話言談。氣勢偏高。腆着脯向人前氣傲。他把這貧民每當作兒曹。

〔仇彦達云〕秀才言者當也。便好道衣是人之威。錢是人之膽。今時人。享榮華。受富貴。穿錦繡。住蘭堂。乃前生分定也。〔正末云〕這貧寒富貴。非同小可。〔唱〕

【寄生草】有錢的高堂上常奢侈。無錢的遭貧寒居瓦窑。有錢的列金釵絃管可便心歡樂。無錢的受恓惶寂寞傷懷抱。有錢的逞軒昂馬踐紅塵道。無錢的向人前縮手口難開。則他這貧窮富貴是天道。

〔蔡員外云〕衆位長者。慢慢的飲酒。看有甚麽人來。〔解子押延岑上〕〔延岑云〕猛烈剛强自古無。平生慷慨不塵俗。見義當爲真男子。則是我正直無私大丈夫。某姓延。名岑。字均義。我平生好漢。剛强性魯。膂力過人。我在那長街市上閑行。因見箇年少的後生。趕着箇年老的打。我路見不平。將那年少拉將過來。三拳兩脚。過打死了。我出首到官。饒我死罪。脊杖了六十。罰我去鄭州迭配牢城。時遇冬暮天氣。紛紛揚揚的下着這般大雪。身上單寒。肚裏無食。解子哥哥。你看這家兒人家。高房子。大門樓。門前車馬嚷鬧。必是箇豪富之家。俺去討些茶飯食用。〔解子云〕延岑。你可休走了。〔延岑云〕哥哥。小人身做身當。豈敢帶累你也。〔解子云〕你若這般。便好。〔延岑云〕來到門首也。我試叫一聲。大主人家。有那憐憫之心。用不了的茶飯。乞討些食用。〔正末云〕甚麼人在門首。大驚小怪的。我試看去者。〔蔡員外云〕孩兒也。你試看去。〔正末出門見科云〕一條好漢也。兀那壯士。你因何帶鎖披枷來。〔延岑云〕哥哥不知。小人平昔之間。剛强性勇。膂力過人。一日街上閑行。見一箇年少的後生。趕着箇年老的打。我路見不平。把那年少的拉將過來。三拳兩脚打死了。我出首到官。免我死罪。脊杖了六十。罰去鄭州迭配牢城。身上單寒。肚中饑餒。路打門首過。見車馬盈門。小人來乞討些茶飯食用。〔正末云〕壯士。你少待片時。〔正末進門科云〕俺這家私裏外。無人照管。若得這箇壯士。與我做護臂。可也好也。我對父親母親説去。〔正末見蔡員外科〕〔蔡員外云〕孩兒也。甚麼人吵鬧。〔正末云〕父親。門首有箇壯士。迭配鄭州牢城去。身上單寒。肚中饑餒。來乞討些茶飯食用。父親。俺家私裏外。無人照覷。若得這箇壯士。與我做了護臂。可也好也。〔蔡員外云〕孩兒也。與我喚過那壯士來。〔正末云〕理會的。〔正末見延岑云〕兀那壯士。俺父親喚你哩。〔延岑云〕理會的。〔見衆長者科云〕衆位老長者。小人施禮哩。〔蔡員外云〕兀那壯士。那裏人氏。姓甚名誰。因甚帶鎖披枷。你説一遍者。〔延岑云〕小人姓延。名岑。字均義。乃濟州歷陽人也。我平日之間。剛直性勇。膂力過人。忽朝一日街上閑行。見一箇年少的後生。趕着年老的打。我路見不平。將那年少的。三拳兩脚打死了。小人出首到官。免我死罪。脊杖了六十。罰去鄭州迭配牢城。下着如此般大雪。身上無衣。肚裏無食。路打長者門首過。見車馬盈門。特來乞討些茶飯食用。〔蔡員外云〕哦。原來是這般。興兒將熱酒來。着壯士飲幾杯。〔興兒云〕燙口的熱酒。〔蔡員外云〕來來來。壯士。你滿飲一杯。〔延岑云〕老長者。量小人有何德能。着長者這等錯愛。〔蔡員外云〕壯士。你在患難之中。不必多念。興兒。將些茶飯來。着壯士食用。〔興兒云〕老的也。留着好酒肉待客人。與他喫怎麼。看他兩箇眼。剔留禿魯的。他是箇真賊。〔外呈答云〕得也麼。這廝。〔興兒拏茶飯科云〕來來來。一盤卷子。一盤羊肉。你喫你喫。〔延岑云〕解子哥哥。你喫一杯酒。喫些茶飯波。〔解子云〕我餓過了。喫不下也。〔卜兒見蔡員外云〕老的。我有句話。可敢説麼。〔蔡員外云〕婆婆有甚麼話説。〔卜兒云〕老身姓延。這箇壯士也姓延。我想來一般樹上。那得兩般花。俺五百年前是一家。我有心認義他做箇姪兒。未知老的意下如何。〔蔡員外云〕婆婆。你心與我皆同。不知這壯士心下如何。你試問他者。〔卜兒云〕兀那壯士。老身姓延。你也姓延。俺老兩口兒。止生了這箇孩兒是蔡順。我想來。一般樹上。那得兩般花。俺五百年前是一家。我有心認義你做箇姪兒。你意下如何。〔延岑云〕妳妳。你休逗小人耍。〔卜兒云〕我見你英雄。並無假意。〔延岑云〕是真箇。多謝了父親母親也。〔卜兒云〕蔡順。您兩箇拜你哥哥者。〔正末云〕哥哥受俺兩口兒一拜。〔延岑云〕兄弟。多謝父親母親。一見如故。此恩重如泰山。異日峥嶸。此恩必當重報也。〔正末唱〕

【金盞兒】哥哥你是英豪。逞雄驍。〔延岑云〕兄弟。我路見不平。把那年少的三拳兩脚。就打死了也。〔正末唱〕致傷人命官司行告。鄭州迭配見些功勞。有一日身榮爲官爵。青史把名標。博一箇烏靴白象簡。金帶紫羅袍。

〔解子云〕這早晚雪下的大了。延岑。俺還要趕程途哩。辭了長者。俺去來。〔蔡員外云〕家童將來。〔家童拏砌末科云〕理會的。〔蔡員外云〕延岑。與你這一套暖衣。十兩銀子。做盤費。解子哥哥。與你這五兩銀子。路上看覷他者。〔解子云〕謝了長者。小人知道。〔延岑拜科云〕謝了父母。〔卜兒云〕延岑。你路上小心在意者。〔延岑云〕父親母親。您孩兒只今便索長行。久以後不得崢嶸發達便罷。但得一身顯耀。您孩兒口中銜鐵背上搭鞍。報今日父母之恩。哥哥嫂嫂。善侍父母。衆位長者恕罪。我出的這門來。解子哥哥。我想來誰想今日。遇着這一家人家。將我認義做親。與我衣服錢鈔。此恩異日必當重報也。只因剛强性不容。致傷人命入牢城。異日風光身顯耀。必報今朝濟惠恩。〔同下〕〔劉普能云〕蔡長者。量俺有何德能。着長者重意相待。俺酒彀了也。長者夫人告辭。〔蔡員外云〕普能再飲一杯。〔劉普能云〕不必了。長者恕罪。我出的這門來。周景和。天色晚了也。俺一同回去來。瑞雪紛紛四野垂。圍爐開宴捧金杯。知心故友同酬興。滿頭風雪醉扶歸。〔同下〕〔夏德閏云〕劉普能周景和他二人去了。仇彦達。俺也回去來。長者恕罪。出的這門來。天色晚了也。深蒙良友大張筵。美酒盈罇喜笑喧。忘懷横飲無拘繫。不負三冬瑞雪天。〔同下〕〔王伴哥云〕白厮賴。他四位長者。都回去了。俺兩箇每人再喫兩椀回去罷。〔白厮賴云〕哥也。俺打剌孫多了。您兄弟莎搭八了俺牙不約兒赤罷。〔外呈答云〕且打番語。得也麽。

〔王伴哥云〕依着兄弟回去來。今日箇俺來油嘴。喫東西恰是餓鬼。我如今跑到家裏。再喫上五椀雪三盆凉水。〔二浄下〕〔蔡員外云〕衆位員外都回去了也。夫人媳婦兒。無甚事。俺回後堂中去來。〔正末云〕父親。俺回後堂中去來。〔唱〕

【尾聲】俺可便離了畫閣蘭堂。舉步登途道。賞瑞雪排筵罷却。〔蔡員外云〕孩兒也。爲人在世。得歡當作樂。莫負眼前光景也。〔正末唱〕喒人便休把時光虛度了。〔蔡員外云〕今日賞雪飲酒。都皆沉醉也。〔正末唱〕儘今生樂醄醄。飲香醪。滿捧羊羔。寶鼎龍涎香未消。則他這銀臺上蠟燒。他每都餚籌歡笑。〔旦兒云〕蔡順。今日父母十分歡喜也。〔正末云〕俺爲子者。要孝當竭力也。〔唱〕則願的一雙父母壽年高。〔同下〕

第二折

〔卜兒抱病同蔡員外領浄興兒旦兒上〕〔卜兒云〕四肢老弱身無力。呵。吁。兩鬢斑皤病已深。老身延氏。爲因上廟燒香去。我趕頭香。起的早了些兒。感了些寒氣。一卧兒不起。飲食少進。睡卧不寧。争奈老身年紀高大。肌體尩羸。我那裏躭的這般病證。這兩日身心恍惚。老的也。我的病越沉重了也。〔蔡員外云〕婆婆。便好道天有不測風雲。人有旦夕禍福。你這病是輕災浮難。不必憂心。婆婆。將息病體。省可裏煩惱也。〔卜兒云〕媳婦兒。蔡順孩兒那裏去了也。〔旦兒云〕蔡順去街市上。與婆婆請醫士去了也。〔蔡員外云〕婆婆。想人皆養子。無過蔡順孝。俺幸遇此子。立身壯志。正好同堂歡樂。婆婆。你耐心守病也。〔卜兒云〕老的也。我這病有添無那減了也。媳婦兒。等孩兒來時。報復我知道。〔旦兒云〕理會的。我在門首望者。蔡順這早晚敢待來也。〔正末上云〕小生蔡順是也。爲因老母。廟上燒香。感了些風寒。見今病枕着床。嗟乎。年紀高大。肌體尩羸。值此病證。俺爲子者何忍乎。小生對天禱告。願將已身之壽。減一半與母親。願母親壽活百歲有餘。方表人子之孝也。小生爲母不安。這些時衣不解帶。廢寢忘餐。憂悽不止似。此可怎了。小生恰纔去那周橋左側。請下箇醫士。調治母親的病證。太醫隨後便來也。小生見母親。走一遭去。蔡順也。切思老母養育之恩。何以報答也。〔唱〕

【商調集賢賓】則俺那老萱親在堂年邁高。小生我想恩養育痛悲號。俺母親偎乾濕三年乳哺。更懷躭十月劬勞。我母親擡舉的立志成名。生長的貌類清標。方信養生送死防備老。憶深恩我未報分毫。誰承望尊堂病已深。則俺這幼子淚如澆。

〔興兒云〕小哥少煩惱。妳妳年紀高大了也。妳妳睡倒身疲倦。起來不思饌。心恍神不寧。頭暈眼睛轉。臉上皺紋多。手上青筋亂。你若到家中。妳妳不死也氣斷。存的性命活。也是棺材韃。

〔外呈答云〕賊弟子孩兒。得也麽。〔正末云〕阿。好是煩惱人也呵。〔唱〕

【逍遥樂】俺母親骨喦喦身軀老耄。〔帶云〕嘆母親這病。〔唱〕恰便似風裏楊花。水上幻泡。〔興兒云〕小哥不要心焦。到家裏把妳妳的病。我替他害了罷。〔正末唱〕好教我便展轉的添焦。俺母親眼睁睁病枕難熬。我可便心似油煎身如火燎。仰穹蒼痛哭嚎咷。〔帶云〕蔡順一片孝心。惟天可表也。〔唱〕則願的母病安妥。父命延長。子壽願夭。

〔云〕來到門首也。〔見旦兒科云〕大嫂。你在這裏做甚麼。〔旦兒云〕蔡順。母親這一會兒。覺沉重了也。恰纔喚你來。我說你請太醫去了。你過去見母親去。〔正末云〕似此可怎了也。我去見母親去。〔做見卜兒科云〕母親。您孩兒恰纔周橋左側。請下箇高手的醫者。便來調理母親的病證。母親。今日病體如何。〔卜兒云〕孩兒。我這一會兒不見你。不由我心中思想。我這病看看至死。不久身亡。眼見的無那活的人也。〔蔡員外云〕孩兒也。你母親壽年高大。值此風雪之寒。寢饌俱廢。朝暮不能動履。命在頃刻之間。豈能相保。孩兒。如此如之奈何。〔正末云〕父親。豈不聞聖人云。父母有疾。人子憂心。無所不用其情。怎敢時刻懈怠也。想母親止生您孩兒一箇。今立身成名。豈不知父母鞠養之恩。您孩兒爲母不安。這些時衣不解帶。寢食俱廢。憂悽不止。行坐之間。猶如失魂喪魄。您孩兒對天禱告。願將己身之壽。減一半與母親。願母親壽享百歲有餘。方稱您孩兒之願也。〔卜兒云〕孩兒也。想人子之心。奉母莫大於孝。你的孝情。我盡知也。今老身命已將危。乃人之大限。你父子免勞憂慮。兒也。我眼見的無那活的人也。〔旦兒云〕蔡順。你請的太醫。這早晚不見來。〔正末云〕大嫂。預備下茶湯。太醫這早晚敢待來也。〔正浄扮太醫上云〕我做太醫最胎孩。深知方脈廣文才。人家請我去看病。着他准備棺材往外擡。自家宋太醫的便是。雙名是了人。若論我在下手段。比衆不同。我祖是醫科。曾受琢磨。我彈的琵琶。善爲高歌。好飲美酒。快嚷肥鵝。那害病的人請我。我下藥就着他沉痾。活的較少。死者較多。〔外呈答云〕名不虛傳。得也麽。〔太醫云〕我這門中。有箇醫士。姓胡。雙名是突蟲。他老子就喚是胡蘿蔔。我和他兩箇的手段。也差不多。俺因此上結爲兄弟。有人家來請我看病。俺兩箇一同都去的。少一箇也不行。我看病。兄弟便下藥。兄弟看病。我便下藥。俺兩箇説下呪願。有一箇私去看病的。嘴上就生殭疙疸。今日有本處蔡秀才來請我。説他母親害病。請我去下藥。我使人約兄弟去了也。我在周橋上等着兄弟。這早晚敢待來也。〔净扮糊突蟲上云〕我做太醫温存。醫道中惟我獨尊。若論煎湯下藥。委的是效驗如神。古者有盧醫扁鵲。他則好做我重孫。害病的請我醫治。一貼藥着他發昏。〔外呈答云〕得也麽。這厮。〔糊突蟲云〕在下是箇太醫。姓胡。雙名是突蟲。小名兒是胡十八。祖傳三輩行醫。若論我學生的手段。我指上不明。醫經不通。人家看病。先打三鍾兩椀瓶酒。五箇燒餅。喫將下去。就要發風。看病不濟我喫食倒有能。〔外呈答云〕兩箇一對兒。得也麽。〔糊突蟲云〕我這醫門中有箇醫士。姓宋。雙名是了人。俺兩箇的手段。都塌八四。因此上都結做弟兄。他爲兄。我爲弟。人家來請看病。俺兩箇都同去。少一箇也不行。宋無胡而不走。胡無宋而不行。胡宋一齊同行。此爲胡虎乎護也。〔外呈答云〕念等韻哩。得也麽。〔糊突蟲云〕早間宋先兒。使人來請我。説蔡秀才的母親害病。請俺下藥。有哥在周橋上等着我哩。見咱哥走一遭去。可早來到也。〔做見科云〕哥也。你兄弟來遲。莫要見罪。若要見怪。哥就是蝦蟆養的。〔外呈答云〕得也麽。這厮。〔太醫云〕你還説嘴哩。你平常派賴。冬寒天道。着我在這裏久等。險些兒凍的我腿轉筋。〔糊突蟲云〕哥也。休怪您兄弟來遲。我有些心氣疼的病。今日起的早了些兒。感了些寒氣。把你兄弟争些兒不疼死了。你兄弟媳婦兒慌了。請了太醫來。與了我一服藥喫。我纔不疼了。〔外呈答云〕你是太醫。怎麽又喫别人的藥。〔糊突蟲云〕我的藥中喫。是我也喫了。〔外呈答云〕可怎麽不中喫。〔糊突蟲云〕我若喫了我自家的藥呵。我這早晚。死了有兩箇時辰也。〔外呈答云〕你可是盧醫不自醫。得也麽。〔太醫云〕兄弟。自從俺打官司出來。一向無買賣。〔外呈答云〕爲甚麽打官司來。〔太醫云〕俺兩箇爲醫殺了人來。〔外呈答云〕兩箇一對兒油嘴。得也麽。〔太醫云〕兄弟。今日蔡長者家婆婆害病。請俺去下藥。他是財富之家。俺到那裏。他有一分病。俺説做十分病。有十分病。説做百分病。到那裏胡針亂灸。與他服藥喫。若是好了。俺兩箇多多的問他要東西錢鈔。猛可裏死了。背着藥包。望外就跑。〔外呈答云〕得也麽。這廝。〔糊突蟲云〕哥也。言者當也。憑着俺兩箇一片好心。天也與半椀飯喫。〔外呈答云〕得也麽。〔太醫云〕兄弟俺去。可早來到也。報復去。道有兩箇高手的醫士來了也。〔家童云〕您則在這裏。我報復去。〔做報科云〕報的長者得知。太醫來了也。〔蔡員外云〕道有請。〔家童云〕理會的。有請。〔糊突蟲云〕哥也看仔細些。莫要掉將下來。〔外呈答云〕怎的。〔糊突蟲云〕是。有請有請。〔外呈答云〕慌做甚麽。得也麽。〔太醫云〕俺是箇官士大夫。上他門來看病。消不的他接待接待。就着俺過去。〔外呈答云〕你休要怪他。他家有病人。過去罷。〔太醫云〕好兒。看着你的面上。老子過去罷。〔外呈答云〕這廝做大。得也麽。〔太醫做讓科云〕兄弟請了。〔糊突蟲云〕不敢。兄長請。〔太醫云〕賢弟請。〔糊突蟲云〕兄長差矣。想在下雖不讀孔孟之書。頗知先王之禮。豈不聞聖人云。徐行後長者謂之弟。疾行先長者謂之不弟。耕者讓畔。行者讓路。長者爲兄。次者爲弟。兄乃我之長。我乃兄之弟。既有長幼。須分尊卑。先王之禮。亦不差矣。我若先行。我就是驢馬畜生。真油嘴也。〔外呈答云〕甚麽文談。得也麽。〔糊突蟲云〕不敢不敢。吾兄請。〔太醫云〕不敢。賢弟乃善良君子。我乃是愚魯之人。區區無寸草之能。賢弟有九江之德。據賢弟醫於病。神功效驗。治於病。多有良方。賢弟乃大成之人。我乃蛆皮而已。我若先行。我學生就是真狗骨頭之類也。〔外呈答云〕得也麽。潑說。過去了罷。〔做見卜兒科〕〔太醫云〕老母懨懨身不快。〔糊突蟲云〕太醫下藥除患害。〔太醫做拏左手科〕〔糊突蟲做拏右手科〕〔太醫云〕看俺雙雙把脈。〔太醫拏卜兒左手科〕〔唱〕

【南青哥兒】入門來審了他這八脈。〔糊突蟲拏卜兒右手科〕〔唱〕瘦伶仃有如麻稭。〔太醫唱〕俺快把這藥包兒忙解開。〔糊突蟲云〕可憐也。脈息不好了。〔唱〕快疾忙去買。〔太醫唱〕快疾忙去買。〔正末云〕太醫。買甚麽。〔太醫唱〕去買一箇棺材。〔糊突蟲唱〕去買一箇棺材。

〔外呈答云〕幾時了。得也麽。〔太醫拏藥包兒打倒卜兒科〕〔卜兒云〕打殺我也。〔外呈答云〕他是病人。怎麽打他。〔太醫云〕不妨事。不妨事。還好哩。還知疼痛哩。〔外呈答云〕不知疼痛。可不死哩。得也麽。〔太醫云〕胡先兒。他這箇是甚麽病。〔糊突蟲云〕吾兄。不是我誇嘴。我恰纔覷了他面目。審了他脈息。你摸他這半身子如火相似。他害的是熱病。〔太醫云〕你又胡說了。他這箇脈息。跳的有一寸高。你怎說是熱病。你看他這半邊身子。如冰一般凉。他害的是冷病。〔糊突蟲云〕吾兄也。不難把老人家鼻子爲界。用一條繩拴在他鼻頭上。把這繩兒扯下來。就地下釘箇橛兒拴住。你醫這左半邊冷病。我醫這右半邊熱病。吾兄弟意下何如。〔太醫云〕好好好。俺兩箇說的明白。假似你一服藥。着老人家喫將下去。醫殺了這右半邊呵呢。〔糊突蟲云〕管不干你那左半邊的冷病事。〔太醫云〕說的有理。〔糊突蟲云〕假若你一服藥。着這老人家喫將下去。醫殺了你那左半邊呵呢。〔太醫云〕管不干你那右半邊的熱病事。〔糊突蟲云〕我說假似走了手。都醫殺了呵呢。〔太醫云〕管大家没事。〔外呈答云〕謅弟子孩兒。得也麽。〔蔡員外云〕太醫。你如今下一服甚麽藥。〔太醫云〕我如今下一服是奪命丹。第二服促死丸。〔蔡員外云〕你爲甚麽與他兩樣藥喫。〔太醫云〕你不知道。我有主意。兩樣藥喫下去。着這老人家死也死不的。活又活不的。〔外呈答云〕得也麽。這厮。〔糊突蟲云〕蔡老官兒。你要你這婆婆好麽。〔蔡員外云〕可知要好哩。〔糊突蟲云〕我有箇海上方兒。用一莊物件。你捨的麽。〔蔡員外云〕要我這婆婆好。不問要甚麽。都捨的。〔糊突蟲云〕把你這兩隻眼。拏尖刀子剜將下來。用一鍾熱酒吃將下去。你這婆婆就好了。〔蔡員外云〕他便好了。我可怎麽了。〔糊突蟲云〕你敢柱着明杖兒走。〔外呈答云〕得也麽。這厮胡說。〔蔡員外云〕住住住。你兩箇休要胡厮嚷。你二位端的那一位高强。讓一箇醫了罷。〔二净拏着藥包一遞一箇打着念科〕〔太醫打糊突蟲云〕我能調理四時傷寒。〔糊突蟲打太醫云〕我善醫治諸般雜證。〔太醫云〕我療小兒吐瀉驚疳。〔糊突蟲云〕我治婦女胎前産後。〔太醫云〕

我會醫四肢八脈。〔糊突蟲云〕我會醫五勞七傷。〔太醫云〕我會醫左癱右瘓。〔糊突蟲云〕我會醫緊癆慢癆。〔太醫云〕我會醫兩腿酸麻。〔糊突蟲云〕我會醫四肢沉困。〔太醫云〕我會醫口苦舌澀。〔糊突蟲云〕我會醫胸膈膨悶。〔太醫云〕我會醫癇臁跛臂。〔糊突蟲云〕我會醫喑啞癡聾。〔太醫云〕我會醫發寒發熱。〔糊突蟲云〕我會醫發傻發風。〔太醫云〕我會醫水蠱氣蠱。〔糊突蟲云〕我會醫頭疼額疼。〔太醫云〕我會醫胸膛上生着孤拐。〔糊突蟲云〕我會醫肩髈上害着脚疔。〔太醫云〕老長者着俺下藥。〔糊突蟲云〕將這箇老人家喪了這殘生。〔太醫云〕用涼水滿滿的一椀。〔糊突蟲云〕用巴豆足足的半升。〔太醫云〕着這一箇老人家吃將下去。〔糊突蟲云〕叫喚起滿肚裏生疼。〔太醫云〕登時間直腸直肚。〔糊突蟲拏藥包打倒卜兒科云〕瀉殺這箇老媽媽。也是場乾净。〔外呈答云〕賊弟子的孩兒。去了罷。去了罷。〔打二净下〕〔正末云〕父親。今母親得病。積日之久。四肢無力。身體飄然。似此如之奈何。〔蔡員外云〕孩兒。我試問婆婆者。婆婆。你這些時飲食不進。你心中可想甚麼食用。〔卜兒云〕老的也。我心中想一味東西食用。奈是冬寒天氣。則怕無有此物。〔正末云〕母親想甚麼食用。對您孩兒説者。〔卜兒云〕孩兒也。我想那春暮天桑椹子食用。但得三兩枝兒喫下去。則怕我這病減了也。〔正末云〕既然母親思想桑椹子食用。您孩兒不問那裏。務要尋來奉侍母親。〔卜兒云〕孩兒也。我這會有些昏沉。媳婦兒。扶我去後堂中去來。我冒風寒着床垂命。爲子者堂前孝敬。但得那美甘甘桑椹充腸。醫可了我懨懨疾病。〔同下〕〔蔡員外云〕孩兒也。你母親思想桑椹食用。況值盛冬時節。萬木凋零。便有黄金。也無處買也。你母之命。仰望神天加護。他病痛苦淹纏。良方治不痊。我暫把愁眉放。生死任從天。〔下〕〔正末云〕母親思想桑椹子食用。奈是寒冬天氣。可那得此物來。興兒。與我後園中快設香案。安排祭祀禮物。我禱告神天去者。〔興兒云〕小哥説的是。前堂上人雜。後園中静悄悄的。問神天求的幾箇桑椹子。救妳妳的命。若無桑椹子。馬蓮子也罷。喫下去倒消食。〔外呈答云〕得也麽。這厮。〔正末云〕來到這後園中也。興兒。擡過香案來者。〔興兒云〕理會的。〔做擡香案科云〕放下這香案。擺下三牲。小哥。都有了也。〔正末云〕興兒。休要打攪。你且前後執料去者。〔興兒云〕我也寒冷了。小哥。你便燒香。我灶窩裏向火去也。〔下〕〔正末燒香科云〕皇天后土。三界神祇。此一炷香不爲别。有母延氏。年七十五歲。見今病枕在床。積日之久。未能得愈。切思父母之恩。未嘗頃刻下懷。今母親有疾。爲子者豈可不盡其心。小生這些時衣不解帶。寢食皆廢。憂悽不止。今母親沉重。投藥不效。空勞無功。不期母親思想桑椹子食用。寒冬天氣。朔風遍起。萬木凋零。怎生得那桑椹子來。伏望神明可憐。怎生得天上降下幾箇桑椹子來。救濟俺母親病體痊可。願將蔡順己身之壽。減一半與母親。願母親壽活百歲餘年。方表人子之道也。百行由來孝爲先。人心盡孝理當然。椹子若能天降下。救濟慈親病體痊。〔拜科〕〔唱〕

【梧葉兒】列香案虔誠拜。設奠祀專意禱。但能彀那樹上發柔條。結幾箇桑椹子。摘將來醫濟的好。我這裏望青霄。呅。神也保祐的母安樂呵惟願的可便長生不老。

〔云〕小生對着神天。將頭也磕破了。滴下來的淚珠兒。可都成冰了。這一會兒。覺有些昏沉。我搭伏着這香案。暫且盹睡者。〔做睡科〕〔增福神領鬼力上云〕蕩蕩神威氣象寬。親傳敕令下瑶天。只因人子行純孝。吾神駕霧騰雲到世間。吾神乃上界增福神是也。我身居逍遥之境。自在之鄉。掌管人間貴賤壽夭增福延壽之事。行善者增添福禄。作惡者減算除年。今因下方有一人。姓蔡。名順。字君仲。其妻乃李氏潤蓮。他兩人每行孝道。侍奉親闈。朝暮問安視寢。未嘗有懈心。他們母親延氏。見今染病在床上。藥餌不能調治。今冬寒時月。母思桑椹子食用。此人在後花園中設其香案祭物。對天祈禱。叩頭出血。滴淚成冰。又願將己身之壽。減一半與他母親。願他母壽活百歲有餘。此人一念誠孝。通於天地。感動神靈。吾神親傳上帝敕令。將冬天變做春天。着大衆神將。今夜晚間三更時分。降甘露瑞雪。滿山遍峪。但有的桑樹。都生桑椹子。着蔡順摘將去。獻與他母親食了呵。他那病體必然痊可。有此人在後園中焚罷香。搭伏着香案。盹睡着了也。恐防蔡順不知。吾神駕起祥雲。直至此人宅上托夢。走一遭去。按落雲頭。可早來到他家前堂上也。鬼力與我喚將蔡氏門中家宅六神來者。〔鬼力云〕理會的。蔡氏門中家宅六神安在。〔門神户尉上〕〔門神云〕積善門闌瑞靄生。手執斧鉞鎮宅庭。剛强正直無邪僻。以此人間爲正神。小聖乃蔡氏門中門神是也。此一位乃户尉之神。今有蔡順的母親。病枕在床。俺家宅六神不安。因蔡順至孝。感動神明。通於天地。有增福神降臨在堂。呼喚六神。俺二神見上聖去。可早來到這前堂上也。鬼力報復去。道有門神户尉來了也。〔鬼力云〕理會的。報的上聖得知。有門神户尉來了也。〔增福神云〕着他過來。〔鬼力云〕理會的。過去。〔做見科〕〔門神云〕呀呀呀。早知上聖來到。只合遠接。接待不着。勿令見罪。上聖呼喚小聖有何法旨。〔增福神云〕門神户尉。您且一壁有者。〔外扮土地井神同竈神浄厠神上〕〔土地云〕吾乃土地神。秉性純和福自臻。常居正道。永鎮家庭。晨昏香火。悉把吾尊。招財進寶臻佳瑞。合家無慮保安存。〔井神云〕吾乃井泉神。節操堅剛民自稱。將流波積聚。徹底澄清。身無點污。潔似寒冰。井中常喜禎祥現。兆應家宅百事亨。〔竈神云〕吾乃是竈神。一家之主我爲尊。終朝火燎。每日煙熏。炭頭般像貌。墨錠般法身。縱然葷素不離口。争奈終日縮竈門。〔浄厠神云〕吾乃是厠神。我一生無始終。我坐的是浄桶。翫的是糞坑。尿長溺一臉。屎長污一身。何曾得聞清香味。每日人來把屁熏。〔外呈答云〕兩箇一對。得也麽。〔土地云〕衆神都來了也。今有蔡順母親。病體不安。此子至孝。通於天地。感動上界。增福神在堂呼喚。不知爲何。俺見上聖去。來到這前堂上。鬼力報復去。道有土地等神來了也。〔鬼力云〕理會的。〔報科云〕報的上聖得知。有土地等神來了也。〔增福神云〕着他過來。〔鬼力云〕理會的。過去。〔做見科〕〔土地云〕呀呀呀。早知上聖到來。只合遠接。接待不着。勿令見罪。〔井神云〕上聖。小聖失於迎迓。勿以見責也。〔竈神云〕早知來到。快跑遠接。跑的緊了。一定喫跌。〔外呈答云〕甚麽文談。得也麽。〔厠神云〕早知上聖來到。慌忙迎笑。若還不笑。鑿箇蔾暴。〔外呈答云〕兩箇一對潑説。得也麽。〔土地云〕上聖。呼喚俺家宅六神。有何事也。〔增福神云〕您六神聽者。爲蔡順母見今病枕不安。藥餌不能醫治。他母親想桑椹子食用。奈是寒冬天氣。無處求取。此子至孝。通於天地。感動上帝之心。今吾神傳上帝敕令。特降桑椹子。救他母親之病。恐此人不知。吾神故來托一夢警。有蔡順在後園中。燒罷香昏沉而睡。您六神隨着我托夢去來。〔衆云〕有勞上聖下降。俺跟上聖去來。〔增福神同六神見正末科〕〔增福神云〕來到這後園中。此人真箇睡着了也。我試喚他者。蔡順。蔡君仲。〔竈神云〕蔡炒肉。〔厠神云〕蔡裏蟲。

〔外呈答云〕這厮。得也麽。〔正末做警醒科〕〔唱〕

【醋葫蘆】不由我戰兢兢的添怕怖。悠悠的魂魄消。我則見衆神祇簇擁一周遭。莫不是身邊犯下甚麽罪惡。〔增福神云〕蔡順休驚莫怕也。〔正末唱〕**他可便單題着咱名號。我須索從頭至尾問箇根苗。**

〔跪科云〕何方大聖。甚處靈神。通名顯姓者。〔厠神云〕上聖。這小蔡兒最促掐。他前日望着我嘴頭子上放了箇屁。把我牙迸掉了。我正要擺佈他哩。〔外呈答云〕這厮且打攪。〔增福神云〕蔡順。俺非外道邪魔。吾神乃上界增福神是也。這六位是您家宅六神。因你母親病體不安。寒冬天氣。想桑椹子食用。爲你虔誠懇禱。祈求此物。叩頭出血。滴淚成冰。願將己身之壽。減一半與你母親。因你至孝。感動天地。今吾神傳上帝敕令。將冬天變做春天。今夜三更時分。命大衆神祇降甘露瑞雪。滿山遍峪。但有桑樹。都生了椹子。任你摘來。與你母親食用。自然病體安愈。你聽者。這孝乃萬善之本。百行之源。忠孝乃人之大節也。非忠不以爲臣。非孝不以爲子。凡人子事親之際。無所不用其誠。要居則致其敬。養則致其樂。病則致其憂。喪則致其哀。祭則致其嚴。此是人子之大孝也。你聽者。父母恩深比昊天。嗟乎病體實堪憐。子行大孝諸神祐。永播芳

名萬古傳。〔正末拜衆神科云〕感謝上聖也。〔唱〕

【後庭花】我怎消的衆神靈下紫霄。駕祥雲香霧繞。凛凛神威大。堂堂美像貌。赴天朝。親傳敕詔。爲慈親病重倒。因愚男盡孝道。後園中誠意禱。感天神來護保。枯桑上長出嫩條。香甘甘子結的飽。我摘將來盤内托。母親行將孝意表。母親行將孝意表。

〔增福神云〕你那母親。若食了這桑椹子。可自然病體安樂也。〔正末唱〕

【青哥兒】喫了呵但能得尊堂尊堂安樂。我做一壇水陸水陸大醮。〔增福神做推正末科云〕休推睡裏夢裏。〔衆神隨下〕〔正末醒科〕〔唱〕呀。原來是一枕南柯夢已覺。恰纔那空中神道。與小生夢裏相交。細説根苗。着我歡展眉梢。小生這些時躭着憂懷着悶受煎熬。恰纔呵聽説罷喜孜孜開懷抱。

〔旦兒上云〕蔡順。你爲何大驚小怪的。〔正末云〕大嫂。你不知。我因母親思想桑椹子食用。奈是寒冬天氣。無處尋取。我恰纔禱告上天。覺一陣昏沉。睡着了。夢見增福神同家宅六神來托夢。增福神言説。因我孝心感動天地。把冬天變做春天。今夜三更時分。着大衆神祇降甘露瑞雪。滿山遍峪。但是桑樹。都結桑椹子。着我摘來。孝奉母親。他自然無病也。〔旦兒云〕蔡順。你的孝意真誠。因此上有這等感應也。〔正末云〕兀的不天色陰了也。〔旦兒云〕蔡順。這天色定

然是雪也。〔正末云〕兀的不歡喜殺小生也。〔唱〕

【尾聲】可又早颼颼的風力峭。慘慘的凍雲罩。他道是三更時分雪花飄。小生我深山中摘桑我可也不憚勞。怎敢把神靈違拗。〔云〕小生摘將那桑椹子來。母親若喫下去呵。〔唱〕恰便是靈丹入腹可又早病兒消。〔同旦兒下〕

第三折

〔桑樹神上云〕園内開花我最奇。封爲綾錦樹神祇。蠶蟲食葉生絲廣。結果能充腹内饑。吾神乃桑樹神是也。我枝葉榮旺。生長青肥。桑條弄翠影。桑葉有陰濃。那山妻採葉。喜柔條續續連青。稚子攀枝。愛紫椹重重帶黑。吾神根蟠數丈。歲久年深。助蠶作繭。廣織紗羅。吾神在園林中顯耀。惟我獨魁也。奉上帝敕令。封吾神爲綾錦之神。今因凡間有一人。姓蔡。名順。字君仲。此人平生本分。孝順雙親。因他母親病體不安。如今冬寒天氣。思想桑椹子食用。爲此人孝心感動天地。奉上帝敕令。今夜三更時分。着大衆神祇降甘露瑞雪。着吾神樹上生桑椹子出來。蔡順摘去。侍奉他母親食用。就着他母親病體安康。既有敕令。不敢有違。吾神往山林中知會衆神。走一遭去。蒙敕令親到山場。着那遍樹上枝葉榮芳。桑椹子今宵就結。與蔡順孝奉萱堂。〔下〕〔風伯領鬼力上云〕巽位當權顯耀雄。揚塵簸土罩乾坤。喜時清氣人皆爽。怒後掀翻太華峯。吾神乃上界風伯神是也。專管一年四季和炎金朔。吾神隨雷電震動乾坤。助飛雹渾彌宇宙。喜時塵土不動。怒時巨浪翻波。刮的那太嶽山頭嵐峯動。地軸天關上下摇。今爲下方爲人者。姓蔡。名順。字君仲。此人堅心孝道。因他母親病體不安。思想桑椹子食用。况值冬寒時月。無處求取。此人至孝。感動天地。將冬天變做春天。着俺衆神祇。今夜三更時分。降甘露瑞雪。將山林下桑樹。都滋長椹子出來。着蔡順摘去。侍奉他母親。病體自然痊可。吾神領了上帝敕令。待衆神來時。自有主意。鬼力望者。這早晚衆神敢待來也。〔雪神同雨師領鬼力上〕〔雪神云〕萬里冰花六出寒。滿空祥瑞蔽天關。頃刻變成銀世界。須臾粧作玉江山。吾神乃上界雪神是也。這一位是雨師。吾神居於瑠璃之宫。玉樹之洞。住西天佛國世界。按乾坤之道。而分陰陽。温則爲雨露。寒則成霜雪。能滋五穀。盡喜萬民。今因下方有一人。姓蔡。名順。字君仲。他母親病體不安。孝心感動天地。上帝命俺衆神。將冬天變作春天。今夜裏三更時分。着吾神降雪。尊神降雨。將山中桑樹。都生椹子。着蔡順摘去。奉母病愈。方顯俺的順天感應也。有風神在空中等候。速駕雲端。走一遭去。遠遠的不是風神在此。〔做見科〕〔雪神云〕呀呀呀。吾神來遲。乞恕其罪也。〔風神云〕尊神。因蔡順一事。既蒙上帝敕令。不敢有違。等雷公電母來時。俺同降甘澤瑞雪。生出桑椹。救蔡順的母親病證。雲頭起處。敢是雷公電母來也。〔雷公電母領鬼力上〕〔雷公云〕隱隱聲聞萬里驚。電光雨勢遍山村。天下一聲雷震地。人間萬物已知春。吾神乃上界雷公是也。這一位是電母。吾神形容猛壯。性烈剛强。震塌乾坤。劈開山嶽。驚枯木而發生。震蟄蟲而出户。怒轟雲漢。惡蕩百川。今因下方有一人。姓蔡。名順。字君仲。他母親染病。想桑椹子食用。有蔡順孝心。感動天神。上帝命俺大衆神祇。今夜三更。降甘露瑞雪。滿山林中。但是桑樹。都生桑椹子。着蔡順摘去。奉母治病。方顯神靈鑒察也。俺衆神既奉敕令。不敢有違。今有風神在空中等候。電母。俺去來。那雲端裏。兀的不是衆位尊神在此。〔做見衆神科〕〔雷公云〕衆位尊神。吾神與電母來了也。〔風神云〕雪神。雨神。雷公。電母。都來了。您衆位尊神。爲因下方蔡順奉母一事。您都知上帝敕令麽。〔衆神云〕俺都知上帝敕令也。〔風神云〕既知上帝敕令。俺神靈豈敢有違。天色已晚也。今夜至三更。吾神顯耀威力。起一陣寒風。着雪神微微的降一陣瑞雪。等雪住時。吾神再助一陣和風。將冬天變做春天。着雷公發一聲霹靂。震動山林。電母熒煌熌爍。光走金蛇。雨師下一陣甘雨。着遍山野桑樹上。舒青葉。長翠條。都生出桑椹子來。着蔡順摘奉母親。病體指日而安。方顯神靈感應也。鬼力。是多早晚時候也。〔鬼力報科云〕報的尊神得知。夜至三更也。〔風神云〕夜至三更也。您衆神祇各顯神力。吾神刮起寒風來。兀的不寒風起了也。〔衆神云〕是好寒風也。〔風神云〕雪神可隨着這風。下一陣瑞雪。〔雪神云〕吾神降一陣瑞雪。兀的雪下了也。〔衆神云〕是好大雪也。〔風神云〕雪彀了也。吾神將冬天變做春天。助起這和風來。兀的不和風起了也。〔雷公云〕吾神顯耀威力。震一聲霹靂。兀的不雷響了也。〔雷響科〕〔衆神云〕是好雷聲也。〔風神云〕電母。可隨着雨師。行一陣甘雨者。〔電母云〕吾神掣起這電光來。〔雨師云〕吾神行一陣雨。兀的不雨下了也。〔衆神云〕是好甘雨也。〔風神云〕風雷雨雪都有了。吾神不敢久停久住。俺衆神祇回上帝話。走一遭去。一夜枯桑盡發榮。寒冰天氣轉東風。年高母疾重安樂。着他壽享人間百歲終。〔同下〕〔延岑領僂儸上云〕幾番擺陣靠山崖。闊劍長槍雁翅排。半垓劣缺搊搜漢。俺這裏殺死敵軍誓不埋。某乃五婁大王延岑是也。某幼習戰策。廣看兵書。英雄出衆。膽略過人。有拔刀相助之威。扶弱欺强之志。因我在前。路見不平。致傷人命。自己出首到官。謝勘官可憐。將我迭配鄭州牢城。行至半途。值着風雪。身上單寒。肚中饑餒。去蔡員外家乞討茶飯來。不料蔡員外的夫人。他也姓延。因與我同姓。認義我爲姪男。我拜他兩口兒做父母。老夫人跟前。止生了一子。名唤蔡順。此人十分孝順。多蒙老員外齎發了我煖衣一套。白銀十兩。又與了解子銀物。誰想那解子施惻隱之心。半途中開了枷鎖。放了我。某不敢回家。不得已我也聚集了五千人馬。在此山中落草爲寇。這山名爲五婁山。俺這裏高山嶮峻。闊澗灣環。山嶺崚嶒。道路崎嶇。樹林密稠。水波洶湧。某聲名傳四野。敵兵諕膽寒。俺這裏水欺東大海。山壓太行山。人見某英勇。就呼某爲五婁大王。某雖爲賊盜。仗義疎財。素性公平。不奪小客之錢。豈圖他人富貴。昨夜三更。下了一陣大雪。天氣如春之煖。忽然雷聲響亮。電掣金光。又下了一陣甘雨。未知主何凶吉。那山林中則怕有驚出來的狼蟲虎豹。某如今領着半垓小僂儸。巡山走一遭去。昨宵雨雪浄塵垓。今日英雄下峻崖。這一去軍收鑼鼓登山寨。馬馱虎豹上山來。〔同下〕〔正末同興兒提籃兒上〕〔正末云〕小生是蔡順是也。昨日夢中見增福神。言説小生孝心感動神天。道三更時分。降甘澤瑞雪。那山林中。但是桑樹上。都生出桑椹子來。任小生摘來。侍奉母親。三更前後。果然降了一陣雪。下了一陣雨。小生今日。將着籃兒去山中摘桑椹子。走一遭

去。俺母親似這等身體不安。幾時是好也。〔唱〕

【中吕粉蝶兒】每日家腹内思量。則我這孝心腸豈能敢忘。憂的是老尊堂卧枕眠床。我可便受驅馳。躭辛苦。滿腹愁何曾展放。不由我心内恓惶。俺母親害的箇病容顔全不是舊時模樣。

〔云〕則不小生行孝。想古者多有行孝之人也。〔興兒云〕小哥。想上古賢人。那幾箇行孝。區區愚魯。不知古往之事。小哥。試説一遍興兒聽者。〔正末唱〕

【醉春風】有一箇董永賣親身。黄香扇枕凉。郯子鹿乳奉萱堂。這三人萬代可便講。講。則願的老母安康。病體健。可便是俺子孫興旺。

〔興兒云〕小哥。昨夜三更。舒手不見掌。刮了陣風。下雪下雨。雷聲閃電。一夜無休。雷骨碌碌的響將來。趕着我打。諕的我跪在竈窩裏趓了。那雷骨碌碌響着尋我。他尋不着我也。他説罷。我還響了去罷。〔外呈答云〕謅弟子孩兒。得也麽。〔正末云〕增福神説道。三更前後。降甘澤瑞雪。山中就有桑椹子。着我摘將來。侍奉母親。果然降了一陣雪。下了一陣雨。這的是人有所願。天必從之。〔唱〕

【迎仙客】昨夜箇瑞雪飄。雨汪洋。仰天外黑黯黯可便雲霧長。融融的便暖如春。轟轟的便雷震響。影影的便電走金光。感應的祥瑞舞甘澤降。

〔興兒云〕小哥。你看這山林中。青山緑水。有如畫意。堪入丹青之手也。〔正末云〕不覺的來到

這大山中。是一派好山色景致也。〔唱〕

【紅繡鞋】看山色晴嵐一樣。看山峯高徹空蒼。看山景疊翠蘂芬芳。看山林難描畫。看山澗水流長。端的是山中堪翫賞。

〔云〕我貪看這山中景致。可忘了去尋桑樹。我轉過這隅頭。下的這山坡來。兀的不是箇桑園。〔做驚科云〕呀呀呀。你看這園中桑樹上。都結下椹子。感謝神天保佑。小生放下這籃兒。我摘這桑椹子者。〔興兒云〕小哥。你便摘。我便㩞。撐殺我。往家擡。〔外呈答云〕得也麽。〔正末做摘桑椹子科〕〔唱〕

【上小樓】我這裏不索自忙。桑椹子園中開放。我可便舉手攀枝。摘將下來。侍奉萱堂。一半紅。一半黑。籃中各放。我這裏便謝天公可憐垂降。

〔云〕我將這椹子。摘滿這藍兒也。〔做提籃兒科云〕小生覺我這身子。有些困倦。我在這桑樹下。暫且停止者。〔興兒云〕小哥。我跟着你張羅這一日。我也打箇盹。看有甚麽人來。〔延岑領僂儸冲上云〕巡山採獵獨强霸。縱横放蕩任非爲。某乃是延岑也。領小僂儸去那山前山後。巡綽了一遭。不知怎生這山中。但是桑樹。枝葉發生。都長出桑椹子來。好是奇怪也。小僂儸擺布的嚴整者。兀的不是箇桑園。你看這桑樹長的這等榮旺。〔做見正末科云〕兀那桑樹下。立着箇年紀小的後生。領着箇小廝。將着箇籃子採桑。這廝好大膽也。小僂儸與我拏將他過來者。〔僂儸云〕理會的。〔做拿正末科云〕過去跪者。〔正末做跪科云〕太保饒性命。〔興兒云〕太保留命喝湯罷。〔延岑云〕兀那廝。這是俺的境界。你怎敢在此採桑。侵犯我這山中。你這廝好大胆也。〔僂儸云〕大王。這小的倒將息的肥肥的。宰了罷。〔外呈答云〕得也麼。這廝。〔正末唱〕

【幺篇】看了惡相貌。不由我心下慌。〔延岑云〕小僂儸。把這廝拏到山寨上。我慢慢的問他。

〔正末唱〕他可便口口聲聲。忙傳將令。拏去山崗。可惜了這桑椹子。孝敬禮。萱堂想望。屈沉了那增福神夢中顯像。

〔延岑云〕來到這山寨上也。小僂儸。把那廝拏過來。〔僂儸云〕理會的。〔正末做跪科〕〔延岑云〕兀那廝。某在這五婁山落草爲寇。一任那强兵猛將。誰敢來侵犯我這境界。你怎敢私來採桑。可不擒住了他的征夫。捉住的敗將。某難以饒免。兀那廝。你是那裏人。姓甚名誰。説的是。我自有箇存活。若説的不是呵。小僂儸打下澗泉水。磨的刃鋒利。某親自下手也。〔興兒云〕我説你有手。我也有手。你殺了他。管替他償命。〔外呈答云〕得也麼。潑説。〔正末云〕太保饒性命。聽小生説一遍。小生乃汝南人也。姓蔡。名順。嫡親的四口兒家屬。父親蔡寧。母親延氏。妻乃李氏。告太保可憐見。〔延岑做沉吟科云〕母親延氏。你莫不是蔡員外的兒男麼。〔正末云〕小生是蔡員外的兒男。〔延岑做驚科云〕險些兒不傷害了兄弟性命。天也。正是雲影萬重高士夢。月明千里故人來。〔做扶正末科云〕兄弟。請起請起。你認的我麼。〔正末云〕小生不認的太保。〔延岑云〕兄弟。你忘了我也。説兀的做甚。當日箇感父母救我恩臨。在山寨切切於心。今日箇巡山採獵。見兄弟獨立山林。聽説罷家鄉姓字。勝如得萬兩黃金。兄弟你是貴人多能忘事。則我是披枷鎖迭配延岑。〔正末云〕原來是哥哥延岑。你怎生到這裏來。〔延岑云〕兄弟。感謝母親認義了我。與了我衣服盤纏。又與了我解子銀物。多蒙那解子至半途中。施惻隱之心放了我。某難回故鄉。就在這五寠山落草爲寇。不想今日偶然間遇着兄弟。某一時間言語衝撞。恕某之罪。兄弟。一雙父母安康麽。〔正末云〕哥哥不知。今有母親身體不安。想桑椹子食用。因小生孝心有感。神天保祐。冬月天氣。生出桑椹子來。您兄弟摘他在盤中。回家侍奉老母。不想遇着哥哥在此也。〔延岑云〕原來母親不安。兄弟有此孝敬。感動天地神靈。降生桑椹子。兄弟。你乃是賢哲君子也。小僂儸將那牛蹄粳米來者。〔僂儸拏砌末云〕理會的。〔延岑云〕兄弟。無物可奉。山林野物。牛蹄一隻。粳米三斗。你將去家中。侍奉父母親。休嫌輕微也。〔正末云〕多謝哥哥厚禮也。〔延岑云〕兄弟。拜上母親。我曾對天發誓。逢賢必住。等你回去了時。我將衆兄弟小僂儸都散了。再不爲賊盜也。如今大漢聖人。差官各州府縣道。招安文武將士。量才擢用。某若到朝中。見了聖人。倘得任用了我呵。某定然保舉你爲官。報答父母之恩也。〔正末云〕謝了哥哥也。〔唱〕

【耍孩兒】願哥哥腰金衣紫爲卿相。穩做着皇家棟梁。三簷傘下氣昂昂。保忠臣護國安邦。則願的功高位至官一品。竭力芳名萬載揚。非誇奬。博一箇烏靴象簡。玉帶羅裳。

〔延岑云〕兄弟言者當也。我則今日星夜長行也。〔興兒做背砌末科云〕這箇東西。定是我背着。我説老延。你就不與我箇牛蹄兒喫。〔延岑云〕兄弟穩登前路。多多拜上父母也。〔正末云〕哥哥。

您兄弟知道了也。〔唱〕

【尾聲】哥哥你説的是壯士言。到京師見帝王。則要你去邪歸正爲良將。治國安邦萬人講。〔同下〕

〔延岑云〕兄弟去了也。則今日將手下衆兄弟都散了。某星夜起程。往京師見聖人。走一遭去。則今日便索登程。促行裝親赴神京。若爲官舉薦蔡順。俺兩箇享富貴青史標名。〔同下〕

第四折

〔卜兒同蔡員外領家童上〕〔卜兒云〕藥餌難醫心上病。晨昏起坐要人扶。老身延氏。爲因身體不安。朝則忘餐。夜則廢寢。服藥不效。我忽然思想桑椹子食用。奈是冬寒時月。無處尋取。有孩兒蔡順。盡孝道之心。今日早間。去那深山中尋桑椹子去了。老的也。可怎生這早晚。還不見孩兒來。〔蔡員外云〕婆婆。如今是寒冬天氣。此物未知有無。婆婆。你少要憂心也。家童門首覷者。看有甚麽人來。〔家童云〕理會的。〔正末做盤中捧桑椹子同興兒背砌末上〕〔正末云〕小生蔡順。謝天地可憐。到於山中。摘了這滿滿的一藍桑椹子。又遇着哥哥延岑。他聽知的母親不安。奉牛蹄一隻。粳米三斗。着我將來。侍奉萱親。興兒。休誤了母親食用。將着這桑椹子。獻母親去來。〔興兒云〕小哥行動些。妳妳正想中間。若妳妳喫下這桑椹子去。管情百病消除了也。〔正末云〕興兒。你説的是。想俺這孝道的人。天公可也不曾虧負了俺也。〔唱〕

【正宮端正好】想懷躭。生身意。我可也報不的老母驅馳。則我這孝心腸感動天和地。俺可便行孝道無邪僞。

【滾繡毬】我焚香祭賽天。不覺的睡似癡。見一位增福神降臨凡世。他説道半夜間響一陣春雷。他道是紛紛雪亂飛。縱縱雨下的疾。兩般兒委實奇異。我醒來時心内猜疑。到天明我走到山間下。誰承望園内開花結果肥。椹子皆垂。

〔云〕俺可早來到也。家童報復去。道俺來了也。〔家童云〕理會的。報的妳妳得知。有小哥來了也。〔卜兒云〕着孩兒過來。〔家童云〕理會的。過去。〔正末見科云〕母親。孩兒來了也。〔卜兒云〕孩兒。你來了也。你尋的桑椹子。可是有也無。〔正末云〕母親。有了也。這盤中托的是桑椹子。〔卜兒驚科云〕孩兒也。如今是寒冬時月。萬木凋零。你可那裏得這桑椹子來。〔正末云〕母親。桑椹子非同容易。母親。盡您孩兒孝道之心。你用幾箇者。〔卜兒云〕孩兒也。我正想他食用。將來我喫幾箇者。〔正末做捧桑椹子科云〕母親。請食用幾箇。〔卜兒做喫科云〕孩兒。這桑椹子好甜也。我喫下去如酥蜜一般。甚是甘美。滋味更佳也。〔興兒云〕我把你這箇饞嘴的老婆子。〔外呈答云〕得也麼。這厮罵的巧。〔正末唱〕

【倘秀才】這桑椹子猶如蜜水。〔卜兒云〕孩兒也。我喫了他呵。正是如渴思漿。如熱思凉也。〔正末云〕母親。這桑椹子。休看的他輕也。〔唱〕他可便蒙雨露開花蘂。〔卜兒云〕將來。我喫幾箇。〔興兒云〕你到會喫也。〔正末唱〕母親心内思想腹内飢。〔卜兒云〕孩兒也。我這病看看的好將來了也。〔正末唱〕好着我生歡悦。展愁眉。請街坊慶喜。
〔卜兒云〕孩兒也。我喫的彀了。與我擡了者。〔正末云〕母親。這一會兒病體如何。〔卜兒云〕孩兒。我喫了這桑椹子。這一會身體。如舊時一般。覺我無了病也。〔正末唱〕
【叨叨令】母親也你似那舊時節脈息通胸胃。恰纔無半霎就把你災除退。〔卜兒云〕孩兒也。多虧你行這等孝順之心也。〔正末唱〕則我這孝心腸感動天和地。則願的母親年高百歲身榮貴。兀的不喜歡殺也波哥。喜歡殺也波哥。俺一家兒辦誠心酬謝天和地。
〔卜兒云〕孩兒。我不問你別。這牛蹄粳米。是那裏來的。〔正末云〕母親。您孩兒大山之中。遇着延岑哥哥來。〔卜兒云〕延岑。他不去鄭州迭配牢城。他在山中做些甚麽那。〔正末唱〕
【脱布衫】他在那大山裏落草爲賊。領半垓人馬圍隨。槍刀擺旗旛颭颭。狼虎般顯耀威勢。
〔卜兒云〕他在山中落草爲寇。你可怎生撞見他來。〔正末唱〕
【小梁州】他把我拏到營中要整理。誰承望認的真實。從前已往説端的。他喜則喜今日會。他説道相見在山溪。
〔卜兒云〕孩兒。你在山中見了延岑。威嚴擺布。你驚慌之中。説些甚麽來。〔正末唱〕
【幺篇】我説道母親病體實難退。俺哥哥聽説罷兩淚雙垂。他説道老母的恩。心中記。

他將這牛蹄和粳米。奉老母病將息。

〔卜兒云〕此人他倒不忘俺舊日之恩也。〔正末云〕母親。延岑哥哥説道。逢賢必住。永不爲盜。散了手下僂儸。他去京師見大漢聖人去了。他若爲官時。要舉薦您孩兒爲官哩。〔卜兒云〕孩兒也。可難爲此人的心。俺慢慢的説話。看有甚麼人來。〔外扮使命上云〕雷霆驅號令。傳宣急急行。自離京師地。不覺至門庭。小官天朝使命是也。爲因延岑文武兼濟。刀馬過人。聖人見喜。官封太尉之職。延岑就舉保一人。乃是蔡順。説此人忠孝雙全。奉聖人的命。着小官將着玄纁丹詔。來取蔡順全家。前赴京師。加官賜賞。我問人來。這一家兒便是。不索報復。我自過去。〔做見科云〕您一家兒都在此也。小官不是別人。乃天朝使命是也。〔正末云〕呀呀。天朝使命大人到此。小生有失迎接也。〔使命云〕誰是蔡順。〔正末云〕小生便是。〔使命云〕你是蔡順。如今朝中有一人。乃是延岑。在聖人跟前。舉保你爲官。着小官取您一家兒全赴京師。加官賜賞。〔正末云〕家童裝香來。〔家童云〕理會的。〔正末做焚香拜科云〕感謝聖恩。家童快安排果卓。管待使命大人。〔使命云〕小官不敢飲酒。賢士收拾行裝。便索登程。小官不敢久停久住。回聖人的話。走一遭去。則今日就盼途程。乘駿馬款款先行。到京師親臨丹陛。一一的奏説叮嚀。〔下〕

〔正末云〕使命大人去了也。父親母親。俺則今日收拾行裝。赴京師走一遭去也。〔唱〕

【尾聲】傳宣降詔非容易。整辦行裝不可遲。俺可便盼程途去得疾。到朝中文武齊。見聖人習禮儀。受官爵加重職。俺博一箇衣紫腰金賀聲喜。〔同衆下〕

第五折

〔殿頭官領張千上云〕朝去穩登金勒馬。來時袍袖惹天香。小官殿頭官是也。爲因大將延岑。到於京師。因此人文武兼濟。刀馬過人。聖人見喜。官封太尉之職。有延岑就舉保他的認義兄弟。乃是蔡順。説此人忠孝兩全。聖人差使命。取蔡順一家兒。全赴京師。今日早朝。奉聖人的命。着小官在這相府中。聚衆大人安排酒殺。與蔡順並他一雙父母慶喜。就與他加官賜賞。令人覷者。若衆大人來時。報復我知道。〔張千云〕理會的。〔延岑云〕舉善薦賢施政化。報恩答義顯忠良。某延岑是也。想某在五要山落草爲寇。因見兄弟蔡順賢明至孝。我就將手下半垓僂儸都散了。來到京師。見了聖人。爲某文武兼濟。官封重職。我就舉保蔡順忠孝兼全。聖人就着使命。將蔡順並他父母。都取至京師。今日大人在相府中。安排酒殺。與蔡順全家慶賀。就要加官賜賞。某須索走一遭去。可早來到也。令人報復去。道有某來了也。〔張千云〕理會的。報的大人得知。有延岑將軍來了也。〔殿頭官云〕道有請。〔張千云〕理會的。有請。〔見科〕〔延岑云〕大人。某來了也。〔殿頭官云〕將軍少待。等蔡順一家兒來全。俺慶賀飲酒。這早晚敢待來也。〔劉普能同周景和上〕〔普能云〕爲因孝子身榮貴。遠遠登途賀喜來。老夫劉普能是也。這一位長者。是周景和。爲因蔡順於家行孝。於國盡忠。有延岑不忘他父母之恩。舉保他一家兒。都取到京師。俺不避路途艱難。來到京師。説今日相府中安排筵宴。與蔡順一者慶賀。二者加官。周景和。俺須索走一遭去。〔周景和云〕員外。看了蔡順能文出衆。才智過人。理當爲官享禄。皇天豈負賢人也。可早來到也。令人報復去。有劉普能周景和來見大人。〔張千云〕理會的。報的大人得知。有劉普能周景和來見大人。〔殿頭官云〕着他過來。〔張千云〕理會的。過去。〔見科〕〔劉普能云〕大人。俺村野之人。乍入京華。輦轂之下。幸遇大人尊顏。實乃老拙萬幸也。〔殿頭官云〕您兩箇員外。且一壁有者。〔夏德閏仇彦達同上夏德閏云〕不因侍親行孝道。怎得加職表門閭。老夫夏德閏是也。這一位長者是仇彦達。今因蔡順至孝感天。冬月降生桑椹子。又蒙延將軍舉保。説此人忠孝雙全。將他一家兒都取至京師。賜宅居住。俺都至京師。與蔡順特來慶賀。〔仇彦達云〕夏員外。似蔡順忠於君王。孝於父母。人間少有。堪受皇家官位。可早來到也。令人報復去。道有夏德閏仇彦達來見大人。〔張千云〕理會的。報的大人得知。有夏德閏仇彦達。來見大人。〔殿頭官云〕着他過來。〔張千云〕理會的。過去。〔做見科〕〔夏德閏云〕大人。鄉村老叟。無德無能。今日得覩大人尊顏。是老拙之萬幸也。〔殿頭官云〕您兩箇員外。且一壁有者。〔净王伴哥同白厮賴上王伴哥云〕俺二人登山涉水。與君仲特來慶美。又無甚羊酒花紅。真一對虚頭油嘴。自家王伴哥便是。這箇是兄弟白厮賴。與俺兩箇。是出名的舊油嘴。今有蔡順。取至京師。俺兩箇也來與他作賀。俺是精光棍。又無箇驢兒騎。一路上則是步行。我若走的困了。着兄弟背着我走。兄弟走的困了。我大棍子趕着他跑。〔外呈答云〕你可怎生不背他。〔王伴哥云〕我管他死麽。〔外呈答云〕得也麽。這厮没天理。〔王伴哥云〕今日大人在相府中安排筵宴。與蔡順一家兒慶賀。又説加官賜賞。兄弟。俺偌遠的走這一遭。是要喫要喫。〔白厮賴云〕今日我喫的醉了。哥。你若不背着我走。我把耳朵都咬掉了你的。〔外呈答云〕得也麽。〔白厮賴云〕可早來到相府門首也。兀那小張兒。報復去。道有白厮賴王伴哥來了也。〔張千云〕理會的。報的大人得知。有白厮賴王伴哥來見大人。〔殿頭官云〕着他過來。〔張千云〕理會的。過去。〔二净做見科〕〔王伴哥云〕老大兒。小人來了也。有甚麽東西。拿來先喫着要兒。〔殿頭官云〕且一壁有者。〔蔡員外同卜兒旦兒上蔡員外云〕幸能子孝爲良器。祖宗光顯感洪恩。老夫蔡寧是也。這箇是我夫人延氏。這箇是媳媳潤蓮。爲因延岑舉薦蔡順爲官。謝天恩可憐。將俺全家兒都取到京師。今日大人在相府中安排筵宴。與俺慶賀。就加官賜賞。可早來到也。令人報復去。道有蔡順家屬來了也。〔張千云〕理會的。報的大人得知。有蔡順家屬來了也。〔殿頭官云〕道有請。〔張千云〕理會的。有請。〔做見科〕〔蔡員外云〕老漢三口兒家屬。來見大人。〔殿頭官云〕蔡員外。您且一壁有者。令人門首覷者。若蔡順來時。報復我知道。〔張千云〕理會的。〔正末上云〕小生蔡順是也。有延岑哥哥。到於朝中。因此人文武兼濟。弓馬熟閑。聖人見喜。重賞加官。哥哥就舉薦小生。謝聖恩可憐。將我一家兒。都取到京師。今日大人在相府中安排筵宴。與小生全家兒慶賀。加官賜賞。須索走一遭去。誰想有今日也。〔唱〕

【雙調新水令】聖明天子重英賢。選儒流武士兩件。文官扶社稷。良將保山川。端的是萬載流傳。今日箇排筵會設佳宴。

〔云〕可早來到也。令人報復去。道有蔡順來了也。〔張千云〕理會的。報的大人得知。有蔡順來了也。〔殿頭官云〕道有請。〔張千云〕理會得。有請。〔做見科〕〔正末云〕大人。小生蔡順來了也。〔殿頭官云〕久聞賢士有顏回亞聖之學。曾參養親之孝。仁宏德厚。至善光輝。忠盡於君。孝盡於親。忠孝兩美。馳名於朝野之中。未嘗得覩尊顏。今日一見。乃小官萬幸也。〔正末云〕不敢不敢。量小生一介寒儒。素無才德。何敢着大人掛念也。〔唱〕

【駐馬聽】幼小輕年。腹内孤窮學問淺。〔殿頭官云〕久聞賢士廣覽詩書。堪爲輔弼之臣也。〔正末唱〕**你不勞掛念。我是箇白衣人怎到得玉堦前。**〔殿頭官云〕説賢士文勝顏回。孝越曾參也。〔正末云〕大人。小人怎敢比先賢古人也。〔唱〕**鸞鳴勝似鵲聲喧。鳳飛比雁先騰遠。我自言。小生腹空虛怎敢比高儒選。**

〔殿頭官云〕蔡秀才。你與延岑厮見者。〔二人做見科〕〔正末云〕呀呀。哥哥。受您兄弟兩拜。〔做拜科云〕您兄弟多虧哥哥。在聖人跟前舉薦。若不是哥哥。小生焉能得到此也。〔延岑云〕不敢。雖是某舉薦。况賢弟忠孝雙全。名播於朝。據賢弟胸懷錦繡。口吐珠璣。乃翰林之魁首。堪可國家任用。今日峥嶸。方稱賢弟之志也。〔正末云〕多謝了哥哥擡舉也。〔殿頭官云〕蔡秀才。當日你母親不安。冬寒天氣。思想桑椹子食用。你可怎生得桑椹子來。你説一遍。我試聽者。〔正末唱〕

【雁兒落】想當日萱親疾病纏。他可便思綾錦當時見。小生我焚香禱上蒼。一夢裏神

靈現。

〔殿頭官云〕你夢中見神靈。説甚麽來。〔正末唱〕

【得勝令】呀。他道是冬寒月變做春天。半夜裏雪花舞雨漣漣。枯桑上生椹子。我醒來時把夢圓。走到那山前。桑椹子都生遍。摘將來新鮮。俺母親吃了體自然。

〔殿頭官云〕誰想你至孝。通天地。感神靈。將冬天變做春天。枯桑榮旺。椹子發生。保養你母親病體安愈。孝名揚於四海。貫滿皇都。堪可排宴慶賀。令人擡上果卓來者。〔張千云〕理會的。〔做擡果卓科〕〔殿頭官云〕將酒來。這杯酒先從蔡員外來。老員外滿飲此盃。〔蔡員外云〕老夫不敢。大人先飲。〔殿頭官云〕今日與你一家兒慶賀。理當你先飲。不必過謙也。〔蔡員外飲科云〕老夫依命先飲。〔殿頭官云〕將酒來。這盃酒老夫人飲。〔卜兒云〕大人請。〔殿頭官云〕這箇孝道的兒男。不枉了生於人世。你滿飲此杯。〔卜兒飲科云〕老身飲。〔殿頭官云〕再將酒來。這一杯酒。賢士飲。〔正末云〕量小生有何德能。着大人如此用心。大人先請。〔殿頭官云〕賢士飲過者。〔正末飲科云〕不敢。小生飲。〔殿頭官云〕賢士。小官奉命大開筵宴。一者與你慶賀。二者加官賜賞。此一會非同小可也。〔正末唱〕

【沽美酒】感天恩重可憐。招傑士納英賢。端的是德似堯湯千古傳。萬萬載江山固堅。好收成謝神天。

【太平令】四海内年年納獻。掌山河一統安然。萬國來偏邦朝見。文共武隨龍遷轉。

呀。謝聖恩可憐。就傳將俺來便宣。一一的拜舞金鑾寶殿。

〔殿頭官云〕您衆人望闕跪者。聽聖人的命。大漢朝一統疆封。萬萬載海晏河清。普天下軍民樂業。遍乾坤黎庶安寧。則爲這蔡君仲奉親至孝。播皇朝萬古留名。因老母身生疾病。告蒼天血流成冰。辦虔心至誠發願。夢寐中親見神靈。三更鼓甘澤雪降。綾錦樹椹果枝生。他去那山林中摘來奉母。救萱堂一命安存。感延岑臨朝舉薦。一家兒取至京城。蔡順封翰林學士。李氏贈賢德夫人。蔡員外治家有法。年高邁冠帶榮身。老夫人心慈性善。欽賞你十錠花銀。衆員外都賜表裏。封官罷各自回程。聖人喜的是義夫節婦。愛的是孝子賢孫。今日箇加冠賜賞。朝帝闕拜謝皇恩。

題目　報恩義延岑舉薦

正名　降桑椹蔡順奉母

嚴子陵垂釣七里灘雜劇

宮大用撰

第一折

某姓嚴名光。字子陵。本貫會稽嚴州人也。自幼年好遊翫江湖。即今在東陽富春山畔七里灘。釣魚爲生。方今王新室在位爲君。一十七年。滅漢宗一萬五千七百餘口。絶劉後患。天下把這姓劉的捉拿。有一人春陵鄉白水村姓劉。名秀。字文叔。不敢呼爲劉文叔。改名爲金和秀才。他常以我爲兄相待。近日在下村李二公莊上。閑攀話飲酒。想漢朝以來。

【仙吕點絳唇】開創高皇。上天責降。蕭丞相。韓信張良。自平帝生王莽。

【混江龍】自從夏桀將禹喪。獨夫殷紂滅成湯。丕顯立吊民伐罪。丕承立守緒成王。剛四十垂拱嚴郎朝彩鳳。弟五輩巡狩湘流中滰殺昭王。自開基起運。立國安邦。坐籌幃幄。竭力疆場。百十萬陣。三五千場。滿身矢簇。遍體金瘡。尸横草野。鴉啄人腸。未曾立兩行墨蹟在史書中。却早卧一丘新土在芒山上。咱人這富貴如蝸牛角半痕涎沫。功名似飛螢尾一點光芒。

【油葫蘆】劉文叔相期何故爽。一會家自暗想。怎生來今日晚了時光。他則在魚洲攬住收罾網。酒旗摇處沽村釀。暢情時酌一壺。開懷時飲幾觴。知他是暮年間身死中年間喪。醉不到三萬六千場。

【天下樂】則願的王新室官家壽命長。我這里斟量。有個意况。體乾坤姓王的由他姓王。他奪了呵奪漢朝。篡了呵篡了漢邦。到與俺閑人每留下醉鄉。

【那吒令】則咱這醉眼覷世界。不悠悠蕩蕩。則咱這醉眼覷日月。不來來往往。則咱這醉眼覷富貴。不勞勞穰穰。咱醉眼寬似滄海中。咱醉眼竟高似青霄上。咱醉眼不識個宇宙洪荒。

【鵲踏枝】他笑咱唱的來不依腔。舞的來煞顛狂。俺不比您名鈒定眉兒别是天堂。富漢每喝菜湯穿麁衣樸裳。有一日潑家私似狗令羊腸。

【寄生草】我比他吃茶飯知個飢飽。我比他穿衣服知個暖凉。酒添的神氣能榮旺。飯裝的皮袋偏肥胖。衣穿的寒署難侵傍。看誰人省悟是誰痴。怕不鳳凰飛在梧桐上。

【六幺序】您將他稱賞。把他讚獎。那廝則是火避苛虎。當道豺狼。咱人但曉三章。但識斟量。忠孝賢良。但似敬光。怎肯受王新室紫綬金章。時史令鬼眼通身相。有多少馬壯人强。改年建號時間旺。奪了劉家朝典。奪了漢世封疆。

【幺篇】遍端詳。那廝模樣。休緊休忙。等那穹蒼。到那時光。漢室忠良。議論商量。

引領刀槍。撞入門墻。拖下龍床。脱了衣裳。木驢牽將。鬧市雲陽。手脚舒長。六道長丁釘上。咱大家看一場。不争你動起刀槍。天下荒荒。正應道龍門魚傷。盡乾坤一片青羅網。咱人逃出大纛高張。您漢家枝葉合興旺。見放着個天摧地搭。國破家亡。

【後庭花】你道我瓦盆兒醜看相。磁甌兒少意況。强如這惹禍患黄金盞。招災殃碧玉觴。玉□内飲瓊漿。耳邊傍音嘹亮。絳紗籠銀燭光。列金釵十二行。裙摇的瓊珮響。步金蓮羅襪香。嬌滴滴宫樣粧。玉纖纖手内將。黄金盞□面上。鬬埋伏鬧隱藏。

【青哥兒】那裏面暗隱着風波風波千丈。你説波使磁甌的有甚深傷。我醉了呵東倒西歪儘不妨。我若爛醉在村鄉。着李二公扶將。到茅舍茅堂。靠甕牖蓬窗。新葦席清涼。舊木枕邊相。把脱下衣裳。放散誕心腸。任百事無妨。倒大來免慮忘憂。納被蒙頭。任意番身。强如您宰相侯王。遭斷没屬官象牙床泥金亢。

【賺煞尾】平地上窩弓。水面上張羅。扯扭誰想村尋相訪。鴻鵠志飛騰天一方。揀深山曠野潛藏。漢行唐。驀嶺登崗。拽着個鈍木斧繫着條麄麻繩攜着條舊擔杖。我則待駕孤舟蕩漾。趁五湖烟浪。望七里灘頭輕舟短棹簑笠綸竿一鈎香餌釣斜陽。

第二折

【越調鬥鵪鶉】我把這簑笠做交遊。簑衣爲伴侶。這簑笠避了些冷霧寒烟。簑衣遮了些斜風細雨。看紅鴛戲波面千層。喜白鷺頂風絲一縷。白日坐一襟芳草裀。晚來宿半間茅苫屋。想從前錯怨天公。甚也有安排我處。

【紫花兒】您道我不達時務。我是個避世嚴陵。釣幾尾漏網的遊魚。怎禁四蹄玉兔。三足金烏。子細惆儞。覷了些成敗興亡閱了些今古。浪淘盡千古風流人物。昨日個虎踞在咸陽。今日早鹿走姑蘇。

【金蕉葉】七里灘從來是祖居。十輩兒不知禍福。常繞定灘頭景物。我若是不做官一世兒平生願足。

【調笑令】巴到日暮。看天隅。見隱隱殘霞三四縷。釣的這錦鱗來滿向藍中貯。正是收綸罷釣漁父。那的是江上晚來堪畫處。抖擻着緑蓑歸去。

【鬼三台】休停住。疾迴去。不去呵枉惹的我訛言訛語。回奏與您漢鑾輿。休着俺閑人受苦。皂朝靴緊行拘我二足。紗幞頭帶着掐我額顱。我手執的是斑竹綸竿。誰秉得你花紋象笏。

【禿厮兒】您那有榮辱襴袍靴笏。不如俺無拘束新酒活魚。青山緑水開畫圖。玉帶上。掛金魚。都是囂虚。

【聖藥王】我在這水國居。樂有餘。你問我棄高官不做待閑居。重呵止不過請些俸禄。輕呵但抹着滅了九族。不用一封天子詔賢書。迴去也不是護身符。

【麻郎兒】我盡説與你肺腹。我共您鑾輿。俺兩個常繞着南陽酒罏。醉酩酊不能家去。

【幺篇】俺是酒徒。醉餘。睡處。又無甚花氈繡褥。我布袍袖將他蓋覆。常與我席頭兒多處。

【絡絲娘】倒兩個醉麈市同眠抵足。我怎去他手裏三叩頭揚塵拜舞。我説來的言詞你寄將去。休忘了我一句。

【尾】説與你劉文叔。有分付處别處分付。我不做官呵有甚粱没發付您那襴袍靴笏。我則知十年前共飲的舊知交。誰認的甚麽中興漢光武。

第三折

自從與劉文叔酌别之後。又經十年光景。他如今做了中興皇帝。宣命我兩三次。我不肯做官。您不知國家興廢。漢家公卿笑子陵。子陵還笑漢公卿。一竿七里灘頭竹。釣出千秋萬古名。雲山蒼蒼。江水泱泱。貧道之風。山高水長。主人宣命我兩次三回。我不肯去。則做那布衣之交時。作一書來請命我。好一個聖聖的皇帝。能紹前業爲之光。克除禍亂爲之武。休説君臣相待。則做個朋友相看。也索禮當一賀。

【正宮端正好】高祖般性寬洪。文帝般心明聖。可知漢業中興。爲我不從丹詔修書請。更道違宣命。

【滚繡毬】嚴子陵。莫不忒煞逞。我是個道人家動不如静。休休我今番索通個人情。便索登。遠路程。怎禁他禮節相敬。豈辭勞鞍馬前行。不免的手攀明月來天闕。我則索袖挽清風入帝京。怎得消停。

【倘秀才】來了我呵鷗鷺在灘頭失驚。不見我呵漁父在磯臺漫等。來了我呵釣臺上青苔即漸生。這其間柴門静悄悄。茅舍冷清清。料應。

【滚繡毬】柴門知他扃也不扃。人笑却是應也那不噟。荒疎了俺那柳陰花徑。有賓朋來呵誰人出户相迎。到初更酒半醒。猛想起故園景。忽然感懷詩興。對蓬窗斜月似挑燈。香馥馥暗香浮動梅摇影。疎剌剌翠色相交竹弄聲。感舊傷情。

【倘秀才】見旗幟上月華日精。諕的些居民從速風迸。呈百般的下路潛藏無掩映。不知您。帝王情。是怎生。

【滚繡毬】折鑾駕却是應也不應。布民人却是驚也不驚。更做道一人有慶。漢君王真恁地將鑾駕别無處施呈。他出郭迎。俺舊伴等。待剛來我根前顯耀他帝王的權柄。和俺釣魚人莫不兩國相爭。齊臻臻戈書鐙搼當頭擺。明晃晃武士金瓜夾路行。我怎敢衝撞朝廷。

【倘秀才】他往常穿一領麄布袍被我常扯的扁襟旦領。他如今穿着領柘黄袍我若是輕抹着該多大來罪名。我則似那草店上相逢時那個身命。便和您。叙交情。做咱那伴等。

【滚繡毬】投至得帝業興。家業成。四邊平静。經了幾千場虎鬬龍争。則爲我交契情。我費打聽。到處裏曾問遍庶民百姓。最顯的是暮秋黄巖凝。都説你須知復漢功臣力。不及泥田一片冰。端的是鬼怕神驚。

【脱布衫】則爲你般調人兩字功名。軀榮人半世浮生。一個楚霸王拔山舉鼎。烏江岸劍抹了咽頸。

【小梁州】都則爲恥向東吴再起兵。那其間也漢高祖功成。道賊王莽篡了龍廷。有真命。文叔再中興。

【幺篇】貧道暗暗心内自思省。建武十三年八月期程。王新室有百萬兵。困你在昆陽陣。那其間醉魂也半輪明月。覺來時依舊照茅亭。

【耍孩兒】自古興亡成敗皆前定。若是你不患難如何得太平。自從祖公公昔日焰彭城。真乃是死裏逃生。不農吟怎得真龍顯。不發黑如何得曉日明。雖然你心明聖。若不是雲臺上英雄併力。你獨自個孤掌難鳴。

【煞】爲民樂業在家内居。爲農的欣然在壟上耕。從你爲君社稷安盜賊息狼烟静。九層春露都恩到。兩鬢秋霜何星星。百姓每家家慶。慶道是民安國泰。法正官清。

【三】休將閑事争提。莫將席面冷。磁甌瓦鉢似南陽興。若相逢不飲空歸去。我怕聽陽關第四聲。你把這甕内酒休教剩。我若不令十分酩酊。怎解咱數載離情。

【四】你也不是我的君。我也不是你的卿。咱兩個一樽酒罷先言定。若你萬聖主今夜還得去。我便七里灘途程來日登。又不曾更了名姓。你則是十年前沽酒劉秀。我則是七里灘垂釣的嚴陵。

【尾】您每朝聚九卿。你須當起五更。去得遲呵着那兩班文武在丹墀候等。俺出家東納被蒙頭黑甜一枕直睡到紅日三竿猶兀自喚不的我醒。〔下〕

第四折

則想在昨却外相見之後。便指望便回俺那七里灘去來。不想今日又請我做佛塵筵席。

【雙調新水令】屈恙着野人心直宣的我入宫來。笑劉文叔我我根是何相待。待剛來則是矜誇些金殿宇。顯耀些玉樓臺。末過是玉殿金堦。我住的草舍茅齋。比您不曾差夫役着萬民蓋。

【喬牌兒】輦路傍啄緑苔。猛然間那驚怪。元來是七里灘朱頂仙鶴在碧雲間將雪翅開。他直飛到皇宫探我來。他爲甚□悶在闌干外。是不是我的仙鶴。若是我的呵。則不肯來。和他那獻菓木猿猱也到來。我山野的心常在。俺那里水似藍山如黛。不由我見景生情。覩物傷懷。

俺那七里灘好多好景致。麋鹿啣花。野猿獻菓。天燈自見。烏鵲報曉。禽有禽言。獸有獸語。

【滴滴金】俺那里猿猱會插手。仙鶴展翅。把人情都解。非濁骨與凡胎。我在緑柳堤邊。紅蓼灘頭。白蘋洲外。這其間鷗鷺疑猜。

【折桂令】疑猜我在釣魚灘醉倒來回來。俺出家兒散誕心腸。放浪形骸。我把您上下君臣。非是嚴光。把您花白。爲君的緊打並吞伏四海。爲臣的緊鋪勞日轉千堦。我説與您聽。我不人才。有那等不染塵埃。不識興衰。靠嶺偎崖。撒網擔柴。尋覓將來。則那的便是人才。

敢也不敢。中也中。我問你咱。

【喬牌兒】脚緊擡脚慢擡。一層邁兩層邁上金堦。宮女將我忙扶策。把嚴陵來休怪責。

【殿前歡】扶策的我步瑶堦。心懷七里灘釣魚臺。醉醺醺跳出龍門外。似草店上般東倒西歪。把我腦攛的搶將下來。這殿閣初興蓋。您君臣鬭要誇胸大。大古里是茅茨不剪。三尺臺堦。

倘或問失手打破這盞兒呀。家裏有幾個七里灘賠得過。

【水仙子】我這裏輕揎袍袖手舒開。滿飲瓊漿軟落臺。飲罷時放的穩忙加額。比俺那使磁甌好不自在。怎如咱草店上倒開懷。不想闐是禍患不知闐是利害。暢好拘束人也玳瑁筵開。

【落梅風】我在江村裏住。肚皮裏飢上來。俺則有油鹽和的半盞野菜。食魚羹稻飯幾曾把桌器擺。幾曾這般區區將將大驚小怪。

我則待回七里灘去。

【離亭宴煞】九經三史文書册。壓着一千場國破山河改。富貴榮華。草介塵埃。唱道

禄重官高。閬是禍害。鳳閣龍樓。包着成敗。您那裏是舜殿堯堦。嚴光則是跳出了
十萬丈風波是非海。

正名　劉文叔醉隱三家店

嚴子陵垂釣七里灘

輔成王周公攝政雜劇

鄭德輝撰

楔子

〔微子一折〕〔駕上宣住〕〔正末扮太師上開〕自家姬姓。周家的族。見爲太師。從先考文王時。參預國事。至今上武王。一同克商伐紂。官裏與諸侯會於鹿臺。宣喚某沙。不知有甚公事。〔見駕科〕〔駕云〕〔封公了〕〔駕云〕陛下當元本只是弔民伐罪。今來有罪的伐了。有功的賞了。也有紂子武庚。合維殷祀。若不封贈。恐失前言。〔駕云了〕叔鮮去呵。是争柰兄弟性剛。教叔處叔度二人方可同去。將叔鮮進封管叔。叔度封蔡叔。叔處封霍叔。名爲三監。恁地呵怎生。〔一行下〕〔駕云〕〔告歸農科〕〔謝恩科〕

【仙呂賞花時】滅紂主殘殷故天。祀后稷南郊以配天。願陛下福齊天。九五數飛龍在天。昨日商今日周别換了一重天。

〔叔一折〕〔太后云了〕〔駕云一行都云了〕

第一折

〔正末秉圭上開〕自今上踐祚。無爲而治。一十五年。王弗幸有疾弗瘳。今築高臺三層。齋戒七

日。秉圭祝册告於太王王季文王。願以臣之身以代主上之命。未知天意若何。暗想周家帝嚳。順
時積德。至今恰正統。皆順天意人心。却不曾延其壽算。

【仙呂點絳唇】后稷躬耕。帝堯徵聘。封姬姓。農務興行。周業從兹盛。

【混江龍】太公修公劉德行。岐山下市井不年成。王季立丕成祖考。太伯賢遠入蠻荆。次及西伯文王善養老。直至當今天下至昇平。當此際紂君暴虐。廢天時殷道難行。寵妲己貪淫肆虐。信惡來濫法極刑。建鹿臺宮爲九市。奏淫歌夜至達明。酒爲池可行舟楫。肉爲林不問膻腥。裸形體去逐男女。剖心肝故殺公卿。天降災三年不雨。民失業四海逃生。聽衆口一詞可壞。會諸侯八百來盟。戊午日孟津師度。甲子日牧野交兵。彼紂王火中燔死。妲己氏劍下喪生。秉金鉞弔民伐罪。偃旂鼓衆□□。陰陽再判。日月重明。萬邦入貢。五谷豐登。家無事。國先寧。絶攪擾。得安寧。順皇天洗净日邊雲。與黎民去却心頭病。恰救得蒼生安息。便不能得龍體安寧。

〔上壇告天科〕

【油葫蘆】今日祝册修成將壇墠登。心志誠。願三天上享降威靈。官裏無貪淫貪慾貪能性。都則爲憂民憂國憂成病。配三才天地人。明三光日月星。百姓將及時甘雨把君恩並。却離主上望長生。

【天下樂】點點咸呼萬歲聲。今上神靈。雖聖明。不如云予仁若考多藝能。願三天神意察。把吾皇壽考增。寧可促微臣老性命。

〔做折蓍草科〕

【那吒令】定華夷九鼎。得乾坤正刑。恰蕭韶九成。放關雎鄭聲。早春秋九令。入桑榆暮景。金聲鳴清廟鐘。玉振響明堂磬。血食列俎豆犧牲。

【鵲踏枝】爲君疾不能興。求龜卜可宜行。雖生死各盡天年。要陰陽不順人情。比及齊七政璇璣玉衡。先索推五行啓木櫃金縢。

【寄生草】演九五三一數。乩乾元亨利貞。當元定太初一氣剖判初伏羲聖。自后立六十四卦録二是先君定。如今折四十九莖蓍草卜當今命。果必有禍福願先天無咎鬼神言。設若見吉祥是上人有福□惟勝。

〔云〕卜了三卦。未知卦象若何。〔到太廟科〕〔做開金縢看卜兆書科〕〔外上宣了〕〔做將文册同卜兆書一發放在金縢櫃中了〕〔出來科〕嗨。不想貪荒將先天祝册錯放在金縢中。待取去。争奈宣喚緊。日去再取也不妨。〔虛下〕〔駕上云住〕〔見駕科〕〔駕又云〕

【幺】陛下放心不足以爲天異。何勞的苦聖情。陛下夢身穿小色是周家正。陛下見天分乾象爲文章盛。陛下荒地開坤宙主烟塵净。太陰昏被日奪了東海月華明。帝星無爲雲遮了北斗杓兒柄。

〔駕云了〕

【六幺令】不爭俺棄却周天下。永別離老弟兄。教誰憂念四海生靈。鳳凰雛羽未全成。犁牛子角未能騂。然如此把後朝遺祝的分明。耳邊聽口不住稱神聖。臣惟能喏喏連聲。臨大節怎敢違尊命。欽依聖教。死後愚誠。

【幺】臣雖無能。輔朝廷。寄命叮嚀。密旨親聽。社稷重興。付能臣支撑。忠信難憑。天地爲盟。上有滄溟。倘或天不容。吾皇駕崩。陛下放心。這公事便索行。臨至日若是上下交征。內外差爭。老微臣怎地施行。〔駕與劍了〕這劍折不臣夷背逆誅讒佞。聖旨道無鑾駕如朕親行。臣既能如此持威柄。真教不嚴而治。其政不肅而成。

〔辭駕科〕

【賺尾】恰把密旨暗中傳。不想大事須臾定。臣怎敢使赤子匍匐入井。臣該萬死怎敢當篡位奪權惡罪名。他小子小神武文明。此件事不爲輕。怎敢諂諛龍情。臣依着天道人心順處行。〔駕云了〕且休問人心怎生。見如今天心先應。〔臣夜觀乾象不見別〕見明滴溜照東宮一點紫微星。

〔駕云了〕〔下〕

第二折

〔衆哭上了〕〔打請住〕〔正末扮上了〕自商君無道。暴殄天物。害虐烝民。爲天下逋逃主萃淵藪。綏厥士女。惟其士女。篚厥玄黄。昭我周王。自伐紂之後。大賢於四海。而萬姓服悦。列爵惟五。分土惟三。建官惟賢。位事惟能。重民五教。惇信明義。崇德報功。垂拱而天下治。豈想有今日。

【中吕粉蝶兒】想衆口嗷嗷。苦殘殷紂王無道。昨日致師於牧野商郊。一戎衣。天下定。宣明王教。怎生便鳳返丹霄。哭一聲痛連心血流七竅。

【醉春風】當初成大業建元疾。今日棄臣民歸去早。無爲而治數十年。陛下今日早了。俺幾時了。直等立新君呵了。恰葬罷山陵。索問乎國政。定其尊號。

〔相見了〕〔云了〕

【迎仙客】今日册東宫登寶位。代先帝拜南郊。〔云了〕聽言絶擗踊一聲險氣倒。然如此省艱難。怕佗俩的成病了。殿下這孝子心難學。將奈何周宗廟。

〔駕云了〕

【上小樓】誰不知商均德薄。都子爲丹朱不肖。殿下仁勝殷湯。賢效虞姚。德似唐堯。

見如今獄訟彰。盼望着黎民歌樂。殿下踐皇基正是用天之道。

【幺】習先考能用賢。學文王善養老。自然配却三才。應却三合。竄却三苗。但凡事謹守着。父之道。別無得教。只這的是普天之下太平之兆。

〔小駕待接大禮讓科〕

【滿庭芳】臣合當金瓜碎腦。君再讓八般大禮。臣索跳九鼎油鑊。若論着安邦治國非臣功效是兩班文武大小臣僚。〔駕云了〕不干臣事。召公奭扶持的乾坤定天清地濁。畢公高燮理的陰陽正雨順風調。若論着順有道伐無道。戊午日兵臨孟水。甲子日血浸朝歌。虧負殺呂望六韜。〔小駕云了〕更是任了。他綠蓑衣不換柘黃袍。

〔小駕云了帶劍做住了〕

【普天樂】龍椅上。緊扶着。大小官員。揚塵舞蹈。若有個敢喧呼的正犯新條。依班次休怠慢分毫。百官每聽處分一齊的忙呼噪。扶持着有德的君王誰敢違拗。不是請來的先君劍利水吹毛。他則索封侯拜爵。稱臣上表。列土分茅。

〔小駕云了〕今日皇天眷佑。陛下合繼萬世無疆之祚。誰敢不從。若有不依命者。自有常典。〔等衆呼噪了〕〔做住〕〔太后上〕雖然大事定。一喜一悲。

【耍孩兒】悲呵悲定寰臣的聖主歸天早。喜呵喜繼萬世君王定了。休道人則這天無語垂象也報。斯民便陰陽二氣和調。先君崩愁雲冷霧迷坤宙。新君立和氣春風滿市朝。臣不敢奉先君詔。德不及夔龍禹稷。才不及伊尹皋陶。

【幺】便教臣身居冢宰爲阿保。這一遍公徒也不小。知他蒙先君寄命托微臣。不知的道有心待窺伺皇朝。休將軍國咨臣下。能把文章教爾曹。〔太后云了〕〔做不穩科〕臣坐則坐把不定心頭跳。伴君王坐朝問道。把微臣立草爲標。

臣欽依先君遺命。有所不免忝當此位。有幾件合行的公事。最爲急務。這其間行呵。正是做一人而千萬人悦。〔太后云了〕

【三煞】不肖呵雖近族呵削了大權。賢仁的雖草澤呵加與重爵。正韶明周禮開學校。一壁教有司家削減的刑罰省。一壁教關市處徵收的税斂薄。釋了故殺饒了强盜。濟貧困不敢侮於鰥寡。免差徭而况取於逋逃。

【二煞】從今後劃地拖帶着一身疾病。從今後劃地便作的心碎了。從今後劃地學舜之徒孳孳爲善從頭鷄兒叫。從今後劃地爲宗廟呵春秋祭祀周三祖。從今後劃地憂天下呵日夜思量計萬條。臣不得已非心樂。劃地似臨深淵般兢兢戰戰。履薄冰般怯怯喬喬。

【尾】宣化的臣僚内外服。將傍的君王壽數高。等天子將攝行的國事親臨却。微臣報

國忠心恁時了。〔下〕

第三折

〔管叔一折〕〔召公奭云〕〔駕云了〕〔正末上了開〕自先君在日。攝行天子事。這些時官裹坐於御榻。某侍坐於天子之側。名曰抱孤攝政。官裹坐朝。索走一遭去。想攝政以來。天下皆爲奉行先君之業。

【越調鬭鵪鶉】從先帝升遐。當今嗣國。宗祀明堂。歌謠聖德。訟堯典微言。達洪範至理。寄命時托柱石。抱孤的慎鼎彝。化被蒿萊。仁沾動植。

【紫花兒序】奏武樂一人有慶。拜旒冕萬國咸臻。偃兵戈四海無敵。恐民亂攝行國事。爲君幼權典樞機。但將傍的他朝夕。歸政與君王就臣位。便是我孝當竭力。上不愧三廟威靈。下不欺九土黔黎。

〔見駕了云了〕

【小桃紅】微臣冠服衮冕執桓圭。坐休近蟠龍椅。他每北面而朝寧可南面立。臣恐失尊卑。將無能冢宰權休罪。第一來曾奉的先君聖敕。第二來見佐着當今皇帝。若不如此。怎敢看穩拍拍文武兩班齊。

〔太公云了〕太公休胡説。國家别覷誰。

【雪裏梅】爲甚不教你皓首退朝歸。似你般白髮故人稀。寧可你贊拜休名。進殿免跪。凡事便宜。

【鬼三台】陛下道他當日。執綸竿爲活計。早忘了戊午日兵臨孟水。甲子日勝商紂一戎衣。奪與咱江山社稷。陛下道微臣戀他只甚的。咱家裏太公望子之久矣。他未常離先帝玉輅車中。他須曾到文王飛熊夢裏。

〔召奏有諫章了〕〔宣净了〕〔做住〕

【金蕉葉】莫不誰把賢門閉塞。爲甚把鸞輿咫尺。你快説離却淮夷的日期。〔净云了〕既不到淮夷怎知這背反朝廷的信息。

〔净云了〕

【調笑令】客旅每報知。這的是真實。可知道路上行人口勝碑。我只爲君王幼小權監國。除此外别無他意。公將不利於孺子。慌向丹墀内俯伏呼萬歲。臣死無葬身之地。

【禿厮兒】臣只是爲冢宰安邦治國。怎敢道欺幼主立位登基。願君臣表白臣所爲。免令的小民每。猜疑。

【聖藥王】君也頭不擡。文武每口難啓。恁地呵老微臣不死是爲賊。臣委實無此心。

到如今説甚的。盡忠心有口怎分析。惟有老天知。

〔太后云〕乞將臣分付於有司者。

【麻郎兒】事既該十惡大逆。罪合當萬剮凌遲。願把臣全家監籍。乞將臣九族誅夷。

【幺】恁地。却依。正理。壞了臣於法合宜。壞了臣於民有益。不壞臣於君不利。

【絡絲娘】若不壞呵三千里流言怎息。若不壞呵如今武庚助紂作業。管叔又背亂爲非。蔡叔將軍儲供給。霍叔又戈甲相隨。踏踐東土。震動京畿。怎奈何四五處烟塵並起。謝太后和君王赦臣無罪。若謝恩了敢虚做了真實。

〔后云了〕

【東原樂】微臣當辭位。宜棄職。乞放殘骸歸田里。娘娘道不放微臣出宮闈。進退兩難爲。微臣叩頭出血免冠請罪。〔太后取水盆了〕爲甚把金盆約退。非敢把懿旨相違。微臣身沾着罪惡點污盡忠直。濯呵濯得了腮邊血污。滌呵滌得净面上塵灰。

【綿搭絮】娘娘只這緑水。何曾洗是非。白首無堪問鼎。不見如今内外差池。事難行。當恁的。

〔召云三監了駕怒了〕

【幺】一人教太公擁旌旗。三監共武庚聽消息。這老子若到那裏。不分個等級。莫想問周室宗族紂苗裔。他恁大年紀。統領着軍騎。他老將會兵機。敢土平了三四國。

〔云〕怎生信別人言語。便教征伐去。果外曾反呵。不枉了。若不曾反呵。這老子那裏問。三監是俺弟兄。敢都來了。枉死了無罪生靈。只除這般。〔對駕云〕陛下。今日三監和武庚流言至此。只因微臣呵。反了。太后娘娘不放微臣出朝。乞付臣兵權。親身征伐去呵怎生。

【拙魯速】此一行眼見的老微臣。三不歸。怎施呈大將軍。八面威。未曾了前罪。又持着兵衛。怕主公難意。大臣猜忌。願情的。把家私封記。老妻留繫。怕禽監繫。俺一家兒當内質。

【收尾】恁兩個柱石臣善事當今帝。咱盡衰老齊家治國。等齊了管叔鮮蔡叔度。見放着畢公皋召公奭。

第四折

〔正末上了〕

【雙調新水令】當初被流言千里地定了江淮。更怕爲臣的坐觀成敗。今日却能勾見公侯伯子男呵。嘆自己年月日時胎。當初把福變爲災。今日否極也却生泰。

【駐馬聽】當初離鳳闕瑤堦。管叔鮮誣我全無經濟才。自從啓金縢玉册。姜太公從頭鈞出是非來。我想金縢鎖鑰未能開。知他我滿門良賤今何在。只爲有神靈也顯得我無罪責。我有别心呵這其間神不容地不載天不蓋。

【喬牌兒】士民每當攔斷十字街。見官裏步行出午門外。錦衣花帽權停待。官裏向前行您將我肩上擡。

〔放下了〕〔不肯科〕

【掛玉鈎】您真個不放也我捨了老性命就肩輿上跳下來。〔放了〕〔云了〕爲甚懶向龍床前驀。臣又怕第二遍流言趕下來。庶幾廣民之愛。君托付。臣披頼。元首良哉。股肱賢哉。

〔駕云了〕〔云〕

【川撥棹】我一脚地過江淮。怎生便禍從天上來。是怨氣沉埋。被元氣沖開。雷震瑶臺。風鼓陰霾。您怎生變理陰陽。調和鼎鼐。那風撼乾坤攪世界。走砂石昏日色。偃田禾傷稼穡。拔林木到殿堦。

【水仙子】您可甚春風來似不曾來。不知當日災因那個災。若不如此呵盡今生老死居朝外。老微臣甚風兒吹到來。天心與人意和諧。非是臣威風大。只因君前過改。禾復起枯樹上花開。

〔駕云了〕

【沽美酒】如今被論人當了罪責。不想那元吉人安然在。快將那陳言獻策的請過來。

〔浄云了〕向口上疾忙便摑。非是臣不寬大。

【太平令】打打這廝凍妻子舌尖了快。打打這廝圖哺啜信口胡開。打打這廝大共小着讒言攪壞。打打這廝没的有把平人展賴。將口來。豁開。至兩腮。不恁的呵這人説是非的除天可害。

〔一行下了〕陛下。這反背的都有。駕下問波。〔武庚云管叔了〕〔衆云了〕云來都是你。

【甜水令】今日個將汝擒獲。對證無差。并贜拿敗。須是你福去一時來。他每個個稱詞。一一從實。老臣頻頻加額。拆證的文狀明白。

【折桂令】見的臣胸中無半點塵埃。霍叔將他官削了玉下玄白。蔡叔將他遞流入千萬里瓊崖。把這兩個七事兒分開。轉送交普天之下號令明白。爲甚把背歹心刑于四海。教知這吃離頭日轉千堦。便把你磣可可的血浸尸骸。不由我普漣漣的淚落雙腮。兄弟呵。哭你的是痛殺殺昆仲情懷。壞你的是清耿耿國家各閑。

〔斷出〕〔一行下了〕〔駕上云住〕

【雁兒落】當初和一時有利害。今日歸政了無妨礙。見如今天年已六旬。聖德光三代。

【得勝令】陛下今日國政自能裁。〔云〕臣今日吴道口難開。生不負先君命。老還歸窀相堦。往常坐地的情懷。臣委實身無措心無奈。今日拜舞雖囊揣。倒大來千自由百自在。

〔太后云了〕禮不可非。

【落梅風】伯禽備法駕非公道。微臣免朝請忒分外。君臣遇一朝一代。〔太后云了〕娘娘道臨大節不可奪當爲鑑戒。聽道罷痛連心性氣夯胸懷。臣不忠不孝。無德無才。建千年基業。留萬世恩澤。會爲君。能使臣。託孤的主人安在。〔下〕

〔唐叔獻嘉禾上了〕〔祭出〕

題目　說武庚管叔流言

正名　輔成王周公攝政

虎牢關三戰呂布雜劇

鄭德輝撰

第一折

〔冲末袁紹領卒子上云〕駿馬雕鞍紫錦袍。臨軍能識陣雲高。等閑贏得食天禄。願竭丹心輔聖朝。某乃冀王袁紹是也。幼而能文。長而閱武。自爲官以來。累立戰功。今在此河北爲理。保一方寧静無虞。今有呂布。領一標人馬。威鎮在虎牢關下。此人好生英勇。搠戟勒馬。有九牛之力。萬夫不當之勇。累次與他交戰。並不曾得他半根兒折箭。又下將戰書來。搦俺十八路諸侯相持。某今聚集十八路諸侯。領大勢雄兵。直至虎牢關。務要生擒了呂布。以雪前恥。今日是吉日良辰。與同衆將。商議分派行兵。小校門首覷者。若衆將來時。報復某知道。〔卒子云〕理會的。〔外扮曹操上云〕少年錦帶掛吴鈎。鐵馬西風塞草秋。全憑匣中三尺劍。坐中往往覓封侯。某姓曹名操。字孟德。沛國譙郡人也。幼習先王典教。後看韜略遁甲之書。今官拜兖州太守之職。今有呂布在虎牢關下。搦俺十八路諸侯相持。冀王袁紹。調天下諸侯。聚集於河北。一同行兵。往虎牢關與呂布交戰。須索走一遭去。可早來到也。小校報復去。道有曹操在於門首。〔卒子云〕理會的。〔做報科云〕喏。報的元帥得知。有曹參謀在於門首。〔袁紹云〕道有請。〔卒子云〕理會的。有請。〔曹操見科云〕元帥。小官曹操來了也。〔袁紹云〕參謀使來了也。今日會同天下諸侯。計議擒拏呂布。等衆諸侯來時。俺慢慢的商議也。〔净扮孫堅上云〕我做將軍世稀有。無人與我做敵手。聽得臨陣肚裹疼。喫上幾鍾熱燒酒。某長沙太守孫堅是也。自幼而讀了本百家姓。長而念了幾句千字文。爲某能騎疥狗。善拽軟弓。射又不遠。則賴頂風對南墻。箭箭不空。雖然我爲大將。全無寸箭之功。今有呂布。威鎮於虎牢關。搠戟勒馬。可有一關之壯。搦俺天下諸侯。與他交戰。某正在本處與小厮每打髀殖。今有冀王袁紹。聚俺十八路諸侯。擒拏呂布。須索走一遭去。可早來到也。小校報復去。道有孫堅來了也。〔卒子云〕理會的。〔做報科云〕喏。報的元帥得知。有孫元帥在於門首。〔袁紹云〕道有請。〔卒子云〕理會的。有請。〔見科〕〔孫堅云〕元帥。小子在下老孫來了也。〔袁紹云〕一壁有者。等衆諸侯來全時。一同商議。衆諸侯這早晚敢待來也。〔外扮荆州太守劉表北海太守孔融益州太守韓昇上〕〔劉表云〕幼習兵書武藝精。龍韜虎略敢施呈。全憑匣中鋸鋙劍。敢與皇家定太平。某乃荆州太守劉表是也。這二位是北海太守孔融。益州太守韓昇。因某披堅執鋭。卧雪眠霜。累立戰功。各鎮一境。奉冀王將令。調俺十八路諸侯。各領本部下人馬。直至河北。孔將軍。俺行動些。這早晚天下諸侯已到了也。〔孔融云〕俺今一同見元帥。走一遭去。可早來到也。小校報復去。道有荆州太守劉表。北海太守孔融。益州太守韓昇在於門首。〔卒子云〕理會的。〔做報科云〕喏。報的元帥得知。有三路太守劉表韓昇孔融在於門首。〔袁紹云〕道有請。〔卒子云〕理會的。有請。〔見科〕〔劉表云〕元帥。俺三路諸侯來了也。〔袁紹云〕且一壁有者。等衆諸侯來時。一同計議。這早晚敢待來也。〔外扮濟州太守鮑信山陽太守喬梅河内太守王曠上〕〔鮑信云〕雄威赳赳志昂昂。各統雄兵鎮一邦。罄竭忠心扶漢業。英名贏得遠流芳。某乃濟州太守鮑信是也。這一位是山陽太守喬梅。這一位是河内太守王曠。某等遵奉漢命。各鎮一方。當今之世。各路諸侯。統率軍馬。保障無虞。今聞知吕布領兵前來。住紥於虎牢關下。搦俺十八路諸侯。相持厮殺。若論俺十八路諸侯。有雄兵百萬。量那吕布。便到的那裏也。〔喬梅云〕元帥。俺雖有百萬人馬。聞知的吕布好生英勇。今主將袁紹。聚俺衆諸侯。同破吕布也。〔王曠云〕俺衆諸侯會兵一處。必然成功。説話中間。可早來到也。令人報復去。道有三路太守鮑信喬梅王曠在於門首也。〔卒子云〕理會的。〔做報科云〕喏。報的元帥得知。有三路太守鮑信喬梅王曠在於門首。〔袁紹云〕道有請。〔卒子云〕理會的。有請。〔見科〕〔鮑信云〕元帥聚集俺衆將。那厢使用也。〔袁紹云〕一壁有者。衆將來全時。報復我知道。〔外扮潼關太守韓俞同滄州太守吴慎南陽太守張秀上〕〔韓俞云〕韜略兵書自幼攻。英名振世有威風。軍前累立功勞大。列土分茅受大封。某乃潼關太守韓俞是也。這一位是滄州太守吴慎。這一位是南陽太守張秀。某等累立功勳。奉命各領一路人馬。近因吕布統兵在於虎牢關下。侵奪俺漢國。如今主將袁紹。聚俺天下諸侯。拒戰吕布。二位太守。俺一同去來。〔吴慎云〕這吕布先奉丁建陽爲父。後與董卓爲子。聞知的吕布善能攻城野戰。以少擊衆。俺這一去。必然與他大戰一場。决要成功也。〔張秀云〕元帥。那吕布十八般武藝。無有不拈。無有不會。威震天下。俺如今見了元帥商量。務要與他决戰。説話中間。可早來到也。令人報復去。道有潼關太守韓俞。滄州太守吴慎。南陽太守張秀在於門首。

〔卒子云〕理會的。〔做報科云〕喏。報的元帥得知。有三路諸侯韓俞吴慎張秀在於門首。〔袁紹云〕道有請。〔卒子云〕理會的。有請。〔見科〕〔韓俞云〕元帥。俺三路太守來了也。〔袁紹云〕三位元帥。且一壁有者。等衆太守來全了時。一同商議。〔外扮徐州太守陶謙同壽春太守袁術陝州太守趙莊上〕〔陶謙云〕奉命迢迢千里來。要擒吕布聚英才。一心星火臨河北。專聽將軍袁紹差。某乃徐州太守陶謙是也。這一位是壽春太守袁術。這一位是陝州太守趙莊。俺各守其土數年。兵戈寧息。士馬消閑。今因吕布搦戰。今調俺來與他相持也。〔袁術云〕元帥。聞得人説。吕布十分驍勇也。〔趙莊云〕便是吕布驍勇。不過一人。俺十八路諸侯。舉大兵齊力攻之。愁他不破也。〔陶謙云〕俺同去見元帥。自有計策。可早來到也。小校報復去。道有俺三路太守陶謙袁術趙莊來了也。〔卒子云〕理會的。〔做報科云〕喏。報的元帥得知。有三路太守陶謙袁術趙莊來了也。〔袁紹云〕道有請。〔卒子云〕理會的。有請。〔見科〕〔陶謙云〕元帥。俺三路太守特來聽令。〔袁紹云〕一壁有者。待衆元帥來了時。有事商議。〔外扮幽州太守劉羽鎮陽太守公孫瓚青州太守田客上〕〔劉羽云〕無故興兵起殺機。將軍嚴命敢差遲。如今麾下聽差遣。試看軍前奮武威。某乃幽州太守劉羽是也。這一位乃是鎮陽太守公孫瓚。這一位乃是青州太守田客。今爲吕布搦戰。有河北冀王袁紹。奉命調取十八路諸侯。一同去攻戰吕布。量他到的那裏也。〔公孫瓚云〕元帥。俺同心共意。併力相攻也。〔田客云〕太守。俺這十八路諸侯。豈無英傑在其中也。〔劉羽云〕説的是。俺見冀王袁紹去來。可早來到也。小校報復去。道有劉羽公孫瓚田客三路太守來了也。〔卒子云〕理會的。〔做報科云〕喏。報的元帥得知。有劉羽公孫瓚田客三路太守在於門首。〔袁紹云〕道有請。〔卒子云〕理會的。有請。〔見科〕〔劉羽云〕元帥。俺三路太守來了也。〔袁紹云〕曹參謀。您衆太守都來了也。常言道。文官不愛財。武將不怕死。乃世之寶也。今董卓手下。有一大將乃是呂布。小覷俺漢國。着呂布爲帥。統領大勢雄兵在於虎牢關下。單使搦俺漢家十八路諸侯。與他交鋒。您天下諸侯。有何計策也。〔曹操云〕元帥。量他一夯鐵之夫。何足道哉。元帥若運計鋪謀。差遣衆將。統兵將呂布圍住。任他英勇。也出不的俺十八路諸侯之手也。〔鮑信云〕元帥。俺衆諸侯願同心出力。擒拏呂布也。〔袁紹云〕既然如此。軍分五路。您衆將聽令。荆州太守劉表。北海太守孔融。益州太守韓昇。你三將各領本部下人馬爲前哨。與呂布交戰。小心在意。得勝回營者。〔劉表云〕得令。某領本部下人馬爲前哨。與呂布交戰走一遭去。大將英雄非等閑。旌旗招颭似雲翻。馬如猛獸纔離水。人似犇彪初下山。跨下雕鞍金蹀躞。匣中寶劍玉連環。軍馬未曾離寨柵。殺聲先到虎牢關。〔下〕〔孔融云〕某同荆州太守劉表。統領本部下人馬。與呂布交戰。走一遭去。颭颭旌旗耀日光。紛紛塵土蔽天黄。征雲繚繞千山遠。殺氣氤氲萬里長。密密魚鱗排劍戟。層層雁翅列刀鎗。古來雖有相争戰。試看今番這一場。〔下〕〔韓昇云〕某領本部下人馬。與同荆州太守劉表北海太守孔融爲前哨。與呂布相持。走一遭去。戰鼓鼕鼕有若雷。遮天映日列旌旗。馬如猛獸離大海。人似神兵下北極。靄靄征塵迷日色。紛紛殺氣接天齊。虎牢關上施英勇。不捉家奴誓不回。〔下〕〔袁紹云〕濟州太守鮑信。山陽太守喬梅。河内太守王曠。你三將各領本部下人馬爲左哨。與吕布相持。走一遭去。則要您小心在意。得勝而回者。〔鮑信云〕得令。某領本部下人馬爲左哨。與吕布交戰。走一遭去。統領雄兵上虎牢。人如猛虎馬如蛟。弓懸秋月彎龍角。箭射流星插鳳毛。殺氣瀰漫遮日月。喊聲嘹喨震青霄。休言吕布千般勇。怎比諸侯志氣高。〔下〕〔喬梅云〕某同濟州太守鮑信。領本部下人馬爲左哨。與吕布相持。走一遭去。各路諸侯領大兵。甲光流水晃天明。遮雲蕩漾旗旛影。震地悠揚鑼鼓聲。戰馬如龍出大海。征人似虎離山峰。來朝兩陣相持處。我殺的吕布回身走似風。〔下〕〔王曠云〕得令。某領本部下人馬。同濟州太守鮑信山陽太守喬梅爲左哨。與吕布交戰。走一遭去。戰馬奔馳似水流。陣前英勇統貔貅。能征戰將犇如虎。善鬬兒郎猛似彪。鐵馬金戈光燦燦。銅鑼畫角韻悠悠。虎牢關上相持處。不捉温侯誓不休。〔下〕〔袁紹云〕潼關太守韓俞。滄州太守吴慎。南陽太守張秀。你三將各領本部人馬爲右哨。征伐吕布。則要您小心在意。得勝而回者。〔韓俞云〕得令。某領本部人馬爲右哨。與吕布交戰。走一遭去。戈戟鮮明映日紅。施謀運智顯英雄。能征猛將三千隊。慣戰雄兵十萬重。人如越嶺爬山獸。馬賽翻江混海龍。全憑忠烈威風大。一陣須教立大功。〔下〕〔吴慎云〕得令。則今日統領本部人馬。與潼關太守韓俞爲右哨。與吕布相持。走一遭去。劍戟横空密似麻。戰袍五彩繡團花。震天鑼鼓冲銀漢。映日旗旛蕩碧霞。靄靄征塵籠宇宙。騰騰殺氣滿天涯。任他英勇能征戰。到頭都屬帝王家。〔下〕〔張秀云〕某領本部人馬。與潼關太守韓俞滄州太守吴慎爲右哨。與吕布交戰。走一遭去。各顯威風統大軍。相持厮殺立功勳。鼓聲震動三江水。戰馬衝開萬里塵。斬將寶刀腰間掛。開山鉞斧手中輪。陣前平定誅賊子。竭力攄忠報聖君。〔下〕〔袁紹云〕徐州太守陶謙。壽春太守袁術。陝州太守趙莊。您三將統領各部下人馬爲合後。前去虎牢關下。與呂布交戰。小心在意。得勝回營者。〔陶謙云〕得令。出的這轅門來。某領本部人馬爲合後。與呂布交戰。走一遭去。大小三軍。聽我將令。到來日統領雄兵出虎牢。人人奮勇顯英豪。兵行似虎離山嶽。馬驟如龍出海潮。燦燦滲黃金甲晃。飄飄雜彩繡旗搖。明朝一戰安天下。奏凱同將寶鐙敲。〔下〕〔袁術云〕某領本部下人馬。同徐州太守陶謙爲合後。與呂布交戰。走一遭去。人如天降馬如龍。衝破軍圍一萬重。殺氣騰騰迷四野。征雲冉冉罩長空。甲掛秋霜明曉日。軍排列宿顯威風。虎牢關上相持處。一陣須教立大功。〔下〕〔趙莊云〕某奉元帥將令。與同太守陶謙袁術。各領本部人馬。與呂布交戰。走一遭去。統軍合後展雄謨。奮勇全忠保帝都。陣列九星排隊伍。兵行五路列軍卒。破陣弓開秋月滿。催軍鼓凱陣雲孤。明朝管取成功効。方顯人間大丈夫。〔下〕〔袁紹云〕幽州太守劉羽。鎮陽太守公孫瓚。青州太守田客。各領本部下人馬爲遊兵。前去虎牢關。往來接應各路諸侯人馬。則要您小心在意。成功而回者。〔劉羽云〕得令。某領本部人馬。與呂布交戰。走一遭去。殺氣瀰漫罩太虛。排兵布陣按兵書。槍橫銀蟒開前路。劍掛青蛇斬將軀。將士施威分勝敗。軍卒捨命定贏輸。縱饒呂布千般勇。一陣須教盡掃除。〔下〕〔公孫瓚云〕得令。某領本部下人馬。與同幽州太守劉羽爲遊騎。與呂布交戰。走一遭去。勇將雄兵密密排。槍刀人馬勝天來。鑼鳴四野千山震。刀砍三軍兩陣開。匝地征塵迷宇宙。冲天志氣捲江淮。來朝大戰驚天地。不説當年大會垓。〔田客云〕得令。某領本部下人馬。同幽州太守劉羽鎮陽太守公孫瓚爲遊騎。與吕布交戰。走一遭去。戰馬彎犇出大營。旌旗招颭統雄兵。錦袍烱爍渾金繡。銀甲光輝耀日明。袋内弓彎如皓月。壺中箭插似寒星。任他吕布千般勇。一陣須教定太平。〔下〕〔袁紹云〕衆將教各依陣勢攻取。虎牢關下。擒拏吕布。都去了也。長沙太守孫堅。兖州太守曹操。望闕跪者。加孫堅爲監軍之職。曹操爲隨軍參謀使之職。俺一同坐中軍。統領人馬。捉拏吕布。走一遭去。一心共把忠誠盡。憑吾執掌元戎印。前臨朱雀按離宫。後依玄武旗旛映。青龍白虎各東西。劍戟槍刀併力進。任教吕布逞英雄。難逃地網天羅陣。〔同衆下〕〔外扮吕布同八健將楊奉侯成高順李肅李儒何蒙陳廉韓先領卒子上〕〔吕布云〕畫戟金冠戰馬犇。征袍鎧甲帶獅蠻。天下萬夫難敵勇。端的是英雄獨佔虎牢關。某姓吕名布。字奉先。乃九原人也。自從拜董卓爲父之後。俺父子每聚集下雄兵戰將。馬草軍糧。更兼某之英勇。覷漢國有如兒戲。威鎮於虎牢關下。今下將戰書去了。單搦漢家十八路諸侯。與俺相持厮殺。八健將楊奉那裏。〔楊奉云〕俺八健將有。〔吕布云〕即今整搠下大勢人馬。頗柰袁紹無禮。帶領十八路諸侯。來攻俺虎牢關。量他何足道哉。您衆將人人奮勇。箇箇争强。顯耀你那弓馬熟嫻。施展那威嚴勇烈。城上城下。密排着甲士層層。陣北陣南。齊列下槍刀滚滚。殺氣騰騰罩碧空。三軍精鋭展英雄。營排白虎居金位。陣引青龍坐正東。前隊馬催如烈火。後營兵列按玄宫。元戎穩坐中軍帳。直把那漢陣旌旗血染紅。〔同八健將卒子下〕〔袁紹同曹操浄孫堅躧馬兒領卒子上〕〔袁紹云〕陣前陣後列旌旗。戈甲層層望眼迷。擂鼓鳴金催出馬。殺聲直過虎牢西。某乃冀王袁紹是也。同曹參謀中軍壓陣。孫元帥奉命監軍。俺着劉表孔融韓昇爲前哨。鮑信喬梅王曠爲左哨。韓俞吴慎張秀爲右哨。陶謙袁術趙莊爲合後。劉羽公孫瓚田客爲遊兵。各按方位。率領大勢人馬。攻取虎牢關。活捉吕布。衆將各依將令。擺下陣勢者。〔劉表同孔融韓昇躧馬兒領卒子上〕〔劉表云〕前哨軍行戰霧飄。紛紛殺氣喊聲高。三軍奮勇齊攻取。不放家奴出虎牢。某乃劉表是也。同孔融韓昇統本部下人馬爲前哨。排下陣勢。則等中軍裏號令。便往前攻戰也。〔孔融云〕元帥得令。〔韓昇云〕兀那塵土起處。是俺左哨人馬上來了也。〔鮑信同喬梅王曠躧馬兒領卒子上〕〔鮑信云〕左哨雄兵次第行。位臨甲乙按天星。一心奮勇來攻戰。要與皇家定太平。某乃鮑信是也。同喬梅王曠軍行左哨。旗旛招颭。戈甲重排。列於左哨。兀的不右哨人馬上來了也。〔韓俞同吴慎張秀躧馬兒領卒子上〕〔韓俞云〕左哨排兵十里長。重重猛士列刀槍。從來自有將軍戰。不似今番這一場。某乃韓俞是也。同吴慎張秀軍行右哨。征人奮勇。戰馬鑾蕣。有似那飛雲流水。四下裏大兵滚滚的圍將上來了也。〔吴慎云〕俺可早排下陣也。〔張秀云〕則聽那中軍號令。一齊向前攻戰。兀的不合後的人馬來了也。〔陶謙袁術趙莊躧馬兒領卒子上〕〔陶謙云〕冽冽喊聲催戰馬。鼕鼕帥鼓趲軍行。陣臨合後非輕小。玄武旗頭起黑雲。某乃陶謙是也。今同袁術趙莊。奉主將之命。軍行合後。這裏離中軍不遠。列下大營者。〔袁術云〕俺這合後人馬。委實精鋭。你看那一望旌旗蔽塞野。三軍壯氣罩長空。覷虎牢關有若翻掌也。〔趙莊云〕元帥。衆將齊排陣勢。吕布必落在彀中也。三軍紮住營者。〔劉羽公孫瓚田客躧馬兒領卒子上）〔劉羽云〕殺氣愁雲結暮陰。征夫箇箇逞胸襟。忘生捨死攻城寨。方表英豪一片心。某乃劉羽是也。同公孫瓚田客。率領五千精兵。奉元帥將令。遊擊陣前。生擒呂布也。〔公孫瓚云〕俺領着本部人馬。往前攻殺一陣如何。〔田客云〕元帥。不殺他一陣。他也不怕俺。大軍跟將來。俺殺入去者。〔呂布領八健將卒子蹕馬兒冲上〕〔呂布云〕某乃呂布是也。兀的不是漢將殺將入來了。八健將跟着我來。三軍與我一齊吶喊者。〔見科〕〔呂布云〕來者何人。〔劉羽云〕兀那三姓家奴。你聽者。某幽州太守劉羽是也。這一位是公孫瓚。這一位是田客。你敢和俺相持麼。〔呂布云〕這廝好無禮也。〔做戰科〕〔劉羽云〕二位元帥。俺敵不住他。須索逃命。撲入中軍去來。走走走。〔呂布云〕這廝輸了也。量他到的那裏。將士每跟着我。撲他左哨去來。〔鮑信云〕二位將軍。跟着我截殺呂布去來。〔見科〕〔呂布云〕無名小將。及早下馬受降。〔鮑信云〕這匹夫好無理也。怎敢開如此大言。操鼓來。〔做戰科〕〔鮑信云〕這廝甚驍勇。敵不住他。俺逃命走了罷。撲入中軍去來。走走走。〔呂布云〕左哨大敗了也。八健將跟我殺入右哨去來。〔韓俞云〕你看那呂布。又殺入俺右哨來了也。〔呂布云〕八健將。漢家軍馬將士。也只如此。跟着我殺入右哨去。〔韓俞見科云〕哏。呂布。偏你是英雄好漢。你敢和我交戰麼。〔呂布云〕八健將。和他說些甚麼。操鼓來。〔韓俞云〕這廝越發哏了也。敵不住他。走走走。〔陶謙云〕二位將軍。兀的俺各營人馬亂了也。俺出陣殺這家奴去來。〔做見科云〕哏。呂布。敢與某交戰麼。〔呂布云〕你來者何人。〔陶謙云〕某乃陶謙袁術趙莊是也。〔呂布云〕老賊無禮。量你到的那裏。操鼓來。〔做戰科〕〔陶謙云〕這小賊是驍勇。敵不住他。俺撲入中軍裏去。走走走。〔呂布云〕漢家各營人馬大亂。十八路諸侯皆敗了。八健將跟着某直殺入中軍去來。〔袁紹云〕衆將您見麽。呂布領八健將往中軍撲入來了。您衆將四下裏拷挓圈簸箕掌圍住。看我殺這匹夫。三軍吶喊。呂布慢來。有吾久等多時也。〔呂布云〕你乃何人。〔袁紹云〕某乃冀王袁紹是也。家奴敢與我厮殺麽。〔呂布云〕好無禮也。操鼓來。〔衆做混戰科〕〔袁紹云〕這家奴十分英勇。漢家諸侯。難與他拒敵。撥回馬。衆將逃命去來。〔同衆敗科〕〔呂布云〕八健將。我則道十八路諸侯。怎生英雄。原來也只如此。被某日不移影。殺十八路諸侯大敗虧輸。今日止不曾見長沙太守孫堅。如今且收兵回營。操軍練士。積草屯糧。整搠人馬。慢慢的再與孫堅交戰。未爲晚矣。勒馬横槍力九牛。關前立戰衆諸侯。須知呂布英豪將。怎肯尋常折半籌。〔同八健將領卒子下〕〔净扮孫堅領漾門卒子上〕〔孫堅云〕湛湛青天不可欺。八箇螃蟹往南飛。則有一箇飛不動。看了原來是尖臍。某長沙太守孫堅是也。某十八般武藝。無有不拈。無有不會。上的馬去。常川不濟。聽的厮殺。帳房裏推睡。元帥陞帳。威勢全别。不知天文。不曉地理。凡爲元帥。須要機謀。批吭擣虚。爲頭説謊。調皮無賽。俺這裏先排百員衙油嘴。密排千隊孏孏軍。轅門戰鼓掉了腔。助陣鑼敲全不響。帳前打兩面引軍旗。旗上描成哈叭狗。左先鋒手持兩面刀。右先鋒拏着精光棍。人人奮勇喫食。拚命當先。箇箇威風。奸狡賊滑無比。休言人敢帳前喧。便有那蝦螟過時。他也吖吖的叫。今有吕布。威鎮於虎牢關。聚俺這十八路諸侯。與吕布交鋒。俺不曾得他半根兒折箭。今有各處糧草已完了。止有青州糧草未完。小校。與我請將曹參謀來者。〔卒子云〕理會的。〔曹操上云〕綽綽胸中智有餘。等閑熟看五車書。恁時列鼎重裀日。方表堂堂大丈夫。某乃曹操是也。今有呂布搠戟勒馬。威鎮在虎牢關。搦天下十八路諸侯相持。不曾得呂布半根兒折箭。此人英勇難敵。止有長沙太守孫堅。未曾與呂布交鋒。今有孫堅元帥。着令人來請。須索走一遭去。小校。報復去。道有曹操在於門首。〔卒子云〕理會的。〔報科云〕元帥。有曹操在於門首。〔孫堅云〕道有請。〔卒子云〕理會的。有請。〔曹操見科云〕元帥。請小官來有何事商議也。〔孫堅云〕請你來別無甚事。今有各處糧草都來了。止有青州糧草未完。你不避驅馳。一來催趲糧草。二來怕有那山間林下。隱跡埋名的英雄好漢。就招安將他來。若破了呂布。自有加官賜賞也。〔曹操云〕小官催運糧草去。若有各處英雄好漢。舉到元帥跟前。若見了小官的薦章。元帥可以重用他也。〔孫堅云〕若有你的薦章來。我便收留他也。〔曹操云〕則今日辭別了元帥。便索長行。小校收拾行裝。至青州催運糧草。走一遭去。忙傳將令莫停留。輕弓短箭統戈矛。積草屯糧人馬壯。恁時方破呂温侯。〔下〕〔孫堅云〕曹孟德去了也。我無甚事。小校。牽過馬來。鞁上騾子。跳上駱駝。厨房裏睡去也。〔同卒子下〕〔劉末領卒子上云〕桑蓋層層徹碧霞。織蓆編履作生涯。有人來問宗和祖。四百年前旺氣家。小官姓劉名備。字玄德。大樹樓桑人也。當年結義下兩箇兄弟。二兄弟姓關名羽。字雲長。蒲州解良人也。三兄弟姓張名飛。字翼德。涿州范陽人也。俺弟兄三人。在桃園結義。宰白馬祭天。殺烏牛祭地。不求同日生。只願當日死。要一在三在。一亡三亡。自破黄巾賊之後。加某爲德州平原縣縣令之職。兩箇兄弟。一箇是馬弓手。一箇是步弓手。今日兩箇兄弟巡綽邊境去了。令人門首覷者。若來時。報復我知道。〔卒子云〕理會的。〔曹操領卒子上云〕某乃曹操是也。自離了虎牢關。前往青州催運糧草去。到此德州平原縣。見此處桑麻映日。禾稼連天。問其故。原來是劉關張弟兄三人在此爲理。某想來。若得了他弟兄三人到於虎牢關。愁甚麽吕布不破。我如今相訪玄德公。走一遭去。我若見了此人。自有箇主意。來到也。左右接了馬者。令人報復去。道曹參謀下馬也。〔卒子云〕理會的。〔報科云〕報的大人得知。有曹參謀下馬也。〔劉末云〕道有請。〔卒子云〕理會的。有請。〔曹操見劉末科〕〔劉末云〕參謀。數載不能相見。今日貴脚踏於賤地也。〔曹操云〕玄德公。自京華一别。忽經數載。光陰迅速。間别無恙也。〔劉末云〕參謀何往。〔曹操云〕小官前往青州催運糧草去。路打此德州平原縣經過。見此處桑麻映日。禾稼連天。説玄德公在此爲理。小官想來。今有吕布威鎮於虎牢關下。搦天下十八路諸侯相持。不曾得吕布半根兒折箭。您兄弟三人。若到於虎牢關。戰退了吕布。自有加官賜賞。不强似在此處爲理也。〔劉末云〕參謀。争奈俺手下兵微將寡。怎生破的吕布。並然去不的也。〔曹操云〕二位將軍安在。〔劉末云〕兩箇兄弟巡邊境去了也。〔曹操云〕等二位將軍來時。報復我知道。〔卒子云〕理會的。〔正末同關末上〕〔關末云〕家住蒲州是解良。面如挣棗美髯長。青龍寶刀吞獸口。姓關名羽字雲長。某姓關名羽。字雲長。蒲州解良人也。大哥姓劉名備。字玄德。大樹樓桑人也。三兄弟姓張名飛。字翼德。涿州范陽人也。俺弟兄三人。自桃園結義之後。宰白馬祭天。殺烏牛祭地。不求同日生。只願當日死。一在三在。一亡三亡。自破黄巾賊張角之後。謝聖人可憐。加俺大哥爲德州平原縣縣令。某爲馬弓手。三兄弟爲步弓手。俺二將巡綽邊境以回。無甚事。見大哥走一遭去。〔正末云〕哥也。似這般閑居。幾時是了也呵。〔關末云〕兄弟。俺這等閑居的。倒大來好悠哉也呵。〔正末唱〕

【仙呂點絳唇】每日家赤閑白閑。虎軀慵懶。〔關末云〕兄弟。俺頗攻遁甲之書。久後必有大用也。〔正末唱〕攻書晚。斯琅琅頓劍摇環。〔關末云〕兄弟。便好道奮發有時。休得心困也。〔正末唱〕哥也兀的不屈沉殺俺英雄漢。

〔關末云〕大丈夫生於天地之間。必有峥嶸之日也。〔正末唱〕

【混江龍】每日家仰天長嘆。看别人荔枝金帶紫羅襴。〔關末云〕俺這大哥哥。雖爲縣令。頗得民心也。〔正末唱〕則俺大哥哥雖不稱這緑袍槐簡。生熬的他皓首蒼顔。無福受掛印懸牌金頂帳。則有分手投筆班超玉門關。〔關末云〕俺大哥心懷異志。必有拜相封侯之日也。〔正末唱〕我則待要將臺上受拜。您怕的是頓劍下遭誅。〔關末云〕兄弟也。便好道君子待時守分也。〔正末唱〕則俺這二哥哥能把俺這軍心憚。〔關末云〕想昔日韓信。若不是蕭何三薦。豈有登壇之日也。〔正末云〕韓信。〔唱〕他可是莅官清吉。〔關末云〕俺閑居的倒大來是悠哉也。〔正末云〕哥也。俺閑則閑。〔唱〕則落的箇人馬平安。

〔關末云〕三兄弟。俺來到縣衙門首也。〔正末云〕這馬是誰的馬。〔卒子云〕是曹參謀的馬。〔正末云〕哥。俺見參謀去來。〔關末云〕三兄弟。原來是隨軍參謀。他是箇足智多謀的人。他來俺這縣衙裏。必有箇主意。三兄弟。這曹參謀俺見了他呵。少要説話。你則依着您哥哥者。小校報復去。説俺兩箇兄弟。巡綽邊境回來了也。〔卒子云〕理會的。〔報科云〕有二位將軍下馬了也。〔劉末云〕你説去。有曹參謀在此。着他把體面着過來。〔卒子云〕理會的。二位將軍。有曹參謀在此。着你每把體面過去。〔關末同正末見科〕〔劉末云〕兩箇兄弟。參謀在此。把體面。〔曹操云〕二位將軍恕罪。〔關末云〕呀呀呀。參謀。自京華一别。忽經數載。光陰迅速。有勞參謀貴脚來踏賤地。實乃俺弟兄三人之萬幸也。〔正末云〕喏。參謀爲何至此也。〔曹末云〕將軍不知。今有呂布威鎮於虎牢關。天下十八路諸侯。不曾得呂布半根兒折箭。我想來。憑着您弟兄三人刀馬武藝。到於虎牢關。破了呂布。愁甚麽高官不做。不强似您在此爲理。將軍意下若何。〔正末云〕左右那裏。與我鞁馬者。〔劉末云〕兄弟。鞁馬往那裏去。〔正末云〕我戰呂布去。〔曹操云〕不枉了好將軍也。〔劉末云〕住住住。三兄弟。你好懆暴也。十八路諸侯不曾赢的呂布半根兒折箭。量俺弟兄三人。兵微將寡。怎敢與他相持。並然去不的。〔關末云〕住住住。參謀。想呂布是一員虎將。威鎮於虎牢關。搠戟勒馬。聚雄兵十萬。健將八員。天下十八路諸侯。與呂布交鋒。不曾赢的他戟尖點地。馬蹄兒倒那。想俺弟兄三人。兵微將寡。難以拒敵。俺斷然去不的也。〔正末云〕哥也。不趁着這箇機會兒去呵。久以後敢遲了也。〔唱〕

【油葫蘆】少不的一事無成兩鬢斑。恁時節後悔晚。〔關末云〕我想這爲官的。不如閑居倒好也。〔正末唱〕做甚早算來名利不如閑。〔劉末云〕兄弟。俺如何去的也。〔正末唱〕大哥哥你不肯將男子功名幹。〔關末云〕俺又不會兵書戰策。斷然不敢去也。〔正末唱〕二哥哥你枉將左傳春秋看。〔關末云〕依着兄弟主意如何。〔正末唱〕我則待惡戰在殺場軍陣中。您則待高卧在竹籬茅舍間。似恁的幾年間夢見周公旦。您則待要睡徹日三竿。

〔劉末云〕天下諸侯。不曾贏的呂布半根兒折箭。量俺到的那裏也。〔正末唱〕

【天下樂】哥也幾時能勾鐵甲將軍夜過關。若是今也波番。今番到那兩陣間。〔關末云〕呂布英雄。則怕兄弟難敵他麼。〔正末唱〕但贏的我這馬蹄兒倒褪可也難上難。〔關末云〕三兄弟。你堅意要去與呂布相持廝殺。兩陣之間。憑着您甚麼武藝。敢與他交鋒。〔正末唱〕垓心裏手搭着槍。殺場上硬睜着眼。哥也敢戰兀那三千合我也不倦憚。

〔劉末云〕兄弟。想呂布世之虎將。十八路諸侯不能取勝。量俺弟兄三人。也敵不住那呂布也。

〔正末唱〕

【那吒令】不是這箇張翼德。我覷呂溫侯似等閑。〔關末云〕他使一枝方天畫桿戟。好生利害也。〔正末唱〕則我這條丈八矛。將方天戟來小看。〔關末云〕騎一匹捲毛赤兔馬。好生犇劣也。〔正末唱〕跨下這匹豹月烏。不刺刺把赤兔馬來當翻。〔劉末云〕破呂布憑着你些甚麼那。〔正末唱〕憑着我這捉將手。挾人慣。兩條臂有似的這欄關。

〔劉末云〕兩陣對圓。旗鼓相望。則怕你贏不得他麼。〔正末唱〕

【鵲踏枝】上陣處磕搭的搭住獅蠻。交馬處滴溜撲摔下雕鞍。直殺的他敗將投降。戰馬空還。敗殘軍將追也那後趕。他每可都撇漾了些金鼓旗旛。

〔曹操云〕玄德公。您這裏有多少人馬。報箇總數來。〔劉末云〕量劉備官小職微。那裏得那人馬來。並然去不的也。〔正末唱〕

【寄生草】俺這裏衙門静。活計艱。每月家俸錢剛把他這家私辦。除公田又無甚别積攢。都是些箇擎鞭執帽關西漢。〔曹操云〕破吕布可用多少人馬。〔正末唱〕戰吕布輕弓短箭俺三人。哥也何消的錦衣繡襖軍十萬。

〔曹操云〕那吕布十分英勇。你敢近不的他麼。〔正末唱〕

【河西後庭花】哥也我題起那厮殺呵也不打慳。天生的忒柰煩。我則待渴飲刀頭血。困來在這馬上眠。要活的呵將那厮臂牢拴。要死的呵將那厮天靈來打爛。兩莊兒由元帥揀。

〔劉末云〕既然兄弟堅意的要去。參謀。俺到那裏則怕不用俺麼。〔曹操云〕三位將軍既然要去呵。我修一封薦章。到於虎牢關下。見了孫堅元帥。他若見是我的書呈。必然重用也。〔劉末云〕多謝了參謀。則今日持着書呈。領本部下人馬。便往虎牢關去也。〔正末云〕則今日便索長行也。〔唱〕

【尾聲】十載武夫閑。九得兵書看。八卦陣如同等閑。七禁令將軍我小看。六丁神不許將我遮攔。者麼是五雲間。四壁銀山。三姓家姓恁意兒反。〔關末云〕兄弟。想呂布十分英勇。又有八健將。則怕你難敵麼。〔正末唱〕二哥哥你休將我小看。憑着我這一生得村漢。〔關末云〕兄弟也。兩陣之間。你可怎生交馬也。〔正末唱〕我可敢半空中滴溜撲番過那一座虎牢關。

〔正末同劉末關末下〕〔曹操云〕誰想今日舉薦劉關張弟兄三人。到於虎牢關下。必然破了呂布。某不敢久停久住。催運糧草。走一遭去。呂布雄威鎮虎牢。關張劉備顯英豪。三人竭力行忠孝。方顯忠良輔聖朝。〔領卒子下〕

第二折

〔呂布領卒子上云〕跨下征駹名赤兔。手中寒戟號方天。天下英雄聞吾怕。則是我健勇神威呂奉先。某姓呂名布。字奉先。乃九原人也。幼而習文。長而演武。上陣使一枝方天戟。寸鐵在手。萬夫不當。片甲遮身。千人難敵。先拜丁建陽爲父。一日丁建陽令吾濯足。丁建陽左足上有一玄瘤。某問其故。足生一瘤者何也。丁建陽言曰。足生一瘤者。有五霸諸侯之分。某暗想你足生一瘤。尚有五霸諸侯之分。某足生雙瘤。我福分更小似你那。某綽金盆在手。一金盆打殺了丁建陽。就乘騎捲毛赤兔馬。後拜董卓爲父。董卓乃隴西人氏。姓董名卓。字仲英。生的肌肥肚大。

臍盛七李。卧高三尺。氣吹簾凹。坐綽飛燕。步走如飛。力能奔馬。俺父子二人。名壓天下英雄。某統領十萬雄兵。威鎮在虎牢關下。漢家聚十八路諸侯。不曾得某半根兒折箭。别的諸侯都與我交鋒過。惟有長沙太守孫堅。不曾與某交戰。下將戰書去。單搦長沙太守孫堅。與我交戰也。跨下忙騎赤兔奔。方天戟上定江山。殺的那血水有如東洋海。放心死屍骸填滿虎牢關。〔下〕

〔浄扮孫堅領卒子上云〕朝中宰相五更冷。鐵甲將軍都跳井。則有一箇跳不過。跌在裏面撲鼕鼕。某乃孫堅是也。自從與吕布交戰之後。這裏也無人。我喫他謊出我一莊病來。但聽的吕布索戰。謊的我便肚裏頭疼。上瀉下吐。今有曹參謀青州催運糧草去了。不見回來。小校轅門首覷者。但有軍情事。報復我知道。〔卒子云〕理會的。〔劉末同關末正末上〕〔劉末云〕兄弟也。俺來到這元帥府也。這裏可不比俺那德州平原縣。使不得你那懆暴。〔關末云〕哥哥説的是。你則休懆暴。〔劉末云〕兄弟。你則依着我者。小校報復去。有桃園三士在於門首。〔卒子云〕你則這裏有者。〔做報科云〕喏。報的元帥得知。有桃園三士。在於門首。〔孫堅云〕今年果子准貴。偌大箇桃園。則結了三箇柿子。〔卒子云〕不是了。他是三箇人。〔孫堅云〕問他是甚麽職役。〔卒子云〕理會的。你是甚麽職役。〔劉末云〕一箇是德州平原縣縣令。一箇是馬弓手。一箇是步弓手。〔孫堅云〕他不往兵馬司裏去。來我這裏。有甚麽勾當。〔卒子云〕不是。是他的官職。〔孫堅云〕你可説弓手。你問他是諸侯。便過去。不是諸侯。不要過去。〔卒子云〕理會的。〔問科云〕元帥將令。是諸侯。便過去。不是諸侯。不要過去。〔正末云〕哥哥。走了馬也。〔劉末云〕在那裏。〔正末打卒子科〕

〔劉備攔科云〕兄弟休懆暴。〔正末云〕哥哥放手。〔唱〕

【雙調新水令】則俺這大哥哥雖不曾道做諸侯。他更歹歹歹殺者波。他須是中山靖王之後。你莫不是胎胞兒裏傳將令。摇車兒上做諸侯。兀的不氣堵住我咽喉。哥也赤緊的君子落在您這小兒彀。

〔卒子云〕哎喲。我兒也。你打了也罷。罵了也罷。你又罵俺元帥。我見俺元帥去。元帥的將令。説是諸侯的便過去。不是諸侯的休過去。一箇大眼漢。他説哥哥走了馬也。把我拏住打了一頓。他又罵元帥。他説君子落在小兒彀。他倒是君子。元帥你倒是小兒。〔孫堅云〕他倒是君子。我倒是小兒。傳着我的胎骨。〔卒子云〕是台旨。〔孫堅云〕呸。是台旨。着他在轅門外。手捏鞋鼻。打躬施禮。一日不得元帥將令。一日不要放起來。二日不得元帥將令。二日不要放起來。你説去。關前誅董卓。不用緑衣郎。〔卒子云〕理會的。兀那三那三箇。您聽者。元帥的將令。着您三箇在轅門外。手捏鞋鼻。打躬施禮。一日不得元帥將令。一日不許起來。二日不得元帥將令。二日不許起來。三日不得元帥將令。三日不許起來。您聽者。關前誅董卓。不用緑衣郎。打躬打躬。〔劉末云〕兄弟。可怎了也。〔正末云〕哥也做甚麽。〔劉末云〕元帥將令。着俺打躬哩。〔正末云〕好波。二位哥。你打躬。我則輪骲頭。〔劉末云〕那箇打躬。似那小頑童背不過書來。手捏鞋鼻。打躬施禮。兄弟。喒打躬咱。〔正末云〕平身。〔劉末云〕誰説來。〔正末云〕我説來。〔劉末云〕好自在性兒也。〔正末云〕哥也。假使一日不得將令呵呢。〔劉末云〕一日不得起來。〔正末云〕

假使二日不得將令呵呢。〔劉末云〕二日不得起來。〔三科了〕〔正末云〕假使一年不得他將令呵呢。

〔劉末云〕那得箇一年的理來。兄弟也。元帥將令。俺打躬咱。〔正末唱〕

【駐馬聽】我可甚麽高枕無憂。空抄定拽硬弓搠長槍阿呸我這對捉將手。我可是麽低頭來切肉。怒睁開我這辨風雲別氣色這一對殺人眸。大哥哥羞慚替他羞。二哥哥受苦甘心受。我則怕掉下一箇樹葉兒來呵我則怕倒打破您那頭。〔云〕長沙太守孫堅。〔唱〕怎麽來早是非只爲多開口。

〔劉末云〕兄弟不可多言也。〔正末唱〕

【雁兒落】往常我觀雲間烏兔走。今日箇看地下蚍蜉鬬。姜太公渭水河邊執着釣鈎。今日箇輪到俺轅門外打鼻鈕。

〔劉末云〕俺在人矮簷下也。〔正末唱〕

【得勝令】哥也更兀則這裏怎敢不低頭。似恁的幾時得到摘星樓。別人去省部裏標了名姓。哥也赤緊的俺縣衙裏無甚解憂。〔劉末云〕但得箇大小官職也罷。〔正末唱〕但得箇知州。也是我不待屈不能勾。〔劉末云〕哎喲。哎喲。〔正末唱〕哎約屈的我冷汗便似澆流。

〔云〕劉關張弟兄三人。破一百萬黄巾賊。臨了在轅門外與別人打躬。〔唱〕我可甚麽男兒得志秋。

〔卒子云〕平身。可不早説。喏。報的元帥得知。吕布索戰。〔孫堅云〕我肚裏疼了。〔正末云〕哥也。走了馬也。〔劉末云〕在那裏。〔正末見孫堅科云〕喏。我醫元帥肚裏疼也。〔孫堅云〕你要醫我的病。好箇醜太醫。你有甚麽名方妙藥。治我的病。你試説一遍。我試聽咱。〔正末唱〕

【夜行船】你可甚麽一心分破帝王憂。〔云〕聽的道吕布索戰。哎喲。我好肚裏疼也。〔唱〕**你嘴碌都恰便似跌了彈的斑鳩。似鬼綽了你眼光膠粘住你口。你暢好是懦臓氣十八路諸侯。你乾請了皇家俸。你可是羞也那是不羞。我則道你是衡鋼楜。呸你原來是箇蠟槍頭。**

〔孫堅云〕這厮好無禮也。他説道我是蠟槍頭。着軟的撲𩎟就過去了。着硬的就捲回來了。小校。拏出去殺壞了者。〔卒子云〕理會的。〔做斬正末科〕〔劉末云〕似此呵怎了也。〔曹操上云〕某乃曹參謀是也。催運糧草已回。來到元帥府門首也。左右接了馬者。呀呀呀。玄德公。三將軍爲甚麽來。〔劉末云〕參謀。張飛不知爲何。衝撞着元帥。要斬張飛。參謀怎生救張飛一命。可也好也。〔曹操云〕刀斧手且留人者。小校報復去。道有曹參謀下馬了也。〔卒子云〕報的元帥得知。有曹參謀下馬也。〔孫堅云〕道有請。〔卒子云〕理會的。有請。〔做見科〕〔曹操云〕元帥。坐帥府不易也。〔孫堅云〕參謀。鞍馬上勞神也。〔曹操云〕元帥。曾有甚麽英雄好漢來麽。〔孫堅云〕没有。〔曹操云〕曾有桃園三士。〔孫堅云〕甚麽桃園三士。〔曹操云〕是劉關張弟兄三人。〔孫堅云〕並無甚麽劉關張。〔曹操云〕爲何要殺壞張飛來。〔孫堅云〕呸。哦。是那大眼漢無禮。他説大話。君子落在小兒彀。他是君子。我是小兒。這箇也不打緊。我一陣肚裏疼。他來醫我的病。他罵我做蠟槍頭。我是箇元帥。他罵我。因此上要殺壞了他也。〔曹操云〕俺不曾與吕布交戰。先斬了一員上將。做的箇於軍不利。看小官之面。饒過張飛。可也好也。〔孫堅云〕看着參謀的面皮。我饒了他。〔曹操云〕謝了元帥。小官的薦章。元帥曾見來麽。〔孫堅云〕若有薦章來時。我可用度了他也。着他一箇箇過來。〔曹操云〕小校。唤過那姓劉的來。〔卒子云〕姓劉的將軍過來。〔劉末云〕喏。小官劉備。〔孫堅云〕大河裏淌下卧單來。可知流被哩。我認的你是大樹樓桑人也。你家裏孤窮。織席編履。你賣草鞋。我穿了你一雙草鞋。還不曾與你鈔哩。靠後。〔曹操云〕唤過那姓張的來。〔卒子云〕張將軍過來。〔正末見科云〕喏。張飛。〔孫堅云〕你是張飛。開了吊窗着他飛。可又飛不的。我認的你。你是涿州范陽人氏。你賣肉爲生。爛頭巾厨子出身。我曾問你買了副血臟喫來。靠後。〔關末做搬科云〕踏了關某脚也。〔孫堅云〕神道許了三牲。還不曾賽哩。〔卒子報科云〕喏。報的元帥得知。有吕布索戰。〔曹操云〕元帥。吕布索戰。怎生帶張飛出去。可也好也。〔孫堅云〕我與吕布交鋒。着他弟兄三人跟我去。可那裏用他好。〔曹操云〕元帥。與他每一個執事。〔孫堅云〕看着參謀面皮。着他去。可則怕帶累我。姓劉的。你是糧草大使。姓關的。你是糧草副使。〔正末云〕元帥。我是甚麽職事。〔孫堅云〕你做箇打陣將官掠陣使。〔正末云〕元帥。張飛厮殺了一世。不知怎生是打陣將官掠陣使。〔孫堅云〕你可又不省的。我當先殺了活的。剩下死的。你割他那鼻子耳朵。來元帥府裏獻功來。我殺活的。你殺死的。〔正末云〕我殺活的。你殺死的。〔孫堅云〕我殺活的。你殺死的。〔正末云〕我殺活的。你殺死的。〔孫堅云〕你殺活的。我殺死的。呸。顛倒了我的也。〔曹操云〕張飛。此一去小心在意者。〔正末云〕參謀你放心也。〔劉末云〕兄弟小心在意者。〔正末唱〕

【尾聲】你看我水磨鞭帶合頦打綻那賊臣口。我這點鋼槍抹挑皮喫一會生人肉。直殺的他馬困人乏瓚的鑼響軍收。唱道道與那濯足家奴來來和爺兩箇單挑鬭。到來日不剌剌馬打過交頭。我着他綽見這箇張飛撲碌碌着那厮望風兒走。〔下〕

〔孫堅云〕張飛去了也。劉備。你爲糧草大使。就統領本部下人馬。與呂布交戰。走一遭去。小心在意者。〔劉末云〕得令。某統領本部下人馬。與呂布交戰。走一遭去。傳令三軍不憚勞。頂盔擐甲與披袍。兩口龍泉扶社稷。一腔鮮血報皇朝。〔下〕〔孫堅云〕關雲長。撥與你三千人馬。你爲糧草副使。則要你得勝而回者。〔關末云〕得令。則今日與呂布相持厮殺。走一遭去。驅軍校敢戰相爭。衆將士顯耀威風。統雄兵揚威耀武。傳將令盡按軍情。人人似爬山猛虎。箇箇如出海蛟龍。中軍帳三軍聽令。擒賊將先建頭功。〔下〕〔孫堅云〕參謀使緊守營寨。我領人馬。與呂布交戰。走一遭去。大小三軍。聽吾將令。到來日瘦馬不得馳驟。破鑼不得亂鳴。不許交頭説話。不得語笑喧呼。三通鼓罷。拔寨而起。若少一箇。都罰您去惜薪司裏擡炭擔。你知道了麼。到來日大小軍校逞擲搜。今朝一日統戈矛。若還兩家對敵住。一齊下馬打筋陡。交橫十字地下滚。由他刀砍血直流。今世裏隨他殺了俺。那世裏慢慢的報寃讎。〔同卒子下〕〔曹操云〕劉關張去了也。

左右將馬來。我直至虎牢關下。看元帥與吕布交戰。走一遭去。虎將排兵到陣前。鑼鳴鼓響震天喧。孫堅元帥施英勇。必破奸臣吕奉先。〔下〕

楔子

〔浄孫堅領卒子上云〕某孫堅是也。大小三軍。擺開陣勢。依着我先擺箇衙衙陣。〔卒子云〕元帥。怎麽叫做衙衙陣。〔孫堅云〕把這馬軍擺在一邊。把步軍擺在一邊。中間裏留一條大路。我若輸了好跑。擺開陣勢。塵土起處。吕布敢待來也。〔吕布領卒子上云〕某乃吕布是也。領着本部下人馬。與孫堅相持厮殺。走一遭去。大小三軍。擺開陣勢。兀那塵土起處。敢是孫堅來了也。〔孫堅云〕你來者何人。〔吕布云〕你聽者。吕奉先是你的爹爹。〔孫堅應科云〕哦。風大。聽不見。〔吕布云〕我是你爹爹。〔孫堅云〕哦。風大。聽不見。〔吕布云〕吕布是你爹爹。〔孫堅云〕哦。你怎生是我爹爹。〔吕布云〕哏。你來者何人。〔卒子云〕元帥。他駡陣哩。你還他大着些。〔孫堅云〕某乃長沙太守孫堅。是你孫子哩。〔卒子云〕你怎麽不做大。怎麽與他做孫子。〔孫堅云〕你那裏知道。常赢了便好。若輸了呵。拏住要殺。他便饒了。道是我孫子哩。〔卒子云〕他也殺了。〔做調陣子科〕〔孫堅云〕我近不的他。走了罷。走走走。〔下〕〔吕布云〕孫堅走了也。這厮合死。不往本陣中去。他落荒的走了也。有你走處。有我趕處。走到天涯。趕到海角。不問那裏趕將去。〔下〕〔孫堅上云〕走走走。被吕布殺的我魂靈兒也無了。近不的他。兀的一所密林。我入的這密林來。一棵枯樹。我脱下這衣甲頭盔來。拴在這樹上。按孫武子兵書曰。是脱殼金蟬計。呂布趕將來。則道是我。搠上一戟。寸鐵入木。九牛難拔。投到他拔出戟來。我走過蘆溝橋去也。〔下〕〔呂布上云〕某乃呂布是也。孫堅與某交戰。近不的某走了。某緊趕着。往這密林中去了。我入的這密林中來。兀的不是孫堅。着這厮喫我一戟。可怎生其屍不倒。哦。原來是脱殼金蟬計。他走了也。寸鐵入木。九牛難拔。我拔出這戟來。將着這衣袍鎧甲。去俺父親跟前獻功去。楊奉安在。〔净楊奉上云〕則我是楊奉。厮殺全没用。每日跟元帥。陣前聽將令。某乃楊奉是也。我正在帳房裏喫飯。有元帥呼喚。不知有甚事。可早來到也。我自過去。〔見科云〕元帥呼喚楊奉。那厢使用。〔呂布云〕楊奉。我殺敗了孫堅也。走入這密林中。他用脱殼金蟬計。脱下他的衣袍鎧甲走了也。你拏着他這衣袍鎧甲。先去父親跟前報功去。我將這敗殘軍校。殺了便來也。你小心在意者。〔楊奉云〕得令。〔呂布云〕軍器叢中分外别。拏住孫堅馬上挾。饒君更披三重鎧。寶劍剁做兩三截。〔下〕〔楊奉云〕我拏着孫堅太守的衣袍鎧甲。元帥府裏獻功。走一遭去。〔正末領卒子冲上云〕來者何人。〔楊奉云〕我是呂布手下八健將楊奉是也。〔正末云〕你將着的是甚麽東西。〔楊奉云〕我拏着的是孫堅的衣袍鎧甲。將着元帥府裏獻功去也。〔正末云〕將來與我。〔楊奉云〕好説。你倒省氣力也。你要我怎麽與你。〔正末云〕你真箇不與我。我則一槍。〔楊奉云〕老叔。你要時你拏了去罷。這衣袍鎧甲。你拏便拏了去罷。你則通箇名。顯箇姓。你是誰。我到元帥府裏好回話去也。〔正末云〕兀那厮。你聽者。〔唱〕

【仙呂賞花時】你那廝丁建陽身亡可也不駕車。去你那董卓跟前深唱喏。〔楊奉云〕老叔。你去便去。通名顯姓咱。〔正末唱〕我是您呂布的第三箇爺爺。〔楊奉云〕可知道呂布利害哩。他還有這麼一箇老子哩。你姓甚名誰。〔正末唱〕張飛可便是也。到來日兒出馬可兀的搊您爹爹。〔下〕

〔楊奉云〕你來你來。可怎麽好。衣袍鎧甲被他挐的去了。我也不敢久停久住。元帥府裏回話那。走一遭去。〔下〕

第三折

〔呂布領卒子上云〕紫金冠。分三叉。紅抹額。茜紅霞。絳袍似烈火。霧鎖繡團花。袋内弓彎如秋月。壺中箭插銜鋼鐵。跨下南海赤征駞。匣中寶劍常帶血。聲名揚四海。英勇戰三傑。相貌無人比。文高武又絶。畫戟横擔定。威風氣象别。某乃呂布是也。昨日孫堅與某交戰。不到二十餘合。近不的我。撞入密林。脱殼金蟬計走了也。某得了衣袍鎧甲。着楊奉去俺父親跟前獻功去了。不見回話。小校關上看者。這其間敢待來也。〔净楊奉上云〕見元帥回話去。可早來到也。不必報復。我自過去。〔見科〕〔楊奉云〕元帥。禍事也。〔呂布云〕禍從何來。你將着衣袍鎧甲獻與俺父親。他説甚麽來。〔楊奉云〕我領着元帥將令。將着衣袍鎧甲。正走中間。可可的撞着箇大眼漢當住我。他説你挐的是甚麽東西。我説我是呂布手下八健將楊奉。我挐的是孫堅太守的衣甲頭盔。我去元帥府裏獻功去也。他説道。將來與我。我説不與你。他説你不與我。我則一槍。諕的我那戰。我説。老叔。你要便拏了去罷。我就丟下。他拏了去也。〔呂布云〕是誰奪將去了。〔楊奉云〕我問他來。我説你通名顯姓。你可姓甚名誰。〔做意兒科云〕等我想。哦。想起來了。〔唱〕丁建陽身亡不駕車。〔呂布云〕哏。你怎麼唱。〔楊奉云〕他是這等唱來。〔唱〕董卓跟前深唱喏。〔做怕科云〕可不好説的。是他説來。不干我事。〔呂布云〕他説甚麼來。〔楊奉唱〕他説我是呂布的第三箇爺爺。〔呂布云〕他怎生是我的爺爺。〔楊奉云〕我還是第四箇老子哩。〔唱〕張飛可便是也。到來日兒出馬搦您爹爹。〔云〕我可想起來了也。元帥。是張飛奪的去了也。〔呂布云〕頗奈張飛無禮。我和你往日無冤。近日無讎。你將衣袍鎧甲奪的去了。又在某跟前稱爺道字。更待干罷。下將戰書去。單搦張飛與某相持廝殺。走一遭去。與我喚將李肅來者。〔卒子云〕理會的。李肅安在。〔李肅上云〕胸中韜略運機籌。箭插寒星射斗牛。帷幄之中施巧計。坐問談笑覓封侯。某乃李肅是也。今佐於呂奉先麾下。爲八健將之職。十八般武藝。無有不拈。無有不會。寸鐵在手。有萬夫不當之勇。坐籌帷幄之中。決勝千里之外。每回臨陣。無不幹功。正在教場中操兵練士。元帥呼喚。不知有甚事。須索走一遭去。可早來到也。小校報復去。道有李肅來了也。〔卒子云〕理會的。〔報科云〕喏。報的元帥得知。有李肅來了也。〔呂布云〕着他過來。〔卒子云〕理會的。過去。〔李肅見科云〕元帥呼喚李肅。那廂使用。〔呂布云〕且一壁有者。小校。與我喚將侯成來者。〔卒子云〕理會的。侯成安在。〔侯成上云〕六韜三略顯威風。排兵布陣統三軍。驅兵領將施謀略。答報吾皇爵禄恩。某八健將侯成是也。佐於吕布手下爲將。正在教場中操兵練士。元帥呼喚。不知有甚事。須索走一遭去。可早來到也。小校報復去。道有侯成來了也。〔卒子云〕理會的。〔報科云〕喏。報的元帥得知。有侯成來了也。〔吕布云〕着他過來。〔卒子云〕理會的。着過去。〔侯成見科云〕元帥呼喚侯成。那廂使用。〔吕布云〕且一壁有者。小校。喚將李儒來者。〔卒子云〕理會的。李儒安在。〔李儒上云〕深通武藝顯英豪。出馬交鋒殺氣高。陣前敢與敵兵戰。忘生捨死見功勞。某八健將李儒是也。佐於吕奉先麾下爲將。某深通兵書。廣知戰策。每回臨陣。無不幹功。正在帳中演習韜略之書。元帥呼喚。不知有甚事。須索走一遭去。可早來到也。小校報復去。道有李儒來了也。〔卒子云〕理會的。〔報科云〕喏。報的元帥得知。有李儒來了也。〔吕布云〕着他過來。〔卒子云〕理會的。着過去。〔見科〕〔李儒云〕元帥呼喚俺八健將。有何將令。〔吕布云〕且一壁有者。小校與我喚將高順來者。〔卒子云〕理會的。高順安在。〔高順上云〕三十男兒鬢未斑。好將英勇展江山。馬前自有封侯劍。何用區區筆硯間。某乃高順是也。佐於吕布手下爲八健將之職。正在教場中操兵練士。今有元帥呼喚。不知有甚事。須索走一遭去。可早來到也。小校報復去。道有高順來了也。〔卒子云〕理會的。〔報科云〕喏。報的元帥得知。有高順來了也。〔吕布云〕着他過來。〔卒子云〕理會的。着過去。〔見科〕〔高順云〕元帥呼喚某那廂使用。〔吕布云〕且一壁有者。小校喚將何蒙來者。〔卒子云〕理會的。何蒙安在。〔何蒙上云〕英雄大將有聲名。南征北討苦相爭。博得青史標名姓。圖像麒麟第一人。某乃何蒙是也。十八般武藝。無有不拈。無有不會。寸鐵在手。有萬夫不當之勇。佐於呂布麾下爲將。元帥呼喚。不知有甚事。須索見元帥去。可早來到也。小校報復去。道有何蒙來了也。〔卒子云〕理會的。〔報科云〕喏。報的元帥得知。有何蒙來了也。〔呂布云〕着他過來。〔卒子云〕理會的。着過去。〔見科〕〔何蒙云〕元帥呼喚何蒙。那厢使用。〔呂布云〕你且一壁有者。小校喚將陳廉來者。〔卒子云〕理會的。陳廉安在。〔陳廉上云〕武藝精熟智量能。排兵布陣顯威風。坐籌帷幄真壯士。決勝千里定輸贏。某乃大將陳廉是也。因某威風赳赳。狀貌堂堂。正在教場中操兵練士。元帥呼喚。不知有甚事。須索走一遭去。可早來到也。小校報復去。道有陳廉來了也。〔卒子云〕理會的。〔報科云〕喏。報的元帥得知。有陳廉來了也。〔呂布云〕着他過來。〔卒子云〕理會的。着過去。〔見科〕〔陳廉云〕元帥呼喚小將。那厢使用。〔呂布云〕且一壁有者。小校與我喚將韓先來者。〔卒子云〕理會的。韓先安在。〔韓先上云〕幼小曾將武藝習。南征北討慣相持。臨軍望塵知敵數。對壘嗅土識兵機。某乃韓先是也。佐於呂布麾下爲八健將。今有元帥呼喚。不知有甚事。須索走一遭去。可早來到也。小校報復去。道有韓先來了也。〔卒子云〕理會的。〔做報科云〕喏。報的元帥得知。有韓先來了也。〔呂布云〕着他過來。〔卒子云〕理會的。着過去。〔韓先見科云〕元帥呼喚韓先。有何將令也。〔呂布云〕喚您來别無甚事。只因昨日孫堅與某交戰。近不的某。脱殼金蟬計走了。某着楊奉將着孫堅的衣袍鎧甲。去我父親跟前獻功去。不期被張飛奪的去了。又在某跟前稱爺道字。更待干罷。李肅侯成。撥與你三千人馬。你爲前哨。與張飛相持厮殺去。小心在意者。〔李肅云〕得令。奉元帥將令。領三千人馬。與劉關張相持廝殺。走一遭去。到來日蕩散征塵殺氣開。陣雲隊裏顯英才。鳴鑼擊鼓驚天地。征人戰馬踐塵埃。傍牌遮箭魚鱗砌。硬弩雕弓密密排。輕舒捉將挾人手。放心我生擒賊寇獻功來。〔下〕〔侯成云〕奉元帥將令。領三千人馬。與劉關張相持廝殺。走一遭去。砲響催軍起大營。人人奮勇顯英雄。人如越嶺爬山虎。馬似翻江出水龍。弓弩箭鏃如流水。槍刀劍戟若寒冰。拿住三軍親殺壞。方顯男兒建大功。〔下〕〔呂布云〕李儒高順。撥與你三千人馬。截殺劉關張去。小心在意者。〔李儒云〕得令。統領本部下人馬。與劉關張交戰。走一遭去。大小三軍。聽吾將令。到來日東西列左軍右軍。前後擺合後先鋒。鴉翎般蹬開硬弩。秋月般拽滿雕弓。斬上將湯澆瑞雪。殺敵兵風捲殘雲。托賴着真天子百靈咸助。大將軍八面威風。〔下〕〔高順云〕則今日領三千人馬。與劉關張弟兄三人相持廝殺。走一遭去。忙傳將令便長行。賞罰直正要公平。甲光燦燦如流水。槍刀閃爍若寒冰。人似南山白額虎。馬如北海赤鬚龍。兩陣交鋒分勝敗。班師得勝獻頭功。〔下〕〔呂布云〕何蒙陳廉。撥與你三千人馬。與劉關張交戰。小心在意者。〔何蒙云〕得令。奉元帥將令。領三千人馬。與劉關張相持廝殺。走一遭去。大小三軍。聽吾將令。到來日出馬當先臨陣中。施逞武藝顯威風。掃蕩征塵干戈息。試看今番建大功。〔下〕〔陳廉云〕得令。領三千人馬。與劉關張相持廝殺。走一遭去。大小三軍。聽吾將令。到來日百萬雄兵出帝都。齊排隊伍列征夫。銀盔燦燦紅纓舞。金甲輝輝襯戰服。撞陣衝圍能取勝。安營下寨善埋伏。敵軍拍馬聞風走。永保皇圖顯智謀。〔下〕〔呂布云〕韓先楊奉。撥與你三千人馬。擒拏劉關張。小心在意者。〔韓先云〕得令。奉元帥將令。領兵擒拏劉關張。走一遭去。大小三軍。聽吾將令。鼓響鑼鳴軍將排。行雲靄靄繡旗開。散散金花衝陣角。騰騰殺氣罩賢才。馬如北海蛟出水。人似南山虎下崖。軍將未知多共少。捨死忘生戰敵來。〔下〕〔楊奉云〕得令。奉元帥將令。領着人馬。趁打哄耍耍子兒。走一遭去來。大小三軍。聽吾將令。到來日統領雄兵不可遲。營裏先揀好馬騎。若還野外安營寨。則偷人家肥草雞。〔下〕〔呂布云〕衆將都去了也。某親率三軍。擒拏張飛。走一遭去。大小三軍。聽吾將令。到來日頗奈你箇環眼張飛。怎將我小覷低微。你罵我是三姓家奴。你不是關張劉備。不答話來回便戰。垓心内比並箇高低。輕舒我這挾人手段。活拏你箇莽撞張飛。〔下〕〔曹操同劉末關末上云〕某乃曹參謀是也。孫堅元帥領三將軍張飛。與呂布相持去了。未知輸贏。小校轅門首覷者。元帥來時。報復我知道。〔净孫堅上云〕夾着無韂馬。兩脚走如飛。正是鞭敲金鐙響。我可甚人唱凱歌回。某乃孫堅是也。提起來惶恐。昨日着呂布殺的我魂不附體。早是我脱殼金蟬計走了。别人都不知道。則有張飛知道。我説我贏了。誰敢説甚麼。來到了也。〔見卒子科云〕小校報復去。説元帥得勝回營也。〔卒子云〕理會的。〔報科云〕喏。報的參謀知道。元帥得勝回營也。〔曹操云〕道有請。〔卒子云〕理會的。元帥有請。〔做見科〕〔曹操云〕元帥鞍馬上勞神也。〔孫堅云〕參謀劍甲在身。不能施禮了。〔曹操云〕呂布安在。〔孫堅云〕呂布那廝不合死。我本待要活拏過來。他繫着一條多年的舊帶鞓爛了。他掙斷皮條走了。〔曹操云〕張飛安在。〔孫堅云〕張飛這早晚敢着馬躧死了。〔劉末云〕嗨。可怎了也。〔曹操云〕玄德公放心。張飛回來了。小校轅門首看着。若來時。報復我知道。〔卒子云〕理會的。〔正末領卒子上云〕小校。將着衣袍鎧甲。收的牢者。元帥府裏白那廝箇謊去。〔唱〕

【中呂粉蝶兒】又不敢東轉西移。守着那甲杖庫也不似這般費心勞力。將元帥那護身符在意收者。猛然間。纔聽罷。三通鼓擂。猛可裏觀窺。我看那孫太守氣也那不氣。

【醉春風】惱的我惡向膽邊生。不由我怒從心上起。〔云〕我不惱他别。〔唱〕自從那早晨間打躬到日平西。孫堅咪那裏取這箇禮。禮。道不的箇千戰千贏。百發百中。他則落的一人一騎。

〔云〕小校報復去。道張飛來了也。〔卒子云〕理會的。〔報科云〕喏。張飛來了也。〔曹操云〕元帥。你聽的説麼。張飛回來了也。〔孫堅云〕你這廝。你眼花。敢錯認了他。敢不是他。着他過來。〔卒子云〕過去。〔正末見净科〕〔孫堅唱喏科云〕三叔恕罪。你昨日見我和吕布厮殺來麼。〔正末云〕元帥。好厮殺。好厮殺。〔孫堅云〕怎麼好厮殺。〔曹操云〕張飛。元帥與吕布好相持麼。〔正末云〕好厮殺不好厮殺。那軍前有兩句言語。是説的好。〔孫堅云〕人都説甚麼來。〔正末云〕他道人中吕布。馬中赤兔。一箇好吕布也。〔曹操云〕元帥。你聽的説麼。説道一箇好吕布哩。〔孫堅云〕參謀。吕布雖好。也則是他一人。敢問我可如何。〔正末云〕元帥你也好。〔曹操云〕元帥怎生也好。〔孫堅云〕也好也者。呼爲好也。好之極好。張飛。那吕布怎生好。穿甚麼衣袍。披甚麼鎧甲。戴甚麼頭盔。騎甚麼鞍馬。使甚麼兵器。怎生打扮。你説與參謀試聽者。〔正末云〕我先説了

呂布。後敷演元帥也。〔唱〕

【迎仙客】呂布那三叉紫金冠上翎插着那雉雞。他那百花袍鎧是唐猊。那一匹衝陣馬遠觀恰便似火炭赤。〔孫堅云〕他怎麽與我厮殺。使甚麽兵器來。〔正末唱〕垓心裏馬馱着人。鞍心裏手搭定戟。〔孫堅云〕我看來。那厮力怯膽薄也。〔正末唱〕覷了他英勇神威。〔云〕那呂布似一員神將。〔孫堅云〕可是那一員神將。〔正末唱〕恰便似托塔李天王下兜率臨凡世。〔孫堅云〕這箇是呂布了。我可怎生威嚴擺布。披袍擐甲。我戎裝擐帶。結束威風。騎甚麽鞍馬。使甚麽兵器。老老三。你賣弄的好了。打酒請你。〔劉末云〕元帥與呂布怎生交戰來。你試說一遍咱。〔正末云〕元帥。你也狠好。〔孫堅云〕厮殺哩。說箇狠。可不道無毒不丈夫。〔正末唱〕

【紅繡鞋】見元帥惡狠狠手執着兵器。〔孫堅云〕可也古怪。我剛披掛了。我那會兒惱。不知從那裏來。〔正末唱〕見元帥不鄧鄧氣吐虹蜺。〔云〕元帥。你也似一員神將。〔孫堅云〕我似那一員神將。〔正末唱〕恰便似護法諸天可便立在門旗。〔孫堅云〕護法諸天。立在門旗。我恰好不曾動手也。〔正末云〕元帥昨日厮殺處。張飛眼花。不曾見元帥甚麽披掛。〔唱〕元帥你那虎筋縧你勒來也那不曾勒。〔孫堅云〕我繫着來。〔正末唱〕龍鱗鎧你披來也那不曾披。〔孫堅云〕我披着來。〔正末唱〕則你那頂鳳翅盔戴來也那不曾戴者。〔孫堅云〕張飛。你說俺兩家在虎牢關下。怎生排兵布陣。吶喊搖旗。三將軍。你說與參謀聽波。

〔曹操云〕那壁廂呂布出馬。俺元帥臨陣。怎生與呂布相持來。〔正末云〕聽張飛慢慢的説一遍咱。〔唱〕

【石榴花】則聽的數聲寒角一似老龍悲。撲鼕鼕的征鼙鼓響似震天雷。〔孫堅云〕你可瞧見我那一會兒傳令。怎麼支撥人馬來。〔正末唱〕馬軍步軍鞭梢一點雁行齊。各排着陣勢。吶喊摇旗。〔孫堅云〕呂布出馬。教我就敵住他了。〔正末唱〕則見呂温侯勒馬垓心内。來來來不怕死的與吾兩箇相持。見元帥你不剌剌縱馬到垓心内。您兩箇不答話便相持。〔孫堅云〕那一會兒惱哩。答甚麼話。恨不的一刀抓了他首級哩。看來那廝也慌了。〔正末唱〕

【鬭鵪鶉】元帥閃霍霍刀晃動銀蓋朱纓。呂温侯赤力力戟擺動那金錢豹尾。〔孫堅云〕早則還是我的刀哩。纔敵住他的戟。第二箇也輸在他手裏了。〔正末唱〕元帥將刀刃斜釤。〔云〕那呂布見刀來。出的趑過。〔唱〕他將那戟尖戟尖來便刺。〔孫堅云〕俺兩箇揪住袍。揝住帶。就交成一團。打做一塊。怎麼肯放了他。饒了他。饒蝎子的娘哩。〔正末唱〕你兩箇一來一往一上一下有似飛。見元帥打鬧哩。〔云〕一箇道。休來趕。休來趕。〔唱〕你可暗暗的私奔。〔云〕那呂布道住者。〔唱〕腦背後高聲可便叫起。

〔孫堅云〕參謀使。你可不曾見那廝殺。兩匹馬滚在一處。我要下馬出恭。百忙裏拴了箇關門鐙絆住脚。急的我要不的。他叫我做甚麼來。〔正末唱〕

【上小樓】元帥將那脖騣枕者。吕温侯將龍駒不勒。我則見二馬相交。嘴尾相啣。不曾相離。見元帥你。打鬧裏。先撞入林中趓避。〔孫堅云〕是村裏。〔正末云〕是林裏。〔孫堅云〕是村裏。我覓涼漿喫去來。〔正末云〕是林裏。〔唱〕見放着孤樁上是你脱身之計。

〔孫堅云〕這厮怎麼瞧見來。你不知道。都是我那匹馬戀槽。把我就掉的走了。着我怎麼扯的住呢。你可在那裏來。〔正末唱〕

【幺篇】恰離了軍陣中。早來到林琅裏。可又早解開擐帶。鬆開戎裝。脱下征衣。吕温侯他縱玉勒。再趕到。十里田地。〔孫堅云〕這箇是我使的計來。〔正末云〕你那計。〔唱〕厮殺不到兩三合脱的赤條條的。

〔孫堅云〕這厮好無禮也。着言語譏諷我。你是一箇掠陣使。別人都報了功也。你這早晚纔來。你有甚麼功勞。〔正末云〕張飛有功勞來。〔孫堅云〕有甚麼功勞來。〔正末唱〕

【滿庭芳】昨宵晚夕。長空淡淡。涼月輝輝。張飛來往巡綽拏住箇奸細。手中將着幾件東西。〔孫堅云〕莫不是兩事家使的槍刀劍戟麼。〔正末唱〕也不是兩事家使的槍刀劍戟。〔孫堅云〕可是甚麼那。〔正末云〕左右將來。〔做將衣甲頭盔丢在當面科唱〕那一箇諸侯王的這衣甲頭盔。〔孫堅云〕哎喲。嗨。一箇好先生。買命算卦。説我不合破財。果然今日還送將來了。〔正末唱〕諕的他一箇呆癡的。〔云〕元帥你不道來。〔唱〕快將你那兒郎准備。〔云〕這衣袍鎧甲。

被別人奪將去了。〔唱〕這的是你那人和着凱歌回。

〔孫堅云〕參謀使。你不知道。這厮無禮。我將這衣袍鎧甲。脱在樹上。我是脱殼金蟬計來。我這裏面安排着陷馬坑。絆馬索。要拏呂布。這厮破了我的計。拏出去。與我殺壞了者。〔曹操云〕住住。元帥看小官之面。饒過張飛者。〔孫堅云〕斷然饒不的。〔卒子云〕喏。報的元帥得知。有呂布索戰。〔孫堅云〕我肚裏又疼起來了。〔曹操云〕他搦誰哩。〔卒子云〕住。住住。元帥。他不搦元帥。單搦他第三箇爺爺哩。〔孫堅云〕我若是説一句話。我這嘴上就生椀來大箇疔瘡。〔正末云〕是張飛説來。〔孫堅云〕三叔。你發付他去。不干我事。〔正末云〕我敢去。我敢去。〔唱〕

【耍孩兒】我道來我道來。不是我説强嘴説强嘴。則我這點鋼槍分付在那厮鼻凹裏。遮截架解難投奔。則我這刺搠簽創槍法疾。我是箇好厮殺的天魔祟。從虎者應無善獸。好鬭者必遇强敵。

〔曹操云〕玄德公。您弟兄三人。若破了呂布。自有加官賜賞也。〔正末云〕參謀。你放心也。〔劉末云〕俺弟兄三人。同破呂布走一遭去。〔正末唱〕

【尾聲】説與那交遼王呂奉先。正撞見英雄張冀德。跨下這匹豹月烏。不刺刺便蕩番赤兔追風騎。則我這丈八矛咭叮生扛折那厮方天畫桿戟。〔同劉末關末下〕

〔曹操云〕劉關張去了也。他弟兄三人。必然破了呂布。元帥。俺與他壓着陣。看他弟兄三人。與呂布交鋒。走一遭去。款縱烏騅豹月犇。長槍闊劍定江山。劉備關張施勇躍。二人喊殺虎牢關。

〔同下〕

楔子

〔呂布領八健將上云〕某乃呂布是也。領着本部下人馬。與張飛相持厮殺。走一遭去。大小三軍。擺開陣勢者。塵土起處。張飛敢待來也。〔正末上云〕某乃張飛是也。與呂布交戰。走一遭去。來者何人。〔呂布云〕某乃呂布是也。你。來者何人。〔正末云〕某乃張飛是也。〔呂布云〕兀那張飛。你將我衣袍鎧甲奪的去了。又在我跟前稱爺道字量。你到的那裏。操鼓來。〔做戰科〕〔三科了〕〔呂布架住槍科云〕住者。張飛。我和你小歇一小歇。〔正末云〕兀那家奴。我放你小歇去。〔呂布在場正末回身科〕〔劉末關末在古門道關末舉刀喝科云〕張飛。你往那裏去也。〔正末云〕家奴告小歇哩。〔關末云〕兄弟。你不知他靴尖點地。有九牛二虎之力。休要放他小歇。〔正末喝科云〕哏。家奴住者。〔呂布云〕環眼漢。要戰便戰。不戰便罷。你叫怎的。〔正末云〕我喊叫三聲。有九牛二虎之力也。〔呂布云〕這環眼漢是強。操鼓來。〔做戰科〕〔正末唱〕

【仙呂賞花時】不是張飛誇大口。〔呂布云〕某仗方天戟。要奪取江山。量你到的那裏也。〔正末唱〕**則你那方天戟難敵丈八矛。**〔劉末躧馬兒上云〕三兄弟放心看。某與呂布交戰咱。〔正末唱〕**大哥哥雙股劍冷颼颼。**〔二人交戰一合科〕〔關末躧馬兒上云〕家奴少走。喫吾一刀。〔戰科〕〔正末唱〕**二哥哥三停刀可便在手。**〔呂布云〕他三人十分英勇。某近不的他。撥回馬逃命。走走走。〔同八健將下〕〔劉末云〕家奴走了也。〔正末云〕二位哥哥放心。〔唱〕我可直趕上呂温侯。

〔下〕

〔劉末云〕二兄弟。俺不問那裏。趕呂布去來。〔同關末下〕

第四折

〔冲末袁紹領卒子上云〕一統山河帝業昌。文臣武將盡忠良。八方拜表朝金闕。萬國來朝讃聖皇。某乃河北冀王袁紹是也。今有太守孫堅。與呂布交戰。大敗虧輸。因有曹操青州催運糧草去。路打德州平原縣經過。舉薦劉關張弟兄爲將。直至虎牢關下。與呂布相持厮殺去了。今有飛報前來。得勝班師。奉聖人的命。着某在此元帥府加官賜賞。令人門首覷者。曹參謀來時。報復我知道。〔卒子云〕理會的。〔曹操云〕將軍賀凱敲金鐙。得勝班師到許都。某曹孟德是也。今有劉關張弟兄三人。到於虎牢關下。戰退呂布。得勝回還。某已奏知。聖人大喜。今在此元帥府加官賜賞。可早來到也。小校報復去。道有曹參謀在於門首。〔卒子云〕理會的。〔報科云〕報的元帥得知。有曹參謀在於門首。〔袁紹云〕道有請。〔卒子云〕有請。〔做見科〕〔曹操云〕元帥。誰想劉關張果然戰退了呂布也。〔袁紹云〕曹參謀。此一件大功。皆是聖人齊天洪福。二賴參謀舉薦之能。今日劉關張戰退呂布。真乃棟梁之才也。某奉聖人的命。在此元帥府加官賜賞。小校門首覷者。劉關張三箇將軍下馬呵。報復我知道。〔卒子云〕理會的。〔正末同劉末關末上〕〔劉末云〕兩箇兄弟。今日托聖皇洪福齊天。得勝回還也。〔關末云〕哥哥。想十八路諸侯。不曾得呂布半根兒折箭。誰想被俺殺的他大敗虧輸也。〔正末云〕二位哥哥。此一番征戰。若不是俺弟兄三人戰退呂布。豈有今日也呵。〔唱〕

【正宮端正好】今日箇奉聖敕戰温侯。驅士馬擒賊將。俺弟兄每盡忠心志氣昂昂。〔劉末云〕三兄弟今日戰退呂布。肅靖邊關。俺保社稷之堅固。立家邦之永昌。方顯大將之能也。〔正末唱〕俺將這漢朝社稷重開創。顯耀處八面威風像。

〔關末云〕憑着兄弟戰陣有勇。拒敵當先。今擊破呂布。真乃世之虎將也。〔正末唱〕

【滚繡毬】則這箇張翼德性氣剛。〔劉末云〕俺二兄弟雲長。勇烈剛强也。〔正末唱〕更和這關雲長武藝强。〔劉末云〕這一場征戰。皆托二兄弟之威也。〔正末唱〕若不是劉玄德一衝一撞。俺端的逞英雄惡戰在殺場。〔劉末云〕那呂布恃强獨霸。攪擾中原。威鎮於虎牢關下。仗八健將之勇猛。誰想今日大敗虧輸。力不能敵也。〔正末唱〕逼的箇呂温侯逃命荒。八健將已中傷。殺的那敗殘軍盡皆失喪。〔劉末云〕俺殺的那呂温侯倒戈卸甲。血染黄沙。這場大戰。非同小可也。〔正末唱〕恰便似卧麻般撇漾了些劍戟刀槍。殺的他冠斜獬豸將軍敗。血染征袍馬帶傷。四海名揚。

〔云〕可早來到轅門首也。左右接了馬者。小校報復去。道有劉關張弟兄三人。得勝而回也。〔卒子云〕報的元帥得知。有劉關張弟兄三人。得勝而回也。〔袁紹云〕道有請。〔卒子云〕理會的。有請。〔見科〕〔劉末云〕元帥。想劉備才德俱薄。兵微將寡。托賴聖人洪福。元帥之威。方得戰退呂布也。〔袁紹云〕據玄德公聲播寰區。名傳海宇。德勝英傑。才超俊士。况其二弟相扶。譬如猛虎。加之羽翼。因賊子反亂中原。四海之民。受其殘暴。殺敗十八路諸侯。拱手而伏。無能拒禦。誰想三位將軍。到於虎牢關。汗馬之勞。戰退了呂布。以解聖主之憂。救蒼生塗炭之苦。今主上大喜。命某在此帥府。封官賜賞。這一場非同小可也。〔曹操云〕三位將軍。勇於一戰。温侯大敗。餘兵盡皆殘滅。一賴聖恩洪福。二托將軍之威也。〔正末唱〕

【倘秀才】托賴着聖明主寬洪大量。二來是十八路諸侯仗倆。因此上耀武揚威托上蒼。〔袁紹云〕此一場上答天心。下合人意。以此上剿除賊衆也。〔正末唱〕這的是天心順。國榮昌。平除了寇黨。

〔袁紹云〕您弟兄三人。在那虎牢關。怎生角聲助戰。畫鼓添威。排兵布陣。調遣三軍。戰退温侯。剿除賊黨。有勞三將軍略説一遍咱。〔正末云〕試聽張飛説一遍咱。〔唱〕

【脱布衫】虎牢關排軍校殺氣飄揚。鳴金鼓聲震穹蒼。〔袁紹云〕門旗開處。玄德公使的是那一般兵器。〔正末唱〕大哥哥雙股劍實難措手。〔袁紹云〕雲長公用那一般器械來。〔正末唱〕二哥哥三停刀怎生遮當。

〔袁紹云〕三將軍你那槍到處人人失命。箇箇皆亡也。〔正末唱〕

【小梁州】張飛我躍馬橫擔丈八槍。舞梨花攪海翻江。〔袁紹云〕呂布可怎生對敵來。〔正末唱〕呂温侯方天畫戟怎隄防。殺的他無歸向。今日箇一陣定興亡。〔袁紹云〕今日箇肅静海宇。保祚山河。道泰歌謡。黎民樂業也。〔正末唱〕【幺篇】今日箇中原清静昇平像。保山河臣宰賢良。〔袁紹云〕您弟兄三人。有如此大功。正當食君之禄也。〔正末唱〕怎消的禄位遷。加俺爲邊庭將。〔袁紹云〕今日共享太平之福也。〔正末唱〕端的是太平之世。願聖壽永無疆。〔袁紹云〕曹參謀並劉關張望闕跪者。聽聖人的命。因董卓獨霸專權。仗呂布虎視中原。十萬兵揚威耀武。八健將勇敢當先。威鎮在虎牢關下。一心謀漢室山川。曹參謀催糧舉將。劉關張立國安邦。憑驍勇戰退呂布。奉君命極品陞遷。曹操加你爲左丞相之職。整朝綱執掌兵權。封劉備爲越殿襄王之位。享天恩每聽皇宣。關雲長加你爲蕩寇將軍之職。真義勇文武雙全。張飛加你爲車騎將軍之職。萬人稱四海名傳。賜御酒羣臣慶賀。金鑾殿大設華筵。齊祝讚千千載皇都永固。萬萬年聖壽齊天。

題目　轅門外單氣張飛

正名　虎牢關三戰呂布

鍾離春智勇定齊雜劇

鄭德輝撰

第一折

〔冲末扮齊公子領祗候上云〕紛紛戰國尚尊周。五霸争强作列侯。率土之濱承治化。威名耿耿壯春秋。某乃齊公子是也。祖立國臨淄。自周初之時。封七十二國。後併一十八國。因吴越相争以來。周平王以後。爲春秋之世。今各分十二國。乃魯國。衛國。晋國。鄭國。曹國。蔡國。燕國。陳國。宋國。楚國。秦國。俺齊國。惟俺東齊封疆寬闊。桑麻遍地。積粟如山。黎民樂業。雨順風調。某因昨夜晚間作一夢。見一輪皓月。出離海角。恰麗中天。忽被雲霧遮蔽。撒然驚覺。正當夜半子時。未知主何凶吉。可請中大夫合眼虎來。與吾圓夢。早間已令人請去了。這某間敢待來也。〔浄扮合眼虎上云〕東齊東齊。生的蹺蹊。不是秃頭。便是瞎的。小官乃合眼虎是也。乃齊國中大夫之職。我平生好廝打。若打的過人。我睁着眼則管裏打。若打不過人。我合着眼着人則管裏打。有公子呼唤。不知有甚事。須索走一遭去。可早來到也。報復去。道有合眼虎來了也。〔祗候云〕理會的。〔報科云〕喏。報的公子得知。有合眼虎來了也。〔齊公子云〕着他過來。〔祗候云〕理會的。着過去。〔做見科〕〔浄合眼虎云〕公子呼唤小官有何事。〔齊公子云〕合眼虎。唤你來别無甚事。某昨夜作一夢。見一輪皓月。出離海角。恰麗中天。忽被雲遮。未知主何凶吉。請你來圓夢。〔净合眼虎云〕我道爲甚麽。原來是夢境之事。打甚麽不緊。公子。你尋思波。月者是亮也。亮者是明也。雲者霧也。月裏頭雲。雲裏頭霧。月雲霧。好事吉祥之兆。今日若不得財。公子。必然有人請你嚼酒。〔齊公子云〕這厮胡云。令人。請上大夫晏嬰來者。〔祗候云〕理會的。〔做請科云〕晏大夫有請。〔外扮晏嬰上云〕綱常禮樂正彝倫。善與人交秉性淳。治國齊家爲國土。在明明德在新民。小官性晏名嬰。字平仲。官拜齊國上大夫之職。今有公子呼唤。須索走一遭去。可早來到也。令人報復去。道有小官晏嬰來了也。〔祗候云〕理會的。〔報科云〕喏。報的公子得知。有晏大夫來了也。〔齊公子云〕道有請。〔祗候云〕理會的。有請。〔見科〕〔晏嬰云〕公子呼唤晏嬰有何事。〔齊公子云〕大夫。請你來不爲别。某昨夜作一夢。見一輪皓月。出離海角。恰麗中天。忽被雲遮。特請大夫來圓此夢。未知主何凶吉。〔晏嬰云〕公子。月者屬陰也。皓者明也。浮雲遮蔽者。乃此人時運未遇。公子未娶夫人。所有賢明淑女。隱於鄉村。或在林麓之間也。〔齊公子云〕大夫便怎生得見。〔晏嬰云〕公子要見不難。到來日出城打圍獵射。午時三刻。必遇淑女賢人。〔齊公子云〕此言有准麽。〔晏嬰云〕决然有准無差。〔净合眼虎云〕晏矮子正是胡説。這夢人人都有。這兩日春困。睡多夢多。我在前也曾抽籤擲珓。也曾與人圓夢來。如今賣龜兒卦的多了。不靈了。可不道夢是心頭想。眼跳眉毛長。鵲噪爲食忙。噎噴鼻子痒。又説道。抽籤擲珓。一貫好鈔。全無正經。則是胡道。〔齊公子云〕誰聽你胡云。合眼虎。分付左右。收拾什物鞍馬鷹犬。到來日採獵。走一遭去。〔净合眼虎云〕得令。我出的這門來。大小頭目。便收拾鞍馬。打點鷹犬。公子要打圍獵射去。可不干我事。都是晏矮子來。他説道明日打圍處。撞見賢人淑女。若見呵便罷。若不撞見呵。晏嬰我兒也。我替你愁哩。夢是心頭想。晏嬰胡打嚷。若不見淑女。慢慢白他謊。〔下〕〔齊公子云〕左右。與我喚將田能來者。〔祗候云〕理會的。〔做喚科云〕田能安在。〔外扮田能上云〕四塞關河立帝基。巍巍泰嶽列峰奇。如山積粟民安業。赳赳威名號大齊。某乃田能是也。佐於齊公子麾下。爲統軍上將軍之職。正在教場中操練士馬。公子呼喚。須索走一遭去。可早來到也。報復去。道有田能來了也。〔祗候云〕理會的。〔報科云〕喏。報的公子得知。有田能來了也。〔齊公子云〕着他過來。〔祗候云〕理會的。過去。〔見科〕〔齊公子云〕田能來了也。〔田能云〕小官來了也。〔齊公子云〕且一壁有者。左右與我喚將徐弘吉等來者。〔祗候云〕理會的。徐弘吉等安在。〔外扮徐弘吉同徐弘義上〕〔徐弘吉云〕武藝精熟敢戰爭。相持廝殺慣交兵。扶持齊國爲良將。威鎮邊關顯姓名。某乃徐弘吉。兄弟徐弘義。在齊公子麾下爲左右裨將之職。恰纔點軍回還。公子呼喚。不知有甚事。須索走一遭去。可早來到也。報復去。道有俺二人來了也。〔祗候云〕理會的。〔報科云〕喏。有裨將徐弘吉徐弘義來了也。〔齊公子云〕着他過來。〔祗候云〕理會的。過去。〔見科〕〔徐弘吉云〕公子呼喚俺二將那廂使用。〔齊公子云〕我如今要打圍獵射去。田能。〔田能云〕有。〔齊公子云〕你同他二將。即便收拾鞍馬獵射去。不可遲延。〔田能云〕得令。徐弘吉。徐弘義。俺統領一丢人馬。收拾行裝等物。跟公子打圍去。你二人先布圍場。某保公子出城。〔徐弘吉云〕去來。〔田能云〕裨將先去布圍場。射獵春蒐出帝鄉。大張羅網收牲口。旋回齊唱凱歌腔。〔同裨將下〕〔齊公子云〕大夫陰陽有准。若應此夢。必然重賞封官也。率土臨淄掌大權。爲無正室覓姻緣。春蒐採獵臨郊野。當遇佳人應夢賢。〔下〕〔晏嬰云〕公子回去了也。書云。先進於禮樂。野人也。蓋謂郊野之民。乃有質樸之風。今公子無有夫人。未治其內。豈治其外。得此夢境。到來日採獵於桑間。必遇賢哉淑女。可配君子。一輪皓月正當空。却被浮雲慘霧濛。深沉林麓知何處。只在來朝採獵中。〔下〕〔外扮孛老兒領卜兒浄茶旦上〕〔孛老兒云〕積祖蒼山是本家。深村鄉裏事桑麻。秋收春種田園樂。無是無非度歲華。老漢覆姓鍾離。名箇信字。積祖是這齊國無鹽邑人氏。嫡親的五口兒家屬。婆婆劉氏。兒孩兒是鍾大。媳婦兒鄒氏。女孩兒是鍾離春。家間頗有些田土。多收下些粗糧薄食。人都以我爲鍾大户稱之。女孩兒鍾離春。年長二十歲。心性明慧。胸襟磊落。則是有些兒顏陋。晝誦詩書。夜觀天象。十八般武藝皆通。九經三史盡曉。非因學而成就。實乃天賦其能。文武賺備。韜略精深。有安江山社稷之才。齊家治國之策。争奈未曾許聘他人。如今時遇春間天道。正是農忙時節。鍾大孩兒使牛去了。媳婦兒。你家中好生看蠶者。〔茶旦云〕父親但開口。則賣弄他那女孩兒攻書寫字。舞劍輪槍。學的那裏用。俺是莊農人家出身。如今農忙時節。爲兒的耕田壩地去了。我獨自箇在家。又要績麻織紡。又要採桑喂蠶。又要侍奉公婆茶飯。他每日横不拈。竪不擡。那得閑茶飯。養活着他怎地。〔卜兒云〕老的也。你休聽閑言剩語的。孩兒既攻書寫字呵。也是好處。有朝一日孩兒顯達呵。也是俺兩口兒好處。你叫他出來。我問他。〔孛老兒云〕傻弟子。他是我女孩兒。終不道不養活他。你與我喚出他來者。〔茶旦云〕父親使我喚他。可不干我事。又則道我攀他哩。我依着父親。叫他出來。〔喚科云〕無鹽姑姑。父親喚你哩。〔正旦扮鍾離春上云〕妾身覆姓鍾離。名春。無鹽女是也。年長二十歲。在此深村居住。先祖仕宦。今我父親專務爲農。妾身生來懶攻針指。好習詩書。頗諳武事。父親呼喚。不知有甚事。須索走一遭去。我想上古先王。治理天下。流傳到今。非同容易也呵。〔唱〕

【仙呂點絳唇】自從那克伐殷湯。立基開創。今歸向。周室諸王。治世爲尊上。

【混江龍】後來也春秋雄壯。各稱一國立家邦。界分列土。隘定封疆。却正是幸值繁華歌稔歲。喜逢美景樂風光。端的是人和美行謙讓。爲人要心存義理。秉受綱常。

〔見科云〕嫂嫂萬福。〔茶旦云〕姑姑。父親喚你哩。喒見去來。〔見科〕〔茶旦云〕父親。姑姑來了也。〔孛老兒云〕孩兒來了也。〔正旦云〕父親。喚您孩兒有何事。〔孛老兒云〕孩兒也。你是莊户人家女孩兒。不肯做針指農婦生活。每日則是習學武藝。寫字讀書。學他何用。〔正旦云〕哦。父親原來爲此也。〔唱〕

【油葫蘆】你着我針指匆匆居草堂。又着我攀繡床。不如我撫瑶琴學舞劍誦文章。争如我暗嗟吁豪氣冲天上。我則待施逞韜略驅兵將。〔孛老兒云〕孩兒。依着俺則做女工生活可不好。〔正旦唱〕我從來志意堅。心性剛。我這胸中素有江湖量。争知我待時運且潛藏。

〔孛老兒云〕你是箇女孩兒家。便學成那武藝。量你到的那裏也。〔正旦唱〕

【天下樂】有一日出衆超羣獨占强。我則待昭彰。把名姓揚。憑着我機謀運籌才智廣。

〔卜兒云〕孩兒也。你學成那兵書戰策。敢與誰人拒敵也。〔正旦唱〕任交鋒將陣勢排。會埋伏把兵藝揚。我與皇家定邊疆除惡黨。

〔孛老兒云〕孩兒也。俺這裏也有爲官的。也有爲吏的。也有爲商賈的。算來都不如俺這莊農每快活。〔卜兒云〕孩兒也。那登仕路的。可是怎生。那爲商賈的。可是如何。你説一遍。我試聽咱。

〔茶旦云〕俺莊農每委實受用快活也。〔正旦唱〕

【寄生草】讀書的登高位。治財的爲大商。登仕的官高三品彰名望。爲商的貨行千里圖增長。莊家每田蠶萬倍多興旺。〔茶旦云〕姑姑。在家也是閑。俺採罷桑。去那牡丹亭上散心。到好耍子。〔正旦唱〕你待着翫清凉一座牡丹亭。我則待坐中軍九頂蓮花帳。

〔孛老兒云〕孩兒。你如今不小也。如今春將盡。夏將臨。正是蠶忙時候。跟着嫂嫂採些桑葉喂蠶。可不好。〔正旦云〕父親命敢不應承。妾身去去去。〔孛老兒云〕媳婦兒。好生看孩兒。不要閑遊蕩。〔正旦云〕嫂嫂。喒採桑去來。〔唱〕

【尾聲】我如今甘苦用辛勤。怎敢閑遊蕩。相伴着村務女提籃兒採桑。打疊起風流美豔粧。入家園數盡桑行。爲蠶忙。急急春光。内外家私各自當。憑着我高才伎倆。

威嚴形狀。有一日保全宗社定齊邦。〔同茶旦下〕

〔孛老兒云〕孩兒採桑去了也。老漢無甚事。莊東裏看田禾。走一遭去。春來耕種效慇懃。夏至揮鋤受苦辛。秋天五穀收成了。快活三冬老富民。〔下〕

第二折

〔田能同徐弘吉徐弘義領卒子架鷹引犬打旗上〕〔田能云〕某乃田能是也。同衆官來到此郊野外。大小三軍。布下圍場。公子這早晚敢待來也。將圍場擺開者。〔徐弘吉云〕將軍擺布嚴整了也。〔田能云〕公子敢待來也。〔齊公子同晏嬰衹候蹦馬兒上〕〔齊公子云〕某齊公子是也。來到郊外。兀的不是圍場。〔做蹦馬兒走科云〕可怎生獐狍鹿兔。不見一箇。兀的不是一箇雪白兔子。衆人休放箭。等我射這玉兔。〔做射箭科云〕着。箭射中玉兔也。左右與我拏來。〔卒子云〕報的公子得知。玉兔帶箭走了也。〔田能趕科云〕呀。兔子活哩。帶着箭走了也。〔齊公子云〕潑毛團帶着我一枝金鈚箭走了也。那裏去。更待干罷。衆人跟着某。務要趕上。〔做趕科云〕緊趕他緊走。慢趕他慢走。田能。您守定圍場。我務要趕上他。〔下〕〔田能云〕好是蹺蹊也。俺採獵半日。止有一箇白毛玉兔。公子射中。帶着金鈚箭走了。公子追將去了。衆將士。俺四下裏抓尋玉兔去來。〔同下〕〔茶旦提籃兒上唱〕

【撼動山】提着這箇採藥籃。我頭髮兒亂�鬖。今年可便好收蠶。好收蠶也麽哥。雨潤條柔。露濕花梢。轉桑行行過家南。

〔云〕妾身鄒氏。父親母親言語。着我相伴姑姑採桑去。早來到郊園也。姑姑行動些。〔正旦提籃兒上云〕妾身無鹽女是也。時遇春末夏初之際。養蠶正忙。蒙父母言語。着跟着嫂嫂採桑喂蠶。無鹽。幾時是你那發跡的時節也。〔唱〕

【中呂粉蝶兒】這些時慵怠粧梳。正遇着務農忙養蠶時序。愛偷閑學劍攻書。隱深林。潛野外。世居農務。〔茶旦云〕你看這姑姑。採桑處還拏着一本書。便有甚麽好處。〔正旦唱〕這書中曾下工夫。我待要治家邦播揚名譽。

〔茶旦云〕姑姑。你曾不曾出來。你看這鄰近的人家女孩兒。還不似你都來採桑喂蠶。你般出來。一來採桑。二來耍一耍。不强似閑坐也。〔正旦唱〕

【醉春風】你看那鄰里俊嬌娃。更和這鄉閭小幼女。家園萬卉葉蓁蓁。要把這成行兒數。數。數。走不徹榆林。覷不盡棗棘。數不盡桑樹。

〔茶旦云〕喒慢慢的採桑。看有甚麽人來。〔齊公子跚馬兒趕兔上云〕走走走。甫能趕上。帶着金鈚。走入桑園去了。〔做看科云〕可怎生不見了。兀那桑間有幾箇採桑女子。我試問他一聲。兀那採桑的女子。你曾見一箇兔子。着一枝箭麽。〔茶旦云〕你在這裏尋問兔兒。我説與你。你去南海子尋問去。連獐子説與你。〔齊公子云〕兀那女子。那裏是往臨淄去的路也。〔正旦唱〕

【紅繡鞋】他問俺那箇是臨淄的道路。〔云〕你是甚麽人。〔齊公子云〕某乃齊公子是也。〔正旦云〕既是齊公子。〔唱〕你可便怎來到俺這郊墟。哎。你箇公子齊侯有疎虞。〔齊公子云〕這厮好無禮也。有甚麽疎虞處。〔正旦唱〕豈不知禾苗在地。也不念麥將熟。〔云〕如今田苗在地。〔唱〕你道波你不合騾驊騮踐田畝。

〔齊公子云〕好是不祥也。爲這箇潑毛團。受這箇採桑婦的氣。我出的這桑林。可怎生不見晏嬰。〔晏嬰𨁽馬兒慌上見科云〕公子。量那玉兔打甚麽不緊。直趕到這裏。〔齊公子云〕晏嬰。你圓的好夢。淑女也不得見。倒受了採桑婦一肚子氣。〔晏嬰云〕公子。在那裏。我試看咱。〔驚科云〕看了此女子。生的像貌非俗。日當卓午。這箇莫不是應夢的賢人淑女。休問是不是。我指着他題一首詩。看他説甚麽。兀那女子。我作首詩你聽着。看你曉的麽。詩曰。採桑忙來採桑忙。朝朝每日串桑行。織下綾羅和疋段。未知那箇着衣裳。〔正旦云〕這箇敢是朝中宰相。我回他一首。你聽者。詩曰。將軍忙來將軍忙。朝朝每日鬭争强。空有江山并社稷。無人敢與定封疆。〔茶旦云〕一箇道採桑忙也採桑忙。一箇道將軍忙也將軍忙。男女不可話衷腸。若是您不上緊走。俺老子撞見打您娘。〔晏嬰云〕呀呀呀。果然是賢人。兀那採桑女人。你那裏人氏。姓字名誰。你試説。我試聽咱。〔正旦唱〕

【石榴花】俺酬恩報國作農夫。這的是勤苦用耕鋤。〔晏嬰云〕農忙時候。索是勤苦也。〔正旦唱〕看承禾黍不輕疎。〔晏嬰云〕你那裏人氏。〔正旦唱〕住齊邦境隅。邑土鄉俗。〔晏嬰云〕你既是俺本國之民。當歸附於國君也。〔正旦唱〕差科徵税當歸附。盛興隆民户咸伏。君

俟暫且容寬恕。試聽我談論待須臾。〔晏嬰云〕俺本國人强馬壯。士民樂業。文武賢能。有何談論之事。〔正旦唱〕

【鬬鵪鶉】您如今便士不能文。您如今兵慵傲武。〔云〕殆哉殆哉。春秋之間。外不脩君臣之禮。内不肅齊家之治。一旦志弱。彼國侵争。悔之晚矣。〔晏嬰云〕恰纔賢女所言本國之事。小官願聞。〔正旦唱〕**那箇肯入水擒蛟。伏林刺虎。一箇箇智淺才疎腹内虚。怎能勾志縱横德不孤。**〔晏嬰云〕方今春秋戰國。各據其境。豈無文武賢能。〔正旦唱〕**豈不知西患衡秦。豈不知南讎大楚。**

〔晏嬰云〕公子。小官覷此女子。出言非俗。正是賢人。此乃是應夢的賢人。若得此女子爲夫人。齊國大治。〔公子云〕大夫。你問他。〔晏嬰云〕小官恰纔聞賢女所言。非桑間婦女。出言皆治國齊家之道。實女流中翹楚也。俺齊公子見今未有正室夫人。賢女若肯見許。與齊公子結親。小官親爲大保。賢女意下如何。〔正旦云〕你是何人。〔晏嬰云〕小官乃齊國上大夫晏嬰是也。〔正旦云〕哦。晏丞相。久聞尊名。妾來採桑。非是結親之所。有父母在堂。焉敢輕許。〔晏嬰云〕賢女許箇肯字。接了公子把定。再與你父母議親。〔正旦云〕既然如此。願公子退諂佞。去雕琢。選兵馬。實府庫。用賢良。進直言。如此者願備後宮。大人不可相戲也。〔晏嬰云〕一言爲主。主一無適。願以信物奉之如何。〔正旦云〕任大夫爲之。〔晏嬰云〕公子。且喜賢女已許。奉信物爲定。〔公子云〕途中無甚實物。將這紫絲鞭權爲信定。〔晏嬰云〕將來。賢女。俺公子將此紫絲鞭爲信定。〔正旦云〕要結夫婦之禮。豈爲執鞭之事。不可。〔茶旦云〕也罷也罷。將來趕牛。〔晏嬰云〕公子。那壁賢女説。既要結夫婦之禮。豈爲執鞭之事。〔公子云〕將這口劍爲信定。〔晏嬰云〕也罷也罷。賢女。公子這口寶劍爲信定。〔正旦云〕兵器乃不祥之物。豈可爲信物。〔茶旦云〕留着切桑葉喂蠶。〔晏嬰云〕公子。賢女説。兵器者不祥物也。不可用爲信物。〔公子云〕可怎生。〔晏嬰云〕公子將腰間玉帶與賢女。堪爲信物。〔公子云〕言者當也。這玉帶與他權爲信定。〔晏嬰云〕將來將來將來。賢女。俺公子將這玉帶奉爲信定。賢女意下如何。〔正旦云〕妾身暫且將留。到家與父母計較。〔公子云〕晏大夫。就着賢女跟同回去。異日與他父母處行禮如何。〔晏嬰云〕小官與賢女説去。賢女。如今公子將賢女車車載着同回。異日與你父母行禮。擇吉日良辰。成親如何。〔正旦云〕此非禮也。既要結親。迎禮於鍾氏之門。擇吉日良時。親迎過門。此其禮也。若是同車載回。是爲奔女也。〔公子聽科云〕晏大夫。此言深有理也。〔晏嬰云〕賢女。只收留玉帶者。〔正旦云〕妾身收了玉帶。〔唱〕

【耍孩兒】這玲瓏玉帶爲憑據。立於朝偏能濟楚。綱常禮樂定規模。把人倫身體拘束。

〔晏嬰云〕將玉帶權爲定禮。兩下各不敢失信。〔正旦唱〕**今日箇立信與織紡勤勞女。堪匹配你箇衣冠大丈夫。得之者貴顯家豪富。他聲聞鄉里。光耀門閭。**

〔公子云〕大夫。問賢女要回奉禮物。〔晏嬰云〕理會的。賢女。小官奉公子之命。問賢女要回奉的禮物。〔正旦云〕有有有。這一箇桑木梳。權爲回奉之禮。〔晏嬰接科云〕公子。賢女以此桑木梳一箇。權爲回奉之禮。〔公子云〕大夫。我那玉帶價値百金。量這桑木梳有甚稀罕。你說去。〔晏嬰云〕小官說去。賢女。俺公子說。玉帶價値百金。量這桑木梳有甚打緊。投至的等的一箇貨郎兒來。千難萬難的。〔正旦云〕大夫。休看這桑木梳小可。他能理萬法。〔晏嬰云〕好言語。公子。賢女說休看的他小可。能理萬法。〔公子云〕句句字字。皆合乎大道。女子。你姓甚名誰。何處人氏。某選吉日良時。下財行禮。娶爲正室夫人。〔正旦云〕你聽者。〔唱〕

【尾聲】我姓鍾離名字春。住蒼山原是祖。〔公子云〕我知也。你指與俺臨淄去的路兒咱。〔正旦唱〕你如今出桑園便是臨淄路。我本是齊國無鹽邑之女。〔下〕

〔茶旦云〕賀萬千之喜。誰想俺姑姑與齊公子做了夫人。得了玉帶。我也家去報喜去來。晏嬰堪爲上大夫。文章才智又通書。再搽一斗胭脂粉。我是箇村疃多年老嘝狐。〔下〕〔公子云〕大夫。賀萬千之喜。果應此夢。便選吉日良辰。娶夫人至本國。自有加官賜賞。只因採獵入桑園。淑女相逢結美緣。奇哉智略無鹽女。治國齊家作大賢。〔同下〕

楔子

〔外扮秦姬輦領從人上云〕强秦雄霸占咸陽。鬬寶臨潼拱上邦。壯士紛紛施勇烈。威名赳赳自昭彰。某乃秦姬輦是也。今在秦昭公手下爲上將。方今春秋之世。秦爲上國。十一國都來進貢。惟有東齊。三年不行進貢。聽知的倚仗鍾無鹽英雄智勇。某今將這對玉連環前往東齊。單奈無鹽。若解開玉環。休兵罷戰。若解不開。統兵前去。征伐不進貢之罪。未爲晚矣。令人。喚將虎白長來。〔從人云〕理會的。虎白長安在。〔净扮虎白長上云〕某乃虎白長是也。正操練人馬。大人呼喚。不知有甚事。須索走一遭去。可早來到也。令人報復去。道白長來了也。〔從人云〕理會的。〔報科云〕喏。報的元帥得知。有虎白長來了也。〔秦姬輦云〕着他過來。〔從人云〕理會的。過去。〔見科〕〔净虎白長云〕元帥喚小將那裏使用。〔秦姬輦云〕喚你來不爲别。差你爲使命。將着一對玉連環。前往東齊國。柰他解開這玉連環。俺秦國免他進貢。他若解不開。俺便統兵征伐。小心在意。疾去早來。〔净虎白長云〕老子也。與這麽一箇差使。則今日辭别了元帥。直至齊邦。走一遭去。差使不尋常。星夜到齊邦。解開玉連環。生死我都當。〔下〕〔秦姬輦云〕虎白長去了也。若回來時。自有主意。西秦姬輦世間無。勇躍寰中大丈夫。慢説晏嬰多巧計。休言賢女有機謀。玉環進往東齊去。解不開時激惱吾。兵至遼關則一陣。東齊一國屬秦都。〔下〕〔外扮孫操領從人上云〕先祖受封居范陽。兵强將勇立家邦。一任周初分疆土。修文演武用賢良。某乃大將孫操是也。乃孫武子之後。某習祖父之兵法。久居范陽。佐於燕公子麾下。保守無虞。頗柰東齊無禮。倚仗兵多將廣。自稱大國。某心中不忿。造蒲琴一張。此琴有金徽玉軫。鳳沼龍池。上面製蒲絃七條。今差使命。送至臨淄。若彈響蒲琴。齊爲上邦。若彈不響蒲琴。齊爲下邦。倘若不允。然後領兵征伐。未爲晚矣。令人。與我喚將孫倣來者。〔從人云〕理會的。〔做喚科云〕孫倣安在。

〔浄扮孫倣上云〕小人是孫倣。一生則説謊。聽的父親叫。看他胡厮嚷。來也。來也。恰纔拾馬糞來家。自家孫倣是也。乃孫操次男。父親呼喚。不知有甚事。須索走一遭去。來到也。報復去。道有三舍來了也。〔從人云〕理會的。〔報科云〕喏。報的將軍得知。有三舍來了也。〔孫操云〕着他過來。〔從人云〕理會的。着過去。〔浄孫倣做見科云〕父親。喚您孩兒那廂使用。〔孫操云〕孫倣。喚你來别無甚事。頗柰東齊無禮。累次侵擾鄰邦。你將這張蒲琴。直至東齊。單柰臨淄名將。若彈響蒲琴。齊爲上邦。彈不響蒲琴。齊爲下國。你小心在意。疾去早來。〔浄孫倣云〕得令。則今日持着蒲琴。辭别了父親。直至東齊。走一遭去。這張蒲琴好。果然無處討。若還彈不響。看你怎麽了。〔下〕〔孫操云〕孫倣去了也。若回來時。自有箇主意。蒲琴巧匠製工成。智量機關如用兵。彈出高山流水調。東齊尊大顯奇能。〔下〕〔齊公子同晏嬰田能合眼虎領祗候上〕〔齊公子云〕淑女貞良世罕稀。英才智略果爲奇。自從娶得夫人後。始覺融融家道齊。某齊公子是也。自採獵應夢。得見淑女。論齊家治國之道。憑晏嬰爲媒。娶爲夫人。依夫人所言。屏不急之事。招致賢良。納用直言。以此齊國大治。大夫一壁安排筵宴賀喜。令人。門首覷者。看有甚麽人來。〔浄虎白長捧玉連環上云〕某乃虎白長是也。自離西秦。箇月期程。可早來到東齊也。這的是府門。令人報復去。道有秦國使命到此。〔祗候云〕理會的。〔報科云〕喏。報的公子得知。有秦國使命在於門首。〔齊公子云〕着他過來。〔祗候云〕理會的。過去。〔浄虎白長做見科云〕某奉俺秦國元帥秦姬輦的將令。將這一對玉連環進與公子。若解開玉環。西秦與東齊年年進貢。若解不開玉環。東齊可與俺西秦進奉。〔齊公子云〕將來。一壁有者。〔净孫儆捧琴上云〕某乃孫儆是也。自離燕國。可早來到東齊也。令人報復去。道有大將孫操。差使命在此。〔祗候云〕理會的。〔報科云〕喏。報的公子得知。有大將孫操。差使命在於門首。〔齊公子云〕着過來。〔祗候云〕理會的。過去。〔見科〕〔齊公子云〕使命是那一國來的。〔净孫儆云〕某是燕國來的。奉大將孫操元帥的將令。將着這一張蒲琴。上面七條蒲絃。進與您東齊。若是有人操的響。俺本國與東齊進貢稱臣。操不響。領十萬雄兵。至蒼山交鋒。〔公子做看琴玉環科云〕將來。我試看咱。這一張琴。上面是七條蒲絃。可怎生操的響。這一對玉連環相連着。又無痕路。可怎生解的開。晏嬰。似此怎生計較。〔晏嬰云〕公子放心。請夫人出來。他自有妙法。商量此事。〔齊公子云〕大夫説的是。侍女。傳報後堂中。請出夫人來者。〔祗候云〕理會的。後面侍女。請夫人出來議事。〔外應科云〕理會的。〔正旦上云〕妾乃無鹽女是也。自昔日遇着齊公子。一席話間。公子納爲正室夫人。公子在前堂。令人相請。不知有甚事。須索走一遭去。〔做見科云〕公子喚妾身有何事。〔公子云〕夫人。請你來不爲别。今有燕國范陽孫操。差使命進一張蒲琴。秦姬輦進一對玉連環。特來柰俺東齊。若操響蒲琴。解開玉環。他兩國稱臣進貢。若操不響蒲琴。解不開玉環。着俺進貢。他爲上國。不然統兵前來征伐。無計可施。特請夫人商議。〔正旦云〕將琴來我看。〔做看科云〕他那裏是柰公子衆官。正意的則是柰妾身。有何難哉。可用丈二竹竿一條。將琴掛在高處。妾身自有主意。〔祗候做掛琴科〕〔正旦云〕晏嬰。你扶着。兀那使命。你近前來聽者。琴者禁也。以禁人之心。這琴上有三十大龍吟。二十大素聲。按宮商角徵羽。兀那廝。你聽者。玉軫金徽妙理深。良工特意造蒲琴。吾今聊展丹誠手。操出高山流水音。〔琴響科〕〔正旦云〕兀那廝。你聽的琴響麽。〔净孫做云〕聽的聽的。委果琴響。既是響了。我回去罷。〔做走科〕。〔正旦云〕左右拏下去。剥了那廝衣服。〔祇候做剥衣服科〕〔正旦做寫背科云〕用針刺了。與孫操看去。令人搶出去。〔祇候做搶科云〕出去。〔净孫做云〕夫人忒造次。並不干我事。我又不做賊。怎麽身上刺了字。〔下〕〔正旦云〕將秦國玉環來我看。〔做看科云〕公子。夫玉者出自崑岡。難同珷玞。良工有智。造作連環。吾今用意。要解不難。兀那廝。你看者。巧匠琢磨非等閑。相聯一對最宜看。袖中舒出拏雲手。當面分明解玉環。〔正旦做解開玉環科〕〔净虎白長云〕既然玉環開也。慢在小子告回。〔做走科〕〔正旦云〕令人。將那廝拿下去。〔祇候做拿科〕〔净虎白長做跪科云〕老子也。怎麽的。〔正旦云〕將筆來。〔做寫科云〕左右將針來。黥了面上字。你與秦姬輦看去。令人搶出去。〔净虎白長出門科云〕臉上刺上字。我又不曾做賊。可是苦也。戴上眼罩子回本國。看秦將軍怎的說。臉上刺字也不妨。穿州經縣過村坊。鬧市叢中人看見。則是小的每嘈的我慌。〔下〕〔齊公子云〕夫人。既然操響蒲琴。解開玉環。皆夫人之妙智也。則不合將來人黥面刺背而回。聽知的孫操秦姬輦好生英雄。倘惹起刀兵來。怎了。〔正旦云〕公子。不如是着他小量齊邦。不妨事。有妾身哩。〔唱〕

【仙呂賞花時】便休題孫操軒昂志勇驍。怕甚麽姬輦英才天下少。衛吴起更丰標。任

他有通天智巧。〔云〕公子放心。〔唱〕我直着十一國敢可兀的盡來朝。〔下〕

〔齊公子云〕夫人去了也。田能。便與我整搠人馬。錚劍磨刀。你爲副將。合眼虎爲先鋒。若兩國兵至。與他拒敵。〔田能云〕得令。則今日下教場。點就人馬。整備什物。單等兩國來交鋒。大小三軍。聽吾將令。奉命出師起大營。闊劍長槍列萬層。方天畫戟懸豹尾。矛盾斧鉞掛紅纓。立國安邦忠良將。深知韜略有聲名。他時統領齊兵去。馬踐偏邦如土平。〔下〕〔合眼虎云〕則今日點起人馬。以備秦兵。秦兵秦兵。箇箇英雄。准是我輸。必定他贏。〔下〕〔齊公子云〕衆將去了也。便是他兩家領兵來。憑着夫人神機妙策。量他到的那裏。西秦姬輦逞雄才。范陽孫操捲江淮。則說東齊無賢士。嗚琴又解玉環開。〔下〕〔晏嬰云〕公子去了也。小官且回私宅去。賢母奇才治國均。誰如鍾氏世絶倫。安危定亂平天下。纔識桑間應夢人。〔下〕〔秦姬輦領從人上〕〔秦姬輦云〕遣使臨齊國。不見信音回。某秦姬輦是也。自從使命將玉環奈東齊去。不見回來。令人門首覷者。但有軍情事。報復某知道。〔從人云〕理會的。〔净虎白長上云〕走走走。自家虎白長是也。進玉環去。惹了一身禍來了。不住程回來到秦國。須索見秦將軍去。來到也。報復去。道虎白長來了也。〔從人云〕理會的。〔報科云〕喏。報的元帥得知。有虎白長來了也。〔秦姬輦云〕方纔説罷。使命來了。着他過來。〔從人云〕理會的。過去。〔做見科〕〔秦姬輦云〕虎白長。進玉環一事如何。〔净虎白長云〕將軍。不好説。走到東齊。獻了玉環。大小官員。都解不的。惟有齊公子夫人。解開了玉環。不敢説謊。〔秦姬輦云〕玉環安在。〔净虎白長做與玉環看科云〕這的便是。〔秦姬輦云〕無鹽女好無禮也。怎敢將玉環摔碎了。兀那厮。臉上黑的是甚麽。〔浄虎白長云〕是甚麽。你看你看。〔秦姬輦看科云〕我試看咱。立國安邦齊有賢。英雄戰將萬千員。殿前解開秦國寶。摔碎無價玉連環。吾身頗會驅兵將。休把東齊作等閑。説與兒曹秦姬輦。怕娘休要過潼關。〔浄虎白長云〕呸。你還念哩。你近不的他。把我臉上刺了一臉字。洗又洗不的。可怎麽了。好箇秦姬輦。專一則弄事。着我進玉環。刺了一臉字。〔下〕〔秦姬輦云〕頗柰無鹽女無禮。將玉環摔碎。又將某看承爲兒曹。將使命刺了面字。此恨痛入骨髓。某如今奏知主公。親自爲帥。點就十萬雄兵。會同衛國吴起。征伐東齊。擒拏無鹽女。走一遭去。我聽言説罷怒生嗔。來朝疾便踐征塵。你殿前摔碎無價寶。黥面將咱惡語噴。衛國吴起爲前部。吾今親自統三軍。驅兵領將臨齊地。放心活捉桑間採葉人。〔下〕〔孫操領卒子上云〕寶帳周圍排虎將。中軍左右列雄兵。文韜武略機謀大。下寨安營神鬼驚。某乃孫操是也。奉燕國公子之命。遣使命進蒲琴。前往東齊。奈他去了。報馬來説。今日來到。小校門首覷者。若來時。報復我知道。〔卒子云〕理會的。〔浄孫倣上云〕禍福無門。惟人自招。進與蒲琴。惹下心焦。某乃孫倣是也。進蒲琴已回。飛星回程來到本國也。回父親話。走一遭去。可早來到也。報復去。道有孫倣來了也。〔卒子云〕理會的。喏。報的將軍得知。有孫倣來了也。〔孫操云〕着他過來。〔卒子云〕理會的。過去。〔做見科〕〔孫操云〕孫倣。進蒲琴一事如何。〔浄孫倣做長吁氣跌脚搥胸科云〕您孩兒奉父親的言語。將着蒲琴到東齊。被無監女操響蒲琴。將孩兒毆了一頓。〔孫操云〕齊夫人操響蒲琴。這厮是能。他説甚麽來。〔浄孫做云〕他説甚麽來。你來你來。〔做脱衣服與孫操看科云〕不知這脊梁上。寫着甚麽。將針刺了字。疼殺我。你看你看。進的好蒲琴。惹下禍了。〔孫操做看念科云〕我試看咱。無鹽英名天下知。八方歸伏罷征旗。踏翻各國爲塵土。蕩散偏邦化作泥。孫操愚夫生巧計。蒲琴故作惹災危。書與小邦賊子看。怕娘及早順東齊。〔孫做嘆科云〕嘆。你還念哩。你不害羞。我去也。俺老子柰他弄機會。來往走了數十日。做了八句罵賊子。大字刺了一脊背。〔下〕〔孫操云〕頗奈採桑村婦無禮。怎敢將吾毀罵。更待干罷。則今日分付點人馬。親身爲帥。俺會同二國。征伐東齊。擒拏無鹽女。以雪此恨。大小三軍。聽吾將令。忠義興邦起大兵。刀槍濟濟甲層層。人如猛虎離山岳。馬似長蛟出水行。壓地兵山塵土暗。冲天殺氣密雲生。揚威耀武相攻戰。踏碎東齊如土平。〔下〕〔外扮吴起領卒子上云〕武略文韜體聖謨。深通兵法運神術。功名四十無成就。枉做堂堂大丈夫。某乃大將吴起是也。其先衛國人。曾於蓋公山學藝。今在魏文侯麾下爲大將之職。西戰於秦。拔其五城。某行兵有法。卧不設席。行不乘騎。與士卒同甘苦。嘗與魏武侯浮西河而下。武侯曰。美哉山河之固。某對曰。在德不在險。以此一言。人稱某爲文武元帥。今因齊國無禮。累次辱俺二國。俺如今點就雄兵十萬。與秦姬輦燕孫操會合一處。征伐東齊。則今日拔寨起營。大小三軍。聽吾將令。彩雲擁出萬山中。閃爍金光射碧空。馬似蛟龍離大海。人如虎豹出巔峰。征塵滚滚冲霄漢。殺氣騰騰戰曉風。全憑勇略將齊邦破。恁時方識我英雄。〔下〕

第三折

〔正旦同田能凈合眼虎蹦馬兒領卒子打旗號上〕〔正旦云〕妾身無鹽女是也。頗柰秦姬輦無禮。調各國名將。合兵一處。要與俺齊國交戰。憑着我神機妙策。量他到那裏也。〔唱〕

【越調鬬鵪鶉】則我這陣布奎星。旗分箕尾。暗置虛危。明排翼壁。勢若參房。形如斗室。作用稀。兵法奇。一會兒遯起天山。師乘地水。

【紫花兒序】憑着我五行斡運。八卦周流。萬象璇璣。用先天乾坤南北。坎離東西。週迴。艮兑風雷一任疾。山澤通氣。霎時天地相交。水火相催。

〔凈合眼虎云〕娘待今日怎麼與他厮殺。量他到的那裏。等我一箇殺他這些秦兵。〔正旦云〕大小衆將。您軍排萬隊。將列陣前。擺一箇周天二十八宿。名曰九宫八卦陣。合眼虎。〔凈合眼虎云〕哎。娘叫怎的。〔正旦云〕與你一千軍馬。與我引戰。則要你輸。若秦兵不識此機。你詐敗趕入垓心。必中吾計。〔凈合眼虎云〕知道了。料必我則是輸了。〔正旦云〕遠遠的敢是秦兵來了也。〔秦姬輦同孫操吴起蹦馬兒領卒子上〕〔秦姬輦云〕某乃秦姬輦是也。頗柰鍾無鹽無禮。將某玉環摔破。將使命文面而回。此恨痛入骨髓。某會合魏國吴起。燕國孫操。統大勢雄兵。征伐鍾無鹽。走一遭去。大小三軍。擺開陣勢者。〔孫操云〕將軍且稍待。等我與他比試三合。來者何人。〔凈合眼虎云〕某乃齊公子手下合眼虎是也。〔孫操云〕兀那厮。你那無鹽女在於何處。怎敢將吾毁謗。我不與你厮殺。你則着無鹽女出來。〔净合眼虎云〕我道你不敢和我相持麼。〔孫操云〕小賊開大言。小校操鼓來。〔戰科〕〔净合眼虎詐敗走科云〕近不的他。走走走。〔下〕〔孫操云〕那裏去。不問那裏趕將去。〔正旦云〕左右與我拏住者。〔衆做拏住孫操科〕〔卒子云〕拏住孫操也。〔正旦唱〕

【調笑令】這厮不識咱運機。將人來緊追襲。呀。你如今船到江心補漏遲。抵多少臨崖勒馬纔收騎。尚兀自追趕着争持。不覩事撞入咱陣裏。你正是有路無歸。

〔云〕與我拏向前來。〔卒子云〕理會的。當面。〔孫操跪科云〕夫人可憐見。怎生饒過我這一遭。〔正旦云〕你原來怕死。既然怕死。且饒他這一遭。〔田能云〕夫人。既拏住可放了。敢不中麼。〔正旦云〕不妨事。你那裏知道。釋了縛。小校搶出去。〔卒子云〕理會的。〔搶科云〕出去。〔孫操出門科云〕無鹽女委實壯哉。饒了我的性命。我回本營中去。〔做見衆科云〕兩陣之間。被齊兵把我拏將過去。無鹽女放回我來了也。〔秦姬輦吳起趼馬兒走科云〕呸。孫操。你羞麽。你壓着陣。吳起。喒兩箇與他交鋒去。〔净合眼虎趼馬兒上云〕秦將出馬。我這遭必然贏了。〔秦姬輦云〕來者何人。〔净合眼虎云〕我說與你。我是合眼虎。我兒也。你須聞我的名。〔秦姬輦云〕兀那厮。我不與你厮殺。你那無鹽女。怎敢捽破俺玉連環。又將使命文面而回。此恨痛入骨髓。則着無鹽女出來。我不殺你這匹夫。〔净合眼虎云〕這厮無禮。怎敢毁謗俺夫人。我和你比試三合。〔秦姬輦云〕小校操鼓來。〔戰科〕〔净合眼虎敗走科云〕敵不住他。走走走。〔下〕〔秦姬輦吳起趕科〕〔秦姬輦云〕走的那裏去。〔正旦云〕與我拏住者。〔衆拏住二將科〕〔唱〕

【鬼三台】由你有瞞天智。拏雲計。出不的八卦陰陽道理。〔秦姬輦云〕被他智賺了俺。何足道哉。〔正旦唱〕你猶兀自説兵機。各自要於家爲國。你不合把軍兵來逞雄盡意追。豈不知伏兵暗藏使見識。您今日遭陷擒縛。方纔是臨危自悔。

〔秦姬輦同吴起跪科云〕你使這短見。也不爲强。你如今放出俺去。與你相持。若兩陣之間拏住我。便是算您强。〔正旦云〕你也説的是。釋了縛。搶出去。〔卒子云〕理會的。〔搶科云〕出去。〔秦姬輦吴起出門科〕〔秦姬輦云〕這厮是能。吴將軍。俺二人結束威風。上的馬擺開陣勢。兀那無鹽女。你出馬來。〔正旦云〕小校將刀馬來。我與他交鋒。操鼓來。〔調陣子科〕〔唱〕

【禿厮兒】定齊刀青龍舉起。安邦將似大蟒争馳。你看那交鋒則憑箇手段疾。端的也你争馳。辨箇高低。

〔秦姬輦云〕及早下馬受降。〔戰科〕〔正旦唱〕

【聖藥王】那一箇槍舉的遲。這一箇馬驟的微。看看的馬乏人困怎支持。征塵起。殺氣迷。抛撇金鼓漾了征旗。〔秦姬輦吴起孫操敗走科〕〔秦姬輦云〕不中。敵不住他。我與你走走走。〔下〕〔正旦唱〕則見他没揣的撞出兵圍。

〔正旦云〕小校與我鳴金。〔卒子云〕理會的。〔正旦唱〕

【尾聲】今日箇濰河邊戰退英雄輩。四海聲名貫知。待教那十一國盡來朝。我直着永

鎮齊邦萬萬紀。〔同下〕

第四折

〔外扮秦國公子領祇候上〕〔秦公子云〕八水通流分上國。三川似錦樂烝民。春秋繼世尊嬴氏。赳赳威嚴號大秦。某乃秦哀公是也。建國於咸陽。方今春秋十二國。秦爲上國。不期齊國有無鹽女。好生的智勇多能。因解玉連環一事。將使命文面而回。某差秦姬輦衆將。大敗而歸。又下將戰書來。如今會俺十一國公子至臨淄。尊齊爲上國。某已約定十國公子。如期而至。某不敢久停。領本部人馬。收拾方物進貢走一遭去。白馬金鞍碧玉轎。無鹽端的是英豪。紅羅袍下盤鸞鳳。百萬軍中舞劍刀。文通禮樂三千字。武按陰陽出六韜。十一國中無敵手。謹當表賀盡來朝。〔同下〕〔齊公子同晏嬰田能合眼虎領祇候上〕〔齊公子云〕勇烈夫人天下奇。行兵布陣按神機。交鋒八卦排軍隊。凛凛威名説大齊。某齊公子是也。當日爲因解玉環操蒲琴一事。秦姬輦會同燕衛二國。合兵一處。征伐東齊。被夫人同衆將領兵迎敵。將秦兵一鼓而下。得勝回還。名傳四海。威慑諸邦。今各國公子。尊齊爲上國。此夫人之功能也。説各國公子都來到也。今日安排筵會。論功行賞。慶賀齊邦夫人。請將夫人來者。〔晏嬰云〕理會的。簾内丫鬟。請夫人出來。〔正旦整扮領侍女上云〕妾身無鹽女是也。公子令人來請。須索走一遭去。〔唱〕

【雙調新水令】今日箇大周威勢顯英豪。俺端的氣昂昂智籌雄略。見如今他邦皆納土。

列國盡來朝。將勇兵驍。則俺這威名大似山嶽。

〔正旦云〕令人報復去。道妾身來了也。〔祗候云〕理會的。喏。報的公子得知。有夫人來了也。〔齊公子云〕某接待夫人去。〔見科云〕夫人有請。〔正旦云〕公子萬福。〔齊公子云〕夫人。今日各國歸伏。皆賴夫人之功能。當日夜夢雲遮的月。今日雲散月明。皆因晏嬰大夫圓夢。若不是大夫。豈有今日也。〔正旦唱〕

【沉醉東風】今日箇皓月瑩瑩皎皎。都則爲白雲冉冉飄飄。到中天分外明。照齊國生光耀。顯一輪晃徹青霄。蟾影輝輝澄大朝。把萬里浮雲净掃。

〔齊公子云〕夫人不知。某差人取夫人一雙父母到此。加官賜賞。不見來到。令人門首覷者。若來時。報復我知道。〔孛老兒同卜兒搽旦上〕〔孛老兒云〕歡來不似今朝。喜來那逢今日。老漢鍾大户是也。誰想女孩兒有如此般才能。平定了齊國。公子着人取俺老小。可早來到也。哥哥報復去。道有鍾大户來了也。〔祗候云〕理會的。〔報科云〕喏。報的公子得知。有鍾大户一家兒來了也。〔齊公子云〕有請。〔祗候云〕理會的。有請。〔見科〕〔孛老兒云〕公子。呼唤老漢有何事。〔齊公子云〕鍾大户。你見你女孩兒咱。〔孛老兒同卜兒打認科云〕孩兒也。你怎生別是箇模樣了。我道你不是箇受苦的。〔正旦拜科云〕父親。母親。認的您孩兒麽。間別無恙否。〔唱〕

【甜水令】想當日頻採桑園。躬收蠶繭。把家私補報。〔孛老兒云〕孩兒索是辛苦也。〔正旦唱〕端的是晝辛苦夜勤勞。不付能得進其身。成名得志。則怕鄉人恥笑。〔云〕採桑處。

若不遇着齊公子。〔唱〕這其間可便甘老在荒郊。

〔孛老兒云〕孩兒。舊話休題。〔齊公子云〕見如今各國歸順。尊爲上邦。皆夫人汗馬之勞也。〔正旦唱〕

【折桂令】這春秋戰國爭豪。平定了臨淄。安妥了齊朝。不動征旗。不施戈甲。不動槍刀。險些兒作村婦桑間到老。想當日做農姬田畔徒勞。博得箇名姓清標。自在逍遥。〔齊公子云〕鍾大户。因你女孩兒有大功勳。特請你加官賜賞。封你爲太師柱國之職。食邑三千户。老夫人柱國太夫人。更褒封三代。〔孛老兒云〕深感厚恩。何以敢當也。〔正旦唱〕你今日受賞封官。報答您那養育劬勞。〔下〕

〔齊公子云〕令人門首覷者。各國公子敢待來也。〔秦公子領卒子上〕〔秦公子云〕某乃秦公子是也。同各國公子。來齊國慶賀。可早來到也。令人報復去。道秦公子來了也。〔祗候云〕理會的。〔報科云〕喏。報的公子得知。有各國公子來了也。〔齊公子云〕某親自接待去。〔接見科云〕公子有請。〔秦公子云〕公子先請。〔齊公子云〕不敢不敢。〔秦公子云〕俺各國公子來遲。恕罪也。〔齊公子云〕某有何德能。有勞公子屈降也。〔秦公子云〕公子。今俺各國皆同一心。休兵罷戰。永爲脣齒之邦。想俺都是大周宗枝。故此特來慶賀也。〔齊公子云〕晏嬰。安排酒宴。謝各國公子遠臨。同飲慶喜筵宴。衆公子聽者。則爲這賢夫人名揚天下。齊兵勝四海傳奇。操蒲琴七絃律吕。解玉環珍寶精微。穿九曲明珠剔透。秤白牙大象奪魁。曉六藝遍通書畫。善博弈極盡圍棋。文學廣善占天象。武略勇對壘相持。謝你箇晏平仲文才安國。多虧了鍾離春智勇定齊。

題目　晏平仲文才安國

正名　鍾離春智勇定齊

立成湯伊尹耕莘雜劇

鄭德輝撰

楔子

〔冲末扮東華仙領仙童上云〕玉闕光輝滿太玄。瓊樓霞彩自幽然。崑崙照徹靈虚境。别是蓬壺一洞天。貧道乃東華帝君是也。貧道秉青華至真之氣化生。號曰木公。於瀛海之東。蒼靈之墟。主陽和發生之氣。理於東方。亦號東華木公。太極毓秀玄奥。東方溟涬之中。分大道純精之氣成形。與西池金母。共理二氣。陶鈞萬物。養育羣生。大凡天上天下。三界十方男子。得道登仙。悉皆掌管。蓋凡昇天之時。先參貧道。授與仙訣。大徹大悟後。方得昇九天朝真而觀元始。貧道職居紫府。統三十五司命。遷去靈官校品真仙。今朝上帝。因見下方自大禹之後。孔甲無仁不道。帝癸之後。諸侯多叛。暴戾頑狠。殘忍傷生。至於禽鳥走獸不安。奉上帝着貧道遣文曲星下降。投胎於義水有莘趙家莊上。十月滿足。其母不肯收留。送於空桑之内。後伊員外收留。養大成人。名爲伊尹。佐於成湯。建都於亳邑。仙童與我唤將文曲星來者。〔仙童云〕理會的。文曲星安在。上仙有請。〔正末扮文曲星上云〕吾神乃上界文曲星是也。上仙呼唤。不知有甚事。須索走一遭去。可早來到也。仙童報復去。道有文曲星來了也。〔仙童云〕理會的。報的上仙得知。有文曲星來了也。〔東華仙云〕着他過來。〔仙童云〕理會的。過去。〔正末做見科云〕上仙呼唤小聖。有何法旨。〔東華仙云〕文曲星。今請你來别無事。因爲下方自孔甲以來。後至履癸。不修德政。暴戾頑狠。諸侯多叛。至於禽鳥走獸不安。民生塗炭。上帝敕命。着你降於下方。投胎義水有莘。隱於空桑之内。有伊員外收留撫養。習成事業。名曰伊尹。輔佐成湯。伐桀救民。解除蒼生倒懸之苦。不必久停。即便往下方走一遭去。〔正末云〕既有上帝敕命。不敢久停。則今日便往下方去也。〔唱〕

【仙呂賞花時】今日箇奉敕親蒙聖帝差。〔東華仙云〕降生人間。輔佐於清朝。爾爲仕途良相也。〔正末唱〕待教我謫降塵寰做將相才。〔東華仙云〕則今日離了紫府仙班。便索長行也。〔正末唱〕拜辭了玉闕共金堦。離了這仙壇世界。〔東華仙云〕上帝着你出離仙骨。托化凡胎。爲世間輔弼之臣也。〔正末唱〕待教我出仙骨我今日去托凡胎。〔下〕

〔東華仙云〕文曲星去了也。貧道駕起祥雲。回上帝話。走一遭去。當朝綱賢良出世。送空桑暫時隱匿。駕祥雲獨赴天庭。稟清詞親朝玉帝。〔同下〕

第一折

〔外扮旦兒抱倈兒上云〕紺髮荆釵一布衣。平心賢淑自能齊。村莊桑女無餘事。守定催功織女機。妾身是這義水村有莘里人氏。姓趙名淑女。父母在堂。今皆年老。家中頗有些錢穀。人將俺父親長者呼之。妾身年當二十歲。父母嚴教。不出閨門。不想我夜作一夢。夢見斗來大小一塊紅光。

從天降下。落在妾身房門前。滾入房内。漸漸小了。被妾身擎在手中。不由的吞入腹中。撒然驚覺。可是南柯一夢。日久漸覺腹懷有孕。十月滿足。生了這箇滿抱的孩兒。俺父母言道。俺家是有名人家。富貴閨女。不曾出嫁匹配。生此小的。恐人議論。不宜存留。抱着這小的來到這西莊伊員外家莊後。東觀西望。無有一人。我將這小的放在這空桑裏面。妾身回家去哥哥也。你活也自活。死也自死。因孩兒顔貌奇絶不可當。光飄滿室散清香。只争室女難收養。送赴空桑天主張。〔下〕〔外扮王留同伴哥上〕〔王留云〕俺雖是莊農田叟。閑遊北疃南莊。新撈的水飯鎮心凉。半截稍瓜蘸醬。哩哩哩。伴哥。老員外言語。着俺四下裏看田禾去來。〔伴哥云〕哩哩哩。喒往莊裏看一看去。那裏這般異香拂鼻。〔王留做聞科云〕好香也。好香也。〔伴哥云〕你看那枯桑底下滿地紅光。〔做見驚科云〕王留。可怎麽空桑樹裏一箇小孩兒啼哭。喒不可隱諱。報與老員外去來。〔同下〕〔正末扮伊員外同李老人上〕〔正末云〕老夫姓伊。雙名致祥。乃義水有莘人也。幼年頗看經書。隱居不仕。惟以務農爲活。積蓄多年。廣有錢穀。家業頗豐。又見老夫年高。人皆以老員外呼之。這箇是俺當村裏老弟兄李老人。早飯已罷。俺同看田禾去來。〔李老人云〕去來。喒在這槐陰直下少坐片時。好田禾也。老漢想來。自古三皇五帝。開創乾坤。教民稼穡耕種。富國養民。其功德不小也。〔正末云〕老人。若説五帝之時。你可也是不知道。你聽我説與你也呵。

〔唱〕

【仙吕點絳唇】混元始宇宙洪荒。二儀四象。天差降。五帝三皇。安排定百二山河壯。

【混江龍】把乾坤開創。教民耕種定綱常。疏河源功高大禹。行庠序重德堯王。那其間堯用一夔興禮樂。公孫甲子論陰陽。端的便察地理占天象。留心於社稷。運用於穹蒼。

〔李老人云〕想五帝之時。堯帝怎生存心於天下。加志於治民也。〔正末云〕老人不知。自古聖君至德至聖。端的有感也。〔唱〕

【油葫蘆】想當日至德仁明掌萬邦。用賢良定四方。用天之道理之常。弘敷五典無偏黨。勞心盡思行温讓。致令的四時和雨露均。八方寧士庶康。人心悦天意同和暢。因此上萬國盡來降。

〔李老人云〕老員外是讀書的君子。通達古今。若不説呵。老漢怎生知道。有如此大聖大德也。〔正末唱〕

【天下樂】那其間四野桑麻禾稼穰。百姓每謳歌將天祭享。軍無戰争民户昌。順民心減税科。應天心絶逸荒。端的是普天下尊聖皇。

〔王留伴哥慌上科〕〔王留云〕走走走。來到也。兀的不是老員外。〔做見科云〕老員外。您孩兒同伴哥看田禾去。俺家莊後空桑之中。一箇小孩兒在裏頭啼哭。異香拂鼻。紅光滿地。您孩兒每不敢隱諱。特來報與老員外知道。〔正末唱〕

【醉中天】他每都急急言情狀。語句意慌張。〔伴哥云〕老員外。一箇小小嬰孩。在多年的空桑樹裏頭裏。〔正末唱〕他道是年小孩童在古樹裏藏。〔王留云〕特來報與老員外知道。並不虛言。〔正末唱〕更説道並不言虛誑。我這裏心中暗想。今日箇事從天降。〔伴哥云〕誰敢不報與老員外知道。〔正末唱〕一一的訴真情細説行藏。

〔云〕那空桑在那裏。〔王留云〕在俺莊後面。〔正末云〕來來來。您跟着老夫。指與我那空桑。我試看咱。〔做走科〕〔王留云〕老員外。這裏便是也。〔正末做見倈兒科〕〔李老人云〕老員外。這空桑中。便怎生得這箇小孩兒來。此子生的非凡也。〔正末云〕果然如此。好是傒倖人也。〔唱〕

【金盞兒】你看他青滲滲秀眉長。高聳聳俊鼻梁。拳攣着手脚精神爽。潛形古樹在村莊。生的來清奇面似雪。膚體白如霜。却怎麽不教存畫閣。莫不他舉意隱空桑。

〔云〕下次小的每。與我抱起來。〔王留云〕理會的。〔做抱倈兒科云〕好箇小厮兒。不要哭。與員外做兒。你是有福的。員外。我着他打箇能能。〔李老人看科云〕此子生的形容端正。骨格清奇。非等閑之人也。〔正末云〕好奇異的形相也。〔唱〕

【醉中天】他生的神彩非凡像。美貌更端詳。莫不是謫降天宫墜下方。不由我心歡暢。〔李老人云〕此子生的眉清目朗也。〔正末唱〕真乃是眉清目朗。可怎生流落在村莊深巷。他那裏叫吖吖兩淚成行。

〔云〕王留伴哥。好好的抱到家中。便尋覓妳母。好生將養着。也是好的勾當。〔李老人云〕此子若長成。必然貴重也。〔正末唱〕

【尾聲】你與我誠心兒好温存。用意相將傍。看寒暑温凉作養。乳哺依時要忖量。另立所避風寒大厦高堂。莫張荒。等的他那氣血方剛。那其間着志求賢將師道訪。習練的才高智廣。文强武壯。恁時節扶持王業盡忠良。〔同老人下〕

〔王留云〕老員外去了也。抱着這孩兒交與俺妳妳去來。休笑野莊家。地裏去漚麻。轉在莊後頭。拾了箇小娃娃。〔同下〕

第二折

〔凈扮陶去南領喬卒子上云〕我做元戎實是美。見陣交鋒敢對壘。昨日教場去點軍。吊下馬來跌了腿。某姓陶名去南。在於履癸部下。爲元帥統軍之職。今有天乙。在履癸手下。爲方伯之職。此人背了履癸之恩。自領一枝人馬。與俺交鋒。量你湫洼之水。一捻微塵。量他到的那裏。左右與我唤將副帥趓入巢來者。〔卒子云〕理會的。〔做唤科云〕副將軍。元帥有請。〔凈扮趓入巢上云〕我做將軍詭詐。臨敵上陣不怕。若還逢着好漢。當時跪下回話。某乃副將趓入巢是也。我小子文武兼濟。酒肉中停。大人見我好漢。擡舉我做一箇副帥。前日在教場裏射垜子。使的氣力大了些。垜子也射不中。把我仰不剌叉跌下馬來。在家正貼膏藥。元帥呼唤。須索走一遭去。可早來到也。小校報復去。道有副帥老趓來了也。〔卒子云〕理會的。喏。報的元帥得知。有老趓來了。〔陶去南云〕着他過來。〔卒子云〕理會的。過去。〔趓入巢云〕元帥呼喚小將那裏使用。〔陶去南云〕副將。喚你來不爲别。爲因方伯天乙。背了履癸。聚起雄兵。要來與俺交鋒。我想來。喒這裏無甚麽人馬。履癸的命。着你起九夷之師。來合兵一處。與他拒敵。則今日便索長行。〔趓入巢云〕老子也。着我老趓去。我説我則起的九夷人馬來。等拒敵天乙可免了我出去罷。今日箇領了將令。點本部下人馬。便去起九夷之師。走一遭去。領將驅兵武藝高。機謀戰策我曾學。九夷兵至擒方伯。免我區區走一遭。〔下〕〔陶去南云〕副帥去了也。等他起的九夷兵至。與方伯天乙交鋒。走一遭去。天乙興心起戰敵。英雄陶帥敢相持。全憑手下能征將。砍破天乙臉上皮。〔下〕

〔外扮方伯天乙領卒子上云〕積祖堅心立大唐。教民功德賜爲商。自從簡狄吞遺卵。契生累代至成湯。某天乙是也。先事履癸。官拜方伯。某祖是唐虞大司徒契。教民有功。封於商。賜姓子氏。契生昭明。昭明生相土。相土生昌若。昌若生曹圉。曹圉生冥。冥生振。振生微。微生報丁。報丁生報丙。報丙生主壬。主壬生主癸。主癸生小官。是名天乙。仕於履癸。是爲方伯。因履癸不道。諸侯多叛。暴戾頑狠。殘虐軍民。禽鳥走獸。爲之不安。今無故興兵征伐。某背了他。自領一枝人馬。招安英傑。征伐不道。今聞義水有莘之野。有一人姓伊名尹。此人察風雲以辨天時。望氣色而觀地理。有經濟之才。安天下之手。某曾舉薦與履癸。不能任用。此人復歸有莘。見今耕於有莘之野。欲待徵聘此人去。争柰無人可當此事。早間使人請仲虺去了。等他來時。一同商議。這早晚敢待來也。〔外扮仲虺上云〕健順依時佐國王。恤民定治豈非常。調和鼎鼐遵仁德。燮理鹽梅式大綱。小官仲虺是也。官居右丞相之職。因履癸不仁無道。暴戾頑狠。殘虐生民。諸侯多叛。今又興兵。與方伯相拒。小官正在私第。憂疑此事。方伯使人來請。須索走一遭去。可早來到也。小校報復去。道有仲虺來了也。〔卒子云〕理會的。〔報科云〕喏。報的方伯得知。有右丞相在於門首。〔方伯云〕道有請。〔卒子云〕理會的。有請。〔仲虺見科云〕大人呼喚小官。有何事也。〔方伯云〕今請你來。爲因履癸不道。暴戾頑狠。殘虐生靈。今又興兵與某相拒。某欲興師。柰無軍師。今聞義水有莘之野。有一人姓伊名尹。此人有經濟之才。見今耕於有莘之野。某欲徵聘此人。可教誰人可去爲使。〔仲虺云〕別人也去不的。可差汝方持着宣命。徵聘此人。走一遭去。〔方伯云〕斯言良哉。左右門首望者。汝方來時。報復某知道。〔卒子云〕理會的。〔外扮汝方上云〕忠義懸懸皆隱袖。文雄浩浩以冲虛。民心安妥差科減。聖主施恩自有餘。小官汝方是也。佐於方伯天乙手下。官拜上大夫之職。正在公館理事。方伯呼喚。不知有甚事。須索走一遭去。可早來到也。左右報復去。道有汝方來了也。〔卒子云〕理會的。〔報科云〕喏。報的方伯得知。有汝方大夫來了也。〔方伯云〕道有請。〔卒子云〕理會的。有請。〔做見科〕〔汝方云〕大人呼喚小官。有何事也。〔方伯云〕汝大夫。今請你來不爲別。因履癸失政。無故興兵。某欲率師征伐。以除民患。柰無軍師。今聞義水有莘。有一人姓伊名尹。此人有經濟之才。安邦之策。欲令你去徵聘此人。意下若何。〔汝方云〕公子之命。不敢有違。小官願往。〔方伯云〕既是你去。將着紫泥丹詔。玄纁玉帛。束帶朝章。你領着駟馬高車。傘蓋儀仗。直至彼地。請命賢士伊尹。以伐暴桀。速救蒼生之難也。〔汝方云〕謹遵君命。將玄纁丹詔。束帶朝章。駟馬高車等項。不敢久停久住。則今日直至有莘。請命伊尹。走一遭去。徵聘深謀去意堅。有莘之野力耕田。乾坤多感天乙德。四海皆聞伊尹賢。〔下〕〔仲虺云〕大人。汝方此一去。將着厚禮朝章玉帛。况汝方是能文大儒。到於有莘。見了伊尹。必然徵聘臨朝。共同輔佐。小官無甚事。回私宅去也。伊尹忠良有大才。耕鋤田野久沉埋。一朝入省爲卿相。四海消除黎庶災。〔下〕〔方伯云〕仲虺去了也。安排人馬。接待伊尹。無甚事。且回後堂中去。夏桀無仁動遠征。人心全失苦蒼生。只因天怒興戈甲。萬里山河一戰成。〔下〕〔正末扮伊尹同隱士余章上〕〔正末云〕小生姓伊名尹。乃義水有莘人也。前者方伯將小生舉薦於夏。夏不能用。小生復歸有莘。無志功名。習學務農。播種耕耘。倒大來好是悠哉也。〔余章云〕哥哥。想你學成經綸濟世之策。立國安邦之謀。若列朝綱。憑此大才。得受官爵顯揚於世。可不强如耕種爲活也。〔正末云〕隱士兄弟。你不知難於進用。想五帝之世。求賢用士。立業安邦。你是不知也。〔余章云〕你兄弟實不知也。〔正末云〕兄弟。你聽我説一遍也。

〔唱〕

【中吕粉蝶兒】想當日摯逝封堯。善能行聖人之道。以全圖禹任皋陶。他每都應天心。行正法。將黎民撫教。自履癸臨朝。運糟粕信從貪暴。

【醉春風】可憐見致塗炭庶和民。逢災危禽共鳥。見如今天乙修德有誰如。端實是少。

少。上應天心。外施仁義。内存純孝。〔余章云〕哥哥若肯爲官。喫堂食。飲御酒。門排畫戟。户列簪纓。紫袍簌地。象簡當胸。不强似在這山間林下。受此寂寞也。〔正末云〕兄弟。你不知我的心事也。〔唱〕

【迎仙客】我則待習農務耕緑野。趁農時效鋤鉋。〔余章云〕似這等不肯進身。哥哥高見爲何。〔正末唱〕這的是老生涯養拙一世了。〔余章云〕似此可是怎生也。〔正末唱〕一任待卧烟霞。眠緑草。醒來時濁酒相邀。〔余章云〕哥哥差矣。似此怎麽了得身事也。〔正末唱〕這的是伊尹窮安樂。

〔汝方蹿馬兒領卒子頭答捧敕書禮物上〕〔汝方云〕小官上大夫汝方是也。奉方伯之命。徵聘伊尹。左右攞開頭答者。〔余章云〕哥哥。你見麽。遠遠塵土起處。一簇人馬飛星也似來。不知爲何也。

〔正末唱〕

【石榴花】我則見揚塵蔽日罩荒郊。〔余章云〕哥哥。人馬來的近了也。〔正末唱〕更和那人馬可便鬧㸑鐸。〔余章云〕當前一匹馬。走的至緊。〔正末唱〕當頭裏一匹駿馬甚咆哮。〔汝方云〕左右。攞開頭答齊整者。〔正末唱〕見從人列着。暢好是英豪。〔汝方云〕可早來到也。左右接了馬者。莫非是伊尹賢士麽。〔正末唱〕見一人下馬連聲叫。〔慌科云〕小生是。小生是。〔汝方云〕賢士休驚莫怕。小官奉方伯之命。請賢士入朝爲官哩。〔正末唱〕諕的我魄散魂飛。〔汝方云〕小官賫持紫泥丹詔。請賢士勿得怠慢也。〔正末唱〕他道是賫擎着一紙徵賢詔。〔汝方云〕不必推辭。即便臨朝。〔正末唱〕你着我疾快便臨朝。

〔汝方云〕受了束帶朝章者。〔正末唱〕

【鬬鵪鶉】着我受束帶朝章。怎發付這儒冠布襖。〔汝方云〕更有駟馬高車。請陞車到朝中加陞官職也。〔正末唱〕擺列下駟馬高車。奉天建爵。又不曾燮理陰陽將鼎鼐調。退夷狄邊塞遥。拜辭了草舍茅菴。受用的蘭堂畫閣。

〔余章云〕應聘而起。國家用人之際。乃君臣慶會之時。哥哥去朝中安邦定國。展你那胸中才調。扶持主上。可不强似在此耕種也。〔汝方云〕聞知賢士。識風雲氣色。觀地理經綸。懷濟世之才。安天地之手。奉命徵聘賢士。輔安天下也。〔正末云〕量小生有何德能。不敢當。不敢當。〔唱〕

【上小樓】我無那擎天動作。又無那驚人才調。〔汝方云〕據賢士經濟之才。俊偉之器。堪爲將相也。〔正末唱〕我不會辨别星斗。嗅土聞風。雲霧低高。〔汝方云〕賢士疾忙而起。賢臣遇明主而出。正謂此也。〔正末唱〕止不過播種耕耘。力習農務。攻鋤田稻。〔汝方云〕見有丹詔敕文在此。〔正末唱〕怎消的紫泥宣一封丹詔。

〔云〕山野村夫。何以敢當。乞請大人收回成命。〔余章云〕哥哥。大人將着束帶朝章。哥哥是必換了衣冠。休違王命。走一遭去。〔正末唱〕

【幺篇】你着我忙除了儒士冠。疾脱了粗布袍。〔汝方云〕左右伺候。頭答擺的齊整者。賢士請登程途。〔正末唱〕他將水罐銀瓶。傘蓋頭答。擺列週遭。〔汝方云〕賢士。你穿用紫袍金帶。騎坐着那白馬紅纓。端的是顯威嚴也。〔正末唱〕你道是白馬紅纓。紫袍金帶。施威顯耀。〔汝方云〕賢士爲官。賢士的妻房情受五花官誥。爲賢德夫人也。〔正末云〕荊布之婦。〔唱〕怎消受五花官誥。

〔余章云〕哥哥。既有宣命。不可固辭。〔汝方云〕賢士懷才抱德。方今用人之際。大丈夫生於天地之間。濟世安民。忠君報國。乃是男兒所爲。沉埋田野。可惜了你那蓋世英才。賢士不必苦辭。豈不聞君命召。不俟駕行。若堅持固辭。是故違君命。罪有所歸也。〔正末云〕罷罷罷。則今日跟大人去來。〔唱〕

【耍孩兒】看一番揩磨日月興宗廟。揀士馬驅兵戰討。經綸天地定皇朝。保持的社稷堅牢。調和那鹽梅燮理陰陽順。致令的天地和同風雨調。休想我污婪矯權狡。托賴着一人有慶。穩情取萬姓歌謡。

〔云〕大人。俺去來。〔唱〕

【尾聲】懾伏的四夷朝帝京。八蠻賀聖朝。遍乾坤豐稔黎民樂。獻上統當今太平表。

〔同下〕

〔余章云〕哥哥去了也。這一去必然重用。無甚事。回我莊上去也。無分居官位。有志在桑麻。伊尹徵聘去。我却自還家。〔下〕

第三折

〔浄陶去南領喬卒子上云〕我做元帥世罕有。六韜三略不離口。近來口生都忘了。則記燒酒與黄酒。某乃履癸部下大元帥陶去南是也。如今方伯興兵征伐。難與他取勝。某令副將起九夷之兵去了。未知如何。小校。帥府門首望者。但有一應軍情事。報復某知道。〔卒子云〕理會的。〔浄趓入巢上云〕區區副將趓入巢。打差不避路迢遥。九夷兵馬不肯與。枉着我去走一遭。某乃趓入巢是也。去九夷借兵回來了也。見元帥走一遭去。可早來到也。小校報復去。道有趓叔來了。〔卒子云〕趓叔。我則叫你小趓兒。〔趓入巢打科云〕我則是副帥。叫我小趓兒。〔卒子做報科云〕休要打我。報復去。喏。小趓兒來了也。〔陶去南云〕道有請。〔卒子云〕趓叔。有請。〔趓入巢做見喬禮拜科〕〔陶去南云〕借兵如何。〔趓入巢云〕不要説。我到那裏。卑辭厚禮。央他那軍長。他堅意不肯借兵。着我使性子來了。元帥。我想起來。俺兩箇文武不濟。〔陶去南云〕是文武兼濟。〔趓入巢云〕哦。文武兼濟。要那九夷怎麼。則咱兩箇也擒了他。〔陶去南云〕你也説的是。則今日點就本部人馬。你爲先鋒。我爲合後。下將戰書去。單搦方伯出馬。你爲兵。先與方伯交鋒。某來接應。小心在意者。〔趓入巢云〕得令。大小三軍。聽吾將令。我是副將實英傑。臨敵對陣莫乜斜。若是輸了下的馬。跪下叫他方大爺。〔下〕〔陶去南云〕某不必久停。奉履癸之命。統着人馬。接應副帥。走一遭去。我的機謀武藝深。英雄膽略强似人。若是方伯威勢大。跑到家裏關上門。〔下〕〔方伯同仲虺領卒子上〕〔方伯云〕士馬紛紛離亂間。黎民塗炭實難看。幾回奮志除殘暴。劍氣衝天牛斗寒。某乃方伯天乙是也。爲因履癸無道。某興兵征伐他去。仲右丞。聞知履癸調九夷之兵。不肯從他。〔仲虺云〕便調了來。托公子洪福。也不懼他。〔方伯云〕今與他拒敵。必然要下毒手。大除殘暴。以平天下。以安生民。奈無人運智鋪謀。已差汝方去徵聘伊尹去了。未知如何。〔仲虺云〕公子。汝方必然徵聘伊尹來也。〔方伯云〕左右門首望者。但有軍情事。報復我知道。〔卒子云〕理會的。〔正末同汝方領卒子上〕〔正末云〕小生伊尹是也。奉方伯公子之命。令汝方大人。持玄纁玉帛徵聘小生。須索走一遭去。〔汝方云〕賢士。小官想來。賢士居於有莘之野。耕種爲活。受如此辛勤。今蒙徵聘爲官。可不强似在山間林下也。〔正末云〕若論爲官。端的受用。在山林之下。可也有一種快樂也。〔唱〕

【正宮端正好】再不見青靄靄柳陰濃。高聳聳山疊翠。樂耕鋤拽耙扶犂。我如今受皇宣着我居官位。端的也衣紫身榮貴。

〔汝方云〕賢士。想爲官立一人之下。入則雕墻峻宇。出則大纛高牙。兀的不頭答兩行。銀盆水罐。傘蓋車馬。端的是威嚴也。〔正末唱〕

【滚繡毬】我則見頭答左右隨。公人前後圍。慢騰騰緩行着駿騎。喜孜孜列鼎而食。

輔佐的中華社稷安。指磨的乾坤日月輝。展經綸補完天地。盡忠誠心若金石。〔汝方云〕聘賢士入朝。可也不輕也。〔正末唱〕憑着這兩隻手掌扶王業。穩情着百二山河壯帝基。四海傳檄。

〔汝方云〕賢士來到也。小官先過去報知。左右報復去。道有汝方徵聘的伊尹來了也。〔卒子云〕理會的。〔報科云〕喏。報的方伯得知。有汝大夫徵聘的伊尹來了也。〔方伯云〕着他過來。〔卒子云〕理會的。過去。〔做見科〕〔汝方云〕小官奉命。徵聘將伊尹來了。見在門首。〔方伯云〕道有請。〔汝方云〕理會的。賢士有請。〔正末見科〕〔方伯云〕遠勞賢士不棄降臨。適因履癸不道。暴戾頑狠。殘虐生靈。他又興兵。某欲剪伐。奈孤軍寡和。知賢士有經濟之才。知天時。諳地利。善人和。久屈於隴畝。特遣使以玄纁玉帛。卑辭厚禮。專爲徵聘。望賢士運神機。施妙策。指顧三軍。保乾坤奠安。解生民塗炭。惟望賢士高鑒。實某之幸也。〔正末云〕量小生田野村夫。豈知安邦之策也。〔唱〕

【倘秀才】我本是田野中愚濁村鄙。〔仲虺云〕特請賢士輔於公子。着賢士權臨八府。印掌三台。爲柱石之臣也。〔正末唱〕怎做的相府内賢良宰職。〔方伯云〕據賢士之才德。堪可爲國家柱石也。〔正末唱〕道我是立地擎天大柱石。〔汝方云〕因賢士超越今古。智識高明。特賜象簡紫衣。則是着賢士盡忠誠輔弼也。〔正末唱〕則這白象簡。紫羅衣。〔方伯云〕全憑你高才大手。安邦定國也。〔正末唱〕待教我安邦定國。

〔汝方云〕賢士。今欲興師。未徹兵家用事。賢士展神鬼不測之機。興一旅之師。輔佐公子。以成大事。〔正末云〕小生是一扶犂叟。豈知兵家之事也。〔仲虺云〕論賢士之智能。覷夏桀有何難哉。〔正末唱〕

【滚繡毬】止不過樂山林景色奇。向桑麻禾稼畦。〔方伯云〕休謙辭。久已知賢士之能。胸懷妙用。腹隱神機也。〔正末唱〕你着我帥軍卒運謀施智。〔方伯云〕賢士。用人之際。正當展布大才也。〔正末唱〕你着我定乾坤施展兵機。〔方伯云〕俺這裏有軍兵百萬。安下營寨。槍林劍洞。如鐵桶相似。則是少箇運謀的人。全憑賢士爲之也。〔正末唱〕你道是齊臻臻的擺開陣勢。明晃晃列着劍戟。鬧垓垓密排着軍隊。映穹蒼號帶旌旗。〔仲虺云〕賢士。他那裏兵勢可也不小。亦有定計鋪謀的將帥。〔正末唱〕者莫他坐中設下千條計。豈不聞閫外將軍八面威。智勇無及。

〔方伯云〕某孤陋寡聞。如今臨敵對陣。怎生排兵布陣。下寨安營。必然取勝。賢士略舉其一二。以釋愚蒙。〔正末云〕行兵大略。爲將者智通萬物。勇冠三軍。坐於邊陲。守而必固。布於行陣。戰而必勝。此是爲將之大略也。〔唱〕

【呆骨朵】向垓心戰討驅征騎。喊聲高戈甲排齊。〔方伯云〕怎生下寨安營。排兵布陣。賢士必有奇正方略也。〔正末唱〕我與你兵列八方。軍分四壁。依地勢排軍隊。覷方位安形勢。這的是行兵立陣謀。先識那臨敵攻戰機。

〔方伯云〕賢士不説。某怎知也。到來日點就三軍。與他交鋒。走一遭去。〔正末唱〕

【脱布衫】統雄兵劈面相持。驅貔虎擂鼓奪旗。惡狠狠揚威顯武。氣昂昂奮揚威勢。

〔方伯云〕更有甚行兵妙略。賢士再説一遍咱。〔正末唱〕

【小梁州】陣列八門生最奇。爲將須知。軍卒未飯帥休食。以此能伏制。甘苦共同宜。

【幺篇】怒無加責歡無會。士無衣將與重衣。這的是恤士功。安心計。能明此義。萬衆總歸依。

〔方伯云〕到來日某同賢士親臨戰陣。與他交鋒。務要剪伐大夏也。〔正末云〕論公子如此大德。將士効力。小生少助微智。臨陣自有奇謀。量他到的那裏也。〔汝方云〕此一去必然成功。皆賴賢士之能也。〔正末云〕放心。〔唱〕

【尾聲】到來日安營下寨施才智。布陣排兵顯武威。骨刺刺列繡旗。鬧垓垓戰馬嘶。捨死忘生惡戰敵。定亂除危攻夏畿。輔佐堅心立帝基。肱股忠良四海知。龍虎風雲同際會。平定這一統乾坤萬萬里。〔下〕

〔方伯云〕賢士去了也。〔汝方云〕他此去小歇小歇。〔方伯云〕人馬已點就了也。左右與我喚將費昌來者。〔卒子云〕理會的。〔做喚科云〕費昌安在。〔外扮費昌上云〕膽氣冲冲智有餘。過人驍勇有誰知。文雄武壯能攻守。定亂除危大丈夫。某乃費昌是也。公子部下都護將軍。今因大夏失政興兵。與公子拒敵。公子令汝方將玉帛徵聘了伊尹來。正在帥府戟門聽令。公子呼喚。須索走一遭去。可早來到也。小校報復去。道有費昌來了也。〔卒子云〕理會的。〔報科云〕喏。報的方伯得知。有費將軍來了也。〔方伯云〕着他過來。〔卒子云〕理會的。過去。〔費昌見科云〕公子呼喚小將。那厢使用。〔方伯云〕費昌。如今夏國興兵。與某爭戰。你統大兵前去拒敵。某新聘了伊尹賢士來。聽他軍前支撥。剪大夏。伐履癸。不可怠慢。小心奮勇。則要成功。不可怠忽。〔費昌云〕得令。統領大勢人馬。與他拒敵。走一遭去。袍染猩紅砌錦花。劍含秋水出寒匣。槍刀耀日金光起。旗影翩翻映彩霞。昂昂勇烈相爭鬬。凛凛威風共戰伐。來朝兩陣相交處。管教賊子喪黄沙。〔下〕〔方伯云〕費昌統大兵去了。某同軍師伊尹統領三軍接應他。走一遭去。大德高才貫古今。施謀運智鬼神欽。剿除不道興殷室。撫定蒼生失望心。〔下〕〔仲虺云〕汝方。纔觀伊尹。果有大才。此一場必然得勝。平定暴亂。無甚事。喒且回私宅去來。〔汝方云〕右丞。喒同回去來。〔仲虺云〕只因履癸性暴强。荒淫無益動刀槍。天遣賢人誅無道。故教民庶得安康。〔同下〕

楔子

〔净趓入巢躧馬兒領喬卒上云〕戴上椀子盔。穿上匙頭甲。他每爭閑氣。着我去厮殺。某乃副帥老趓是也。統人馬征戰方伯。先領五千遊兵引戰。没奈何看事色。得手揣了爲上計。大小三軍。擺開陣勢。如今兩陣對圓。大家用心。袖子裏袖上些石頭。到陣上丢了槍刀。着石頭打。這其間敵兵敢待來也。〔費昌領卒子蹿馬兒上云〕某乃大將費昌是也。奉公子之命。某領着人馬。列下大營。與敵兵交鋒。大小三軍跟我來。徑奔他營門去。〔趖入巢云〕來者何人。〔費昌云〕某乃大將費昌。是你爹爹。〔趖入巢應科云〕哎。〔費昌云〕這廝無禮。爾乃何人。〔趖入巢云〕某乃履癸手下副將趖入巢是也。你棄了夏國。順了方伯。我正要拏你這匹夫哩。〔費昌云〕這廝開這等大言。操鼓來。〔做戰科〕〔净陶去南蹿馬兒領卒子上云〕大小衆將。一齊的圍上來。休着走了費昌也。〔正末同方伯蹿馬兒領卒子打旗號上〕〔正末云〕公子。這箇是奇門陣。大小三軍。往前攻殺。休要走了此賊者。〔陶去南云〕怎麽又走將兩箇來。哦。那箇便是伊尹。量你箇使牛的村夫。怎敢與某對敵。〔正末云〕這廝好無禮也。〔做調陣子科〕〔唱〕

【仙吕賞花時】俺這裏耀武揚威膽氣雄。勒馬横槍豪氣冲。〔趖入巢云〕趕的慌怎麽了。〔費昌趕科云〕那裏去。〔陶去南云〕不好了。趕的我馬不停蹄。我死也。〔正末唱〕憑着我方略立奇功。使不着你軍雄將勇。

〔陶去南云〕副帥。不好了。倒干戈逃命。走走走。〔同下〕〔方伯云〕二賊子大敗虧輸。走了也。

〔正末唱〕則消的一陣定疆封。〔同下〕

第四折

〔外扮殿頭官同仲虺汝方領卒子上〕〔殿頭官云〕燮理陰陽讚聖威。經綸天地就中奇。身近丹墀傳敕命。調和鼎鼐理鹽梅。小官殿頭官是也。因爲履癸不道。暴虐生民。諸侯多叛。天下哀怨。起無名之師。拒有道之國。方今有方伯。原是契之世孫。商家苗裔。大起義兵。招安兵將。徵聘有莘伊尹爲軍師。大軍臨一鼓而下。將履癸放於鳴條。公子正位。國號大商。都於亳邑。立爲神都。治民以理。順民以寬。四方歸之。湯國大治。奉命着小官與衆官加官賜賞。列土分茅。一來是國家善用忠良。二來獎勵臣宰勞勩之道。令人請伊尹衆公卿去了。左右門首覰者。若來時。報復我知道。〔正末同費昌上〕〔正末云〕小官伊尹是也。今日剋伏夏桀。公子正位。如今同費昌須索走一遭去。〔費昌云〕履癸不仁。殘害生靈。鳥獸不安。主人用玉帛卑辭厚禮。徵聘軍師到此。用計伐夏救民。其功不小也。〔正末云〕誰想有今日也呵。〔唱〕

【雙調新水令】脱白衣平步上雲衢。離塵途奮身獨步。羅襴白象簡。玉帶掛金魚。胸捲江湖。得志也叩鑾輿。

〔云〕可早來到也。左右報復去。道有伊尹費昌來了也。〔卒子云〕理會的。〔報科云〕喏。報的大人得知。有伊尹費昌來了也。〔殿頭官云〕道有請。〔卒子云〕理會的。有請。〔做見科〕〔正末云〕大人。小官每來了也。〔殿頭官云〕軍師鞍馬上勞神也。〔正末云〕既蒙聘取而來。今爲臣下。豈辭勞苦。正當竭力盡忠。少圖補報也。〔殿頭官云〕今日爾等籌策神謀。伐夏興湯。天下大定。軍民樂業。奉聖人命。與您衆公卿加官賜賞。列土分茅。〔正末云〕量伊尹有何德能。敢受賞封官。少罄螻蟻之心。偶爾剪夏安民。乃聖人洪福。非臣子之能也。〔唱〕

【沉醉東風】往常我着布衣深居白屋。〔殿頭官云〕如今身登八位。職列三台。名標青史。顯耀鄉閭也。〔正末唱〕今日落清名顯耀鄉閭。〔殿頭官云〕如今奉命。將你官上加官。禄上加禄也。〔正末唱〕高官又贈官。禄重又加禄。〔殿頭官云〕門排畫戟。户列椒圖。索是榮顯也。〔正末唱〕列門庭畫戟椒圖。往常時蓑草爲裀就地鋪。今日箇剗地住蘭堂畫屋。

〔殿頭官云〕似你這般立大功勳。剪除暴夏。復立大湯。重整江山。竭力盡心。真乃是肱股良臣也。〔正末唱〕

【雁兒落】你道是立江山真肱股。〔殿頭官云〕論你之功。如擎天玉柱。架海金梁也。〔正末唱〕又道我扶社稷爲梁柱。〔殿頭官云〕爲臣者盡忠良於國。堪比良金美玉也。〔正末唱〕你道我盡忠心如美金。布德政如白玉。

〔殿頭官云〕久聞軍師行兵。察風雲。辨氣色。善用機謀也。〔正末唱〕

【得勝令】呀。你道我戰討善機謀。〔殿頭官云〕真箇是劍呼風雨降。筆走鬼神驚。識盡軍機樞要也。〔正末唱〕你道我筆下見贏輸。〔殿頭官云〕馬到處剪除暴夏。〔正末唱〕你道我剪除殘暴夏。〔殿頭官云〕一陣成功。輔天乙位。都於亳邑也。〔正末唱〕你道我平扶立帝都。〔殿頭官云〕論功行賞。圖形麟閣。標入功勞簿。遺芳萬年。美哉伊尹也。〔正末唱〕這功績纖需。要將我標入功勞簿。論謀略荒疎。怎消的凌煙閣上圖。〔殿頭官云〕你衆官望闕跪者。聽聖人之命。都只爲夏履癸不道無仁。發頑狠暴虐黎民。是處處人心嗟怨。使鳥獸不得安存。方伯怒起兵征討。聘伊尹運智行軍。四下裏攻圍鏖戰。仗神機得勝全贏。收取了州城國邑。散倉糧府庫金銀。放履癸鳴條修德。明正典責罰奸人。今日箇論功行賞。賜重賜官爵以勵忠臣。伊尹陞太師左相。仲虺陞太師右丞。汝方與進階二品。費昌爲天下總兵。賜重爵身登八位。列簪纓光顯門庭。論功次加官賜賞。一齊的拜謝天恩。

題目　修德政天乙誅夏

正名　立成湯伊尹耕莘

程咬金斧劈老君堂雜劇

鄭德輝撰

楔子

〔冲末扮劉文静引卒子上云〕晝夜憂心輔國朝。開基創業建功勞。太平時序風光盛。腰掛金魚着錦袍。小官劉文静是也。自從隨侍大唐。數載之間。三鎖晋陽。得歸帝業。謝聖人可憐。加小官爲大司馬之職。昨日行文。頒行天下。自俺大唐建國以來。各處都歸伏了。惟有洛陽王世充。殺了俺大唐使命。點聚雄兵。虎視咸陽。要與俺征戰。今日早朝。御筆點差秦王唐元帥爲掛印總兵。袁天罡李淳風爲諫議大夫。馬三寶段志玄爲前部先鋒。擇日長行。左右門首覷者。等衆大人來時。報復我知道。〔卒子云〕理會的。〔袁天罡同李淳風上〕〔袁天罡云〕幼小曾將周易占。坎離坤兑匹乾天。雖無唤雨呼風法。永保華夷天下安。小官袁天罡是也。此位是李淳風大人。自扶立唐帝。官封司天臺上大夫之職。正在私宅看書。劉文静大人有請。不知有甚事。須索走一遭去。可早來到也。令人報復去。道俺二人來了也。〔卒子云〕理會的。〔做報科云〕報的大人得知。有袁天罡李淳風在於門首也。〔劉文静云〕道有請。〔卒子云〕二位大人有請。〔袁天罡李淳風見科〕〔劉文静云〕您二位大人少待。等衆將來時。報復我知道。〔馬三寶段志玄上云〕匣中寶劍逼人寒。袋内雕弓每上弦。不念自身披甲苦。驊騮何得離雕鞍。某馬三寶是也。此位將軍是段志玄。自扶立唐朝以來。官封俺二人殿前金吾大將軍之職。今有劉文靜大人來請。須索走一遭去。可早來到也。令人報復去。道有俺二人來了也。〔卒子云〕理會的。〔做見科〕報的大人得知。道有馬三寶段志玄。在於門首。〔劉文静云〕道有請。〔卒子云〕理會的。二位大人有請。〔做見科〕〔劉文静云〕將軍略等片時。等唐元帥敢待來也。〔正末扮秦王上云〕某乃秦王李世民是也。在府中正坐。令人來報。有劉文静有請。須索走一遭去。可早來到也。令人報復去。道有唐元帥來了也。〔卒子云〕理會的。報的大人得知。有唐元帥來了也。〔劉文静云〕道有請。〔卒子云〕理會的。有請。〔做見科〕〔正末云〕劉文静。請某有何事也。〔劉文静云〕元帥。小官奉聖人的命。因有洛陽王世充。殺了俺使命。點就人馬。要來與俺交戰。某今奉聖人的命。教元帥爲總兵官。袁天罡李淳風爲諫議大夫。隨軍伍勾當。着馬三寶段志玄爲前部先鋒。同領馬步禁軍十萬。剿殺敵兵。作急就行。見有敕命在此也。〔正末云〕謹尊上命。隨征將士。跟某點人馬去來。〔唱〕

【仙呂賞花時】准備着馬到成功定太平。統領雄兵遠去征。一箇箇顯才能。威名耿耿。穩情取得勝也赴神京。〔同衆將下〕

〔劉文静云〕衆將都去了也。小官回聖人的話。走一遭去。兵動列征旗。將軍顯武威。興兵施戰討。共立錦華夷。〔下〕

第一折

〔外扮李密引卒子上云〕自小從來看武經。相持厮殺有聲名。只因攘攘刀兵起。獨占金墉一座城。某乃李密是也。祖居京兆府人氏。生而英勇。自小豪傑。如今隋帝失政。今六十四處煙塵。豪傑並起。某建立金墉城。我麾下有二十三賢五虎七熊八彪。兵有百萬。將有千員。自號魏王。誰想李淵三鎖晋陽。在咸陽爲君。説他調兵來征伐俺洛陽。惟恐侵犯俺金墉城地方。着人請軍師徐懋功去了。等他來時。報復某知道。〔卒子云〕理會的。〔外扮徐懋功上云〕頗觀三略六韜書。布陣排兵廣運謀。輔佐魏王爲宰相。安邦定國顯奇術。小官姓徐。雙名世勣。字懋功。本貫曹州離狐縣人也。輔佐金墉隨侍李密。封某爲軍師之職。正在私宅中閑坐。有魏公令人來請。須索走一遭去。可早來到也。令人報復去。道有徐懋功來了也。〔卒子云〕理會的。有懋功來了也。〔李密云〕道有請。〔卒子云〕理會的。有請。〔做見科〕〔李密云〕懋功。你來了也。請你來有一件軍情大事。你知麽。〔徐懋功云〕主公。既是這等。差程咬金領三千人馬。以巡綽邊境爲由。便是唐童來呵。有何難哉也。〔李密云〕小校唤將程咬金來者。〔卒子云〕理會的。程咬金安在。主公呼唤你哩。〔程咬金上云〕髮黑鬚黄眼似金。搊搜容貌賽天蓬。手中持定宣花斧。不怕英雄百萬兵。某姓程。雙名咬金。字知節。祖貫東阿縣人也。某幼習韜略之書。隨侍魏王。保守金墉。今大王呼唤。不知有甚事。須索走一遭去。可早來到也。不必報復。我自過去。〔做見科云〕主公呼唤程咬金。有何事商議。〔李密云〕如今有李淵。差唐童爲帥。調兵來攻洛陽。惟恐侵犯俺邊境。你聽軍師將令。你小心者。〔徐懋功云〕程咬金。你如今領三千人馬。往邊界上哨者。倘有别處來打細的人。與我拏將來者。〔程咬金云〕奉軍師將令。某今日整點人馬。巡綽邊境。走一遭去。雄兵點就出金墉。威風赳赳鎮邊庭。若遇敵兵來犯境。活捉歸來見懋功。〔李密云〕程咬金點人馬去了也。軍師。俺後堂中飲酒去來。二十三賢播四方。七熊五虎賽關張。何時掃蕩狼煙静。方顯英雄大魏王。〔同下〕〔正末同衆將天罡上〕〔正末云〕某唐元帥是也。奉父王命。同衆將來取洛陽。可早來到。北邙山下安了大營。聞説此山歷代名賢葬于此處。天罡先生。果然不虚也呵。〔天罡云〕元帥。是好山勢也。〔正末唱〕

【仙吕點絳脣】蕩蕩邙山。望中嗟嘆。繞着這週圍看。盡都是坵塚摧殘。埋没了多少英雄漢。

【混江龍】則見那園荒碑斷。漫漫松柏翠烟寒。倒塌了明堂瓦舍。崩損了石器封壇。辨不出君臣賢聖塚。看不盡碑碣蘚苔斑。我則見山花簇簇。山水潺潺。惟生荆棘。不見芝蘭。荒凉境界少人行。狐蹤兔跡縱横亂。嘆世人百年歸土。争名利到此一般。

〔云〕你衆軍校看守着營寨。等我看一看北邙山去。〔天罡云〕元帥切不可出營去。面容上帶着有一百日大災。决休去也。〔正末云〕不可擋吾。决要看去。〔唱〕

【油葫蘆】忽聽先生發語間。説咱面帶着低運顏。你把那先天周易細循環。將我那五行四柱從頭算。年災月值依經按。陰陽不順情。若順情有禍難。吉凶之事從天限。若論那生死事有何難。

〔天罡云〕元帥不聽我之言。定遭縲絏之中也。那時悔之晚矣。〔正末云〕聖人道算甚麽命。問甚麽卜。欺人是禍。饒人是福。聽我告訴一遍者。〔唱〕

【天下樂】常言道禍福無門人自攀。休也波奸。天數關。論先生算吾非妙罕。把一心放正行。你不必再阻攔。我可便雖愚癡非懦懶。

〔天罡云〕元帥。怎生不聽我的言語。〔正末云〕不妨事。各歸本帳。休管我也。〔衆將勸科〕〔天罡云〕既是元帥不依。俺衆將各回本帳去來。寶帳騰騰殺氣威。中軍元帥有神機。且回本帳營中去。來朝禍福見真實。〔正末云〕衆將去了也。左右擡馬來。輕弓短箭。善馬熟人。百騎往北邙走一遭去。〔唱〕

【那吒令】寶雕弓慢彎。駿龍駒備鞍。紫絲韁輕挽。白玉帶緊拴。急飛身上鞍。把鏌鋣款彈。挽紅絨縱驂騮。轉山麓臨溪岸。不覺的早到前山。

〔云〕兀那小校每。等衆將來議事。則説我睡哩。〔卒子云〕理會的。〔正末唱〕

【鵲踏枝】把門人謹牢攎。切莫要漏機關。我如今一探賊情。一去盤桓。不一時踐征塵便返。則要您在軍中堅守營盤。

〔卒子云〕俺元帥去偷觀金墉城池去了。着俺牢守營寨。無甚事俺回帳房中去也。〔下〕〔正末云〕來到山邊。並無一箇鳥獸。再往山後觀看去也。〔唱〕

【寄生草】呀。恰轉過山峯畔。又來到闊澗灘。只見那青松檜柏侵霄漢。怪石峻嶺難模範。週圍四下都觀看。只見枯墳野塚倒石碑。荒凉古道飛寒雁。

〔做看科〕〔外扮白鹿上跑科了〕〔正末云〕可是奇怪也。兀的不是隻白鹿。不免趕將去。我拈弓在手。着箭。〔唱〕

【幺篇】忙縱馬臨邊塞。拽雕弓身慢翻。則俺那驊騮心急嫌蹄慢。將白鹿便往山後趕。放鵰翎的的相侵犯。轉山坡不見去如飛。霎時間風過休驚散。

〔見射箭科〕〔白鹿帶箭下〕〔正末云〕白鹿中了吾一箭不見了。兀的不是座城池。好是蓋造的好也。〔唱〕

【金盞兒】我則見柳陰繁。映河灘。繞城池一帶依平岸。則見那戍樓高聳接雲間。門排金甲士。檣竪赤旗旛。金牌書大字。墉府魏都關。

〔程咬金上云〕馬跨驊騮疾似風。宣花月斧手中輪。忽聽城外軍情事。急出城來探事情。某程咬金是也。奉魏王的命。着我巡綽邊境。遠遠的見一箇人走。不知是那裏來的。不免去拿將來問他。

〔正末云〕兀的不城內一箇將軍來了也。可怎生是好。我縱馬逃難去也。〔唱〕

【幺篇】見一人急高呼驟征駹。慌的我兜戰馬疾回還。心忙意急將人盼。那將軍銀盔鳳翅逞威顏。他那裏縱心追吾緊。我這裏叉手告人難。見一座神堂高廟古。且閃在這其間。

〔云〕原來是老君堂。不免進去。這是老君聖像。尊神與某金鞭指路。聖手遮攔。我將門關上。神靈保護某者。〔程咬金趕到科云〕是一座老君堂廟。此人趓在這廟裏。他也逃不出命去。必然出這廟來。我在此樹邊掩映着。等他出來時。着他死於斧下。〔秦叔寶上云〕某乃秦叔寶是也。有程咬金趕着一人。往這老君堂去了。我趕上看是何人也。〔做見科〕〔程咬金云〕叔寶將軍。我追趕着一人。往這老君堂來。今在此務要生擒活拿。我用斧劈開這廟門。看是甚麼人。〔正末云〕將軍饒性命。〔程咬金做劈門科云〕我也不認的你是何人。你喫吾一斧。〔秦叔寶用鐗架住斧科云〕程將軍不可傷其性命。可斟酌行。〔程咬金云〕既然叔寶勸我。且饒他一斧。小校將此人執縛定。拿至金墉城。見俺魏王去來。〔秦叔寶做背科云〕兀那犯邊的將軍。你端的是何人也。〔正末唱〕

【尾聲】我便是唐國一藩臣。今日箇誤把金墉犯。便好道禍臨身悔之已晚。恨不聽天罡言語攔。鳳凰雛落在籠樊。惹愁煩。甚日將師班。把我那蓋世英雄一筆删。也是我一時間性情上疎散。倒做了機謀中破綻。看何時逃難離邊關。〔同秦叔寶下〕

第二折

〔外扮劉文静引卒子上云〕小官劉文静是也。自從唐元帥與衆將征伐洛陽去。未見回來。左右門首看者。若來時。報復我知道。〔卒子云〕理會的。〔袁天罡同衆將上云〕某袁天罡是也。俺衆將星夜來到咸陽。火速臨朝。先見劉文静去。可早來到也。令人報復去。道有俺衆將來了也。〔卒子報科〕〔劉文静云〕着進來。〔卒子云〕着進去。〔做見科〕〔劉文静云〕衆大人。馬上索是辛苦也。怎生不見元帥來。〔天罡云〕兵到北邙山下。我算元帥有一百日大災。元帥不聽私出去。被李密差程咬金拿將去了也。〔劉文静云〕大人放心。我與李密有親。我務要去金墉城。見了李密。親自取元帥。走一遭去。左右將馬來。急驟驊騮奔外邦。心忙不憚路荒凉。若還到的金墉地。管教元帥赴咸陽。〔下〕〔袁天罡云〕大人不可去。我算他也有一百日大災。他也不可去。〔下〕〔李密引卒子上云〕某乃李密是也。誰想唐秦王侵犯我國。被程咬金拿將來。如今下在南牢。令人門首看者。看有甚麼人來。〔劉文静上云〕小官劉文静是也。自從離了咸陽。不覺到了金墉。不免進城見魏王去。可早來到也。令人報復去。道有咸陽使命來到了也。〔卒子云〕喏。報的大王得知。有咸陽使命劉文静來了也。〔李密云〕着他過來。〔卒子云〕理會的。着你過去。〔劉文静做見科〕〔李密云〕你不是劉文静。〔劉文静云〕小官是也。有敕諭在此。〔劉文静念云〕唐君敕諭魏王座前。今有秦王領兵。剿殺天下羣雄。不想誤犯洛陽邊境被獲。今差使臣前去。將千金之資請罪。放還本國。

惟王鑑之。〔李密聽念畢怒科云〕你這厮。你因與我有關親。你歸唐王。各事一主。敵國之臣。怎敢大膽。左右與我拿着這厮。下在南牢中去。〔卒子做拿科〕〔下〕〔李密云〕頗柰無知大不良。倚親來此惱吾腸。二人下在南牢内。管教永不到家鄉。〔下〕〔外扮徐懋功上云〕鼎鼐調和理庶民。安邦定國立功勳。爲臣輔弼行忠孝。堪作凌煙閣上人。小官姓徐。雙名世勣。字懋功是也。幼而習文。頗知韜略之書。因豪傑並起。某先隨翟讓起義於瓦岡。因除翟讓。後佐於魏王李密手下。見今魏王手下。有雄兵百萬。戰將千員。其中有二十五虎七熊八彪。據於金墉城。此處糧多草廣。奉魏王之命。大赦囚犯之人。差小官同魏徵秦叔寶。往牢中放罪人去。領敕到衙。等他二人來時。同共開詔。小校門首覷者。等魏徵秦叔寶二位大人來時。報復我知道。〔卒子云〕理會的。〔外扮魏徵同秦叔寶上〕〔魏徵云〕小官姓魏。名徵。字玄成。小官幼習儒業。頗看詩書。因天下羣雄並起。小官同徐懋功等。今佐於魏王李密麾下。俺這金墉城魏王。多招將士。廣結英雄。積草屯糧。俺魏王領兵。與孟海公相持去了。教俺同徐懋功秦叔寶二位大人。固守城池。不想殺了孟海公。得了滄州。今差使命來。教俺大赦金墉城的囚犯。着小官同往牢中。釋放罪人去。今領敕書到衙門。同共開此詔書去。可早來到也。小校報復去。道某來了也。〔卒子云〕理會的。〔報科云〕喏。報的大人得知。有魏徵秦叔寶來了也。〔徐懋功云〕道有請。〔卒子云〕理會的。有請。〔衆見科〕〔秦叔寶云〕看了詔書内。此一句單説着唐元帥劉文静的事。我有一句話。敢説也不敢也。〔徐懋功云〕將軍有話。但説不妨。〔秦叔寶云〕我想唐家國坐咸陽。人心拱服。這唐元帥上應天命。下合人心。兵行得勝。馬到成功。被程咬金趕到老君堂。某見有異相。我想俺魏王所行之事。閉塞賢門。有功不賞。有罪不罰。暗誅賢士。天不降祥。乃義禮不辨。望大人每詳之。〔徐懋功云〕公言者當也。左右人。牢中取出唐元帥劉文静來。〔正末云〕某唐元帥是也。自離了咸陽。悔不聽袁天罡之言。果遭他人之手。劉文静。誰着你來也。〔劉文静云〕爲元帥之苦。避死貪生。何爲忠臣也。恰纔叫俺每。不免走一遭去。〔正末云〕有何人搭救俺也呵。〔唱〕
【中吕粉蝶兒】俺如今度日如年。遭縲絏心中嗟怨。悔不聽賢相之言。自爲我看金墉。尋白鹿。怎生敢相犯。他將我拿到廳前。下南牢不由人分辨。
〔劉文静云〕元帥。休要惱怒。權且柰心也。〔正末唱〕
【醉春風】不由咱心内惱淚珠垂。也是咱時運蹇。不信那賢臣言語受恓惶。悔時節晚。晚。恨不的駕霧騰雲。臂生兩翅。飛出獄院。
〔做見科〕〔徐懋功云〕如今魏王大恩赦罪。内説南牢二子。不放還鄉。你二人休想還鄉也。〔正末唱〕
【上小樓】聽説罷愁眉淚眼。則是望恩官方便。我如今犯法違條。擾亂邊疆。罪可當然。忙跪下。三位官。將詔書更變。〔徐懋功云〕俺若救了你。便來報讎也。〔正末唱〕咱非敢再興兵又來交戰。
〔魏徵云〕你不是等閑人。俺如今救了你。到後來有大望也。〔秦叔寶云〕良禽相木而棲。賢臣擇

主而佐。聞説唐君德勝堯舜。欽文敬武。天下紛紛。以有德而伐無德。以有仁而伐不仁。如今望二位大人主意也。〔正末唱〕

【十二月】則是望恩官可憐。若道是放我回旋。到的那咸陽里。久後拜謝明賢。〔徐懋功云〕快休動人馬也。〔正末唱〕

【堯民歌】呀。咱每怎敢報唧冤。到來朝一一訴三賢。險些兒一命喪黄泉。多謝恩官救咱言。今也波年。今年得凱旋。異日見恩官面。

〔魏徵云〕此言决不可漏泄。不字出頭。改箇本字。〔徐懋功云〕大妙大妙。一字抵萬金之價。左右人開了枷鎖。您二人路上小心仔細。俺三人改詔書。放你還邦也。〔正末云〕謝了三位恩人。〔唱〕

【耍孩兒】今日箇多承賢士恩難斷。救得俺時間倒懸。回朝親奏玉堦前。不忘了施恩德改詔哀憐。我自想英魂喪在金墉地。豈知道今朝還帝輦。忙把行途踐。此恩此德。肺腑難言。

〔徐懋功云〕元帥記着俺三人也。〔正末云〕我切切在心。亦不敢忘也。〔唱〕

【尾聲】俺如今拜别了即便還。赴家鄉朝御前。何朝見得恩官面。若要是歸到咸陽避甚麼路兒遠。〔下〕

〔秦叔寶云〕今日改詔救了秦王。乃魏徵大人之功也。若是魏王見責。俺三人一面承當。各歸本府去來也。公門之處好修行。三人改詔放英雄。俺如今欺公爲主施恩義。人生何處不相逢。〔同下〕

楔子

〔外扮蕭銑同蕭虎蕭彪領卒子上〕〔蕭銑云〕泰山頂上刀磨缺。北海波中馬飲枯。男子三十身不立。枉作堂堂大丈夫。某乃大將蕭銑是也。因隋失其政。天下豪傑併起。各佔封疆。某聚集軍馬數萬。獨占江南九郡之地。某麾下有兄弟二人。乃是蕭虎蕭彪是也。又有一員大將。乃是高熊。此人十分英勇。不期李密占了金墉城。又聞的李淵領着他子父兵獨占天下。在此咸陽。自稱大唐神堯高祖。他不忿天下豪傑之心。今要併吞天下。今着唐童爲帥。領大勢人馬。來征俺江南。某想來。有雄兵百萬。戰將千員。兄弟每。量唐童何足道哉也。〔蕭虎云〕尊兄在上。既然唐元帥領兵征俺江南。必然運機對敵。俺隨後發兵。拒敵大唐。有何不可。〔蕭銑云〕兄弟。大唐將勇兵雄。可用意剿殺他也。〔蕭虎云〕大王。俺這裏百萬雄兵。都是好漢。量唐元帥到的那裏也。〔蕭銑云〕二兄弟蕭彪。你可小心與唐將相持。着志者。〔蕭彪云〕大王。俺二將緊跟着哥哥出馬。分勝敗定在今朝也。〔蕭銑云〕兀那小校。與我喚將大將高熊來者。〔卒子云〕理會的。高將軍安在。〔淨扮高熊上云〕我做將軍古怪。厮殺相持無賽。常川吊下馬來。至今跌破腦袋。某乃大將高熊是也。十八般武藝。無一件兒是會的。論文一口氣直念到蔣沈韓楊。論武調隊子歪纏到底。在教場裏竪蜻蜓耍子。巴都兒來報大王呼喚。不知有何將令。小學生跑一遭去。可早來到也。小校報復去。道有大將高熊來了也。〔卒子做報科云〕理會的。喏。高將軍來了也。〔蕭銑云〕着他過來。〔卒子云〕理會的。着你過去哩。〔做見科云〕老元帥。小人劍甲在身。不能打腿。喚小將有何事。〔蕭銑云〕高熊。喚你來不爲别。今有大唐領大勢軍馬。與俺拒敵。説他每十分英勇。你可與他拒敵。小心在意者。〔高熊云〕得令。奉大王將令。統領十萬雄兵。親爲合後。殺唐兵走一遭去。大小三軍。聽我放屁。未曾上馬。先喫一醉。不穿鐵甲。披着錦被。撞見唐兵。和他對壘。射將箭來。舒着大腿。丢了殘生。黄泉做鬼。十萬兵擺列刀鎗。一箇箇跨上綿羊。遇相持准備逃命。夾迴馬跑到良鄉。〔下〕〔蕭銑云〕高熊與唐兵交戰去了也。兩箇兄弟。喈領大勢軍兵。整搠人馬去接應。與唐兵相持厮殺。走一遭去。雄兵百萬列鎗刀。箇箇威風殺氣高。若還撞見唐兵將。决定斬首不相饒。〔同下〕〔劉文静上云〕近來脱離金墉難。復爲唐朝股肱臣。小官乃劉文静是也。自從搭救主公。不期李密將某也囚入南牢。多虧魏徵改詔。放秦王並某還邦。今李密兵敗勢傾。奉大唐聖人的命。着秦王親自爲帥。統兵十萬。南征蕭銑。某爲前哨。先在此清風嶺等候。塵土起處。唐元帥敢待來也。〔正末同秦叔寶段志玄上〕〔正末云〕某乃秦王李世民是也。多虧魏徵改詔。放某還鄉。今李密亡家喪國。某奉父王聖命。着某南征蕭銑。掛印爲帥。某同此三將。乃秦叔寶段志玄等。領兵到此金沙灘。某先差馬三寶在清風嶺截殺賊兵。二將軍看俺這唐兵。是好威勢也。〔秦叔寶云〕元帥。俺這唐兵人强馬壯。耀武揚威。真箇是將勇兵驍也。〔段志玄云〕元帥。

俺唐兵旌旗千里。殺氣冲霄。量蕭銑何足道哉。〔正末云〕遠遠的不是劉文静的旗號至近也。〔劉文静見正末下馬科云〕元帥。小官劉文静。前哨軍馬在此謹候也。〔正末云〕大小三軍。擺開陣勢。蕭銑敢待來也。〔蕭銑同蕭虎蕭彪上〕〔蕭銑云〕大小三軍擺的嚴整着。〔蕭虎云〕元帥。小將每知道。蕭彪你合後着。〔蕭彪云〕我知道了。〔正末云〕來者何人。〔蕭銑云〕某乃大將蕭銑是也。你來者何人。〔正末云〕某乃大唐元帥秦王是也。兀那蕭銑。及早下馬受降。〔蕭銑云〕量你到的那裏。〔正末云〕操鼓來。〔衆將一齊戰科〕〔唱〕

【仙吕賞花時】我與你縱馬横刀去戰敵。殺氣騰騰映日起。助陣鼓凱春雷。〔秦叔寶鐧打倒蕭虎科云〕蕭虎喫吾一鐧着。〔蕭虎中鐧科〕〔下〕〔正末唱〕恰便似鞭伏了盜跖。〔段志玄云〕蕭彪喫吾一劍。〔中劍科〕〔下〕〔正末唱〕龍泉下鮮血染錦征衣。

〔蕭銑云〕你殺了我兩箇兄弟。更待干罷。我和你決戰九千合。〔正末云〕二將靠後。某單戰蕭銑。〔蕭銑云〕操鼓來。〔正末唱〕

【么篇】再交馬刀迎畫桿戟。輕展猿猱斬逆賊。〔蕭銑云〕唐童是英勇。我近不的他。我逃命。走了罷。〔正末唱〕殺的他七魄散五魂飛。〔云〕蕭銑喫吾一刀。〔蕭銑中刀〕〔下〕〔卒子報科云〕俺元帥刀劈了蕭銑。得了勝也。〔正末唱〕見小校登時間報喜。今日箇敲金鐙齊唱着凱歌迴。〔同下〕

〔净扮高熊上云〕某乃高熊是也。某領着十萬雄兵。與大唐家交戰。故意截住唐元帥迴路。大小巴都兒。擺開陣勢。來者何人。〔馬三寶引卒子上云〕某乃唐將馬三寶是也。奉唐元帥將令。差某領三萬精兵。在此清風嶺接應。聞知元帥得勝還營。有蕭銑手下餘黨未退。截俺唐兵迴路。遠遠的塵土起處。不是賊兵至也。〔净高熊云〕某乃江南大將高熊是也。故來截你迴路。你見我手中的鉞斧麼。我和你决戰九千七百六十四合半。纔顯我老高的手段也。你來者何人。〔馬三寶云〕某乃唐將馬三寶是也。〔二將做戰科〕〔高熊云〕花腔邊鼓擂。雜彩繡旗摇。衆將齊吶喊。二騎馬相交。〔高熊云〕這馬將軍十分英勇。我敵不住他。我虚劈一斧逃命。走了罷。〔馬三寶做鎗刺科〕〔高熊倒科云〕我死也。〔下〕〔馬三寶云〕誰想高熊截俺唐兵迴路。被某鎗刺高熊。剿殺了賊兵敗將。班師迴還。回元帥話去來。頗柰高熊覓戰争。故來截路當唐兵。被吾鎗刺賊兵死。得勝回朝奏聖君。〔下〕

第三折

〔外扮李靖上云〕得勝班師報捷回。秦王立國展兵機。陣前一戰誅蕭銑。青史書名萬古題。某乃軍師李靖是也。聞知唐元帥南征蕭銑。一鼓而下。得勝班師回國。我使的一箇報喜的探子去了也。這早晚敢待來也。〔正末云〕一場好厮殺也呵。〔唱〕

【黄鍾醉花陰】百萬天兵喊聲炒。自古無今番戰討。憑虎略顯龍韜。奉命興師。有道伐無道。則一陣定唐朝。聽小校從頭。〔做見科云〕報。報。報。喏。〔唱〕説這遭。

〔李靖云〕好探子也。從那陣面上來。看他那喜色旺氣。錦襖偏宜錦戰裙。金環雙襯滲青巾。陣前察探軍情事。專聽來人仔細陳。俺唐兵與蕭銑兩家對住陣。怎生相持厮殺來。你喘息定。慢慢的説一遍。〔正末唱〕

【喜遷鶯】我則見密排軍校。明晃晃劍戟鎗刀。英豪。征塵籠罩。骨剌剌的旌旗雜彩搖。殺氣飄。如虎豹征人勇烈。似蛟龍戰馬咆哮。

〔李靖云〕好厮殺也。那壁厢蕭銑蕭虎蕭彪出馬。俺這厢唐元帥秦叔寶段志玄三將臨陣。好相持也。六員將頓劍搖環。六匹馬踢跳彎犇。六軍勇衝圍破陣。六人戰膽戰心寒。六般兒滲人兵器。似那六天兵降下天關。六沉鎗闊劍巨斧。六丁神混戰人間。六員大將。怎交馬耀武揚威。兀那探子。你慢慢的再説一遍。〔正末唱〕

【出隊子】六員將雄如虎豹。逞英雄秦叔寶。皮楞鐵鐧將難逃。蕭虎登時該命夭。〔云〕俺段志玄。〔唱〕劍斬蕭彪陣上倒。

〔李靖云〕俺秦叔寶仗着唐元帥的威風。鐧打死蕭虎。段志玄顯大將的英雄。劍斬了蕭彪。好相持也。叔寶英雄不可當。全憑鐵鐧保封疆。打翻蕭虎難逃命。更有將軍段志玄。劍斬蕭彪魂魄散。陣前蕭銑大開言。單搦秦王雙戰鬭。今朝目下定江山。俺秦叔寶段志玄殺翻了蕭虎蕭彪。那蕭銑在陣前厲聲高叫。柰俺元帥怎生相持。探子你慢慢的再説一遍者。〔正末唱〕

【刮地風】惡狠狠蕭銑軍前施懆暴。搦元帥比並低高。俺秦王聽罷呷呷笑。縱馬輪刀。

垓心内顯耀英豪。陣面上並不相饒。見畫戟來鋼刀去。怒氣相交有百十合不定交。要辨箇清濁。俺元帥刀起人頭落。呀。敢血淋漓錦戰袍。

〔李靖云〕俺元帥與蕭銑戰到百十合上。見蕭銑筋弛力盡。馬困人乏。望元帥虛刺一方天畫桿戟來。俺元帥舉起雁翎刀。立誅了蕭銑。則見金盔倒偃。兩脚登空。倒於馬下。元帥英雄播四方。能文善武世無雙。南征蕭銑功勞大。刀劈賊徒定萬邦。天下豪傑皆上表。威鎮乾坤罷刀鎗。真爲白玉擎天柱。堪作黄金架海梁。唐元帥立誅了蕭銑。怎生殺敗殘兵將。你慢慢的再説一遍。〔正末唱〕

【四門子】俺元帥斬將驅軍校。殺殘兵無路逃。把城郭收將軍士又招。下江南遠征真一掃。府庫又封。臣子又朝。一處處歸降順了。

〔李靖云〕俺唐元帥誅了蕭銑。有賊將手下餘黨。圍住秦王。俺元帥託賴聖人洪福。剿殺敗殘兵將。好英雄也。文武雙全將相才。氣衝牛斗捲江淮。江南地面屬唐國。天下諸侯上表來。後有高熊截住俺元帥歸路。不期馬三寶敵住。鎗刺死高熊。平收一國。見今四海咸寧。萬民樂業。真乃太平之世。探子你再説一遍。〔正末唱〕

【古水仙子】呀呀呀萬方寧仰聖朝。納土稱臣皆上表。美美美風雨調和軍民安樂。見見見四夷人來進寶。太平年五穀豐饒。將將將十八處擅改皆盡剿。俺秦王謹奉尊君詔。是是是平蕭銑定唐朝。

〔李靖云〕俺唐元帥平定了江南。探子無甚事。自回本營中去。〔正末唱〕

【尾聲】四海稱臣萬民樂。建立下蓋世功勞。萬萬載願吾皇登大寶。〔下〕

〔李靖云〕探子去了也。俺聖朝軍馬得了勝也。這的是真天子百靈咸助。方顯大將軍八面威風。〔下〕

第四折

〔冲末扮殿頭官引卒子上云〕五夜漏聲催曉箭。九重春色醉仙桃。旌旗日暖龍蛇動。宮殿風微燕雀高。小官乃殿頭官是也。今日早朝。飛報軍情來。奏説俺唐元帥爲觀看北邙山。教魏王李密所獲。聖人差劉文静爲使。齎敕與李密講和去。不想李密將此二人。都下在南牢。今聞的李密收了滄州。殺了孟海公。赦此一城罪犯之人。不想詔書内一應囚犯俱放了。則不放俺唐元帥等二人。有劉文静所央魏徵等改了詔書。將俺唐元帥等二人釋放了。今又奉命征伐江南。剿殺了蕭銑等。又得了人馬糧草無數。今全功得勝。奉聖人的命。着小官傳與該衙門安排筵宴。犒勞大小衆將。就差一使命。前去加官賜賞。小官在此帥府等候。小校門首覷着。若唐元帥等來時。報復我知道。〔卒子云〕理會的。〔正末同秦叔寶段志玄上〕〔正末云〕某乃唐元帥是也。平定江南已回。今日班師。秦將軍。俺入朝見聖人去來。〔秦叔寶云〕遥望京師不遠。今已得勝還朝。大小軍將。是好威風也呵。〔正末唱〕

【雙調新水令】立誅蕭銑靖邊庭。託賴着一人有慶。班師回帝輦。領將到神京。報捷連聲。臨帥府聽宣命。

〔云〕可早來到帥府門首也。小校報復去。有秦王等下馬也。〔卒子云〕理會的。喏。報的大人得知。有唐元帥等下馬。見在府門首也。〔殿頭官云〕道有請。〔卒子云〕理會的。大人有請。〔做見科〕〔殿頭官云〕唐元帥於國有功。與衆將甚是辛苦也。〔正末云〕老宰輔治朝綱不易也。〔殿頭官云〕元帥。似此智勇妙算。名揚天下。實乃國家磐石之固。〔正末云〕大人。非某之能。託賴尊君洪福。並二位將軍之能也。〔秦叔寶云〕老宰輔。此一場非俺二將之能。仰賴元帥虎威。〔段志玄云〕老大人。俺二將殺了蕭虎蕭彪。總不如元帥戰敵賊首。立誅蕭銑。今日定了太平也。〔殿頭官云〕元帥。一來尊君洪福。二來元帥謀略過人。今日得了勝也。〔正末唱〕

【沉醉東風】奉敕旨征南遠行。奸邪蕭銑排兵。無徒蕭虎强。怎比秦瓊勝。則一鐧喪了殘生。頗柰蕭彪尋戰爭。〔云〕被俺段志玄。〔唱〕寶劍斬安邊定境。

〔殿頭官云〕元帥之能。不在諸葛武侯之下。量蕭銑到的那裏也。〔正末唱〕

【掛玉鈎】蕭銑英雄武藝能。方天戟横持定。出馬開旗吶喊聲。我刀過處無回頸。有似那斬蔡陽。霎時誅讒佞。將他那百萬貔貅。一掃皆平。

〔殿頭官云〕元帥少待。小校就請李靖軍師。將那收復了李密手下衆將官。都與我拿將來者。〔卒子云〕理會的。李靖軍師。大人有請。〔李靖同卒子拏程咬金上云〕小官李靖是也。今有魏王李密手下大小衆將。盡皆歸降俺大唐。内有一人。乃是程咬金。此人當日將俺秦王主公拿至金墉城。多虧魏徵改詔。放俺元帥還邦。今日程咬金投降。未知秦王尊意。怎生決斷。小官將程咬金執縛定。拿見秦王去。可早來到帥府門首也。小校報復去。有李靖軍師來了也。〔卒子云〕理會的。報的大人得知。有李靖軍師等來了也。〔殿頭官云〕道有請。〔做見科〕〔李靖云〕大人。俺元帥平定了江南。深有汗馬之功勞也。〔正末云〕軍師真乃扶持社稷股肱之臣也。〔李靖云〕不敢不敢。小官此一來有一事啓知元帥。〔正末云〕軍師有何事。〔李靖云〕如今李密手下大小衆將。盡皆降俺大唐。内有一將。乃是程咬金。某想此人手持宣花斧。追趕元帥。拿至金墉城。誰想今日程咬金投降。將此人執縛定了。拿來見元帥。見在帥府門首也。〔做拿見科〕〔正末云〕着他過來。〔卒子云〕理會的。左右人拿將過去。〔李靖云〕元帥。則他便是程咬金。〔程咬金云〕大王。小將乃亡家之臣。前者不可追襲大王。小將有彌天之罪。今日投降。小將情願納頭受死於大王斧鉞之下也。〔正末云〕軍師衆大人聽者。爲人臣者當以盡忠報國。程咬金追某至老君堂。此人當時盡忠於魏王。未識某矣。今來投唐。某肯念其前讎。豈不聞桀犬吠堯。非堯不仁。皆各認其主。某今將程咬金將軍舉入朝中。必當重用。我親釋其縛也。〔正末解程咬金繩科〕〔程咬金云〕感蒙大王。赦臣萬死。大王若納微臣爲將。我捨一腔熱血。盡忠竭力。報大王不殺之恩。〔正末云〕程將軍但放心。某奏過尊君。必有重用。封官賜賞也。〔程咬金做拜謝科〕〔殿頭官云〕左右人擡上果桌來者。〔做遞酒科〕〔殿頭官云〕元帥滿飲此盃。〔正末云〕某也飲酒。老宰輔同軍師與衆將。今日與某正

當龍虎風雲會。〔殿頭官云〕欽賜筵宴。慶功飲酒。正當其禮也。〔正末唱〕

【川撥棹】開玳筵慶功成。勸金盃飲醁醽。文武公卿。笑語歡聲。樂醄醄方歸畫庭。獻烹炰佳饌馨。

〔殿頭官云〕剿殺天下羣雄。天下太平。方今四海晏然也。〔正末唱〕

【梅花酒】見如今太平。戰争盡皆寧。千邦萬國來朝正。金枝玉葉永延齡。風調雨順年豐盛。

〔李靖云〕皆託文武之能也。〔正末唱〕

【七弟兄】呀。文臣每盡調鼎。武將每操兵。是處咸亨。法正官清。願吾皇聖壽安萬萬歲祝遐齡。三邊静。四海清。靈芝現。醴泉生。慶雲燦。景星明。

〔殿頭官云〕皆因是聖天子洪福齊天。文武每保安社稷。皆豐稔之世也。〔正末唱〕

【收江南】呀。託賴着聖朝天子重羣英。賢臣良將輔朝廷。中原清宴賀昇平。幸倉廒滿盈。保皇圖一統萬年興。

〔外扮使命冲上云〕雷霆驅號令。星斗焕文章。小官乃天朝使命是也。奉聖人的命。着某直至元帥府。加官賜賞走一遭去。可早來到也。唐元帥裝香來。並大小衆將。望闕跪者。聽聖人的命。加官賜賞也。〔正末同衆將跪科云〕大小衆將。謹聽敕旨。〔使命云〕您聽者。因李密侮慢朝綱。金墉城積草屯糧。唐元帥偷觀入境。程咬金各佐主追趕秦王。斧劈在老君堂内。秦叔寶鐧架住真表忠良。袁天罡算百日之難。虧魏徵改詔書釋放還鄉。王世充兵敗李密。有蕭銑不順大唐。聖敕封秦王爲帥。統雄師征討南方。仗洪福立誅蕭銑。破奸邪展土開疆。奉聖命加官賜賞。排御宴犒勞非常。加秦王繼承後位。秦瓊等位至都堂。扶社稷萬年一統。保皇圖帝道遐昌。

題目　唐秦王悮看金墉府

正名　程咬金斧劈老君堂

蕭何月夜追韓信雜劇

金　仁傑　撰

第一折

〔等漂母提一折下〕〔惡少年云了〕〔旦并外上〕〔末抱監背劍冒雪上開〕自家韓信的便是。目今秦失其鹿。天下逐之。不知久後鹿死誰手。想自家空學的滿腹兵書戰策。奈滿眼兒曹。誰識英雄之輩。好傷感人呵。

【仙吕點絳唇】想着我獨步才超。性與天道。凌雲浩。世事皆濁。則我這美玉誰彫琢。

【混江龍】消磨了聖人之教。幾時的經綸天地整皇朝。時遇着山梁雌雉。急切釣不的滄海鯨鰲。淚洒就長江千尺浪。氣衝開雲漢九重霄。胸次包羅天地。肺腑捲□江河。筆尖能摇山岳。劍鋒可摘星辰。嘆英雄何日朝聞道。盼殺我也玉堂金馬。困殺我也陋巷簞瓢。

【油葫蘆】尋思我枉把孫吴韜略學。天不我不發跡直等到老。一回家怨天公直恁困英豪。嘆良金美玉何人曉。恨高山流水知音少。禮不通忘了管轄。道不行無了木鐸。枉着那兵書戰策習的玄妙。争奈俺命不濟謾徒勞。

【天下樂】空教我日夜思量計萬條。一回家心焦。何日了。越把我磨劍的志節懶墮却。空將文業攻。武藝學。至如學將來有甚好。

〔做冒雪的科〕〔云〕嗨。好大雪呵。

【那吒令】似這般大雪呵。街上黎民也懊惱。似這般大雪呵。山上樵夫也怎熬。似這般大雪呵。江上漁翁也凍倒。便有個姜子牙也難應非熊兆。子索把綠蓑衣披着。

【鵲踏枝】昔零零洒瓊瑤。亂紛紛翦鵝毛。越映的江闊天低。水遠山遥。冰雪堂蘇秦凍倒。漏星堂顏子難熬。

【寄生草】凛凛寒風刮。揚揚大雪飄。如銀河滚下飛虹□。似玉龍噴出梨花落。比白雲滿地無人掃。我則見敗殘鱗甲滿天飛。抵多少西風落葉長安道。

〔做見旦外并旦施禮科〕〔旦云了〕

【幺】你道我秋夏間由誰過。冬月天怎地熬。可不春來依舊生芳草。你道我白身無靠何時了。可不説青霄有路終須到。則我這男兒未濟婦人嫌。真乃是龍歸淺水蝦蟆笑。

【村裏迓鼓】憑着我五陵豪氣。不信道一生窮暴。〔云〕夫子抱麒麟而哭生不遇時。我若生在春秋那時。英雄志登時宣召。憑着滿腹才調。非咱心傲。論勇呵那裏説卞莊强。論武呵也不數廉頗會。論文呵怎肯讓子産高。論智呵我敢和伍子胥臨潼鬬寶。

〔等外并旦又住〕

【元和令】晉靈輸得飯了。請趙盾且休鬧。聖人言謀道不謀食。居無安食無飽。覷了田文門下女妖嬈。〔做煩惱出門唱〕我寧可首陽山自餓倒。

〔等净上打撞怒云〕

【上馬嬌】□□庚運歹也□□□惡。但行處撞着兒曹。〔等净做住行着唱〕他把我丕丕的趕過長安道。惡難怎逃。時下怎歸着。忿氣不消。趕到我二十遭。

〔等净做劍哏住〕

【游四門】呀。早劍横秋水手中提。〔等净云了〕我可甚由自想來朝。〔等净云了〕你道拜爲兄長相結好。爲朋友便躭饒。呵。咱兩個做知交。

【勝葫蘆】可知大古是人伴賢良智轉高。〔净怒云了〕呀。怎想舌是斬身刀。則見他惡歆歆伏着龍泉尋左錯。他把我踢收秃刷覷覷。則覺我驚驚戰戰心怕。不由我的羞剔痒腿脡摇。

〔等净云了〕昔日宋桓魋欲害孔子。孔子不能逃難。亦曾微服而避過。我想一代聖賢尚然如此。何况韓信。

【後庭花】歸冥鴻惜羽毛。休想先生懶折腰。〔做鑽一遭〕赤緊在他心投下。子索伏低且做小。〔做又鑽一遭〕向胯下扒步到兩三遭。避不□鄉人每恥笑恨難消。伏軟弱痛難熬。兒曹每行霸道。〔等外唱净下了〕是誰人把劍客趕去了。細身軀猛回頭觀覷着。

【柳葉兒】却元來是孟嘗君來到。〔等旦云〕見桑新婦亂下風雹。哥哥咱正是揚鞭舉棹休相笑。却才那齊管仲行無道。又見魯義姑逞麄豪。咱呵可甚晏平仲善與人交。

〔等卜兒云了〕〔云〕婆婆這恩念。久後須要報了。〔卜兒云了〕

【尾】〔卜兒砌末〕真乃是孟母斷機心。〔等外與砌末了〕怎忘的鮑叔般相結好。〔旦云了〕我早則離了你賢達嫂嫂。〔等旦云了〕大丈夫何愁刎頸交。〔旦云了〕割雞焉用牛刀。打聽波女妖嬈。有一日平步青霄。不信鴻鵠同燕雀。〔等旦云了〕噤聲。憑着我整乾坤六韜。展江山三略。笑談間束帶立於朝。〔下〕

第二折

〔等霸王上開一折下〕〔等駕提一折〕〔等蕭何云了〕〔正末背劍踏竹馬兒上開〕想自家離了淮陰。投於楚國不用。今投沛公。亦不能用。人悶悶而不已。而成短歌。歌曰。背楚投漢。氣吞山河。知音未遇。彈琴空歌。棄執戟離霸主。謀大將投蕭何。治粟以嘆何補。乘駿騎而知他。〔詩曰〕淚洒西風怨恨多。淮陰壯士被窮磨。魯麟周鳳皆爲瑞。時與不時争奈何。

【雙調新水令】恨天涯流落客孤寒。嘆英雄半世虚幻。坐下馬空踏遍山水雄。背上劍枉射得斗牛寒。恨塞於天地之間。雲遮斷玉砌雕欄。按不住浩然氣透霄漢。

【駐馬聽】回首青山。拍拍離愁滿戰鞍。舉頭新雁。呀呀哀怨伴天寒。止望學龍投大海駕天關。剗地似軍騎羸馬連雲棧。且相逢覷英雄如匹似閑。堪恨無端四海蒼生眼。

【沉醉東風】斡功名千難萬難。求身仕兩次三番。前番離了楚國。今次又別炎漢。不覺的皓首蒼顏。就月朗回頭把劍看。忽然傷感默上心來。百忙裏揾不乾我英雄淚眼。

〔詩曰〕身似青山氣似雲。也曾富貴也曾貧。時運未來君休笑。太公也作釣魚人。

【水仙子】想當日子牙守定釣魚灘。遇文王親詣磻溪登將臺。如今一等盗糠殺狗爲官宦。天那偏我斡功名的難上難。想岩前傅説貧寒。平糞土把生涯斡。遇高宗一夢間。他須不曾板築在長安。

〔蕭何踏竹馬兒上了〕

【雁兒落】丞相道將咱來不住的趕。韓信則索把程途盼。〔蕭何云了〕爲甚却相逢便噤聲。非是我不言語相輕慢。

【得勝令】我又怕叉手告人難。因此上懶下寶雕鞍。〔蕭何云了〕説着漢天子由心困。量着楚重瞳怎掛眼。〔蕭何云了〕棄駿馬雕鞍。向落日夕陽岸。辦蓑笠綸竿。釣西風渭水寒。

〔蕭何云了〕

【夜行船】看承的自家如等閑。我早則没福見劉亭長龍顔。〔蕭何云了〕誰受你那小覷我的官職。〔蕭何云了〕誰吃你那淹留咱的茶飯。〔蕭何云了〕剗地説功名半年期限。

【掛玉鈎】我怎肯一事無成兩鬢斑。〔蕭何云了〕既然你不用我這英雄漢。因此上鐵甲將軍夜度關。你端的爲馬來將人盼。既不爲馬共人。却有甚别公幹。我漢室江山。可知可知保奏得我甚掛印登壇。

〔蕭何云了〕〔漁公上云了〕〔蕭何并末上船科〕丞相道漁公説得是。官人每不在家裏快活。也這般戴月披星生受。則麽將謂韓信功名如此艱辛。元來這打魚的覓衣飯吃。更是生受。

【川撥棹】半夜裏恰回還。抵多少夕陽歸去晚。烟水灣灣。珂珮珊珊。冷清清夜静水寒。可正是漁人江上晚。

【七弟兄】脚踏着跳板。手執定竹竿。不住的把船攀。兀良我則見沙鷗驚起蘆花岸。忒楞楞飛過蓼花灘。可便似禹門浪急桃花泛。

【梅花酒】雖然是暮景殘。恰夜静更闌。對緑水青山。正天淡雲閑。明滴溜銀蟾似海山。光燦爛玉兔照天闕。撑開船掛起帆。俺紅塵中受塗炭。恁緑波中覓衣飯。俺乘駿騎懼登山。你駕孤舟怕逢灘。俺錦征袍怯衣單。你緑蓑衣不曾乾。俺乾熬得鬢斑斑。你枉守定水潺潺。俺不能勾紫羅襴。你空執着釣魚竿。咱都不到這其間。

【收江南】怎知烟波名利大家難。〔做上岸科〕〔漁父先下〕抵多少五更朝外馬嘶寒。對一天星斗跨雕鞍。不由我倦憚。也是算來名利不如閑。

【尾】我想這男兒受困遭磨難。恰便似蛟龍未濟逢乾旱。怎蒙了戰策兵書。消磨了頓劍摇環。唱道惆悵功名。因何太晚。似這般涉水登山。休休休空長嘆。〔蕭何帶住〕謝丞相執手相看。不由我半挽着絲繮意去的嬾。〔下〕

第三折

〔駕上云了〕〔蕭何云了〕〔樊噲上云了〕〔正末上開〕不想今日得見官裏面皮。

【中吕粉蝶兒】手摘星辰。脚平踏禹門潮信。吐虹蜺千丈絲綸。釣五國。平天下。怎教魚龍一混。早則得志羽扇綸巾。再不踐長途客身難進。

【醉春風】昨日看青山緑水劍光昏。今朝見白馬紅纓彩色新。便做一宵宮裏夢賢人。也似這般准。准。三省吾身。五陵年少。端的一言難盡。

〔做探蕭何禮了〕今日得見官裏。謝丞相一人而已。

【石榴花】昨日恰正動羈懷千里踐紅塵。單騎欲私奔。若不是朝中宰相自勞神。把飄零客身。引入賢門。若不是丞相追回沙這其間趁西風人遠天涯近。則見衆公卿步履慇勤。把列着半張鑾駕迎韓信。這的是天子重賢臣。

〔做見駕駕發下科〕

【鬭鵪鶉】臣迭不得舞蹈揚塵。〔駕云了〕嗨。好豁達波開至尊。這一遍不弱如文王。自臨渭濱。〔駕云了〕量這個夯錢之夫小可人。怎做這社稷臣。爲我王納諫如流。因此上丞相奏准。〔做回駕科〕

【剔銀燈】臣昨日做了個夜度昭關伍員。不弱如有國難投孫臏。今日又不曾驅兵領將排着軍陣。不剌怎消得我王這般棒鼓推輪。量這個提牌將。執戟人。霎時間官封一品。

【蔓菁菜】陛下我親掛了元戎印。久已後我王掌十萬里錦乾坤。恁時節須正本。你看。我盡節存忠立功勳。單注着楚霸王大軍盡。

〔樊噲云了〕衆軍拿下者。既爲元帥。軍有長刑。推轉者。〔駕上云了〕且留下者。〔云〕我王萬歲萬歲萬萬歲。想古往今來。多少功臣名將。誰不出於貧寒碌碌之中。聽微臣說咱。

【十二月】伊尹曾耕於有莘。子牙曾守定絲綸。傅説在岩前板大。夫子在陳蔡清貧。

〔等净云了〕你休笑這做元帥的原是庶人。道丞相也是個黎民。

【堯民歌】我從來將相出寒門。〔駕云了〕咱王是一朝天子一朝臣。〔駕云了〕息怒波豁達大度聖明君。〔净云了〕噤聲波低頭切肉大將軍。〔净云了〕休賣弄花唇。你不曾把鎗刀劍戟掄。我只見你殺狗處持刀刃。

〔净云了〕〔駕上云了〕霸王酒不飲三。色不侵二。有喑嗚叱咤之威。舉鼎拔山之力。人有疾病之苦。泣涕衣食而飲。陛下不知霸王却有幾樁兒不及我王處。〔等駕云了〕

【上小樓】他不合燒阿房三十六宮。殺降兵二十萬人。先到咸陽。不依前言。自號爲君。趕故主。殺子嬰。誅絶斬盡。更殺義帝江心中有家難奔。

【幺】把長安封爲倭臣。將彭城改作内門。這的是他不得天時。失了地利。惡了秦民。更擄掠民才。弑君殺父。言而無信。及至他封官時惜爵刓印。

〔駕上云了〕我王錯矣。豁達大度。納諫如流。爲杓宗而罷刑肉。滅强秦而罷城旦。有功雖仇必賞。有過雖親必誅。霸王爲名征。我主施仁義呵。

【耍孩兒】這楚重瞳能有十年運。〔駕云了〕去十分消磨了六分。臣一觀乾象甚分明。〔駕云了〕我王帝星朗朗超羣。〔駕云了〕他時來力舉千斤鼎。直熬得運去無功自殺身。

〔駕云了〕陛下問安邦策何時定。臣算着五年滅楚。小可如三載亡秦。

【幺】恁般一個秦家基業人。客盡東愁甚末劉項不分。登時間一統做漢乾坤。笑談間席捲三秦。敗齊破趙無虛謬。滅楚興劉有定准。〔駕云了〕請我王休心困。薦微臣的是朝中宰相。拿霸主的全在閫外將軍。

臣已早定議了。

【三煞】臣教子房散了楚軍。周勃領着漢兵。臣教酈商引鐵騎八方四面相隨趁。臣教王陵作先鋒九里山前明排着陣。臣教灌嬰爲合後十面埋伏暗擺着軍。臣教樊噲去山尖頂上磨旗作軍中眼目。看陣勢調遣軍人。

【二煞】得勝也臣教大梁王在後面趕。詐敗也臣教九江王在前面引。把楚重瞳賺入長蛇陣。恁時節喑嗚叱咤難開口。便舉鼎拔山怎脱身。臣教呂馬童緊緊地相逗趁。〔等駕云了〕不妨事。他那裏知心故友。子是個取命的凶神。

〔駕云了〕相持處用着一人。孤舟短棹。直臨江岸。扮作漁公。楚重瞳殺的怕撞陣衝軍。走的慌心忙意緊。行至烏江。無處投奔。來叫漁公。

【尾】只説道渡人不渡馬。〔駕云了〕他待渡馬時便不説渡人。〔駕云了〕這的是一朝馬死黃金盡。那時節有家難奔有國難投急不得已羞扯龍泉自去刎。〔下〕

第四折

〔竹馬兒調陣子上〕〔漁翁霸王一折了〕〔駕一行上〕〔末扮吕馬童上云〕怎想今日烏江岸上。九里山前。送了你呵。好傷感人呵。

【正宫端正好】再休誇桀紂起刀兵。謾説吴越相吞併。也不似這一場虎鬬龍争。方信圖王霸業從天命。成敗皆前定。

【滚綉毬】哎。霸王呵全不見鴻門會那氣性。今日向烏江岸滅盡形。那裏也拔山舉鼎。怎想你臨死也通點人情。自别處叫一聲。鄉人吕馬童。梟首級分付的明。這兩椿兒送得楚重瞳百事無成。待回向垓心裏别了虞姬。悶悶悶懶歸西楚親無救。待去來吴楚八千子弟散得無一人。羞答答恥向東吴再起兵。另巍巍孤掌難鳴。

〔駕云了〕

【收尾】只爲那八千子弟無踪影。因此上送得他十二瑶堦獨自行。道寡稱君事不成。創業開基命不存。失却龍駒怎戰争。别了虞姬那痛增。前後軍兵緊相併。左右鎗刀厮圍定。掠袖揎拳挺盔頂。破步撩衣扯劍迎。嚳斷獅蠻心不寧。伏着龍泉身略横。猿背彎環。醉眼朦朦。腰項斜稱。呀。他可早鮮血淋漓了戰袍領。〔下〕

〔扮韓信上〕〔駕上云〕

題目　霸王垓下別虞姬

高皇親掛元戎印

漂母風雪嘆王孫

蕭何月夜追韓信

雁門關存孝打虎雜劇

陳以仁撰

楔子

〔殿頭官上云〕只將忠義報皇朝。要竭身心不憚勞。但得舉賢勤政事。同扶社稷輔神堯。小官乃殿頭官是也。奉聖人的命。今因黄巢作亂。縱横天下。遣差陳敬思。直至沙陀國取李克用去。左右喚陳敬思來者。〔卒子云〕得令。陳敬思安在。〔正末上云〕小官陳敬思是也。今有殿頭官呼喚。不知有甚事。須索走一遭去。説話中間。可早來到門首也。令人報復去。道有陳敬思來了也。〔卒子報云〕陳敬思在於門首。〔殿頭官云〕道有請。〔做見科〕〔正末云〕大人呼喚小官那厢使用。〔殿頭官云〕陳敬思。喚你來不爲别。今因黄巢作亂。無人可敵。有沙陀李克用。他手下有五百義兒家將。十萬鴉兵。戰將千員。奉聖人的命。將他打傷國舅段文楚的罪過。盡行赦免。就與他五百面金字牌。五百道空頭宣敕。加他爲天下兵馬大元帥。你去宣取來破黄巢。疾去早來。〔正末云〕得令。則今日便索長行也。〔唱〕

【仙吕賞花時】止不過漠漠平沙際碧天。又不比夕貶潮陽路八千。我忙傳着一紙聖人宣。〔殿頭官云〕則是路途較遠難行。須要小心在意者。〔正末唱〕避不的山遥路遠。〔云〕大人放心。〔唱〕我可也無明夜到居延。〔下〕

〔殿頭官云〕陳敬思去了也。無有甚事。回聖人話走一遭去。〔下〕

第一折

〔冲末李克用上云〕萬里平如掌。古月獨爲尊。地寒氈帳煖。殺氣陣雲昏。江岸連三島。黃河占八分。華夷圖上看。別有一乾坤。番番番。地惡人懽。騎劣馬。坐雕鞍。飛鷹走犬。野水秋山。渴飲羊羔酒。飢飡鹿脯乾。響箭手中慣捻。雕弓臂上常彎。宴罷歸來胡旋舞。丹青寫入畫圖看。某乃沙陀李克用是也。先父複姓朱邪。名赤心。因討龐勛有功。唐天子賜姓名李國昌。五十七歲身亡。某襲幽州刺史。因某帶酒打傷國舅段文楚。聖人大怒。貶某在沙陀歇馬三年。今中原黃巢反亂。唐僖宗信任田令孜等。貪財好賄。人民失散。四野饑荒。盜賊並起。黃巢縱橫天下。朝中文武並不以社稷爲重。今日雖有各藩節度使二十四鎮。在于華嚴川。不曾得黃巢半根兒折箭。某夜來睡中得一夢。夢見一輪紅日。在帳房裏滚。又問陰陽人圓此夢。他説道。日乃人君之相。此夢必主朝中有宣敕來。某想來。車駕見今幸西川。怎生得宣敕來。今日無甚事。在此閑坐一會。看有甚麽人來。〔正末上云〕小官陳敬思的便是。奉聖人命。宣召李克用去。望北塞而行。是好感愴人也。〔唱〕

【仙呂點絳唇】滿面塵埃。一鞭行色。青山外。碧樹雲埋。遥望見沙陀界。

【混江龍】遥望見雁門紫塞。黃沙漠漠接天涯。看了這山遥路遠。更和那日炙風篩。

一騎馬直臨蘇武坂。半天雲遮盡李陵臺。一川烟草。數點寒鴉。半竿紅日。幾縷殘霞。悠悠羌笛在這晚風前。呀呀歸雁遥天外。增添旅況。蕭索情懷。

〔云〕可早來到也。左右報復去。道天朝使命在此。〔卒子報云〕報的阿媽得知。今有天朝使命。在於門首。〔李克用云〕道有請。等我親身接待使命。〔卒子云〕道有請。〔做見科〕〔李克用云〕早知天使前來。只合遠接。接待不着。勿令見罪。〔正末云〕李克用將香桌來。望闕跪者。聽聖人的命。將你打傷國舅段文楚的罪過。盡皆饒免。今因黄巢作亂。取你破黄巢。就加你爲天下兵馬大元帥。賜與你五百面金字牌。五百道空頭宣敕。賊平之日。論功陞賞。〔李克用云〕感謝聖恩。〔正末云〕關山多阻隔。信息最難通。〔李克用云〕昨日得好夢。今日喜相逢。〔正末唱〕

【油葫蘆】烟水雲山兩間隔。數年間音信乖。我可便把仁兄常記在心懷。〔李克用云〕自幽州相别。今日恰得相逢也。〔正末唱〕想當日在幽州略得瞻風采。今日箇到沙陀不想重參拜。聖人三紙宣。將小官一徑差。請你箇興劉滅楚的韓元帥。聖人着早早的獻功來。

〔李克用云〕大唐家手下的文武全才。英雄濟濟。狀貌堂堂。那等好漢無限。量小官到的那裏。〔正末唱〕

【天下樂】准備下高築黄金拜將臺。請你箇英材。休左猜。恰便似虹霓般盼望你到來。與唐家輔一人。仗威風振四海。穩情取播清風千萬載。

〔李克用云〕左右將酒來。〔做把盞科云〕天使滿飲此盃。〔正末回酒科〕〔李克用云〕聞説黄巢反叛。忽聚餓夫百萬。手下有葛從周。孟截海。鄧天王。張歸霸。張歸厚等五將。那些英雄好漢。量小官到的那裏。〔正末云〕休這般道。將軍有經綸濟世之才。補完天地之手。是必走一遭去。〔李克用云〕黄巢這厮利害。去不的。〔正末唱〕

【那吒令】雖賊徒利害。你覷他小哉。破黄巢的計策。則除是你該。扶唐朝世界。若非公大才。且休説漢三傑。更和這唐十宰。他每都日轉千堦。

〔李克用云〕破黄巢也要鋪謀定計的人。〔正末唱〕

【鵲踏枝】上陣似歇魂臺。臨軍如捨身崖。若説俺朝野公卿。無一箇將相之才。因此上萬乘君向西蜀避乖。誰曾見這一場興衰。

【幺篇】上陣處把軍排。賞罰處要明白。則你那千戰千贏。你是箇决勝之才。你可便用智謀計策。與唐家百姓除災。

〔李克用云〕兀那敬思。排兵布陣。統領雄兵。鋪謀定計。小官到的那裏。〔正末云〕你休這般道。〔唱〕

【寄生草】降災殃從天至。起干戈動地來。驚的那一朝帝王無精彩。諕的那兩班文武失魂魄。慌的那六宫粉黛無顔色。見如今龍車鳳輦尚遷移。知他那雕梁玉砌今何在。
〔云〕大人休違了聖旨。你早早破黃巢去來。〔李克用云〕敬思請坐。等我喚出義兒家將來。你試看者。小校起鼓。〔卒擂鼓科〕〔李亞子李存信李從珂康君利周德威五將上云〕某乃李亞子是也。這四位將軍。乃是李存信。李從珂。康君利。周德威。正在帳中。則聽聚將鼓響。想是父親呼喚。須索走一遭去。〔做見科云〕阿媽。喚你孩兒那廂使用。〔李克用云〕天使在此。你相見者。〔衆云〕理會的。〔衆將跪拜科〕〔正末云〕呀。呀。將軍請起。請起。〔李克用云〕敬思。我這義兒家將。破黃巢去。却是何如。〔正末云〕看了將軍手下的人人驍勇。箇箇威風。量黃巢到的那裏。〔李從珂康君利云〕父親不可去。〔李克用云〕怎生不可去。〔李從珂康君利云〕想父親在幽州。帶酒打傷了國舅段文楚。聖人大怒。貶在沙陀歇馬。今日黃巢反亂。可來宣咱。父親不可去。〔李克用云〕吾兒說的是。不去。則今日殺牛宰馬。做箇大大筵席。管待天使大人起身。〔李亞子李存信云〕父親。既有朝命在此。不可違悖聖旨。畏刀避箭。壞了聲名也。〔李克用云〕吾兒李亞子說的是。則今日整搠人馬。破黃巢去。〔康君利云〕父親不可去。〔李克用仗劍擊案云〕再有阻當軍情。說不去破黃巢的。此劍爲令。〔正末云〕將軍是必走一遭去。〔唱〕

【寄生草】你八面威風大。端的是將相才。則你那龍韜虎略人難賽。握雲拿霧施兵策。排兵布陣添精彩。決勝千里辨輸贏。單註着黃巢今日何當敗。

〔李克用云〕敬思先行。我隨後拔寨而起。破黃巢走一遭去。〔正末云〕將軍是必早來者。〔唱〕

【後庭花】則要你領雄兵將隊伍排。今日箇請明公自見解。單註着李雁門威風大。今日箇黄巨天旺氣衰。一句既明白。除將軍英雄慷慨。休俄延莫等待。將金牌懷内揣。

【柳葉兒】將軍授破黄巢的元帥。見皇家重用良材。敢把你鞠躬躬展脚舒腰拜。他每都忙挾策。上壇臺。將軍你穩情掛勢劍金牌。

〔李克用云〕罷罷罷。便好道。用之則行。舍之則藏。義兒家將。則今日拔寨起營。破黄巢走一遭去。〔正末云〕將軍快來。某先回聖人話去也。〔唱〕

【賺煞】則要你起軍卒。今日便離沙塞。説下的言詞莫改。我索先報與君王且放懷。則説道李沙陀隨後軍來。莫躭捱。准備着犒賞金帛。顯你那捉將挾人那手策。哎。你箇將軍休左猜。俺可便專心兒等待。等待你箇擎天架海棟梁材。〔下〕

〔李克用云〕陳敬思去了也。則今日破黄巢走一遭去。咱呵哩哪闌嗎那哈兒嶼嶼言。不實我克酘兒哦八遲哈兒布姪兒何狗不狼也。這也雇而鈌哩古雷都腦刻實可不巡。〔下〕

第二折

〔李克用上云〕歡來不似今朝。喜來那逢今日。某乃李克用是也。自從來這沙陀。三年光景。蒙聖恩取回破黄巢。加某爲天下兵馬大元帥。統領五百義兒家將。三萬鴉兵。軍過雁門關。夜來得了一夢。夢見一個大蟲。趕着我咬。撒然驚覺。乃是南柯一夢。未知主何吉凶。左右與我喚將周德威來者。〔卒子云〕得令。周德威安在。元帥喚你哩。〔周德威上云〕小官周德威是也。今日元帥呼喚。不知有甚事。須索走一遭去。早來到也。令人報復去。周德威來了也。〔卒子報科云〕報的元帥得知。有周德威在於門首。〔李克用云〕道有請。〔卒子云〕有請。〔見科〕〔周德威云〕元帥。喚小官來有甚事。〔李克用云〕某今夜做了一夢。不知主何吉凶。請你來圓夢。〔周德威云〕元帥。夢有三不圓。記的頭。忘了尾。一不圓。記的尾。忘了頭。二不圓。記的中間。忘了頭尾。三不圓。元帥説來。〔李克用云〕昨夜三更時分。夢見一箇大蟲。搧着兩箇肉翅。望着某咬一口。撒然驚覺。乃是南柯一夢。不知主何吉凶。〔周德威云〕此夢單主吉。不主凶。〔李克用云〕此夢怎生單主吉。不主凶。〔周德威云〕單主今日。日當卓午。得一箇應夢的將軍。〔李克用云〕應夢的將軍。在於何處。〔周德威云〕不在飛虎。必在陵丘。〔李克用云〕怎生得見。〔周德威云〕元帥。除非是打圍射獵得見。〔李克用云〕既是這等。義兒家將。您聽咱。快布圍場出塞沙。雕弓硬弩隨身掛。短劍長鎗手内拿。皂雕起處麋鹿死。放起黄鷹捉水鴨。山獐野獸能着箭。虎豹豺狼又中叉。馬馱鳥獸鷄和兔。驢背獐麅麋鹿犯。飛鷹走馬圍場罷。應夢將軍尋見他。〔同下〕〔正末上云〕自家安敬思的便是。在這雁門關居住。與這鄧大户家牧羊度日。我想來。學成十八般武藝。幾時是崢嶸發達的時節也呵。〔唱〕

【南呂一枝花】屈沉殺大丈夫。埋沒了英雄漢。有分受辛勤捱日月。幾時得施謀略展江山。天數輪還。想太公在磻溪岸。他雖然成事晚。也曾釣西風蓑笠綸竿。到換做朝北闕烏靴象簡。

【梁州】比似我守辛勤放羊北海。幾時得逞英雄射虎南山。眼前光景成虛幻。怕的是雁門月冷。紫塞風寒。黄沙漠漠。衰草班班。幾般兒生熬的人皓首蒼顏。消磨盡義膽忠肝。用功勞如韓信周勃。施妙策如張良謝安。呀呀呀逞英雄似樂毅田單。枉將人等閑。小看。便有那吐虹霓志氣冲霄漢。命不濟枉長嘆。每日價相伴着沙陀老契丹。受了些摧殘。

〔云〕我把這羊趕在山坡崖下。有水有草去處。着他吃些。我在這盤陀石上。盹睡盹睡。看有甚麽人來。〔正末盹睡科〕〔李克用領衆將上〕〔布圍場科〕〔李克用云〕周德威擺開人馬。快布圍場。不要走了麞麅野鹿。虎豹豺狼。〔卒子云〕理會的。〔扮虎上冲科〕〔李克用云〕圍場中趕過甚麽去了。〔周德威云〕趕過牛來大一箇大蟲。跳過山澗去了。〔李克用云〕呀。那盤陀石上。睡着一箇年紀小的後生。則怕那毒蟲傷害了那小的性命。叫他起來。〔卒子叫云〕兀那放羊的後生。虎咬了羊也。〔正末做醒科云〕今日不見了羊。明日也不見了羊。俺主人家鄧大户家。則說我賣了羊。原來是你這潑毛團吃了這羊。好無理也。〔唱〕

【隔尾】我則見八面威的猛獸偎深澗。他可早一跳身番飛過淺山。把我這貪水食的羣羊盡哄散。這厮將咱惱犯。我這裏將皮裘緊拴。大踏步望前捨死的趕。

〔李克用云〕周德威。我從見日月交食。不曾見這個好争鬭的後生。見了那大蟲。無些兒害怕。你和他説。他敢打這虎。我與他篩鑼擂鼓。吶喊摇旗。助着威風。你可打這毒蟲。〔周德威云〕兀那放羊的後生。俺元帥説來。你敢打那大蟲。俺與你篩鑼擂鼓。吶喊摇旗。助着威風。你打那大蟲。〔正末云〕你與我助着威風。看我打這大蟲。〔唱〕

【牧羊關】血鼻凹撲碌碌連打十餘下。死尸骸骨魯魯滚到四五番。恨不的莽拳頭打挫牙關。八面威氣象全無。十石力身軀軟癱。泥污了數尺金椽尾。血模糊幾道剪刀斑。舒不出鋼鈎似十八爪。閃不開金鈴也一對眼。

〔正末打死虎科〕〔李克用云〕周德威。你看那放羊的後生。將那大蟲三拳兩脚。打死了也。這虎乃獸中之王。有十石之力。百步之威。人見虎骨肉皆癱。此人真乃壯士也。你對壯士説。這毒蟲原是我圍場中趕出去的。教他還我來。〔周德威云〕兀那打虎的壯士。俺元帥説來。那虎原是俺這圍場中趕出去的。你還俺來。〔正末云〕你靠後。我丢與你。〔正末丢虎科〕〔李克用做驚科云〕隔着許來大山澗。丢將過來。着他尋一條蚰蜒小路過來。我與他説話。〔周德威云〕兀那壯士。俺元帥教你尋條蚰蜒小路過來。與你説話。〔正末云〕我那裏尋那蚰蜒小路着的呵。〔做跳澗科〕〔李克用云〕兀那壯士。你是那裏人氏。姓甚名誰。你説一徧我聽。〔正末云〕大人不嫌絮煩。聽小人説一徧者。〔唱〕

【賀新郎】小人本家住在雁門關。〔李克用云〕你做甚買賣營生。〔正末唱〕與人家牧牛羊。〔李克用云〕你和他同財合本。〔正末唱〕則是苟圖些衣飯。〔李克用云〕你有甚麼親眷。〔正末唱〕没親眷獨自箇單身漢。〔李克用云〕你姓甚名誰。〔正末唱〕名敬思小人姓安。〔李克用云〕你十八般武藝。那一般精熟。〔正末唱〕我學的十八般武藝熟閑。〔李克用云〕你既然學成十八般武藝。見如今黄巢作亂。縱横天下。你肯去破黄巢去麼。〔正末唱〕不是這習兵書的好漢少。赤緊的養劍客的主人難。〔李克用云〕看了你威風凜凜。狀貌堂堂。何不進取功名。〔正末唱〕覷了這窮身潑命難把功名幹。〔李克用云〕你既有打虎之威。取功名有何難哉。〔正末唱〕端的是入山擒虎易。叉手告人難。〔李克用云〕兀那壯士。既學成十八般武藝。何不進取功名。在此受這等艱難。〔正末唱〕

【哭皇天】只爲俺衣飯難迭辦。不得已在他人眉睫間。〔李克用云〕你在那裏居住。〔正末唱〕則這安敬思在飛虎峪。〔李克用云〕你爲何在此受苦。〔正末云〕大人。不争小人一箇受苦。上輩古人。多有受窘的哩。〔李克用云〕可是那幾箇古人受窘。〔正末唱〕便似班定遠在玉門關。空學的兵書戰策。争柰運拙時艱。淹留在此去住無門。便似蘇武般陷番。打虎的壯士。牧羊的家奴。似梁園採木把我做凡花凡花一例看。你覷的黄巢利害。我看似等閑。

〔李克用云〕兀那壯士。你若肯去破黄巢。我助你十萬鴉兵。你意下如何。〔正末云〕不要。不要。

〔唱〕

【烏夜啼】也不要錦衣綉襖軍十萬。我手裹要恢復你大唐江山。可憐見荒荒百姓遭塗炭。見如今地亂天番。我直教國泰民安。不能勾開疆展土笑談間。算甚麽頂天立地男兒漢。枉了你厮聽使。相調慢。花根本豔。虎體元斑。

〔李克用云〕兀那壯士。你肯跟我去破黄巢。作箇義兒。作箇家將。〔正末云〕怎生唤做家將。〔李克用云〕你作家將。是我手下散軍頭目一般。要作義兒。便與親兒李亞子一般。怎生唤做義兒。〔正末云〕小人情願做箇義兒。不作家將。〔李克用云〕既然與我作義兒。改名唤做李存孝。你用甚麽衣袍鎧甲。我關與你。〔正末云〕父親。您孩兒不用衣袍鎧甲。就用這死虎皮。做一箇虎皮磕腦。虎皮袍。虎筋縧。孩兒自有兩般兵器。渾鐵鎗。鐵飛撾。〔李克用云〕我得了此人。正是應夢的將軍。周德威。你説今日日當卓午。得一箇應夢將軍。果然得了應夢的將軍。則你那陰陽有準。禍福無差。將一錠金來。與周德威做壓卦錢。〔與金科〕〔周德威云〕多謝元帥厚意。〔李克用云〕左右將過空頭宣敕來。李存孝望闕跪者。自今日加你爲十三太保飛虎將軍。存孝望闕謝了恩者。〔正末云〕感謝聖恩。〔李克用云〕孩兒。則今日便索長行。〔正末云〕父親。孩兒去辭了鄧大户。便索長行。〔李克用云〕既是這等。左右與我唤將鄧大户來。〔卒子云〕得令。鄧大户安在。〔外扮鄧大户上云〕老漢鄧大户是也。正在莊田裹。只聽的元帥呼唤。須索走一遭去。説話中間。

可早來到。令人報復去。說老漢來見元帥。〔卒子報科〕〔李克用云〕着他過來。〔做見科〕〔鄧大户云〕元帥。喚老漢那廂使用。〔李克用云〕鄧大户。這安敬思多虧了你恩養。他如今與我做了義兒。是朝廷的人了。將十錠金十錠銀與你。作恩養錢。〔鄧大户云〕老漢不敢受這金銀。家中有一小女。喚做金定小姐。年長一十八歲。就與存孝爲妻。不知元帥意下如何。〔李克用云〕好好。你的女兒。配與我孩兒爲妻。我孩兒若作了官。你女兒便是夫人哩。〔鄧大户云〕既然如此。多謝了元帥恩意。老漢告辭回去也。〔下〕〔李克用云〕吾兒存孝。我與你三千人馬。先去破黄巢。你敢去麽。〔正末云〕父親放心。不是你孩兒誇大言。〔唱〕

【二煞】憑着我忠心掃蕩烟塵散。捉將手扶持社稷安。華嚴大戰那其間。上的那駿馬雕鞍。恁般兒雖不似跨海征遼那漢。黄金鎧不須擐。憑着背上雕弓月樣彎。我則要定了天山。

〔李克用云〕李存孝。你既然這等英雄。你敢與黄巢交戰麽。〔正末云〕父親放心。〔唱〕

【尾聲】不是勤王存孝相輕慢。我覷的叛國黄巢一似等閑。休俄延。莫怠慢。我將它特小看。好還咱兩陣間。看存孝這一番。不許當不許攔。一彪軍没揣的撞入長安。忙離寶鐙。跳下征鞍。直臨内苑。撞入皇宫。一隻手可答地拖離寶殿。滴溜撲捽下瑶堦。比及挑筋剔骨。摘膽剜心。大拳頭搵住嘴縫。闊脚板踏住胸脯。我只問你因何將大唐天下反。〔下〕

〔李克用云〕存孝去了也。〔卒子云〕去了也。〔李克用云〕衆義兒家將。自今日聽吾將令。前排甲馬。後列軍卒。耳聞金鼓震天雷。眼望綉旗遮日月。道與俺那能争好鬬的番官。捨死忘生的家將。一箇箇齊懸着虎爪狼牙棍。沙魚鞘插三環寶劍。雁翎刀擺明晃晃耀日争光。綉旗下列光油油檀子棒。手彈着樂器。有弩杜花遲。准備着相持得勝也。安排着筵會。金盞子滿斟着賽銀打剌蘇。膽瓶中插一枝萬金千柳。帳房内擺幾箇描不成畫不就嬌滴滴酥胸胡女。帳房外三二百員鬅黄髮亂番官。賽銀齊將鴛蘇門也舍吃。都帶着隱□。擺着營盤。錦行軍使。打幾對雲月皂雕旗。列拐子馬數千鐵鷂子。俺這裏馬如龍。人似虎。趕上將鋼刀剁。銅斧砍。鐵鞭忙丢。來着馬皮。放回拿住。將他殺盡方休。〔下〕

第三折

〔黄巢上云〕馬鞴征鞍將掛袍。將軍呵手撚弓鞘。休言十載燈窗苦。怎比征夫半日勞。某乃黄巢是也。因大唐開其選場。某乃上朝應舉。唐天子嫌某貌醜。退出不用。某在太行山落草爲寇。某手下有御弟黄圭。鄧天王。張歸霸。張歸厚。雄兵有百萬。戰將有千員。要奪大唐家江山社稷。今有北塞沙陀。取將李克用來。他手下有箇牧羊子。唤做李存孝。統領雄兵。與俺交戰。我如今唤張歸霸。張歸厚來。與他雄兵百萬。着他交戰去。左右唤他二人出來。〔卒子云〕張歸霸。張歸厚。大王唤你哩。〔二净上云〕湛湛青天不可欺。八箇螃蟹往南飛。只有一箇飛不動。原來是箇尖臍的。某乃張歸霸。張歸厚是也。今有大王呼喚。不知有甚事。須索走一遭去。説話中間。可早來到。左右報復去。道俺二將來見。〔卒子報云〕喏。報的大王得知。有張歸霸。張歸厚來了也。〔黄巢云〕着他過來。〔卒子云〕着你過去哩。〔二净見科云〕大王。喚俺那廂使用。〔黄巢云〕喚你二人來。今因大唐家取將沙陀李克用來。他手下有箇牧羊子。喚做李存孝。統領十萬雄兵。千員猛將。來與俺交戰。我如今也與你百萬雄兵。到來日與他相持厮殺去。〔二净云〕得令。我出的這門來。大小三軍。聽吾將令。甲馬不許馳驟。金鼓不許亂鳴。人披人甲。馬披馬甲。若還没甲。披上兩葉板闥。兩頭繩子紮殺。我若殺的過。則管殺。我若殺不過。我便走了。看你怎生刺巴巴。〔下〕〔黄巢云〕他二人去了也。大小三軍。聽吾將令。統戈甲便是巡捕。狹路處低言輕語。不許大叫高呼。犯着令斬首級决不輕恕。〔下〕〔正末上云〕某乃十三太保李存孝是也。頗柰黄巢無禮。他着張歸霸張歸厚統雄兵百萬。戰將千員。來與俺這裏交戰。想這厮好生無禮也呵。〔唱〕

【越調鬭鵪鶉】你看我對壘交鋒。相持厮殺。則聽的吶喊摇旗。天摧地塌。則我這耀武揚威。披袍擐甲。非小可。不是耍。則這八水三川。屯着千軍萬馬。

【紫花兒序】人蕩散征塵殺氣。旗招颭落日殘霞。馬踏偏野草閑花。你看我施逞武藝。則待將賊將活拿。這場征伐。你看我虎略龍韜隄備下。不是我自獎自誇。憑着我志節軒昂。武藝熟滑。

〔云〕大小三軍。擺開陣勢。看有甚麽人來。〔二净上云〕某乃黄巢手下大將張歸霸張歸厚是也。

你是何人。敢和我相持厮殺麽。〔正末云〕這厮好無理也。操鼓來。〔唱〕

【金蕉葉】我則見黑黯黯雲遮日華。昏鄧鄧風吹塞沙。見一人雄糾糾披袍擐甲。嗔忿忿横槍躍馬。

〔二浄云〕來將何人。〔正末唱〕

【調笑令】不索你搊咱。更怕你會征伐。〔二浄云〕來者何人。通名道姓。〔正末唱〕你存孝爹爹出陣咱。〔云〕你是何人。〔二浄云〕吾乃黄巢手下大將張歸霸張歸厚。你那牧羊子。早早下馬來受死。〔正末唱〕原來是黄巢手下張歸霸。嗔道這般氣高膽大。向前來二人挑戰咱。不索你鼕鼕戰鼓頻撾。

〔二浄云〕頹柰牧羊子無理。你敢與我決戰三合麽。〔正末云〕交馬來。〔唱〕

【禿厮兒】鞍上將威風轉加。坐下馬筋力堪誇。我則見紗燈兒般轉到十數匝。我看你怎生收煞。

〔二浄云〕我兒李存孝。早早下馬罷。〔正末云〕這厮好無理也。〔唱〕

【聖藥王】叵耐他。小覷咱。匣中寶劍定中華。憑着我坐下馬。手中撾。李存孝非是自矜誇。我扶立起大唐家。

〔二浄云〕殺不過他。往長安走了罷。〔下〕〔正末云〕這厮可早走了也。往那裏去了。〔卒子云〕往

長安城去了。〔正末云〕大小三軍。一齊殺進長安城去。〔唱〕

【雪裏梅】猛然間入京華。誰敢道當闌咱。則這京城中可是俺大唐天下。不刺刺忙催戰馬。

〔云〕進的這城來。大小三軍。擺開陣勢。看有甚麼人來。〔黄圭上云〕某乃御弟黄圭是也。叵耐大唐家去沙陀取將李克用來。他手下新收的一箇牧羊子。叫做存孝。來殺俺二三十陣。今殺到長安城裏。無人敢當。某親身與他交戰一遭去。兀那牧羊子。來與某交手咱。〔正末云〕這厮好無禮也。走將來交馬便戰。不要看這厮披掛。到騎着一匹好馬。大小三軍。看我拿那厮來。〔唱〕

【古竹馬】也不索征鞍輕壓。征靴微抹。征騗緊跨。不刺刺直趕到海角天涯。生熬的兩事家。心驚膽戰。力困神乏。見他。見他。戰戰兢兢。怯怯喬喬。黄甘甘容顔如蠟渣。全不見武藝熟滑。

〔黄圭敗科云〕我殺不過他。走了罷。〔下〕〔正末云〕這厮走了也。須索趕上去。〔唱〕

【幺】我從來劣性難拿。正惱犯如何收煞。見咱。趕他。撞陣冲軍。倒戈棄甲。縱轡加鞭催戰馬。恨不的剪斷紫韁。踏斜寶鐙。頓寬玉勒。擺損金劄。

【尾聲】把那倉廒府庫隨風化。不落根椽片瓦。這勤王存孝得功回。教這反國黄巢没亂殺。〔下〕

第四折

〔李克用上云〕帥鼓銅鑼一兩敲。轅門裏外列英豪。三軍唱罷平安喏。緊捲旗旛不動摇。某乃李克用是也。今有李存孝孩兒與黄巢交戰去了。未知輸贏勝敗。差了一箇能行快走的探子去了。這早晚敢待來也。〔正末扮探子上云〕一場好厮殺也呵。〔唱〕

【黄鍾醉花陰】一托氣直奔數十里。徧體汗渾如水洗。非是我説兵機。若論相持。大會垓應難比。

【喜遷鶯】火速的上堦基。一徑的攙先隊。〔云〕報報報。喏。〔唱〕來報喜。〔李克用云〕好探子也。從那陣面上來。喜色旺氣。一張弓彎秋月。兩枝箭插寒星。三尺劍掛小貂裘。四方報喜問探子。五花營中來往有如攛梭。六隊軍中上下有如蛟龍。七尺軀肩擔令字旗。八角紅纓桶子帽。久久等待許多時。實實數説軍情事。〔探子唱〕當日箇華嚴川内。衆諸侯聚會雲集。端的。阿誰不會。盡是些使争好鬭顯氣勢。一箇箇挾人捉將。一箇箇撾鼓奪旗。

〔李克用云〕俺存孝與黄巢賊將兩陣對圓。怎生相持厮殺。你喘息定。慢慢説一遍者。〔探子唱〕

【出隊子】齊臻臻軍卒擺列。韻悠悠畫角吹。撲鼕鼕振地凱征鼙。赤力力遮天磨綉旗。不剌剌追風戰馬嘶。

〔李克用云〕那賊將怎生冲陣。憑陵大叫。俺存孝怎生一勇冲殺。你喘息定。試再説一徧。〔探子唱〕

【刮地風】則見張歸霸軍前猛叫起。咱兩箇比試高低。李存孝怒從心上起。呀。可早變了容儀。倒豎神眉。踏寶鐙滴溜撲跳上烏騅。吼風雷吐虹蜺。一怒千斤力。拚性命。厮對敵。手拿定兩柄撾槌。

〔李克用云〕俺存孝與賊將交馬十數合。那家羸。那家輸。你喘息定。再説上一徧。〔探子唱〕

【四門子】惡噷噷撞入垓心内。張歸霸走似飛。料應他武藝敵不的。打征駹捻玉勒。暢好是慌。好是急。飛虎將早來望後追。暢好是慌。好是急。悮撞入長安市裏。

〔李克用云〕那賊將敵不過存孝。敗陣望長安逃命而走。俺存孝乘勝追趕。撞入長安城内。又與賊將怎生巷戰。你再説一徧。〔探子唱〕

【古水仙子】趕來到灞河裏。見一隻舡來有似飛。搖櫓的水手又心忙。把柁的梢公膽碎。恨不的兩下裏納降旗。一齊的馬前忙跪膝。告爹爹委實敵不的。來來來似小鬼見鍾馗。

【寨兒令】端的。端的。全無半點疎失。又不見敵軍武藝低。雖存孝。善兵機。也托賴着當今帝。

〔李克用云〕好探子也。與你兩隻羊。兩瓶酒。十箇免帖。回本營去。〔探子唱〕

【尾】到不得底。千尋浪頭裏。看時節顯出些頭盔。我則見尸堰斷灞陵橋下水。

題目　張歸霸布陣排兵

　　　李克用揚威耀武

正名　長安城黄巢篡位

　　　雁門關存孝打虎

晋陶母剪髮待賓雜劇

秦簡夫撰

第一折

〔冲末孤上云〕滿腹文章七步才。綺羅衫袖拂香埃。今生坐享清平福。不是讀書那得來。小官姓范名逵。官拜學士之職。方今聖人在位。拔擢英才。因爲山間林下。多有懷材抱德之人。不肯進取功名。今着小官五路採訪。但有才德文學孝廉仁義之士。一有所長。着小官保奏到朝中。聖人自有加官賜賞。小官不敢久停久住。乘驛馬便索登程。小官離帝闕親赴他邦。多有那居山林隱跡埋藏。奉朝命四方採訪。這一去舉名儒要見忠良。〔下〕〔生扮陶侃上云〕黄卷青燈苦業儒。九經三史腹中居。寸陰當惜休輕放。治國齊家在此書。小生姓陶名侃。字士行。祖居丹陽人氏。年方二十歲。父親辭世。有母湛氏。擡舉小生成人長大。訓課讀書。争奈家貧。母親與人家縫聯補綻。洗衣刮裳。覓來錢物。與小生做學課錢。雖則學成滿腹文章。何日是崢嶸發達之時。今日太學中有一老先生。姓范名逵。來到府學。箇月期程。别的書生都請了他。止有小生不曾相請。便請可也無錢。小生也無計所奈。寫了箇錢字信字。有箇韓夫人。他是箇巨富的財主。開着座解典庫。小生將着這兩箇字。直至韓夫人家。折當三五貫長錢來。請那范先生。也是小生出於無奈。我想陶侃空學成滿腹文章。幾時得遂大志也呵。正是魯麟周鳳皆爲瑞。出不逢時奈若何。〔下〕〔韓夫人上云〕守志韓門媿丈夫。世傳清白事非無。治家嚴肅閨門整。文業堪同曹大姑。妾身姓韓。丹陽縣人氏。家中頗有資財。油磨房解典庫。鴉飛不過的田土。嫡親的兩口兒家屬。有箇女孩兒。年方一十八歲。不曾許聘他人。今日在解典庫中閑坐。看有甚麼人來。〔陶侃上云〕小生陶侃是也。説話中間來到韓夫人門首。無人報復。我自家過去。〔做見科云〕夫人拜揖。〔夫人云〕好一箇秀才也。敢問秀才姓甚名誰。此來却是爲何。〔陶侃云〕小生本處人氏。姓陶名侃。字士行。嫡親的子母二人。小生幼習儒業。頗讀詩書。争奈家貧如洗。如今天下多事。母親恐小生安逸。不堪任事。着小生朝運百甓於齋外。暮運百甓於齋内。慣習勤苦。奪取功名。今有太學中一老先生。來此經久。小生欲要相請。争奈無錢。今寫了一箇錢字。一箇信字。當在夫人這裏。怎生當與小生五貫長錢使用。小生若兑付的錢來。可來贖取這兩箇字。〔夫人云〕量這箇信字。打甚麼不緊。〔陶侃云〕夫人。這箇信字不輕。俺這信行爲准。秀才每既爲孔子門徒。豈敢失信於人。可不道人無信不立。〔夫人云〕我見這箇秀才。發言吐語。論議四出。久後必然峥嶸顯達。秀才。你既有事。將五貫錢去。〔陶侃云〕多謝夫人不阻。〔夫人云〕秀才且休回家去。下次小的每將酒來。秀才滿飲一盃。〔陶云〕母親嚴教。並不敢喫酒。〔夫人云〕秀才。這酒是老身服湯藥的酒。秀才略飲三盃。若到家你母親問你時。便道我着你喫酒來。你母親也不怪你。〔陶云〕既是這等。小生逆不過夫人面皮。只得勉飲三盃。〔做飲科云〕夫人。小生得了酒也。夫人休怪。小生將着這五貫錢。還家中去也。〔下〕〔夫人云〕秀才去了也。我恰纔覷了陶秀才相貌。雖則時間受窘。久後必然發跡。我有心待將女孩兒許與這生爲妻。争柰不認的他那母親。我且記在心懷。待後圖之。今日無事。且回後堂去也。〔下〕〔正旦扮陶母上云〕老身丹陽縣人氏。自身姓湛。夫主姓陶。名丹。早年亡過。所生一子。唤名陶侃。學成滿腹文章。争奈風雲未遂。今日往太學中講書去了。安排下茶飯。孩兒這早晚敢待來也。〔唱〕

【仙吕點絳唇】夫主歸天。老身發願。將豚犬。嚴教了十年。下苦志習經典。

【混江龍】我將些衣服頭面。都做了文房四寶束修錢。他學的賦課成八韻。詩吟就全篇。十載寒窗黄卷客。博一紙九重天上紫泥宣。〔云〕念老身治家教子。我孩兒事奉萱親。着他受半生辛苦。指望待一舉成名。我與人縫聯補綻。洗衣刮裳。〔唱〕那箇不説兒文章虧殺了娘針線。學成了詩云子曰。久以後忠孝雙全。

〔云〕安排下茶飯。陶侃這早晚敢待來也。〔陶侃帶酒上云〕小生陶侃。恰纔在韓夫人家。當了這五貫長錢。喫了三盃兒酒。面皮紅了。則怕母親問。來到家中。我不言語。自過去。母親。您孩兒下學來了也。〔旦云〕你莫不喫酒來。〔陶云〕你兒不曾喫酒。〔旦云〕你未學讀書。先學喫酒。你喫酒敢還早哩麽。〔唱〕

【油葫蘆】你不肯刺骨懸頭作狀元。金榜上將名姓顯。你則待長安市上酒家眠。則他這匡衡墻緊靠着編修院。則他那杜康宅隔壁是悲田院。你學仲宣空倚樓。似祖生嬾着鞭。你則待醉鄉中早稱了平生願。常留着一體在頭邊。

【天下樂】哎。兒也你幾時能勾兩行朱衣列馬前。〔云〕孩兒。你須知道的。〔唱〕則俺這家緣。可也無甚錢。則怕典不了賣不了喒金谷園。你則待醉華筵學五侯。望竹林訪七賢。幾曾見凌烟閣上畫醉仙。

〔云〕孩兒。想你這般攻書呵。你娘那裏得那錢物來。〔陶云〕孩兒知道。則是多虧了母親。〔旦唱〕

【那吒令】則他這今年。非同似往年。恰還了紙錢。又少欠下筆錢。常着我左肩。那在這右肩。與人家做生活打些坌活。閑停止粧宅眷。端的使碎我這意馬心猿。

【鵲踏枝】你則待要赴佳筵。倒金缸。喒如今少米無柴。赤手空拳。你不學漢賈誼獻長策萬言。你則待學劉伶般爛醉十年。

〔陶云〕您孩兒不會飲酒。〔旦唱〕

【寄生草】你則待扶頭酒尋半碗。謁人詩贈幾篇。請着你不離隨着他轉。逢着你的唱偌迎着他善。後來便説着你的體面難消遣。則你這拖狗皮纏定這謝家樓。幾時得布衣人走上黄金殿。

〔云〕陶侃。你實説在那裏飲酒來。〔陶跪云〕不瞞母親説。孩兒在韓夫人家飲酒來。〔旦云〕你爲甚麼到韓夫人家。〔陶云〕母親不知。容您孩兒慢慢説一遍。近日太學中來了一個老先生。姓范名逵。別箇書生都相請了。則有您孩兒不曾請。爭柰家寒無有錢鈔。您孩兒寫了一箇信字。一箇錢字。在韓夫人家當了五貫長錢。夫人道偌大一箇解典庫。怎教你空口出門。他服湯藥的酒。着你孩兒喫了三鍾。您孩兒不肯喫來。夫人説道。你母親怪你。就説我教你喫來。今母親致怒。我不怨別人。只怨韓夫人。〔旦云〕小孩兒家。你喫了他酒。又當下一箇信字。到還怨他。陶侃。你寫一箇信字。一箇錢字來我看。〔陶云〕理會的。〔做寫科云〕寫就了也。母親。這箇是錢字信字。〔旦云〕陶侃。這兩箇字。那一箇好。〔陶云〕母親不問。你孩兒也不敢説。還是錢字好。〔旦云〕怎生這錢字好。〔陶云〕母親。便好道錢字是人之膽。財是富之苗。如何有錢的出則人敬。坐則人讓。口食香美之食。身穿錦綉之衣。無錢的口食糲食。身穿破衣。有鈔方能成事業。無錢眼下受奔波。這箇信字。打甚麽不緊。〔旦云〕你那裏知道。我説與你。〔唱〕

【金盞兒】錢字是大金傍戔。信字是立人邊言。信近於義錢招怨。這一箇有錢可更有信。兩件事古來傳。這一箇有錢的石崇般富。這一箇有信的范丹賢。你常存着立身夫子信。〔云〕擡了者。〔唱〕休戀這轉世鄧通錢。

〔云〕陶侃。你又飲酒。又失信。過來躺着。須當痛責。〔陶云〕母親打的是。這一場都是韓夫人。

〔旦唱〕

【醉扶歸】你可便休把他人怨。你可便不聽你這母親言。〔陶云〕母親閃了手也。〔旦云〕陶侃。你多大年紀也。〔陶云〕母親。孩兒二十歲了。〔旦唱〕你如今二十歲也不索可便虛受了一歲者波。你可也央及了我十九年。〔云〕不打這厮慣了他。陶侃。你再敢喫酒麼。〔陶云〕你孩兒再不敢了也。〔旦唱〕我這裏自解嘆無人將我來勸。我這裏欲待要打也索好着我心兒裏可憐。〔云〕陶侃起來。我不打你。饒了你者。〔陶云〕我謝了母親。爲甚麼不打你孩兒。〔旦云〕你問我爲甚麼不打你。〔唱〕我看着未及第的書生面。〔陶云〕謝了母親。〔旦云〕從今後見酒一點也不要吃。你那五貫長錢。使了未曾。〔陶云〕還不曾使動。〔旦云〕與他一箇月利息。與我贖將那箇信字來。我與你待客。〔陶云〕母親索是用心也。〔旦唱〕

【賺煞】不爲一紙傲書遲。二怕你交朋怨。則我這老益壯貧而益堅。我甘分饑寒守自然。那冷時節熬的舊顏歉。這饑時節是我忍過的心閑。哎。兒也你曾看這魯論篇。〔陶云〕孩兒也曾讀來。不知是那一篇。〔旦云〕齊景公有馬千駟。〔唱〕民無德而稱焉。都是些有德行顏淵閔子騫。你與我書讀那萬卷。愁甚麼户封八縣。〔云〕咱要發跡呵。也至容易。〔唱〕你再去那六經中苦志二三年。〔旦下〕

〔陶云〕母親言語。不敢不依。將着這五貫錢。去那韓夫人家。贖那信字。走一遭去。〔下〕

第二折

〔韓夫人同小哥上〕〔夫人云〕妾身韓夫人。自從陶侃當下這箇信字。拿錢到家中。被他母親痛決了一場。今日早間。陶侃將信字贖將去了。老身看中那秀才。有心待招他做女婿。爭柰不曾見他母親。今日無事。且在解典庫中坐着。看有甚麽人來。〔正旦扮陶母上云〕老身陶侃的母親便是。爲家貧無錢待客。將自己頂心裏頭髮剪了兩剪。繒做一綹兒頭髮。上長街市上。賣些錢物。管待范學士。我一會家想來。子母孤窮。常躭饑凍。幾時是俺那發跡的日子也呵。〔唱〕

【正宫端正好】甘守分半生貧。則爲我有孟母三遷志。我當了二十年無倚靠的家私。我幾曾買賣臨街市。我如今顧不的人輕視。

【滚繡毬】我這裏自三思。俺那兒做伴的。都是些善人君子。孔子云與朋友切切偲偲。有朋自遠方至。如此怕不我重管待。理當如是。則爲這一頓飯剪了一縷青絲。做兒的攻書十載可便學成儒業。做娘的請客三番敢剪做戒師。我甘分無辭。

〔韓夫人云〕兀那街市上一箇婆婆。手裏拿着一綹兒頭髮。不知是賣的。不知是買的。下次小的每。與我喚將過來。〔小二哥云〕理會的。兀那婆婆。這頭髮是賣的是買的。〔旦云〕是賣的。〔小二哥云〕解典庫中有俺夫人要買你的哩。〔做見科〕〔韓夫人云〕兀那婆婆。這頭髮是賣是買的。〔旦云〕是賣的。〔韓夫人云〕是活髮麽。〔旦云〕是活髮。〔韓夫人云〕要多少錢。〔旦云〕不添不減。則要五貫錢。〔韓夫人云〕敢多了些兒麽。〔旦云〕我則要五貫錢。〔韓夫人云〕清早晨我不發這鈔出去。你轉一轉來取。〔旦云〕你不買。我别處賣去。〔韓夫人云〕你只這般用的錢緊。〔旦唱〕

【倘秀才】我家裏請下客非同造次。等着錢家中要使。誰家自己髮與人做頭髮兒。〔韓夫人云〕恁的呵。我不買。〔旦云〕你不買罷。〔唱〕常存的青絲在。須有變錢時。他比不的秋後的扇兒。

〔韓夫人背云〕這婆子聲音模樣。與陶侃秀才一般。莫不是他母親。是不是我問他一聲。〔云〕婆婆。你莫不是陶侃的母親麽。〔旦云〕然也。那壁敢是韓夫人麽。〔韓夫人云〕然也。〔相見拜科〕〔韓夫人云〕婆婆。請家裏來。我問你咱。你孩兒拿的箇信字來。我當與他五貫長錢。你怎生將他痛決了一場。你差了也。量箇信字打甚麽不緊。一點墨半張紙。又不中吃。又不中使。做甚麽打他。〔旦唱〕

【滚繡毬】你道是一點墨半張紙。不中吃不中使。〔云〕俺典了信字。管待秀才。〔唱〕又則道俺咬文嚼字。〔韓夫人云〕量這箇信字。打甚麽不緊。〔旦唱〕都是那十數畫兒有這信字。爲臣的作箇重臣。爲子的作箇諍子。爲吏的情取箇素身行止。借人錢財主每休想道推辭。〔云〕姐姐。喒這婦道人家。有這箇信字呵。〔唱〕則被這親男兒敬重做賢達婦。〔云〕男子漢有這箇信字呵。〔唱〕交朋友皆呼信有之。你可休看覷因而。

〔韓夫人云〕婆婆。我有心看上你那秀才。肯與我家做箇女婿。我陪奩房斷送。我女孩兒與他爲妻。你意下如何。〔旦云〕我這裏賣頭髮來。説親來。下次使不的箇媒人説不的。〔韓夫人云〕我

許這親事早哩。〔旦唱〕

【倘秀才】俺孩兒善與人交久而敬之。〔云〕姐姐。你待要題親呵。〔唱〕你可便見賢思齊默而識之。你分明是般調人家小樣兒。俺孩兒常存着讀書志。怎肯教不記下樓詩。見俺那讀書的小廝。

〔韓夫人云〕你今日先許了這親着。〔旦云〕夫人且等着。〔韓夫人云〕等着甚麽。〔旦唱〕

【呆骨朵】俺那孩兒遥受着玉堂金馬三學士。你便鬭的俺那棟梁材節外生枝。〔韓夫人云〕小秀才只恁怕你。〔旦唱〕你道是兒怕娘嚴。〔云〕着姐姐道也。〔唱〕大古里子孝父慈。不争着秀才每無忠信。便使美玉生瑕疵。你待要閨中養豔姝。姐姐也我則理會的棒頭出孝子。

〔韓夫人云〕我是一箇巨富的財主。倒陪奩房。將我箇描不成畫不就的女孩兒。與你兒子做媳婦。你倒不肯。〔旦云〕姐姐。休這般説。〔唱〕

【脱布衫】你可便休賣弄花朵兒般嬌姿。休倚仗你銅斗兒家私。好前程萬中怎選。你待題親事一家無二。

【醉太平】你待實心兒外待。也索轉意兒尋思。〔云〕要成親早哩。〔唱〕直等的俺孩兒金榜掛名時。那其間新婚燕爾。俺孩兒守寒窗遂了十年志。戰羣儒一掃三千字。上天梯賦就五言詩。恁時封妻廕子。

〔韓夫人云〕你許了我這親事者。〔旦云〕你還我頭髮錢來。〔韓夫人云〕誰偷了你的也。〔旦云〕聖人道先功名而後妻室。等俺孩兒得了官呵。那其間成這親事。未爲遲哩。〔唱〕

【尾聲】等俺孩兒若受了千鍾祿三品職。成就了高堂大廈英傑子。你兒那時節五花誥駟馬車。做一箇大院深宅媳婦兒。更有鄉鄰不輕視。車馬迎門不造次。百味珍羞揀口兒。喝婢呼奴換套兒。富貴榮華有人使。兒女團圓做了親事。恁時節永遠姻親方顯的我慎終始。〔下〕

〔韓夫人云〕好箇古憿的婆婆。今日見他一面。果然得治家之道。我將女兒與這等婆婆。不强似許與別人。等秀才應過舉時。務要成此親事。我不爭拘束着閉月羞花女。那其間分付與你箇銀鞍白面郎。今日無事。且回後堂中去來。〔下〕

第三折

〔陶侃上云〕小生陶侃。多虧母親指頭上討了些針線錢。今日着我請范老先生。已着人請去了。這早晚怎生不見來。〔末扮范先生上云〕滿腹文章七步才。綺羅衫袖拂香埃。今生坐享清平福。不是讀書那裏來。小官范逵是也。五南路採訪賢良。來到此丹陽縣太學中。箇月期程。秀才叢中有一人姓陶名侃。字士行。嫡親的子母二人。此人依母指教。苦志攻書。我觀陶侃有經濟大才。我有心待保舉此人。若到京師見了聖人。必然重用。今日他家中請小官飲酒。他則知道我是箇學士。不知小官所幹事務。如今見了他母子。我自有箇主意。説話中間問人來。這箇門兒。便是他家。試叫一聲。陶秀才在家麽。〔陶侃上云〕在家。呀呀。學士大人有請。〔范云〕陶秀才。量某有何德能。動勞生受。〔陶云〕不敢。起動大人先生。貴脚來踏賤地。請坐。待小生請家母與老先生相見。母親。范老先生來了也。〔旦上云〕陶侃。老先生來了也。〔陶云〕來了也。母親相見咱。〔做見科〕〔旦云〕學士大人。貴脚踏於賤地。蓬蓽生光。〔范云〕久聞老母教子有方。今日登堂瞻拜。實乃小官萬幸也。〔旦云〕老身不敢。將酒來。我與學士遞一盃。〔行酒科〕〔旦云〕蔬食薄味。簞食壺漿。不堪管待。聊表芹意。望學士休笑咱。〔唱〕

【中吕粉蝶兒】則俺這茅舍疎籬。又無甚廳堂客位。則見些蓬窗土炕蘆席。雖然是飯蔬食。薄酒味。大剛來是俺主人家情意。秀才每淡飯黄虀。與你箇嗻珍羞大人厭飫。

【醉春風】俺家裏甑有范丹塵。厨無原憲米。量這些藜羹黍飯不成席。則是箇理。理。都是些棟梁之材。鳳麟之瑞。廟堂之器。

〔二净闖上云〕幫閑鑽懶爲活計。脱空説謊作營生。小人名唤杜裏餞。兄弟叫做世不飽。俺兩箇不會營生買賣。全憑嘴抹兒過其日月。如今陶侃家中請客喫酒。俺兩箇到那裏。與他遞酒搬湯擡桌兒。臨了喒兩箇務要吃箇醉。還要包些桌面東西。到家與俺老婆吃。來到門首。自家過去。〔做見科云〕陶侃。你怎生不請俺兩箇。我與你執壺把盞。老母休怪。〔陶云〕似這般怎了。〔旦云〕學士請坐。老身前後執料去。孩兒。你遞酒去波。〔陶云〕母親。我則請的一位。如今又走將兩箇這廝來。可着甚麽與他吃。酒將近無也。那得錢來買。〔旦唱〕

【迎仙客】我與你准備下酒食。我着你便待相識。〔云〕你道我那裏得錢物來買。〔唱〕這的是人頭上錢若還容易得。請客呵豈不聞打迭起酸寒。不是我便誇富貴。問甚麽請來那是誰。豈不聞四海皆兄弟。

〔陶云〕母親安排下一箇人的茶飯。如今又走將兩箇人來。可怎了。〔旦唱〕

【石榴花】則俺這主人家情重客都齊。問的他無一話皺雙眉。他坐而不覺立而饑。陶侃也你與我便快疾把盞安席。喒可便將没作有把這賓朋來會。他可便甚賢愚良賤高低。我不要你揀好擇弱尋相識。常言道白髮故人稀。

【鬬鵪鶉】則願得我牙落重生。則願的我白頭再黑。〔二净云〕陶侃將酒來。我遞一鍾。〔陶云〕這兩箇好無禮也。〔旦唱〕這的是您娘的私房。且與你做面皮。這頓飯如法要整齊。着他每放心的喫。將我這霧髮雲鬟。博换做龍肝鳳髓。

〔二净云〕陶侃。你有錢好請客。無錢便罷。如何逼併的你娘剪頭髮賣錢請人。我把你箇生忿忤逆弟子孩兒。〔陶云〕母親。他二人對着學士跟前。説我生忿忤逆。爲請人剪了娘的頭髮。賣成錢鈔買物。兀的不要我做甚麽。〔氣倒科〕〔二净云〕陶侃氣死了。不干我事。收拾了桌上的東西。喒

回家去來。〔下〕〔旦云〕兒也。干你甚麽事。〔唱〕

【上小樓】他走將來便嚇天喝地。道孩兒生忿忤逆。俺孩兒便舌則不嘿。見他必顧。孝當竭力。他道是逼併的。娘剪髮。安排筵席。則俺這箇賽曾參氣也不氣。

〔陶醒科云〕母親。他兩箇説。您孩兒怎生知道。〔旦唱〕

【幺篇】着人道娘教子。我爲你後人説。陵母伏劍。陶母邀賓。孟母三移。則爲這一箇字。五貫錢。别尋生意。我則怕人無信而不立。

〔范云〕陶秀才你來。今日是箇好日辰。收拾琴劍書箱。隨我上京應舉去來。〔陶云〕大人先生説的是。待小生禀命母親去。〔做問科云〕母親。今學士大人要領您孩兒上京應舉去。争奈母親年高。孩兒盡忠不能盡孝。孩兒去好不去好。〔旦云〕學士這等説來。我問學士去。〔做問科云〕學士。量陶侃有甚文學。着學士如此用心也。〔范云〕老母。你放心。我領秀才到的京師。必然爲官。則今日便索長行。〔旦云〕我謝了學士者。陶侃。你來聽分付。此一去。則要你着志者。得官不得官。早些兒回來。休着我憂心。〔唱〕

【耍孩兒】這的是爲頭兒兩眼恓惶泪。第一聲長吁嘆息。起初時今夜魂夢驚。破題兒不展愁眉。比及你奪皇家富貴他人聚。今日箇白屋貧寒親子離。常記着禮之用和爲貴。到那裏則要你折腰叉手。休學那苦眼鋪眉。

〔陶云〕母親休煩惱。〔旦唱〕

【二煞】我如今近五旬。你方纔整二十。兒行千里母也行千里。鳳凰池不到你娘心先到。龍虎榜文齊只怕你福不齊。問甚麽及第不及第。及第呵你休昂昂而已。不及第呵你可休怏怏而歸。

〔陶云〕母親。您孩兒今日就行。我與母親遞一盃酒。母親滿飲此一盃。〔旦云〕孩兒。對着學士在這裏。老身二十年不曾飲酒。孩兒今日臨行。我飲過此盃。我且不喫哩。〔陶云〕母親。爲何又不飲。〔旦唱〕

【尾聲】或是你受一道宣。或是你受一道敕。你若是還家呵把一盞慶喜酒在你這娘跟前跪。〔云〕孩兒。你若得了官呵。回到家中。想你那父親亡過。若不是老身。豈有今日也呵。〔唱〕兀的是我二十載孤孀落得的。〔下〕

〔范云〕陶秀才。則今日收拾起程。隨我上京去來。老慈母訓子殷勤。陶士行今日成名。乘傳去朝廷保奏。一家兒列鼎重裀。〔下〕〔陶云〕則今日跟着范學士應舉。走一遭去。便好道三寸舌爲安國劍。五言詩作上天梯。青霄有路終須到。金榜無名誓不歸。〔下〕

第四折

〔范學士上云〕高鳥相良木而棲。賢臣擇明主而佐。小官范逵。離了丹陽縣。領着陶侃來到京師。

小官見了聖人。説陶侃母親教子有法。甘守孤貧。母爲賢母。子爲孝子。將剪髮事。奏知聖人。就加陶侃爲頭名狀元。就着小官直至丹陽。將陶侃母親賜賞加封去。小官不敢久停。須索長行。方信道舉善薦賢。今日箇果有安身之法。〔下〕〔韓夫人上云〕歡來不似今朝。喜來那逢今日。妾身韓夫人是也。我打聽得陶侃秀才應過舉。得了頭名狀元。當初曾將我女孩兒許與他爲妻。他母親道等他孩兒得了官。方纔成此親事。今日果然得了官也。我到來日牽羊擔酒到他家中。一來慶喜。二來成就這頭親事。正是淑女可配君子也。須索走一遭去。〔下〕〔正旦引陶侃上〕〔陶云〕母親。賀萬千之喜。若不是母親嚴教。豈有今日爲官。〔旦云〕誰想有今日也呵。〔唱〕

【雙調新水令】兒做了狀元郎娘做了太夫人。娘和兒一齊發運。母三宣朝鳳闕。兒一舉跳龍門。俺孩兒寒窗下爲人。今日箇成家計會秦晉。

〔云〕看有甚麽人來。〔范逵上云〕小官范逵。奉聖人命與陶侃加官賜賞。可早來到也。左右接了馬者。陶侃粧香來。您母子跪者。〔陶云〕母親。聽聖人之命。〔范云〕陶侃母親。則爲你甘貧守法。教子讀書。貞烈雙全。聖人賜賞加封。你本是賢德之門。堪可爲朝廷宰臣。則爲你教子有法。則爲你剪髮待賓。陶侃爲頭名狀元。奉老母翰苑修文。湛氏賜黄金千兩。封你爲蓋國義烈夫人。國家喜的是義夫節婦。重的是孝子順孫。今日箇加官賜賞。一齊的望闕謝恩。老母。你可認的我麽。則我便是將領陶侃去的范學士。是我保舉你子母來。〔旦云〕陶侃過來。喒謝了大人者。〔范云〕老母。請將你教子之法。略説一偏咱。〔旦云〕學士不嫌絮煩。聽老身慢慢説一徧。〔唱〕

【喬牌兒】俺當初覓一文俺喫一頓。覓一頓待時分。我教他習文學禮捱貧困。我着他苦攻勤温故新。

【甜水令】老身做了些針線生活。擔饑受冷。把家私營運。端的是用盡老精神。我着他刺骨腰間。懸頭梁上。望改家門。今日可便得遇恩人。

〔范云〕聖人云。公卿生於白屋。將相出於寒門。信不虛矣。〔旦唱〕

【折桂令】豈不聞求忠臣於孝子之門。我教訓他攻書。將傍的成人。〔范云〕據老母三從四德俱全。〔旦唱〕老身雖無那九烈三貞。受了那十年五載。萬苦千辛。我做箇窮漢婦甘貧受窘。孩兒把聖人書温故知新。俺孩兒志氣凌雲。演武習文。〔范云〕當初爲甚麼來。〔旦唱〕則爲他戀酒三盃。這肯教他爛醉十分。

〔范云〕當初請小官的錢物。是那裏措辦來的。〔旦唱〕

【川撥棹】我當初住在寒門。我着他拜嚴師居善鄰。是半世白身。漏面黃塵。爲請下箇官人。錢又没分文。老身因此上剪髮待賓。怕孩兒他不孝順。

【七弟兄】我可便怕人。議論。索殷勤。那寒窗十載都休問。俺孩兒布衣及第作朝臣。説與那賢門公子都不信。

【梅花酒】呀。怕不我便去請人。我如今做生活怕混沌。洗衣裳覺身困。怕不待請恩人。怕不待要列金尊。

【收江南】呀。争奈我病惶惶難做那孟嘗君。〔范云〕豈有今日那。〔旦唱〕笑吟吟迎出驛門。俺孩兒讀書十載博換紫朝臣。待着人叫母親。寒窗下逼殺看書人。

〔韓夫人引小旦上云〕下次小的每。把那羊酒。且遠着些。我先過去者。〔做見科云〕親家母。賀萬千之喜。〔旦云〕夫人。這親事如何。〔夫人云〕你這養兒的。有志氣也。〔旦唱〕

【雁兒落】你道我養兒的有氣分。赤緊的養女的先隨順。陪奩房成斷送。則今日成秦晉。

【得勝令】方信道天子重賢臣。〔范云〕小官就主張成此親事。〔旦唱〕這的是賤媳婦貴媒人。俺孩兒得志在長朝殿。不强如守田家老瓦盆。成就了婚姻。兒共女心先順。改換了家門。這的是文章可立身。

〔范云〕今日是吉日良辰。小官作媒。將韓夫人女兒就今日過門。成此百年姻眷。也顯的陶士行志苦心堅。韓夫人不失前言。一家兒榮華富貴。新狀元夫婦團圓。〔旦唱〕

【尾聲】則金冠霞帔親朝覲。丹陽縣母子承天運。謝吾皇聖德重如山。願陛下四海邊疆萬年穩。

〔末云〕天下喜事。無過夫婦團圓。文章把筆安天下。武將提刀定太平。

題目　范學士薦賢舉善
正名　晉陶母剪髮待賓

承明殿霍光鬼諫雜劇

楊梓撰

第一折

〔昌邑王上開了〕〔外云了〕〔外上諫不從了〕〔等外出了〕〔正末重扮霍光帶劍上開〕老夫霍光。官拜大司馬。昭帝駕崩。昌邑王即位。文官尚書楊敞。武官老夫。俺二人扶立着他。老夫因病數日不朝。聽的道昌邑王爲君未及一月。造下一千一百一十七椿大罪。朝治官人每道。當初扶立他。不干別人事。都是霍光那老子。嗨。教老夫怎主呵。暗想高祖創立起惹大漢朝天下。也非同小可呵。

【仙呂點絳唇】策立懷王。遣差劉項。驅兵將。西楚秦邦。都有豪氣三千丈。

【混江龍】得其民望。沛公戈戟入咸陽。子嬰受降於軹道。霸王自刎在烏江。滅楚亡秦劉社稷。虧殺創業開基漢高皇。後□□□□□□□□□日價簫韶隊裏。絃管聲中。歌喉宛轉。□□□□□□□□□□龍袍。尚古自醉薰薰終日如泥樣。只聽的調絃品竹。甚的是論道經邦。

〔云〕來到朝門外。只怕撞着楊敞。不如只從後宰門入去。〔楊敞撞見了〕〔云了〕尚書諫不從。放心。老夫進諫去。

【油葫蘆】終日醄醄入醉鄉。這其間敢歸洞房。呀。可早高燒銀燭照紅粧。只聽的鬧垓垓歌舞人來往。韻悠悠羌管聲嘹亮。此日憂太康。我待諫昌邑王。可敢闌珊了竹葉樽前唱。回心待修國政理朝綱。

【天下樂】剗地爛醉佳人錦瑟傍。我過得蕭墻。我待朝帝王。不聽的古刺刺浄鞭三下響。不見文官每列在左壁。武官每列在右廂。尚古自列金釵十二行。

〔見昌邑王了〕〔云了〕殿下知罪麽。〔邑王云了〕〔云〕爲君未及一月。造下罪一千一百一十七樁。殿下猶不知。

【那吒令】陛下道你污濫如。寵西施吴王。好色如。奸無祥楚王。亂宫如。寵妲己紂王。對着衆宰臣。諸卿相。咱則是好好商量。

【鵲踏枝】似這般壞家邦。損忠良。疾忙分付江山。遞納龍床。到如今四方軍民都讚揚。他德過如禹舜堯湯。

【寄生草】他聽得仁風盛。帝業昌。孝昭帝先向山陵葬。昌邑王不識朝相。見如今新天子守取蟠龍亢。這的是前人田土後人收。可正是長江後浪催前浪。

〔等昌邑王云了〕

【六幺序】倒把我迎頭阻。劈面搶。到咱行數黑論黃。賣弄他血氣方剛。武藝高强。我覷的小可尋常。不由人豪氣三千丈。登時教你禍起蕭墻。不問五步間敢血濺金堦上。休那裏俄延歲月。打捱時光。

【幺】應昂。行唐。走奔龍床。扯住衣裳。則就這金鑾殿上。咱兩個□一場。我見他言語慌忙。手脚張狂。事急也却索着忙。俺英雄□□□遮當。豈不問專諸能刺吴王。今日咱君臣義分無承望。你待仿驪姬亂晋。俺難學伊尹扶湯。

（云）尚書。昌邑王無道。咱兩個別文武百官。擺整仗鑾駕。請新君去來。（做迎駕上了）（云）昌邑王無道。不堪爲宗廟之主。今日別立新君。咱文武兩班。一齊呼噪者。（一行云了）（云）昌邑王。新君皇帝免你死罪。封爲侯。出朝去者。（昌邑云了）（駕封官了）（云）老臣情願致仕閑居。（駕上宣二浄了封官了）（云）陛下。這兩個逆子。封許大官職。據一人頂門胎髮猶存。

【後庭花】怎消得把千鍾禄位享。將萬民財物匡。把二品皇宣受。將三臺銀印掌。他那理會理朝綱。據這厮每村沙莽撞。念不的書兩行。開不的弓一張。便朝爲田舍郎。暮登天子堂。

【青哥兒】他怎做的朝中朝中宰相。枉了失其失其民望。諒這厮生長在細米乾柴不漏房。便賜與紫綬金章。羽旌旄幢。教端坐都堂。輔佐吾皇。判斷朝綱。整治家邦。

我則怕差錯陰陽。激惱穹蒼。天降災殃。六月飛霜。旱殺了農桑。水渰了田莊。四境飢荒。萬姓逃亡。覷着他狠似豺狼。蠢似猪羊。眼嵌縮腮模樣。面黃肌瘦形相。爺飯娘羹嬌養。夫貴妻榮休望。教骨奸折倍挑。是無梔船。没底筐。我王待遠法商湯。臣伏戎羌。郊拱平章。採納賢良。選用忠良。行止端方。才智非常。論道經邦。展土開疆。教萬國伏降。萬民安康。萬壽無疆。萬世稱揚。似這等油爍猾猻般性輕狂猖。他怎圖畫作麒麟像。

〔駕云了〕〔云〕僚臣就今日辭了我主。向南採訪。走一遭去。

【賺煞尾】帝登基。天垂像。則今日天晴日朗。舜日堯年應上蒼。頭直上罩紫霧紅光。齊下五雲鄉。他寂寞索向秋江。年聽的撼宇宙春雷應天響。一箇登基在建章。一箇潛身在海上。這的是真龍出世假龍藏。〔下〕

第二折

〔駕云了下〕〔二净上開住〕〔卜兒云了〕〔二净見了下〕〔駕一行上開住〕〔二净上獻小旦了〕〔卜兒上再云下〕〔正末騎竹馬上開〕奉官裏聖旨。差老夫五南採訪。巡行一遭。又早是半年光景。今日到家。多大來喜悦。

【中吕粉蝶兒】羸馬長鞭。路迢遞豈辭勞倦。行殺人也客況淒然。與皇家。出氣力。使殺我也死而無怨。這一場開解民冤。喜還家稱心滿願。

【醉春風】行到二十程。路途三四千。向五南行到半年來。不似這途遠。遠。想着倚門山妻。夢中兒子眼前活現。

〔□到家科〕左右接了馬者。〔卜兒接住了〕〔云了〕

【紅繡鞋】拂掉了塵埃滿面。喜的咱夫婦團圓。在家時孩兒每行受了些熬煎。雖然咱有些俸禄。有些公田。想着這窮家私難過遣。

〔云〕我沿路上想着兩個。怎生不來見我。〔卜兒云了〕〔云〕成君女孩兒。也不出繡房來見我。〔卜云了〕〔氣倒科〕

【剔銀燈】斡身事别無甚麽拜見。將一箇親子妹向君王行托獻。大古里是布衣走上黄金殿。則俺那漢官家可甚納士招賢。想當日岩墻下。渭水邊。和那乞食的淮陰少年。

【蔓菁菜】偏不曾一跳身都榮顯。不曾獻妹妹准財錢。博换些俸錢。一口氣不□來抵住咽喉。氣的我手兒脚兒滴羞篤速戰。

〔云〕我則今日朝見天子。就納諫去。〔等駕上開住〕〔外上諫了〕〔正末便上〕〔做與楊敞相見科〕

〔云了〕尚書與老夫唤那二賊出來咱。〔二净出來云了下〕

【石榴花】我想與皇家出氣力二十年。我也曾居帥府掌軍權。今日向都堂出納着帝王宣。不付能的□遷。做箇官員。我也曾亡生捨死沙場上戰。我也曾眠霜卧雪陣後軍前。想着我水磨鞭方楞鐧雕翎箭。卸金甲博得箇紫袍穿。

【鬬鵪鶉】打這廝油鬏髻上封官。粉鼻凹裏受宣。您是裙帶頭衣食。我是劍甲上俸錢。不打死今番豁不了寃。就這裏盼到半年。問甚末子父情腸。險失了君臣體面。

〔做見駕了〕〔駕云了〕

【上小樓】打這廝才低智淺。怎消的隨朝遷轉。他那裏會展土開疆。治國安邦。獻策呈言。量這廝。有甚末。高識遠見。怎消的就都堂户封八縣。

〔駕云了〕

【幺】倘或取受了百姓錢。違負了帝王宣。敢大膽欺壓良民。冒突天顔。惹罪招愆。久以後。市曹中。遭着刑憲。我只怕又連累咱滿門良賤。

〔云〕乞陛下將此二賊。打爲庶民。成君下於冷宫。聖鑒不錯。〔駕云了〕〔一行下〕〔楊敞云了〕

〔云〕官裏不從諫也。罷罷罷。

【耍孩帶四煞】慨君王聖怒難分辨。便是老性命滴溜在眼前。這場羞辱怎禁當。好教我低首無言。天言聖怒難分解。惱犯着登時斬在目前。人皆倦。輕呵杖該一百。重呵流地三千。

【三煞】可知道摘星樓剖了比干。汨羅江滰殺屈原。姑蘇臺范蠡辭了勾踐。從來亂國皆無道。自古昏君不重賢。不把清濁辨。則怕吃人心盜跖。那裏敬有德行顔淵。

【二煞】我爲甚倦做官。我爲何不愛錢。只圖久後清名顯。我不求金玉重重貴。可甚兒孫箇箇賢。稱不了平生願。你速離我眼底。休到我根前。

【收尾煞】便加做一品官。剩受取幾道宣。〔楊敞云了〕誰待倚唐丈有勢威風顯。〔外云了〕我則怕養閨女爲官分福淺。〔下〕

第三折

〔二净云了〕〔駕一折〕〔外開一折〕〔正末做暴病扶主開〕自從打了二賊。一卧二旬而不起。好是煩惱人。自從前許多功勞。今日一筆都勾。〔做長吁氣科〕

【正宫端正好】於家謾劬勞。爲國空生受。自從立漢室扶監炎劉。愁懷不遂空低首。常則是淚濕征衣袖。

【滚繡毬】我來的那日頭。染證候。都子爲辱家門禽獸。子我這潑殘生千則千休。將霍山纏住拘。將霍禹劈面毆。暗着氣感得幾聲咳嗽。對夫人仔細遺留。都則爲辱家

門豁不盡心頭氣。獻妹妹遮不了臉上羞。性命似水上浮漚。〔等二浄上做探病了〕〔云〕孩兒。我年紀子是兩脚疼痛。〔二浄拘腿了〕

【倘秀才】匹配下鸞膠鳳友。博換得堂食御酒。您則是男兒得志秋。我早則歸地府。葬荒丘。是一箇了收。〔小旦云了〕〔云〕孩兒。我上天遠入地近也。有幾句遺留。聽我説與你。〔等小旦云了〕

【呆古朵】怕你老尊君早晚身亡後。教你箇女孩兒聽我遺留。教官裏納士招賢。休教他迷花戀酒。恐怕賊子將忠臣譖。你索款慢去君王行奏。你只學立齊邦無鹽女。休學那亂劉朝吕太后。〔等駕上〕〔云住〕〔正末云〕呀。臣該萬死。

【倘秀才】臣披不的金章紫綬。剛道的箇誠惶頓首。臣講不的舞蹈揚塵三叩頭。感陛下特憐念。舊公侯。親自來問候。〔駕問了〕〔云〕有幾樁事。陛下索從微臣奏咱。陛下。開赦書撒放罪囚。薄税斂存恤户口。隨路州城把廟宇修。誅不擇骨肉。賞不避仇讎。恩從上流。

【滚繡毬】陛下。教軍衣襖旋旋闕。軍糧食日日有。便使殺他也不辭生受。敢捨性命在劍戟戈矛。不争咱糧又催税又催。那其間敢不收麥不熟。枉併的他一家又逃走。

豈不怕笞杖徒流。陛下開倉賑濟窮百姓。敢不自然樂業安家不趁求。則這的是治國元由。

〔一行上告駕住〕〔云〕陛下。這兩個賊子。久後必然造反。告一紙獨角赦書。赦了老臣之罪咱。

〔駕云了〕

【倘秀才】臣則怕連累了霍光老幼。這廝每必反喒劉朝宇宙。這的是未來事微臣早參透。幾句話。記在心頭。休教落後。

【滚繡毬】這兩箇。吃劍頭。久以後死得來不如猪狗。臣則怕連累着三尺荒坵。不争您剖棺槨。戮尸首。這一紙獨角赦把老臣搭救。我便一似護身符懷内牢收。不争剖開亡父新坵塚。不教人唾罵微臣業骨頭。勳業都休。

〔外云了〕

【三煞】飽諳世事慵開口。可怎伏侍君王不到頭。則要你治國安邦。去邪歸正。納士招賢。立漢興劉。學取祖公公豁達大度。海量寬洪。納諫如流。托賴上天眷祐。則要陛下知文武重公侯。

【二煞】天呵謾心昧己的增與陽壽。論到我爲國於家拔着短籌。也是我前世前緣。自遣自受。染病躭疾。千則千休。只落的三魂杳杳。四體烘烘。七魄悠悠。好教我無言低首。淚不做淚珠流。

【收尾煞】雙手脈沉細難收救。一口氣不回來便是休。自料殘生決不久。旦暮微臣死之後。不望高原葬土丘。何必追齋枉生受。看誦經文念破口。休想亡靈免得憂。果必君王賜恩厚。思念微臣國政修。出殯威儀迎過路口。登五門君王望影樓。陛下若可憐微臣遥望着靈車奠一盞酒。〔下〕

第四折

〔駕上開住做睡意了〕〔正末扮魂子上開〕霍山霍禹造反。須索奏知天子去咱。哎。陰司景界好與人世不同呵。〔外一折了下〕〔等駕上再開住〕〔二净説計一折下〕

【雙調新水令】冷颼颼風擺動引魂旛。也是我爲國家呵一靈兒不散。高挑起紗照道。輕擺着馬鏰環。我待學壘卵攀欄。將我那有仁德帝王諫。

【駐馬聽】夜静更闌。驀嶺登山尋故關。雲收霧散。披星帶月入長安。生前出力保江山。命終盡節扶炎漢。你看我這一番。擎王保駕無辭憚。

〔做入宫科〕〔做燈後立住等駕打摻科〕〔云了〕〔云〕驚諕了我主。微臣不是邪祟。〔等駕云了〕

【雁兒落】微臣共朝臣難擺班。魂魄隨風散。邊關事明日提。早朝把君王諫。

〔等駕云了〕

【得勝令】來日箇宰相五更寒。正三鼓未更殘。〔駕云了〕便待貶怕我離宮闕。可甚留連你老泰山。了當間。待我似伊尹周公旦。今日把我做邪魔鬼祟看。

〔正末云〕陛下。有人造反也。〔駕云〕

【雁兒落】陛下道東連函谷關。西接連雲棧。誰人厮覷着。誰人相輕犯。

【掛玉鈎】陛下隄備着鐵甲將軍夜過關。倒把臣相輕慢。則怕船到江心補漏難。見百姓遭塗炭。臣武不及伍子胥。文不及周公旦。可惜了六合乾坤。萬里江山。

陛下。霍山霍禹造反。明日請我主赴私宅。以擊金鐘爲號。待亂天下。微臣一往來奏知我主。

〔下〕

〔駕提天明了〕〔拿二净上了〕〔駕斷了〕〔安排祭土了〕

【落梅風】滅九族誅戮了鬇鬡。斬全家抄估了事産。可憐見二十年公幹。墓頂上灑灑土未乾。這的是承明殿霍光鬼諫。

〔散場〕

題目　長安城霍山造反
　　　海温縣廢王遭難

正名　長信宫宣帝登基
承明殿霍光鬼諫

忠義士豫讓吞炭雜劇

楊梓　撰

第一折

〔智伯引絺疪上詩云〕周室中衰起戰争。鴟張七國各屯兵。一從唐叔分桐後。政事分來在六卿。某乃智宣子之子荀瑶是也。國人號爲智襄子。因某居長。稱爲智伯。這個是某家臣絺疪。某與范氏中行氏韓氏魏氏趙氏。世執晋國之政。職任六卿。惟某最强盛。前年滅了范氏中行氏二家。彼土地人庶。盡爲己有。今某心中還要將韓魏趙三家。一發併吞。廢了晋侯。西晋土宇。皆歸於某。那其間方爲願足。如今定了一計。於蘭臺設一筵席。請韓魏趙三子會飲。酒席之間。以禮問他求地。若與則已。不與就起兵征伐。若去了三家。唐叔山河。不久入吾手也。謀計已定。絺疪。你去請三子來赴宴。疾去早來。〔絺疪云〕某奉主人令。着我去請三家主君。來赴蘭臺之宴。不敢久停久住。須索走一遭去。〔下〕〔趙襄子上詩云〕世職爲卿佐晋邦。先人生我弟兄雙。智瑶强横相侵壓。謹守身家死不降。某姓趙名無恤。世備晋國六卿之職。我先君趙簡子存日。曾使尹鐸治晋陽。尹鐸請曰。以爲繭絲乎。以爲保障乎。先君曰。保障哉。尹鐸損其户數。先君曾謂某曰。晋國有難。無以尹鐸爲少。無以晋陽爲遠。以是爲歸。某佩服先君之言。諄諄在耳。自先君棄世之後。智襄子荀瑶爲晋正卿。欺俺寡弱。有移晋祚之心。前年將范氏中行氏二家絶滅。大肆强暴。

不久禍及於俺三家。今日又在蘭臺設宴。請某與魏桓子韓康子會飲。不知有何事。其中必有奸計。不去又不好。等韓魏二子來。須索走一遭。〔韓康子上詩云〕昔自先王戲削桐。世爲卿職在河東。柰何荀氏强梁甚。要使三家入彀中。某韓康子是也。姓韓名虎。國人稱爲韓康子。世爲晋卿。我晋國卿六人。獨某與趙魏相厚。今正卿荀瑶不道。欲併諸卿大夫。已將范中行滅了。又欲侵及俺三家。今在蘭臺設宴。請俺三人。不知有何事。須索去咱。等趙魏二子同行則個。〔魏桓子上詩云〕邦國分茅建六卿。自慚繼職守持盈。誰知衰世强凌弱。荀氏跳梁擁重兵。某姓魏名駒。國人稱爲魏桓子。職任晋卿。叵耐正卿荀瑶。常有吞併俺韓魏趙之心。今日設宴蘭臺。來請俺三人。須索赴會則個。〔行科云〕前面不是二位公子。呀呀。趙韓二君拜揖。〔二子還禮云〕荀氏招飲。不知其旨。咱須早赴則個。〔做到科門役報科智伯上相見科三子云〕某等有何德能。敢勞上卿置酒相待。〔智云〕今喜邦家無事。謹請三位公子閑飲一番。〔把盞科智云〕某自先世流傳。支庶衆多。土地窄隘。三公子采邑與某相鄰者。敢借一二區。以供樵採。不拒幸多。〔韓背云〕某觀智伯好利而愎。今索地於我。不與將伐我。不如與之。彼狃於得地。必請於他人。他人不與。必向之以兵。然後我得免於患。而待事之變矣。〔轉云〕某有萬家之邑。願獻左右。〔智云〕多謝多謝。魏公子允否。〔魏背云〕無故索地。大夫必懼。吾與之地。智伯必驕。彼驕而輕敵。此懼而相親。以相親之兵。待輕敵之人。智伯之命。必不長矣。〔轉云〕某亦有萬家之邑。敢獻左右。〔智云〕多謝多謝。趙公。蔡皋狼之地。與某食邑接境。欲求借爲采邑。未知允否。〔趙云〕念無恤承先人基業。兢兢業業。惟恐失墜。土地人庶。皆先人遺祚。我公無故見侵。决不敢奉命。必不見容。有死而已。〔智云〕趙公好不見機。你不見六卿之家。大半歸我。韓魏各已獻地。你就强梁。到得那裏。豈不見范氏中行氏之例乎。〔趙不答起身去科智云〕趙子好是無理也。地又不與。又不辭而去。怎肯干休。韓魏二公。咱三家點起甲兵。將趙氏不分老弱。一鼓擒滅。將他土地人庶。咱三人平分了。豈不好也。〔韓魏云〕謹奉教令。〔正末豫讓上云〕某姓豫名讓。是智伯家一個家臣。今日我主人蘭臺設宴。會韓魏趙三君。適間我主人倚兵馬强盛。問三家索地。韓魏各獻萬家之邑。獨趙君不與。我主人當筵毁辱。逼的趙君逃席而去。我主人以爲得志。還要伐他。我想來。主不備難。難必至矣。蜂蠆尚能螫人。况人君乎。我須索進勸一遭。〔做到科見科云〕主人。讓聞我主索地。趙君避席。主人反欲見伐。且高而不危。滿而不溢。先王謂志不可滿。欲不可縱。趙君逃走。必有防備。若苦苦相侵。恐非善道。不可不可。〔唱〕

【仙吕點絳唇】便待將韓魏平吞。逼的箇趙王逃遁。偏咱呵安穩。則待要獨霸乾坤。全不怕後代人評論。

〔智云〕我好意請他飲酒。地又不與。又不告而去。兀的不氣殺我也。〔正末唱〕

【混江龍】休爲一朝之忿。不思量旋踵喪其身。上不尊周朝皇帝。下不聞閫外將軍。獨自興心獨自立。却不道半由天子半由臣。待驅兵領將。積草屯糧。平白地要把鄰邦困。可不道己所不欲。勿施於人。

〔智云〕豫讓。你言差矣。想晉國卿相。惟我居首。兵多人盛。又得韓魏二子。協心助翊。今合兵攻伐。他若拒敵。一鼓成擒。他若拒守。決水圍灌。無有不成功者。你倒來替他回護。觸惱我心。〔正末云〕臣聞忠臣不懷情於君。孝子不畏死於父。存忠盡節。受斧鉞而無怨。主公。今上有周朝天子。不尊王命。無故索地。與咱是人情。不與是正理。今日無故稱兵。大不祥也。〔智云〕如今天王法令不行。周祚衰微。天下諸侯。互相吞併。强者霸。弱者亡。我不乘時。非爲智也。〔正末唱〕

【油葫蘆】今日周室雖微禮尚尊。〔智云〕某爲晉國陪臣。位列正卿。不爲小也。〔正末唱〕咱則是臣下臣。怎敢侵奪他境界起烟塵。便待要開堤灌水把軍圍困。攻城掠野把民蒿混。却不道德不孤。必有鄰。〔智云〕我削除趙氏。誰不服我。〔正末唱〕便待要除根剪草絶了鬈齔。做的箇安自己損他人。〔智云〕我立下些基業。貽厥孫謀也。〔正末唱〕

【天下樂】我則怕遠在兒孫近在身。〔智云〕我兵車較多。三倍於趙。又合韓魏之兵甲。屠滅趙氏。亦何難哉。〔正末唱〕自古爲君。先愛民。聖人道不患寡而患不均。若是近大臣。遠佞人。則這的是經綸天下本。

〔智云〕韓魏二君。我一開口就與萬家之邑。如何趙氏全不敬我。地與不與猶小可。如何壞我席面。逃走去了。羞我這一塲。怎肯干罷也。〔正末云〕主人。與咱的不是怕我。不與的也不是慢我。主人聽臣說來。〔唱〕

【那吒令】爲甚魏桓子。但言的便允。爲甚韓康子。但索的便肯。爲甚趙襄子。不辭而便奔。見他外面而服。非咱中心臣順。都是些假熱佯親。

【鵲踏枝】主公是智超羣。也不合勢威人。全不肯去暴除邪。發政施仁。好勇興兵起軍。全不肯偃武修文。

〔智云〕我初意飲宴。元非惡意。偶然請地。觸我怒發。决不輕恕也。〔正末唱〕

【寄生草】平白地恩翻成怨。喜變做嗔。不尋思治國安邦論。常懷着篡位同謀釁。偶興起敗國亡家忿。主公弔民伐罪倣成湯。推位讓國學堯舜。

〔智云〕昔日商紂無道。武王伐之。立下這等久遠基業。我今剿除趙氏。是亦弔民伐罪。〔正末云〕昔者紂王無道。以酒爲池。以肉爲林。使男女裸體相淫。殺賢拒諫。驕侈無度。今日趙襄子有何罪。〔唱〕

【醉扶歸】則爲他好奢侈行讒佞。剔孕婦剖賢心。因此上吕望興師過孟津。血浸朝歌郡。爲甚把武王扶持做了至尊。這的是法正天心順。

〔智云〕豫讓。你不替我展江山奪社稷。到來比張比李的説我。我心决意吞併趙氏。再有苦諫的。定行斬首。叉出豫讓去。〔正末出外云〕古者天子有諍臣七人。雖無道不失其天下。諸侯有諍臣五人。雖無道不失其國。大夫有諍臣三人。雖無道不失其家。父有諍子。則身不陷於不義。今我主

人陷於不義。豈可自取安逸。當力諫則個。〔做復回科唱〕

【金盞兒】扭回身。上堦跟。〔智云〕豫讓。你又來了。再若阻當我。一劍揮之兩段。〔正末唱〕見他惡哏哏面色十分愠。劍横秋水氣凌雲。折末尸骸横百段。熱血污黄塵。忠臣不怕死。怕死不忠臣。

〔智云〕左右。與我拿下豫讓。斬訖報來。〔衆拿科〕〔韓魏勸云〕主公不可。今欲弔伐。先斬家臣。於軍不利。待平了趙氏。斬之未遲。〔智云〕看二君之面。教豫讓權寄下這一顆頭。待除了趙氏。不道肯輕饒了你哩。〔正末云〕謝我主不殺之恩。主公不聽豫讓之言。後悔之晚也。

【賺煞】少不的有國不能投。有家應難奔。無粮草先逃了庶民。血瀝瀝尸横刀自刎。少不的事君能致其身。把我這志常存。須有用着我的時辰。主公呵咫尺征袍漬血痕。直等到外無救軍。内遭危困。那時節一腔鮮血報君恩。〔下〕

〔智云〕豫讓去了也。韓魏二君。咱急整人馬。攻伐趙氏去來。〔並下〕

第二折

〔智伯上云〕某智伯是也。昨日會宴蘭臺。求地於趙氏。叵耐趙子無理。不肯與地也罷。又心懷忿怒。不辭而去。晋人那個不知我智氏强盛。我怎肯干罷。已約定韓魏二子。合兵攻伐。須索親督一遭。〔下〕〔趙襄子上云〕某乃趙襄子是也。昨日智伯會酒蘭臺。倚他威勢。平空索地。韓魏二子。恐嬰禍首。各與萬家之邑。某一時不合當面拒他。他就有怪恨之意。某逃席而出。他説我羞阻他。今率韓魏甲士攻我。我力寡兵微。怎生抵敵。如何是好。我待出奔長子。柰民力罷敝。無人死守。待走邯鄲。柰民膏竣盡。誰與守之。我想那晉陽城池完厚。倉廩充實。尹鐸之所寬也。先君之所屬也。民必和矣。我須走晉陽去也。〔下〕〔智伯引韓魏二子上云〕某智伯是也。這個是韓康子。這個是魏桓子。因趙襄子不肯臣服。某等合兵攻伐趙氏。不料趙襄子懼怕。出走晉陽。堅閉城門不出。我今令軍士每在城外築起大堤。引水圍灌城裏。不日之間。一城生竈。盡爲魚鱉。滅了趙氏。分了他土地人民。那時方得趁心也。韓魏二君。與我謹守堤岸。不可滲洩。指日成功。共享其利。喒且行水一遭去。〔下〕〔趙襄子引正末張孟談上云〕却怎了也。智伯攻圍甚急。某避走晉陽。今又引水圍灌城。不浸者三版。沈竈産蛙。看看渰倒城墻。但賴晉陽百姓。感先君之恩。尹鐸之澤。雖如此顛沛。民無叛意。又況韓魏二子。與我脣齒。今反助逆。合兵相攻。我想來。也是不得已。張孟談。你暗暗的出去。見韓魏二君。説三家俱被智氏淩轢。若趙氏朝亡。夕必及於韓魏。二公肯念同官之好。返戈智氏。一日遂志。三家之富貴。寧有既耶。晉國政令。豈出三家之手。張孟談。你小心在意。疾去早來。〔並下〕〔韓魏上韓云〕魏公子。你知智氏之志麼。今日早間行水之時。他説。吾自今知水之可以亡人之國也。他的意思。要將咱三家盡除。獨霸晉國。將如之何也。〔魏云〕今早智氏對咱説。絺疵對他説。韓魏有反意。以人事知之。今合二家之兵以攻趙。趙亡難必及之。今約勝趙三分其地。水圍晉陽城。不没者三版。人馬相食。城陷有日。二子無喜色而有憂容。此非反而何。方纔又見絺疵。咱十分謹慎。只恐他看出真情。後日必中他計。且須别做個計較。〔正末張孟談引稍公駕舡上云〕某張孟談是也。在於趙襄子家爲臣。前者智伯無故索地。俺主公不與。智氏合韓魏之兵。攻圍晉陽。引水渰灌。看看水入城中。但人心素德趙氏。不忍叛離。俺主公使我去見韓魏二君求救。須索冒險履危。去走一遭。〔唱〕

【正宮端正好】雨初晴。風纔定。風雨過正是三更。一輪皓月如懸鏡。萬里長天静。

【滚繡毬】稍公呵你與我慢慢行。悄悄的聽。好教我把心不定。駕着箇小船兒如履薄冰。外面是軍護着堤。裏面是水浸着城。教我那裏尋捷徑。急煎煎無計逃生。我想那晉陽城下千尋水。便是智伯胸中百萬兵。虎鬭龍争。〔下〕

〔韓云〕魏公子。我想來。若智氏平了趙子。禍必及咱二家。莫若先下手爲强。〔魏云〕咱今將計就計。决開堤口。引汾水灌安邑。絳水灌平陽。使智氏軍不戰自亂。一壁厢整搠人馬掩擊。無不成事。〔韓云〕誠恐謀泄敗事。咱須對天歃血盟誓。方敢行事。〔正末上云〕某來到韓魏二君營門外。聽了這一會。不想他二人也怨智氏。我今見他。不説襄子之臣。只説是智伯使命。看他怎麽説。兀那小校。報與二位公子得知。説智伯使命到來。〔小校云〕報的主帥得知。今有智伯使命到來。〔韓魏云〕請相見。〔見科正末云〕俺智伯主人。差小人來巡探軍情。傳與二位用心防守。勿致疎虞。〔韓云〕俺這裏催趲積水。刻日破城成功。〔正末云〕您二位恰才商量。我都聽見來。〔魏

云〕俺才講些兵法。明日破城。好與趙氏對敵。〔正末唱〕

【倘秀才】你待順襄子談兵説兵。你背智伯是無情有情。〔韓魏云〕某豈敢背主事讎。〔正末唱〕您恰才對天因何歃血盟。〔韓魏云〕俺才説分了趙氏。當誓死以報智伯。〔正末唱〕你如何要整隊伍。出軍營。做的箇弊倖。

〔韓魏云〕某等荷智伯之德。得分趙地。大家受用。豈有攜貳。〔正末唱〕

【笑和尚】恁恁恁忒言清行不清。恁恁恁拚死命敢活命。恁恁恁自行病自醫病。恁恁莫打掙。恁恁恁休折證。恁恁恁别了俺閫外將軍令。

〔韓魏云〕俺二人既遵約束。焉敢背違。〔正末云〕俺智伯號令嚴明。您可怕麽。〔韓魏云〕他既爲主帥。某等禆副。誰不戒懼。〔正末云〕你依的我言語。管教你不怕。〔韓魏云〕凡有指揮。無不聽從。〔正末唱〕

【倘秀才】俺不是智伯家差來的使命。〔韓魏云〕不是智伯差來。却是那裏來的。〔正末唱〕俺是趙襄子使將來察探事情。特地向君侯行借些救兵。〔韓魏云〕如今水勢浩大。城廓不保。不時陷没。生民魚鱉。就有救兵。如何救的。〔正末唱〕且休説滰城邑。損生靈。豈不聞唇寒齒冷。

〔韓魏云〕智氏怪你主人會間不辭而去。好生欺慢。因此稱兵見伐。〔正末唱〕

【滚繡毬】俺襄子便有罪名。便合該正刑。也合可憐見虚飄飄滿城百姓。渾一似綴露飛螢。家家竈産蛙。處處水刷做坑。衆軍民往來奔競。咫尺間海角飄零。投至得鬧炒炒陣面上逃了生性。便是番滚滚波心撈月明。感嘆傷情。

〔魏云〕你如今待怎麽説。〔正末云〕臣聞唇亡則齒寒。今智伯帥韓魏以攻趙。趙亡則韓魏爲之次矣。况智氏有才而無德。人苦其虐。莫若倒戈于彼。無不成功。〔韓云〕我等心知其然也。恐事未遂而謀泄。則禍立至矣。〔正末云〕謀出二主之口。入臣之耳。何傷也。臣有一計。二君察之。

〔唱〕

【倘秀才】臣不才雖然無能。二主公寧心試聽。濟不濟君侯再察情。説着呵無憑驗。做着呵有實誠。非是自矜。

〔韓魏云〕你有何長策。説來我聽。〔正末唱〕

【滚繡毬】休和他覓鬭争。厮奚競。殺了守堤吏教他自窩裏厮併。您把中軍掩映處潛形。您外面將堤堰來撅。俺城中把金鼓鳴。正是外合裏應。教智伯纔知水火無情。教那帳前旌節門前戟。都做了風裏楊花水上萍。直教他一事無成。

〔韓云〕俺二人適間正如此商量。要决汾絳二水。灌智伯軍營。將守堤吏卒殺了。恁主人内往外殺。俺二人領兵夾擊。則智伯之頭。可致麾下矣。〔正末云〕謀計已定。二主在心者。臣復俺主命去也。〔並下〕〔内鼓譟吶喊科智伯荒上云〕却怎了也。不想趙氏夜殺守堤之吏。决水來灌俺寨。營壘皆没。三軍逃竄。左右。急急救護則個。〔荒下〕〔趙引張孟談上云〕今日托天地庇佑。多虧韓魏二君協謀。將智氏一鼓而滅。方趁我平生之願也。左右。與我請韓魏二君來者。〔韓魏上云〕今日誅夷智族。趙君相招。須索見咱。〔做見科韓魏云〕今日大敵破滅。可賀可賀。〔趙云〕深蒙二君相濟。得平大憝。彼土地人庶。三家共之。左右。推過智瑶來者。〔衆擁智伯上趙云〕智瑶。你虐焰薰天。神人共怒。無故索地而弄兵。恣情攻城而决水。今日擒來。有何話説。〔智云〕我悔不聽豫讓絺疵之言。致有今日。且亡國賤俘。只求早死。〔正末張孟談云〕智伯。〔唱〕

【倘秀才】往常你統着兵車百乘。如今却落不的折箭半莖。却甚不動刀鎗自太平。你也忒跋扈。忒狰獰。你便噤聲。

【滚繡毬】當日箇宴蘭臺酒二觥。要平陽一座城。與不與便教水圍軍併。平白地虎鬭龍争。開汾絳兩道河。平韓魏萬竈兵。築高堤有如山嶺。四周圍抵多少萬丈深坑。當時待把人推入。今日你被人推更不輕。罪合當刑。

〔趙云〕想智瑶無道。吞謀衆卿。妄窺晋室。罪在不宥。左右。即便斬訖報來。還將他首骨。漆作飲器。方趁我心也。〔末〕

【尾聲】早則去除了桓子心頭病。斬砍了韓康眼内丁。掃蕩浮塵日月明。剪滅妖氛宇宙清。道寡稱孤事不成。霸業圖王令不行。智伯從來好戰争。更做你能行離不了影。

〔下〕

〔趙云〕二位公子。咱從今高枕無憂也。明日將智伯原取的范中行二家地土及他本家的。三分分了。豈不韙哉。〔並下〕

第三折

〔外扮絺疵上云〕某智氏家臣絺疵是也。我主人攻屠趙氏。我見韓魏有反意。我勸諫主公。不惟不信。又將我言語對二子説。返被韓魏同謀。裏應外合。决水渰我軍。甲士潰亂。死者山積。將智氏族滅閃的我無處投奔。又不能爲主報讎。且須逃避他國。待時而動則個。〔下〕〔趙上云〕自從平了智氏。心願滿足。我聞得智氏還有二臣。絺疵豫讓。各懷忠義。不知逃避何處。待我尋來。慢慢用他則個。〔下〕〔正末扮豫讓上云〕某豫讓是也。想我主人智伯。不從吾諫。今日家破身亡。某既爲人臣。受人之禄。敢私其身。况我主人以國士遇我。非羣流比。某當以死報。今淬礪得一匕首。暗暗藏在身邊。走入趙氏宮中。將褁子刺死。也是替主人報復寃讎。今晚月色明朗。來到趙府後園邊。恐有巡邏不便。須索跳入去。方好下手也。〔唱〕

【越調鬬鵪鶉】涼月輝輝。寒風颯颯。就着這月朗風清。索自天摧地塌。將匕首斜藏。把衣服拽扎。靠着柳陰。映着月華。將地面牢踏。把墻頭緊把。

〔云〕上的這墻來。四顧無人。我索跳過去等待則個。〔唱〕

【紫花兒序】滴溜溜擁身飛過。赤力力鎮動花梢。撲簌簌驚起棲鴉。悄蹙蹙的潛踪躡足。七林林的約柳分花。誰敢停時霎。轉過牡丹檻荼蘼洞木香架。早來到沉香亭直下。銀漢初斜。譙鼓才罷。

〔云〕進的這園西隅。是一所厠房。門窗半掩。我且入内藏伏。再作計較。〔唱〕

【小桃紅】兩隻脚輕將地皮踏。把臺榭闌干抹。見箇矮闊闊堦基將板門兒亞。靠着檐壓。撮身飛入無驚怕。静悄悄厠樓内等他。黑洞洞土墻匡直下。又没甚斜月照窗紗。

〔趙引外攙燈上云〕我今晚無事。月明直下。閑行一會。不覺行至花園門首。兀的不是厠房。我登厠一遭。〔正末唱〕

【東原樂】鞣履鳴穿花徑。銀燭焚燒絳蠟。我舉目擡頭觀瞻罷。向燈影裏凹着狠鼻凹。椰嗽自矜誇。可知道氣昂昂的敢輕俺臣下。

〔趙云〕我到這厠門前。好生驚恐。只怕有歹人。左右搜一搜。〔正末荒科唱〕

【雪裏梅】則聽的人語鬧交雜。呼左右快搜咱。他道乞丕丕心驚。我惡狠狠跳出。〔外等捉拿正末上正末唱〕闘將我嗔忿忿捉拿。

【紫花兒序】將我撲魯魯的横拖倒拽。鬧炒炒的後擁前推。我急煎煎獨力難加。我不能勾剜心摘膽。只辦箇咬齒嚼牙。〔趙云〕你是甚人。黑夜入我園中。非奸即盜。如何不跪。〔正末唱〕教我跪膝着他。折末斬便斬敲便敲剮便剮。我其實不怕。〔趙云〕這厮不直說。左右取刑具來。打着問他。〔正末唱〕由你由你。既待捨死忘生。怕甚麽弔拷掤扒。

〔趙云〕你是甚人。來我宮中何幹。若不實說。目下身亡。〔正末云〕我是智伯家臣豫讓。俺主人遭你毒手。身亡族滅。我欲爲之報讎。〔趙云〕你要怎生報讎。〔正末唱〕

【絡絲娘】只爲你亂軍中壞了智伯更將他家小滅伐。我將你趙襄子就宮禁中待把你親身刺殺。更將玉殿珠樓片瓦根椽直教火焚了罷。這憋豫讓更別無甚別話。

〔趙云〕想智伯無道。損人利己。索地弄兵。有傷風俗也。〔正末唱〕

【酒旗兒】俺主公貪疆土。自是傷風化。你不合將他天靈蓋飲流霞。我說與你衆人試鑒察咱。襄子這的是你毒害那他獨霸。既你箇趙襄子興心問咱。你將俺主人淩遲處死漆骨爲樽因此上結的似上海冤讎大。

〔趙云〕吾雖不才。見爲一國正卿。兵馬錢穀。皆出吾手。你如何刺得我。〔正末唱〕

【調笑令】這答兒和咱。話不投機一句差。他雖不是萬乘主千乘君王駕。你可甚有德行的趙主官家。哎。蒺藜也開沙上花。真乃是井底之蛙。

〔趙怒云〕這個亡國之臣。死有餘辜。怎敢大肆兇悖毀罵。好無禮也。〔正末唱〕

【鬼三台】休則管高聲罵。相驚謊。看的咱似木楂。你有福我無緣。你穩坐龍床鳳榻。若不是厠房中衆人拿住咱。我報冤讎志酬非是假。若是我有分成功。咱這無明火發。

〔趙云〕據你説要報仇。量你一人。怎生近的我。〔正末唱〕

【聖藥王】一隻手將嗓子掐。一隻手將脚腕來拿。滴溜撲摔箇仰剌叉。將匕首拔。覷着你軟肋上扎。教古魯魯鮮血浸寒沙。看你今夜宿誰家。

〔趙云〕我有一件事。教你歡喜不盡。〔正末云〕我志未遂。有何歡喜。你早早殺了我罷。〔趙云〕我饒你不死。你與我爲家臣。倩取你高車駟馬。受用不盡。〔正末唱〕

【眉兒彎】誰戀你官二品。車駟馬。待古有德行的富貴榮華。想着俺那有恩義的主人公放不下。我故來報答。報答的没合煞。到惹一場。傍人笑話。

【耍三台】我這一片爲主膽似秋霜烈日。覷那做官心似野草閑花。〔趙云〕豫讓爲主報仇。真義士也。左右放了他。隨他那裏去罷。〔正末唱〕和你是剜心摘膽兩事家。怎肯有喜悦和洽。我活呵謹防着斷頭分尸。我死後你放心稱孤道寡。

〔趙云〕我已認的你模樣。再來拿住你時。決不饒你了。〔正末唱〕

【尾聲】則爲你誅夷了俺主公奪了天下。鋸的他死尸骸做飛觥走斝。不争你箇趙襄子

等閑休。枉教普天下英雄將咱唾罵殺。〔下〕

〔趙云〕豫讓去了也。他口口聲聲還要報仇。今已放了他。倘或遇見。必不干休。我須謹避之而已。〔下〕

第四折

〔絺疵上〕某絺疵是也。自從投齊回來。聞的豫讓持刀入襄子厠房。要刺襄子。又被拿住。襄子念他忠義。放了他。他説還要報仇。我想趙氏人衆。今番不得出他手也。我須尋着他。勸一勸則個。〔下〕〔正末豫讓漆身吞炭粧癩啞上云〕某豫讓是也。今欲刺趙襄子。又恐認的我形容。是以漆身爲癩。吞炭爲啞。且粧風魔。行乞於市則個。〔做急走科净扮衆小兒隨上戲科正末唱〕

【中呂粉蝶兒】本待向趙王宫裏斬虎誅龍。空惹的市曹中小兒每侮弄。那裏也大將軍八面威風。吞炭呵掐了咽喉。漆身呵傷了皮肉。主人呵更怕我聲揚我這疼痛。奔走西東。行言語便推啞中。

〔衆小兒推搶科正末唱〕

【醉春風】把我搶了臉向前推。攧破頭往後擁。這伙刁天厥地小敲才。只管把我來哄。哄。哄。不辨賢愚。不分高下。不知輕重。

〔做打悲科云〕主公呵。你死的好苦也。想往古來今。多少賢聖之主。到今日都在何處也。量趙襄子你值甚的。〔唱〕

【迎仙客】當初是堯社稷。讓了舜封疆。舜又命禹王將天下一統。伊尹有相湯的賢。武王有伐紂的功。想當初風虎雲龍。做了一枕南柯夢。

〔絺疵上〕我尋了豫讓一日。人說街上有一個風魔乞兒。漆身爲癩。吞炭爲啞。必然是他。我須索勸他一勸。〔做向前認正末科正末打悲科絺云〕老兄。咱主人已没。你改變形容。通不認得了。何乃自苦如此。〔正末唱〕

【石榴花】此時人物也是箇英雄。豪氣貫長虹。往常時談天說地語如鐘。我只爲咱主公。做啞粧聾。遍身瘡癩難行動。磣可可的筈血流盥。剜心剮骨寃讎重。我今日盡在不言中。

【鬭鵪鶉】我將趙襄子的玉殿金門。都變做折碑斷塚。〔絺云〕你又無堅甲利兵。量你一人怎生近的他。〔正末唱〕也不索劍仗着霜鋒。甲披着數重。却不道將在謀而不在勇。〔絺云〕咱主人身亡族滅。你欲報仇。誰其知之。〔正末唱〕我圖甚的。則索爲主忘身。便是俺爲臣盡忠。

〔絺云〕我聞趙人把主人首骨漆爲飲器。果是實麽。〔正末唱〕

【上小樓】説着呵心頭怒攙。無處發送。恨塞長空。氣結秋雲。淚洒西風。將俺主公頭。做器皿。筵前使用。則你道波俺這爲臣的痛也不痛。

〔絺云〕以子之才。臣事趙孟。必得近幸。子乃爲所欲爲。顧不易耶。今求以報仇。不亦難乎。〔正末云〕你言之差矣。既委質爲臣。又從而殺之。是二心也。凡吾所爲者極難。然且所以爲此者。將以媿天下後世之爲人臣懷二心者。〔絺云〕豈不聞順天者昌。逆天者亡。趙氏既昌。合當順人應天。不宜苦苦直要報仇。〔正末唱〕

【幺】你道順德者吉。逆天者凶。我怎肯二意三心。背義忘恩。有始無終。〔絺云〕前番不曾報的。今日再不濟事。反罹鈇鉞。到那時悔將何及。〔正末唱〕者麽教鼎鑊烹。鈇鉞誅。凌遲苦痛。休想俺這鐵心腸半星兒改動。

〔趙上云〕某趙襄子是也。今日早朝晋侯回還。從這州橋上過去。左右與我前面打開閑人。〔絺云〕兀那來的是趙襄子。須索暫且迴避則個。〔先下〕〔正末急入橋下潛伏科趙云〕好怪哉也。馬至橋邊。三策三却。想必橋下有歹人。左右搜一搜。〔衆搜科正末跳出衆扯住科正末唱〕

【十二月】把這葥鐶放憁。我早則見你也那英雄。〔趙云〕左右與我拿過來者。〔正末唱〕則教我急難措手。好教我忿氣填胸。鬧炒炒地一行部從。圍住我在狼虎叢中。

【堯民歌】嗨。不想乞答的頓開金鎖走蛟龍。我若得手呵敢教你渾身血染戰袍紅。你和俺主人公敢一般消洒月明中。七魄三魂杳無踪。如同。瀟瀟落葉風。量你成何用。

〔趙云〕這人形體好似豫讓。〔正末云〕我就是豫讓。當日宮中刺你不著。因此向山中漆身爲癩。吞炭爲啞。變了形容。務要刺殺了你。爲我主人報仇。〔趙云〕你曾事范氏中行氏。智伯滅了他二家。你不報仇。今日如何却爲智伯報仇。〔正末云〕范氏中行氏以常人待我。我故以常人待之。智伯以國士待我。我故以國士報之。〔趙云〕你說你務要報仇。兩次三番。只要殺我。都被我拿住。也不算你能也。〔正末唱〕

【耍孩兒】今日箇會兵機的襄子誇英勇。顯的没下梢的將軍落空。你將他磣可可斬在亂軍中。把一箇死尸骸暴露霜風。剗地漆頭爲器斟瓊液。可甚翠袖殷勤捧玉鍾。未出語心先痛。殺人可恕。情理難容。

〔趙云〕你前來刺我。我饒了你。今日又來刺我。却饒不得你也。〔正末云〕明主不棄仁義之臣。願得脱下的衣服。與主報怨。死亦無憾。〔趙云〕既如此。將這一件衣服與他。看他何用。〔正末唱〕

【三煞】豁不了我這滿腹冤。干休了半世功。急煎煎獨力難敵衆。〔拔劍將襄子衣服碎剁科云〕罷罷。我今日劍剉了你這衣服。就和殺了你一般。死亦無恨。〔唱〕雖不能勾碎分肢體誅了襄子。爛剉了這件衣服便是報了俺主公。至如把殘生送。下埋黄土。仰問蒼空。

〔趙云〕豫讓。你也是個義士。你今既剉了我衣服。報了主仇。你今替我爲臣。富貴共之。〔正末唱〕

【二煞】士爲知己死。女爲悅己容。〔云〕豫讓蒙俺主君知愛。超出流輩。今日安忍背主事仇。〔唱〕我怎肯做諸侯烈士每相譏諷。我怎肯躬身叉手降麾下。我寧可睜眼舒頭伏劍鋒。枉了你閑啷噥。折末官高一品。禄享千鍾。

【尾聲】我不想聲聞在人世間。名標在史記中。你把我主人公葬在麒麟塚。誰受你徼買。人情趙王寵。〔自刎下〕

〔趙云〕可惜豫讓死了。左右將尸首擡出。以禮葬埋。我明日奏過晋侯。追封官爵。旌表忠義。勸化風俗。多少是好。須索還與韓魏二子。商量則個。

題目　趙襄子避兵逃難

　　　張孟談興心反間

正名　貪地土智伯滅身

　　　忠義士豫讓吞炭

功臣宴敬德不伏老雜劇

楊梓　撰

第一折

〔房玄齡上〕一片丹心扶社稷。兩條眉鎖廟堂憂。堅心主意施公正。報答皇王爵禄恩。下官房玄齡是也。方今唐天子即位。八方寧静。四海晏然。黎民樂業。五谷豐登。喜遇太平時世。爲因唐家十路總管。開疆展土。立國安邦。人人饒勇。個個忠良。今日聖天子設一宴。乃是功臣筵宴。有功者上首而坐。簪花飲酒。功少者下位而次之。只飲酒。不簪花。聖上著下官爲主宴官。著軍師徐茂公爲壓宴官。敕賜寶劍金牌。如有攪鬧功臣筵宴者。著下官先斬後奏。小校。唐家十路總管來時。即來通報。〔小校〕得令。〔徐上〕兩朵金花擎日月。一雙袍袖拂乾坤。天下盡服聖上管。半由天子半由臣。下官徐茂公是也。自立大唐以來。廣用章句。倚功名而取富貴。蒙聖天子可憐。加老夫軍師之職。今日聖天子設一宴。乃是功臣筵宴。有功者上首而坐。簪花飲酒。功少者下位而次之。只飲酒。不簪花。聖上著房玄齡大人爲主宴官。著下官爲壓宴官。敕賜寶劍金牌。如有攪鬧功臣筵宴者。先斬後奏。赴宴走一遭去也。〔報介〕〔相見介〕〔殷程上〕馬背征鞍將掛袍。將軍可手燃弓稍。休言十載寒窗苦。怎比征夫半日勞。下官殷開山是也。自家程咬金是也。今日咱兩人赴功臣宴。走一遭去也。〔報介〕〔相見介〕〔杜高上〕幼小曾將武藝習。南征北討慣相持。

臨敵望塵知地勢。對壘填土識兵機。吾乃杜如晦是也。吾乃高士廉是也。赴功臣宴走一遭去也。〔報介〕〔相見介〕〔房〕小校。唐家十路總管來齊了麼。〔小校〕還有兩位老將軍未到。〔房〕來時報俺知道。〔小校〕得令。〔尉遲秦叔上〕老夫複姓尉遲。名恭。字敬德。乃朔州善陽人也。這一位老將軍。姓秦字叔寶。自降唐以來。與國家東蕩西除。南征北討。多有功勳。甚有汗馬。今日聖天子設一宴。乃是功臣筵宴。功多者上首而坐。簪花飲酒。功少者下位而存。只飲酒。不簪花。叔寶老將軍。你我吃這一宴非容易也。〔秦〕想着老將軍與唐家開疆展土。立國安邦。多有功來也。〔尉〕俺與唐家建立大功。只除是你知我也呵。

【仙呂點絳唇】想當日煬帝東亡。那其間主公未定。中原困。盜起紛紛。帝星照河東郡。

【混江龍】想着咱初降唐時分。事君竭力致其身。憑着俺十八般武藝。定下了六十四處征塵。都是神烏馬踏成了這唐社稷。只這個水磨鞭打就了李乾坤。記當日呵扶持主上。今日呵宴賞公卿。雖然是功分大小。也須索位列卑尊。有功者上首而坐。功少者下位而存。若不將咱爲頭而賜坐。這下位裏難以安身。老將軍非爲誇己。也不是我驕人。老將軍爲頭。次之是尉遲。除此外誰敢與咱相爭競。〔秦〕老將軍有擎天手段。〔尉〕你道俺有擎天手段。老將軍俺道你可有蓋世的功勳。

〔報介〕〔相見介〕〔房〕衆將軍都來齊了麽。〔小校〕都來齊了。〔房〕軍師。請功勞簿來查看。論功行賞。〔徐〕論功行賞。此酒正該叔寶老將軍飲。這尉遲老將軍御科園刬馬單鞭。這一功論起來。此酒還該尉遲老將請。不可多遜了。〔尉〕此酒還是老將軍飲過。次之纔到老夫吃。〔房〕論功行賞酒請了。

【油葫蘆】〔尉〕見軍師數次殷勤。量尉遲何足論。怎消的當今天子重賢臣。〔李上〕吾乃李道宗是也。赴功臣宴走一遭去來。〔相見介〕〔李道宗云〕這酒該我飲。該我簪花。〔尉唱〕這厮們走將來上首頭坐全無些謙遜。惱得咱便不登登按不住心頭忿。〔李〕一杯酒吃了便罷。甚麽上首頭下首頭。我怕你上首頭那勢凶。下首頭怎坐存。我本待要推更衣又不敢先逃遁。我待不言語呵著這厮欺負俺老功臣。

老將軍請息怒者。

【天下樂】叔寶老將軍你便是活佛也教咱怎生忍。老將軍你便休也不嗔。非是我情性狠。量這個潑無徒怎敢來小覷人。我割捨得發一會兒村。使一會兒狠。道宗。你有何功勞。敢坐上首。簪我的花。飲我的酒。〔李〕尉遲恭。你有甚麽來要打我。〔尉〕我不打你這潑無徒教咱怎的忍。

〔打介〕打得好。打得好。把我打下兩個門牙。我問你有甚麽功來。〔尉〕我有功無功瞞不過三等人。〔李〕那三等人。

【那吒令】那厮。你聽我説。知尉遲。轅門外的衆軍。講尉遲。普天下的萬民。譖尉遲的。是你這樣小人。我將這鏖戰册件件與你觀。功勞簿椿椿與你論。那其間便見得元勳。

〔李〕你有甚麽功勞在那裏。〔尉〕我有功來。

【鵲踏枝】我也曾在沙場上領着敵軍。捨着殘生。我也曾撾鼓奪旗。抓將挾人。我也曾殺得敗殘兵骨碌碌人頭亂滾。滲滲呵熱血相噴。

〔李〕不要閑説。我與你主宴大人案前告去。主宴大人。尉遲恭争口。打下我兩個門牙。〔尉〕主宴大人。量這厮有甚麽功來。〔房〕尉遲。誰不知你有功。你有功無功。瞞不過兩班文武。爲何打落道宗二齒。是何道理。可不道有功雖仇必賞。有過雖厚難饒。拿去斬訖報來。〔李〕敬德。如今太平時世。不用你了。〔尉遲〕

【寄生草】太平時文勝似武。事急也武勝似文。我也曾苦相持惡戰討遭危困。扶持的國家安天下定今日狼烟净。生熬的劍鋒缺鞭節曲鎗尖鈍。我只待要一心兒分破帝王憂。軍師。只我這兩條眉鎖江山恨。

〔徐〕老將軍。這纔是你不該了。我與衆大人前去哀告。勸得從休歡喜。勸不從休煩惱。主宴大人息怒。那尉遲舍死忘生。展土開疆。困來馬上眠。渴飲刀頭血。滅六十四處征塵。一十八處擅改年號。多有功勞。甚有汗馬。怎生將功折了罪過。小官一一道其實。大人心下自裁處。且唐家十宰是他爲頭將。饒了這忠孝雙全老尉遲。〔房〕軍師列位大人請起。放過尉遲來。尉遲。若不看軍師衆將之面。不能勾饒了你。暫且記頭在項。你且聽我説。你本是個著鐵之夫。豈知俺文臣之禮。只今日納了你袍笏入朝的紫羅襴。出朝的黄金印。貶你去職田莊做個庶民百姓。苦耕三頃地。持着一張犂。你聽我説。你本是開國元勳。論汗馬位列三公。今日赴宴不遵令。却用拳毆打道宗。如執法即當取斬。今原情暫且姑容。黄金闕休官辭爵。謫職田莊淺種深耕。李道宗去官罷職。尉遲恭休逞英雄。小官不敢久停。回聖上話去也。〔下〕〔尉〕列位大人。

【前腔】想爲官的如騎着虎。他用人似積薪。教後來人在上居尊。李道宗這厮呵他非武非文。他曾立甚麽功勳。怎敢欺侮俺開國的功臣。他走將來上首頭無些謙遜。論功處誰敢欺人。若不是軍師救了咱危困。他須是一枝一葉。俺須是四海他人。

〔徐〕老將軍請息怒。〔尉〕

【前腔】也不索胡云。休論我性不容人。拳打了讒臣。恁般生嗔。若不是軍師可便勸准。我没來由獻甚麽勤。知他是君負欺臣負欺君。若留得個惡楚秦。若留得西楚霸王在呵。怎生便敢誅了韓信。古人言語不虚云。想淮陰與鄂國咱兩個同時運。一任那漁樵閑話。少不得青史標名。

既是聖上貶了老夫。今日就辭了列位。收拾了行李。便往職田莊去罷。

【尾聲】脱了我入朝相的紫羅襴。摘了我出朝將的那黄金印。狼吃豹頭心兒裏暗忍。覷了□往日功勞到今日没半分。常言道好事没下稍只我□出氣力的功臣。〔秦〕老將軍。想你降唐多有功勞。今日也罷了。〔尉〕想我初離賓武州。乍到唐君。**想着初降唐時呵。端的掃蕩了些征塵。我便打了那非著己的人。**列位大人。明日聖上問道。那個敢打王叔李道宗。列位大人就説是我尉遲。**聖上也只索把心兒忍。不忿氣吐三千丈怨雲。**想我主在御科園有難之時。我在澄清澗瓜馬。有軍士來報。某即剗馬單鞭。直趕至御科園。只見那單雄信將俺主公看看趕上。我就厲聲高叫。咄。那單雄信。休得傷了我主。其時那單雄信撇了我主。望某家刺一狼牙棗槊來。被我側身躲過。左手搭住棗槊。右手舉起水磨鋼鞭。只一下。打得那。單雄信吐血而走。**到如今端的是一言難盡。**他只一言説得不好。〔衆〕那一句説得不好。**他説道太平年不用俺這老將軍。**

〔徐〕老將軍去了。列位大人。明日可到十里長亭。與尉遲敬德餞行。走一遭也。

〔詩曰〕尉遲恭犯罪難逃。一時間定奪功勞。見聖上親自保奏。着尉遲星夜回朝。

第二折

〔徐茂公上〕老夫徐茂公是也。爲尉遲公攬了功臣筵宴。如今貶去職田莊閑居。今日衆公卿每在十里長亭與他餞行。須索走一遭去也。〔尉遲上〕家童。你把孀孀的車兒先行著。我和你且慢慢的行。〔童〕理會得。爹爹。孩兒想來。爹爹也曾受苦來。那房老爺一時間惱着爹爹。倘心回意轉。來取回去。未可知也。且自慢慢的行。

【中吕粉蝶兒】〔尉〕爲甚麽忙出皇州。我將這脱空禪近來參透。而不向殺人場鬧裏鑽頭。向職田莊。居止處。將我□□生涯窮究。

【醉春風】牢記住戰争心。緊抄定抓將手。□□□雲陽市上血染了衣。出那娘的醜。這一個須索□□□□言。將我來罪責。若没有軍師呵。可不道有誰人將我來搭救。

〔童〕爹爹。那十里長亭有許多人。在那裏等着你。

【迎仙客】〔尉〕怪的這長亭□驛馬多。〔衆〕老將軍請住馬。〔尉〕家童。與我帶住馬者。〔童〕理會得。〔尉〕我忙下得紫驊騮。唐十宰衆公卿可都這裏有。我可便向前來。忙問候。〔尉〕衆大人爲何到此。〔衆〕爲老將軍遠行。俺衆公卿等特來與老將軍餞行。〔尉〕俺這裏聽説罷緣由。怎消得偌大遠勞台候。

〔徐〕左右將酒過來。老將軍滿飲幾杯。〔尉〕有勞衆大人。

【紅繡鞋】不索你個軍師生受。〔衆跪介〕〔尉〕請起來唐十宰文武公侯。恁只待要這搭兒折殺了尉遲休。衆公卿休將我來恥笑。怎麽將恩義變爲仇。那日若無軍師。與列位大人呵。可著我險些兒難措手。

〔徐〕將酒來。老將軍再飲一杯。〔尉〕軍師大人。怎麽不見叔寶老將軍。〔衆〕叔寶將軍染病在家。

【滿庭芳】〔尉〕可惜老了一個先鋒哀帥首。他曾殺得人有家難奔。有國難逃。只他那十八般武藝都學就。六韜書看得來哀滑熟。只他那厮殺處全無一個對手。只他那持處誰敢與他做敵頭。上陣處攙争鬭。不剌剌剌門旗開處。兩陣對員。那壁廂問道。大唐家那員名將出馬。俺這裏回言道。胡國公秦叔寶出馬。那壁廂乃便回言説道。不好了也。〔尉〕不喇喇閗風兒便走。〔衆〕好一位老將軍。〔尉〕軍師。他端的要一心兒分破了帝王憂。

軍師。衆大人。今日相别。不知幾時再得相會。〔徐〕老將軍。你且耐心者。不過一年半載。□衆公卿保奏你回朝也。

【尾聲】餞一道咸陽陌上塵。折一枝霸陵橋上柳。衆公卿相見知何有。〔徐〕老將軍再飲一杯。〔尉〕飲過這一杯西出陽關這餞行的酒。

〔徐〕老將軍去了。列位大人。老夫明日作本頭。就保他還朝也。

〔詩曰〕丹心扶社稷。捨命保還朝。

第三折

〔高國王上〕英雄久鎮高麗王。善曉黄公三略書。吾乃高麗國大將是也。文通三略。武解六韜。運籌帷幄之中。决勝千里之外。休言人在帳前喧。便有鵶鵲過時不敢噪。俺這海東有十六國。辛羅國。卯日國。分定國。文直國。落難國。門神國。大漢國。小漢國。蛤麻國。三漢國。日本國。扶桑國。矮人國。百席國。丁香國。了奠國。高麗國。惟有俺這一國。不服大唐。聞知唐朝病了秦瓊。貶了尉遲。將老兵驕。我手下有一大將。名唤鐵肋金牙。此人有萬夫不當之勇。著他領兵十萬。前去緑鴨江邊。白鶴坡前。單奈尉遲出馬。小校。與我唤鐵肋金牙出來。〔丑〕陣鼓銅鑼一兩敲。轅門裏外列英雄。三軍報道平安否。買賣歸來汗未消。吾乃大將鐵肋金牙是也。元帥呼唤。須索去走一遭也。盔甲在身。不能施禮。〔高國王〕唤你出來。别無他事。有大唐家病了秦瓊。貶了敬德。與你雄兵十萬。前去緑鴨江邊。白鶴坡前。單奈尉遲出馬。小心在意。〔丑〕理會得。今日領軍馬與尉遲交持去了。〔詩〕自小英雄志氣高。身披耀日錦征袍。飛臨陣地沙場上。戰敗千軍血染刀。〔生上〕只有天在上。更無山與齊。舉頭紅日近。回首白雲低。吾乃房玄齡是也。自從將尉遲貶去職田莊閑居。可又三年光景了。如今高麗國知俺這里病了秦瓊。貶了敬德。着鐵肋金牙在緑鴨江邊。白鶴坡前。如今下戰書來。單奈尉遲出馬相持。今尉遲又有風病舉發。動止不得。未知虛實。下官奉聖上的命。著軍師徐茂公親往探病。小校。與我請軍師徐茂公出來。〔小校〕得令。軍師有請。〔徐上相見介〕軍師。奉聖上命。今有高麗國下戰書。單奈尉遲相持。尉遲若果風病。再作道理。即去回報。〔並下〕〔旦同尉遲上〕老爺。想着你有蓋世的功勞。今日不用了。你那病從何起。〔尉〕只爲在那功臣宴上打了李道宗。將我貶在此職田莊閑居。又早三年光景了也。奶奶。你去開門看者。有人無人回我。〔旦〕理會得。開得這門來。呀。無人。不免掩上着。老爺。前後無人。〔尉〕奶奶。真個無人。你道我這病是真的假的。〔旦〕老爺的病。怎麽是假的。〔尉〕呀。我那得甚麽風病來。昨日莊東頭王伴哥。請我赴牛兒會。有那伴哥來遲。我道。伴哥你爲何來遲。他道。往城中沽酒去來。我道。你到城中去。可有甚麽新聞麽。他說。新聞到没有。聞得高麗國差鐵肋金牙下戰書來。單奈尉遲出馬。我聽他說罷。卒然倒地。衆人扶我起來。我就是這等左癱右瘓起來。〔旦〕老爺。你如今假粧有風疾。我那裏知道。〔尉〕奶奶。我一自降唐出界丘。苦征惡戰數千秋。兩條眉鎖江山恨。一片心懷帝王憂。膂老尚嫌弓力軟。眼昏猶識陣雲愁。水磨剛鞭不喇喇一騎馬。我也曾扶立唐家四百秋。

【越調鬭鵪鶉】我也曾展土開疆。相持對壘。不能勾富貴榮華。剗地裏把我來罷官卸職。他欺負俺是大老元勳。我不合打了那無端的逆賊。今日貶了尉遲。閑了敬德。救了我殘生。都虧了軍師世勣。

【紫花兒序】若不是老相公傾心兒鬧。恰便似韓元帥伏劍而亡。我便是子房公拂袖而歸。奶奶。我如今與伴哥每肥草雞兒。冲糯酒兒。在這職田莊受用。可不强似爲官。每日閑伴漁樵每閑話。到豁達似文武班齊。落魄忘機。誰待要爲是非。我向這急流中湧退。我如今罷職閑居。若是那鐵肋金牙索戰。我看他怎生和他相持。

奶奶。我分付你來。只怕朝中有人來問。你只說。老爺有病哩。〔旦〕老爺你放心。我知道了。

〔徐〕老夫徐茂公是也。奉聖旨的命。着老夫往職田莊上探尉遲老將軍病。可早來到也。小校。那裏是職田莊。〔小校〕這裏便是。〔徐〕小校。你且回避着。喚你便來。不喚你不要來。〔小校〕理會得。〔徐〕開國勳臣。有人在此麼。〔尉〕奶奶。是甚麼人敲門。你去看來。〔旦〕理會得。開了這門來。是誰。〔徐〕老夫人拜揖。老將軍有麼。〔旦〕軍師。俺老爺染病哩。〔徐〕請通報說。徐勣在此拜見老將軍。〔旦〕理會得。軍師少坐。老將軍。軍師在門首要拜見你哩。〔尉〕呀。妳妳。不好了。那將軍徐勣是足智多謀之人。他如今來。若不見他。他又疑我没病。若出去見他。倘或挑起那往年間相持厮殺的事情。忘了那風疾怎麼好。也罷。妳妳。倘或挑起那相持厮殺的事。我若忘了風疾。你就旁邊說。老爺。你的拐兒。我就這等風疾起來。妳妳□了這門。待我去迎接軍師。〔徐〕老將軍請了。〔尉〕軍師少禮也。

【小桃紅】不知今日甚風吹。〔徐〕久别尊顔。我這裏有一拜。〔尉〕軍師。我老夫回禮不得了。**我如今講講不得這裏可便權休罷。**〔徐〕老將軍。我和你自别之後。不覺又是三年光景了。〔尉〕**軍師一自離朝到今日。**〔徐〕老將軍染甚病證。〔尉〕天有不測風雲。人有旦夕禍福。**誰想我臨老也帶着殘疾。**軍師。唐家十路總管。都好麼。〔徐〕也都没了。〔尉〕**消磨了往日英雄輩。**高士廉。杜如晦如何。〔徐〕都閑了。〔尉〕**他可都閑身就國。**殷開山。程咬金他兩個如何。〔徐〕都已亡了。〔尉〕**他兩個都歸泉世。**劉文静。秦叔寶他兩個如何。〔徐〕都病了。〔尉〕軍師。唐家十路總管。閑的閑。病的病。死的死。如今止有軍師和老漢。**俺一班兒白髮故人稀。**

軍師。你到小莊貴幹。〔徐〕奉聖上的命。今有高麗國下戰書。不奈別的。單奈尉遲出馬。聖上命著你星夜領兵前去。復還鄂國公之職。有功回來另行陞賞。謝恩。〔尉〕妳妳不要謝恩。我去不得。〔徐〕老將軍不去呵。便是違宣抗敕。〔尉〕

【金蕉葉】我我我便有幾顆頭敢違宣抗敕。一句話惱得從頭便至尾。怎着我這觮老子安邦定國。你何不去教李道宗相持來對壘。

〔徐〕老將軍便有風疾。也請下高麗走一遭。〔尉〕軍師。我這等模樣。若到陣面前争先。鐵扇子團花遮箭牌。兩陣對員。擂鼓摇旗。吶喊一聲。那邊問道。大唐家甚麼人出馬。俺這裏無人回答。他那裏又問。大唐家甚麼人出馬。俺這裏叫兩個小卒。這每一扶上俺到陣前。對那邊説道。我便是尉遲敬德。可不羞死了人也。

【調笑令】他覷了俺這般模樣。臨老也帶着殘疾。軍師你覷甚麼閫外將軍八面威。但開口只説我是唐家苗裔。只好去高衙行倚官挾勢。若不是軍師勸諫赦了罪累。險些個死無葬身之地。

〔徐〕老將軍請走一遭。扶持社稷。

【禿厮兒】〔尉〕我怎扶持江山社稷。難論着鞭簡共楂椬。你可待强扶持尉遲在軍陣裏。高麗家掾相持。可教誰敵。

【聖藥王】軍師你莫疑惑。其實的去不得。到朝中説與聖人知。到朝中説與衆□□□。

如今年紀近了七十。染□病疾。提起那排軍布□□□癡。〔徐〕常言道。老將會兵機。

〔尉〕**休休休便提起老將會兵機。**

〔旦〕□□你那□□。〔尉〕妳妳。老夫風疾舉發。去不得。〔徐〕老將軍去不得。□□告回。〔尉〕妳妳。送了軍師出去。閉了門。〔徐〕出的這門□。我觀此人容貌。不是那有病的。方才拜下去。那兩條□□尤如鐵柱一般。那老夫人又在旁邊説道。老爺。你□拐兒。眉頭一展。計上心來。衆軍校那裏。〔卒〕有分付。〔徐〕□衆人到這人家去安下。要他男子漢鬧草喂馬。女人家補衲襖鞝鞋。你説。我是高麗的小軍。他家是有錢的。□問他要白米飯。炒嫩雞兒。冲糯酒兒吃。那一個老子□禮打將去。〔卒〕列位。方才老爺分付。着俺揀這房子打進去。開門。開門。〔尉〕妳妳。又是甚麼人在外頭叫。不要放他進來。〔旦〕理會得。〔卒〕我每是下高麗的小軍。行到這裏。天色已晚。借你房子歇息一歇息。男子漢鬧草喂馬。女人家補衲襖鞝鞋。又要白米飯。炒嫩雞兒。冲糯酒兒吃。夜晚間又要洗洗澡。槌槌腰。刺刺屁股兒。〔旦〕村弟子孩兒。你是甚麼人。這等無禮。待我哄他一哄。你在這裏歇息。我閉了門者。〔卒作叫嚷介〕〔尉〕妳妳。外面又是甚麼人喧嚷。〔旦云〕〔尉〕這廝好無禮。待我自去回他。衆長官。我這房屋窄小。養不得馬。你到別家去罷。〔卒〕放屁。你不肯。打你老子。〔尉〕

【麻郎兒】這廝他便惡狠狠的叫起。雄糾糾的欺誰。你毀傷我唐家宰職。〔打介〕**著這廝吃我一會兒脚踢拳槌。**

【幺篇】你便惱番了尉遲。性起。一隻手揝住他頭髻。縱虎軀輕舒猿臂。我便革支支掙得你分碎。一會兒教你死。

〔徐輕輕至尉背後班介〕

【絡絲娘】是誰人班住了尉遲敬德。〔徐〕老將軍。你風疾好了麼。〔尉〕只被你敗破了我謊也軍師的世勳。正是船到江心補漏遲。我不解其中尊意。

〔旦〕老爺。你的拐兒哩。〔尉〕遲了也。〔徐〕小校。這就是總兵老爺。〔卒〕老爺。小的有罪也。〔徐〕老將軍。只今旦復還鄂國公之職。就領兵下高麗去。有功重加陞賞。此去只是老將軍年老也。〔尉〕

【耍三台】你須知咱名諱。盡忠心天知地知。這一場小可如美良川交兵的手段。御科園單鞭奪槊的雄威。小可如牛口谷鞭伏了竇建德。小可如下河東與劉黑闥相持。你看我再施逞生擒王世充的英雄。你看我重施展活捉□世猛當時的氣力。

〔徐〕老將軍。你那時年紀小。跨下神烏馬。腰懸著水磨鞭。弓開得勝。馬到成功。今日年紀高大了。便好道老不以筋骨爲能。只怕你也近他不得了。〔尉〕

【幺篇】我老只老呵老了咱些年紀。老只老呵老不了我腦中武藝。老只老呵老不了我龍韜虎略。老只老呵老不了我妙策神機。老只老呵老不了我一片忠心貫日。老只老呵尚兀自萬夫難敵。〔徐〕老將軍。你便索要去。只怕你老了。去不得。〔尉〕俺老只老止不過添了些雪鬢霜髭。老只老又不曾駝腰曲背。

【尾聲】老只老呵只我這水磨鞭不曾長出些白髭鬚。量這廝何須咱費力。你看這廝。明日在垓心裏。綽見我那鐵幞頭。紅抹額。烏油甲。皂羅袍。他便跳下馬受繩縛。着這廝捲了旗卸了甲收了軍拱手兒降俺這大唐國。〔下〕

〔徐〕想着那老將軍果然無病。老夫略施小計。使他登時激發。就領兵交戰去了。下官即去回聖天子命也。〔下〕

第四折

〔鐵肋金牙上〕自家高麗國大將鐵肋金牙的便是。來日與大唐交戰。大小三軍。聽吾號令。先擺七層回子手。第一層金盔金甲金裹頭將軍。第二層銀盔銀甲銀裹頭將軍。第三層鐵盔鐵甲鐵裹頭將軍。第四層銅盔銅甲銅裹頭將軍。第五層布盔布甲布裹頭將軍。第六層紙盔紙甲紙裹頭將軍。第七層皮盔皮甲皮裹頭將軍。衆小校。到來日馬軍擺在一邊。□兵擺在一邊。中間留一條走路。待我輸了好走。〔衆〕走往那裏去。〔丑〕走到你娘床上去。〔衆〕塵頭起處。大唐軍馬來了。〔丑〕擺開陣勢與他交兵。〔尉上〕老夫尉遲敬德是也。奉朝廷的命。着我下高麗收鐵肋金牙。須索走一遭去也。

【雙調新水令】只俺這水磨鞭准准的閑放了一年。不知是那一個合死的與我交戰。重磨了新日月。再整頓那舊山川。只被我剿除了六十四處狼烟。更有一千陣惡征戰。

大小三軍。擺開陣勢者。〔丑〕來將何人。〔尉〕尉遲公是你的爹爹。〔丑〕尉遲。你敢來與俺交戰。

〔尉〕大小三軍。擂起鼓來。

【雁兒落】〔尉〕驟驊騮走似烟。驟驊騮走似烟。戰馬兒疾如箭。莫道是平地上走不出。便走到那鬼窟洞裏也直尋見。

【得勝令】呀。這的是難比美良川。折麼尼走上焰魔天。今日是你合休日。今年是你該死年。當先。不喇喇一騎馬疾如箭。心堅。□□□□懶贈鞭。

小校。把這厮與我綁了。去見聖上去□。〔徐〕下官徐茂公是也。今聞得尉遲敬德活拿了鐵肋金牙。這早晚敢待來也。小校。尉遲老將軍到來。報覆□□知道。〔尉〕老夫尉遲是也。擒了鐵肋金牙。將軍府裏報功去也。〔卒〕□□。〔相見介〕〔徐〕老將軍鞍馬勞神。怎生擒了這厮。慢慢的說一遍。

【甜水令】我閑居時老弱恁羸。厮殺處身輕體健。相持在綠鴨大江邊。撲咚咚戰鼓聲催。二馬相交。在垓心鏖戰。把鐵肋金牙活捉下駿馬雕鞍。

〔徐〕老將軍。想昔日在御科園剗馬單鞭。今日裏掃蕩征塵。永息狼煙。把功勞試說一遍。就請掛

了黃金印也。〔尉〕

【折桂令】想昔日在御科園剗馬單鞭。今日裏掃蕩了征塵。永息狼烟。托賴著聖主仁慈。千秋萬歲。洪福齊天。〔徐〕老將軍請掛了印。〔尉〕臣不斗大的黃金印懸。〔徐〕老將軍只願甚麽來。臣只願洛陽城二頃薄田。不願陞遷。只願身安。若不是文武雙全。怎能勾將相之權。

〔徐〕老將軍望闕跪者。聽聖上的命。加官賜賞。〔聖旨〕只爲你多有功勳。盡忠心輔報朝廷。擒拿了鐵肋金牙。復還你鄂國功臣。手下將論功行賞。都着他列補重陞。聖明主加官賜爵。朝帝闕拜謝皇恩。〔尉〕萬歲。萬歲。萬萬歲。

【沽美酒】感皇恩賜我官。感皇恩賜我官。重又得列朝班。我只願罷職歸農樂殘年。向這職田莊耕鋤爲伴。我只爲鐵肋金牙逞戰權。因此做風顛。誰知道軍師探病原。施機變將吾賺。參破了尉遲愚見。不伏老向江邊惡戰。我呵幸遇得聖王明文修武偃。呀。願皇圖河清海宴。

【尾聲】只因我南征北討能争戰。乞刺德心無怨。竹節剛鞭打鐵肋金牙。頂門上抓七付眼。

一人有慶安天下。萬國來朝賀太平。

宋太祖龍虎風雲會雜劇

羅貫中撰

楔子

〔石守信引王全斌潘美及二小卒俱戎裝上詩云〕親統貔貅百萬兵。兜鍪日日侍承明。朝梁暮晋何時了。定許將軍見太平。下官姓石。雙名守信。大梁人氏。方今周世宗登基。四方擾攘。干戈不息。爲我累建大功。陞受馬步親軍都指揮使。統領着八十萬禁軍。得專征伐。近奉聖旨。招募智勇之士。量才授職。這一人乃王全斌。這一人乃潘美。見充帳前統制官。與我八拜兄弟。一同調遣。兄弟。但有知識。當爲國引進咱。〔王全斌云〕哥哥。今有馬軍副指揮使趙弘殷長男趙匡胤。文武全才。智勇過人。少年遊歷關東關西。獨行千里。若得此人統領軍馬。盪除草寇。何愁天下不太平也。〔石云〕兄弟。既有如此賢才。何不早説。可備禮帛鞍馬。差人敬徵聘者。〔王云〕差誰去請。〔石云〕可就差統制官潘美走一遭去。左右。將禮幣鞍馬過來。〔二卒捧段幣盔甲上隨定潘美〕〔石云〕疾去早來者。〔潘云〕得令。〔下〕〔石唱〕

【仙呂賞花時】兩隻手指磨日月新。一片心扶持天地穩。向千萬里展經綸。把狼烟掃盡。直教龍虎會風雲。

〔云〕潘美去了也。咱也去來。〔下〕

第一折

〔正末趙匡胤引趙普鄭恩曹彬楚昭輔常服上詩云〕平生蹤跡徧天涯。四海元來是一家。塗炭生民誰拯救。何時正統立中華。某姓趙名匡胤。乃指揮弘殷之子。自幼好使鎗棒。攻習韜略。遊歷關陝。結識天下知名之士。這個是幽州趙普。曾參隨我父四方征伐。充帳前判官。這一人乃曹彬。靈壽人氏。這一人乃鄭恩。大梁人氏。這一人乃楚昭輔。宋州人氏。皆與我相交至密。結爲弟兄。雖古之關張。不過如此。今日無事。在此閑行了一會。衆兄弟。權此告別。明日再會。〔齊下〕〔苗光裔道服上詩云〕先天成數久精通。八卦循環掌握中。歲在庚申天下定。乾元九五見真龍。某姓苗名訓。字光裔。大梁人氏。自幼習周易先天之數。兼通星緯之學。如今周朝世宗登基。國步多艱。某因此隱于草澤。以賣卜爲生。我見王氣正兆大梁。必然有真命帝主出世。我今在汴梁橋下。開張卦肆。打掃乾净。看有甚麽人來。〔做鋪卦小桌上科正末引鄭恩常服上云〕兄弟。咱別了衆兄弟。行來不覺將至城中也。〔鄭云〕哥哥如此武藝雙全。何不求試。爲國家出力。也得圖形麟閣上。〔正末云〕兄弟。你怎生知我也呵。〔唱〕

【仙吕點絳唇】四海爲家。寸心不把。名牽掛。待時運通達。我一笑安天下。

【混江龍】見如今奸雄爭霸。漫漫四海起黄沙。遞相吞併。各舉征伐。後漢殘唐分正統。朝梁暮晋亂中華。豺狼掉尾。虎豹磨牙。尸骸徧野。餓殍如麻。田疇荒廢。荆棘交加。軍情緊急。民力疲乏。這其間生靈引領盼王師。何時得蠻夷拱手遵王化。我只待縱横海内。游覽天涯。

〔鄭云〕哥哥。不覺行至汴梁橋下。前面是一卦鋪。咱教那先生算一卦如何。〔正末云〕也使得。〔見苗科云〕先生拜揖。〔苗做慌跪科云〕早知我主到來。只合遠接。接待不着。勿令見罪。〔正末喝云〕先生。休胡説。〔苗云〕臣相人多矣。主公乃九朝八帝班頭。四百年開基帝主。〔正末云〕先生。莫不你吃酒來。〔唱〕

【油葫蘆】莫不你酒力禁持眼界花。請先生再覷咱。我須不是金枝玉葉那根芽。〔苗云〕主公堯眉舜目。禹背湯肩。真乃帝王之相也。〔正末唱〕你道我堯眉舜目堪圖畫。湯肩禹背實稀詫。〔苗云〕主公正應九五飛龍在天之數。〔正末唱〕頭直上又没一片雲。渾身上又没萬縷霞。你道我乾元九五飛龍卦。多管是相法内有争差。

【天下樂】我本是粗魯尋常百姓家。休誇。則管裏迤逗殺。這言詞早合該萬剮。市廛中人物稠。墻壁間耳目雜。但聽的不是耍。

〔正末指鄭云〕你相我這個兄弟咱。〔苗云〕這個醜人是一個兇神太歲。不過是一路諸侯。〔鄭云〕這先生好無禮。如何説我是兇神太歲。兀的不氣殺我也。〔正末唱〕

【醉中天】平白地相驚謊。到大來厮踏踏。早則麽話不投機一句差。〔鄭云〕氣殺我也。

他怎敢説我。殺了這個牛鼻子。〔正末唱〕把心上火權時納。到晚來把天文看咱。明朗朗衆星高曜。不如你孤月光華。

〔潘美引二卒將禮幣戎衣上云〕奉元帥將令。聘禮賢士趙匡胤。尋了這一日。到卦鋪中。兀的不是。我索過去。〔做見科云〕趙公子拜揖。先生拜揖。適蒙石元帥鈞旨。因統制官王全斌舉薦閣下有文武全才。逕差潘美賫禮幣鞍馬。前來聘請赴京授職。閣下只索就行。〔苗云〕這位君子也是上界星象。一路諸侯之命。〔正末云〕將軍一貌非俗。但不知年甲幾何。〔潘云〕念潘美年二十二歲。〔正末云〕某長兩歲。就此拜爲兄弟。有何不可。〔潘云〕既蒙兄長錯愛。敢不盡心報答。〔正末拜唱〕

【那吒令】知心的最多。誰如叔牙。知音的最多。誰如伯牙。知兵的最多。誰如子牙。龍蛇混甚日分。豺虎亂何時罷。争名利使盡奸猾。

【鵲踏枝】這個待把雲拏。那個早被天罰。氣昂昂剏業開基。眼睁睁敗國亡家。一任教縱横奮發。都是些井底鳴蛙。

【寄生草】傳正道無夫子。補蒼天少女媧。因此上黎民餓死閭閣下。賢能埋没林泉下。忠良枉死刀鎗下。亂紛紛國政若摶沙。虚飄飄世事如嚼蠟。

〔潘云〕元帥將令緊急。須索走一遭。〔正末云〕先生拜別。〔做行到科潘云〕哥哥稍待。兄弟先通報去。〔潘見石跪云〕早蒙元帥鈞旨。禮聘賢士趙匡胤已到軍前。聽令。〔石云〕着進來。〔潘喚正末進見科石云〕賢士姓甚名誰。家鄉何處。曾習武藝不曾。〔正末云〕念在下姓趙名匡胤。副指揮弘殷之子。自幼習成武藝一十八般。韜略兵法。無所不通。〔石云〕你細説我聽。〔正末唱〕

【醉扶歸】敢把征鞍跨。兵器慣曾拏。甲馬營中是俺家。〔石云〕既如此就留在轅門聽用咱。〔正末拜唱〕謝元帥相留納。〔石驚起科末又拜唱〕請穩坐安然受咱。容參拜階墀下。

〔石又驚起云〕賢士乃有福之人。小官不覺驚慌。不敢受禮。賢士試將武藝説一徧我聽。〔正末唱〕

【金盞兒】論弓箭不曾差。使劍戟頗熟滑。提一條桿棒行天下。十八般武藝非敢道自矜誇。折末鎗刀併劍戟。鞭簡共椎檛。往常學成文武藝。今日貨與帝王家。

〔石云〕既如此。今日將引賢士赴闕。見帝封官去咱。〔正末云〕今日拜識元帥。又蒙引進。當盡心報國。〔石云〕左右。門首看有甚麽人來。〔趙普上云〕自家趙普是也。自從在趙都指揮帳下。結義大公子爲弟兄。想昔日大公子游隨州時。客於董宗本家。其子董遵誨常夢黑蛇十數丈變龍飛去。既而羣虎乘風隨之。人見紫雲如蓋。凝結城上。今日有人傳説元帥石守信聘大公子授官面帝。風雲之夢。信有徵也。只索奉餞一遭。來到這軍門前。左右通報。説判官趙普見。〔卒子報科石云〕着他進來。〔普云〕元帥拜揖。大哥拜揖。呀呀。哥哥可喜也。小弟特來奉餞。此行功名不小也。〔正末唱〕

【賺煞】向邊塞建功勛。赴京闕朝鑾駕。直叩君王御榻。長朝殿太平筵宴罷。出宫庭擁大纛高牙。天街上擺頭答。醉醺醺把金蹬斜踏。穩坐逍遥玉驄馬。馬頭前對挑着絳紗。紗籠内齊燒着銀蠟。那其間任香風吹落帽簷花。〔同下〕

第二折

〔苗光裔儒扮上楚昭輔戎裝隨上苗云〕某苗光裔是也。自從前者相得趙大公子有天子之分。不想被朝廷禮聘。見授都點檢之職。某一向就在軍門聽用。近日聞得北漢兵入寇。朝廷命點檢出師北伐。某等亦須收拾軍裝則個。呀呀。好怪也。你看日下復有一日。黑光相盪。此天命也。咱弟兄每急急回家。准備出征則個。〔下〕〔太后宫粧法服引幼主黄袍及石守信戎裝陶穀文扮上云〕我乃周家太后是也。自從先帝世宗晏駕。立此幼子宗訓爲君。四方擾攘不寧。近聞漢遼兵自土門東下入寇。我朝有殿前都點檢趙匡胤文武全才。乃先帝簡用之臣。又兼他手下將校精强。可着他去征伐一遭。石守信即便傳旨。着趙匡胤掛印總兵官。率領本部人馬。北征遼漢。早建大功者。〔石云〕領聖旨。〔並下〕〔正末戎裝引趙普曹彬苗訓楚昭輔李處耘鄭恩上云〕某趙匡胤是也。自從元帥石守信舉薦。蒙世宗皇帝委任。直做到殿前都點檢之職。多虧衆兄弟扶持。今日蒙幼主聖旨。着我統兵北伐。我引本部下人馬及衆將校趙普。曹彬。苗訓。李處耘。楚昭輔。鄭恩。一同征進。這一去犬羊巢穴一時平。錦綉江山三箭定。〔唱〕

【南吕一枝花】漫漫殺氣飛。滚滚征塵罩。懨懨紅日慘。隱隱陣雲高。軍布滿荒郊。

我命將憑三略。行兵按六韜。右白虎左按青龍。後玄武前依朱雀。
【梁州第七】護中軍七層劍戟。守先鋒萬隊鎗刀。五方旗四面相圍遶。朱旛皂蓋。黄鉞白旄。箭攢鵰羽。弓掛龍弰。滴溜溜號帶齊飄。威凜凜掛甲披袍。撲鼕鼕鼓擂春雷。雄糾糾人披綉襖。不剌剌馬頓絨縧。咆哮。戰討。馬和人飛上紅塵道。金鐙穩玉鞭梟。催動龍駒把轡摇。轉過山腰。〔云〕行不幾里。又早天晚也。〔唱〕
【牧羊關】見幾點寒星現。一鈎新月皎。看看的兵至陳橋。教前隊休行。催後軍趕著。屯車仗離官道。就館驛度今宵。疾忙教各部下關粮米。對名兒支料草。
〔正末云〕左右。軍行到何處了。〔衆云〕前到陳橋驛了。〔正末云〕接了馬者。鄭恩那裏。〔鄭云〕有。〔正末云〕傳下將令去者。大小三軍。諸名將校。各依隊伍安歇。勿得諠譁。違令者斬。〔唱〕
【賀新郎】諸軍衆將一週遭。小心的下寨安營。在意的提鈴喝號。七禁令五十四斬從公道。丁寧休犯法違條。捲旌旗停斧鉞。卧鞭鍊豎鎗刀。悄悄的各依隊伍休喧鬧。解鞍鬆戰馬。卸甲脱征袍。
【隔尾】五更籌更聽金雞報。一部從休辭永夜勞。畫角齊吹玉梅調。人休貪睡着。馬須要喂飽。我且半倚幃屏盼天曉。〔衆下〕
〔正末睡科〕〔鄭同李處耘上云〕某都押衙李處耘是也。今同鄭將軍等跟隨趙點檢征進。軍次陳橋驛。某等想來。主上幼弱。我輩出死力破賊。誰則知之。今太尉掌軍政六年。士卒服其恩威。數從征伐。建立大功。人望已歸。不如先立點檢爲天子。然後北征未晚也。〔鄭云〕李將軍說的是。〔李云〕咱與趙書記計議則個。〔鄭云〕趙大人有請。〔趙普上云〕某趙普是也。見充點檢帳下掌書記官。今日從征。軍次陳橋。這早晚只聽有人呼喚。未免出見咱。〔做見科李云〕諸將無主。願册太尉爲天子。〔普云〕太尉忠心。必不汝從。〔李云〕軍中偶語則族。今已議定。太尉若不從。則我輩安敢退而受禍。〔普叱云〕策立大事。固宜審圖。爾等何得便肆狂悖。諸將各宜嚴束部伍聽命。〔鄭云〕若依你等議論。何時是了。〔擡黃旗蓋末身衆呼噪科〕〔正末驚醒科唱〕

【哭皇天】把好夢來驚覺。聽軍中不定交。那裏也兵嚴刑法重。則末早人怨語聲高。

〔衆軍一擁向前齊呼萬歲〕〔正末唱〕險將咱誂倒。廟廊召會。臺省所關。君王振怒。太后生嗔。不剌則俺這歹名兒怎地了。驚急列心如刀鋸。顫篤速身如火燎。

〔苗云〕主公上應天心。下合人望。乃真命帝主也。〔正末云〕噤聲。〔唱〕

【烏夜啼】都是你謊陰陽惹得諸軍鬧。一個個該剮該敲。〔鄭云〕哥哥。你先身上穿了黃袍。如何倒說俺不是。〔正末唱〕呀。原來這犯由牌先把我渾身罩。〔普云〕天命已定。天數難逃。主公亦當應天順人。〔正末唱〕你道是天數難逃。可甚麼情理難饒。不爭這杏黃旗權當滚龍袍。可將這出師表扭作交天詔。我想受禪臺。争似凌烟閣。汝貪富貴。吾豈英豪。

〔正末云〕此事决不可行。〔衆將喧呼科正末云〕汝等自貪富貴。立我爲主。能從我命則可。不從我命。决不可行。〔衆皆跪云〕唯命是聽。〔正末云〕太后幼主。我北面事之。公卿大臣。皆我比肩。汝等勿得凌暴及動擾黎民。刼掠府庫。違令者滿門皆斬。〔衆云〕一聽禁令。〔太后幼主石守信陶穀上云〕昨因北漢入寇。遣趙點檢出征。今早聞衆軍士立趙點檢爲帝。我想來。四方不寧。必得真主撫馭。今趙點檢威望素著。人心推戴久矣。何不就同往陳橋。效堯舜故事。禪位一遭。有何不可。〔做行科到科云〕來到這軍門前。石守信入報去。〔石云〕報總兵得知。太后到來。〔末下迎見科太后云〕五代亂離。人民塗炭。將軍功蓋天下。堪居大寶。老身母子情願禪位則個。〔正末云〕臣名微德薄。豈堪居此大位。〔太后云〕幼子孤弱。不能撫馭四方。將軍德過堯禹。正宜受禪。〔正末唱〕

【紅芍藥】娘娘德行勝唐堯。微臣比虞舜難學。不争讓位在荒郊。枉惹得百姓每評誂。〔幼主云〕將軍。聽太后旨者。我願受藩服足矣。〔正末唱〕臣怎敢等閑將天下交。您君臣再索量度。〔鄭恩仗劍作怒科〕〔正末唱〕你磨拳擦掌枉心焦。休得要亂下風雹。

【菩薩梁州】你可也暢好是乾喬。休施兇暴。休胡爲亂作。〔鄭云〕哥哥。我一發都殺了。恰不伶俐。〔正末唱〕則一句諕得我顫欽欽魄散魂消。不争這老鴉占了鳳凰巢。却不道君子不奪人之好。把柴家今日都屬趙。惹萬代史官笑。笑俺欺負他寡婦孤兒老共小。强要了他周朝。

〔石云〕今日就此受禪。必須有策詔方可行禮。〔陶云〕有有。〔自袖中出詔科石云〕既有了詔書。衆官跪者。〔陶念科云〕大周皇帝詔旨。天生蒸民。樹之司牧。二帝推公而受禪。三主乘時而革命。其極一也。予末小子。遭家不造。人心已去。天命有歸。咨爾歸德軍節度使殿前都點檢趙匡胤。稟上聖之資。有神武之略。佐我高祖。格于皇天。逮事世宗。功存納麓。東征西怨。厥功懋焉。天地鬼神。享于有德。謳歌獄訟。歸于至仁。應天順人。法堯舜如釋重負。予其作賓。嗚乎欽哉。祇畏天命。顯德七年正月初五日。〔衆將呼萬歲起科正末云〕衆將校聽我戒飭。〔唱〕

【二煞】尊太后如母呵您百官頓首聽教道。待幼主如弟呵教經典留心謹向學。朝廷內外舊官僚。勿得欺凌。盡皆榮耀。則今日軍馬回莫驚擾。把龍袖嬌民休諕着。勿犯秋毫。

【尾】〔指趙〕你坐都堂朝廷政事休差錯。〔指石〕你掌樞密天下兵機勿憚勞。〔指苗〕你掌司天。算星曜。〔指李楚〕你做元戎。司斬斫。〔指曹潘〕你統雄兵。做招討。〔指鄭〕你管親軍。守城廓。〔指王〕你統貔貅。驅將校。〔指幼主〕兄弟誦詩書。習禮樂。〔指太后〕娘娘居龍樓。住鳳閣。不是我倚勢奪權。使强欺弱。既然立草爲標。必須坐朝問道。賞不間親疎。罰須分善惡。有罪的加刑。有功的贈爵。不是我挾天子令諸侯篡宗廟。恐民心變了把山河棄却。因此上權受取這一顆交天傳國寶。〔衆並下〕

〔吴越王引相國吴程冠服上詩云〕百萬精兵聽指呼。衣冠四世守全吴。我生直欲全忠節。不媿人間大丈夫。某姓錢名俶。字文德。本貫杭州人氏。自祖公公錢鏐在唐昭宗時平黄巢有功。封有吴越。更五朝世守此邦。今聞中原趙點檢登基。治同堯舜。聲教萬里。比五代之君。判然不同。正四方混一之時。倘或出師。自當入貢咱。〔吴云〕等王師出來。决一死戰。納土未爲遲也。〔共下〕〔南唐李主引丞相徐鉉上詩云〕雄據江東二百州。六朝基業喜兼收。中原將士休窺伺。百萬精兵在石頭。某姓李名煜。字重光。江東人也。自我祖父建國江東。傳國三世。近聞中原大宋皇帝即位。操練兵馬。有下江南之志。况我貢獻不缺。必欲見伐。如何是好也。不免練兵防守則個。〔下〕〔蜀主孟昶引相國王昭遠上詩云〕幾年辛苦下西川。東視中原各一天。秣馬練兵常預備。先人世業肯輕捐。某蜀王孟昶是也。自先君王於全蜀。某承其基業。衆官僚立我爲大蜀皇帝。中原連歲多故。不暇外攘。今周朝革命。宋皇踐祚。志在吞併。難同五代之君。誠恐兵臨劍閣。將如之何。須索守備咱。〔下〕〔南漢主劉鋹引相國龔澄樞上詩云〕久鎮潮陽衆日强。幅員千里盡炎方。外夷多少皆朝貢。南國人稱廣漢王。某姓劉名鋹。南漢王是也。自先祖領節旄于潮廣。奄有南海。後值五代擾亂。遂獨霸一方。今中原有宋皇帝登基。四方混一。唐吴已稱朝貢。某偏居瓊海。王師一出。將如之何。須扼把險要以禦之。斯爲得策。〔下〕

第三折

〔趙普衣冠引張千捧香桌書燭上云〕某趙普是也。自從做掌書記時。扶佐當今皇帝。定有天下之號曰宋。四方承平。以某有推戴之功。官拜中書大丞相。進封韓王。今夜雪下甚緊。料無人來。張千。你拿過香桌來。點上燭。我讀一會論語咱。〔張千云〕我燒上些香。剔的燈亮亮的。老爹。你慢慢的看者。〔正末紗帽常服上云〕某自從陳橋兵變。衆兄弟立我爲大宋皇帝。曉夜無眠。恐萬民失望。諸國未平。今夜風雪滿天。路無行客。寡人扮作白衣秀士。私行徑投丞相府裏。商量下江南收川廣之策。出的這禁城來。是好大雪也呵。〔唱〕

【正宮端正好】光射水晶宮。冷透鮫綃帳。夜深沉睡不穩龍床。離金門私出天街上。正瑞雪空中降。

【滚繡毬】似紛紛蝶翅飛。如漫漫柳絮狂。剪冰花旋風兒飄蕩。踐瓊瑤脚步兒匆忙。用白襴兩袖遮。將烏紗小帽盪。猛回頭把鳳樓凝望。全不見碧琉璃瓦鴛鴦。一霎兒九重宮闕如銀砌。半合兒萬里乾坤似玉粧。粉填滿封疆。

〔正末云〕行了這一會。面前是丞相府了。呀。關了門了。〔唱〕

【倘秀才】則見他鐵桶般重門掩上。我將這銅獸面雙環扣響。〔做敲門科張千問云〕甚麼人敲門。〔正末唱〕敲門的是萬歲山前趙大郎。〔張云〕這早晚夜又深。雪又大。來作甚麼。〔正末唱〕堂中無客伴。〔張云〕俺老爹看書哩。〔正末唱〕燈下看文章。〔張云〕你來有甚事。〔正末唱〕特來聽講。

〔張云〕你要聽講。當往法堂中尋和尚去。你錯走了門了。〔正末唱〕

【呆骨朵】衝寒風冒瑞雪來相訪。〔張云〕有甚麼緊急事。你說。〔正末唱〕有機密事緊待商量。〔張報云〕老爹。門外有人叫門。〔普云〕你問他是誰。〔張云〕他說是趙大官人。有機密事來商議。〔普做慌科云〕快開門。快開門。〔普見駕跪云〕不知主上幸臨。有失遠接。〔張千慌走科〕〔正末唱〕忙怎麼了事公人。〔普又拜云〕恕微臣之罪。〔正末唱〕免禮波招賢宰相。〔正末問張云〕這是那裏。〔張云〕這就是俺丞相廳房。〔正末云〕怎麼使你這般樣人。〔唱〕正是調鼎鼐三公府。那箇是剃頭髮楊和尚。〔普云〕陛下尊坐。〔正末唱〕我向坐席間聽講書。〔張云〕老爹。酒食已備。捧上來罷。〔正末唱〕你休來耳邊厢叫點湯。

〔正末云〕夜深人静。張千好生看着相府門者。〔普云〕主公。今夜天氣甚寒。不求安逸。冒雪而來。却是爲何。〔正末唱〕

【倘秀才】朕不學漢高皇深居未央。朕不學唐天子停眠晉陽。常則是翠被寒生金鳳凰。有心思傳説。無夢到高唐。〔普云〕主公貴爲天子。富有四海。尚不肯逸豫。〔正末唱〕這是俺爲君的勾當。

〔背云〕寡人頗通文墨。試問丞相一問。〔問云〕寡人問卿。卿試聽者。〔唱〕

【滚繡毬】既然主四海爲一人。必須正三綱謹五常。寡人呵幼年間廣習鎗棒。恨未曾登孔子門墻。尚書是幾篇。〔普云〕尚書者上古三墳五典。洪荒莫考。夫子斷自唐虞。以典謨訓誥誓命六體。皆堯舜禹湯文武授受之心法。孔安國斷爲五十八篇。帝王治世之書也。〔正末唱〕毛詩共幾章。〔普云〕夫詩者古人吟咏性情之大節。有風雅頌三經。賦比興三緯。詩有三千。删爲三百十一篇。善以爲勸。惡以爲戒。〔正末云〕禮記主意如何。〔普云〕夫禮記乃漢儒所撰述。雜録古禮之義。蓋六經之用。禮實爲先。治人事神。無非以禮。日用之間。不可斯須少者。〔正末唱〕講禮記始知謙讓。春秋主意如何。〔普云〕春秋以褒貶爲辭。敦典庸禮。命德討罪。世道之興亡可鑒。〔正末唱〕論春秋可鑒興亡。〔普云〕陛下法宗堯舜禹湯文武。方爲聖主。〔正末唱〕朕待學禹湯文武宗堯舜。〔普云〕臣有愧于古之賢相也。〔正末唱〕卿可繼房杜蕭曹立漢唐。燮理陰陽。

〔正末指桌上書問云〕卿看的是甚麽書。〔普云〕是論語。〔正末笑云〕寡人聞童子入學。先讀論語。卿何故也看他。〔普云〕論語乃孔門弟子記聖人的切要言語。皆治國平天下之要道。臣用半部。佐我主平治天下。〔正末唱〕

【倘秀才】卿道是用論語治朝廷有方。却原來只半部運山河在掌。聖道如天不可量。似恁的談經臨絳帳。不强似開宴出紅粧。聽説後神清氣爽。

〔普云〕天寒雪大。臣有一盃酒進獻。未敢擅專。〔正末云〕將酒來何妨。〔普叫云〕老妻將酒來。

〔旦捧酒上〕〔呼嗓科〕〔正末唱〕

【滚繡毬】銀臺上畫燭明。金爐内寶篆香。〔普執壺斟酒科〕〔正末唱〕不當煩老兄自斟佳釀。〔旦進酒科正末唱〕何須教嫂嫂親捧霞觴。〔普云〕陛下。臣妻與臣乃糟糠之妻也。〔正末唱〕卿道是糟糠妻不下堂。朕須想貧賤交不可忘。常言道表壯不如裏壯。妻若賢夫免災殃。〔云〕朕得卿。卿得嫂嫂。可比四個古人。〔唱〕朕得卿呵正如太甲逢伊尹。卿得嫂嫂呵却似梁鴻配孟光。則愿的福壽綿長。

〔正末云〕寡人要與商量軍國重事。教嫂嫂自便。〔旦下普云〕陛下深居九重。當此寒夜。正宜安寢。又何勞神過慮。〔正末云〕寡人睡不着。〔唱〕

【倘秀才】但歇息想前王後王。纔合眼慮興邦喪邦。因此上曉夜無眠想萬方。須不是歡娱嫌夜短。早難道寂寞恨更長。憂愁事幾樁。

〔普云〕陛下不知所憂者何事。説向臣聽。〔正末云〕寒風似箭。凍雪如刀。寡人深居九重。不勝其寒。何况小民乎。〔唱〕

【滚繡毬】憂則憂當軍的身無掛體衣。憂則憂走站的家無隔宿粮。憂則憂行舡的一江風浪。憂則憂駕車的萬里經商。憂則憂號寒的妻怨夫。憂則憂啼飢的子唤娘。憂則憂甘貧的晝眠深巷。憂則憂讀書的夜守寒窗。憂則憂布衣賢士無活計。憂則憂鐵甲將軍守戰場。怎生不感嘆悲傷。

〔普云〕陛下念及貧窮。誠四海蒼生之福。〔正末唱〕

【倘秀才】憂的是百姓苦向御榻心勞意攘。〔普云〕百姓困苦。只因四方多事。今天下太平。民力漸蘇矣。〔正末云〕一榻之外。皆他人之家也。〔唱〕憂的是天下小教寡人眠思夢想。〔普云〕天下雖未混一。南征北伐。今其時也。願聞成算所向。〔末背云〕寡人欲先下江南。且反說試丞相一試。〔唱〕想太原府劉崇據北方。朕待暫離丹鳳闕。親擁碧油幢。先取河東上黨。

〔普云〕若先伐太原。非臣之所知也。〔正末云〕卿怎生說。〔普云〕太原當西北二邊。使一舉而下。則二邊之患。我獨當之。何不姑留。以俟削平諸國。則彈丸黑子之地。將無所逃。〔末云〕吾意正如此。姑試卿耳。〔普云〕西川孟昶。金陵李煜。南漢劉鋹。吳越錢俶。彼各仁政不施。百姓怨望。今當選將練兵。分道南伐。無不成功者。〔正末唱〕

【滚繡毬】卿道是錢王共李王。劉鋹與孟昶。他每都無仁政萬民失望。行霸道百姓遭殃。差何人收四川。令誰人定兩廣。取吳越必須名將。下江南宜用忠良。要定奪展江山白玉擎天柱。索問你匡宇宙黄金駕海梁。卿索仔細參詳。〔正末云〕兵者凶器。國家不得已而用之。如今收平四國。又須衆將中選忠良有紀律者。方可安民。卿是定奪如何。〔普云〕石守信曹彬潘美王全斌。此四人皆宿有名望。可差他四人去。萬無一失。〔正末云〕既如此。張千。你傳旨去元帥府。速宣石守信等四人來者。〔張千下四將上云〕某石守信等是也。見居樞密統軍之職。今晚主上幸趙中令宅。差人來宣呼。不免進見咱。來到這相府門。令人奏入。〔報科見科正末云〕寡人與丞相商議天下未一。欲差爾等統軍前去。收伏四國。速奏凱旋者。〔唱〕

【脱布衫】〔指曹〕取金陵飛渡長江。〔指石〕到錢塘平定他邦。〔指王〕西川路休辭棧閣。〔指潘〕南蠻地莫愁烟瘴。

【醉太平】陣衝開虎狼。身冒着風霜。用六韜三略定邊疆。把元戎印掌。人披鐵甲偏雄壯。馬摇玉勒難遮當。鞭敲金鐙響丁當。早班師汴梁。

〔四將云〕臣等托聖主洪福。馬到處成功。仰聽神策廟算。指示一二。〔正末唱〕

【二煞】有那等順天時達天理去邪歸正皆疎放。有那等霸王業抗王師耀武揚威盡滅亡。休擄掠民財。休傷殘民命。休淫污民妻。休燒毁民屋。恤軍馬施仁發政。廣錢粮定賞行罰。保城池討逆招降。沿路上安民掛榜。從賑濟任開倉。

〔鄭恩提棒私行上云〕我聞知主公私幸趙丞相府。一徑尋來。陛下召見衆將軍。做甚麽則個。〔正末云前事了〕〔唱〕

【收尾】朕專待正衣冠尊相貌就凌烟圖畫功臣像。卿莫負勒金石銘鍾鼎向青史標題姓字香。能用兵善爲將。有心機有膽量。仰看天文算星象。俯察山川辨形狀。作戰先將九地量。決戰須將五間防。晝戰多將旗幟張。夜戰頻將火鼓揚。步戰屯雲護軍仗。水戰隨風使帆槳。奇正相生兵最强。仁智兼行勇怎當。專聽將軍定四方。坐擬元戎取亂亡。飛奏邊功進表章。齊和昇平回帝鄉。比及列土分茅拜卿相。先將這各部下軍卒重重的賞。

〔衆並下〕

第四折

〔錢王上云〕某吳越王錢俶是也。今早邊方來報。宋朝大將石守信領兵來伐。某三世效忠。豈可抗之。只索等候納款者。〔石上云〕某石守信是也。奉聖人命。收平吳越。直抵臨安。那陣上早早報與吳越王投降則個。〔錢跪云〕某納土之心久矣。今聖明在上。情願奉款者。〔石云〕咱同去來也。〔下〕〔李王上云〕某南唐王李煜是也。今聞大宋皇帝。遣曹彬收平江南。旬日之間。沿江諸城。

盡皆破陷。今早聞兵壓石頭城。怎生是好。須索與徐相國計議。〔丞相上云〕主公。祖宗之位不可失。背城決一死戰。降他未遲。〔李云〕説的是。〔曹上云〕某曹彬是也。奉聖旨領十萬大軍。來下江南。一路郡縣。望風迎降。今日兵臨石頭城下。與唐兵相接。諸軍用命者。〔做戰科李敗科李云〕情願投降。〔共下〕〔劉王上云〕某南漢王劉鋹是也。今大宋國遣大將潘美領兵來伐。不免練兵等候則個。〔潘上云〕某潘美是也。奉命南征。勢如破竹。今兵臨廣漢。兩陣相當。須捹死戰咱。〔戰科劉敗科降科〕〔同下〕〔蜀王上云〕某蜀王孟昶是也。嗣守全蜀。食足兵强。近聞宋朝皇帝。遣王全斌西來收伏。咱怎肯容易投降他。軍馬操演精熟。安排迎敵咱。〔王上云〕某王全斌是也。奉聖人命。領十萬大兵。西取蜀孟。一路盡平。今兵到成都。尅日城陷。大小三軍。須索用命決戰。三軍操鼓來。〔戰科孟敗科降科〕〔同下〕〔趙普引鄭恩苗光裔上云〕自從前日奉聖人命。差石守信等四將收平四國。聞知俱已平定。不久奏捷獻俘。今當早朝。須索伺候者。我想五代亂離。人心洶湧。今聖人一出。羣妖頓息。不圖從此得見太平也。〔唱〕

【雙調新水令】九重天上五雲飛。月朦朧曉光初霽。鞭鳴金珮響。簾捲玉鈎垂。仙樂初齊。和氣滿殿庭内。

【駐馬聽】黄道烟迷。瑞靄盤旋飛鳳椅。紫垣風細。御香繚繞衮龍衣。近宫墻楊柳拂旌旗。傍雕欄花萼迎環珮。行大禮。這的是太平天子朝元日。

〔鄭〕今有石守信平吴回旋。朝門等宣。〔普云〕教他過來。〔石上跪〕〔普唱〕

【落梅風】此一戰功名重。這一場勛業稀。論英雄古今無對。笑談間掃清吴越國。端的有三千丈五陵豪氣。

〔石起科鄭云〕潘美平南漢回師。朝外等宣。〔普云〕教他過來。〔潘跪〕〔普唱〕

【沉醉東風】他那裏桃花落鑾烟正起。荔枝熟瘴雨斜飛。茫茫水接天。隱隱山圍地。路迢遥人馬驅馳。斬將降兵何太疾。堪寫入麒麟畫裏。

〔潘起去科鄭云〕曹彬下江南凱還。朝外等旨。〔普云〕教他過來。〔曹上跪〕〔普唱〕

【慶東原】金陵府銷王氣。石頭城踐馬蹄。南唐已照東吴例。收伏盡六朝帝基。托賴着一人聖德。振揚起八面軍威。比王濬更豪傑。過楊素全忠義。〔曹起科鄭云〕王全斌平蜀回見。在朝門等宣。〔普云〕教他過來。〔王上跪〕〔普唱〕

【水仙子】亂石灘衝浪戰舡内。連雲棧思鄉駿馬嘶。凱歌聲直透青雲内。這功勞爲第一。笑蜀王孟昶呆癡。他也合思先主三分業。想武侯八陣機。辱莫殺關羽張飛。

〔石云〕臣等托朝廷之洪福。兵不血刃。收平四國。郡邑版圖。盡歸王化。所有四國相臣。見在朝外等宣。〔普云〕宣四相國來者。〔四相上普云〕望闕跪者。〔唱〕

【雁兒落】恁則合山林中躲是非。誰教你朝省内圖名利。都做了亡家敗國臣。真乃是怕死貪生輩。

〔南唐相徐鉉云〕臣國主以小事大。猶子事父也。〔普云〕豈有父子爲兩家耶。〔唱〕

【得勝令】你則想花壓帽簷低。不隄防平地一聲雷。送了你川廣真粱棟。羞殺人江南兩柱石。想前日相持。驚諕殺齊管仲燕樂毅。〔相云〕臣等亡國臣。乞放骨骸於林下。〔普唱〕到今日休提。起來波漢張良越范蠡。

〔石守信等云〕四國王俱在朝外。理合獻俘。〔普云〕宣來。〔四國王上普唱〕

【甜水令】據着你外作禽荒。内貪淫慾。滔天之罪。理合法更淩遲。今日箇不忍加誅。仍封官位。您君臣每休得猜疑。

〔蜀王上云〕臣等荷蒙聖恩。待以不死。臣願執梃爲諸降王長。永守臣節。〔衆王拜科普唱〕

【折桂令】則見他曲躬躬拜舞丹墀。似這等納土稱臣。實指望蔭子封妻。〔四王云〕臣等愚昧。不能守土安民。今荷洪恩。實同再造。願聞其説。〔普唱〕你道是願聽綸音。願聞聖諭。有甚難知。您等爲驕奢破國。吾皇以勤儉開基。這的是天數輪迴。造物盈虧。真龍出蛟蜃潛藏。大風起雲霧齊飛。

〔普云〕奉聖旨排筵宴。燕樂各國君臣。〔筵科普唱〕

【川撥棹】長朝殿列尊席。享諸王臣萬國。今日箇寰海歸依。民物雍熙。春滿宮闈。樂奏塤篪。仙音院簫韶韻美。麟獻瑞鳳來儀。

【七弟兄】文官每這壁。武將每那壁。斟玉液進金杯。則這白額虎原與龍相配。紫金龍自有虎相隨。這的是慶清朝龍虎風雲會。

〔普云〕奉聖旨教四國君臣。演習禮儀。隨長朝官拜舞者。〔唱〕

【梅花酒】快疾忙遵聖敕。教國主休違。將拜舞温習。把天子班依。隨星辰朝紫微。順日月轉皇極。轉皇極拱社稷。紫羅襴替龍衣。白象簡當玄圭。皂幞頭護天威。黄金帶束腰圍。吴越王莫稽遲。金陵王莫徘徊。廣漢王莫傷悲。孟蜀王莫疑惑。

【收江南】更壓着朝中文武兩班齊。抵多少十年身到鳳凰池。見如今金枝玉葉盡光輝。鎮天南地北。萬萬年同共掌華夷。

〔云〕奉聖旨當初起義之時。與臣普等曾夢龍虎風雲會。今日果然也。〔唱〕

【尾】龍吟天上生雲氣。虎嘯清風四起。龍虎夢君臣。風雲慶家國。

題目　伏降四國咨謀議
　　雪夜親臨趙普第
正名　君相當時一夢中
　　今朝龍虎風雲會

西游記雜劇

楊景賢 撰

第一本

湛露堯蓂一葉新　寶筵祥靄麗仙宸
三元同降天王節　萬國均瞻化日春

第一齣　之官逢盜

〔觀世音上云〕旃檀紫竹隔凡塵。七寶浮屠五色新。佛號自稱觀自在。尋聲普救世間人。老僧南海普陀洛伽山。七珍八寶寺紫竹旃檀林居住。西天我佛如來座下上足徒弟。得真如正偏知覺。自佛入涅槃後。我等皆成正果。涅槃者乃無生無死之地。見今西天竺有大藏金經五千四十八卷。欲傳東土。争奈無箇肉身幻軀的真人闡揚。如今諸佛議論。着西天毘盧伽尊者托化於中國海州弘農縣陳光蕊家爲子。長大出家爲僧。往西天取經闡教。争奈陳光蕊有十八年水災。老僧已傳法旨於沿海龍王隨所守護。自有箇保他的道理。不因三藏西天去。那得金經東土來。〔陳光蕊引夫人上云〕幾年積學老明經。一舉高標上甲名。金牒兩朝分鐵券。玉壺千尺倚冰清。下官姓陳名萼。字光蕊。淮陰海州弘農人也。妻殷氏。乃大將殷開山之女。下官自幼以儒業進身。一舉成名。得授洪州知府。欲待攜家之任。爭奈夫人有八箇月身孕。知會已去了。不敢遲留。來到江口百花店上。暫停一二日。尋箇穩當船兒。却往洪州去。〔做對夫人云〕夫人。夜來我買得一尾金色鯉魚。欲要安排他。其魚忽然眨眼。我聞魚眨眼必龍也。隨即縱之於江去了。〔夫人云〕相公說的是也。喒着王安去覓船。明日早行。〔唱〕

【仙呂賞花時】放魚的都言子產良。射虎的皆稱周處强。你之任到他鄉。買得活魚尚不忍壞。今恩足以及禽獸矣。百姓行必有箇主張。喒兩箇攜手上河粱。〔下〕

〔水手劉洪上云〕自家姓劉名洪。專在江上打劫爲活。我雖然如此。不曾做歹勾當。不敢大街走。則向小巷闖。小心怕官府。不做歹勾當。門外賣私鹽。院後合私醬。做些小經營。不做歹勾當。撑船載商賈。江水正浩蕩。見財便生心。命向江中喪。只是這幾般。不做歹勾當。算命買卦。合有一拳財分。有箇好媳婦分。不知這姻緣在那裏。打當下船。看有甚人來。〔王安上云〕相公夫人着我覓一箇船。我是第一箇仔細的。這江邊有一隻船。梢公在那裏。〔劉做應科〕〔王云〕俺相公除洪州知府。帶夫人上任去。我看你也是本分人。你肯去麽。〔劉背云〕天那。這拳財在這裏了。〔對王云〕小人正是洪州人。在這裏專載客商官長郎中。你作成小人。小人到那裏。有好公事。我來投奔你。〔王云〕喒一同去來。〔下〕〔陳光蕊同夫人上云〕俺在這酒務兒裏等着。王安覓船去。怎生不見來。〔夫人云〕此一行奈妾有八箇月身孕。惟恐路上艱難。〔陳云〕夫人放心。吉人自有天相。〔夫人云〕到這裏也没奈何了。〔唱〕

【仙吕點絳唇】從離鄉閭。到於此處。千餘路。水湧山鋪。掩映着白蘋渡。

【混江龍】這裏有船無路。玉驄不慣識西湖。鄉關何處。煙景模糊。一片錦帆雲外落。千重繡嶺望中舒。江聲汹湧。風力喧呼。猶懷着千古英雄怒。這山見幾番白髮。這水換幾遍皇都。

〔陳云〕打酒來。〔夫人云〕路途上少飲。〔陳云〕世間萬事。惟酒消除。〔夫人唱〕

【油葫蘆】你道是萬事無過酒破除。你不曾讀大禹謨。禹惡旨酒而好善言。進來的美酒禁入皇都。你今日白衣應舉思高步。恰便似黄鸝出谷遷喬木。今日受三品職。全憑你滿腹書。布衣中跳到洪州路。倒不如借住在步兵厨。

【天下樂】你恨不得解珮留琴當劍沽。全不學三閭。楚大夫。嘆獨醒滿朝都是酒徒。習池邊頹了季倫。竹林中迷了夷甫。這兩箇好飲的君子。到如今播清風一萬古。

〔王安引劉洪見科〕〔王云〕這梢公是洪州人。至本分。俺僱他船去。〔陳云〕好箇梢子。〔夫人云〕這人敢不中。〔王云〕小人眼裏識人。夫人放心。〔夫人唱〕

【村里迓鼓】聽了他語言無味。覷了他面色可惡。〔陳云〕夫人。你多事。你是漢時許負。〔夫人唱〕我雖不是漢時許負。端詳了是箇不良人物。你看他脅肩諂笑。趨前退後。張皇失錯。〔王云〕夫人。我認得人。〔夫人唱〕聰明的王伯當。〔陳云〕不妨事。〔夫人唱〕糊突了裴聞喜。休送了孤寒魯義姑。恁隄防着船到江心漏苦。

【元和令】料心腸似蝎毒。看眼腦似狼顧。〔陳云〕娘子。灰頭草面不打扮。儻或江上遇着相知朋友。怎生厮見。〔夫人唱〕路途中何須用巧粧梳。金鳳翹珠絡索。却不道周亡殷破越傾吴。都則因美艷姝。

【上馬嬌】想當日妲己又俗。褒姒又愚。西子有妖術。累朝把家邦來誤。可正是美女累其夫。

【幺】他每送了百二山河壯帝居。願及早到洪都。俺三口別無眷屬。無金無玉。有官有祿。受天子御前除。

【遊四門】除俺做洪州知府教風俗。〔劉云〕小人正是本處人。〔夫人唱〕你正是本鄉居。着慇懃相公親擡舉。免税脱丁夫。喒兩口都不會説囂虚。

〔劉云〕多謝夫人。稟老爺。好順風。請早些下船罷。〔陳同夫人下船分付開船科〕〔劉云〕不免扯起篷來。〔夫人唱〕

【勝葫蘆】則見他風順帆開船去速。更疾似馬和車。〔劉做推搶科〕〔夫人唱〕俺歹煞是洪州民父母。你怎敢推前搶後。你來我去。〔陳云〕夫人。纔下船要利市。饒他初犯罷。〔夫人云〕相公説那裏話。常言道君子斷其初。

〔劉做住船抛石科〕〔推王安下水科〕〔夫人叫云〕王安那裏。〔王云〕我眼裏認得人。夫人。〔劉云〕來到大姑山脚下。相公。你前生少欠我的。你的家緣過活妻子。都是我受用。明年這早晚是你的死忌。你死了呵。我與你追薦。累七念經□□□箇慈悲的好人。〔陳云〕那梢子。我與你有甚冤讎。害我性命。〔劉云〕這裏呵。放你不過了。〔陳做抱夫人哭科〕〔夫人唱〕

【後庭花】這廝去緑楊堤停了棹櫓。黄蘆岸持着刀斧。紅蓼灘人蹤少。白蘋渡船艦疎。閣不住淚如珠。〔劉做揪陳科〕〔夫人唱〕他把他頭梢揪住。風悄悄水聲幽蒲葦枯。雲漭碧天遥雁影孤。冷清清露華濃月色浮。明朗朗銀河現星斗鋪。

〔劉推陳下水科〕〔夫人做倒科〕〔唱〕

【青哥兒】呀。急煎煎無一箇親人相護。〔劉做扯科〕緊邦邦扯住了衣服。哎。你箇糞土之墻不可杇。又無甚錢物。殺壞他身軀。傾陷了俺兒夫。强要他媳婦。天意何如。人命何辜。哎。你箇柳盜蹠哥哥忒心毒。怎下得浪淘淘流將他去。

〔夫人做跳水劉扯住科〕〔劉云〕我單爲你壞了你丈夫。你肯與我爲妻。我將你丈夫宣命。依舊做洪州府尹。你依舊做夫人。儻若不從。一刀兩段。〔夫人背云〕我死不争。争奈有八箇月身孕。未知是男是女。久以後丈夫冤讎。着誰人報得。罷罷罷。我且暫時隨順了他。待分娩之後。再作區處。〔對劉云〕兀那劉洪。我隨順你。則要你依我兩件事。等我分娩了身孕。男兒三年孝滿。恰好孩兒三歲。我便和你做夫妻。〔劉云〕好好。且到晚夕商量。劉洪生平願足也。〔夫人做放聲哭科〕

【尾聲】拆散了美滿並頭蓮。接上這熱莽連枝樹。你願足咱心未足。鴟梟難和鶯燕侶。厠坑裏蛆怎和你似水如魚。若是到洪都。僉押文書。甚的是六案須知和撿目。這一箇屈死的風流丈夫。偷生的愚痴拙婦。誰想俺死和生的夫婦到頭踈。

第二齣　逼母棄兒

〔龍王上云〕誤入塵寰醉碧桃。涇陽宮殿冷鮫綃。不因子產行仁政。難免公厨銀鏤刀。小聖南海小龍。爲赴分龍宴飲酒醉了。化作一尾金色鯉魚。卧于沙上。被漁人獲之。賣于百花店。有陳光蕊者。買而放之于江。此恩未嘗報得。不想此人被水賊劉洪推在水中。又有觀音法旨。令某等水神隨所守護。被小聖救入水晶宮殿。待十八年後。復着他夫妻父子團圓。漁翁市上賣金鱗。放我全身入海津。其子劍誅無義漢。我將金贈有恩人。〔下〕〔劉洪上云〕垂垂金帶掛銀魚。那識前朝史共書。公事問明如徹底。一生只怕問穿窬。自從劫殺陳光蕊。我將他官誥之任。本婦生得箇孩兒。我想要這賊種怎麽。我在這江邊住坐。若有些蹺蹊。不是好事。必須斬草除根。春到萌芽不發。〔下〕〔龍王上云〕夜來觀音法旨云。毘盧伽尊者今日有難。分付巡海夜叉。沿江水神。緊緊的防護者。〔下〕〔夫人抱孩兒上云〕自從被賊徒壞了男兒。我得了箇孩兒。今朝滿月。賊漢逼臨我抛在江裏。待不依來。和我也要殺壞。我死了呵。誰與我男兒報仇。則索依着他。兒呵。也是我出于無奈。〔唱〕

【中吕粉蝶兒】滿腹離愁。訴蒼天不能答救。俺一家兒和你有甚冤讎。渰殺我兒夫。奸淫他媳婦。又待廢他親生的骨肉。那賊漢劣心腸火上澆油。不依從恐遭毒手。

【醉春風】燒一陌斷腸錢。酹三盃離恨酒。滔滔雪浪大江中。陳光蕊呵。你魂靈兒敢有。有。我有一個大梳匣。將孩兒安在裏面。將兩三根木頭兒。將篾子縛着。可以浮將去。匣子裏安藏。水波邊抛棄。你在那浪花中等候。

【迎仙客】心肝渾似摘。陳光蕊呵。我淚點卒難收。將這乳食兒再三滴入口。若流過蓼花灘。蘆葉洲。休着當住石頭。天那。則願得漁父每争相救。

我將金釵兩股。約重四兩。縛在孩兒身上。長江大海龍神聖衆。可憐孤子咱。

【石榴花】願龍神保祐莫遲留。休着魚鼈等閒瞅。黿鼉蛟蜃莫追逐。到瓜州渡口。有人親救。對天禱告還生受。保護得他速見東流。金釵兩股牢拴就。抵多少騎鶴上揚州。

【鬭鵪鶉】恁娘那裏望眼將穿。俺兒夫靈魂兒尚有。兒呵。則願得性命完全。精神抖擻。恰便似紅葉兒飄香出御溝。渰渰地伴野鷗。俺孩兒身向低行。誰肯道恩從上流。

我將衫兒摅下一塊來。咬破我小拇指尖。寫着孩兒生月年紀。仁者憐而救之。

【上小樓】咬破我這纖纖指頭。一任淋淋血溜。摅一縷白練。寫兩行紅字。赴萬頃清流。將匣縫兒塞。匣蓋兒縛。包袱兒緊扣。我須關防得來水屑不漏。

【幺】雖然是木漆匣。看承做竹葉舟。則要穩穩當當。渺渺茫茫。蕩蕩悠悠。天地祚。祖宗扶。神明相祐。但活到幾歲也罷。誰敢望賽籛鏗般百千長壽。

〔劉内云〕不撇下。則管在那裏怎麽。〔夫人唱〕

【十二月】他那裏呱呱叫吼。我這裏急急抽頭。將匣子輕擡手。近着這沙岸汀洲。哭聲哀猨聞腸斷。匣影孤魚見應愁。

【堯民歌】兒呵。趁着這一江春水向東流。離了上源頭則願你有下場頭。蒹葭寒水泛輕鷗。恰便似楊柳西風送行舟。〔内做催科〕休則管逼逐。別離幾樣憂。如摘下心肝上肉。〔做放科〕

【般涉調耍孩兒】淹淹直向江心溜。搵淚血凝眸早去久。普天下似我的有幾人愁。望孩兒恨不的也化做石頭。心如快鷂拖着線。身似游魚吞了鈎。淚滴滿江妃袖。兒呵。飄飄蕩蕩。娘呵。切切憂憂。

【幺】嚥不下心内苦。遮不了臉上羞。懷躭十月乾生受。一箇赤子入井誰人救。一箇紅粉迸波那箇瞅。今日肉落在猫兒口。做兒的花飄泛水。做娘的幾時得葉落歸秋。

【尾聲】跛弓鞋恰轉身。回胭領再瞬眸。這一箇鎖離愁的匣子兒索是勞台候。望着那流水斜陽路兒上走。

第三齣　江流認親

〔龍王引卒上云〕聖僧羅漢落水。水卒。你與我騰雲駕霧。扛擡到金山寺前去者。〔下〕〔漁人上云〕新婦磯頭眉黛愁。女兒浦口眼波秋。青箬笠前無限事。緑蓑衣底一時休。天明也。俺打魚去來。呀。兀那沙灘上火起。向前去看咱。元來是一箇匣兒。裏面不知甚麼東西。且待我打開來看。呀。是一個小孤兒。不知是何妖怪。將去見長老去來。〔下〕〔丹霞禪師上云〕一住金山十數春。眼前景物逐時新。長江後浪催前浪。一替新人換舊人。老僧丹霞禪師。乃廬山五祖之弟子。在於金山一住數年。昨日伽藍相報。有西天毘盧伽尊者。今日早至。分付知客侍者。撞鐘焚香迎接者。〔漁人持匣上做相見科〕今早小人打魚。見沙灘焰起。去看時。却是箇漆匣兒。內有一個小孩兒。與長老看。莫不是妖精怪物麽。〔丹霞云〕將來看。好箇孩兒。寒光閃爍。異香馥人。內有金釵二股。血書一封。上寫道。殷氏血書。此子之父。乃海州弘農人也。姓陳名蕚。字光蕊。官拜洪州知府。攜家之任。買舟得江上劉洪者。將夫推墮水中。冒名作洪州知府。有夫遺腹之子。就任所生。得滿月。賊人逼迫。投之于江。金釵二股。血書一封。仁者憐而救之。此子貞觀三年十月十五日子時建生。別無名字。喚作江流。呀。十一月十五日投之于江。今日是十六日。況值寒冬天道。一夜至此。豈非異人乎。必伽藍所報者是也。漁翁。這金釵與恁。將去買酒吃。寺外山前人家。新没了孩兒的娘母有乳者。我將盤纏去。與老僧擡舉者。〔漁人謝了下〕〔丹霞云〕老僧將此血書藏下。待此子成人。着他尋親報仇雪恨者。〔下〕〔劉洪上云〕念佛修行去誦經。誰知處處有神明。平生不作虧心事。半夜敲門不吃驚。自從害了陳光蕊。冒任一年。便動了殘疾致仕。本在江邊住坐。放債爲活。那人心已死了。他又無些枝葉。這件事穩穩當當了。他常勸我看經作善事。我也依着他。他也敬重我。我本不曾在他行做歹勾當。城内尋幾箇相知。飲酒去也。〔下〕〔丹霞禪師上云〕白髮蕭蕭兩鬢邊。青山緑水即依然。人生何異南柯夢。撚指光陰十八年。老僧丹霞是也。自幼收得江流兒。七歲能文。十五歲無經不通。本宗性命。了然洞徹。老僧與他法名玄奘。玄者妙也。奘者大也。大得玄妙之機。是以名曰玄奘。今年十八歲。提調滿寺大衆。夜來伽藍報云。此子時節到也。當報仇雪恨去。喚玄奘來。〔唐僧上云〕小僧玄奘是也。師父呼喚。須索走一遭。〔做見科丹霞云〕玄奘。你今年幾歲也。〔唐僧云〕小僧那裏得知。今年説道十八歲也。〔丹霞云〕你姓甚麼。〔唐僧云〕小僧自幼師父擡舉。知他姓甚麼。〔丹霞云〕今年時節到了。我對你説。你父親姓陳。名蕚。字光蕊。海州弘農人也。應舉及第。得洪州太守之職。母殷氏懷妊你八箇月。攜家之任。江上遇賊劉洪。將你父親推墮水中。將你母親爲其妻子。冒任洪州知府。就任所生你方及滿月。賊漢逼迫。將你投之于江。汝母咬破指尖。修血書一封。上寫着你年月。打魚的江上拾得個匣兒。匣兒内藏着你。我收留。長成十八歲也。合報父母之仇去。從頭一一記者。你可去先報了生身的慈親。却來報養身的師父。〔唐僧做氣倒科〕〔救醒科〕〔丹霞云〕

孩兒呵。我從頭細説根由。你須當用意追求。不争你一時氣死。誰報你父母的冤讎。則就今日與你收拾盤纏。便索登程。只是一件。那廝在彼處十八年。廣有手足。尋見你母親。星夜回來。老僧和你去。〔唐僧拜云〕若非吾師擡舉。玄奘焉有今日。此恩生死難忘。則就今日脚跟高繫鷺鷥腿。紙被牢拴蜘蛛腰。望插竿吃飯。聽鐘鼓打眠。便往洪州走一遭。〔下〕〔丹霞云〕玄奘去了。老僧從今後。伏枕朝朝生去夢。倚欄日日盼歸舟。〔下〕〔夫人上云〕自從抛棄了孩兒。屈指早十八年也。這賊漢也吃我降伏那性下來。每日入城飲酒。今日又去也。我這幾日耳熱眼跳。神思不安。不知爲何。則因思想丈夫與孩兒。懨懨成病。幾時是我不煩惱的日子也。痛殺我也。兒呵。〔唱〕

【商調集賢賓】你趁着那碧澄澄大江東去得緊。如失却寶和珍。白日裏魚行蝦隊。到晚來鷺友鷗羣。黑濛濛翠霧連山。白漭漭雪浪堆銀。則俺那跳龍門的丈夫轉世穩便。重生十八歲爲人。目窮明月渡。腸斷碧天雲。

【逍遥樂】倚危樓高峻。瞑眩藥難痊。志誠心較謹。〔唐僧扮行脚僧上云〕來到洪州問人來。舊太守陳光蕊家。在江邊黑樓子内便是。慚愧。有他呵便有我的母親。來到也。這箇便是。我叫一聲阿彌陀佛。〔夫人唱〕見一箇小沙彌來往趄開門。叫一聲阿彌陀佛心意全真。策杖移蹤似有因。恰便是塑來的諸佛世尊。師父。俺家裏齋來。〔唐僧云〕有布施麽。〔夫人唱〕有做袈裟的紬絹。供佛像的齋糧。禦嚴寒的衲裙。

〔唐僧云〕娘子難消。〔夫人云〕師父從那裏來。〔唐僧云〕我從金山寺來。〔夫人云〕金山寺至此。幾日可到。〔唐僧云〕風順二十日可到。風不順一月可到。那金山寺是大剎。萬衆可容。〔夫人云〕自來説金山寺是箇大剎所在。

【金菊香】金山來此二三旬。寶殿能容千萬人。問訊向前禮數勤。覷了他清氣逼人。恰便是一溪流水徹雲根。這和尚好似我陳光蕊男兒也呵。

【梧葉兒】眉眼全相似。身材忒煞真。霞臉絳丹唇。莫不是石上三生夢。天台一化身。我心下自如親。師父。你法算多少了。〔唐僧云〕小僧年一十八歲也。〔夫人云〕俺孩兒在時。也一十八歲。兒呵。你隨着十八年波翻浪滚。師父。你幾年上出家來。俗姓甚。有親也無親。

【醋葫蘆】我問你何處是家。那箇是親。幾年上落髮做僧人。〔唐僧云〕出母胞胎。便做僧人。〔夫人唱〕出胞胎便怎生離世塵。也是你前生有分。便是離母腹中出家。也須索有你爺娘。與我從頭一一説緣因。

〔唐僧云〕我父姓陳。母姓殷。〔夫人唱〕

【幺】他道是父姓陳。母姓殷。爲官爲吏是當軍。〔唐僧云〕我父親任洪州太守。〔夫人唱〕幾年上此間來治民。〔唐僧云〕貞觀三年八月間。被賊人劫殺在江中了也。〔夫人唱〕則一句道的我心迷眼暈。他道是江上遇着强人。

〔夫人云〕你怎生得活來。〔唐僧云〕小僧其時在母腹中八箇月。〔夫人云〕你如何知道來。〔唐僧云〕小僧那裏知道。俺師父丹霞禪師説。金山下打魚的拾得一漆匣。内有金釵二股。血書一封。長老收留擡舉。七歲讀書。十五歲通經。今年十八歲。着我來洪州尋母親。〔夫人唱〕

【幺】聽説絶口内詞。掃除了心上塵。幽幽的頂門上去了三魂。元來是江流兒遠鄉來認親。〔唐僧云〕娘子。好要便宜也。我怎生是恁孩兒。〔夫人唱〕是小的每言多語峻。告吾師心下莫生嗔。

師父。你休怒。你那血書。曾將來麽。〔唐僧云〕我偌多田地來。指甚麽爲題。〔夫人云〕你有血書。我有抄的墨書。你聽我念。此子之父。乃海州弘農人也。姓陳名萼。字光蕊。官拜洪州知府。攜家之任。買舟得江上劉洪者。將夫推墮水中。冒名作洪州知府。有夫遺腹之子。就任所生。得滿月。賊人逼迫。投之于江。金釵二股。血書一封。仁者憐而救之。此子貞觀三年十月十五日子時建生。别無名字。唤作江流。〔唐僧夫人做抱哭科〕〔夫人唱〕

【幺】塵昏了老絹帛。金黄了舊血痕。這的是一番提起一番新。與我那十八年的淚珠都徹了本。善和惡在乎方寸。恰便似花開枯樹再逢春。

孩兒。這賊手足較多。休中他的機關。我收拾盤纏就下船。星夜回金山寺去。請師父引你來。報仇雪恨。

【仙吕後庭花】我這裏收拾下金共銀。則要你早分一箇冤與恩。俺孩兒經卷能成事。陳光蕊呵。你説甚文章可立身。莫因循。疾忙前進。下水船風力穩。報讎心如箭緊。去程忙似火焚。

【柳葉兒】我又想當年時分。哭啼啼送你到江濱。今日箇蒲帆百尺西風順。休辭困。暫勞神。天那。誰承望血修書弄假成真。

〔唐僧云〕則就今日拜辭母親。便回金山寺去也。〔下〕〔夫人云〕孩兒去了。恐賊漢回來。我且入内去。

【商調浪裏來】纔得見掌上珍。又提起心頭悶。今宵何處去安身。明日裏風波可又無定准。眼睜睜看的他有家難奔。空着我斷腸人送斷腸人。

第四齣　擒賊雪讎

〔虞世南上云〕堯舜遺風此日回。民逢貞觀樂悠哉。半生功入千年史。五馬官因七步才。小官虞世南。方今唐太宗皇帝即位。貞觀二十一年。小官官拜翰林應奉。爲江上鼠賊傷人。御筆點差我爲洪州太守。今日升堂坐衙。看有甚麽人來。〔丹霞引唐僧上云〕老僧離了金山寺。和玄奘來至洪州。洪州太守虞世南和老僧有一面之交。引着玄奘告狀去。〔做見科〕〔虞云〕久不見尊師顔範。

今日從何而至。〔丹霞云〕老僧自金山來。有事干瀆相公。〔虞云〕有甚事。〔丹霞云〕此僧是老僧的弟子。其先海州弘農人也。父姓陳名萼。字光蕊。母殷氏。貞觀三年除本處太守。彼時此子在母腹中八箇月。江上被水賊劉洪將父推之于江。將其母收之。冒名之任。此子在此間生得滿月。賊令投于江内。一夜流至金山。老僧夜得異夢。明早漁者獲而獻于寺中。匣内有殷氏血書一封。記其子之年月日時。老僧哀憐。令山下人家擡舉。七歲入寺讀書。十五歲通經懺。今年十八歲。老僧對他説破前因。行脚至此。尋着他母親。此賊尚在。特來告相公。與這孩兒做主咱。〔虞云〕某爲水賊興發。御筆點差本處爲太守。城邊有賊不知。要我怎麽。老僧一一言罷。下官細細詳聽。疾忙唤當廳祇候。快去點門外弓兵。不用鎗刀顯露。則將暗器潛行。拏將賊漢到官。按律法明正典刑。〔並下〕〔劉洪引夫人上云〕夜來酒多了幾盃。今日身子困倦。起不來。娘子。你熬些粥湯兒與我吃。〔夫人做出外科〕孩兒去經兩月。音信不聞。這賊漢害酒在家。若來時正好。誰想有今日也呵。〔唱〕

【雙調新水令】則俺那困龍兒須有上天時。成了我報冤仇丈夫之志。寸心渾似火。兩鬢漸成絲。往常時我貌比花枝。體若凝脂。今日箇裙掩過兩三裢。

夜來燈花爆。今日靈鵲噪。孩兒敢待來也。

【駐馬聽】鵲噪花枝。報仇恨的孩兒敢來到此。龍蟠泥滓。受辛勤娘母困於斯。這賊漢孽甑兒滿了。想天公不受半分私。則怕閻王注定三更死。這厮怎能勾亡正寢全四肢。

少不得一刀兩段誅在都市。

〔唐僧引公人做拏住科〕〔劉云〕娘子。我也無歹處。你救我咱。〔夫人唱〕

【雁兒落】神道般官吏使。虎狼般公人至。〔劉云〕到官休説你的事出來。我也是有情分的人。〔夫人唱〕我不申口内言。你自想心間事。

〔虛下〕〔虞世南同丹霞上云〕長老放心。拏將此賊來。〔唐僧引公人拏劉洪同夫人上〕〔夫人云〕妾身殷開山之女。被此賊所害。相公已知了也。〔唱〕

【得勝令】長老便是正名師。〔劉云〕那得小和尚來告狀。他是誰。〔夫人云〕天網恢恢。疎而不漏。這箇是江流的小孩兒。今日箇死草重交翠。殘花再發枝。當時。已趁英雄志。你不索尋思。則要你填還俺夫婿死。

〔劉洪供狀科〕大人問劉洪端的。小人專在江邊做賊。見財物便去傷人。那管他東西南北。陳光蕊運蹇時乖。着王安僱咱船隻。一見他媳婦丰姿。又愛他錢財段匹。將主僕命喪江心。把媳婦與咱配匹。冒宣命竟到洪州。做太守全無人識。三個月生下江流。逼他向江中棄擲。不期死裏逃生。今日與咱對敵。江流兒。你爲親爺害晚爺。這供狀樁樁是實。〔虞云〕孤即引此賊。直至大江水。男尖刀剖其腹。俘獻陳光蕊。〔做引賊至江科〕〔設香燈讀祭文科〕維貞觀二十一年春三月朔日。玄奘謹以清酌庶羞。致祭于亡考洪州知府府君之靈曰。人之父母。皆得供養。嗟我亡考。一無所向。孤子爲僧。復仇江上。母氏歸寧。父魂飄蕩。斬賊獻俘。不勝悲愴。江風蕭蕭。江水蕩漾。

滌牲在俎。置酒于盎。府君有靈。來兹昭降。哀哉尚饗。〔夫人唱〕

【川撥棹】江上設靈祠。用三牲作祭祀。浪捲風嘶。風裊楊枝。〔龍王夜叉背陳光蕊上〕〔夫人驚云〕啞。孩兒。遠遠望見江面上。是你父親的靈魂來了。〔唐僧云〕這就是我父親。〔夫人唱〕鬼吏參差。簇捧着屈死的孤窮秀士。十八年霜雪姿。我蒼顏他似舊時。

〔虞云〕啞。異哉。這是陳光蕊。有鬼有鬼。〔陳云〕我不是鬼。我不是鬼。〔虞云〕既不是鬼。請上涯來。〔做見科〕〔做抱哭科〕〔夫人云〕相公。你被劉洪推在水中。怎生得活來。〔陳云〕我曾買魚眨眼。放之于江。因此龍王養我在水晶宫内十八年。觀音佛旨。着我回于陽世。這小和尚是誰。〔夫人云〕就是你孩兒。今日來報仇雪恨。〔做哭科〕〔做謝虞科〕〔夫人唱〕

【七兄弟】他説罷口内詞。官人每三思。一箇箇痛嗟咨。〔觀音佛上高垛云〕衆官見老僧麼。〔衆做拜科〕〔觀音云〕長安城中。今夏大旱。可着玄奘赴京師。祈雨救民。我佛有五千四十八卷大藏金經。要來東土。單等玄奘來。虞太守聽我叮嚀。依老僧國祚安寧。陳光蕊全家封贈。唐三藏西天取經。〔下〕〔夫人唱〕雲頭上顯出白衣士。市廛間誅了緑林兒。賊巢中趁了紅裙志。

【梅花酒】都賴着佛旨。水府内爲師。旱地上當時。塵世上官司。那海龍王報救命恩。小和尚説因緣事。十八年離城市。離城市到龍祠。到龍祠住偌時。住偌時再回之。

【收江南】呀。今日箇大官司輸與小孩兒。小孩兒虧殺老禪師。老禪師慧眼識天時。觀音佛法旨。着取西天經卷到京師。

正名　賊劉洪殺秀士　老和尚救江流
觀音佛説因果　陳玄奘大報仇

第二本

絳壇寶日麗璇霄　淑景當空午篆高
三殿盡如靈寶界　諸天齊降紫宸朝

第五齣　詔餞西行

〔虞世南上云〕物估人烟萬里通。皇風清穆九州同。未能奏上甘棠賦。先獻商霖第一功。小官虞世南。奉觀音佛法旨。薦陳玄奘於朝。小官引見天子。京師大旱。結壇場祈雨。玄奘打坐片時。大雨三日。天子賜金襴袈裟。九環錫杖。封經一藏。法一藏。輪一藏。號曰三藏法師。奉聖旨。馳驛馬赴西天。取經歸東土。以保國祚安康。萬民樂業。將陳光蕊十八年。都准了月日。授了中書門下平章事。特進楚國公。殷氏封楚國夫人。賜公田四十頃。歸老爲農。今日奉聖旨。着百官有司都至霸橋。設祖帳排筵會。諸般社火。送三藏西行。〔秦叔寶上云〕龍戰河山二十秋。腰懸雙鐧覓封侯。老君堂上逢真主。四海風塵一鼓收。某秦叔寶是也。〔房玄齡上云〕卸却征衣換紫袍。萬年勛業半生勞。今朝已入瀛洲選。怕向邊廷見斗刁。某房玄齡是也。〔相見科〕〔樂器鼓板衆父老隨唐僧上〕〔唐僧云〕奉敕西行別九天。袈裟猶帶御爐烟。祇園請得金經至。方報皇恩萬萬千。小僧自父母報仇之后。父母顯榮還鄉。師父回金山圓寂。小僧斷送了。持心喪三年。未果所願。至京祈雨。感天神相助。大雨三日。天子大喜。賜金襴袈裟。九環錫杖。封三藏法師。着往西天取經。我想來。小僧性命。也是佛天相保。今日報了父仇。榮顯了父母。報答了祖師。我捨了性命。務要西天取得經來。平生願足。今日辭了天子。便索登程去也。〔衆相見科〕〔唐僧云〕小僧有何德能。敢勞百官耆老親送。〔虞云〕奉聖旨着小官等霸橋祖帳。請師父下馬。受了筵席便行。尉遲總管。也待來送。這早晚怎生不見來。〔尉遲恭上云〕虎眼鞭麾動紫烟。龍鱗劍出倚青天。曾騎滑馬誅雄信。穩奠唐基一萬年。某乃十六大總管尉遲恭是也。俺聞得三藏法師往西天去取經。合當早去送。爭奈金瘡舉發。不能行動。今日奉聖旨。率領百官前往。須索要走一遭。你看僧尼道俗。百官父老。諸雜社火都到。又值着春間天氣。郊外好景物也呵。〔唱〕

【仙呂點絳唇】梅綻南枝。已經春事。三之二。桃杏參差。拂嗅香風至。

【混江龍】今日箇早朝班次。公侯宰相會同時。親傳聖旨。總命諸司。赤羽詔傳青彩鳳。御爐香噴紫金獅。親王駙馬。國戚皇族。更和那商賈農工士。馬停玉勒。酒泛金卮。

唐國江山。若非俺焉得太平。今日落得一身癱候。爲官待作何用。

【油葫蘆】想俺那興唐出戰時。一日知他幾箇死。如今老來也憔悴鬢如絲。都將定國安邦志。改爲養性修身事。往常時領大軍。今日箇拜國師。英雄將生扭得稱居士。怎禁那天子自相辭。

【天下樂】這和尚伏虎降龍信有之。京師。諸弟子。焚香點燭齊叩齒。社火每鬼間着神。樂器中竹間着絲。鬧起一座霸陵橋上市。

左右。接了馬者。

【醉中天】幢幡上泥金字。寫着道三藏是大唐師。鐘鼓鐃鈸夾道施。求法語的挨着咨次。都是駿馬雕鞍的健兒。讀那孔夫子文字。着他們拜如來節外生枝。

〔見科〕〔唐僧云〕兀那年老的軍官是誰。〔尉遲云〕弟子乃尉遲敬德。見居十六大總管之職。今奉聖旨來送法師。因金瘡舉發。不能乘騎。所以來遲。口占送行詩一章。望老師斤削。十萬里程多少難。沙中彈舌授降龍。五天到日頭應白。月落長安半夜鐘。〔唐僧云〕好詩。好詩。小僧勉和咱。禪心善伏山中虎。慧性能降海内龍。直下頓然成一悟。渾如夢覺五更鐘。〔尉遲唱〕

【金盞兒】纔吟罷送行詩。似歌徹斷腸詞。生離別便與死相似。死呵。三十氣斷更無思。生呵。一心懷遠恨。千丈繫遊絲。死呵。如夢幻泡影。那有再來時。

〔唐僧云〕多聞老將軍英雄。願對小僧説一遍者。〔尉遲唱〕

【賞花時】只是俺立國安邦志廣施。殺將驅兵心不慈。若兩陣對圓時。提着尉遲恭的名字。他每早魂不附其尸。

門旗開處。兩陣對圓。

【幺】不剌剌却是戰馬拖韁敵將死。今日似困虎藏牙守洞時。因老病不能辭。奉聖旨勉强行之。問師父求取法名兒。

〔唐僧云〕軍官如此言語。却便是諸佛種子。久後我之法律。仗你闡揚。真乃是禪林中大寶也。可名曰寶林。與你摩頂受記者。〔尉遲云〕多謝師父。

【尾聲】從今後演佛法領三宗。掌戒律興諸寺。但依着吾師教旨。此去西行十萬里。急回來兩鬢如絲。本是一箇五陵兒。他道我有佛子容姿。〔唐僧云〕從今後滅火性消豪氣。發善心脱名利。〔尉遲唱〕師父着我將豪氣消磨。將善心來使。

〔唐僧云〕衆官軍民人等聽着。小僧折一枝松。插在此道傍要他活。我去後。此松朝西。如朝東。小僧回也。〔虞云〕師父。無根如何得活。〔唐僧云〕小僧無根要有根。有相若無相。我若取經回。松枝往東向。朝西呵是去時。朝東呵回至。〔尉遲云〕師父沿路保重了。俺衆人年年來此看松

枝。〔下〕

〔虞云〕求了法語的便先回去。我輩爲臣子者。問師父求法語做戒。〔唐僧云〕衆官。聽小僧一句言語。爲臣盡忠。爲子盡孝。忠孝兩全。餘無所報。〔雜云〕師父。小人是箇做斛斗的。求師父説咱。〔唐僧云〕咦。十合一升。十升一斗。量盡大倉粟。人心猶未朽。萬事休將一概看。自然壽算能長久。〔雜云〕小人是箇釘稱的。求説法咱。〔唐僧云〕二八春秋分。一斤十六兩。星星要見利。物物喜騰長。一權到手便均平。自然天地長培養。〔婦云〕小人是箇開洞的。求法語咱。〔唐僧云〕怎生喚做開洞。〔發科〕〔唐僧云〕陰無陽不生。陽無陰不長。陰陽配合。不分霄壤。豆有豆畦。麥有麥壟。豆麥齊栽。號曰雜種。咦。能將夫婦人倫合。免使傍人下眼看。〔衆云〕拜謝了師父。〔並下〕〔唐僧云〕驛子那裏。打起駝垜馬。趁早行一程。一點虔心從此發。五千妙法必須來。〔下〕

第六齣　村姑演説

〔老張上云〕縣令廉明决斷良。吏胥不許下村鄉。連年麻麥收成足。一炷清香拜上蒼。老張祖在長安城外住。生是箇老實的傍城莊家。今日聽得城裏送國師唐三藏。西天取經去。我莊上壯王二胖姑兒都看去了。我也待和他們去。老人家趕他不上。回來了。説道好社火。等他們來家。教他敷演與我聽。我請他吃分合落兒。〔村厮兒先上〕〔胖姑兒上云〕王留胖哥。等我等兒。〔唱〕

【雙調豆葉黄】胖哥王留。走得來偏疾。王大張三。去得便宜。胖姑兒天生得我忒認得。中表相隨。壯王二離了官廳。直到家裏。

〔做見科〕〔張云〕恁來家了。看甚麽社火。對我細説一遍。〔姑云〕王留。你説與爺爺聽。〔張云〕胖姑兒。則有你心精細。你説者。〔姑唱〕

【一緺兒麻】不是胖姑兒偏精細。官人每簇捧着箇大檑椎。檑椎上天生得有眼共眉。我則道瓠子頭葫蘆對。這箇人也索是蹺蹊。甚麽唐僧唐僧。早是不和爺爺去看哩。枉了這遭。恰便似不敢道的東西。枉惹得傍人笑恥。

〔張云〕官人每怎麽打扮送他。〔姑云〕好笑。官人每不知甚麽打扮。

【喬牌兒】一箇箇手執白木植。身穿着紫搭背。白石頭黄銅片去腰間繫。一對脚似踏在黑甕裏。

〔張云〕那是箇皂靴。〔姑唱〕

【新水令】官人每腰屈共頭低。吃得醉醺醺腦門着地。〔張云〕拜他哩。〔姑唱〕咿咿嗚嗚吹竹管。撲撲通通打牛皮。見幾箇無知。叫一會鬧一會。

【雁兒落】見一箇粉搽白面皮。紅絟着油鬏髻。笑一聲打一棒椎。跳一跳高似田地。

〔張云〕這是做院本的。〔姑唱〕

【川撥棹】更好笑哩。好着我笑微微。一箇漢木雕成兩箇腿。見幾箇回回。舞着面旌旗。阿剌剌口裏不知道甚的粧着鬼。人多我看不仔細。

【七弟兄】我鑽在這壁。那壁。没安我這死身已。滾將一箇䃙碡在根底。脚踏着纔得見真實。百般打扮千般戲。

爺爺好笑哩。一箇人兒將幾扇門兒。做一箇小小的人家兒。一片紬帛兒。粧着一箇人。線兒提着木頭彫的小人兒。

【梅花酒】那的他喚做甚傀儡。黑墨線兒提着紅白粉兒。粧着人樣的東西。颼颼胡哨起。鼕鼕地鼓聲催。一箇摩着大旗。他坐着吃堂食。我立着看筵席。兩隻腿板僵直。肚皮裏似春雷。

【收江南】呀正是坐而不覺立而饑。去時乘興轉時遲。說了半日。我肚皮裏饑也。籸子面合落兒帶葱虀。霎時間日平西。可正是席間花影坐間移。

看了一日。誤了我生活也。

【隨煞】雨餘勻罷芝麻地。嗒去那漚麻池裏澡洗。唐三藏此日起身。他胖姑兒從頭告訴了你。

第七齣　木叉售馬

〔神將引龍君上〕〔龍云〕偃甲錢塘萬萬春。祝融齊駕紫金輪。只因誤發燒空火。險化驪山頂上塵。小聖南海火龍。爲行雨差遲。玉帝要去斬龍臺上。施行小聖。誰人救我咱。〔觀音上云〕來者是誰。〔龍叫云〕我佛慈悲。救弟子咱。〔觀音云〕你爲甚來。〔龍云〕小聖南海沙劫駝老龍第三子。爲行雨差遲。法當斬。我佛怎生救弟子咱。〔觀音云〕神將且留人。老僧與你同見玉帝。救此龍君去來。〔下〕〔觀音上云〕恰纔路邊。逢火龍三太子。爲行雨差遲。法當斬罪。老僧直上九天。朝奏玉帝。救得此神。着他化爲白馬一疋。隨唐僧西天馱經。歸於東土。然後復歸南海爲龍。傳吾法旨。着木叉行者化作一箇賣馬的客商。送了龍君與唐僧護經。火龍護法西天去。白馬馱經東土來。〔下〕〔唐僧引驛夫上云〕善哉。善哉。離了長安。行經半載。于路有站。如今無了馬站。只有牛站。近日這牛站也少。到化外邊境。向前去不知甚麼站。〔驛夫云〕師父。再行一月。前面是驢站。驢站再行一月。西番任鈸地面。是狗站。狗站再行一月。是砲站。〔唐僧云〕如何喚做砲站。〔驛夫云〕六根木柱。做一箇架子。一根長木做砲梢。梢上一箇大皮兜。長木根上。墜鐵錘一萬斤。使臣到一交捽番。把繩子綁了。入砲兜。一榔椎打動關棙子。一砲送十里遠。師父。與你那禿頭做主咱。〔唐僧云〕說得怕起來。怎得一匹長行馬。不揀幾錢。罄其衣鉢。買來駝載。省得打砲送了小僧。〔驛夫云〕這裏那得賣馬的來。〔木叉行者上云〕我乃是觀音弟子木叉行者的便是。

奉我佛法旨。將火龍化作白馬。送與唐僧去。好馬呵。（唱）

【南呂一枝花】大宛國天產才。渥洼水龍媒種。帶輕雲一塊雪。走落日四蹄風。玉尾銀騌。馱雙將無嫌重。出羣驁立大功。勝普賢白象身高。賽師利青獅性勇。

【梁州第七】非伯樂誰知良馬。有劉累方豢真龍。奉天佛牒玉帝敕將君送。又不比秦宮指鹿。晉代成功。與高僧代步。又不換美妓將從。且休言九逸還宮。更休論八駿騰空。這馬跳青溪曾救蜀王。到紫陌還歸塞翁。至烏江曾棄重瞳。離了普陀寺中。雲行千里乘飛鞚。聽一派樂音聲動。遥望塵寰人一叢。元來是三藏師兄。

賣馬。賣馬。（唐僧云）客人從那裏來。（木叉云）從長安來。要回去。没盤纏。賣這疋馬。（唐僧云）這馬中麽。（木叉唱）

【牧羊關】這馬你看一丈長頭至尾。八尺高蹄至騌。但一嘶凡馬皆空。比豹月烏別樣精神。比忽雷駁争些徒勇。又不是五色毛斑點。渾則是一片玉玲瓏。影見在白雲底。聲傳在明月中。

（唐僧云）不知性子如何。（木叉云）我説與你聽者。

【隔尾】白日莫摘青絲鞚。黑夜何須水草籠。料糟箣刷不須用。他要行呵緊促。要歇時放鬆。又不比十二天閑要簇捧。

〔唐僧云〕這馬有長力遠行麼。〔木叉唱〕

【牧羊關】他曾到三足金烏窟。四蹄玉兔宫。他有吃天河水草神通。晋支遁性命也似看承。周姬滿心肝一般敬重。〔唐僧云〕請箇價錢。要幾多。〔木叉唱〕聯城璧休言買。千金價豈相容。〔唐僧云〕恁的小僧買不成。那得許多錢來。〔木叉云〕我賒與你如何。載你權離此。馱經却向東。

〔唐僧云〕素來不曾相識。如何賒與我。〔木叉云〕你認的我麼。〔唐僧云〕不認得。〔木叉云〕我非凡人。乃觀音佛上足徒弟木叉的便是。這馬亦非凡馬。乃南海火龍三太子。爲行雨差遲。法當斬罪。我佛奏知玉帝。着他化爲白馬。與你代步馱經來。〔唐僧云〕焉有是理。〔木叉云〕你若不信。着你見本來面目者。〔馬下〕〔扮龍王上云〕我佛見弟子麼。〔木叉唱〕

【鬬蝦蟆】金甲白袍燦。銀裝寶劍横。顯惡姹的儀容。冲天入地勢雄。撼嶺拔山威重。離岩出洞霧濛。攪海翻江風送。變大塞破太空。變小藏入山縫。雲氣籠雨氣從。溪源潭洞。江河淮孟。顯耀神通。常言道最惡者無過於龍。哎吾兄從今後不必把眉頭縱。騎着龍馬。引着部從。摩礱。松枝向東。來此相逢。

上告師兄。小心去。俺師父預先與你尋見一個徒弟。在花果山等哩。

【尾】你西行似入遊仙夢。我南往重歸滄海中。到前途。莫驚恐。有山精。有大蟲。

有猿猴。有馬熊。見放着龍君將老師奉。到花果山亂峰。相遇着悟空。取經卷回來受恩寵。

第八齣　華光署保

〔觀音引揭帝上云〕老僧爲唐僧西游。奏過玉帝。差十方保官。都聚於海外蓬萊三島。第一箇保官是老僧。第二箇保官李天王。第三箇保官那吒三太子。第四箇保官灌口二郎。第五箇保官九曜星辰。第六箇保官華光天王。第七箇保官木叉行者。第八箇保官韋馱天尊。第九箇保官火龍太子。第十箇保官迴來大權修利。都保唐僧。沿路無事。寫了文書。要諸天畫字。都畫字了。則有華光未至。此時想必來也。〔華光上云〕釋道流中立正神。降魔護法獨爲尊。驅馳火部三千萬。正按南方位丙丁。某乃佛中上善。天下正神。觀音佛相請。須索走一遭。〔唱〕

【正宫端正好】差十大保官來。同九曜星君降。把唐僧於路隄防。天佛牒玉帝敕都交往。西天路收魔障。

【滚繡毬】宣靈王將火部驅。胡總管將火律掌。火鴉鳴振驚天上。火瓢傾卒律律四遠光茫。火丹袖五百。火輪踏一雙。火葫蘆緊縛師曠。使離婁拖定金鎗。神中號作華光藏。佛會稱爲妙吉祥。正受天王。

【倘秀才】玉皇殿金磚是我藏。后土祠瓊花是我賞。炒鬧起天宫這一場。鎗撞番四揭帝。磚打倒八金剛。衆神祇索納降。

【滚繡毬】上天宫鬧玉皇。下人間保帝王。保得他國無災庶民無恙。因此上感威靈歲燒香。我將那五嶽欺。五氣掌。五瘟神遣之於霄壤。五音中徵爲偏長。五星中讓我在南天上坐。五方内將咱離位藏。誰不知五顯高强。

〔做見科〕〔觀音云〕天王。老僧今日爲頭。會十大保官。保唐僧西游去。恁諸仙聖衆。如何主意。

〔華光唱〕

【呆古朵】觀音佛作保書名字。會諸天一處商量。則爲寶藏在靈山。着這真僧離大唐。山水廣多妖怪。途路遠多魔障。因此上着衆仙離閬苑。諸神往下方。

【笑和尚】二郎神神通廣。五顯聖驅兵將。頓劍摇環顯出那英雄相。一路上保護唐三藏。轟雷掣電從天降。壓伏定魔王。

【伴讀書】我我我使金鎗法力强。恁恁恁持寶杵威風壯。衆神祇齊保護他無恙。恁恁離了上方。他他往了西方。俺程程保護他消災障。

【尾】諸佛衆神多謙讓。全在吾師做主張。保金經福無量。向花果山中再相訪。

正名　唐三藏登途路

村姑兒逞嚚頑
木叉送火龍馬
華光下寶德關

第三本

羲馭流光泰宇清　寶筵初啓百花明
雲中縹緲黄金相　日下瞻依白玉京

第九齣　神佛降孫

〔孫行者上云〕一自開天闢地。兩儀便有吾身。曾教三界費精神。四方神道怕。五嶽鬼兵嗔。六合乾坤混擾。七冥北斗難分。八方世界有誰尊。九天難捕我。十萬總魔君。小聖弟兄姊妹五人。大姊驪山老母。二妹巫枝祇聖母。大兄齊天大聖。小聖通天大聖。三弟耍耍三郎。喜時攀藤攬葛。怒時攪海翻江。金鼎國女子我爲妻。玉皇殿瓊漿咱得飲。我盜了太上老君煉就金丹。九轉煉得銅筋鐵骨。火眼金睛。鍮石屁眼。擺錫雞巴。我偷得王母仙桃百顆。仙衣一套。與夫人穿着。今日作慶仙衣會也。〔下〕〔李天王上云〕天兵百萬總歸降。金塔高擎鎮北方。四海盡知名與姓。毘沙門下李天王。小聖乃李天王是也。奉玉帝敕令。西池王母失去仙衣一套。銀絲長春帽一頂。仙桃一百顆。不知被何妖怪盗去。着令某追尋跟捕。點起天兵往下方。大小三軍。聽吾號令。濃靉靆陰雲隊裏。黑模糊翠霧叢中。五方將吏執刀鎗。四大神州皆拱服。點八百萬天兵。領數千員神將。往紫雲羅洞裏。直臨花果山中。角木蛟。斗木獬。奎木狼。井木犴。遮斷東方。軫水蚓。箕水豹。參水猿。壁水㺄。攔合北塞。室火猪。翼火蛇。觜火猴。尾火虎。截住南方。鬼金羊。牛金牛。亢金龍。婁金狗。隔絶西域。柳土獐。女土蝠。氐土貉。胃土雉。扎塞中央。畢月烏。危月燕。張月鹿。心月狐。上下隄防。昴日鷄。房日兔。高低點照。星日馬。虚日鼠。遠近追奔。叫大小神將。與我馳報與吾兒那吒。下方着意關防。四下用心圍定。看那護國天王。必捉通天大聖。〔下〕〔那吒領卒子上云〕一自乾坤生我。二親教誨多能。三鬔髻上盡滴真珠。四粧帶上金箱瑪瑙。五方神聽咱節制。六合内唯我高强。七寶杵嵌玉粧金。八瓣毬攢花刺繡。九重天闕總元戎。十萬魔王都領袖。某乃毘沙天王第三子那吒是也。見做八百億萬統鬼兵都元帥。奉玉帝敕父王命。追捕盗仙衣仙酒妖魔。有神報來。是花果山紫雲羅洞主通天大聖。則就今日往下方走一遭。〔下〕〔金鼎國王女上云〕妾身火輪金鼎國王之女。被通天大聖攝在花果山中紫雲羅洞裏。怕不有受用。争奈不得見父母之面。好生煩惱人也呵。〔唱〕

【仙吕八聲甘州】雲山縹緲。下隱黄泉。上接青霄。曉來登眺。眼前景物週遭。石洞起雲清露冷。金縷生寒秋氣高。故國路迢遥。恨壓眉梢。

【混江龍】也是我爲人不肖。和這等朝三暮四的便成交。安排着山果。准備着香醪。

一派笙歌嘗御酒。抵多少九重春色醉仙桃。山光明媚。柳色妖嬈。鶯歌巧韻。燕舞纖腰。狐變成美麗。虎變作多嬌。着我忍不住一場好笑。執壺的是木客。把酒的是山魈。

〔孫行者上云〕我天宮内盜得仙衣仙帽仙桃仙酒。夫人快活受用。〔金女唱〕

【油葫蘆】王母仙衣無分着。金燦爛光閃爍。多管是天孫巧織紫霞綃。〔行者云〕銀絲帽子。醜的帶了便可喜。〔金女云〕大聖。你且先戴一戴。你去玉皇宮偷得銀絲帽。抵多少瓊林宴頒賜金花誥。〔行者云〕左右的。與我照管前後洞門。休放閑神上來。〔金女唱〕他要性兒乖。劣性兒喬。則恐怕筵間引得天兵到。因此上擺布一週遭。

【天下樂】抵多少日夜思量計萬條。每日箇逍遙在山曳脚。受用些春花夏果梨杏棗。看了他眼中火。覰了他臉上毛。抱着箇繡毬兒懶去抛。

〔李天王調卒上做圍洞科〕〔行者做慌科〕〔金女唱〕

【村里迓鼓】則聽得數聲鼙鼓。又不比九重天樂。神兵振恐。滿山谷旌旗籠罩。走龍飛鞚。天王來到。諕得衆咱花鹿將頭角藏。獻果猿將身軀聳。嘯風虎將牙爪跑。諕得衆妖精望風盡倒。

【元和令】惡山林天火燒。深潭洞黑雲罩。李天王托着塔皺着眉梢。顯他那挾泰山的惡燥暴。我便是玉天仙騁不得妖嬈。衆妖魔四散逃。

〔行者做走科〕〔天王搜山科〕〔見金女科〕〔天王云〕你是人。是妖魔。〔金女云〕小的每是人。〔天王云〕你是那裏人。〔金女唱〕

【上馬嬌】小的每是金鼎國人被妖怪擾。當日箇秋夜月輪高。酒闌人静三更到。園内恣遊遨。小逕裏抄風過處遇着山魈。

【勝葫蘆】俺什麽女貌郎才廝撞着。將父母遠鄉相抛。雁杳魚沉没下落。翠蛾淺淡。玉肌消瘦。終日倚樓高。

【幺】空着我望斷雲山恨不消。愁隨着江水夜滔滔。一日錯番爲一世錯。今日得聖賢接引。天王相救。恩義比太山高。

告天王。着小的每回鄉。得見雙親。實感天王之大恩。〔天王云〕你自回去。不干我事。〔金女云〕妾身回不去。〔天王云〕你怎生回不去。〔金女唱〕

【後庭花】小的每顫嵬嵬楊柳腰。曲彎彎的蓮瓣脚。怎生向溪流曲律坡前去。吉𩙪古突山上逃。要性命也難煞。天王你聽咱哀告。妾身有這幾般方可去得。將葛仙翁竹杖來討。費長房縮地來學。乘蛟龍在海上漂。駕鯤鵬雲外高。

【青哥兒】若如此呵。然後那家鄉家鄉得到。到家呵。細説根苗。將天王衆多神將來雕。

擺列着香案。供養着容貌。每日逐朝。記在心苗。辦着一片虔心把香燒。將恁那恩來報。

〔天王云〕着風雲雷雨四員神將。送此女子還於本國者。〔金女云〕謝天王。

【尾】一念霎時生。萬里須臾到。四員將神通不小。抵多少萬里西風鶴背高。離深山直上雲霄。自量度。則聽得鬼哭神號。休猜做三唱陽關出霸橋。〔天王云〕你離了通天大聖。怎不煩惱。倒歡喜爲何。〔金女唱〕上聖道爲甚不蹙青山懊惱。顛倒破朱顏含笑。大古裏捨得這碧桃花下鳳鸞交。〔下〕

〔天王云〕走了這胡孫。怎肯干罷。道與那吒好生跟尋者。〔下〕〔孫行者上云〕小聖一筋斗。去十萬八千里路程。那裏拿我。我上樹化作箇焦螟蟲。看他鳥鬧。把我媳婦還于本國。我依舊入洞。頂上洞門。任君門外叫。只是不開門。〔那吒上云〕這胡孫走那裏去。眼見得只在洞裏。〔做叫科〕〔行者云〕也是悔氣。這小孩兒也來欺負我。我且出去。看他怎的。兀那小厮。莫不是你妳妳着你來喚我麼。〔那吒云〕胡孫。恁爺爺等你多時也。〔行者云〕量你却到得那裏。〔那吒云〕你欺負我。我乃八百萬天兵都元帥。我着你見我那三頭六臂的本事。〔做鬬科行者做走科〕〔天王上云〕兀那那吒。那胡孫又走了。你與眉山七聖大搜此山。必要拿此胡孫。滅其形像者。〔觀音上云〕天王見老僧麼。〔天王云〕我佛何來。〔觀音云〕老僧特來抄化這胡孫。與唐僧爲弟子。西天取經去。休要殺他。〔天王云〕這厮神通廣大。如何降伏得他。〔觀音云〕將這孽畜壓在花果山下。

待唐僧來。着他隨去取經便了。〔衆綁行者上〕〔觀音云〕將他壓住。老僧畫一字。你那厮且頂住這山者。〔做壓科〕〔行者云〕佛囉。好重山也呵。我有小曲兒唱着哩。

【得勝令】金鼎國女嬌姿。放還鄉到家時。他想我須臾害。我因他厮勾死。他寄得言詞。抵多少草草三行字。我害相思。好重山呵。擔不起沉沉一擔兒。

〔觀音云〕道與山神。看得這厮緊者。〔下〕

第十齣　收孫演咒

〔山神上云〕鎧甲唐猊噴日光。龍泉三尺耀清霜。堂堂花果山中將。木客山魈總納降。小聖花果山神。奉觀音法旨。看着這通天大聖。我想自盤古至今。輕清者爲天。重濁者便有俺山水之神。俺見了多少興亡也呵。〔唱〕

【南吕一枝花】包藏造化靈。禀受陰陽氣。採將河漢秀。算盡晦明期。兔走烏飛。看古今興廢。茫茫闢兩儀。有軒轅製造衣裳。有蒼頡流傳書史。

【梁州第七】唐虞禪天垂雍穆。湯武聖民脱災危。周公制作非容易。春秋無道。振起宣尼。獲麟絶筆。軻也聞知。笑六王競角雌雄。嘆吕政任了高斯。困重瞳馬上英風。更有那三分鼎峙。卧龍把炎精扶起。晋移魏。如兒戲。紛紛五代自誅夷。怎勝得俺山水幽微。

聽知唐僧到西天五印度取經。這是第一遭西天去的。

【隔尾】漢明帝佛始來中國。唐太宗僧初入外夷。全仗着觀音大慈力。則爲他將蟠桃會鬧起。今日將花果山鎮伊。〔行者云〕山神救我咱。〔山神云〕我如何救得。你師父今日必到也。專等他來他便救得你。

〔唐僧引龍馬上云〕龍君。我和你行經數月。前面一座大山。一箇金甲將軍在彼。我去問他。將軍。此是何處。小僧大唐三藏法師是也。〔山神云〕小聖非凡人。乃花果山之神。是好一箇僧也呵。

【牧羊關】圓頂金花燦。方袍紫焰飛。塑來的羅漢容儀。此一行半爲於民。半爲報國。十萬里程難到。百千樣苦難及。則怕你鬧市裏多辛苦。來俺深山中躲是非。

〔唐僧云〕此山名何山。〔山神云〕花果山。〔唐僧云〕此間有施主可以蓋寺麼。〔山神唱〕

【罵玉郎】俺這裏山高險阻無存濟。雲慘淡雨霏微。毒蛇異獸難迴避。〔唐僧云〕有齋僧的麼。〔山神唱〕俺這裏難爲卓錫居。怎做得香積厨。不是你那祇園地。

【感皇恩】呀遮莫你竹杖龍飛。華表鶴歸。戀榮辱有災危。遠是非無掛念。嘆生死有遲疾。你若要西天取經。先去這東土忘機。參菩薩。拜聖賢。禮摩尼。

【採茶歌】花果山有山祇。雲羅洞有幽微。則聽得春風桃李杜鵑啼。〔唐僧云〕俺辭了尊神。趁早行。怕晚了。〔山神唱〕師父眼慧休愁紅日晚。心明何怕黑雲迷。

〔行者云〕兀那裏和山神説話的。敢是唐僧師父。我叫一聲。師父救弟子咱。〔唐僧云〕善哉善哉。這是誰。〔山神唱〕

【哭皇天】師父聽得叫罷詢詳細。弟子見言絶説箇就裏。師父。你不知。這座山是花果山。山下有一洞。是紫雲羅洞。洞中有一魔君。號曰通天大聖。惱得三界聖賢。不得安寧。李天王那吒太子。眉山大聖收得。待殺壞他來。觀音佛抄化他。壓在山下。等師父來。着與師父護法。他凡心不退。不可用他。〔唐僧云〕小僧弘誓如深海。如何不救他。〔山神唱〕你道你弘誓如海深。那胡孫氣力與天齊。這廝瞞神謊鬼。銅筋鐵骨。火眼金睛。偷玉皇仙酒。盜老子金丹。他去那衆魔君中占第一。他是驪山老母兄弟。巫支祇是姊妹。

【烏夜啼】一筋斗千里勢如飛。論神通誰敢和他做勍敵。隨師父西赴靈山會。沿路驅馳。可以支持。

〔唐僧云〕小僧全仗佛世尊釋伽之威力。〔山神唱〕

【幺】休言道仗你釋迦威。則尋思念彼觀音力。他有渾世的慾。迷天罪。取經回後。正果圓寂。

〔唐僧云〕小僧救他。〔做上山科〕〔行者云〕愛弟子麽。〔唐僧云〕愛者乃仁之根本。如何不愛物命。〔行者云〕愛我是沉香亭上的纖腰。〔唐僧云〕我如何救你。〔行者云〕師父則揭了這花字。弟子自出來。〔唐僧做揭字科〕〔行者做筋斗下來拜謝科〕〔背云〕好箇胖和尚。到前面吃得我一頓飽。依舊回花果山。那裏來尋我。〔觀音上云〕玄奘。見老僧麽。我特地尋這箇徒弟。與你沿途護法去。〔看行者科〕通天大聖。你本是毁形滅性的。老僧救了你。今次休起凡心。我與你一箇法名。是孫悟空。與你箇鐵戒箍。皂直裰。戒刀。鐵戒箍戒你凡性。皂直裰遮你獸身。戒刀豁你之恩愛。好生跟師父去。便唤作孫行者。疾便取經。着你也求正果。玄奘。你近前來。這畜生凡心不退。但欲傷你。你念緊箍兒咒他頭上便緊若不告饒須臾之間。便刺死這厮。你記者。〔做耳邊教咒科〕〔唐僧拜謝科云〕謝我佛慈悲。〔山神唱〕

【紅芍藥】觀音救苦大慈悲。賜與你戒箍僧衣。花果山嶮壓損你脊梁皮。得師父放你相隨。休更出你那鎖空房腌見識。振着矢不得伶俐。琉璃腦蓋戒箍圍。比着你那小帽敢牢實。

〔唐僧云〕我且演一演這咒者。〔行者做跌倒科云〕師父饒恁徒弟咱。〔做救起科〕〔行者云〕我擡下來。丢去咱。〔做擡不下科〕〔山神唱〕

【菩薩梁州】恰便似釘釘入頭皮。膠粘在鬅鬙。你那凡心若再起。敢着你魄散魂飛。爲足下常有殺人機。因此上與師父留下這防身計。劣心腸再不可生姦意。如夢幻出塵世。至誠心謹護持。早去疾回。

小聖對師父說。前面有一河。名曰流沙河。河内有怪。能傷人。行者。你小心護持師父者。師父。好生加持者。

【尾】着胡孫將心猿緊緊牢拴繫。龍君跟着師父呵把意馬頻頻急控馳。一個走如風疾。一個脚似雲飛。到西天取經回來。到大唐方是你。〔下〕

〔行者云〕山神所言。流沙河妖怪能傷人。龍君。你和師父慢來。我先去流沙河。尋那妖怪去。説道他要吃人。我着他先吃我一吃。弟子先去也。你隨後便來者。〔下〕〔唐僧云〕龍君。我和你也去來。〔下〕

第十一齣　行者除妖

〔和尚掛骷髏上云〕恒河沙上不通船。獨霸篙師八萬年。血人爲飲肝人食。不怕神明不怕天。小聖生爲水怪。長作河神。不奉玉皇詔旨。不依釋老禪規。怒則風生。愁則雨到。喜則駕霧騰雲。閑則搬沙弄水。人骨若高山。人血如河水。人命若流沙。人魂若餓鬼。有一僧人。發願要去西天取經。你怎麼能勾過得我這沙河去。那厮九世爲僧。被我吃他九遭。九箇骷髏尚在我的脖項上。我的願心。只求得道的人。我吃一百箇。諸神不能及。恰吃得九箇。少我的多哩。看甚人來者。〔行者上云〕渡船。渡船。〔沙和尚云〕又是箇合死的來者。〔行者云〕你姓甚麽。〔沙和尚云〕我姓沙。〔行者云〕我認得你。你是回回人河裏沙。〔沙和尚云〕你怎麼知道。〔行者云〕你嘴臉有些相似。〔沙拿行者咬科〕〔行者云〕諸人怕你吃。恁爺不怕你吃。銅筋鐵骨。火眼金睛。鍮石屁眼。擺錫臘頭。你有銅牙鐵齒。你便來尋我。〔行者做拿沙和尚科〕〔行者云〕我不是別人。大唐國師三藏弟子。你放心。隨我師父西天取經回來。都得正果朝元。却不好來。若不從呵。我耳朵裏取出生金棍來。打的你稀爛。〔沙和尚云〕也罷。降了罷。〔唐僧上〕〔行者云〕師父。弟子降了這洞魔君。〔唐僧云〕善哉善哉。你元是何等妖怪。〔沙和尚云〕小聖非是妖怪。乃玉皇殿前捲簾大將軍。帶酒思凡。罰在此河。推沙受罪。今日見師父。度脱弟子咱。〔行者云〕喒今夜師弟四人。憑甚妖怪不怕。咱早行。〔下〕〔銀額將軍上云〕銀額金睛錦毛遮。黑霧黄雲罩澗斜。爲我英雄多勇猛。太山深洞號三絶。某乃銀額將軍。這座山號曰黄風山。山高。洞深。路嶮。號曰三絶。山前山後。山左山右。無一人敢近我者。此山東里。有箇人家劉太公。莊上有一女子劉大姐。生得十分好顔色。被我攝在洞中。到大快活。且安排下酒。與娘子飲數杯。〔下〕〔劉太公上云〕老漢姓劉。夫妻兩口。止生得箇女孩兒。婆婆下世。女孩兒不曾有親事。不想被三絶洞裏妖魔攝將去了。老漢偌大年紀。靠的是誰也呵。〔唱〕

【大石調六國朝】白頭蹀躞。似紅日西斜。煩惱甚時休。離愁何日徹。擡舉偌來大。出退得全別。俺孩兒現世的觀音樣。羞花也閉月。曉日夭桃霧鎖。東風弱柳雲遮。着我何處苦哀求。誰行閑訴説。

【喜秋風】珠淚垂。柔腸結。兩眉攢寸心裂。好兒女似花開謝。早相離半月。

〔唐僧一行人上云〕一箇好莊院兒。咱在這裏歇一宵。明日早行。〔見劉老哭科云〕這裏歇不得。

〔行者云〕兀那老漢子。俺師是大唐三藏法師。借歇一夜。明日早行。〔劉哭云〕俺這裏歇不得。

〔行者云〕定害得你多少。哭天哭地。〔劉云〕行者哥哥。你不知道。老漢的苦。我那裏訴來。一箇女孩兒。被妖魔攝將去。兀的不痛殺我也呵。

【歸塞北】聽老漢説。行者你大啅嗻。有女一枚年十八。有妖一洞號三絶。將我孩兒攝將去了。撇下年老志誠的爺。

〔行者云〕是甚妖怪。直如此利害。〔劉云〕行者哥哥。你不知道。那妖怪自説來。

【六國朝】那妖魔神通廣。變化多别。將滄海一時番。把泰山平半撧。喚霧呼風雨。天地間難絶。師父發慈念咒。三箇高徒俊傑。〔行者云〕他如今在那裏安身。〔劉唱〕白罩坡岩前出没。黑風山洞裏藏遮。惱三界百十番。歷塵寰三四劫。

〔行者云〕你女生得好麽。〔劉唱〕

【雁過南樓】老漢鰥寡孤獨運拙。俺孩兒風流美麗奇絶。他生得楊柳腰。桃花臉。是一塊生香玉卞和也歡悦。〔行者云〕你引我去尋來。〔劉唱〕老漢腿脚酸腰肢屈。恰便似投天明的曉燈明滅。

〔行者云〕師父。只在莊上歇息。老兒。你管待着俺師父。俺弟兄三箇。拿那妖怪。奪的孩兒還你。何如。〔劉唱〕

【擂鼓休】哥哥三位用心的別。老夫宰一箇耕牛兒親自接。師父跟前都休説。苦告你個孫行者。〔行者云〕你女孩兒喚做甚麼。我去尋他。〔劉唱〕你記着俺孩兒喚做劉大姐。

〔唐僧云〕行者。我在此等候。你疾去早來者。〔並下〕〔銀額將軍同劉女上云〕大姐。自我取你在洞。好生快活。今日如何耳熱眼跳。不知爲何。〔行者引一行人上做圍住科〕〔鬭科〕〔殺科〕〔行者云〕兀那婦人。你爺着我來取你來也。你同我回家裏去。〔下〕〔唐僧劉太公上〕〔劉云〕師父。怎麼不見回來。

【歸塞北】去久也。勝負未分些。則見靉靉濃雲連屋角。霏霏細雨灑溪斜。人語馬嘶得別。

〔行者一行人引劉女上做見科〕〔行者云〕老的。這便是你的孩兒。〔女抱劉做哭科〕〔劉唱〕

【好觀音】一去迢迢經半月。要相見水遠山疊。今日相逢莫怨嗟。是吾師的功業。恰渾似枯樹生花葉。

謝三位師父之恩。將何以報師父。今日早行。沿路上小心在意。待師父回來。再得相見。

【觀音煞】感謝吾師收了妖孽。着老漢死有墳穴。你若西行仔細者。無限的艱難未斷絕。我這裏專望回來重酬謝。〔下〕

〔唐僧云〕我們趁早行一程。〔下〕

第十二齣　鬼母皈依

〔唐僧一行人上云〕行者。我每與你行了幾日。身子困倦。早些尋箇宿頭。安排些齋吃。却行。〔紅孩兒上哭科〕〔唐僧云〕善哉善哉。深山中誰家箇小孩兒。迷踪失路。少刻晚來。豺狼毒蟲。不壞了這孩兒性命。出家人見死不救。當破戒行。行者。與我馱着。前面有人家。教根問。送還他家請賞。也是好事。〔行者云〕師父。山林中妖怪極多。不要多管。〔唐僧云〕你這箇胡孫。又不聽我說。定要你背他。〔行者云〕師父先行。〔做背不起科〕〔云〕我曾壓在花果山。聳身一跳。尚出來了。棒槌大的小的。背他不起。這必是妖怪。教你嘗我一戒刀。就砍下澗裏去。〔做丢下澗科〕沙和尚慌上云〕師兄禍事。吃那小孩兒拏將師父去了。知他是何妖怪。〔行者云〕火龍。俺三人見觀音佛去來。〔下〕〔觀音上云〕老僧目中。見唐僧有難。孫悟空來也。這一洞妖魔。是何怪物。老僧正不見本來面目。待孫悟空來。同往問世尊佛去。〔下〕〔佛引文殊普賢上云〕毘盧伽有難。觀音引孫悟空來。已差四揭帝去拿那畜生了。〔觀音引行者上見佛科云〕我佛。唐僧不知是甚妖怪拿去。〔佛云〕不知此非妖怪。這婦人我收在座下。作諸天的。緣法未到。謂之鬼子母。他的小孩兒。喚做愛奴兒。我已差揭帝去拿他。在箇幽岩大澤之中。即日便到。恐揭帝降不下他。將老僧鉢盂去。蓋將來。〔四揭帝扛鉢盂上佛云〕孫悟空。你回原處去。你師父已出在那裏了也。〔行者云〕謝佛天。可憐弟子。尋師父去也。〔下〕〔佛云〕將這小廝。蓋在法座下七日。化爲黃水。鬼子母必救他。因而收之。〔鬼子母上云〕頗耐瞿曇老子無禮。將我孩兒蓋在法座下。更待干罷。鬼兵那裏。隨我去。揭鉢盂去來。〔唱〕

【越調鬬鵪鶉】駕一片妖雲。引半垓厲鬼。則爲子母情腸。惡了那神佛面皮。則着你鉢盂中抄化檀那。誰教你法座下傷人家小的。我和你。是誰非。拏住呵恰便似二鬼争環。休想有九龍噴水。

【紫花兒序】出家兒却不慈悲爲本。方便爲門。使不着仁者無敵。黃顔老子。禿髮沙彌。直恁蹺蹊。你是孔夫子遭逢着柳盗蹠。我今日做着不避。你認得鬼子母娘娘。休猜做善知識姨姨。

【小桃紅】驀驀地小鬼擂征鼙。不怕你會使拖刀計。待俺將不强不弱的鐵胎弓。一撚千轉的狼牙箭。去射這廝。饒他有千般變幻身軀。怎當我百步穿楊手段。〔做射科〕〔佛做蓮花遮科〕〔鬼母唱〕蹬弩開弓那威勢。一箭箭往前射。則見他金蓮朵朵遮胸臆。早難道射不主皮。他元來温而不厲。嶮惱殺這箇搽胭粉的養由基。

你放我孩兒來。便饒了恁滿寺裏和尚。〔佛云〕賤人。你若皈依佛道。我便饒了你孩兒。〔鬼母唱〕

【調笑令】覷了我這豔質。一捻兒瘦腰圍。可甚閫外將軍八面威。文殊普賢擎拳立。

諸菩薩見賢思齊。將我那愛奴兒蓋在法座底。恁却甚好生心廣大慈悲。
〔喚鬼兵去做揭鉢盂科〕
【鬼三台】千里眼離婁疾。順風耳師曠休遲。鳩盤叉大力一切鬼。施勇猛展雄威勍敵。
【禿厮兒】將鐵鎗持。寶劍攜。〔鬼兵做砍科〕掘不開砍不破甚東西。裏面人。外面鬼。影光芒一塊碧琉璃。崤硬似太湖石。
【麻郎兒】驚得阿難皺眉。諕得伽葉傷悲。四天王擎拳頂禮。八菩薩用心支持。
【幺】我的。手裏。揣底。霜鋒劍巨闕神威。二十位諸天聽啓。但迎着腦門着地。
〔佛云〕那叱那裏。拏住這賤人者。〔那吒上云〕那賤人見我麼。〔鬼母云〕誰家一個黄口孺子。焉敢罵我。
【絡絲娘】小哥哥休誇强嘴。則恁這老娘娘當間立地。怕不怕須當鬬神力。手搯定五方真氣。
〔做鬬科〕
【拙魯速】他將八瓣。繡毬提。我將兩刀。太阿攜。千軍對壘。萬人受敵。垓垓壤壤。各用心機。不弱似九里山困項籍。雲濛濛蔽四夷。雨昏昏罩太極。也罷。我只將這鉢盂拏起。放我孩兒去罷。〔做拏不動科〕鉢盂輕細。不能擡起。却似太山般難動移。

〔做鬪科〕〔做渾戰拏住科〕〔做放唐僧上科〕〔唐僧做謝佛科〕〔唐僧云〕兀那妖魔。你若肯皈依我佛天三寶。小僧拜告祖師。收爲座下。着你子母團圓。不從呵。發你在酆都地府。永不輪迴。〔鬼母云〕皈依者。

【尾】告世尊肯發慈悲力。我着唐三藏西游便回。那唐僧。火孩兒妖怪放生了。他到前面須得二聖郎救了你。

正名　李天王捉妖怪
孫行者會師徒
沙和尚拜三藏
鬼子母救愛奴

第四本

玉宇澄空捲絳綃　紫雲聲裏奏咸韶
認將北斗迴金柄　魔利天中走一遭

第十三齣　妖猪幻惑

〔猪八戒上云〕自離天門到下方。隻身惟恨少糟糠。神通若使些兒箇。三界神祇惱得忙。某乃摩利支天部下御車將軍。生於亥地。長自乾宫。搭琅地盗了金鈴。支楞地頓開金鏁。潛藏在黑風洞裏。隱顯在白霧坡前。生得喙長項闊。蹄硬鬣剛。得天地之精華。秉山川之秀麗。在此積年矣。自號黑風大王。左右前後。無敢争者。近日山西南五十里裴家莊。有一女子。許配北山朱太公之子爲妻。其子家貧。裴公欲悔親事。此女夜夜焚香禱告。願與朱郎相見。那小厮膽小不敢去。我今夜化做朱郎。去赴期約。就取在洞中爲妻子。豈不美乎。只爲巫山有雲雨。故將幽夢惱襄王。〔下〕〔裴女引梅香上云〕妾身裴太公之女。小字海棠。自幼許配朱太公之子爲妻。他家貧了。俺家父親。待悔了親事。因此俺兩情未已。梅香。你與我將這一封書去。對那生言道。我爲他夜夜燒香花園裏。等着他來厮見。説一句話咱。〔梅香云〕怕太公知道。連累我。〔裴女云〕不妨事。

〔梅香下〕〔裴女唱〕

【仙吕賞花時】一紙書緘萬種愁。數日憂成兩鬢秋。疾忙去莫遲留。休誤了鸞交鳳友。且跳過短墻頭。

【幺】揀着這竹徑花溪陰處走。則着他柳影松斜深處有。休煩惱莫慙羞。黄昏時候。休着我和月倚南樓。〔下〕

〔梅香上云〕小姐着我寄書與朱郎。朱郎今夜來赴期也。我已回過小姐了。安排下香桌兒。月兒上時。請小姐燒夜香。〔裴女上云〕朱生回話來。今夜必來也。燒夜香。待和他説一句話。深秋天氣。好一輪月色也呵。

【仙吕點絳唇】露滴疎杉。霧迷衰柳。星光淡。秋色將三。皓月如懸鑑。

【幺】薄倖不來。獨倚雕花檻。閑瞻覽。烏鵲投南。驚破偷香膽。

【混江龍】竹梢輕撼。蕭蕭風力透羅衫。多愁少喜。有苦無甘。蛩帶秋聲鳴屋角。雁拖雲影過江南。行樂處停時暫。怕的是梅香撒訕。虧殺俺嬷姆包含。

【油葫蘆】則俺這成就夫妻兩下裏躭閣了俺女共男。每夜家燒香告斗拜瞿曇。北辰君争忍相坑陷。西方佛不見靈威感。覷着俺四堵墻恰似跳萬丈潭。則俺那俊多才。怕不道思量俺。争奈他身命兒太跋藍。

【天下樂】幾時能勾駟馬安車左右驂。戴着朝簪。穿着錦繡衫。那時間不因親的也來前後攙。爺不將閑話兒提。娘不將冷語兒攢。准備畫堂春宴酣。

梅香。將香桌兒。近太湖石畔放着。〔做放科〕

【穿窗月】行來到太湖石壘就的山巖。菊花風劈面攙。丹楓葉老塗朱黯。遮着楊柳。映着香楠。一輪月色雲籠罩的暗。

〔猪八戒上云〕今日赴佳期去。對着月色。照着水影。是一表好人物。那姐姐也有眼色。〔裴女唱〕

【寄生草】見一人光紗帽。黑布衫。鷹頭雀腦將身探。狼心狗行潛蹤闞。鵝行鴨步懷愚濫。〔猪云〕小姐拜揖。〔裴女唱〕我見你須臾下禮有蹺蹊。我這裏囫圇吞箇棗不知酸淡。

足下是誰。〔猪云〕小生朱太公之子。往常時白白净净一箇人。爲煩惱娘子呵。黑乾消瘦了。想當日漢司馬。唐崔護。都曾害這般的癥候。通鑑書史都收。〔裴女唱〕

【金盞兒】吃得醉薰酣。語喃喃。秀才呵不要你前唐後漢言通鑑。俺家尊方睡夢初酣。你不將經卷覽。惟把色情貪。全不想王陽曾結綬。貢禹不勝簪。

〔猪云〕小姐。就在四望亭。我着家人般將酒果來。和小姐叙見許之情。〔做般酒果上科〕〔猪云〕小姐。花轎都將在此。我和娘子去咱。〔裴女唱〕

【三犯後庭花】將擡着花轎籃。粧裏着酒食擔。就小亭開宴破橙柑。玉山摧不用攙。相期相約兩相躭。是和非一任談。儘傍人將冷句攙。對上了菱花菱花鸞鑑。非是我故貪淫濫。夫婦之情仔細參。見你富時節承覽。貧時節虚賺。不得和咸。君居地北我天南。我怎肯將郎君陷。

〔猪云〕梅香。爹娘問時。便説我和小娘子去來。〔裴女唱〕

【賺煞尾】填滿起悶懷坑。擔幹起相思擔。我按不住風流俏膽。連理枝頭誰下砍。對菱花接上瑶簪。過得南山。則少箇包髻團衫。俺爹便知道呵。也不妨。元定下的夫妻怎斷。喈茶濃酒酣。趁着風輕雲淡。省得着我倚門終日盼停驂。〔下〕

〔唐僧一行人上云〕善哉。善哉。自從離了紅孩兒之難。行經月餘。前面又是一座高山。侵雲接漢。不知是甚麼山。〔行者云〕師父。這是火輪金鼎國界。正是徒弟丈人家裏。此間妖怪極多。師父並不要閑管。兀那山下一座大林。林下黑沉沉一所莊院。我們到那裏歇去。〔下〕

第十四齣　海棠傳耗

〔裴女上云〕自從那日着簡書去約朱生。誰想被這妖魔化作朱生模樣。將我攝在這裏。千山萬壑。不知是那裏。這廝五更出去。直至夜方回。每日有鄰家女子相陪。想必也是妖精。我也怕不得偌多。但不知幾時見俺父母丈夫。又不知俺父母丈夫。這其間若何也呵。〔唱〕

【中呂粉蝶兒】良夜沉沉。亂山深又無鐘禁。我又不曾聽司馬瑶琴。莽相如。腌才料。配得來忒甚。映着這樹影山陰。冷清清似一池水浸。

【正宫六幺遍】不戀恁。身穿着細綾錦。好佳配甚不思尋。更何須白璧間黄金。才郎又嗒女貌寢。我如今憂愁自舉誰替恁。俊兒夫似海内尋針。姻緣事在天數臨。無緣分怎的消任。直耽閣到如今。

安排下酒果。不見朱郎回來。〔豬上云〕自從攝將這女子來。他兩家打官司。打不打不干我事。每夜快活受用。今日回得晚了。怕小娘子怪。姐姐。小人回了也。〔裴女云〕今日夜深也。着我等你多時也呵。

【中呂上小樓】你可也和誰宴飲。着我獨懷跌窨。醉眼橫秋。笑臉生春。酒滲衣襟。滿捧香醪。輕焚寶篆。閑空鴛枕。我叫你箇吃敲才恁般福廕。

〔猪云〕小妮子們爲甚不服事娘子。〔裴女云〕他們也等你多時也。

【幺】他每點下絳蠟。鋪着繡衾。等到咱來。斟將酒至。盼得君臨。〔猪云〕此間小洞中。索是定害娘子。〔裴女云〕**我不曾志意縫聯。慇懃粧洗。存心織紉。**〔猪云〕人對我說。他們不服事你。待我責罰這廝們。〔裴女唱〕**你可也休聽人恁般讒譖。**

〔猪云〕將酒來。我和姐姐飲數杯。你丈夫姓朱。我也姓朱。你是好花一朵。伴我槁木兩株。〔笑科〕你思量父母麽。〔裴女云〕爺娘如何不想。

【喬捉蛇】展眼略爲歡。開懷且自飲。一家一計自相尋。〔猪云〕我如今置着衣服首飾。辦着禮物。着你家去走一遭。〔裴女唱〕**纏頭錦。買笑金。全不要恁。但能勾見爺娘一面也叨你福陰。**

〔行者上云〕師父。在這莊上歇了。我心中悶倦。這座山不知有多少高。待我去量一量。〔上山科〕好高山。好明月。我且阿一堆屎。兀那黑漢子。在山半腰裏。伴着箇人。又是妖物。我且聽他說甚麽。〔猪云〕姐姐。你唱一箇。我吃酒。〔行者云〕這廝到受用似我。〔裴女云〕尊神。着我唱甚麽。〔猪云〕唱箇念奴嬌。〔行者云〕念奴嬌。我着你吃我一箇大石頭。〔做打猪跌下科〕〔裴女

唱〕

【十二月】這聲響似春雷降臨。火炮相侵。驚得冰肌凜凜。冷汗浸浸。不見了宋玉多才的翰林。撇下這巫娥美貌難禁。

【堯民歌】露華凉羅襪濕浸浸。諕得我霞臉赤渾身上下顫兢兢。〔行者做下山科云〕小娘子。見我麽。〔裴女唱〕走了那黑容儀換上這臉黄金。抵多少死却鍾期遇知音。難盡恁。風流兩箇心。不似俺鰥寡孤獨甚。

〔行者云〕小娘子。你那丈夫好醜臉。〔裴女背云〕則你也不可覷者。〔行者云〕你也是妖怪。〔裴女云〕妾身是黑風山西裴太公的女孩兒。小字海棠。許配與山南邨朱太公家爲兒婦。爲俺公婆家貧。俺父親欲待悔親。妾身每夜燒香告天。願朱郎早得相見。不想被這妖魔化作朱生模樣。將妾攝在此洞。不得見父母顔面。告尊神可憐。〔行者云〕我非神。我乃是大唐三藏國師上足徒弟。孫悟空是也。這厮是甚妖魔。〔裴女云〕他常自稱魔利支天御車將軍。又號黑風大王。諸佛不怕。只怕二郎細犬。〔行者云〕我今日經恁家過。我與你寄一箇信。何如。〔裴女云〕如此。是師兄慈悲咱。小的每待寫書。紙筆又没。師兄。則恁的寄口信。又恐無憑。小的有手帕。是俺父親與我的。他若見這手帕呵。便信是實。〔行者云〕將來揣在懷裏。〔裴女云〕記心咱。

【般涉調耍孩兒】把衷情一一都説與恁。全在仗義師兄用心。家音是必莫埋沉。〔行者云〕你家在那裏。〔裴女唱〕在黑風山西北跟尋。俺門前兩行槐楊影。院後一叢桑柘陰。

〔行者云〕你父親如何。〔裴女唱〕俺家尊四海性無拘禁。有待傳書之酒。有贈路費之金。

如今不見了妾身。梅香説道。是朱生和妾身走了也。兩親家正鬧哩。

【煞】不知俺家告着他。他家告着俺。哥哥回去除了鐵窨。〔行者云〕你父母好善麽。〔裴女唱〕俺爺平生好善常存性。俺娘從小看經不出音。擡舉得我如花錦。今日猪生狗活。免擾狐侵。

師父。是必志誠者。〔行者云〕放心。明日便着你家知道你消息。〔裴女唱〕

【尾聲】志誠呵泰山也勻做了田。鐵鎗也磨做了針。俺夫妻不會咱圖他箇甚。久以後子母團圞盡在恁。

第十五齣　導女還裴

〔裴太公上云〕白髮雙雙絶子孫。只圖有女嫁比鄰。可憐已作桑間婦。落日深山哭倚門。老漢裴太公是也。俺兩口兒。止生一箇女孩兒。年方一十八歲。小名唤做海棠。自小許配朱太公的孩兒。爲他家貧乏了。我兩口不肯與他。梅香報道。他孩兒拐了俺女孩兒去了。趕他們去。那小厮又在他家。看他家動静。又不見那厮是拐了俺孩兒的模樣。我説道。女孩兒吃你家孩兒拐了。朱家那老子和婆子鬧起來。道俺家嫁了他兒媳婦也。衆親眷勸散了。着去尋覓。他這幾日必然要告官。

今日敢待來也。〔朱太公引小兒上云〕萬貫家財一旦休。有兒儘可慰窮愁。誰知世態炎涼甚。夙世姻緣變作仇。老漢朱太公是也。我已先有錢來。天火燒了家緣家計。如今窮了。這裏大户裴太公家。一箇女孩兒。年一十八歲。生得十分有顏色。自小裏割衫襟爲定。家裏做媳婦。這老子見俺家貧。便來買休。悔這一樁親事。我兩口兒不肯。他前日走來道。俺孩兒拐了他女兒。那老子必定將我媳婦兒。嫁與別人了。怎肯干罷。他這幾日跟尋不着。今日好共歹。我和他見官去者。〔做見科〕你還我兒媳婦來。〔裴云〕你還我女孩兒來。〔做揪科〕我和你告官去咱。〔做行科〕〔唐僧一行人上云〕今日來至黑風山。見一簇人鬧。爲甚麼來。〔朱太公云〕師父。老漢姓朱。止生這箇孩兒。自小與裴太公女兒。割衫襟爲定。誰知運蹇。天火燒了家緣家計。窮了。這老子便生悔心。我兩口兒堅執不肯。他前日走將來。道我孩兒拐了他女兒。那老兒必定將我兒媳婦。嫁與別人了。我今日和他去見官哩。〔唐僧云〕善哉。善哉。有如此事。〔行者云〕兀那老兒。你姓裴。〔裴云〕我姓裴。〔行者云〕你休鬧。你休鬧。要你的女兒。當來問我。你的女兒。不長不短。生得大有顏色。小名喚作海棠。是麽。〔唐僧云〕你這胡孫。又惹事了。你怎麽知道。〔行者云〕休問我知道不知道。有一箇小曲兒。喚做朝天子。

【中吕朝天子】老裴。聽啓。我一一言詳細。朱家兒子是他的女壻。未能勾成佳配。一箇爲有家財。一箇因無家計。被妖魔攝在洞裏。〔裴太公云〕哥哥。你怎得知道。你問我。怎知。就裏。且莫要左右打睃。則這一箇手帕兒是何人的。

〔裴老做哭科云〕正是俺孩兒的。哥哥。你那裏見他來。〔唐僧云〕行者。你如何得知來。〔行者云〕聽弟子細説一遍。老裴。俺師父是大唐三藏國師。欲往西天取經。夜來至一莊院借宿。師父睡了。我睡不着。山上去閑看。則見半山腰。有一人光紗帽子黑面皮。抱着箇女子飲酒。着那女子唱念奴嬌。我看了。班起一塊大石。調打下去。一聲響亮。不見了那廝。則見一箇女子。言稱我是裴太公的女兒。小字海棠。許朱太公家爲兒婦。我爺娘不肯。我每夜燒香禱告。忽見朱郎來。言道我家貧。特來取你來。却被此妖魔化作朱生模樣。將我攝在此間。你與我寄箇家信去者。我道將甚麽爲信。他便與了我這箇手帕。從頭一一都道。恁孩兒便知着落。他吃妖魔殘破城池。你兩箇是家刷鬧。〔裴老云〕請師父到俺家裏商議。〔做到家科〕哥哥。不知是甚麽妖魔。〔行者云〕山神土地安在。〔土地上云〕師父稽首。〔唐僧云〕土地。兀那裴太公的女兒。是何妖怪攝去。〔土地云〕小聖亦然不知。當年八月十五夜。則見在黑松林内。現出本像。蹄高八尺。身長一丈。仔細看來。是箇大猪模樣。〔行者云〕想是箇猪精。我去料持他。〔土地云〕行者。索用機謀。休要膽大心粗。耐何得親自下手。耐何不得呵。索尋後巷王屠。〔唐僧云〕行者。你須要小心在意者。〔下〕〔裴女上云〕昨夜吃了那一驚。今日身子不快活。那行者説與我寄書。知他何如。朱郎出去。從早至今未回。幾箇女伴相陪。安排下果桌。等朱郎來。好一派山景也呵。〔唱〕

【正宫端正好】雨初收。雲纔散。山風惡羅袂生寒。澄澄月色如銀爛。倚闌凝眸看。

【蠻姑兒】看間。興闌。颼颼風色。颯颯秋聲。一陣愁煩痛心肝。想家何在。見應難。

望雲樹沉沉在眼。

【滾繡毬】這些時懶將玉粒餐。偷將珠淚彈。端的是不茶不飯。思昏昏恰便似一枕槐安。身邊有數的人。眼前無數的山。聽了些水流深澗。野猿聲啼破高寒。碧梧露冷冰肌瘦。紅葉秋深血淚乾。改盡朱顏。

【叨叨令】有時俯視溪流看。更嶮似單騎羸馬連雲棧。一聲鶴唳青松澗。更慘似琵琶聲裏君恩斷。兀的不悶殺人也麽哥。兀的不悶殺人也麽哥。幾時能勾一盃未盡笙歌散。

〔行者上云〕閑話之間。早來到洞裏了也。兀那娘子在那裏。我已報信你家太公了。你與我去來。

〔裴女云〕多謝神聖。〔做行下山科〕〔裴女唱〕

【伴書生】往常時綠窗下拈針也懶。繡幙裏那身也慢。今日箇一朵行雲滿空裏散。比乘風的列子皆虛幻。攜雲帶雨誰曾慣。問何處是巫山。

【笑和尚】雲昏昏迷望眼。霧隱隱遮蒼漢。氣吁吁地流香汗。似似似鷄鳴度函谷關。如如如馬跳過美良灘。別無甚與你餞行。別無計鎖你雕鞍。來來來我親自禮拜你三千萬。

〔行者云〕拜多少得飽。〔下〕〔唐僧裴朱一行人上云〕孫悟空久不見來。此時想必到也。〔行者引裴

女上云〕小娘子。來到恁家裹了。〔做見哭科〕〔裴女唱〕

【倘秀才】山洞裏消磨了粉顔。草堂上流乾了淚眼。謝師父與我鞭梢一指間。好着我鬆寶釧。淡眉山。裙腰兒旋剗。

〔唐僧云〕親家都來相見者。〔行者云〕兀那女子。不知攝你者是何妖怪。〔裴女云〕妾也不知。但醉後則説。他怕二郎細犬。〔行者云〕我問土地。他説是猪精。龍君沙和尚。同師父在莊上住。我去拏那妖怪。但不知他法力如何。我降得。便自降他。降不得。直至普陀。告觀世音。差二郎來收他。絶了你兩家後患。〔裴朱二老云〕重生父母。再長爺娘。〔唐僧云〕吾弟用心。慈悲大展方成道。嗜欲休貪是出家。小心在意。疾去早回。〔行者下〕〔唐僧云〕你兩箇老的。擇箇好日子。着兒女合配了者。〔裴朱云〕謹依法旨。〔裴女唱〕

【滚繡毬】我今日得救還。草舍間。免了些短吁長嘆。使爺娘兒女心安。託賴着師父的恩。行者儇。救得我百餘無難。急回來春事闌珊。殘花落盡胭脂色。緑葉陰成翡翠班。枉在塵寰。

【尾】早則不喬林鶯去歌聲慢。寶鑑鸞孤舞影單。子父團圓喜無限。夫妻逑合各爲難。感謝吾師端的是世間罕。〔下〕

〔裴老云〕且留師父歇一宵。明日早行。〔下〕〔猪上云〕叵耐裴老無禮。將我渾家取歸家去了。他分付着我來他家做女壻。我尋思來。也好。强如洞裏茶飯不便當。只就今日。我到他家去走一遭。〔下〕〔裴老上云〕昨日孫悟空去拿猪精。尚未回來。我且在此等候者。〔行者上云〕我去拏那箇猪。誰想他不在洞裏。今日且在裴公莊上等他。定箇計策。他敢自來也。〔做見説科〕〔行者云〕將你女孩兒别處安頓了。我却穿了他的衣裳。在他房裏坐。那魔軍來時。你着他入房來。我料持他。〔做入房科〕〔裴老云〕遠遠望見一箇黑漢子。敢是那猪來也。〔猪上做見科〕〔裴云〕你是誰。〔猪云〕我是你女壻。怎不認得我。〔裴云〕少吃你會親茶飯。故不認得你。〔猪云〕丈人。我的娘子卧房在那裏。〔裴云〕這是小姐卧房。你請入去。〔裴下〕〔猪做入見酒果燈燭科云〕姐姐。你等我同來家。便先來了。〔做摸科〕呀。好粗腿也。〔行者云〕我唱一箇與你聽。

【雙調雁兒落】你想像賦高唐。我雲雨夢襄王。喒正是細棍逢粗棍。長鎗對短鎗。

【幺】你休恁輕狂。我和你一合相。喒是箇引不動嬌娘。却便是孫猪范霸王。

〔做打猪走科〕〔孫趕科〕〔火龍慌上云〕報報。師父吃那魔軍攝去了也。〔行者云〕不知這妖魔何等樣物。小娘子説道。他則怕二郎細犬。俺同見觀音佛。着二郎來救俺師父去來。〔下〕

第十六齣　細犬禽猪

〔灌口二郎同行者上云〕不周山破戮天吴。曾把共工試太阿。誰數有窮能射日。某高擔五嶽逐金烏。小聖灌口二郎神是也。奉觀世音法旨。救唐僧走一遭。〔唱〕

【越調鬭鵪鶉】看了些日月盈虧。山河變遷。灌口把威施。天涯將姓顯。郭壓直把皂鷹擎。金頭奴將細狗牽。背着弓弩。挾着彈丸。濯錦江頭。連雲棧邊。

【紫花兒序】伏得些山神恐懼。木客潛藏。木獸拳攣。閑來時擔山趕日。閑來時接草量天。安然。寒暑相催不記年。物隨時變。脆似松枝。海變做桑田。

【金蕉葉】正待要搊箏擘阮。忽受取觀音差遣。西天路妖魔萬千。保護着唐僧庶免。

叫神將。你與我緊把住洞口。看那妖怪甚麼面目。

【調笑令】來到這洞邊。叫聲喧。休猜做落日山空啼杜鵑。天兵布得山川通。〔行者云〕上聖。這廝神通廣大。神力周全。〔二郎唱〕孫行者説言在駟馬之前。你道他神通廣大自專。則好深山裏謊地瞞天。

〔猪內做驚科〕

【禿廝兒】雲氣重天兵頓顯。霧風狂天地相連。黃風從地捲。休遲滯。莫俄延。相纏。

〔猪跳出做見科云〕二郎神。我與你有甚冤仇。你來拏我。〔二郎云〕兀那魔軍。我奉觀音法旨。特來拏你。你若真心皈依我佛。與你拜告觀世音。着你也成正果。若不皈依。着你死於細犬口中。〔猪云〕別人怕你。偏我不怕你。〔二郎唱〕

【聖藥王】嘴臉似黑炭團。部從似火肉然。休猜做玉簪珠履客三千。一壁廂畫角鳴。

一壁廂鑼鼓喧。休猜做笙歌引至畫堂前。一片怪膽大如天。

〔行者云〕那猪精。你敢與我相持麽。〔猪云〕怕甚麽賭鬭。〔做鬭科〕〔二郎唱〕

【麻郎兒】郭壓直威風不展。孫行者筋力俱焉。鬭到三千合精神越顯。潑妖物小聖也難辨。

左右神將。快將細犬。咬那魔軍。〔做鬭科〕

【幺】便遣。快牽。細犬。見本相直奔跟前。黑面郎心驚膽顫。逃命走洞門難戀。

〔做猪逃犬趕科〕

【拙魯速】這犬展草力應全。護家志當虔。禦賊的性堅。吠形的意專。顧兔逐狐那輕健。忒伶俐不容他寬轉。〔犬做咬住科〕則一口咬番在坡岸前。

〔左右綁科〕〔放唐僧上做謝科〕〔唐僧云〕上告二郎大聖。出家人以慈悲爲念。救物爲心。望神聖看佛天三寶之面。饒這魔軍。與弟子護法者。〔二郎唱〕

【幺】潑妖魔。世不然。告吾師。煞可憐。你若是肯放心願。跟後趨前。莫生狂顛。一性參禪。將你那害生靈的冤孽免。

〔猪云〕謹依法旨。〔二郎云〕唐僧。沿路小心。俺自保障你者。

【尾】去心緊似離弦箭。到前去如何動轉。魔女國孽冤深。火焰山禍難遣。

正名　朱太公告官司
裴海棠遇妖怪
三藏託孫悟空
二郎收猪八戒

第五本

萬里韶光應節來　三天寶籙徹明開
分明龍女擎珠出　疑是仙人帶月回

第十七齣　女王逼配

〔唐僧引孫猪沙馬上云〕自離了黑風山。來到女人國。孫行者。女人國裏何好。〔行者云〕師父。弟子銅筋鐵骨。火眼金睛。鍮石屁眼。擺錫雞巴。師父若怕拚。我做弟子不着。〔唐僧云〕既到此間。怕得許多。只得向前通關。先打去了。俺入城去來。〔下〕〔女人國王上云〕子童女人國王。俺一國無男子。每月滿時。照井而生。俺先國王命使。漢光武皇帝時入中國。拜曹大家爲師。授經書一車。來國中。至今國中婦人。知書知史。立成一國。非同容易也呵。〔唱〕

【仙呂點絳唇】寶殿生香。美人扶向。瑶堦上。列七寶旌幢。端坐泥金亢。

【混江龍】我怕不似嫦娥模樣。將一座廣寒宮移下五雲鄉。兩般比諭。一樣凄凉。嫦娥夜夜孤眠居月窟。我朝朝獨自守家邦。雖無那强文壯武。宰相朝郎。列兩行脂粉。無四野刀鎗。千年只照井泉生。平生不識男兒像。見一幅畫來的也情動。見一箇泥塑的也心傷。

昨日有通關打來説道。大唐國師。去西天取經。從俺地面過。俺索接他去。

【油葫蘆】説他幾載其間離了大唐。來到俺地方。安排香案快疾忙。今日取經直過俺金階上。抵多少醉鞭誤入平康巷。我是一箇聰明女。他是一箇少年郎。誰着他不明白搶入我花羅網。准備着金殿鎖鴛鴦。

【天下樂】穩情取和氣春風滿畫堂。宰下肥羊。安排的五味香。與俺那菜饅頭的老兄騰了肚腸。陪妝奩留他做丈夫。捨身軀與他做正房。可知道男兒當自强。

〔唐僧引一行人上云〕貧僧來至女國。夢寐間有韋馱尊天來報。有一場魔障來也。龍天未知是何魔障。來到國内。報覆去。大唐國師求見。〔女王做接科云〕早知師父到來。自合遠接。接待不及。勿令見罪。〔唐僧云〕難消。歸依佛。歸依法。歸依僧。〔女王云〕是好一箇和尚也呵。

【那吒令】身才兒俊長。加持得鬼王。容貌兒善良。修持得梵王。胸襟兒紀綱。扶持得帝王。頭如藍靛青。語似春雷壯。這和尚端的非常。

將酒來。與師父接風。〔唐僧云〕小僧不飲酒。不茹葷。〔女王唱〕

【鵲踏枝】執方尊瀉瓊漿。露春葱捧瑤觴。〔唐僧云〕娘娘。及早修業。無常有限者。〔女王唱〕但能勾兩意多情。儘教他一日無常。天魔女邪施伎倆。敢是你箇釋迦佛也按不住心腸。

〔女王做抱住唐僧科〕〔行者云〕娘娘。我師父是童男子。吃不得大湯水。要便我替。〔唐僧云〕善哉。善哉。我是出家人。〔女王唱〕

【寄生草】直裰上胭脂污。袈裟上膩粉香。似魔騰伽把阿難攝在淫山上。若鬼子母將如來圍定在靈山上。巫枝祇把張僧拏住在龜山上。不是我魔王苦苦害真僧。如今佳人箇箇要尋和尚。

〔行者云〕小行與娘娘驅兵將作朝臣。你饒了俺師父者。〔女王唱〕

【幺】徒弟每諸般勸。師父獨自慌。俺女兵不用猴爲將。女王豈用猪爲相。如今女娘都愛唐三藏。你休癡迷修行今世有來生。我則待長江後浪催前浪。

〔女王做扯唐僧科〕這正殿上不是説話的去處。俺兩箇後殿裏去來。〔唐僧云〕孫悟空救我。〔下〕

〔行者云〕我自也顧不得。〔諸女做捉番孫猪沙發科〕〔下〕〔女王扯唐僧上云〕唐僧。我和你成其夫

婦。你則今日就做國王。如何。〔唐僧云〕善哉。我要取經哩。〔發科〕〔女王唱〕

【六幺序】香馥郁銷金帳。光燦爛白象牀。俺兩箇破題兒待弄玉偷香。聽得説天地陰陽。自有綱常。人倫上下。不可孤孀。俺這裏天生陰地無陽長。你何辜不近好婆娘。浮屠盡把三綱喪。〔唐僧云〕佛教自是一家。〔女王云〕説你那佛怎麽。孔夫子文章貫世。天下傳揚。

〔唐僧云〕你如何知有箇孔夫子。〔女王云〕俺先國王。曾使人去授得曹大家五經三史。都知人倫故事。

【幺】你雖奉唐王。不看文章。舜娶娥皇。不告爺娘。後代度量。孟子參詳。他父母非良。兄弟參商。告廢了人倫大綱。因此上自主張。你非比俗輩兒郎。没來由獨鎖空房。不從咱除是飛在天上。箭射下來也待成雙。你若不肯呵。鎖你在冷房子裏。枉熬煎得你鏡中白髮三千丈。成就了一宵恩愛。索强似百世流芳。

〔女王捉番唐僧科〕〔唐僧云〕誰救貧僧也。〔韋馱尊天上云〕某韋馱尊天是也。奉觀音法旨。去救唐僧走一遭。潑賤人。怎敢毁吾師法體。〔女王云〕你是何人。直走到卧房裏來。

【金盞兒】披金甲貌堂堂。持寶杵氣昂昂。莫不是滰藍橋燒祆廟的腌神將。比唐僧模樣更非常。〔韋云〕吾神三十老。完爲童子身。特來護法來。〔女王云〕又是箇柳下惠顔叔子。焦則麽那村柳舍。叫則麽那唔顔郎。你整村了三十載。他干過了二十霜。

〔韋云〕若不送師父出來。一杵打你做泥塵。〔女王做放手科〕

【尾】我無緣保的他無恙。鬧炒起花燭洞房。怕甚麽深院沉沉秋夜長。決撒了帽兒光光。恨韋郎不做周方。我不道的惱亂蘇州刺史腸。我如今去。我這裏收拾下畫堂。埋伏下兵將。等回來拏住再商量。〔下〕

〔韋云〕唵。孫行者安在。〔行者上云〕唵。乃佛敕。諸神拱聽。〔見科〕〔唐僧云〕行者。貧僧若非尊神護持。幾毁法體。〔韋云〕行者。好生護持師父去者。孫行者聽我叮嚀。和師父疾便登程。見花酒休生凡性。莫誤了西天取經。〔下〕〔唐僧云〕行者。我們十分虧神天護持。脱了此一難。我且問你。我吃女王拏住。你每三箇怎的脱身。〔行者云〕師父。聽行者告訴一遍。小行被一箇婆娘按倒。凡心却待起。不想頭上金箍兒緊將起來。渾身上下骨節疼痛。疼出幾般兒蔬菜名來。頭疼得髮蓬如韭菜。面色青似蓼芽。汗珠一似醬透的茄子。鷄巴一似醃軟的黄瓜。他見我恰似燒葱。恰甫能忍住了胡麻。他放了我。我上了火龍馬脊梁。直走粉墻左側。聽我有箇曲兒。唤做寄生草。

【寄生草】猪八戒吁吁喘。沙和尚悄悄聲。上面的緊緊往前挣。下面的款款將腰枝應。我端詳了半晌空傒倖。他兩箇忙將黑物入火爐。我則索閑騎白馬敲金鐙。

師父。趁着人健馬飽。趲行去來。

第十八齣　迷路問仙

〔唐僧一行人上云〕自離了女人國。行經一箇月期。不知前至那裏。得箇地方人。問他問路兒也好。遠遠地漁鼓簡子響。俺緊脚步趕將去。問他一聲。〔下〕〔採藥仙人持漁鼓簡子上云〕山兮山兮高。水兮水兮深。山高摩世界。水深流古今。百年惟有山水在。英雄豪士何所尋。道可道人莫毁。名可名就裏難言。若離得酒色財氣。便堪爲塵世神仙。〔唱〕

【南呂玉交枝】貪杯無厭。每日價汎流霞瀲灧。子雲嘲謔防微漸。託鴟夷彩筆拈。季鷹好飲豪興添。憶蓴鱸只爲葡萄釅。倒玉山恁般瑕玷。又不是周晏相霑。糟醃着葛仙翁。麯埋那張孝廉。恣狂情。誰與砭。英雄儘你誇。富貴饒他占。則這黃壚畔有禍殃。玉缸邊多危嶮。酒呵播聲名天下嫌。

【幺】待誰來掛念。早則是桃腮杏臉。巫山洛浦皆虛艷。把西子比無鹽。那裏有佳人將四德兼。爲龍鰲衾枕是干戈漸。錦片似江山着敵斂。可曾悔戀了穠纖碎鸞釵。問寶奩。這風情。怎强諂。眼見墜樓人。猶把臨春占。笑男兒自着鞭。嘆青娥藏刀劍。色呵播聲名天下嫌。

【幺】富豪的偏儉。奢華的無過是聚斂。王戎郭況心無厭。擁金穴握牙籤。可知道分金鮑叔廉。煞强如牢把銅山占。晋和嶠也多褒貶。恰便是朱方聚殲。有齒的焚身。多財的要謙。斗量珠。樹繫縑。刑傷爲美姝。殺伐因求劍。空有那萬貫錢。到底來亡溝壍。財呵播聲名天下嫌。

【幺】英雄氣燄。貔虎般不能收斂。夷門燕市皆爲僭。空僝僽枉威嚴。探丸厲刃掀紫髯。笑談落得填坑壍。儘淋漓一腔丹慊。惹傍人血淚横霑。冷覷王侯。熳守兵鈐。髮衝冠。雄猛添。驚皇博浪椎。寂寞烏江劍。恁忘了泡影與河山。算相争都無饜。氣呵播聲名天下嫌。

〔唐僧引一行人上云〕行至深山曠野之中。不知是那裏。遠遠的樹林之間。有箇採藥仙人。問路咱。〔行者云〕前面採藥仙人。指路咱。〔仙唱〕

【醉鄉春】打漁鼓高歌興添。採靈芝快樂無厭。大叫高呼。前遮後掩。遠量度。近觀瞻。謹廉禮謙。休猜我做避世陶潛。

〔唐僧云〕俺是大唐三藏國師。欲往西天取經。過此迷了路途。故此問你咱。〔仙云〕恁非凡人也。誰能得到這裏。

【雙調小將軍】過女人國甚巉嶮。有無限惡威嚴。若要到西天峻峰尖。一路上苦偏多無甚甜。

〔唐僧云〕指我去路咱。〔仙云〕俺此間不五百里。有一山。名曰火焰山。山東邊有一女子。名曰鐵扇公主。他住的山。名曰鐵鎈峰。使一柄鐵扇子。重一千餘斤。上有二十四骨。按一年二十四氣。一扇起風。二扇下雨。三扇火即滅。方可以過。

【清江引】火焰山委實形勢險。〔行者云〕我一胞尿溺。也溺死了他。〔唐僧云〕行者。休要胡說。〔仙唱〕使不着你粧風漢。全憑鐵扇風。常言道。水火無情。不用吹毛劍。〔行者云〕我問他借扇子。肯便肯。不肯呵。我與他勢不兩立。〔仙云〕他的法寶。你人力怎鬬得。他敢着你滴溜溜的半空似秋葉般颭。

雖然於路艱難。却有無限之景。

【碧玉霄】瀑布簌寒。澗落水簾。木繞山尖。猨嘯虎張髯。仗法力則可行。無神通休强參。將山色來瞻。似碧玉無瑕玷。苦辛不厭。大發慈悲念。

師父趲行者。

【隨尾】玉鞭緊緊催金鞊。火焰山千難萬險。早求法力到西天。莫把殘軀葬山崦。

〔下〕

〔唐僧云〕來至火焰山。如何得過去。行者。怎生是好。〔行者云〕師父。山這邊有人家。你且歇下。着弟子直到鐵鎈峰。尋鐵扇公主。借扇子來。着師父過去。〔唐僧云〕你疾去早來。休着我記掛你。〔下〕〔行者云〕來到鐵鎈峰。人說鐵扇公主。知他有丈夫没丈夫。好模樣也不好。我且問山神土地。便知明白。唵。山神土地安在。〔山神上云〕小聖本處山神是也。唵。乃法敕。萬神咸聽。不知那位尊神呼召。小聖上前參見。尊神稽首。〔行者云〕我乃大唐三藏國師弟子。通天大聖孫行者。我問鐵扇公主在那裏住。〔山神云〕在正尖峰下住。〔行者云〕他有丈夫没丈夫。〔山神云〕没丈夫。〔行者云〕他肯招我做女壻麽。〔山神云〕肯。〔行者云〕怎知便肯。〔山神云〕人物好歹選中。〔行者云〕我問他借扇子去。〔山神云〕小聖不敢説。行者自詳論。着他一扇子。搧做風胡孫。〔下〕〔行者云〕我不信輸與一箇婆娘。我且到他洞門前走一遭。〔下〕

第十九齣　鐵扇兇威

〔鐵扇公主上云〕妾身鐵扇公主是也。乃風部下祖師。但是風神皆屬我掌管。爲帶酒與王母相争。反却天宫。在此鐵鎈山居住。到大來是快活也呵。〔唱〕

【正宫端正好】我在巽宫裏居。離宫裏過。我直滚沙石撼動娑婆。天長地久誰煞得我。把世界都參破。

【滚繡毬】孟婆是我教成。風神是我正果。我和驪山老母是姊妹兩箇。我通風他通火。角木蛟井木犴是叔伯親。斗木獬奎木狼是舅姑哥。當日宴蟠桃惹起這場災禍。西王母道他金能欺風木催槎。當日箇酒逢知己千鍾少。話不投機一句多。死也待如何。

俺這裏鐵鎈峯。好景致也呵。

【倘秀才】明月照疎林花果。寒露滴空山辟蘿。四面青山緊圍裹。松梢聞鶴唳。洞口看猨過。與凡塵間闊。

我一柄扇子。重一千餘斤。上有二十四骨。按二十四氣。此般兵器。三界聖賢。不可量度。單鎮南方火焰山。若無此扇。諸人不可過去。好扇子呵。

【滚繡毬】這扇子六丁神巧鑄成。五道神細打磨。閻浮間竝無二箇。上秤稱一千斤。猶有餘多。管二十四氣風。吹滅八十一洞火。火焰山神見咱也膽破。惱着我呵登時間便起干戈。我且着扇搧翻地獄門前樹。捲起天河水上波。我是第一洞妖魔。

〔行者上叫科〕〔洞裏小鬼做出科〕〔行者云〕小鬼。對俺公主說。大唐三藏國師摩合羅俊徒弟孫悟空來求見。借法寶。過火焰山咱。〔小鬼進稟科〕〔公主云〕我知道。這胡孫是通天大聖孫行者。着他過來。〔行者做入見混科云〕弟子不淺。娘子不深。我與你大家各出一件。凑成一對妖精。小行特來借法寶。過火焰山。〔公主云〕這胡孫無禮。我不借與你。

【叨叨令】我這片殺人心膽天來大。救人命志少些兒箇。〔行者云〕師父過不得火焰山。特來相投。〔公主唱〕你道是火焰山師父實難過。則這箇鐵鏇峰的魔女能行禍。休得要閑中尋鬧也波哥。休得要閑中尋鬧也波哥。則你那禿髑髏敢禁不得剛刀剁。

〔行者云〕這賊賤人好無禮。我是紫雲羅洞主。通天大聖。我盜了老子金丹。煉得銅筋鐵骨。火眼金睛。鍮石屁眼。擺錫鷄巴。我怕甚剛刀剁下我鳥來。〔公主云〕這胡孫好生無禮。我也不是你惹的。

【白鶴子】你道是花果山是祖居。鐵鎈峰是我的行窩。在彼處難比强。來此處索伏些懦。

〔行者云〕潑婆娘。我若拏住你。也不打你。也不駡你。你則猜。〔公主唱〕

【中吕快活三】惱的我無明火怎收撮。潑毛團怎敢張羅。賣弄他銅筋鐵骨自開合。我一扇子敢着你翻筋斗三千箇。

〔行者做出科云〕那婆娘。出來。出來。我和你并箇輸贏。〔公主唱〕

【鮑老兒】他大叫高呼勒着我。更怕我楊柳腰肢嫋娜。耀武揚威越逞過。更怕我桃臉風吹得破。彎弓蹬弩。拈鎗使棒。擂鼓篩鑼。

鬼兵那裏。〔卒子擺上〕〔公主云〕將兵器來。

【古鮑老】手提着太阿。碧澄澄恰如三尺波。額攢着翠娥。惡狠狠怒如千丈火。狂旗磨。戰鼓敲。妖兵和。你便吃了靈丹數顆。争似我風聲偏大。半合兒敢着你難撈摸。

〔做戰科〕〔公主做敗走科云〕這胡孫神通廣大。我贏他不得。將法寶來。

【道和】這扇子柄長面闊。鎖鐵貫嵌金磨。骨把㧞薄。妖氣罩冷風多。雲端頂上觀見我。鐵棒來抽身便躲。戒刀着怎地存活。我着戒刀折鐵棒損力消磨。

【柳青娘】休麽。從來不識這妖魔。忒輕薄也待如何。那厮有神通難摸。藝高强名揚播。偷靈丹老子怎近他。盜蟠桃玉皇難奈何。那厮上天宫將神威挫。下人間興禍多。看着身軀大。頃刻成微末。看着東方過。頃刻向西方落。一任他鐵骨銅筋火眼睛。不索交兵。敢着他隨風一扇扇了渡江河。

〔做扇科〕〔行者做一筋斗下〕〔公主云〕量你箇胡孫。到得那裏。這一柄扇扇着呵。

【尾】或是墮在遠岡。落在淺波。滴溜溜有似梧飄落。便是天着他有命。今生必定害風魔。〔下〕

〔行者上云〕吃這婆娘一扇子。搧得我滴溜溜半空中。休説甚的小孫草腹屎腸。做了四句口號。駡這弟子。婆娘忒恁高强。法寶世上無雙。不借我呵也罷。當着你熱我凉。待干罷。去投奔觀音佛去。好歹有甚見識過去。〔下〕

第二十齣　水部滅火

〔觀音上云〕老僧觀世音是也。唐僧過不得火焰山。孫悟空來告。我差雷公。電母。風伯。雨師。

箕水豹。壁水㺄。參水猿等。水部神通。水能滅火。就除此火山之害。免使後人受苦。傳吾法旨。着神將跟孫悟空去。便要同唐僧過山。風雨雷電神。即時下中界。我着他火焰不能燒。刀侵斷斷壞。〔下〕〔電母引風伯雨師雷公上〕〔風云〕走石颺沙日月昏。〔雷云〕慣將斧劈巨靈神。〔雨云〕銀瓶瀉盡天河水。〔電云〕時掣金蛇送火輪。〔風云〕吾世守東南巽二之神。箕水豹飛簾大將軍是也。〔雷云〕吾太乙真人部下謝仙火伴。霹靂將軍五雷使者是也。〔雨云〕吾乃畢星屏翳之神。玄冥先生赤松子的是也。〔電云〕吾乃南方離火之神。鞭策雷車使者列缺仙姑是也。今日西天毘盧伽尊者。前往五印度取大藏金經。被火焰山妖魔當路。我四人奉着觀音法旨。前往護持他去。須索走一遭。〔唱〕

【黄鍾醉花陰】驟雨滂沱電光滿。古剌剌雷聲如車轉。雲靉靆霧迷漫。天地水三官。敕令着咱將唐僧管。惡途路怎盤桓。火焰山難同春晝暖。

【喜遷鶯】又不必樵蘇炙爨。通紅一帶峰巒。遥觀。碧天將半。這山便有美玉也難棲着鳳鸞。又無甚溝澗湍。鏑箭的風威相助。淋琅般雨勢相攢。

【出隊子】把天瓢來澆灌。溽溽的水勢滿。猶勝似上元驛夜半火威寬。博望坡秋深火焰攛。赤壁山冬初火力完。

【四門子】箕水豹斑斕隱霧端。壁水㺄緊把眉攢。參水猿左右聽呼唤。水勢溶寬。山高下不分丘段。路迢遥不見林巒。水部雄火焰消迷路平安。十萬里程受苦酸。師父

力多般。餐風宿露忙投竄。宵衣旰食無攛斷。受驅馳百萬端。〔唐僧上做見科云〕多謝神聖。救了弟子一難。〔電唱〕

【寨兒令】請師父上馬休遲緩。衆神人緊護攢。龍馬又犇徒弟每歡。到前途更無妖怪斷。天地知。佛法寬。敢着你同居涅槃。

【神仗兒】風神王冷氣酸。雨師雷伯兩意歡。電母施威。水神没亂。這功勞都一般。往西天取得經完。再重來此處難顧管。奏天庭仍把諸佛喚。着火再休攛。

【尾】此去西天路過半。月不消十數遍團圓。那壁是靈鷲兩山交界管。

正名　女人國遭嶮難

採藥仙説艱難

孫行者借扇子

唐僧過火燄山

第六本

萬里香風下九天　仙真鶴馭盡翩翩

一誠上達祇園地　永保皇圖億萬年

第二十一齣　貧婆心印

〔唐僧一行人上云〕脱離了紅孩兒。過了火焰山。于路虧殺龍天三寶。今日到得中天竺國。皆是諸佛羅漢之地。孫悟空。我與龍君沙猪慢行。你先去。尋箇打火做宿處。吃了飯。到靈鷲山。參佛世尊。你到前面。不要妄開口説話。此處是佛國了。參禪問道的極多。不要輸了。不比你相殺到容易。禪機却怕人。〔行者云〕小行知道。我先行。師父慢來。〔下〕〔唐僧云〕孫行者去了。我們慢慢行。待他齋熟。我們却到吃了。便入寺去。未臨佛土身偏穢。方到西天骨也輕。〔下〕〔貧婆上云〕老身中印土人。賣胡餅爲業。但來佛會。下的不參得。老身不敢入佛國去。自童時親受摩訶伽葉所教。傳得真如正覺之性。能回三毒爲三净界。回六賊爲六神通。回煩惱作菩提。回無明作大智。此非外道所及也。〔唱〕

【仙吕點絳唇】我是箇物外閑身。箇中方寸。傳心印。與佛子爲鄰。但過往的來參問。

【混江龍】把禪機來評論。羅裙不染世間塵。對一溪春水。卧半畝閑雲。僻性懶侵浮世事。雙眸罕識市廛人。聽雷音鐘磬。坐靈鷲山門。常開妙法。深種良根。不須文字。豈念經文。霎時見性。直下當承。脚根牢跳出陷人坑。手稍長指破迷魂陣。則爲這老婆多口。致令得俗子生嗔。

【油葫蘆】休笑貧婆一世貧。穿着百衲裙。衲頭巾有一箇寶珠新。粧嚴的未必能評論。

儴惴的倒敢能勤慎。〔行者上云〕小行蒙師父法旨先行。這是那裏。〔貧婆唱〕見一人言語高。行步緊。鐵戒箍皂直裰望前行。〔行者叫〕老母。老母。〔貧婆唱〕不住的老母口中頻。

【天下樂】我卻甚富住深山有遠親。〔行者云〕老母。過路客人。〔貧婆唱〕我問你是何人。〔行者云〕我是唐三藏上足徒弟。〔貧婆唱〕唐僧他本姓陳。〔行者云〕我隨師父偌多時。尚不知他姓。你相去十萬里。怎生便知道來。〔貧婆唱〕我不出門知天下事因。你雖然守着戒律。你雖然受了苦辛。則一卷金剛經講未真。〔行者云〕你道我不省得金剛經。我也常聽師父念。過去心不可得。未來心不可得。見在心不可得。怎的我不省得。你且賣一百文胡餅來。我點了心呵。慢慢和你說經。〔貧婆云〕這胡孫。在我家行賣弄他釘嘴鐵舌。你說道要點心。卻是點你那過去心也。見在心也。未來心也。〔行者云〕這婆子倒利害。〔貧婆云〕心乃性之體。性乃心之用。或有亦或無。只看動不動。你答來我問。你有心也無。〔行者云〕我原有心來。屁眼寬阿掉了也。〔貧婆云〕這胡孫無理。

【那吒令】你既是有心呵。不可得放存。你既是有心呵。不可得見聞。你既是有心呵。不可得定準。過去的倘未知。未來的如何信。去也和師父仔細評論。〔行者云〕我十萬里路。至此倒吃一箇婆子問倒了。〔貧婆唱〕

【鵲踏枝】你奔波趲紅塵。我清凈守空門。你心動神疲。我表正形真。十萬里西來的意謹。我則道唐僧怎生一箇上足徒弟。元來是箇打駝垜受苦的天尊。

〔行者做行科云〕我奈何這婆子不得。接將師父來。和他問一場。〔唐僧上云〕善哉。善哉。不想到中天竺國佛地。我玄奘便死也罷。〔行者做接見科云〕師父。恁徒弟吃一箇婆子問倒了。〔唐僧云〕問甚麽。〔行者云〕他問我金剛經。我説。我常聽師父念來。過去心不可得。未來心不可得。見在心不可得。我又問他買點心。他就説。不知點你那一箇心。我就没得説。被他盤倒了。〔唐僧云〕我教不要胡説。西天有三箇婆子。佛法甚高。這傳七語。非是你答得的。我和你見他。〔做見科〕〔貧婆云〕是好箇佛像。

【醉中天】挺挺身才俊。朗朗語超羣。他原來是摩訶般若身。可知道有取經分。我問師兄。心可點乎。〔唐僧云〕心無所住。將何以點。〔貧婆云〕人無心何主。心乃人之根本。〔唐僧云〕未得時。在他非在我。既得時。在我非在他。如筏喻者。筏尚應捨。何况非法。〔貧婆云〕兀的不是也。你若是能傳心印。休説是心。則你那幻軀也猶是微塵。師父。沿途索是驅馳來。〔唐僧云〕身自在。心常在。〔貧婆唱〕

【金盞兒】躡履破苔痕。飛錫落雲根。可知道曇花亂墜如瓊粉。袈裟錫杖燦然新。清虚成法性。解脱出凡塵。是一箇維那金種子。佛座下玉麒麟。

〔唐僧云〕敢問善知識。曾見諸佛聖賢否。〔貧婆云〕半月小參。一月大參。常得聽講。〔唐僧云〕文殊師利如何。普賢如何。〔貧婆唱〕

【醉中天】文殊智慧施檀信。普賢行法濟凡人。〔唐僧云〕伽葉阿難如何。〔貧婆唱〕伽葉阿難守着世尊。向佛會上高參論。〔唐僧云〕此間到雷音寺。多少路程。〔貧婆唱〕你聽那磬韻鐘聲遠聞。兀的鹿野苑雷音近。

〔唐僧云〕小僧常聞維摩多病。阿佛也。如何此心不定。〔貧婆云〕師兄不知。

【金盞兒】維摩方丈不沾塵。獅子座可容身。一箇病身軀終日懨懨悶。〔唐僧云〕他因甚如此。〔貧婆唱〕一憂佛法二憂民。〔行者云〕我偷得老子靈丹在腹。可醫他。〔貧婆云〕你怎醫得他。他不能求扁鵲。安肯問胡孫。你正是明醫了三十載。暗換了一城人。

師兄。齋罷便行。今日正是小參。可見諸佛大聖衆。

【煞尾】渾金塔接青雲。七寶殿生紅暈。盡都是金祇園的善根。入得如來不二門。須臾間改變了精神。要經文。准備的貝葉全新。着東土開發羣迷度萬民。不枉了孫行者驅馳受窘。猪八戒奔波逃遁。恁既來佛會下則恁這一班兒都是有緣人。

第二十二齣　參佛取經

〔靈鷲山神上云〕我佛法旨。爲唐僧東來。着摩侯羅緊魔羅伽人非人等。皆至中竺十里之外迎接。着給孤長者引度于諸天帝君。着取金經回東土去。〔下〕〔給孤長者上云〕貧道給孤長者是也。西天竺國。大富之家。爲要建道場。我將祇園布施。以黄金鋪地。然後方成。今日唐僧至中天竺國中。奉我佛法旨。相引見諸天聖賢。須索走一遭也呵。〔唱〕

【商調集賢賓】奉天佛使恰離了祇樹園。金爐内裊沉烟。當日棄卻黄金鋪地。今日倒騎着白鹿朝天。雖然是眼下工夫。也要箇夙世良緣。比着他十萬里取經的不甚遠。今日箇伴諸佛普會齋筵。聲鐘齊聽講。揮麈共談禪。

〔衆人做接住見科〕

【逍遥樂】與諸天相見。有獅座鸞輿。鳳車象輦。金燦爛五色霞鮮。薝蔔幽花落滿前。擁幢幡雲霧相連。有啣花的斑鹿。立樹的玄鶴。獻果的白猿。

【梧葉兒】錫杖金環重。袈裟玉璧偏。兩耳似垂肩。有佛祖心間印。少如來足下蓮。心一似鐵石堅。全不避山遥路遠。

我乃給孤長者。奉世尊法旨。看承接引。見諸佛聖賢。一一參拜去來。〔唐僧云〕善哉。善哉。東土但知名。西方纔識面。佛子與諸天。一如親夢見。未知先去見那位諸佛。願我師開明爲幸。

〔給孤唱〕

【醋葫蘆】先是摩侯羅太子身便見。緊魔羅諸聖賢。及至伽人非人等衆神。皈依禮拜須向前。雖然是受了些驅馳作踐。今日箇惡姻緣番作了好姻緣。

【幺】伽葉與阿難。文殊共普賢。釋天帝釋梵王天。都在這西竺國親會面。料想凡人怎能見。則爲你功成八百行三千。

〔唐僧云〕世尊在于何處。〔給孤云〕佛無定主。隨念即見。若到方丈。我佛必賜茶。但得飲此。必成正果。

【幺】你若能嚐佛子茶。勝參趙老禪。休猜做金尊美酒斗十千。但得那世尊肯見。恰敢着你即時回轉。不須妙法再三言。我佛來也。

【幺】金身丈六長。清光七尺圓。芒鞋竹杖打着行纏。逍遥一身得自然。快疾忙把如來參見。向前合掌併擎拳。

〔寒山拾得扮出山佛像上云〕玄奘。你來也。〔唐僧云〕我佛。弟子來也。〔佛云〕玄奘。你往日是西天羅漢。今爲東土國師。心堅念重。至公無私。磨而不磷。涅而不緇。今日歸來。萬物有時。給孤引見大權。將經文法寶。交付與玄奘。孫猪沙弟子三箇。乃非人類。不可再回東土。先着三箇正果。我佛座下弟子四人。一名成基。一名惠光。一名恩昉。一名敬測。基光昉測四人。送你到于東土。開闡戒壇。大興妙法。後回西天。始成正果。給孤長者。引將他去。着他領取經寶。疾忙便行。〔下〕〔給孤云〕玄奘。和你去來。〔下〕〔迴來大權上云〕小聖大權修利菩薩。奉我佛法旨。看守金剛大藏。爲金光燦眼。常手掌護之。凡人稱我爲招提。今日佛法要東行。着毘盧伽尊者。托化爲陳玄奘。自東來西取經。今日敢待來也。〔給孤引唐僧上〕〔做見科〕〔給孤唱〕

【幺】脱離了世尊。參大權。經文一藏莫俄延。迢迢路程不厭遠。稱了他平生願。早傳佛法到中原。

〔大權云〕教弟子每般經裝在龍馬身上。〔行者云〕領法旨。我遞。猪八戒沙和尚接。金剛經。心經。蓮花經。楞伽經。饅頭粉湯經。〔給孤唱〕

【仙吕後庭花】異香生七寶蓮。彩雲迷雙鳳輦。教闡僧知法。宗分律禪。意虔虔。疾般經卷。韻幽幽猿聲在老樹顛。響璫璫鈴聲在古殿前。喜孜孜師徒得變遷。鬧垓垓神天每想顧戀。

【青哥兒】急煎煎喜得恁師徒師徒每康健。大慈悲無量無邊。佛法東行自有緣。五色雲纏。十萬餘言。白馬親牽。裝載東還。晝夜兼行駕雲軒。着恁唐皇見。

孫悟空。猪八戒。沙和尚。佛敕恁在此成正果。着基光昉測四人。送唐僧回中國。至長安闡教。

【商調浪來里煞】經文要闡揚。佛法要通變。四天王八菩薩盡週全。到長安七日功行圓。天隨人願。早來至龍華會上飽參禪。〔下〕

〔大權云〕玄奘。我佛法旨。經文到處。着我隨所守護。沿路上我當保障。你直到中原。諸寺但有經藏處。即有小聖。經藏吾神有大權。守經護法到中原。有經藏處休無我。永受香煙萬萬年。

〔下〕〔沙和尚云〕徒弟從師父數年。今日我正果。玉皇閣下寄前身。罪貶流沙要食人。今日東來聞妙法。水光山色一般新。〔下〕〔行者云〕弟子功行也到。今日辭了師父圓寂。花果山中千萬春。西天路上受艱辛。今朝收拾平生事。來作龍華會上人。〔下〕〔猪八戒云〕弟子也辭師父。朝天去也。猪八戒自幼决斷。一路將師相伴。圓寂時砍下頭來。連尾巴則賣五貫。〔下〕〔唐僧云〕三箇徒弟都圓寂了。貧僧與他作把火。四箇西行一箇歸。三箇解脱是和非。老僧獨往中原去。急急回來採紫薇。咦。絶憐孫悟空。神通真箇有。東土中脱卻輪回。西天路番箇筋斗。念沙和尚。有像作無像。喉中三寸元陽。胸中一點靈光。好箇猪八戒。神通世間大。已得除新害。既有成必有敗。陰陽剥始消除快。有心我你不能安。無念大家得自在。咄。是非場上迷將去。人我池中跳出來。且喜三人俱得正果了。不免隨着基光昉測便往中原去來。此間薝蔔花方盛。中土松枝已向東。

第二十三齣　送歸東土

〔成基上云〕俺四人奉佛法旨。送唐僧迴長安去。須索走一遭。〔唱〕

【越調鬬鵪鶉】靈鷲山春色雍融。雷音寺東風淡蕩。鹿野苑楊柳纔青。祇樹園薝蔔正芳。擁百萬神天。列三千鬼王。打着彩旌。擎着繡幢。白馬馱經。金獅噴香。

【紫花序】西天西如來親送。中國中和尚纔行。南海南菩薩來將。雖然一番受苦。也能勾百世流芳。斟量。方信道人香千里香。端的是道尊德無上。今日箇送路在山門。

抵多少攜手上河梁。

【小桃紅】雖不道河頭傾倒玉瓶雙。滿捧着香茶讓。吾有那宰官婆羅小王像。雖不是按着宫商。一班佛樂何清亮。會諸天聽講。送唐僧三藏。你今日箇名已入選佛場。

師父閉眼者。

【金蕉葉】耳邊廂微風乍響。脚底下輕雲漸長。白馬上經生火光。碧天外人迎太陽。

〔唐僧云〕我來時孫悟空猪八戒如此神通。尤兀自吃了許多魔障。今日四箇善知識。如何送我回去。〔成基云〕沿途來的魔障。皆我世尊所化。因師父心堅。是以得至此間。今非昔比。

【調笑令】師父。休妄想。那的是俺世尊强化出魔王將你心意降。杜子春煉丹成虚誑。則爲心不誠也有許多模樣。將一箇小孩兒提起來石上撞。則一驚那金丹忒楞化粉蝶兒飛揚。

【聖藥王】鞍馬上。精神長。心念中法力高强。任遥天萬里長。咫尺到秦邦。可便是家鄉。

【鬼三台】則説那費長房。法律强。化龍杖每翺翔。昏澄澄。白茫茫。桑田變海海爲桑。休恐懼。莫驚慌。

〔衆父老上云〕三藏國師。去西天十七年也。松枝今日向東也。俺報與官府。都在城外接去來。

〔下〕〔父老引衆官上〕〔衆云〕異哉。異哉。今日松枝已向東也。國師必定歸也。你看前面。祥雲靉靉。瑞氣騰騰。想是國師法駕將近。稍待尉遲總管到來。一同上前參見。〔唐僧成基上〕〔做見科成基唱〕

【拙魯速】你覷那衆官每。具着公裳。百姓每。爇名香。羅列在道傍。俯伏在路上。道俗僧尼一齊來訪。捱捱濟濟。旛旆飄揚。瑞靄祥光。都接到天花甘露漿。

〔尉遲總管上云〕我師今日東歸也。小官尉遲敬德。親自相接。〔成基唱〕

【幺】鐵幞頭耀日光。水磨鞭映雪霜。馬壯人强。志節昂昂。護法金剛。黑煞天王。沙場之上。展土開疆。保護家邦。恰便似趙公明往下方。

〔尉遲云〕今日到我府中宿一宵。明日早朝天子去。〔成基唱〕

【尾】來日箇景陽鐘擺雞人唱。一合兒同朝帝王。將戒壇與萬民開。把經文與衆臣講。

第二十四齣　三藏朝元

〔佛高垛四金剛上云〕老僧賢劫第四尊。釋迦牟尼是也。今日唐僧東土開壇闡教。今當西來正果朝元。教飛仙引入靈山會上來者。〔旌旛樂器飛仙引唐僧上〕〔飛仙云〕唐僧今日功成行滿。正果朝

元。佛祖着我引入靈山會。須索同去走一遭也呵。〔唱〕

【雙調新水令】梵王宮闕勝蓬瀛。鬧垓垓撞鐘擊磬。安排朝世尊。准備接唐僧。十萬餘程。來取金經。一點虔誠。今日箇正果性和命。

【駐馬聽】大衆虔誠。法鼓金鐃出寺迎。諸天相敬。銅鐘玉磬暎山鳴。眼前羅着藥師燈。心中懸掛着軒轅鏡。但能勾靈光一點明。登時間跳出琉璃井。

【雁兒落】紫袈裟金縷輕。白錫杖銀光淨。四天王執寶幢。八菩薩敲金磬。

【南吕金字經】衆飛仙齊打手。合着金字經迎。引着箇員頂方袍得道僧。僧。三更道已其身正。心如秋月明。

【幺】爲鼠常留飯。憐蛾不點燈。救度衆生發願明。曾。傾心演大乘。如來命。還元功行成。

〔唐僧見佛科〕告佛祖。唐僧稽首。〔佛云〕唐僧。聽我明言。數年得到西天。今日功成行滿。方纔正果朝元。大藏金經已得圓。唐僧敕賜與僧傳。至今東土皆更寺。願祝吾皇萬萬年。

【雙調沽美酒】祝皇圖永固寧。拜如來願長生。保護得萬里江山常太平。普天下田疇倍增。民樂業息刀兵。

【太平令】四海内三軍安静。八荒中五穀豐登。西天外諸神顯聖。兆民賴一人有慶。

則爲老僧。取經。忠心來至誠。呀傳此話人間爲證。

正名　胡麻婆問心字
　　孫行者答空禪
　　靈鷲山廣聚會
　　唐三藏大朝元

西游記小引

曲之盛於胡元固矣。自西廂而外。長套者絶少。後得是本。乃與之頡頏。嗟乎。多錢善賈。長袖善舞。非元人大手筆。曷克臻此耶。特加珍祕。時以自娱。嘗攜之遊金臺。偶爲友人持去。未幾而友人物故。索之竟成烏有。劍去張華。鏡辭王度。惋惜者久之。迨歸而懷念不置。忽一日復得之故家敝簏中。捧玩之下。喜可知也。然帙既散亂。字多漫滅。苦心讎校。積有歲時。遂於宫商鐘吕之間。摘陰陶帝虎之繆矣。但天庭異藻。不當終祕之枕中。迺謀而授諸梓。庶幾飛毯舞盞時。稍爲絲肉一助云爾。若曰顧曲之周郎。辨撾之王應。則吾豈敢。

萬曆甲寅歲孟秋望日彌伽弟子書於紫芝室

呂洞賓桃柳昇仙夢雜劇

賈仲名撰

第一折

〔冲末扮南極星引羣仙青衣童子上云〕太極之初不記年。瑤池紫府會羣仙。陰陽造化乾坤大。靜中別有一壺天。吾乃南極老人長眉仙是也。居南極之位。東華之上。西靈之境。北真之府。共壽算於無窮。掌管一切羣仙道德真人。今朝玉帝。因見兩道青氣。下照汴京梁園館聚香亭畔。有桃柳二株。已經年久。有道骨仙風。恐其迷却仙道。可以差神仙點化。青衣童子。與我喚將洞賓來者。〔青衣云〕理會的。洞賓師父安在。〔扮呂洞賓上云〕髮短鬚長本自然。半爲羅漢半爲仙。胸中自有吾夫子。到底三家總一天。貧道姓呂。名岩。字洞賓。道號純陽子。乃唐朝進士出身。上國觀光。到於中條山王化店。遇着鍾離師父。傳金丹大道。遂得長生不死之方。想俺神仙。吞霞服日投至到此。也非同容易。今日上仙呼喚。須索走一遭去。早來到也。青衣童子報復去。道呂岩來了也。〔做報科〕〔南極云〕着他過來。〔見科〕〔呂云〕上仙稽首。呼喚貧道有何事。〔南極云〕洞賓。喚你來別無甚事。今下方汴京梁園館聚香亭畔。有桃柳二株。已經年久。有道骨仙風。恐迷却仙道。你不避驅馳。可往下方。走一遭去。〔呂云〕上仙法旨。不敢有違。則今日辭別了上仙。下方走一遭去。因桃柳年深成器。差純陽降臨凡世。先將他點化爲人。後指引來入仙隊。斷絶了利鎖名韁。逼綽了酒色財氣。有一日得道成仙。直引到瑤池之會。〔下〕〔南極云〕呂洞賓下方點化。度脱那桃柳二株。必然先教他爲人。後方能教他成仙。若見了酒色財氣。那其間返本真方入仙籍。俺仙家道德爲先。桃柳有宿世之緣。有一日功成行滿。都引入大羅青天。〔同下〕〔酒保上云〕酒店門前三尺布。人來人往尋主顧。黄酒做了一百缸。九十九缸似頭醋。小可是梁園館一箇賣酒的。我這裏有一亭。名曰聚香亭。有四時不謝之花。八節長春之景。左有多年翠柳。右有四季嬌桃。南來北往客人。都來此處。飲酒賞玩。今日開了這門面。燒的湯熱。看有甚麽人來。〔洞賓上云〕朝游北海暮蒼梧。袖裏青蛇膽氣粗。三醉岳陽人不識。朗吟飛過洞庭湖。貧道呂岩是也。奉上仙法旨。來到下方。直至梁園館聚香亭。飲幾杯酒者。〔見酒保科云〕酒保有酒麽。〔酒保云〕師父請進來。有酒有酒。不問你要甚麽酒。〔呂云〕與我打二百常錢酒來。〔酒保云〕這仙長獨自一箇。要二百錢的酒。師父你敢吃不了。〔呂云〕量這些打甚麽緊。你聽。齋食一斛米。酒飲數百鍾。尚然不醉飽。何况此杯中。〔酒保云〕有有。這箇好酒好菜蔬。師父你慢慢的飲。〔呂飲科云〕好飲杯中物。離却蓬萊路。三醉岳陽樓。點石爲金玉。朝向酒家眠。夜宿牡丹處。桃柳豈難哉。我覷兒曹數。兀那酒保。再將酒來。兀的不天色晚了也。〔做睡科〕〔酒保云〕這先生怎麽睡了。〔做叫科云〕仙長。不中。這亭中有妖精鬼魅。醒來去了罷。恐害了性命。我身上也不便。喚不醒他。天色晚了。收拾了家火。我還家去。等天明了。我來看他。這箇先生没道理。喫的醉了喚不起。晚夕妖精傷害人。神樂觀裏少住持。〔下〕〔正末上云〕我乃梁園館前一株翠柳。

已經年久。四時不衰。八節長青。枝榮葉茂。遂得成形。我與嬌桃。約在湖山側相會去。我雖心靈性慧。争奈是土木之軀。何日是了也呵。〔唱〕

【北仙吕點絳脣】則爲我根脚培埋。長青可愛。枝梢大。雖然是土木形骸。茂盛多精彩。

【混江龍】緑陰翠蓋。依稀褭娜映樓臺。一任教霜凌雪壓。日炙風篩。近水柔條多雅趣。臨風對月助吟懷。我可便更軟善。無毒害。雖不成神仙之道。也是箇梁棟之材。

〔云〕我在這湖山下。等候嬌桃。這早晚敢待來也。〔正旦上云〕妾身乃梁園館前一株嬌桃。我這花四季開放。已經年久。遂得成形。我與翠柳爲其伴侣。今夜風清月朗。約翠柳在湖山畔相會。想我這桃花。〔唱〕

【南東甌令】多嬌態。甚奇哉。嫩蕊嬌香霞映色。風流可喜堪人愛。家住在天台側。劉郎去後瘦如柴。嬾插短金釵。

〔做見科〕〔末云〕兀的不是嬌桃姐姐。〔旦云〕翠柳哥哥萬福。〔末云〕姐姐恕罪。你看今夕銀河耿耿。明月横空。好月色也呵。〔旦云〕是好月色也呵。〔末唱〕

【北那吒令】燦銀河世界。正當天月色。綉雲破霎靆。轉化陰弄色。遇良宵好景。會多嬌嬭色。〔旦云〕我與翠柳。豈偶然也。〔末唱〕也是俺宿世緣。合該載。只落得箇夜去明來。

〔旦云〕量妾身有何德能。着哥哥如此錯愛。深有垂顧也。〔末云〕不敢。〔旦唱〕

【南桂枝香】多承錯愛。深蒙款待。則喒這愛戀如山。則喒這恩情似海。〔末云〕因姐姐容貌非常。〔旦唱〕我丰姿豔色。我丰姿豔色。你形端無賽。正是桃紅柳綠。則願的四時不改。今夜同相會。只怕青春不再來。

〔末云〕嬌桃姐姐。遇此良宵爭忍孤負。〔唱〕

【北鵲踏枝】趁良宵静幽哉。願和諧。柳絲長結就同心。桃腮嫩引惹情懷。謝芳卿又不曾見責。怎能彀跨蒼鸞同赴瑶臺。

〔旦唱〕

【南玉包肚】今宵爽快。趁一天風清月白。〔末云〕我和姐姐飲幾杯酒。〔旦唱〕飲金杯暫且寧耐。乘時遣興開懷。子這春從天上九重來。好向亭心酒漫篩。

〔末云〕既如此。喒向亭子上飲酒去。〔做見吕科〕〔末云〕嬌桃不中。喒回去來。〔吕醒科云〕小鬼頭那裏去。〔末唱〕

【北寄生草】見師父威嚴大。神氣藹。諕的我兢兢戰戰磕頭拜。〔吕云〕你是山妖木怪地鬼麽。〔末唱〕不是山妖地鬼人間怪。〔吕云〕你可是甚麽妖精。〔末唱〕俺則是多年枯木英靈在。〔吕云〕貧道答救度脱你如何。〔末唱〕若是吾師答救俺蒼生。早得超凡入聖登仙界。〔吕云〕兀那桃柳。你跟我出家去。我教你先爲人身。後教你成仙。意下如何。〔旦唱〕

【南樂安神】但却離的紫陌。可憐桃柳潑形骸。只因俺四季不凋衰。不逐流水東風外。超凡。天地也蓋載。還了寃家債。

〔吕云〕翠柳。你往長安柳氏門中。托化爲男身。嬌桃。你去長安陶氏門中。托化爲女身。二人成其配偶。先教你爲人。後教你成仙。三十年之後。再來點化。桃柳今番已出叢。滿天風雨盡包籠。柳也。你再休舞低楊柳樓心月。桃也。你再不歌盡桃花扇底風。疾。便下方去。〔末云〕謝了師父。〔旦云〕翠柳。喒去來。〔末唱〕

【北賺煞】今日箇得遇大羅仙。道德如天大。桃也再不去向陽弄色。我可便送盡行人纔放解。也是我命運合該。謝師父説明白。今日箇苦盡甘來。直至長安名姓改。你休要没顔落色。休等那霜欺雪蓋。願師父早些兒引度俺到蓬萊。〔下〕

〔吕云〕誰想今日。度脱了桃柳二株。先教他成人。後教他成仙。奉上仙道德言開。雖桃柳土木形骸。度脱他成仙了道。拜真人同赴蓬萊。〔下〕

第二折

〔陳員外李大户同街坊上云〕爲商作賈數年間。江湖來往泛舟舡。家門贏得財源盛。燒香願得子孫賢。小生長安人氏。姓陳名仲澤。此位是李大户。這三位是俺街坊。有一人姓柳名春。字景陽。其妻陶氏。是這長安城中點一點二的財主。家私有萬倍之利的人家。時遇秋天九月。重陽節令。請俺衆街坊。去郊外秀野園。安排酒果。登高賞玩。〔李云〕員外。既然柳景陽相請。喒再安排茶飯果盒酒肴。回敬與他。〔陳云〕説的是。喒不避驅馳。郊外登高。走一遭去。柳景陽請俺登高。衆街坊不避塵勞。太平年乘時宴賞。拚歸來鼓腹醄醄。〔同下〕〔正末同旦引興兒上云〕小生姓柳。名春。字景陽。長安人氏。渾家陶氏。自祖父已來。頗積家財萬貫有餘。人皆以員外呼之。大嫂。我想爲人在世。不如受用了是便宜。時遇重陽節令。分付興兒。在這秀野園登高賞玩。請下衆位街坊。俺先到此間。興兒。安排酒果完備了麽。〔興兒云〕都完備了也。〔末云〕大嫂。重陽節令。好秋景也呵。〔旦云〕真箇好秋景也。〔末唱〕

【北中吕粉蝶兒】昨日箇秋雨淋漓。舞丹楓蕭蕭葉墜。聽砧聲别院凄凄。蕩金風。冷玉露。池荷減翠。節令相催。今日箇賞重陽登高樂意。

【醉春風】你看那北苑柳添黄。東籬菊放蕊。橙黄橘緑蟹初肥。端的美。美。我如今家道興隆。門安户泰。夫榮妻貴。

〔旦云〕員外。你看那秋色秋光。美景良辰。正好賞玩也呵。〔唱〕

【南好事近】佳節景相宜。玩賞登高遊戲。園林處處。翻蜀錦落葉紛飛。昇平盛世。設華筵慶賞重陽會。好光陰莫得輕拋。想人生百年有幾。

〔末云〕真箇好景也。興兒。看衆街坊敢待來也。〔興兒云〕理會的。〔陳員外李大户上云〕衆街坊。喒來到秀野園前也。興兒報復去。道俺衆街坊都來了也。〔做報科〕〔末云〕道有請。〔做見科〕〔陳云〕柳員外。量俺有何德能。請俺街坊登高。深感厚意。〔末云〕衆高親。想人生白駒過隙。遇此節令。休要孤負。只是有勞衆位驅馳到此。〔陳云〕不敢。〔末唱〕

【北上小樓】衆街坊齊來到已。賞重陽秋光佳致。我安排果桌杯盤。品物希奇。水陸俱備。今日笑吟吟。暢開懷。都教沉醉。樂人間洞天福地。

〔陳云〕多蒙款待。〔做飲酒科〕〔旦唱〕

【南千秋歲】捧金杯摘取黄花香。散朵朵節令相宜。笑語聲喧。笑語聲喧。見這仕女佳人相攜。登高處。郊原内。我則見管絃聲裏。勝似春光明媚。端的是三秋美景。還家再整筵席。

〔末云〕喒慢慢的飲酒者。〔净扮劉社長上云〕我做社長實無比。年紀高大更有德。一生不肯出人情。則去人家抹油嘴。老漢是長安城中一箇社長。姓劉。名得中。俺這街上有箇財主。是柳景陽。今日是重陽節。他把街坊都請去秀野園登高去了。偏不請我。如今撞將去。喫些酒肉。也是便宜。早來到了。〔做見科云〕你們躲的我好。〔末云〕我忘請了。老的你休怪。〔净云〕怪你怎的。將酒來我喫。〔末云〕將酒來。你喫你喫。〔净飲科云〕我便喫了。俺老婆在家清坐。〔陳云〕你好不達時務。你喫了便罷。怎麽説這等的話。〔净云〕我不管你。〔做搶桌面科〕〔衆推出科〕〔净云〕這厮每狐朋狗黨。把我叉出來。推在溝裏。我搶了這一包東西。都污了。我看者。〔做笑科云〕不由老劉笑微微。衆人喫酒賞東籬被我恰纔撞將來。將着酒肉搶如飛。螃蟹約有三十箇。又有一隻大公鷄。饅頭上面都是糞。羊肉高處沾上泥。今日我也喫飽了。拿到家裏與我老婆喫。〔下〕〔陳云〕被這厮打攪了一日。柳員外。天色將晚也。俺衆人告回。〔末云〕衆街坊先行。俺也便來。〔陳云〕多擾了。俺回去也。〔同下〕〔末云〕衆街坊去了也。看有甚麽人來。〔吕上云〕撥轉頂門關捩子。伊誰不是大羅仙。貧道吕純陽。離却仙苑。直至下方。度脱柳春陶氏。他二人可是誰。可是那三十年前。梁園館裏。一箇是翠柳。一個是嬌桃。我教他先爲人。後成仙。想登仙道。非同容易。他二人今在秀野園登高飲酒。就此度脱成仙。柳春陶氏。你好有緣也。可早來到也。我自過去。〔做見科云〕稽首。〔末云〕恕罪。一箇出家的先生。好道貌也。敢問先生那裏來。〔吕云〕我從天上來。〔興兒云〕天上來。掉下來跌破頭。〔吕云〕兀那柳員外。我特來化一齋。〔末云〕好箇仙長也。〔唱〕

【北上小樓】見仙長容貌偉。神清秀有氣質。〔吕云〕特來度脱你修行。要你棄了家緣。除免災危。〔末唱〕你可便度我修行。棄了家緣。免了災危。〔旦云〕這先生甚麽言語。〔末唱〕大嫂由他說。俺如今更富貴。年末已是豪傑之輩。我怎肯棄家緣入山隱退。

〔呂云〕你若跟我出家去。着你尋真採藥。訪道參玄。遨遊閬苑。直到蓬萊。不強如居於塵世。你兀的不死也。〔旦唱〕

【南越恁好】這先生大叫高呼。你勸修行省氣力。訪蓬萊閬苑。尋真採藥。容易趓人間是非。成仙了道壽命期。〔呂云〕你休要呆癡。〔旦唱〕他道俺兩口兒休要癡。俺三十歲夫共妻。雙雙美。休要管他。俺今日且向花前沉醉。

〔末云〕大嫂。由他鬧去。我困倦了。暫且歇息。〔旦云〕我也困了。歇息一會。〔末旦睡科〕〔興兒云〕您都睡了。我閑耍去也。〔下〕〔呂云〕他兩口兒都睡着了也。疾。我着他大睡一覺。見箇境界。爲桃柳原有仙風。呂純陽降赴樊籠。有一日功成行滿。親引到紫府天宮。〔下〕〔使命上云〕雷霆驅號令。星斗煥文章。小官天朝使命。我非凡人。乃上八洞神仙張四郎是也。奉純陽師父法旨。教我夢境中引度柳春與陶氏。走一遭去。早來到也。柳春接聖旨。〔末云〕大嫂裝香來。〔使命云〕聖人的命。着小官賫誥命敕劄。着你爲江西南昌府通判。不可悞期。便索長行。〔末云〕感謝聖恩。〔使命云〕小官回聖人的話去也。〔末云〕喫了筵席去。〔使命云〕不必筵席。我回聖人的話去也。我出的這門來。他那裏知道俺神仙的道理也呵。就夢中引度桃柳。做神仙天長地久。呂純陽用盡心機。向瑤池參星禮斗。〔下〕〔末云〕誰想有今日。大嫂。快收拾行李。便索長行也。

〔旦云〕收拾停當了。〔末唱〕

【北快活三】今日箇受誥敕。做通判到江西。不怠慢莫延遲。喒索早離城内。

〔旦唱〕

【南紅繡鞋】將行李即便收拾。踐程途遠路奔馳。整綱常免差役。調四季用鹽梅。仗才智撫黔黎。仗才智撫黔黎。

〔末云〕大嫂。喒上任去來。〔唱〕

【北尾聲】荷方今聖主恩。俺夫妻受誥敕。則願得一朝任滿還鄉内。燕樂親朋齊賀喜。

〔同下〕

第三折

〔鍾離扮邦老領婁羅上云〕天道幽微日月明。名山洞府氣長清。三千功行朝元去。金丹結就道方成。貧道上八洞神仙漢鍾離是也。今有呂純陽。奉上仙法旨。點化桃柳。先教他爲人。後教他成仙。今已度脱。恐迷却正道。貧道就夢中於半山等候。這早晚敢待來也。〔正末同正旦躧馬上云〕小官柳景陽。奉聖人的命。往江西南昌府爲通判。夫人。喒離家數日。一路上好辛苦也。〔旦云〕真箇是驅馳人也呵。〔末唱〕

【北越調鬬鵪鶉】經了些水遠山遥。暢好是天寬地狹。野店生莓。山城噪鴉。崎嶇長途。奔馳瘦馬。昏鄧鄧塵似篩。撲唐唐泥又滑。緑水堤邊。青山那答。

【北紫花兒序】夕陽古道。客旅人稀。老樹槎枒。一林紅葉。三徑黃花。看了那。高低禾黍紛紛桑共麻。俺則爲功名牽掛。今日箇背井離鄉。幾時得任滿還家。

〔旦云〕相公。偌近遠。我也受不得這等辛苦。〔末云〕夫人。你如何説這等言語。喒爲功名到此也。〔旦唱〕

【南訴衷腸】你道是功名牽掛。早過了夕陽下。一帶雲山似圖畫。眼巴巴幾時得到京華。過山遥路遠怎去。他教我心驚膽顫怕。如今容顔瘦。倒不如受辛勤還家罷。我如今力困筋乏。

〔末云〕夫人。你休要那般説。〔唱〕

【北耍三台】我對你丁寧話。你不必心驚怕。你須受了那官誥敕劄。〔旦云〕我則要還家去。〔末唱〕你不去敢有刑法。請夫人鑒察。我爲官理民莫漫誇。你做夫人富貴受用者。你穿上霞帔金冠。你見人呵那其間敢裝麽做大。

〔云〕夫人。來到這山崦中。兀的胡哨響。有强人來了。可怎了也。〔邦云〕留下買路錢。〔旦云〕可怎了也。〔唱〕

【南山馬客】胡哨颼幾聲那答。見强人一簇。炒鬧山下。我心驚腿酸麻。〔末云〕夫人。你休要怕。按下心膽。〔旦唱〕諕得我如癡似諍。眼花。〔邦云〕那裏去。〔旦唱〕幾乎諕殺。

料他不肯放咱。相公你依我者。俺則索停驂。下馬告他。

〔做跪科〕〔邦云〕便好道擒來的敗將。捉住的寃夫。刀劍難存。你有何理說。〔末云〕太保。聽說一徧者。〔邦云〕你說。〔末唱〕

【北調笑令】太保你鑒察。問根芽。〔邦云〕你那裏人氏。〔末唱〕俺是那長安富貴家。〔邦云〕你因何到我這山中。〔末唱〕我受皇恩理民明教化。爲通判俸祿遷加。〔邦云〕這婦人是誰。〔末唱〕與妻兒遠行勞困殺。太保也可憐見俺背井離家。

〔邦云〕留下金珠財寶。放你過去。若不與我呵。就殺壞了你。〔旦唱〕

【南憶多嬌】太保你謀害咱。則待殺。金銀寶貝盡納下。且將性命都擔饒罷。〔邦云〕有就放你回去。〔旦唱〕俺便行程。你是我重生父母報答。

〔邦云〕我便不放却是如何。〔末唱〕

【北要廝兒】你不要非真當假。大丈夫言出無差。輕言寡信休要耍。俺性命在天涯。淚似懸麻。

〔邦云〕我務要殺你。〔旦唱〕

【南江神子】不由人心亂殺。眼睜睜夫妻分離下。遠了家鄉誰牽掛。誰想今朝命掩沙。

〔邦云〕磨的刀快。我親自下手。〔末唱〕

【北聖藥王】則見他越怒發。難按納。圖財致命怎干罷。也是俺死限催。命運差。前生遇着這冤家。〔邦云〕殺殺。〔末唱〕可憐我一命似飛花。

〔邦做殺科云〕休推睡裏夢裏。疾。〔下〕〔末云〕有殺人賊。〔做醒科〕〔吕上云〕柳春陶氏。你二人省了麽。〔末同旦云〕師父。弟子省了也。〔吕云〕你二人見了境頭也。〔末云〕弟子見了也。〔吕云〕你二人跟我出家修行去。待一年半載。引你成仙了道。要你着意者。〔末云〕謝了師父。〔唱〕

【北尾聲】從今後跟師父直至林泉下。拴住心猿意馬。謝指教願長生。紫府瑶池受用煞。〔下〕

〔吕云〕此二人見了些境頭。跟我修行去。待一年半載。着他成仙了道。未爲晚矣。桃柳人間三十年。今將大道爲他傳。功成行滿朝真去。一同參拜大羅仙。〔下〕

第四折

〔吕上云〕貧道吕純陽。自從度脱柳春陶氏。心回性悟。知其前生。争奈不了塵緣。在山中修行。今日是他昇仙之期。再與他箇境頭。方能成道。下紫府兩次三番。成正果似易實難。頓悟了長生大道。參真人引入仙班。〔下〕〔正末正旦道扮上云〕自從純陽師父。度脱修行。夢中覺悟。知其前生之事。未曾得參上真。在此山中。好幽哉也。〔末唱〕

【北雙調新水令】三十年人事若癡愚。謝師父度脱俺省悟。登山採藥苗。近水結茅廬。則爲那一夢華胥。跟師父赴仙路。

〔旦云〕我則怕爲仙爲道。非同容易也。〔唱〕

【南晝錦堂】自古。道德非俗。修真養性。燒丹煉藥工夫。利鎖名韁。人我是非皆除。無慮。將寶貝金珠棄如土。若是有緣終到青霄路。〔合〕尋真侶。今日向彩雲深處。願登仙府。

〔末云〕喒兩箇兀那山坡下游玩去來。〔旦云〕喒去來波。〔末唱〕

【北甜水令】喒可便轉過山岡。纔離峻嶺。崎嶇徑路。〔旦云〕你看這裏那桃柳。開的好豔冶也呵。〔末唱〕則見花柳錦模糊。你可便待向前來。折取一枝。休得辜負。〔云〕可怎生這裏有此桃柳。〔唱〕我可便參不透仙謀。

〔旦云〕好花柳也。〔唱〕

【南四塊金】桃紅柳緑。則今日朱顔故。朝風暮雨。曉日迎烟霧。桃腮點嫩朱。柳眉愁未足。萬緒千頭。一點情舒。記得當初。也曾經惡雪霜風受過無數苦。

〔末云〕喒折了一枝。回菴中去來。〔旦云〕喒去來。〔末云〕來到菴中也。兀的不天色晚了。暫且盹睡者。〔做驚科〕〔桃柳二神同上〕〔神云〕俺乃桃柳二神。乃是柳春陶氏前身。今日二人將以成

道。奉上仙法旨。着俺二人磨障他去。可早來到也。〔做喚門科云〕柳春開門來。〔末云〕甚麼人大呼小叫。好是奇怪也。〔唱〕

【北川撥棹】是誰人閙喧呼。諕的我魂魄無。我即便走出門户。〔神云〕那柳春。你見俺二人麼。〔末唱〕見兩箇無徒。〔神云〕將金銀寶貝來。〔末唱〕俺出家人有甚寶物。好教我便怒。

〔旦唱〕

【南川撥棹】因何故。有甚麼寶貝金珠。你那裏仗劍提刀。則是仙家伴侣。〔神云〕你好無禮也。〔旦唱〕我不曾敢冒瀆。〔神云〕我就殺了你。〔旦唱〕休要將我性命圖。

〔神云〕你二人敢這等無禮。我好共歹殺了你。〔末唱〕

【北七弟兄】這廝他惡語。暢好是狠毒。他一心待要圖謀。〔云〕要金銀。你將的去。〔神云〕將來波。〔末唱〕將金銀盡都收拾去。這一場全不用工夫。我和你兩箇前生注。

〔神云〕我不要金銀。只待要殺了你。〔旦唱〕

【南錦衣香】他待要將俺誅。俺可也無門路。死難捱。合相遇。我可甚道門功行。禍福消除。眼睁睁死限在須臾。〔神云〕你二人受死。〔旦唱〕怎生得人來救我身軀。俺歸泉世命已失。磕頭禮拜不放住。可憐見。可憐見。休教間阻。空望斷。空望斷。俺師父。

〔神云〕我不饒你。務要殺了你。〔末唱〕

【北喜江南】師父也這其間朗吟飛過洞庭湖。〔神做殺科云〕休推睡裏夢裏。〔末喊云〕有殺人賊。〔吕冲上云〕你二人省了麽。〔末唱〕原來是吕純陽又使這權術。見師父威嚴□□□尋俗。與俺便做主。願師父明白指破這迷途。

〔吕云〕兀那柳春陶氏。你不知這段姻緣。聽貧道從頭説與。你二人汴京梁園館前兩株桃柳。柳春便是翠柳。陶氏便是嬌桃。已經年久。有宿緣仙分。我奉上仙法旨。特來點化。先教你爲人。後教你成仙。着你托化在長安富豪之家。一夢中見了境頭。就跟貧道出家。争奈俗緣未退。故着你元神磨障。今日纔得行滿也。則爲梁園館桃柳芬芳。奉法旨飛下穹蒼。我貧道特來點化。托生在富豪之鄉。若不是一夢中見了境界。怎能够地久天長。桃也再不要年年結子。柳也再不要風裏顛狂。今日箇成仙了道。拜真人同赴天堂。

題目　漢鍾離助道用機關

正名　吕純陽桃柳昇仙夢